Unicorn
独角兽书系

Dreamsongs

梦歌

下

【美】乔治·R.R.马丁 著
重庆史诗图书翻译团队 译

重庆出版集团 重庆出版社

泽维尔·戴斯蒙日记摘录

11 月 30 日,鬼街

我叫泽维尔·戴斯蒙,是一名鬼牌。

鬼牌在哪里都是异乡人,甚至连他们出生的那条街也并不亲切,而我这个鬼牌则要造访若干陌生的国度。接下来的五个月里,我将会看到草原和山脉,里约和开罗,开伯尔山口和直布罗陀海峡,澳洲内陆和爱丽舍宫——对于我这个被称为鬼街市长的人来说,这些地方离家都十分遥远。当然,鬼街没有市长。它是一个社区,一个鬼牌聚居区,不是一座城市。鬼街不仅仅是一个街区,它是一种状态,一种心态。或许只有在这个意义上,我才配得上这个头衔。

我在病毒初次爆发后就成了鬼牌。四十年前,喷气小子在曼哈顿上空牺牲,百搭牌病毒被释放到这个星球上。当时我二十九岁,是位投资银行家,有一个可爱的妻子和一个两岁的女儿,前途光明似锦。一个月后,当我终于被医院释放时,已经成了一个怪物,脸盘中央鼻子的位置生出一根粉红色象鼻,象鼻的顶端长着七根灵活健全的手指头,这么多年过去,我已经完全适应了这“第三只手”。要是我突然变回所谓的正常人类的话,恐怕会像被截了肢一样难以适应。这根象鼻让我在身体机能方面比常人略多出一点点……但失去的要更多。

出院两周后,我可爱的妻子便离我而去,差不多同一时间大通曼哈顿银行通知我不必继续上班了。九个月后,河滨道公寓送来了解约通知,理由是“健康原因”,我只能搬进鬼街。我最后一次见到女儿是在1948年。她于1964年六月成婚,1969年离婚,1972年再婚。她似乎喜欢在六月办婚礼。我没有收到过一次邀请。我雇用的私家侦探查到她和丈夫现住在俄勒冈州的塞勒姆,我现在有两个孙辈,一个孙子一个孙女,是她先后两段婚姻的结晶。我相当怀疑两位孙辈不知道他们的祖父是鬼街的市长。

我是鬼牌反诽谤联盟——JADL的创始人和名誉主席,它是致力于捍卫百搭牌病毒受害者的公民权利的组织中资格最老也是最大的一个。JADL有它自身的不足,但总体来说还是争取到了许多重要的成果。同时我也是个比较成功的商人。我拥有纽约装潢最雅致的夜总会——欢乐屋,二十年来一直为鬼牌、凡胎和王牌提供最精彩的鬼牌表演。最近五年里欢乐屋持续亏损,但除了我和我的会计没人知道。我之所以没有将它关闭,是因为一旦欢乐屋不再开放,鬼街也要失掉好几分色彩。

梦歌

到下个月我就七十岁了。

我的医生曾说我活不到七十岁。我的癌症在确诊之前就已经转移。但哪怕是鬼牌,也极度渴望生存。我已经做了半年的化疗和放疗,病情却没有丝毫好转的迹象。

医生说我将要踏上的旅程可能会缩短我好几个月寿命。我会带上处方药,继续准时准点按量服用,但环球旅行期间我肯定无法接受放疗。我可以接受这个结果。

从前玛丽和我常常谈起周游世界的计划,那时还没有百搭牌病毒,我们还是年轻人,还在热恋。当时我做梦也不会想到我最终会独自一人在迟暮之年踏上这样的旅途,连开销都由政府负担。我会作为参议院王牌人力与动员委员会出资组织的一个真相调查团的一员出访,调查团同时也受到联合国和世界卫生组织的赞助。我们将会巡访除南极洲之外的每一个大洲,依次访问三十九个不同的国家(在有些国家只会停留几个小时),我们的正式目标是调查全球各个文化中百搭牌患者的生存状况。

调查团共有二十一名代表,只有五位是鬼牌。入选调查团对我来说应是一项殊荣,是对我的成就和我社区领袖身份的一种肯定。为此我可能要感谢老朋友塔奇昂。

不过话说回来,我需要"感谢"他的可不止这一件事。

12 月 1 日,纽约市

这趟旅途一开始就不顺利。起飞前为了等候批准,我们在汤姆林国际机场的跑道上困了一个小时。我们被告知,问题出在哈瓦那,不在美国这边,所以我们只好等着。

我们的包机是一架定制过的波音747,被媒体戏称为“满手老千号”。中央机舱按照我们的要求改造过;座位被换成了一间小型医学检验室;为平媒记者准备的工作间;还有为他们电视台的同行准备的微型播音室。记者们自己的座位则被分隔在机舱尾部。他们已开始自娱自乐了。我二十分钟前刚去看过,他们正在那打牌。商务舱里挤满了秘书和助手,公关和安保人员。头等舱是专门为代表们预留的。

代表一共只有二十一名,头等舱显得空荡荡的。种族的界限即使在这里依然分明,鬼牌总是和鬼牌坐在一起,凡胎和凡胎坐一起,王牌和王牌坐一起。

飞机上只有哈特曼和三类人都能融洽相处。在新闻发布会上他和我热情地打招呼,登机后在霍华德和我旁边坐了一会儿,热切地讲着他对这次旅行的期望。你很难不喜欢这位参议员。早在他参选市长的时候鬼街就是他的大票仓,这也不奇怪——没有一个政治家能像他一样坚持不懈地为争取鬼牌的权益而奋斗。哈特曼给了我希望,他是鬼牌和凡胎能够坦诚相待的活的证明。他是个可敬而正派的人。近几年里像列奥·巴奈特这样的狂人一直在煽动旧日的仇恨和偏见,鬼牌们急需政府里有人为他们撑腰。

塔奇昂博士和哈特曼参议员同为代表团主席。塔奇昂的着装好像经典黑色电影里的外国使节,他穿着呢子大衣,配了好几条腰带、许多纽扣还有肩章,一顶帽檐可翻的软呢帽懒散地斜扣在他脑袋上,帽子上还插着一根一英寸长的红色羽毛。不过我真不知道他从哪里搞到了这样一件深蓝色嵌丝线大衣。真可惜那些电影中的外国使节都是黑白的。

塔奇昂自以为他和哈特曼一样对鬼牌没有偏见,但事实不尽然。他把全副精力都投入到诊所[①]的事业上,没人否认他确实关心鬼牌,没

① 专门服务白搭牌患者的诊所,详情见《障眼法》。

人怀疑他关心之深切……很多鬼牌都把他当成圣人,当成英雄——然而,只要他们和我一样了解博士足够久,便能看穿他深藏内心的想法。他说不出口的是,他把自己在鬼街的辛勤工作看成一种惩罚。他尽了最大的努力去掩饰,但过了这么多年,我还是能看出他目光里的厌恶。塔奇昂博士和我是"朋友",我们相识已几十年,我真心相信他确实关心着我……但我从来不相信他会和哈特曼一样,把我当成平等的同类。参议员待我如普通人类,甚至把我当成大人物一样,和对待其他能够左右票选的政治领袖别无二致。而对塔奇昂来说,我永远都是鬼牌。

这是他的悲剧,还是我的悲剧?

塔奇昂不知道我患了癌症。这是不是说明我们的友谊就如同我的身体一样,已经病入膏肓?或许吧。他已经很多年没为我检查过身体了。我的大夫是位鬼牌,我的会计也是,还有我的律师,我的交易代理人,甚至为我服务的银行经理都是鬼牌——当今的世道已经不同于大通辞掉我的那个时代,而作为鬼街的市长,我有义务身体力行地反对歧视。

我们刚刚获准起飞。到处乱晃的人们都坐到座位上系好了安全带。似乎不管我走到哪里,鬼街都会伴在我左右——霍华德·穆勒,他的座椅改装过,以适应他九英尺的身高和极长的手臂。他的外号"巨怪"比他的本名更常用。他是塔奇昂诊所的安保主管,但我注意到他没有和塔奇昂一起坐在王牌那边。另外三个鬼牌代表——乌贼神父、蛹姬和诗人道林·王尔德——也一样坐在头等舱的中间。我们究竟为何都要坐在这里,为什么不能坐到靠窗的位置上?是出于巧合、偏见还是羞耻?恐怕鬼牌对这些都非常敏感。各类政客,包括来自国内的和联合国的,都坐在我们右边。王牌坐在我们前面(让王牌领军嘛,当然啦)和左边。算了,还是别乱想了,空姐叫我把小桌板收起来。

起飞了。纽约和罗伯特·汤姆林国际机场已经离我们远去，古巴在前方等待着我们。我听说这第一站会是轻松愉快的。哈瓦那几乎和拉斯维加斯与迈阿密海滩一样美国化，只不过更加下流堕落罢了。我有几个朋友现在可能就住在那里，一些鬼牌表演明星在欢乐屋和混沌会馆里出了名后就去了哈瓦那的赌场。不过，我得注意一定要远离赌博，因为鬼牌的运气可是出了名的坏啊。

安全带指示灯一灭，好几个王牌便起身走进头等舱休息室。我能听见螺旋形的台阶上方传来他们的笑声——游隼，还有年轻可爱的西风女，她不穿飞行装备的话看起来就像个女大学生，还有兴高采烈的希兰姆·伍切斯特以及阿丝塔·棱舍——美国芭蕾舞剧院的女演员，王牌名号是梦幻女。他们这就已经结成小团伙了，好个"快乐的一群"，个个人生前途似锦。塔奇昂正泡在这群天之骄子中间，我不知道吸引他的究竟是女人还是王牌，我的老朋友安吉拉还爱了塔奇昂博士近二十年，但连她也不得不承认事关女人他就只会用阳具思考。

然而即使在王牌中间也有不合群的。哈姆莱区的大力士琼斯（和巨怪、希兰姆·伍和游隼一样，他也需要特制的座位，好支撑他超乎常人的体重）正在抿着一瓶啤酒，读着一份《体育画报》。拉达·奥莱利[①]超然地盯着窗外，一言不发。两个司法部的王牌比利·雷和乔安妮·杰弗逊负责指挥随行安保人员，不是代表团成员，因此坐在后面的二等舱里。

还有杰克·布劳恩，他周围的紧张气氛谁都可以感觉得到。其他代表大都对他很礼貌，但没有一个是真心实意的。希兰姆·伍切斯特等人拒绝和他说话。塔奇昂博士则直接把他当成空气。我不知道让他

① 拉达·奥莱利的能力是变大象。

进代表团究竟是谁的主意，显然不是塔奇昂的，而对哈特曼来说政治风险太高。也许是为了安抚保守派而做出的姿态，或者还有我没有考虑到的其他因素？

布劳恩时不时抬头看看台阶上面，似乎很想加入楼上那群谈笑风生的人们，但最终一动不动。很难相信，这个穿着贴身旅行夹克、面白无须的金发男孩就是五十年代臭名昭著的“王牌的犹大”。他和我年龄差不多，但外表看上去还不到二十岁……仿佛几年前才和年轻漂亮的西风女一起参加过毕业舞会，而且还会早早把女伴送回家。

有一个来自《王牌》杂志名叫唐斯的记者刚才来过，他试图说服布劳恩接受采访。唐斯很执着，但布劳恩态度十分坚决，他只好放弃。之后他散发了几份最新一期的《王牌》，便跑到休息室里四处转悠，显然又盯上了别的什么人。我不是《王牌》的忠实读者，但收下了一份杂志，并且建议唐斯让他们的老板考虑再出一份姊妹刊，可以叫作《鬼牌》。他对这个建议不是很感冒。

这本杂志的封面是大龟装甲车在橙黄色夕阳中的剪影，非常有视觉冲击力，大号标题是《大龟究竟还活着吗？》大龟自九月百搭牌纪念日后就失踪了。那一天他的装甲车发生爆炸，掉进了哈德逊河里。人们在河底捞到了装甲车烧变形的碎片，但没有发现尸体。数百人声称在第二天凌晨看到了大龟，他的一台旧龟壳装甲车飞过鬼街上空，但因为他自那天之后就再没有出现过，有人认为那些目击不过是强烈愿望导致的幻觉罢了。

我对他本人没什么好恶，不过我还是很不愿意看到他死去。很多鬼牌都认为他是我们的一员，认为藏在龟甲里面的是鬼牌可怕的畸形外表。无论事实如何，他很久很久以前就是鬼街的老朋友了。

然而，关于这次出访的其中一个目的，所有人都闭口不谈，看过唐斯的文章让我想起来了。也许这种难以启齿的事就该轮到我开口。实际上，休息室里欢笑连连，却仍有着一丝紧张气氛。这次公费旅行已经计划了很多年，能在两个月内迅速通过可不是巧合。他们希望让我们暂时离开一段时间——不仅仅是鬼牌，也包括王牌。甚至可以说，尤其是王牌。

对纽约，以及所有的病毒感染者来说，今年的百搭牌纪念日是一场大灾难。暴力事件令人触目惊心，迅速成为了全国性的头条话题。声波侠之死依然没有线索，一个少年王牌在喷气小子陵墓前于众目睽睽之下被肢解，针对至高王牌的袭击，大龟的死（至少他的装甲车被毁），还有修道院艺术博物馆[①]的大屠杀，事后发现了十几具破碎的尸体，以及照亮了整个东区黎明前的空中大战[②]……政府用了几天甚至几个星期都无法统计出准确的伤亡数字。

人们还在墙里面发现了一位老人，身体真的是嵌了进去。他们准备把他挖出来时却发现已分不清血肉和墙的界线。解剖结果更是触目惊心，他体内的器官与插入其中的砖块融为了一体。一位海报摄影师拍下了一张老人困在墙里的照片，他看上去是那么的和蔼亲切。后来警方宣布这位老人不仅是位王牌，更是个穷凶极恶的罪犯，正是他杀害了恐龙小子和声波侠，并试图谋害大龟，还袭击了至高王牌，在东河上空大打出手，并且策划了修道院博物馆血案以及一连串次要的罪案。很多王牌出面作证，但公众没有信服。根据民意调查，更多的人相信《全国爆料人》提出的阴谋论——这些凶案彼此无关，是由某些强大的王牌处于私人仇恨而犯下的，他们不顾法律和公众安全滥用超能力，败露之后又相互串通在公众面前掩盖骇人的事实，把所有罪行都推到一个跛脚的老人身上，巧的是后者刚好又死了，而且显然是死于王牌之手。

已经有好几本号称解密的书在打广告，每本都宣称要揭开真

① 这是星相师的老巢。
② 鸡头侠大战星相师。

相——出版界天生的投机主义从来就没有下限。一向顺风倒的科赫[1]已经下令重新调查几起案件，并命令内勤局调查办案的警员。

鬼牌在人们眼里既可悲又可恶。王牌则有强大的超能力，而这么多年来也有不少民众开始惧怕王牌和他们的超能力。难怪近来像列奥·巴奈特这样的煽动家越来越受公众追捧。

因此我敢肯定我们这次出访还有一个不为人知的目的：用所谓的"正面新闻"洗掉这些天的血腥气息，消除人们的疑虑，重新赢得公众的信任，让他们忘掉这次百搭牌日的事件。

我承认，我看待王牌的心态很复杂，有些王牌确实滥用超能力。但无论如何，作为一名鬼牌，我发觉自己迫切希望这次出访能够成功……并且非常担心失败的后果。

1986年12月8日，墨西哥城

今晚又有一场国宴，但我借口不舒服没有出席。在旅馆里休息几个小时，写写日记更让我满足。我表现出来的遗憾都是装的——恐怕紧张的时间安排和旅途的劳顿已经开始让我吃不消了。我已经在拼命地掩饰疲劳，但在宴席上还是没有胃口。要是塔奇昂起了疑心，就会强迫我接受检查，要是我的病情被他发现，就只能打道回府。

我决不会接受这种结果。我还想去看看那些传说中的遥远土地，那些玛丽和我梦想中的国度，但我已经非常清楚这次旅行有着远比参观休闲更重要的使命。古巴不是迈阿密海滩，只要到哈瓦那城外一看便清楚了。在甘蔗田里奄奄一息的鬼牌远比在酒吧里跳舞的要多。我

① 纽约前市长。

之前已经提到过[1],海地和多米尼加共和国的状况不知道还要糟糕多少倍。

只要我们还想带来些好的改变,就不能没有鬼牌在场为他的同胞仗义执言。我决不能允许自己因为病情而被遣返。

我们的成员已经少了一位——道连·王尔德已经返回纽约,没有继续前往墨西哥。必须承认,对于此事我的心情很复杂。启程的时候,我对这位“鬼街的桂冠诗人”没有多少好感,这头衔和我的市长名号一样不靠谱,虽然他确实得过普利策奖。他似乎有种病态的爱好,喜欢把他那湿乎乎黏滑滑的触须甩到别人脸上,喜欢故意炫耀自己的畸形以吸引别人的目光。我怀疑这种趾高气扬的做派也是出于自我憎恶,就和许多鬼牌以面具遮脸一样,甚至和少数试图自残以切除畸形部位的人没有区别。而且他着装的品位和塔奇昂一样糟糕,一身爱德华七世时代的打扮十分滑稽。更不要说他还有沐浴后用香水的习惯,这对代表团里任何嗅觉正常的成员都是一种折磨。况且我的嗅觉还十分灵敏。

他有普利策奖的金字招牌,很少有鬼牌能获得此种世界级的殊荣。不然的话,我怀疑他连被提名为代表的机会都没有。我也看不出他的诗有何优秀之处,通篇都是不断反复的矫揉造作,令人反感。

不过话说回来,我得承认我还是很欣赏他在杜瓦利埃面前的即兴表演。我猜事后他肯定被政客代表们骂死了。

我们离开海地后,哈特曼和“神明王尔德”[2]私下长谈了许久,之后道连似乎老实多了。

尽管我不同意王尔德的许多观点,但我仍认为他有公开表达观点的权利。我会想念他的。真希望我能知道他离开的原因。我问过他这

① 该文为系列文章中的一篇。

② 病毒感染者在海地被当成神迹崇拜。

个问题,试图用造福鬼牌同胞的理由说服他留下。他的回答是一段恶毒的小诗,以侮辱的词句暗指我的长鼻在性方面的用途。真是个有趣的人。

我意识到,王尔德走后,乌贼神父和我便是仅有的两个真正能伸张鬼牌利益的代表。霍华德·穆(对大多数人来说是巨怪)的外表极具压迫力,九英尺高的身体极其强壮,淡绿色的皮肤跟皮革一样硬。我了解他,知道他是个正派能干的好人,也十分聪明,但……他的本能是追随他人,而非独当一面。他有些害羞,一向沉默寡言,很少直言不讳地表达观点。我时常想到,他的身材令他无法融入人群,而那却正是他最渴望的。

而蛹姬则正相反,她有自己独特的魅力。我不能否认她是个受人尊敬的社区领袖,是最知名(不是讽刺)也是最有权势的鬼牌之一。但我就是和她气场不合。也许是因为我个人的偏见。水晶宫的崛起很大程度上导致了欢乐屋的衰败。但我的反感还有些更深层次的原因。蛹姬在鬼街很有权势,但她从未借此为其他人谋福利。她从不参与政治,总是小心翼翼地与JADL和各种争取鬼牌权利的游行保持距离。在我们最需要激情和奋斗的时候,她选择了冷淡和袖手旁观,躲在她的烟嘴、酒杯和英国上流社会腔调后面。

蛹姬只会为她自己说话,巨怪几乎从不开口,因此只有乌贼神父和我自己能为鬼牌发言。我乐意效命,但我实在是太累了……

我很早就睡着了,晚宴结束其他代表们回来之后才被吵醒。我听说,宴会举办得十分顺利。很好,我们急需好消息。霍华德跟我说哈特曼做了一次完美的演说,连米格尔·德拉马德里总统都被吸引住了。另据报道,游隼吸引了在场所有男性的目光。不知道其他女性会不会嫉妒。西风女也很漂亮,梦幻女的舞姿令人难忘,拉达·奥莱利更是迷人，她那爱尔兰和印度混血的容貌极富异国情调。但游隼令她们全部黯然失色。她们会怎么看她呢？

男性王牌显然都十分仰慕她。满手老千号里空间不大，航班上留言传得很快。据说塔奇昂博士和杰克·布劳恩都向她求过爱，都被她严词拒绝。要说心上人的话，她似乎和她的摄影师交往甚密，后者是个凡胎，和其他记者一起坐在后面。她准备为这次访问拍一部纪录片。

希兰姆和游隼的关系也很密切，不过他们之间互相取乐开玩笑的成分更多，他们的友情至多是柏拉图式的。伍切斯特只有一位真爱，那就是美食，爱得如痴如醉。我们每到一座城市，他都知道最好的餐馆在哪里。随时都会有当地厨师不请自来，悄悄跑到他的房间，带着自己烹制的特色菜，求他赏光尝一口，小评一句也好。希兰姆非但不会拒绝，反而乐在其中。

在海地希兰姆遇到一个特别喜欢的厨师，当场将其聘用。他说服哈特曼给移民局打了几个电话，加急办理了签证和工作许可。我们后来在太子港的机场又碰到了那人，他正费劲地拖着一推车的铸铁厨具。希兰姆让推车变得很轻，好让他的新雇员可以扛在肩上（后者不会说英语，但希兰姆坚称味觉是全球通用的语言）。霍华德说，今天的晚宴上希兰姆坚持要去厨房向厨师要墨西哥麻辣鸡的食谱，不过进到厨房后他还特地为宴会主人烹调了一些辣味点心。

按理说我该向希兰姆提出抗议，因为他比我认识的所有人都更喜欢滥用王牌身份，但我发觉自己很难反感这样一位懂得享受人生、为周围人带来了许多欢乐的人。而且他曾匿名为鬼街捐了很多钱，费了很大劲去隐瞒，但我很清楚他做过的善事。希兰姆和塔奇昂一样，有鬼牌在身边会很不自在，但他的心胸和身材一样宽广。

明天代表团又将分开，参议员哈特曼和参议员里昂，众议员拉比诺维茨，还有世卫组织的埃里克森要会见墨西哥的执政党——革命制度党的领袖。塔奇昂和其他医学界人士准备访问一个诊所，该诊所宣称成功地以苦杏仁苷治愈了病毒。王牌代表们准备和三个墨西哥同仁共进午餐。我很欣慰地看到巨怪也受邀出席。至少可以说在某种意义上,他的超人力量和坚不可摧的体魄让他也能算是个王牌。这当然只是个小小的胜利,不过总归是件好事。

剩下的代表们要南下尤卡坦和金塔纳罗奥,参观玛雅遗址,并访问报道中发生过反鬼牌暴乱的数个地点。墨西哥乡下恐怕没有墨西哥城那么文明。再过几天所有人会在奇琴伊察会合,一日之后便结束我们的墨西哥之旅。

接着下一站就是危地马拉……或许吧。新闻里天天都在报道那里的动乱,印第安人反抗中央政府的暴动,随行记者里有几位已经赶到那里,他们嗅出了比这次寻访更大的新闻。如果局势过于紧张,我们可能不得不跳过这一站。

1986 年 12 月 15 日,前往利马途中[①],秘鲁

我好久都没写日记了,起码有两天了吧。只能说我实在是太累,心情也很沮丧。

恐怕危地马拉的事件让我心力交瘁。我们自然是严守中立的,但看到电视报道里的暴动,又听说了玛雅人起义的一些口号,不禁燃起一丝希望。当我们面见印第安人的领袖时,我一度非常欣喜。他们把我的出席看成一种荣誉,一种吉兆,待我和对待哈特曼和塔奇昂一样尊敬(或者说一样不够尊敬),而他们对己方鬼牌的态度也让我非常欣慰。

唉,我已经是个老人——准确地说是个老鬼牌了——总是喜欢攫住每一根救命稻草。现在玛雅革命者已经宣布建立新国家,一个美洲

① 原文为西班牙语。

印第安人的家园，他们自己的鬼牌会受到欢迎和尊敬，但外族的鬼牌就不包括在内。倒不是我想住进危地马拉的雨林——就算这里成立了一个鬼牌自治区也不会在纽约鬼街掀起什么波澜，大规模迁徙更是不可能。但是，这世界上鬼牌受到欢迎、可以安居乐业的地方实在太少……我们走得越远，看得越多，我就越是不得不相信鬼街对我们来说是最好的家园，唯一的归宿。而这个念头又令我如此悲哀恐惧，简直难以言表。

我们为什么要划出界限，分出彼此的不同，给人群贴上标签，再相互隔离开来？王牌、凡胎还有鬼牌，资本主义者和共产主义者，天主教徒和新教徒，阿拉伯人和犹太人，印第安人和拉丁诺人[1]，等等等等，诸如此类。而且当然，只有我们所属的那一方才是真正的人类，至于“其他人”，不管是什么样的人，是辱是奸，是杀是剐大可随意处置。

满手老千号上有些人指责危地马拉政府有意犯下种族屠杀，试图消灭自己的印第安人口。他们也认为印第安国的成立是件大好事。但我不禁有所怀疑。

玛雅人认为鬼牌受到了诸神亲手赐福。受尊敬当然比因残疾和畸形受辱骂要强，毫无疑问，但是……

我们还要访问伊斯兰国家……有人跟我说所有伊斯兰国家占全球的三分之一。有些穆斯林比其他的更宽容一些，但总的来说他们全都相信畸形是安拉不悦的体现。像伊朗的什叶派和叙利亚的安拉之光派的态度令人恐惧。伊朗国王被阿亚图拉推翻时有多少鬼牌被屠杀？有些伊朗人认为国王对鬼牌妇女的容忍是他最可恶的罪行。

那么在文明开化的美国我们的处境就要好得多吗？一个有列奥·

① 欧洲血统的南美人。

巴奈特这样的基要派宣扬鬼牌因罪而受罚的国家？哦，没错，他的论调不太一样，我可不能忘了。巴奈特说他痛恨罪愆却爱着罪人，只要我们忏悔、敬神、爱耶稣，就一定能够痊愈。

不对，恐怕从本质上来说巴奈特、阿亚图拉和玛雅祭司都在宣扬一样的信条——我们身体的异变是灵魂的具现，某位神明亲自出手扭曲了我们的形体，以宣示他的愉悦（玛雅人）抑或不满（安拉之光派、阿亚图拉还有怒斥者[①]）。关键是，他们都宣称鬼牌是异类。

我自己的信念简单至极——我相信，鬼牌、王牌和凡胎都只不过是普通的男男女女，都不应该受到特殊对待。在最苦闷最绝望的时候，我甚至会怀疑这世界上是不是只剩下我一个人仍然相信平等。

我还在想危地马拉和玛雅人。我之前忘了一点——我没有意识到这一有着崇高理想的革命领袖是两个王牌和一个凡胎。即使在这里，鬼牌被当成神赐福兆的地方，依然是王牌领导，鬼牌跟随。

几天前——当时我们在参观巴拿马运河，我记得"包打听"唐斯问过我：你认为美国以后有没有可能选出一位鬼牌总统？我说要是能有个鬼牌众议员我就满足了（我担心内森·拉比诺维茨听到这话会以为我在批评他不称职，他的选区包括鬼街）。接着包打听又问我王牌会不会选上总统。必须承认，这个问题更有意思。唐斯总是一副昏昏欲睡的模样，但他的思路比外表看上去要敏锐得多，虽然比不上满手老千号上的某些同行——比如美联社的赫尔曼和华盛顿邮报的摩根斯坦。

我告诉唐斯，在今年的百搭牌日之前还有可能……一点点可能。有些王牌，比如大龟（按纽约最新的报道依然失踪）、游隼、旋风侠还有其他一些人算是最知名的王牌，公众对他们极有好感。但这种知名度

① 怒斥者就是巴奈特。

对政治角力究竟有多少用处，能不能挺过总统竞选里粗暴的攻讦对战，还是个未知数。英雄人物很容易被公众抛弃。

杰克·布劳恩就站在旁边，他听到了包打听的发问和我的回答。在我下结论之前——我本想说今年九月的不幸彻底改变了一切，百搭牌日不仅造成了巨大的伤亡，也让任何王牌成为总统候选人的希望完全成为了泡影——布劳恩插话了。“他会被撕成碎片。”他告诉我们。

但如果候选人是公众爱戴的人呢？包打听又问道。“他们也爱过四大王牌。”布劳恩说。

布劳恩不再像旅程开始时那么格格不入了。虽然塔奇昂仍视他为无物，希兰姆仍粗鲁无礼，但其他的王牌似乎不在乎他的身份。在巴拿马期间他常常陪着梦幻女，帮她忙这忙那。我还听到了金童和里昂参议员的公关秘书私通的传言，后者是个年轻漂亮的金发女郎。毫无疑问，在一般人眼里，布劳恩是在场的所有男性王牌中最有魅力的一位。虽然莫迪凯·琼斯[①]亦有一较高下的实力。唐斯也被两人吸引住了。他告诉我下一期《王牌》将会推出一篇比较金童和哈莱姆巨锤的文章。

1986年12月29日，布宜诺斯艾利斯

阿根廷，别为杰克哭泣……

伊娃塔[②]的灾星回到布宜诺斯艾利斯了。那部音乐剧在百老汇首演时，我就在想杰克·布劳恩听到卢波内歌唱四大王牌的时候会怎么想。现在这个问题更敏感了。布劳恩一路上都很镇定，面对着当地人的礼遇，他几乎一直在忍着。但他心里是怎么想的？

① 前文提到的大个黑人。
② 庇隆第二任夫人。

庇隆已经死了,伊娃塔更是死透了,连伊莎贝尔[1]也已经成了回忆。但庇隆主义者仍然是阿根廷政治的主流。他们可没有忘记。到处都是嘲讽布劳恩的标语,要求他卷铺盖走人。他成了美国佬(我不知道阿根廷人用不用这个词)的终极代表,强横而丑陋的美国人不请自来,侵入阿根廷推翻了它的主权政府,就因为他们不喜欢它的政治倾向。自拉丁美洲独立以来美国就一直如此行事,我毫不怀疑其他国家也有同样的怨恨。然而美国,还有更可怕的 CIA"秘密王牌"都是抽象的概念,没有具体的形象,不好作为发泄的目标。而金童则有血有肉,真实可见,而且近在眼前。

旅馆里有人泄露了我们的房间安排,抵达第一天时杰克走到阳台上,就被大粪和烂水果围攻。之后他就再没出过房间,除了出席正式场合。但即便如此他还是免不了受到攻击。昨晚我们站在玫瑰宫门前,一位工会领袖的夫人——年轻漂亮的女子,面孔黝黑小巧,留着有光泽的长发——走到他面前,甜甜一笑,盯着他的眼睛,然后啐了他一口。

这一举动引起了不小的风波,据我所知参议员哈特曼和里昂递交了一份抗议。布劳恩自己则非常克制,简直称得上风度极佳。接待会后包打听便对他紧追不舍;他正要就这次事件给《王牌》发回一篇报道,需要当事人的评论。布劳恩最终开了口。"我做过不少令自己羞愧的事情。"他说,"但赶走胡安·庇隆不在其中。"

"是啊,是啊。"我听到包打听说,"但她啐你的时候你是什么感觉?"

杰克似乎感到恶心。"我不打女人。"他说,然后便走开独自坐下。

布劳恩走了之后,唐斯转向我。"我不打女人。"他念台词似的模仿着金童的腔调,然后又说,"好个窝囊废……"

人们太过乐于把杰克·布劳恩的言行解读为懦弱和背叛了,但在

---

① 指后来当上总统的庇隆夫人。

我看来事实要远为复杂。因为外表年轻,人们常常会忘记金童的真实年龄——他是在大萧条和二次大战的年代长大成人的,是听着 NBC 蓝色广播网而不是 MTV 长大的。因此他会看重一些老派的价值观也就不奇怪了。

很多时候这位王牌的犹大都显得很无辜,仿佛迷失在了一个一个对他来说已经过于复杂的世界里。在我看来,虽然他不愿承认,在阿根廷遭受的待遇令他十分苦闷。布劳恩是二战后曾一时盛行,后来却被韩战、非美委员会听证会和冷战击垮的那个迷梦的最后一位遗老。和他们的祖国一样,他们对自己的使命没有任何疑惑。天赐吾神力,必有大用。而他们对自己明辨好坏是非的判断力也颇为自信。他们的民主理想还有耀眼而纯良的动机便是足够正当的理由。少数早期王牌们的年代可谓是一段黄金岁月,金童作为它的代表再合适不过了。

黄金时代终会被黑暗时代所取代,每个学过历史的学生都知道,而我们所有人也将亲身体会。

布劳恩和他的同僚有着凡人无法企及的能力——他们可以飞行,可以举起坦克,可以吸收别人的记忆和人格,因此他们便有了一种幻觉,以为自己可以改变世界的面貌。当虚幻的大厦在他们脚下消融后,他们便从巅峰一路陨落。从那之后,再没有一位王牌敢做这般大梦。

即便后来被囚禁,陷入绝望,堕入疯狂,名誉扫地,被病魔夺去生命,四大王牌仍有一些无可否认的胜绩,阿根廷便是其中最耀眼的一项。所以对杰克·布劳恩来说,这次故地重游该有多苦涩啊。

仿佛有人还嫌不够过分似的,我们在启程前往巴西之前收到了一堆邮件,其中包括十几本最新的《王牌》杂志,刊载有包打听承诺过的专题报道。封面是杰克·布劳恩和莫迪凯·琼斯的侧脸,相互怒视着(当然是刻意剪贴出来的,我不认为这二位在汤姆林机场集合前见过面),下面的标题是——“全球最强壮的人”。

那篇报道是一篇讨论二人公开事业的长文,穿插着许多关于他们超级力量的逸事,还有关于谁是世界上“真正”最强的人的推测。

报道让两位主角都有些难堪,尤其是布劳恩。两人都不愿谈起这个话题,显然在近期也不会出面澄清这个疑问。我知道在包打听的文章刊出后,记者团里就为这个问题争论不休,甚至还打了赌。(唐斯的文章头一次深刻影响到了他的同僚们),不过这些赌局短时间内不会有什么结果了。

我读过杂志之后便告诉唐斯,他的文章既失实又草率。他震惊了。“我没明白。”他说,“你究竟想抱怨什么?”

我向他解释说,我的不满其实很简单。布劳恩和琼斯可不是仅有的两个因百搭牌病毒而获得超人力量的人。实际上,这类超能力是相当常见的,在塔奇昂的发生率统计表里非常接近念动力和心灵感应。据我所知一般是因为肌肉的收缩力大幅强化所致。我的意思是,我很容易就能列举出许多著名的鬼牌也有超常的力量。比如艾蒙[1],厄尼烧烤酒吧的店主厄尼,异合人,似人……还有近在眼前的例子:霍华德·穆勒。巨怪的力量可能比不上金童和哈莱姆之锤,但也足够接近。包打听的文章里都没有提到过这些鬼牌,却时不时提到过许多力量超凡的王牌。这是为什么呢?我想知道。

然而不幸的是,我这番话显然无法引起人们的沉思。我说完后,唐斯不过翻翻白眼,说:“你们这帮人真他妈敏感。”然后他装作大方地表示要是这篇文章吸引了足够多的关注,他会再写一篇关于世界上最强壮的鬼牌的续篇。他无法理解为什么这个“补偿”让我更生气。而且他们还不懂我们这些人为什么敏感……

我还怀疑霍华德会觉得这场争论非常可笑。

事实上这本杂志给我带来的小小不平远远比不上我们的安全负责人比利·雷的反应。雷是文章里泛泛提到的王牌之一,他的力量被评

① 水晶宫的矮个子保安。

价为“够不上第一梯队”。后来他大声嚷嚷得整个飞机都能听到，要唐斯不如和他一起出去练练，看看所谓第二梯队是什么水平。包打听拒绝了。看到他脸上的微笑我便怀疑“行刑客”比利近期在《王牌》杂志上肯定得不到什么好评了。

从那以后，雷逢人便抱怨那篇文章。他的论点是：力量不是一切，他的力气可能没有布劳恩或者琼斯大，但足够在一对一的战斗中击败他们两人，而且他乐意和人打这个赌。

我个人则从这场小题大做的风波里得到了一种恶趣味的满足感。讽刺的是，令他们争论不休的却是一类并不重要的超能力。

我记得在七十年代早期有过一次超能力表演，当时新泽西号战列舰在新泽西的贝约恩海军后勤中心进行改装。大龟用念力举起了战舰，把它抬离水面数英尺，举了将近半分钟。布劳恩和琼斯可以举起坦克，投掷汽车，但离巨龟当天的壮举都相差甚远。

事实便是，人类肌肉组织的收缩力强化到极限也不过如此。人的体力终归有限。塔奇昂说人类心灵的能力也有限度，但到目前为止还没人曾触及那极限。

如果大龟像许多人相信的那样真是一名鬼牌，这种讽刺将会令我大大的满足。

我猜我这个人从本质上来说，器量也不过尔尔吧。

1月16日，埃塞俄比亚，亚迪斯亚贝巴

我在受灾之地度过艰难的一日。当地红十字会的代表带领我们中的一些人去参观了他们缓解饥荒的措施。当然，我们早在到达此地之前就知道这里的干旱和饥荒，但在电视上看到和亲眼目睹远不是一码事。

这一天让我非常强烈地意识到我自己的无能和无知。患上癌症后，我的体重轻了许多（很多没起疑心的朋友甚至说我体形更匀称了），但行走在灾民中间，我仍有的一点点小肚子也变得沉甸甸的。他们在我眼前挨饿，而我们的飞机正要带我们回亚迪斯亚贝巴……的旅馆，还有另一场接风宴，无疑会是一顿讲究的埃塞俄比亚宴席。我被心里的愧疚和绝望压得喘不过气。

我相信所有人都有所感触。我想象不出希兰姆·伍切斯特的心情究竟如何。不过他从饥民身边走过时面色很不好，最后甚至因抖得太厉害，不得不到阴凉处坐了一会儿。当时他满头大汗。不过后来他又回来了，面色苍白阴沉，用他的反重力超能力把我们带来的赈灾粮运给灾民。

许许多多的人们都在为赈灾而尽出全力，但却收效甚微。难民营里只能见到灾民们骨瘦如柴的躯体和肿胀的腹部，只能见到孩子们空洞的眼神，无休止的酷热从天洒下，烘烤着这片干涸的土地。

这一天的记忆将在我的脑海里留存许久——至少会一直留到我过完所剩不多的寿命。乌贼神父在为一位脖子上挂着科普特十字架的垂死妇女在做临终圣事，游隼和她的摄像师为她的纪录片拍了好多镜头，但没过多久她就受不了了，回到飞机上等我们。我听说她甚至把早餐都吐了出来。

我们还看到一位年轻的母亲，肯定不超过十七八岁，憔悴得甚至连肋骨都能一根根数清，双眼难以置信的苍老。她把她的孩子搂在干瘪无奶的乳房前。孩子早已经死了，散发着尸臭，但她不肯让人把他带走。塔奇昂控制住她的心灵，束缚住她的行动，然后轻轻地把孩子的尸体从她的怀中拉了出来。他把他交给一位工作人员，然后坐在地上开始哭泣，身体随着啜泣声不停地抽搐。

西风女最后也哭了。在去难民营的路上，她换上了蓝白色的飞行服。她很年轻，是个王牌，力量强大。毫无疑问她以为自己可以帮得上忙。当她唤起风时，绑在腰间和腕部的大号披风可以像降落伞一样鼓起来，送她上天。对于眼神麻木的灾民们来说，甚至鬼牌们奇形怪状的肢体也不能引来他们的目光，但当西风女起飞时，大部分难民——不是所有人，但是大部分——都扭过头看着她，目送她飞上高空，冲入闷热的蓝天，然后才低下头再次陷入麻木的绝望中。我猜西风女希望她的御风能力可以招来云层，降下雨水治愈这片土地。好一个美丽而又自负的梦想啊……

她飞了接近两个小时，有时高到了我们的视线之外，但凭着她的全套王牌超能，只招来了一场沙尘。到最后她放弃了，她精疲力竭，年轻漂亮的脸蛋沾满了土和灰，眼睛又红又肿。

就在我们离开之前，又目睹了一场暴行，让绝望的气息又增添了一分。一个满脸痤疮的高个子年轻人攻击了另一位灾民——他发了疯，挖出了那位女子的眼珠，在目瞪口呆的众人面前把它吞了下去。讽刺的是，我们刚刚抵达时见过他一面，他在一所基督教学校里学习过一年，会说几个英语单词。他看起来比其他人更强壮更健康。当西风女起飞时，他也跳了起来，追着她喊："喷气小子！"嗓音清楚洪亮。乌贼神父和哈特曼参议员试图和他谈话，但他只能讲出几个英语名词，像"巧克力""电视"，还有"耶稣基督"。不过这位男孩显然比其他难民更有精神——他看到乌贼神父时睁大了眼睛，惊奇地伸手去摸神父的触须，在参议员拍着他的肩膀说我们是来帮助你们的时候甚至还微笑了，不过我不认为他听懂了。我们全都震惊地看着他尖叫着被拖走，瘦削的棕色面庞上沾着鲜血。

真是可怖的一天。晚上回到亚迪斯亚贝巴后我们的司机顺便带我们到码头看了看，那里赈灾物资堆到了两层楼高。哈特曼未动声色但满腔怒火。如果说在场的人里有哪位能迫使这个罪恶的政府出手解救饥饿的人民，那就只有他一个人了。我会为他祈祷，如果我信上帝的话……但哪一个教派的上帝会纵容我们今天见到的这些惨象呢……

非洲的美丽不比地球上任何一片土地逊色,我应该写写这一个月里我们见过的所有美景。维多利亚瀑布,乞力马扎罗山的雪,一千匹斑马像带条纹的疾风飞驰过茂盛的草原。我曾在那些不知名的古老而高傲的王国的废墟里漫步,亲手拿过俾格米族的工艺品,我还见过一个布希曼人,他第一眼看到我表情并非恐惧而是好奇。有次在一个禁猎区里我醒得早了点,当我抬头望向窗外的朝阳时,看到两头巨大的非洲象跑到了我们的屋子外面,拉达站在它们中间,裸身沐浴在晨光中,让它们用长鼻子抚摸着她。我扭过头,避开这私密的场面。

这片土地确实美丽,正如她的人民,他们的脸上满是温情和关切。

尽管如此美丽,非洲却让我甚为压抑伤感,我将会很高兴离开这里。难民营惨状并不是唯一的悲剧。在我们到达埃塞俄比亚之前已经去过肯尼亚和南非。感恩节还很远,但这几周所目睹的一切远比美国那个充斥着球赛和暴饮暴食的无聊节日更让我想要感谢上苍。即使鬼牌也应该感恩。我早就意识到了,但在经历过这次非洲之旅后我才被迫承认了这一现实。

作为起点,南非给这次旅行蒙上了一片阴云。美国当然一样也有仇恨和偏见,但无论如何我们至少文明到能够维持表面上的容忍和情谊,至少在法律上是平等的。我以前可能会说这不过是诡辩,但那时我还没有目睹过开普敦和比勒陀利亚的社会现实,这里的一切丑恶都在赤裸裸地公开进行,有法律撑腰,以铁腕执行,连掩盖它的白手套都越来越薄。有人会辩称至少南非人不会伪装,而美国人躲在虚伪的面具后面。或许如此,或许……但即便是这样,我还是更愿意接受虚伪的和善,并为它感激不已。

我想这就是非洲给我的第一课,让我知道这个世界上还有比鬼街更糟糕的地方。第二课是肯尼亚教给我们的:还有比歧视更可怕的东西。

和中非与东非的许多国家一样，肯尼亚受百搭牌病毒的影响较小。有些孢子可能随着气流传播到这里，有些可能经由港口，被受过污染而又几乎没有被消过毒的货物带了进来。CARE① 的货物在许多人眼里是重点怀疑对象，他们确实有理由这么想。而许多船长也早就学会了隐瞒他们经过的上一个港口是纽约市。

再往内陆走，就几乎找不到百搭牌感染的案例了。有些人宣称伊迪·阿明是个有超能力的疯狂鬼牌，力气和巨怪或者哈莱姆之锤一样大，可以变身成各种兽类，像是豹子、狮子或者老鹰。阿明自己则声称可以用心灵感应揪出他的政敌，而他政敌中的幸存者则说他是个食人魔，自认为要靠人肉才能维持力量。然而所有这一切不过是传言和宣传，无论阿明是个鬼牌还是王牌，又或者是个患有妄想症的可怜凡胎，他已经进棺材了。在世界的这个角落里，要找出一个有据可查的百搭牌病例无异于大海捞针。

但肯尼亚和周边国家有着他们自己的噩梦病毒。百搭牌在这里只是怪谈，而艾滋病却是流行疾病。在总统接待哈特曼参议员和大多数调查团成员时，少部分人则在肯尼亚乡间疲惫地奔波，乘着直升机从一个村子到另一个村子，造访那里的诊所。即便在塔奇昂的坚持之下，他们也只给了我们一架快报废的直升机。政府更愿意让我们在大学里演讲，和教育家、政客们会面，游览禁猎区和博物馆。

我们的许多代表很乐意从命。百搭牌已出现四十年，我们早就习惯了它。但艾滋病却是一股新的恐慌，我们对它的了解还远远不够。在美国它被认为是一种同性恋疾病，我必须承认我也曾这么想过，但在非洲，它却被证明是个谎言。这片大陆上的艾滋病病例已经超过了塔基斯异星病毒的感染者的总数。而现在距后者在曼哈顿上空释放之时

① 美国援外合作组织。

已经有四十年之久。

而在某种意义上艾滋病是更可怕的恶魔。百搭牌病毒会杀死百分之九十的感染者,死法通常十分痛苦可怖,但百分之九十和百分之百的区别可一点不小,尤其是对那百分之十的幸存者来说。那是生和死的差别,希望和绝望的界限。有些人宣称他们宁愿死也不愿意作为鬼牌活着,但我不是其中之一。我的人生并不幸福,但我仍然有珍重的回忆和值得骄傲的成就。我希望活下去,我不想死。我可以接受自己的死亡,但不代表我愿意放弃生命。我还有太多没有完成的事。就像罗伯特·汤姆林[①]一样,我还没看过《乔森故事》呢,人人皆如此。

在肯尼亚我们见过整座村庄的人都在走向死亡。他们还活着,还在微笑,还能吃喝拉撒,可以做爱,甚至可以生小孩,能够完成活人的一切机能——却已经死了。那些抽到黑桃皇后的人会在痛苦和难以名状的畸变中死去,但他们至少有药可以止痛,而且死得很快。艾滋病却没那么仁慈。

我们有着许多共同点,鬼牌和艾滋病人。在我离开鬼街前,我曾计划五月底在欢乐屋举办一场为 JADL 筹款的义演——我们尽可能找了最大牌的明星,努力把它办得盛大一点。离开肯尼亚后我给纽约打了电话,安排把抽到的钱分一部分给一个合适的艾滋病患者组织。我们这些被社会遗弃的人要患难与共。在我自己的黑桃皇后落到牌堆里之前,或许我还可以搭起几座友谊的桥梁。

1 月 30 日,耶路撒冷

耶路撒冷,人们管它叫不设防的城市。它是一个国际大都会,由以

① 喷气小子,后面是他的遗言。

色列、约旦、巴勒斯坦和大不列颠派出的专员在联合国的授权下共同管理，亦是三个重要宗教的圣地。

然而，合适的措辞不是“不设防”，而是“无法愈合的伤口”。耶路撒冷的流血纷争已经持续了四十年。如果这座城市当真是圣城，我应该对访问其中那座渎神的围城而感到愤怒才对。

今天，哈特曼参议员、里昂以及其他政客代表和市政专员们共进午餐，但调查团的其他成员则花了一个下午的时间游览这座自由的国际都市，坐着封闭的防弹轿车，车子的底盘有特制装甲以防遇到炸弹。耶路撒冷似乎喜欢用爆炸来欢迎各方国际友人。来的人是谁、来自哪里、信什么宗教、持有什么政治观都不重要——这座城里的派别太多，任何人都有理由痛恨彼此。

两天前我们还在贝鲁特，从贝鲁特到耶路撒冷的旅程，如同由光明坠入黑夜。黎巴嫩是个美丽的国家，贝鲁特是个可爱而平静的城市，气氛十分祥和。城内多个教派似乎已经学会了和谐的相处之道，当然有时还是会有一些意外——在中东（或者说全世界）没有一个地方是绝对安全的。

但在耶路撒冷，不断涌现的暴力事件已经成为了三十年来的常态，且一年都比一年更糟。有些街区的面貌如同闪电战时的伦敦，居住其中的人们早已习惯了远处传来的机关枪声，完全听而不闻。

我们在哭墙的废墟前停留了一会儿（它的大部分在1967年被巴勒斯坦恐怖分子炸毁，为了报复以色列恐怖分子于前一年对阿齐兹的暗杀），甚至鼓起勇气下了车。希兰姆紧握拳头，装作凶狠地四下张望，仿佛在暗示周围的人不要轻举妄动。他最近有点奇怪，变得十分情绪化，敏感而易怒。看来非洲之旅影响了我们每个人。这一小部分残垣断壁仍然十分壮观，我摸着墙壁，试图感受历史。然而却只摸到了子弹留下的弹痕。

之后大部分团员都回宾馆了。但乌贼神父和我绕道去造访了鬼牌区。我听说它是世界上第二大鬼牌社区,仅次于鬼街……远远比鬼街小得多,但仍然是第二大。我一点也不感到惊奇。伊斯兰教对待我的同胞可并不友善,所以鬼牌从中东各地涌入这个街区,以求能得到联合国提供的一点点可怜的保护——一小支人员匮乏、武器匮乏而又士气低落的国际维和部队。

这个区域脏乱到了难以想象的地步,墙内居民的悲惨生活仿佛触手可及。然而讽刺的是这片街区的安全口碑是全耶路撒冷最好的。它有自己的围墙,建成不过几十年,原本是为了把我们这些畸形藏起来,以免碍到正派公民的眼睛。但这些低矮的围墙却成为了其内居民的一道安全屏障。进入城区后,我就再也没看到一个凡胎,只有鬼牌——来自各个种族、信仰各种宗教的鬼牌,基本相安无事。他们可能曾是穆斯林、犹太教徒或者基督徒,可能是狂信徒、锡安主义者或者安拉之光的追随者,但抽到鬼牌之后,他们全都一样。鬼牌是最有效的均衡器,可以消除一切仇恨和偏见,把所有共担痛苦的人团结到一起。鬼牌就是鬼牌,不管他还有什么身份,都不重要。

要是王牌也能这么想就好了。

耶稣基督·鬼牌教派在耶路撒冷也有一座教堂,乌贼神父带我去了。比起基督教堂,那座建筑更像清真寺,至少外表如此,但内部和我曾造访过的鬼街的那一栋没有太大区别,只是更加古老,更需要维修。乌贼神父点起一根蜡烛,念了一段祷文,然后我们便回到狭窄拥挤、东倒西歪的主教房间。乌贼神父和当地的牧师用蹩脚的拉丁文谈话,我们三人共享一瓶酸红酒。在他们谈话的时候,我听到自动步枪的声音打破了夜晚的宁静,只有几条街远。这大概就是耶路撒冷平淡无奇的一个晚上吧。

直到我死后这本日记才会公之于众,到那时我便不怕受到任何指责了。我曾犹豫担心了许久,不确定该不该把今晚的经历记下来,最后终于下定决心。人们需要从1976年的惨剧里学到教训,需要时不时被提醒JADL并不能代表每一位鬼牌。

在乌贼神父和我即将离开教堂之前,一位年老的鬼牌妇女把一张纸条塞到我手里。我猜有人可能认出了我。

读过纸条之后,我便推掉了官方接待活动,再一次称病。但这次只是借口,我在自己的房间里和一位被通缉的罪犯共进晚餐。我只能透露这个人是个臭名昭著的国际鬼牌恐怖分子,虽然在耶路撒冷鬼牌区里他是位英雄。我不想透露他的真名,即使是在纸上,因为我知道他时不时还会去特拉维夫和他的家人团聚。媒体、国际刑警组织和把持耶路撒冷各区的各个派别都知道,他“干活”的时候总是戴着一个黑狗面具,因此人称“黑狗”或者“地狱犬”。今晚他戴着完全不同的面具,一个涂了亮片的蝴蝶形头套,走在城里没有遇到任何麻烦。

“你必须记住,”他告诉我,“凡胎个个都是蠢货。你戴着同一个面具被人拍到两次以上,他们就会以为那是你的脸了。”

以下我会称他为猎犬,他出生于布鲁克林,但在九岁时随父母移居以色列,成为了以色列公民。他二十岁时变成了鬼牌。“我逃了半个地球却还是抽到了百搭牌。”他说,“真该留在布鲁克林。”

我们花了几个小时讨论耶路撒冷、中东还有百搭牌的政策。出于诚实我必须承认猎犬所领导的组织——畸拳——是个鬼牌恐怖组织。他们在以色列和巴勒斯坦都是非法的,我没有开玩笑。他回避了关于他们人数多少的问题,但毫不迟疑地承认了他们几乎所有的经济援助都来自纽约的鬼街。

“你可能不喜欢我,市长先生。”猎犬说,“但你的人民可不一样。”他甚至暗示某位鬼牌调查团成员是他们的支持者,但当然他拒绝说出那人的名字。

猎犬相信中东必有大战,而且很快就要到来。“早该打起来了。”

他说，“以色列和巴勒斯坦都无法防卫自己的边境，也都没有可持续的经济。两个国家都相信对方是所有恐怖暴行的主使，而且他们都没想错。以色列想抢回内盖夫和西岸，巴勒斯坦想得到地中海的出海口，两国国内都挤满了1948年分治后涌入的难民，都想夺回家园。人人都想抢下耶路撒冷，除了统治着它的联合国。妈的，他们可想大打一场了。1948年以色列在看起来就要赢了的时候被纳赛尔狠狠地收拾了一顿。我知道伯纳多特[①]因为《耶路撒冷合约》拿到了诺贝尔和平奖，但你我都知道，要是他们能打出个胜负反而会更好……不管是谁赢。”

我问他战争中死掉的人怎么办，他只耸耸肩。“他们会死，但如果战争彻底结束，旧时的伤口也会开始愈合。现在我们却有两拨怒气冲冲的人各把持着半个小小的沙漠国家，他们还会再打起来的，而且快了。我真不明白伯纳多特是怎么促成耶路撒冷和平协议的，不过他因此而被暗杀可没让我吃惊。比以色列人更恨这个条约的只有巴勒斯坦人。”

我指出，虽然很多人不喜欢《耶路撒冷和平协议》，但它毕竟维持了四十年。他则轻蔑地说，那不过是——“四十年的僵局，不是真正的和平。它是靠着双方的恐惧维持着的。以色列人在军事上占优，但阿拉伯人有塞得港的王牌，你以为以色列会忘了这一点吗？从巴格达到大马士革，每一次阿拉伯人给纳赛尔竖起纪念碑，以色列人就会把它炸掉。相信我，他们记得。直到现在这个恐怖平衡才开始瓦解。我得到消息说以色列在军队中抽选志愿者进行百搭牌病毒实验，他们已经制造出了几个王牌。你肯定不敢相信吧，自愿感染百搭牌。阿拉伯那边，他们有安拉之光，宣称以色列是个‘混账鬼牌国家’并发誓要把它碾为平地。和他们比起来塞得港的王牌都是软蛋，包括老卡霍夫。真的，战争马上就要来了。”

---

① 现实中他的调停失败了。

“到时候你们会怎么办?”我问他。

他带着一把枪,是一把有着长长的俄国名字的半自动微型冲锋枪。他拿出枪放在我们之间的桌子上。“到那时候,”他说,“他们大可互相残杀,但他妈最好离鬼牌区远点,不然就要面对我们了。我们已经给安拉之光上了几课。他们每杀掉一个鬼牌,我们就杀掉他们五个。他们应该会明白的,虽然这个教派的人都比较笨。”

我跟他说哈特曼参议员希望能和安拉之光面谈,以图找到通过谈判和平解决这一地区问题的路线。他大笑起来。

我们谈了很久,关于鬼牌、王牌和凡胎,关于暴力与非暴力、战争与和平,关于手足情谊和复仇,关于该忍辱负重还是为同胞两肋插刀,到最后我们没有达成任何一致。“你为什么来找我?”最后我问他。

“我觉得我们应该见一面。我们能用得上你的帮助。你关于鬼街的了解,你在凡胎社会里的关系,你能够筹集到的资金。”

“我不会帮助你们。”我告诉他,“我能看到你们的结局。那条路汤姆·米勒十年前就走过了。”

“金雳?”他耸耸肩,“首先,金雳比臭虫还疯狂,我可不一样。金雳以为让全世界亲个嘴就一切都会好起来[1],我只想保护自己人。也包括你,戴斯蒙。祈求你的鬼街永远不需要畸拳好了,但如果那一天真的到了,我们会出手的。我读过《时代》关于列奥·巴奈特的封面文章。看起来脑子转不过弯的不止安拉之光一个。等到了那时候,我这条黑狗也要回家了,也许还能在布鲁克林找那棵树[2],对吧?我从八岁起就没在道奇体育场看过比赛了。”

我看到他把枪放到桌上时,心脏几乎停止了跳动,但我还是伸出手按住电话。“我会打电话给楼下警卫,确保这一切不会发生,确保你再

---

① 引用 *Kiss it all better* 的歌词。

② 一本小说的标题。

也无法杀害无辜的人了。”

“但你不会。”猎犬说，“因为我们有太多共同之处了。”

我告诉他我们没有任何共同之处。

“我们都是鬼牌，”他说，“别的重要吗？”接着他收起枪，拉了拉面具，镇定地走出了我的房间。

上帝保佑，我独自坐着，过了漫长的好几分钟，听到走廊尽头电梯开门的声音——才终于把手从电话上拿开。

2月7日，阿富汗喀布尔

我今天疼得厉害。今天大部分代表都去游览历史遗迹了，但我再一次选择留在旅馆。

我们这次……该怎么说呢？叙利亚的骚乱成为了全球的头条新闻。我们随团记者增加了一倍，全都急切地想要打探到关于这一事件的内部消息。这一次我对自己被排除在外没有不满。游隼把当时的情况都告诉我了……

叙利亚影响了我们所有人，也包括我。癌症并非我疼痛的唯一来源。我时常会感到极度疲倦，回望过去却找不到一点正面意义，仿佛我一生的努力都不过是泡影。我试图为我的同胞们代言，以正直、理性和普世的人性团结所有人，而且我一直坚信忍耐、坚持和非暴力运动终归会带我们赢得胜利。但叙利亚的经历让我开始怀疑……要怎么才能和安拉之光那样的人说理呢，如何才能和他对话妥协呢？他甚至不把你视作人类，你又该如何用人性来打动他呢？倘若上帝存在，我祈求他原谅我，但是我真的希望安拉之光在这次骚动中死去。

希兰姆离开了调查团，虽然只是暂时的。他承诺会在印度赶上我们，但现在他已经回到了纽约市，他在大马士革转机去了罗马，赶上了一趟返回美国的协和客机。他说至高王牌有紧急情况必须要他亲自处理,但我怀疑叙利亚的经历也极大地震动了他,虽然他没有承认。飞机上人人都说希兰姆在沙漠里失控了,他用远远超过必要限度的重力攻击赛义德将军。当然比利·雷不认为希兰姆做得有多过分。"如果是我的话,我情愿把他压成一摊棕色烂泥。"他告诉我。

伍切斯特拒绝谈起这件事,坚称他这次短暂的离队只不过是因为"实在受不了葡萄叶子包的菜了",但我注意到即使是在开玩笑的时候,他光秃秃的大脑门上仍然布满汗珠,手在颤抖。我希望这次短暂的休息能让希兰姆·伍切斯特恢复过来,和他一同旅行之后我更敬重他这个人了。

然而阴云密布的天空总会露出一丝光明,叙利亚的这次可怖事件也有好的一面:格雷格·哈特曼在和死神擦肩而过后支持率猛增。十年来他的政治生涯一直没能走出1976年鬼街大骚乱的阴影,那一次他在公众面前"失控了"。在我看来他的反应是非常正常的——毕竟那时他刚刚目睹了一位女子被暴民撕成碎片。但总统候选人不能像我们这些普通人一样哀叹哭泣或者发泄狂怒,马斯基在72年的失败证明了这一点,并在76年由哈特曼再一次确认。

叙利亚事件或许终于可以让公众忘记之前的那次悲剧。人人都承认哈特曼的表现堪称模范——他坚定、冷静、勇敢,以铁一般的意志直面安拉之光野蛮的威胁。美国的所有报纸都刊载了美联社在撤退前拍摄的照片:背景是希兰姆把塔奇昂拉上直升飞机,哈特曼在等着他们,满面沙尘,但神情严肃坚毅,白衬衣的一条袖子上沾满了血。

格雷格仍然声称他不准备在1988年竞选总统,而且目前的调查仍然显示加里·哈特是板上钉钉的民主党候选人,但叙利亚事件和这张照片肯定可以极大地提升他的知名度和政治地位。我本人则极其希望他能够重新考虑。我对加里·哈特没什么意见,但格雷格·哈特曼在我眼里有着不一般的地位。对所有百搭牌病毒感染者来说,他是我们最好的选择,也是最后的希望。

如果哈特曼失败了,我们的所有希望也会随之破灭,除了转而支持黑狗,我们还有什么选择?

我想我本该写一些关于阿富汗的内容,但实在没什么好记录的。我没有力气去观赏喀布尔的景色了。苏联驻军无处不在,但他们的接待周到而礼貌。他们确保了战火不会波及我们这次短暂的停留。他们还送来两个阿富汗鬼牌供我们欣赏,两人都宣称(通过苏联翻译)鬼牌们在这个国家过着美好的生活。然而我并没有相信这些话。如果我没猜错的话,他们应该是阿富汗仅剩的两个鬼牌。

满手老千号从喀布尔直飞巴格达。访问伊朗是绝不可能的。阿亚图拉对百搭牌的观点和安拉之光非常接近,而他对这个国家的统治可不仅仅是名义上的,即使联合国也不能确保我们安全降落。至少阿亚图拉没有区别对待王牌和鬼牌——据他所说,我们都是大魔鬼撒旦的恶魔之子。显然他没有忘记吉米·卡特的那次注定要失败的人质营救行动,六个政府雇用的王牌被派出执行这次隐秘行动,结果遭到了惨败。有传言说行刑客也是六名王牌之一,但比利·雷断然否认。"要是有我参与,我们早就把人救回来了,还能顺手收拾收拾那个老头子。"他说。而他的司法部同僚黑女士则裹紧了她的黑斗篷,笑得高深莫测。西风女的父亲旋风侠也常常被认为和那次失败的行动有关,但她不会愿意谈起这件事。

明天早上我们就会飞跃开伯尔关口,进入印度,一个完全不同的国度,一片广阔的次大陆,那里还有着仅次于美国的鬼牌人口。

2月12日,加尔各答

和我们途经的其他地区一样，印度是一片神奇而美丽的土地……只是不知道称它为一片土地是否合适。它更像是一百个国度的集合体。喜马拉雅和莫卧儿帝国的宫殿真的很难让我联想起加尔各答的贫民窟和孟加拉的雨林。印度人们居住在若干彼此不相干的世界里，年迈的英国人还在假装英国总督仍然统治着他们的小小飞地，王公和财主们则堪称无冕之王，而乞丐们居住在这个肮脏的大城市的街头。

印度有着太多的面孔。

在加尔各答的街头到处都能看到鬼牌。和他们一样常见的还有乞丐、没衣服穿的儿童还有尸体，或者干脆是儿童的尸体。在这个印度教徒、穆斯林和锡克教徒组成的准国家里，大部分鬼牌似乎都是印度教徒，但考虑到伊斯兰教对鬼牌的观点，也并不奇怪。正统印度教给鬼牌发明了一个新的种姓，远比不可接触者还要卑贱，但至少他们还被容许活着。

非常有趣的是，我们在印度没有找到一个鬼牌聚居区。这个国家的各个种族和族群文化泾渭分明，相互的敌意深入骨髓，1947 年加尔各答的百搭牌骚乱就是明证，还有同年席卷全国的仇杀以及之后的印巴分治。然而即便今天印度教徒、穆斯林和锡克教徒都不肯居住在同一边街道上，鬼牌、凡胎甚至少数可怜的废牌①却能共享同一个贫民窟。虽然这并不代表他们更加喜欢彼此。

印度也有着相当数量的本土王牌，包括一些能力强大的。包打听的好日子来了，他在印度全境四处奔波挨个采访，至少要把愿意见他的都采访一遍。

而拉达·奥莱利到了印度之后却闷闷不乐。她似乎有印度皇室血统，至少她母亲有……他父亲据说是一位爱尔兰探险家。在她的同胞

---

① 只有超能力但能力没有价值的白搭牌，比如口吐彩虹。

们所信奉的各派印度教里,象头神迦纳沙和黑色母神迦梨都是主神,在他们眼里她的百搭牌超能力证明她生来便是迦纳沙的新娘,或者他的后代之一。无论如何,她一直坚信自己时刻面临着被绑架并强迫送回故乡的危险,因此除了出席新德里和孟买的官方接待会,她全程把自己锁在旅馆房间里,还有行刑客、黑女士和其他安保人员陪在周围。我敢肯定她离开印度时一定会很开心。

塔奇昂博士、游隼、西风女、梦幻女、巨怪还有哈莱姆之锤刚刚从孟加拉猎虎归来。东道主是一名印度王牌,一个可以点石成金的印度王公。我知道他点出来的金子根本不稳定,二十四小时后就会恢复原状,但转化过程足以杀死他碰到的任何活物。不过他的宫殿仍然享有极度豪华的盛名。他也有和点金指神话一样无法自己进食的窘境,因而要让仆人喂他。

塔奇昂回来后精神抖擞,又恢复到了叙利亚之前的样子。他穿着金色的尼赫鲁式上装,戴着相配的缠头巾,用拇指大小的红宝石按扣固定。那位王公似乎出手非常大方。虽然过了几个小时后这些华服就变回了普通衣物,但我们这位异星人的情绪依旧高涨。声势浩大的出猎、华丽的宫殿还有王公的嫔妃们都让塔克回想起了他在母星身为伊卡扎姆王子时拥有的声色犬马和种种特权。他还承认即便在塔基斯也见不到今天狩猎结束时的那种场面——当食人兽被抓获时,王公镇定地走到它跟前,摘下金灿灿的手套,一伸手便把这头猛兽变成了一尊金像。

当王牌们收受变出来的金子,享受猎虎的时候,我花了一整天进行一项更低调的寻访,还有不请自来的杰克·布劳恩陪着。他也一样收到了邀请但却拒绝了,和我一同穿过加尔各答去看印度人为厄尔·山德森建立的纪念馆,他曾在此地救下遇刺的圣雄甘地。

纪念馆的外形很像一座印度教寺庙,里面的雕像更像某个次一等的印度神祇,而非那位为罗格斯大学打过球的美国黑人,然而……

在当地人的心目中山德森确实成为了某种神明,雕像脚下散落着信众们留下的各种祭品。纪念馆里非常拥挤,我们等了好长时间才得以入内。圣雄在印度仍然广受崇敬,他的圣名似乎也惠及了那位曾挡在他和刺客的子弹之间的美国王牌。

我们进入馆内后布劳恩几乎什么都没说,他只是抬头望着雕像,仿佛在盼望它能活过来。这次拜访让我很受感动,但也有令人不快的一面。我明显的畸形外表招来了人群里好几位高种姓印度教徒的怒视。而每当有人推搡布劳恩的时候——有这么多人难免常常有人会挤到他——他的生物力场就会开始反应,一股透明的金光会罩住他。我当时有点过于紧张了,打断了布劳恩的沉思,拉着他迅速离开了纪念馆。也许我有点反应过度,但一旦人群中有人意识到了杰克·布劳恩的身份,结果可能会非常不妙。布劳恩在返回旅馆的途中一路阴沉不语。

甘地是我心目中的英雄,虽然我对王牌的感情很矛盾,但我必须承认我对厄尔·山德森救下甘地一事十分感激。要是非暴力运动的伟大先知竟然死在刺客的子弹之下,该是多么丑恶的命运。而且他的死会让印度四分五裂,将会引发史无前例的血腥内战。

如果甘地没能活到1948年真纳去世,领导分裂的次大陆复合,由两块飞地组成的新国家巴基斯坦能够维持下去吗?国大党能够像他们威胁的那样推翻该国各地的土邦主,吸收他们的领地吗?这个没有中心、无穷多样化的国家集合却是圣雄梦想中的国度。我无法想象如果没有他,印度的历史该怎样发展。因此至少在这一点上,四大王牌真真正正地在历史上留下了印记,或许真的证明了凭着果决的意志,一个人也可以将历史的车轮推往更加光明的方向。

看到杰克·布劳恩在回宾馆的路上一直沉默不语,我便把这些想法讲给他听。可惜似乎没有什么用。他耐心地听我说完,然后答道:"救了他的是厄尔,不是我。"然后再度陷入沉默。

希兰姆果然信守承诺,于今天从伦敦乘协和航班回归调查团。在纽约的短暂逗留似乎对他大有裨益。他以前那热情的态度又回来了。他很快就说服塔奇昂、莫迪凯·琼斯、幻想女和他一起游遍加尔各答寻找最辣的咖喱。他还敦促游隼也加入他们的食客团，但她一听到这话脸都黑了。

第二天早上，乌贼神父、巨怪还有我游览了恒河，传说鬼牌沐浴在它神圣的河水里就能够洗去所有的痛苦。我们的导游说有记载的案例有几百个，但我显然无法相信，虽然乌贼神父坚持声称卢尔德也出现过鬼牌痊愈的神迹。也许我应该屈从于幻想，干脆跳进圣河里。我想快要死于癌症的人恐怕也没什么怀疑的资本了吧。

我们也邀请了蛹姬，但她拒绝了。这几天她似乎更愿意待在宾馆酒吧里，喝着杏仁酒，玩着一局又一局的单人纸牌。她突然和记者团里的两人——莎拉·摩根斯还有无处不在的包打听唐斯——变得十分亲密。我甚至听到了她和唐斯上床的传言。

扯远了。我必须承认，当时我脱掉了鞋袜，卷起裤腿，把一只脚泡进了圣水里。抬起脚后，我仍是一名鬼牌……哎，还是个一只脚湿漉漉的鬼牌。

另外，圣水还脏得很。在我摇晃着脚祈求神迹显灵的时候，我的鞋也被人偷了。

3 月 14 日，香港

我可以高兴地说，最近我感觉不错。或许是澳大利亚和新西兰的短途旅行带来的益处。临近新加坡和雅加达的时候，悉尼几乎像家一样让人怀念，奥克兰相对繁荣和整洁的小小鬼牌社区可把我迷住了。虽然他们习惯自称“丑人”——比“鬼牌”更难听的称呼——我的新西兰同胞们的生活似乎比全球任何地方的鬼牌都要幸福。我甚至在宾馆里买到了一周前的《鬼街呐喊报》。能读到家乡的新闻真让人身心愉悦,即便头版的新闻似乎全都是关于我们社区街头的帮派火并的。

香港也有它自己的鬼牌社区,和整座城市一样充满铜臭。我知道中国大陆把他们的大多数鬼牌都遣送到这个英国殖民地上[①]。实际上,一个由鬼牌商界领袖组成的代表团已经邀请蛹姬和我明天与他们共进午餐,并讨论“在香港和纽约的鬼牌族群之间建立商业纽带的希望”。真令人期待。

实话说能摆脱其他代表一段时间已经很好了。当前满手老千号上的气氛可以说非常紧张,这多谢了托马斯·唐斯和他过于敏锐的新闻嗅觉。

我们在克莱斯特彻奇启程飞往香港前收到了邮包,里面包括提前印发的几期最新的《王牌》。飞机起飞后,包打听在机舱里窜来窜去,习惯性地分发他的杂志。他应该自己先读一遍的。恐怕他和他那该死的杂志又一次突破了下限。

这一期的主打是他关于游隼怀孕的封面文章。看来杂志社显然认为游隼的小孩是调查团的重大新闻,给包打听安排了比前几期多一倍的版面,甚至连叙利亚的可怕事件的报道都不及它的一半长,不过这等篇幅可能只是为了搭配足足占了四页的各种照片,囊括了游隼从过去到现在的各种着装和各种程度的半裸形象。

关于她怀孕的传言在我们刚到达印度时就开始出现。到达泰国后传言得到了证实,因此包打听为此写篇文章也无可厚非。这类故事正是《王牌》赖以为生的法宝。然而包打听显然不同意游隼“微妙的状况”是她的个人隐私,他挖得太深了,不仅伤害了满手老千号上的团结气氛,也间接伤害了他本人的健康。

封面上印着“谁是游隼孩子的父亲?”内页里,一张占据两页的大

---

① 本文写作时间为上个世纪八十年代,香港还未回归。

幅插画描绘了游隼抱着一个婴儿的假想图,然而孩子是个黑色剪影,脑袋上有个问号。副标题写道:“塔奇昂说父亲是个王牌”,下方的橙色大标题声称:“她的朋友恳求她打掉这个畸形的鬼牌婴儿”。传言说包打听和塔奇昂在一起体验新加坡放荡的夜生活时,灌了后者很多白兰地,才探出了一点点口风。他没有打听到孩子父亲的名字,但塔奇昂喝多了以后显然毫不犹豫地吐露了他认为游隼应该流掉孩子的全部理由,最关键的是孩子有百分之九的可能生来就是鬼牌。

我得承认这篇文章让我满腔怒火,而且再一次庆幸塔奇昂博士不是我的私人医生。每当到了这种时候我总会怀疑塔奇昂究竟如何还能假装是我的朋友,如何能假装是任何鬼牌的朋友。常言道,酒后吐真言。塔奇昂的这番评论说明他坚信对游隼这种处境的女人来说堕胎是唯一的选择。塔基斯人憎恨畸形,习惯在他们自己的畸形后代(数量非常少,因为他们自己还没能享用这种他们热切地想和地球分享的病毒)出生后不久就“筛”(多么文雅的用语)掉他们。你大可认为我神经过敏,但塔奇昂观点给人的第一印象就是他认为与其成为鬼牌不如死掉,与其让这个孩子作为鬼牌活一辈子,不如让它根本不要降临人世。

放下杂志后我气得脸色发青,知道自己要是和塔奇昂谈起这件事肯定会吵起来。因此我起身走到媒体座位区,让唐斯领教一下我的意见。至少我必须让他听明白,从语法上讲“鬼牌婴儿”前面的形容词“畸形的”是完全可以省略的,然而《王牌》的编辑显然认为它理应放在那儿。

然而唐斯看到我走近,就迎了过来。看来我至少还是让他有了点自觉,知道我会有多生气,因为他抢先开始解释。“嘿,我不过是写了文字。”他说,“标题是纽约的杂志社改的,图也是他们弄的,这些我完全管不了。那个,戴斯,下次我会先告诉他们——”

他没能说完这句承诺,因为在同一时间乔什·麦考伊①走到他身后,用一本卷起的《王牌》拍了下他的肩。唐斯回头的时候,麦考伊便挥拳猛击。第一拳打断了包打听的鼻梁,骨头断裂的声音让我听了有点晕。第二拳打破了包打听的嘴唇,打松了几颗牙齿。我抓住麦考伊的胳膊,用鼻子卷住了他的脖子,试图拦住他,可惜他正在气头上,力气惊人,轻松把我甩开。我的身体从来称不上强壮,在当前这样的健康状况下恐怕更是虚得很。幸运的是比利·雷及时赶到,在麦考伊重伤唐斯之前把他们拉开了。

后半段航程里包打听一直躲在机舱最后面,吞了好多止痛药。他把血滴到了行刑客洁白的外套上,又把比利·雷给惹了。比利对自己的外表有种强迫症,他不停地跟我们重复道:"妈的这儿道血渍根本洗不掉。"麦考伊回到机舱前面,帮着希兰姆、西风女和贾亚瓦德纳先生一起安慰游隼,后者被那篇文章搅得极度沮丧。麦考伊在后面暴打唐斯的时候,她冲上楼跑到塔奇昂博士的座位旁边。霍华德说,他们的冲突没那么暴力,但一样紧张。塔奇昂一遍又一遍地道歉,但不管他道歉多少遍也不能平息游隼的怒火。霍华德说幸好她的爪子还存放在行李舱里。

塔奇昂在头等舱里独自挨过了航程,陪着他的只有一瓶人头马和一条小狗。小狗刚刚在波斯地毯上撒过尿,巴巴地望着他。如果我再冷酷一点的话,或许会上楼把我自己的不满也抛给他,但我没那么狠心。不知为什么,塔奇昂博士总是让你无法长时间对他恼火,不管他有多麻木,表现有多骇人。

无所谓了。我很期待着一段旅程。香港之后我们会前往中国大陆,游览广州、上海、北京等充满异国情调的城市。我准备要爬上万里长城,还要看一看紫禁城。二战时我曾加入海军,为的就是能看一看这

① 游隼的摄像师兼男友。

个世界，远东国度对我一直有着特别的魅力，但我最后却被分配到新泽西贝约恩的一个文职岗位上。玛丽和我曾计划有机会的时候补上这个心愿，等到孩子大一点了，我们有更多闲钱的时候。

唉，我们有我们的计划，塔基斯人也有他们的计划。

一直以来，中国一直是我最大的未了心愿，是我那未曾踏足的远方和未竟事业的缩影，是我自己的《乔森故事》。现在它终于在地平线上向我招手。这让我不能不相信，我人生的路已经快到终点了。

3 月 21 日，前往首尔途中

在东京我又遇见了一张来自过去的面孔，从那以后就一直萦绕在我的脑海里。两天前我决定直接无视他的存在和他勾起的回忆，不在这本日记里提到他。

我准备令这本日记在我死后出版。我不指望它能大卖，但我想凭着满手老千号上的若干名人还有我们一路上经历的各种值得一书的事件，这日记总能在美国公众里掀起一点小小的波澜吧，总还是能吸引一些读者的。我把自己的全部财产都捐给了 JADL，要是能再加上一笔版税也是好事。

然而，即便等到世人读到这些文字时我已安然入土，无论在日记里怎么坦白也不怕人攻击了，我却还是不愿意提到福尔图纳托。你大可称我为懦夫。鬼牌的懦弱臭名昭著，你听听那些上不了电视的残酷笑话就知道了。我可以找很多理由不去写福尔图纳托。我这么多年和他打的交道都是我的隐私，和政治以及世界局势以及我在这本日记里要记录的事情都无关，和这次旅行更扯不上关系。

然而我也在日记里反复提到了飞机上疯传的各种流言，还有塔奇昂博士的种种过错和缺点，还有游隼、杰克·布劳恩、包打听唐斯等等，我记录这些的时候没有一点犹豫。我真的能假装认为他们的缺陷攸关公众利益,而我自己的弱点不过是无关琐事吗?或许可以……公众总是为王牌而着迷,厌恶鬼牌……但我不会这么做。我希望这本日记能够坦诚地道出真相。我也希望我的读者能够明白,身为鬼牌在世四十余载究竟意味着什么。因此,我必须讲讲福尔图纳托,无论这会令我有多羞愧。福尔图纳托现居日本,希兰姆到达东京后神秘地离开了调查团,而他在暗中帮助了希兰姆。我不会谎称自己知道细节,因为整件事情掩盖得很好。希兰姆在加尔各答归队时精神很好,但很快又萎靡不振,且一天比一天更糟。他变得越来越烦躁易怒,而且经常鬼鬼祟祟。但我的苦处与希兰姆无关,我也不了解他的烦恼。关键在于,福尔图纳托不知为何也卷入了这件事,他来过我们的宾馆,我和他在走廊里简短地谈了几句。我和他的关系就这么点……现在就这么点。但在多年以前,福尔图纳托和我还做过其他交易。

请原谅我,这真的难以启齿。我是个老头,还是个鬼牌,我的年龄和畸形都让我更加敏感。尊严是我仅有的财富,而我就快要抛弃它了。

我正在描绘我最令自己厌恶的一面。

是时候开诚布公了,首先要说的一点是,许多凡胎都憎恶鬼牌。他们有些是痛恨一切异端的偏执狂,在这一点上我们鬼牌和其他受压迫的少数派没什么两样,心中只有憎恨的人不吝于向任何人喷射毒液。

然而还有很多普通人,更愿意容忍异端,能够透过我们的外表看到畸形之下的人心。他们并非极端分子,而是心怀好意、热情慷慨的人,就像……嗯,身边的例子就是塔奇昂博士和希兰姆·伍切斯特。多年以来,这二位君子确实深切关心鬼牌的总体利益,证据就是希兰姆的匿名捐款还有塔奇昂在诊所上花费的心血。但我相信,他们两个人都无法接受绝大多数鬼牌的畸形外貌,在这点上与安拉之光和列奥·巴奈特没有区别。你只要看着他们的眼睛就能明白,无论他们如何努力地装作漠不关心或者大爱无边。他们的密友里有一些鬼牌,但绝不会愿意让自己的姐妹嫁给畸形。

这就是鬼牌身份第一个无法言说的真相。

要谴责塔克和希兰姆,骂他们伪善、"形式主义"(这个恶心的词是某个特别蠢的鬼牌活动家发明的,后来又被汤姆·米勒的鬼牌争取正义协会引用)实在太容易了,简直轻而易举,但却是错的。他们都是正派的人,却也是普通的人,不能因为他们无法克服普通人的情感而鄙视他们。

你瞧,原因就是第二条无法言说的真相:无论我们鬼牌有多鄙视凡胎,我们更鄙视的却是自己。

自我厌恶是鬼街最流行的心理恶疾,常常会导致死亡。几乎每一种已知疾病对鬼牌来说都更致命,因为我们体内的生化反应难以预测,而且外表过于多样化,导致无论施行何种治疗都难以保证安全。但是五十岁以下的鬼牌最常见的死因是而且一直都是——自杀。

在鬼街,你必须转遍街头巷角,费尽功夫才能找到一个卖镜子的地方,而面具店几乎到处都是。

如果这些证据还不算够,那就想想我们的名字。他们说那些名字都是外号,远非如此。鬼牌的名字是我们深入骨髓的自我厌恶的一项明证。

如果这本日记真能够出版,我准备一定要用《泽维尔·戴斯蒙日记》这个标题,而不是《鬼牌日记》之类的名字。我就是我自己,不是鬼牌泛泛的代表。名字是很重要的,不仅仅只是一个词,他们反过来塑造了事物本身。女权主义者很早就意识到了这一点,但鬼牌们显然还没有抓到要领。

多年以来,我一直坚持使用自己的本名,然而我还认识一位自称鱼面的鬼牌牙科大夫,一位自称猫砂的知名拉格泰姆钢琴家,还有一位一直在论文上署名“软泥怪”的天才鬼牌数学家。甚至在这个调查团里就有三位鬼牌,分别自称蛹姬、巨怪和乌贼神父。

当然,我们并不是第一个遭受这类排挤的族群。比如黑人,好几代人从小就相信“最漂亮的”黑人少女就是皮肤最白,五官最接近白人审美的那一类。后来他们之中的一些人终于醒悟,开始宣称黑才是美。

时不时也会有一些鬼牌出于好意做出类似的努力,但却往往不得其法。堪称鬼街最糜烂的夜店之一的鬼畜会馆,每到情人节都会举办“怪脸小姐”评选比赛。然而无论这些努力是玩笑还是真诚,他们都走错了方向。因为我们的朋友塔基斯星人在他们的恶作剧里加入了一点狡猾的小把戏。关键问题在于,每一位鬼牌都有不一样的外表。

即使在变形之前我也称不上英俊。即使在变形之后我的面目也没有那么可憎。我的“鼻子”就是一根肢体,有两英尺长,上面长了几根手指。根据我的经验,大多数人和我相处几天以后就会熟视无睹。我常常告诉自己过上一周左右他们就不会注意到我的不同,这种心理安慰也不能说没有道理。

如果病毒大发慈悲,给了每一位鬼牌一根象鼻子,那我们要调整心态就容易多了,没准“象鼻子就是美”的社会运动真能够成功。

但据我所知,长了手指的象鼻子的鬼牌只有我一个。不管我如何无视我身居其中的凡胎文化的审美,如何自我催眠,当自己是天下最英俊的混蛋,把别人的容貌当成笑料,然而每当看到睡在欢乐屋附近垃圾箱里的可怜鼻涕男时,我还是会止不住地恶心。令我不寒而栗的是,看到最极端的鬼牌畸形病例时,我大概也会和塔奇昂博士一样,能把隔夜的饭都吐出来——唯一的不同是过后我可能会更加羞愧。

于是在这番迂回之后,我去找了福尔图纳托。福尔图纳托是……至少以前是……一个皮条客,手下有一波高价电召女。他麾下的女孩都堪称极致:貌美、体贴、精通各种充满异域风情的技艺,而且大都很可爱,不管上不上床都让人喜欢。他管她们叫艺伎。

曾有二十年我都是他最忠实的主顾之一。我知道他在鬼街很有市场。我确实也知道在水晶宫顶楼，蛹姬有时会用身体换取情报，如果和她做交易的人恰好是她喜欢的类型的话。我知道一些真正有钱的鬼牌，都没有结婚，却几乎都养着凡胎情妇。鬼街的报纸报道五大黑手党家族和影拳会在街头火并，我知道原因——因为在鬼街色情业是笔大生意，毒品和赌博也一样。鬼牌最先失去的就是他们的性生活。有些鬼牌彻底失去了性能力，甚至失去了性冲动和性器官。但没有被病毒夺取失去这二者的鬼牌仍然会丧失性特征。在外形突变停止的那一刻，他们便不再是男人或者女人，仅仅只是一名鬼牌。

正常的性冲动，不正常的自我厌恶，对被剥夺之物的渴望——男性特征、女性特征，还有美貌，这些是鬼街居民最常见的心魔，我再熟悉不过。我体内肆虐的癌细胞还有化疗一同消灭了我的性欲，但记忆和羞愧仍然留在心里。只要想起福尔图纳托我就会感到羞耻。不是因为我曾经买春，或者违反了哪条愚蠢的法律——我藐视那些法条。我羞耻的原因是，即便努力了这么多年，我仍然欣赏不了鬼牌女子。我知道好几位值得我去爱的鬼牌，她们温柔、善良、体贴、需要男人的关爱和温情，当然，还有性生活，就和我一样。她们有些是我最亲密的朋友。然而却没有一位能激起我的性欲。她们在我眼里和我在她们眼里一样，都没有吸引力。

鬼街的世道便是如此。

安全带指示灯刚刚亮了，我感觉不太舒服，就写到这儿吧。

4月10日，斯德哥尔摩

我感觉好累。恐怕我的医生是对的——参加这次旅行对我的健康是个毁灭性的打击。最初的几个月里我感觉特别好，当时一切都是那么新鲜，那么令人激动，但在最后一月里慢慢积累起来的疲劳开始显现出来，每天的日子仿佛折磨，简直令人无法承受。一趟趟的航班、晚宴，无止境的接待会，一次次地访问医院和鬼牌聚居区还有研究机构，这一切在我眼里都开始模糊起来，政要、机场、翻译官、旅行车、酒店大堂都混成了一团。

我的食欲越来越差，我知道自己正在日渐消瘦。癌症、旅行的疲劳、我的衰老，谁能知道哪个才是原因？我想大概都有一份吧。

幸运的是，旅途就快要结束了。我们预定于4月29日返回汤姆林机场，在此之前只有三四站了。我得承认我希望能马上回家，而且其他人应该也差不多。我们都已经很累了。

然而即使考虑到这些代价，我仍然不后悔踏上这次旅程。我看到了金字塔和长城，游览了里约、马拉喀什和莫斯科的街巷，很快就能见到罗马、伦敦和巴黎。我目睹了梦幻般的美好，经历了噩梦般的事件，也学到了很多。我只能祈求自己能活到能够利用这些知识的那一天。

瑞典较我们刚刚访问过的苏联和其他华约国家要令人舒心得多。我对社会主义没有什么特别的反感，但实在厌烦了一次次被安排参观各种鬼牌“医疗宿舍”样板，还有里面居住的模范鬼牌们。我们被反复告知，社会主义医疗和社会主义科学终究可以征服百搭牌病毒，当前已经有了许多突破性成果。但即使这些都是真的，苏联承认其存在的这一小部分鬼牌仍然要为这种“疗法”付出一生的代价。

比利·雷坚称苏联人把许多鬼牌都关在了见不得人的地方——一种叫“鬼牌仓库”的名义上是医院实际上是监狱的巨大灰色建筑里，里面只有很少的医生护士，却有许多警卫把关。雷还说苏联也有一些王牌，都在军队、警居或者党的一些秘密岗位上工作。如果他所言非虚——苏联当然否认了一切指控——在苏联国旅和克格勃的精心安排下，我们永远也见不到他们，无论苏联政府当初如何向联合国保证调查团将会得到“一切可能的配合”。

说塔奇昂博士和他的社会主义同僚相处得并不融洽，那可真是过分地轻描淡写了。他对苏联医疗的藐视堪比希兰姆对苏联饮食的厌恶。不过两人似乎都很欣赏苏联伏特加，都喝了不少。

在冬宫里还有一场有趣的小小争论，接待我们的一位官员在向塔奇昂解释辩证史观的时候，说封建主义终究会被资本主义取代，资本主义又一定会让位给社会主义，这些乃是文明成熟的标志。塔奇昂非常礼貌地听他说完，然后说："亲爱的先生，在银河系的这个小小区域里有两个伟大的星际文明。我的族人们，从你们的角度看，一定会被归类为封建社会，而星网则属于那种凶残到你们无法想象的资本主义社会。二者都没有显现出任何进入社会主义成熟文明的标志，谢谢。"他顿了一下，又补充道："不过从某种角度来看，虫族倒可以说是共产主义，虽然远远称不上文明开化。"

我承认他这番演说非常精明，但塔奇昂这一番话本可以给苏维埃同志们留下更深刻的印象，如果他没有穿着全套哥萨克行头的话。他从哪里找来这一身的？

其他华约国家没什么好记录的。南斯拉夫气候最温暖，波兰最冷，捷克斯洛伐克最像美国。唐斯给《王牌》写了一篇超级有趣的文章，他推测匈牙利和罗马尼亚最近频繁出现的关于吸血鬼的目击报告可能实际上是百搭牌病毒导致的。实际上这可能是他最好的作品，写得真是精彩，更不要说他的所有论据都是在布达佩斯和一位面点师傅聊过五分钟后得来的。我们在华沙找到了一个小小的鬼牌聚居区，还从当地人那里听到了一个流行的传言：据说一个"团结王牌"马上就要带领已被取缔的工联走向胜利。不过我们在波兰逗留的两天里他还没崭露头角。哈特曼参议员费了很大的努力，安排了一次和列赫·瓦文萨的会面。我相信美联社拍摄的会面新闻照片能给他在国内的政治事业添上一笔。希兰姆在匈牙利又一次暂时离队——他说纽约又有一些紧急事务——在我们抵达纽约后又回来了,精神似乎好了一点。

在我们造访过的这么多城市里,斯德哥尔摩是我最喜欢的一个。我们遇到的几乎所有瑞典人英语都很棒,我们可以自由地游览城市的任何地方(当然,只要和我们紧张的时间表不冲突),瑞典国王的接待也是最热情的。纬度这么高的地方鬼牌非常少见,但他和我们会面时没有流露出任何诧异,仿佛早已经司空见惯。

不过,不管我们这次短暂的造访有多令人愉悦,值得一书的事情也只有一件。我相信我们发掘出了一段能吸引全世界的历史学家注意的尘封往事,或许可以揭示出中东地区当代史最令人震惊的一面。

事情发生在一个看似平淡的午后,几位调查团代表会见了诺贝尔奖基金会的委员们。我相信他们真正想见的是哈特曼参议员。虽然他和安拉之光在叙利亚的谈判以暴力收场,但委员们仍然认可他的努力是真诚而勇敢的,是为了促进和平和理解的尝试。在我心目中,这足以使他成为下一届诺贝尔和平奖的候选人。

无论如何,还有几位代表陪着哈特曼一起出席会面,对方非常热情,但没有什么激动人心的结果。后来我们发现一位委员曾是福克·伯纳多特伯爵的秘书,前者正是耶路撒冷和平协议的调解人。遗憾的是两年以后他也目睹了伯纳多特遭受以色列恐怖分子枪击。显然他非常崇敬伯纳多特,给我们讲了他的一些趣事,还给我们展示了他对这次艰难的调解的个人记录,包括笔记、日记还有一些草稿,其中还包括一本相册。

我好奇地翻了翻,然后就把它传给旁边的人。当时坐在我旁边的是塔奇昂博士,他显然已经有些厌烦了这次会谈,把注意力都放在了相册上。大多数照片里都有伯纳多特,很自然地包括他和调解团队的合影,还有和大卫·本—古里安谈话的照片以及和费萨尔国王谈话的照片。他的许多助手,包括我们这位委员,较少出现在正式场合里,有一些和以色列士兵握手的照片，还有和贝都因人在帐篷里用餐的照片，等等。没什么特别的内容。这里面最吸引人的一张应该是伯纳多特被纳赛尔和塞得港的王牌围住，后者在加入了约旦不堪一击的阿拉伯军团后奇迹般地扭转了战争的局面。画面中心卡霍夫坐在伯纳多特旁边，全身黑衣，看起来仿佛死神的化身，周围簇拥着一群更年轻的王牌。讽刺的是，这张照片上所有人里面现只有三个人活着，其中包括老卡霍夫。未宣战的战争一样会有伤亡。

但吸引了塔奇昂注意的不是这张照片，而是另一张并不正式的快照，照片中伯纳多特和几位调解团成员在某个旅馆房间里，他们面前的桌子上堆满了纸。画面的角落里有一位年轻人，我没在其他任何一张照片上见到过——他体格纤瘦、黑头发，目光炯炯有神，笑容相当迷人。他正在倒着一杯咖啡。照片看起来没什么不正常的，但塔奇昂盯着它看了好久，然后请那位委员和他私下里谈谈。“非常抱歉，但我必须求您回忆一下，您是否还记得这个人？”他指了指那位青年，“他是你们团队的一员吗？”

我们的瑞典朋友低头看了看照片，然后笑了。“哦，他啊。”他的英语非常流利，“他是……你们俗话怎么说的，跑腿办杂事的男孩？一种什么动物……”

“听差[1]？”我提示道。

“是的，可以说他就是个听差。实际上是个年轻的新闻系学生。名字叫约书亚。约书亚……姓什么来着。他说他想要亲眼目睹谈判的过程，以便能写一篇报道。伯纳多特起先认为这很荒唐，当时就拒绝了他。但那年轻人非常固执。他最终私下找到了伯爵，和他当面谈了谈，不知道怎么就把他给说服了。所以他虽然不是我们团队的正式成员，但从头到尾都一直跟着我们。我觉得他不是个称职的听差，但还算是

---

① 听差 gofer 与地鼠 gopher 同音。

个讨喜的年轻人,没人讨厌他。不过我不认为他最后写成了那篇文章。”

“是的。”塔奇昂说,“他没有。他是个下象棋的,不是作家。”

我们的东道主马上又想起了什么。“哎,没错啊!他确实经常下象棋,我想起来了。他下得非常好,你认识他么,塔奇昂博士?有时我也想知道他后来究竟怎么样了。”

“我也一样。”塔奇昂简短地答道,好像非常伤感。接着他合上相册,岔开了话题。

我认识塔奇昂博士太久了,知道这里面肯定有隐情。那天晚上,我被好奇心驱使,设法坐在了杰克·布劳恩旁边,席间问了他几个不容易让人怀疑的问题。我敢肯定他没有起疑心,他毫不迟疑地谈起了四大王牌的一些往事,他们做过的和试图去做的事,去过的地方以及我最关心的——他们没有去过的地方。至少是没有公开去过的地方。

饭后,我去找了塔奇昂博士,他正独自在房间里喝酒。他邀请我进门,看起来显然非常苦闷,沉浸在自己悲苦的记忆里。他是我见过的人里最常被过去困扰的一位。我问了他照片上的那位年轻人是谁。

“不是什么人。”塔奇昂说,“不过是和我下过象棋的一个男孩。”我不知道他为什么非要对我说谎。

“他的名字不是约书亚。”我说,他似乎震惊了。我真是奇怪,难道他以为外表的畸形也会影响到我的思维和记忆吗?“他的名字是大卫,他本不应该出现在那里。四大王牌从未公开介入中东事务。杰克·布劳恩说在1948年后期他们就各走各的路了,布劳恩去拍了电影。”

“都是些烂片子。”塔奇昂有点刻薄地说。“与此同时,”我说,“特使则去缔造和平了。”

“他离开了两个月,我记得他跟我和布莱丝说他去度假了。我从没想到他介入了和谈。”

全世界没有一个人知道,但也许应该有人能想到才对。按照我对他的一点浅薄的认识，大卫·哈尔施坦并不信宗教，但他是犹太人，当时塞德港的王牌和阿拉伯军队正在威胁新生的以色列国的存续，因此他便独自行动了。

他的能力是维护和平，而非赢得战争，他不能制造恐慌，不能召唤沙尘暴和晴空霹雳，却能释放出外激素，让旁人喜欢他，不顾一切地想要讨好他，赞同他的意见，因此只要这位名叫特使的王牌在场，和谈就有了成功的保证。但知道他是谁、了解他能力的人在他的外激素消散后往往会轻易地否认已经达成的协议，他一定是决心要看看在小心地掩盖好身份的情况下出席谈判能得出怎样的结果，于是他的成果便是《耶路撒冷和平协议》。

我猜甚至福克·伯纳多特也不知道他的听差究竟是谁。我不知道哈尔施坦现在在哪里，也不知道他会怎么看待他秘密精心打造的和平。而且我又想起了在耶路撒冷黑狗说过的话。

一旦岌岌可危的《耶路撒冷和平协议》的真相被公之于世，会有什么后果？我越是思索，越是觉得我应该在这本日记出版前撕掉这几页纸。如果没人再去灌醉塔奇昂博士的话，或许这个秘密永远不会公开。

我很好奇，大卫之后还做过类似的事吗？在非美委员会之后，在牢狱之灾和丧失名誉之后，在他众所周知地被征用和同样广为人知的失踪之后，特使有没有躲过世人的目光，再一次坐到谈判桌前？我猜我们永远都找不到真相。

我觉得他再度出山的可能性不大，却真心希望如此。从我在这次旅行中的所见所闻来看，从危地马拉和南非、埃塞俄比亚、叙利亚和耶路撒冷的情况来看，从印度、印度尼西亚和波兰的情形来看，现在正是世界最需要特使的时候。

4 月 27 日，大西洋上空

舱内的灯光几小时前就熄灭了，我的旅伴们大都进入梦乡，但疼痛让我无法入眠。我已经吃过药，感觉好了一点，但仍然睡不着觉。无论如何，现在我心里却十分喜悦，心情几乎也平静下来。我的这次旅途，和我的人生都已经快要到达终点。没错，我走过了很长的一段路，这一次我感到十分满足。

我们还有几站没去——还要在加拿大逗留数日，要飞速游览蒙特利尔和多伦多，在渥太华接受政府的款待。然后就回家，汤姆林国际机场。

曼哈顿，鬼街。能再一次看到欢乐屋，真好。

我真希望可以断言这次旅行达到了我们预定的全部目标，但那和事实相去甚远。我们或许有个不错的开端，但叙利亚、西德，还有法国血腥事件抵消了我们所暗中希望的目标——消解百搭牌纪念日大屠杀给公众带来的负面印象。我只能希望大多数人能够意识到恐怖主义是我们这个星球上最阴暗丑陋的一面，无论有没有百搭牌它都会继续存在。柏林的血案正在经由一个由鬼牌、王牌和凡胎组成的调查团队处理，我们会牢记这一点，也会迫使公众记住这一点。如果把罪责简单地丢到金雳和他可怜的追随者身上，或者怪罪于德国警方仍在搜捕的两名在逃的王牌，那便正中了列奥·巴奈特或者安拉之光这种人的下怀。就算塔基斯人从来没有把他们的诅咒洒向地球，这个世界仍然不乏疯狂而邪恶的亡命之徒。

真是讽刺，格雷格的勇气和热诚为他招来了生命危险，而救了他的却是仇恨，是绑架者的内讧和手足之间的血腥屠杀。

真是个奇怪的世界。

我真希望再不要见到金雳。不过仍有值得我高兴的一面。在叙利亚之后应该没有人再怀疑格雷格·哈特曼能够处变不惊，倘若还有人不信的话，在柏林事件过后他们肯定要打消怀疑的念头了。在《华盛顿邮报》刊出莎拉·摩根斯坦的独家报道之后，哈特曼的民调上升了十个百分点。他已经能和哈特平起平坐了。飞机上的人都一致认为格雷格一定会参选。

在都柏林我和唐斯讲过这些，当时我们在旅馆里享用健力士啤酒和一条上好的爱尔兰苏打面包，他同意我的观点。实际上他想得更远，认为哈特曼能够赢得提名。我还是不太相信，提醒他格雷·哈特仍然是个巨大的障碍。但唐斯露出他断了鼻子后的那种诡异的微笑，说："是啊，没错，但我预感格雷肯定会搞砸，弄出什么特别蠢的事情来，别问我为什么。"

如果健康允许，我会尽一切努力在鬼街为哈特曼的提名做宣传。而且我敢肯定会有人和我共同努力的。我们在国内和国外目睹过那么多的悲剧，相信越来越多有实力的王牌和鬼牌都会转而全力支持哈特曼。希兰姆·伍切斯特、游隼、乌贼神父、杰克·布劳恩……甚至可能还有塔奇昂博士，虽然他是出了名地讨厌政治和政客。

尽管遭遇了恐怖主义和流血事件，我还是相信我们在旅途中办成了许多善事。我希望我们的报告将会吸引一些大人物的目光，全程跟随着我们的媒体关注极大地提升了公众对第三世界鬼牌处境的认识程度。

在个人层面上，杰克·布劳恩为偿还罪过做了许多，甚至消除了塔奇昂对他的长达三十年的敌意；游隼的怀孕似乎令她幸福得容光焕发；此外，尽管拖了许多年，但我们还是成功地将可怜的杰瑞米·斯特劳斯[①]从那囚禁了他二十年的人猿躯壳里解救了出来。我很久以前就认识施特劳斯，当时欢乐屋的主人还是安吉拉，我只是领班。我向他许诺如果他愿意作为投影师回到欢乐屋的舞台上的话一定会给他留着位

① "投影师"，超能力是变形，他在变成大金刚后没法再变回人形，因为脑子变成和动物一样了。

子。他很感激,但没有答应。我并不怪他——他还没调整过来。因为实际上,他可以算是穿越到了另一个时代。

还有塔奇昂博士……唉,他的新朋克头真是丑透了,他的腿伤还没有好,而且现在人人都知道他失去了生殖能力,但他一点也不在乎,因为在法国他找到了小布莱斯。塔奇昂在公开场合对这孩子的出身避而不谈,但当然人人都知道真相。他在巴黎待过几年可不是什么秘密,而且就算那孩子的发色不能算是有力的证据,他操控心灵的能力也足以说明他是谁的血脉。

布莱斯是个奇怪的孩子,刚上飞机时他似乎有点敬畏鬼牌,尤其是蛹姬,她透明的皮肤似乎让他很是着迷。另一方面,他有着缺乏家教的顽童的所有残忍天性(相信我,所有鬼牌都知道小孩子有时能有多残忍)。有一天在伦敦,塔奇昂接到一个电话离开了几个小时。当他走后,布莱斯开始觉得无聊,便控制了莫迪凯·琼斯,让他跳上桌子唱起“我是一个小茶壶”的调子,布莱斯刚从他的英语课上学会这首儿歌。桌子被哈莱姆之锤的体重压塌了,我不认为琼斯会忘记这等羞耻,他本就不太喜欢塔奇昂博士。

当然,不是人人都会怀念这次旅程。不可否认的是,对有些人来说它从头到尾都是一场折磨。莎拉·摩根斯坦发送了几篇重要报道,写出了她职业生涯里最好的几篇新闻,但她却日益紧张和神经质。至于她在机舱后面的同僚们,乔什·麦考伊对游隼的态度似乎不停地在疯狂的爱和极度的愤恨之间切换,而且全世界都知道他不是孩子的父亲,一定让他非常不好受。同时,唐斯是彻底被他破了相。

而唐斯呢,总是抑制不住地干出各种不负责任的事。某天他去找了塔奇昂,说如果他能就布莱斯写一篇独家报道,他就愿意帮塔奇昂掩盖他的性无能。结果他没能赢得这次赌博。另外,最近他和蛹姬一直关系密切。某天晚上在伦敦的酒吧里我偶然听到他们的谈话。“我知道他是。”唐斯说。蛹姬告诉他知道事实和证明事实完全不是一码事。

包打听说了什么他们在他鼻子里闻起来不一样的话,什么和他初次见面后他就知道之类的。蛹姬听了大笑,说那很有意思,但别人都闻不到的味道很难作为证据,而且就算有人认可,唐斯也得在公众面前揭穿自己的身份。我离开时他们还没说完。

我想连蛹姬也一定很高兴能回到鬼街。她显然热爱英格兰,但不管多么亲英,看到她更喜欢鬼街我也不会奇怪。她在接待会上见到丘吉尔时,气氛曾一度有些紧张。丘吉尔没好气地质问她,她模仿英国腔究竟是想要证明什么。从她透明的脸上很难读出她的表情,但有那么一刻我觉得她真的想要当着女王、首相和十几个英国王牌的面杀掉这个老头。所幸她只是咬了咬牙,把温斯顿勋爵的刻薄归咎于他老朽的年纪。尽管在他年轻的时候,也从来都不是个圆滑世故的人。

这此旅行中希兰姆可能比我们任何一个人都更受罪。他仅有的体力在德国已经消耗殆尽了,从那以后他一直显得极度疲惫。我们离开巴黎时,他把他的特制座椅给坐垮了——我相信这是他的重力控制能力出了问题,维修花费了接近三个小时,他的脾气似乎也变得暴躁起来。在修理座椅时,比利·雷讲了个不合时宜的关于胖子的笑话,希兰姆终于受不了了,转身狂怒地瞪着他,骂他(夹杂着其他各种羞辱)是"满嘴喷粪的废柴"。这一句就已经够了。行刑客摆出他那丑陋的笑脸,说:"胖子,就凭这句话我就得把你扁一顿。"比利准备从座位上起身。"我可没让你站起来。"希兰姆答道,他握起拳头,将比利的体重增加了两倍,使他一屁股坐回椅子上。比利越挣扎着想要站起来,希兰姆就让他越来越重。我不知道如果塔奇昂博士没有介入的话这事会怎么收场。他控制住他们两人的大脑,让他们都睡了过去。

看到这些世界知名的王牌们像小孩子一样吵架,我不知该感到恶心还是好笑。但至少希兰姆是因为身体原因。他这两天气色差极了:面色苍白,脸颊肿胀,出虚汗而且气短。他的脖子上有一大块吓人的伤口,就在领子下面,他以为周围没人看的时候就会偷偷挠一挠。我特别想建议他尽快去看医生，但考虑到他最近的暴躁脾气我怀疑他可能不会理解我的关心。不过他旅途中间每次往返纽约后气色都会好不少，希望他回到家后就能恢复健康和活力吧。

最后终于该说到我了。

观察并评价我的旅伴们和他们的得失还算轻松，总结我自己的经历则更难。自从离开汤姆林国际机场后，我变得更衰老了，希望我也能变得更明智。可以确定的是我离死亡又近了五个月。

无论这本日记能否在我去世后出版，阿卡洛伊先生保证他会亲自把副本送到我的孙辈们手里，并尽一切努力保证他们读完。因此这最后一部分总结可以说是写给他们的……也包括和他们相似的人们……

罗伯特，卡茜……你们和我从未见过面，我自己和你们的母亲还有祖母一样难辞其咎。如果你们不明白，就想想我写过的关于自我厌恶的那一段，请理解我和其他鬼牌也没有什么不同。请千万不要苛责我……也不要苛责你们的母亲和祖母。乔安娜当时还太年幼，无法理解她父亲的变形是怎么回事，而玛丽……我们曾经相爱过，而我不能带着对她的恨意入土。实际上，如果我们的命运对调，我可能也会做出同样的事。我们只不过是寻常人类，至多只能尽全力打好命运发给我们的牌。

没错，你们的祖父是个鬼牌。但我希望读过这本书后，你们能够意识到他的人生还有另一面——他也有一点点成就，他曾为他的同胞呐喊，做过一些善事。而且 JADL 作为遗产已经足够耀眼了，对我来说，它甚至是比金字塔、泰姬陵或是喷气小子陵墓更好的纪念碑。总之，我的人生不算糟糕。我还有许多爱着我的朋友，许多宝贵的记忆，许多未竟的事业。我曾在恒河里洗过脚，听过大本钟的钟声，游览过中国的万里长城。我曾看着我的女儿降生，曾把她抱在怀里。我曾与王牌和电视明星，还有不止一位总统和国王共宴。

我想更重要的是，我一生的努力让这个世界变得更美好了一点，能有这样的成就，真的是无所欲求了。

如果你们不介意，把我的故事也讲给你们的孩子们吧。

我的名字是泽维尔·戴斯蒙，是一名人类。

摘自《纽约时报》

1987年7月11日

泽维尔·戴斯蒙是鬼牌反诽谤联盟（JADL）的创始人和名誉主席，近二十年间亦是百搭牌病毒受害者中的一位社区领袖。在长久的病痛后，他于昨日在布莱丝·范·伦塞勒诊所去世。

戴斯蒙曾被公众称作“鬼街市长”，是包厘路的知名夜总会欢乐屋的所有人。他于1964年开始参与政治活动，创办了JADL以抗争对百搭牌受害者的偏见，推动针对病毒和其病症的社区教育。JADL不久便成为了国内最大、最有影响力的鬼牌人权团体，戴斯蒙作为鬼牌的代言人广受尊敬。他曾数度加入历任市长的顾问委员会，并在最近由世界卫生组织资助的全球调查团里出任代表。虽然在1984年因为年龄和健康原因辞去了JADL主席的职务，但他仍然对协会的政策有着影响力，直到去世。

他在世的家人包括他的前妻玛丽·拉德福德·戴斯蒙，他的女儿乔安娜·霍顿夫人，以及他的外孙罗伯特·范·奈斯和外孙女卡珊德拉·霍顿。

王密　译

人心的感情冲突

老同志和真粉丝会记得巴特·戴尔斯顿，那个频频出现在50年代《银河》杂志上的无畏的太空冒险者。

巴特总是出现在《银河》的封皮上——准确地说，是在封底，在“您决不会在《银河》上看到这个”的声明下，分为左右两栏：

马蹄轰隆，巴特·戴尔斯顿冲出老鹰谷的狭窄谷口，这是墓石以北400英里处一个小小的淘金殖民地。他催促坐骑跳上一块低垂的悬崖……正在这时，高高的岩石后走出一位高瘦的牧民，被太阳晒黑的手里握着一把左轮手枪。“后退，下马，巴特·戴尔斯顿，”陌生人轻声说，“也许你还不知道，但这是你最后一次在这块地盘撒野了。”

伴随喷射，巴特·戴尔斯顿尖啸着穿过巴比扎加星的大气层，这是离我们的太阳大约70亿光年的一颗小型行星。他关闭了自己的超级跃迁器，准备降落……正在这时，他的飞行尾迹后出现了一位高瘦的太空人，被星际旅行晒黑的手里握着一把质子枪。“把手从控制器边拿开，巴特·戴尔斯顿，”高瘦的陌生人轻声说，“也许你还不知道，但这是你最后一次在这片宇宙漫游了。”

“很相似吧？”《银河》的主编H. L.高登在下面评论道，“当然很相似——后者不过是把西部传奇放到一个幻想中的外星球。如果这就是您心目中的科幻小说，请您就此止步，因为您决不会在《银河》上看到这个！《银河》向您呈现的将是最好的科幻小说……真正的、可信的、有思想的科幻小说……这里的作者绝不会把犯罪题材写成入侵地球，他们真正了解和热爱科幻……他们面向的也是真正了解和热爱科幻的读者。”

这个广告出现在1950年9月《银河》杂志创刊号上，随后若干期里也重复出现。那时我还只是个两岁的小屁孩（有照片证明！），连洛克·琼斯都没看过（洛克与巴特一定是太空游侠学校的同学），更没读过海因莱因、霍华德、托尔金、洛夫克拉夫特和神奇四侠。

等我开始写科幻小说，《银河》已进入H. L. 高登主编时代末期。1961年一次车祸后，高登交出了缰绳（或者该说是头盔？控制器？），由弗雷德里克·波尔接替。波尔是个严谨的编辑，60年代末期，埃吉勒·雅科布松接替了他，并雇了加德纳·多佐伊斯来帮助选稿。剩下的已是历史——如果你读了我前面的自传的话。

在雅科布松担任主编的时代，除了《英雄》事实上我没能在《银河》上卖出第二篇小说，虽然有一两次非常接近；我卖了许多小说给特德·怀特，虽然在《圣布雷塔高速出口》之后，我的小说更多出现在《惊奇》而非《幻想》上（1968年—1978年间，特德·怀特任这两刊主编）；但让我获得名声，让我大多数早期获奖提名作品——乃至我第一篇雨果奖作品——得以发表的阵地，是《类比》。

《类比》曾在传奇编辑约翰·W. 小坎贝尔的带领下，数十年如一日地领衔科幻阵地，并定义了“硬科幻”。

我出道时，坎贝尔刚刚去世，本·波瓦成了他在《类比》的继承人。坎贝尔理所当然被公认为最伟大的编辑，他在30年代接管《惊奇科幻故事》（《类比》的前身）后，改变了整个流派，让科幻小说进入黄金时代。他对新作者的培养和发掘也是举世闻名，可我怀疑，若我在70年代早期写的那些忧伤、浪漫、悲观的小说交到他手里——而非波瓦手里——还会不会得到同等的重视。我觉得若是坎贝尔多活十年,我和其他许多人或许得走上完全不同的职业道路。

波瓦是凭借无懈可击的科幻写作成就登上《类比》主编之位的,让波瓦名声大噪的是硬科幻,或曰“真·科幻”——在那个已消逝的年代,那个老一代与新浪潮激烈交锋的年代,这种小说才是很多人心目中的正统。可波瓦成为主编后,立刻放开了杂志选文标准,《类比》神圣的纸页上很快出现了坎贝尔时代做梦都不敢想象的东西……其中就包括我的作品。

变革过程并非一帆风顺,只消看一眼当时的读者来信栏你就能清楚地感受到:每期杂志都刊登了一两封“退订声明”,那是老读者看到脏话、性描写或无能的主人公时在愤怒中写来的。幸运的是,这样的读者是少数,而重生的《类比》成了70年代最成功的短篇小说杂志之一,本·波瓦借此于1973—1977年连续五年获得雨果奖最佳编辑,1979年又再度获奖。

我卖给波瓦的第一篇东西——我总计卖出的第三篇,也是第一篇没有在被买下后就失踪的作品——事实上是关于电脑象棋的“科普”文章。在西北大学,我是学院象棋队队长,我的很多朋友在学校的大型电脑主机上编写象棋程序,那台巨大的CDC6400立在单独的封闭建筑里,有自己的温控设备。当象棋4.0打败其他六七个学院的对手,获得第一届电脑象棋赛冠军时,我知道自己有了点子,而我也的确把这个点子写了出来。

这是我卖给《类比》的唯一一篇科普文,也是我写的唯一一篇科普文。我是个记者,不是个科学家,但我好歹卖给过《类比》一篇科普文,这点没人能质疑我,就像他们质疑所有那些《轨道》和《新维度》上粉嫩的新浪潮作家一样。波瓦大大拓宽了《类比》的视野,但这本杂志仍以钢铁般顽固、严肃、乃至有点清教徒式的科学态度著称。加德纳·多佐伊斯曾对一个我追求的女人说,千万别跟我上床,因为我是个给《类比》写东西的。谁给《类比》写东西,准会有一辆白面包车停在家门口,两个穿银色连体服的人出来把你给阉了(对此我不予评论,我只想指出加德纳后来也卖东西给《类比》,还和《类比》的编辑坐一个办公室。我可不知道斯坦·施密特的办公桌后锁着的大柜子里装着什么)。

《电脑是条鱼》是我关于大卫·斯莱特及其夺冠的象棋程序的科普文章,紧接着我又卖出《晨临雾逝》《第二种孤独》《莱安娜之歌》等等。当然,除开《类比》我也有其他买家,特德·怀特买我的小说和波瓦买得一样多,他主编的《惊奇》和《幻想》是两本超级棒的杂志。我也卖东西给《奇幻与科幻杂志》,一些小说还进入了当时的好多原创选集。

但我收到的退稿信也非常多。没有作者喜欢被拒绝,但你走上这条路,就得做好时常被拒绝的准备。有几次我收到的回复教我十分难堪,在那些信里,编辑对我的情节、人物或风格没有意见,甚至还说他们喜欢读这些故事,但就是拒绝刊登……因为它们不是真正的科幻小说。

《夜班》写了一个繁忙空港的夜班故事,飞船来来往往。一位编辑说,在你的故事里,飞船和卡车没区别。另一位编辑说《晨临雾逝》让他联想到寻找尼斯湖水怪。甚至连《第二种孤独》也中过枪,有封退稿信说这篇小说可以被视为灯塔守护人的故事,这个故事没把重点放在星环或零空间上,却错误地关注那个“相当可悲”的主人公,关注那个杯具的希望、梦想与恐惧。

我真的、真的服气了,这帮家伙到底想告诉我啥?我是《类比》的作者,我卖出过一篇科普文章……他们却说我写的是巴特·戴尔斯顿故事!

当然,我的《夜班》确是根据我父亲当码头工人的经历所写,我还在卡车调配办公室上过几星期班……

当然,《晨临雾逝》的灵感源于我在报纸上读到一个科学家带上一大批装有声呐的船去尼斯湖,企图揭开水怪的真相……

当然,《第二种孤独》映射了我自己的心魔,取材于我自己生活中的人与事,就跟《莱安娜之歌》一样。

连几年后发表的《沙王》,也源于我在大学里遇到的一个爱养水虎鱼的人。

那又怎样?我写出这些故事时,我把他们放到了另一个星球,为他们找来了异形和飞船。这还不算是见鬼的科幻小说吗?

在我成长的那些年,我读了无数奇幻、恐怖和科幻小说,但我从没担心过这些到底是什么小说究竟算不算科幻小说彼此应该怎么区分真正的科幻是啥真正的奇幻是啥以及恐怖小说的真谛是什么。我在50年代读的主要是平装本和漫画书,我知道有科幻杂志存在,但鲜少能买到,所以傻乎乎的我根本不知道巴特·戴尔斯顿其人和霍拉斯·高登对他的讨伐。我小时候甚至搞不明白所有这些流派和子流派的正确名称。对我而言,它们是怪兽故事、星际故事和剑与魔法故事,或者叫"神叨叨"——那是我父亲对所有这些故事的统称。瞧,他喜欢西部小说,他儿子却喜欢"神叨叨"。

后来我成了小有名望的作家,还为《类比》供稿(谢谢,我的蛋蛋还在),我有义务找出真正的科幻小说是啥。所以我重读了戴蒙·耐特的《寻找奇观》、詹姆斯·布利什的《当务之急》和L.斯普拉格·德坎普的《科幻小说手册》,我兴致勃勃地围观老一代与新浪潮的争辩——在老一代口中,新浪潮的垃圾们根本不是真正的科幻文学。当然咯,我小心翼翼地揣摩"科幻文学"的各种定义。

我发现这些定义不仅繁多,而且往往自相矛盾。L.斯普拉格·德坎普在《科幻小说手册》中对科幻的定义和金斯利·艾米斯在《地狱的新地图》中对之的定义截然不同。特德·斯特金有一个定义,弗里德里克·波尔有一个定义,雷金纳德·布莱特诺有一个定义,大卫·G.哈特韦尔有一个定义,亚历克西斯·帕辛有一个定义,而戴蒙·耐特站在角落里指指点点。老一代和新浪潮为了对流派的定义打得你死我活。

H. L. 高登显然是成竹在胸了，因为巴特·戴尔斯顿在他眼里肯定不是科幻小说。我孜孜不倦地汲取他们所有人的定义，终于领悟了何谓“真·科幻”，它和我写的东西完全不同。

“真·科幻”的终极模板是艾萨克·阿西莫夫①的第一篇商业作品《困在灶神星》，发表于1939年的《惊奇故事》。阿西莫夫以后写过许多更著名的小说、更好的故事——好吧，说实话，他以后写的任何东西大概都比这篇小说出彩——但《困在灶神星》是一尘不染、24K金的科幻小说，因为这篇小说里所有一切都取决于水在真空下沸点极低。

认识到这点让我泪流满面。瞧，虽然我的笔记本上写满了今年明年后年大后年的写作点子，但它们就没有一个跟水的沸点能沾上一丝半点关系。说实话，我觉得阿西莫夫在这个领域把什么都写完了，什么都没给我们这帮后人留下，当然，除了……巴特·戴尔斯顿。

但事实上，我越是深入地去想老巴特·戴尔斯顿、海因莱因、坎贝尔、威尔斯、凡尔纳、万斯、安德森、勒古恩、布拉克特、威廉森、德坎普、库特纳、莫尔以及寇德怀纳·史密斯、史密斯博士、乔治·O. 史密斯、诺斯威斯特·史密斯及其他所有的史密斯和琼斯们，我就越是觉得H. L. 高登眼界太低。

小子们姑娘们，大家写的不都是巴特·戴尔斯顿吗？

我所有的作品，你们所有的作品，他们所有的作品，她们所有的作品，不都是吗？《星际商人》（高登在《银河》上将其更名为《贪婪星球》）是50年代的麦迪逊大道，《千年战争》是越战，《神经浪游者》是个用时髦风格打扮的Caper犯罪小说（Caper是犯罪小说的子流派），阿西莫的“银河帝国”系列可疑地与罗马人的历史轨迹相似。贝尔·里欧斯像不像贝利撒留？说穿了，当你真的、真的用心去读《困在灶神星》，

① 美国科幻小说黄金时代的代表人物之一，代表作有“基地系列”“银河帝国三部曲”和“机器人系列”。

你会发现那根本不是水的沸点的故事，那是在讲绝望的人如何求生。

让我们倒回来仔细打量《银河》创刊号的封底，你会发现左右两栏可以轻易调包。同样的主编评语也能写在西部小说杂志上，只需做少许调整。“您决不会在《左轮枪》上看到这个！”主编大人骄傲宣称，“很相似吧？——后者不过是把科幻小说移植到了旷野中。如果这就是您心目中的西部传奇，请您就此止步，因为您决不会在《左轮枪》上看到这个！《左轮枪》向您呈现的将是最好的西部传奇……真正的、可信的、有思想的西部小说……这里的作者真正了解和热爱老西部……他们面向的也是真正了解和热爱西部的读者。”

这就是你的巴特·戴尔斯顿，高登先生，我却要抬出威廉·福克纳、《卡萨布兰卡》和莎士比亚。

在影片《再见女郎》里，理查德·德莱弗斯是个演员，他被天才导演要求去扮演一个口齿不清、柔弱女人气的理查三世。现在这样的讽刺不那么受欢迎了，伦敦走红的是德里克·贾曼对克里斯托弗·马罗的《爱德华二世》的现代改编，影片中皮尔斯·葛维斯顿的衣柜里最主要的衣服是镶钉皮内裤，而我上次去伦敦西区，舞台上上演的是在大革命恐怖笼罩下的《科里奥兰纳斯》。最近一个版本的罗密欧与朱丽叶的电影设定在街头混混的火并中，影片充斥着汽车、直升机和电视记者[①]；而如果你错过了伊恩·麦克莱恩设定在30年代法西斯英国的《理查三世》，你也就错过了史上最强的艺术指导和摄影影片之一，麦克莱恩在那部电影里的表演出神入化，他对驼背理查的再现可与奥利维尔相提并论。

有人也许会争辩《理查三世》应该表现玫瑰战争，而不是30年代的法西斯运动；有人也许会坚持《科里奥兰纳斯》应该设定在罗马，而不是巴黎；有人还会指出莫枯修决不是个黑衣变装皇后。

---

① 这就是莱昂纳多·迪卡普里奥年轻时演出的那个版本。

这些都没错。

可是呢……很多时候……很多很多时候……不管天才导演怎么改编，莎翁的戏剧仍然受到欢迎。而且有的时候，正如伊恩·麦克莱恩扮演的理查三世，它们大受欢迎。

出于这个原因，我最喜欢的科幻电影不是《2001 太空漫游》、不是《星球大战》、不是《银翼杀手》、不是《黑客帝国》（呃，怎么可能……），而是《禁忌星球》。我们这帮发烧友称它为“牛郎星四号上的《暴风雨》”，它由莱斯利·尼尔森、安妮·弗朗西丝、沃尔特·皮金以及——巴特·戴尔斯顿主演。

这是怎么回事？评论家、票友和莎士比亚粉丝怎么可能异口同声地称赞“巴特·戴尔斯顿出品”？称赞一个剽窃了他们心目中正当和正统设定的东西？

答案很简单。汽车还是马、三角帽还是罗马袍、质子枪还是左轮枪，统统没关系，只要人还存在。很多时候我们忙于划界限和贴标签，反而忽略了问题的本质。

《卡萨布兰卡》说得更直接：“还是那个老故事，为爱情和荣誉而战，非战即亡。”

威廉·福克纳接受诺贝尔文学奖时说过几乎同样的话，他说：“……人心古老的、普世的真实，缺了它们任何故事都是昙花一现、注定失败。我指的是爱、荣誉、怜悯、骄傲、慈悲和牺牲。”

福克纳更进一步声称：“人心的感情冲突，光这一点就能造就写作，这一点也是唯一值得去写作的。”

我们可以凭自己的想法去定义科幻、奇幻和恐怖小说，我们可以凭自己的想法去划界限、贴标签，但到头来还是那个老故事，关于人心的感情冲突。

其他的，朋友们，不过是装饰。

奇幻之屋由石头和木头搭建，按中世纪风格摆设，屋里的人用马和划桨船旅行，用剑、魔法和战斧打仗，用真知魔球或乌鸦通信，与精灵和龙分享面包。

科幻之屋由合金与塑料搭建，按后现代风格摆设，屋里的人用飞船和飞车旅行，用原子弹和细菌武器打仗，用安塞波和激光通信，与异形分享蛋白质条。

恐怖之屋由骨头和蛛网搭建，按哥特风格摆设，屋里的人只在晚上旅行，跟一切可以当食物的东西打仗，用尖叫、惨叫还有无法理解的絮絮叨叨和其他人通信，与吸血鬼和狼人分享鲜血。

我称之为“装饰规则”。

忘记定义吧。装饰决定一切。

去问问菲利斯·爱森斯坦，她写了一系列围绕吟游诗人阿拉里克展开的好故事，此人在一个她从未命名过的中世纪国度旅行……如果你在哪次会上堵住她，非要问个究竟，她可能会小声说出那个遥远王国的名字：“德国”。瞧，整个阿拉里克系列主要的幻想成分是心灵传送，而这玩意通常是作为心灵能力被贴上科幻标签的，可是……可是阿拉里克背着一把琴，睡在城堡里，周围都是佩剑的大人们，所以一百个读者里有九十九个——包括大多数出版社——将之定义为奇幻小说。装饰决定一切。

去问问沃尔特·琼恩·威廉姆斯。在《大都市》和《着火的城市》里，他带给我们一个设定得跟托尔金的中土世界一样完备的第二世界，一个完全由魔法——沃尔特称之为“原生质”——维持的世界。仅仅由于那个世界是一个衰败的巨型城市，充斥着政治腐败与种族歧视，而原生质由政府来搜集分发，魔法师居住在摩天大楼而非城堡里，评论家、记者和读者就一致公认它为科幻小说。装饰决定一切。

皮特·尼科尔斯写道：“……科幻与奇幻，如果可以称之为流派的话，也是杂糅的流派……果实或许是科幻，但根基又是奇幻，花和叶或许是另一些东西。”如果说尼科尔斯有什么问题，那就是他还没说透，因为西部小说、推理小说、罗曼小说、历史小说,所有流派都是杂糅。我们所看到的,如果刨根究底,只是故事而已。

只是故事。

这就是这本《梦歌》最后一部分呈现的东西:我写的一些故事。一点这个一点那个。神叨叨,朋友们,只是神叨叨。

《围城》是一个时间旅行故事,按定义应属于科幻小说(等等,仔细想想,时间旅行难道不是一种相当不科学的奇幻想法吗),但它原本是作为主流历史小说来写的。如果你是从头读我这部书(你应当如此),并没有跳过我的学生时期的话,这个故事的很多成分一定会令你格外熟悉。没错,这不就是我们的老朋友《要塞》、拜富兰克林·D.斯科特教授和埃里克·J.弗里斯编辑所赐,让我得到第一个A和第一封退稿信的玩意吗?1968年《要塞》被我扔进抽屉里吃灰,1984年我把它取出来,加上侏儒和时间旅行的元素,叫它《围城》,卖给了《奥姆尼》杂志的埃伦·达特洛(记住,不扔旧稿子)。

《狼皮交易》是我兰蒂·韦德和狼人威利侦探系列的第一篇(也是唯一一篇)小说。我是在洛杉矶拍摄《侠胆雄狮》的间隙写出它的,为的是要赶上黑色收割出版社1988年年度恐怖小说选集《黑暗视野·第五辑》,我将与斯蒂芬·金和丹·西蒙斯一起出现在那本书里。要和这两人同台献艺,我明白我必须拿出真本事,于是当《侠胆雄狮》剧组的所有人都下班回家后,我还在老办公室的电脑前忙碌,喝下整壶整壶的咖啡以保持清醒,回家时如此疲惫,以至于倒在床上根本睡不着。威利没说出文森特[1]的台词,或者文森特没说出威利的台词,这实在是个奇迹。我的期限来了又去,我只是不停写着,金和西蒙斯交稿了几个月我还在写。毫无疑问,黑色收割出版社的保罗·米科尔恨不得把我的位置让给其他写得更快的人,但当我终于交稿时,保罗回复"好吧,我快憋

---

①《侠胆雄狮》的男主角。

死了，但这个故事值得我等”。1989 年，《狼皮交易》获得了世界奇幻奖最佳长中篇小说，我把加恩·威尔逊捏的那尊恐怖的 H. P. 洛夫克拉夫特雕像（世界奇幻奖奖杯）带回家装点壁炉，有时还放顶小帽子在上头。

《局中变》是我的象棋故事，当然有一点时间旅行成分，但主要还是象棋故事。搬到圣塔菲之后不久，我特想做一本科幻与奇幻的象棋故事选集。我可以再版弗里茨·莱伯的《莫菲钟的午夜》、吉恩·沃尔夫的《神奇的黄铜象棋机器》《范·戈姆的赌局》——一个原本发表在《象棋评论》上的精彩又古怪的洛夫克拉夫特短篇。其他部分用原创故事来填充，我认识很多喜欢下象棋的作者。

比如弗雷德·萨博哈根。搞笑的是，当我写信向他约稿时，他回信告诉我他刚好卖给 ACE 出版社一本象棋小说选集，其中就收录了《莫菲钟的午夜》《神奇的黄铜象棋机器》和《范·戈姆的赌局》。结果他没为我的选集写小说，反倒是我根据自己担任西北大学象棋队长的经历，为他的选集《兵到无限》写了一篇小说。这个故事无疑是虚构的，如有与活人或死人的任何雷同，纯属巧合……但我想指出我确曾组建了六组队伍参加泛美大学象棋冠军赛，这一纪录几乎保持了三十年。

《玻璃花》更为伤感，它是我最后一次回归长久以来的未来科幻史设定，那段历史属于克莱勒洛马斯、“北斗星”斯蒂芬·科伯特、“风暴琼”艾瑞卡、陶莫和温伯格。我想，是时候让这些神秘人物中的一位登上前台了。《玻璃花》发表在《阿西莫夫》1986 年 9 月号上，此后除了《阿瓦隆》——我因《权力的游戏》和《门》而放弃的长篇小说——我再也没有回到“一千个世界”。我会回去吗？我不能保证。也许吧，这是我能给出的最好答案。也许会的。

《雇佣骑士》是严肃奇幻，严肃得不能再严肃的奇幻，是这样吗？可别忘了奇幻需要什么，对了……魔法？说来，我的《雇佣骑士》里有龙……可只在头盔和旗帜上，还有一个装满木屑、用线牵着跳舞。噢，邓克倒是记得老阿兰爵士提到见过一次活龙，也许这样就算是奇幻了吧。如果你觉得这不算，那么……也许《雇佣骑士》并非“真·奇幻”，而是历史冒险小说，只不过所有历史都是幻想出来的。

这到底算啥？别问我，我只是写了个故事。我还为它写了续集《誓言骑士》，即将出版在西尔弗伯格的《传奇第二辑：当代奇幻大师短篇集》里，以后我还要写更多邓克与伊戈的故事，除非我被巴士撞了或是有了更好的点子。

本书最后一个故事是《子女的肖像》，我凭它在 1986 年获得星云奖，但在雨果奖决选中失败。这是一个关于写作的故事，讲述我们作家在挖掘自己的梦想、恐惧和记忆的过程中付出的代价。《子女的肖像》虽然进入了星云奖和雨果奖的决选，许多人却在激烈辩论她到底有没有参选资格。这是个奇幻故事，还是疯子的故事？都不是，还是都是呢？在此，你可以做出自己的评判，但对我而言，它是个好故事足矣。关于人心的感情冲突的故事可以穿越时间、空间和设定，只要爱、荣誉、怜悯、骄傲、慈悲和牺牲还在，那个高瘦的陌生人手握的质子枪还是左轮枪就一点关系都没有，哪怕是剑——

盔甲叮当，巴特·戴尔斯顿奔向老朽的城堡，它阴郁地矗立在恐怖湖畔，这个可怕的地方离人类世界足有一千里格之远。跑到城堡前，他勒住马……这时，一个高瘦的精灵领主从洞口踏步走出，月光染白的手上握着一把闪亮的长剑。“放下你的剑，巴特·戴尔斯顿，”高大的陌生人轻声说，“也许你还不清楚，但你再也不能在精灵的土地上前进一步了。”

奇幻？科幻？恐怖？

我说它是个故事，我说它就他妈是个故事。

屈畅　赵琳　译

围城

本特·安塔宁上校一个人站在狼岛高高的城墙上，遥望着冰上追逐的幻影。

冰雪、狂风及刺骨的严寒统治了这个世界，赫尔辛基周围的海域封冻着厚厚的冰层，瑞典堡的六座岛上，一座座碉堡仿佛被冰之魔掌所笼罩。寒风如同冰鞘中抽出的利刃，插入安塔宁的军服，刺痛他的脸颊，从他眼中挤出泪水，那泪水还未淌落就已冻结成冰。狂风在高耸的灰色花岗岩城墙边呼啸，从门扉、缝隙和炮台中挤出来，显示着自己的存在。在结冰的海上，它拍打着俄国火炮，发出怒号，在飘忽不定的奔跑中吐出雪的气息，形如奇异的白色野兽，或是忽隐忽现、鬼魅般的生灵。它们在冰上盘旋，不停地转换形态——

如同安塔宁的思绪一样瞬息万变。他很想知道这些迷雾般的风雪之子接下来会拥有怎样的形态，它们轻盈的脚步，又将奔向何方？也许可以驯服它们，用来攻击俄军？安塔宁想象着自己释放出雪之野兽，并眼看着它们扑向敌人，不由得露出微笑。他享受着这份幻想。真是个奇异而狂野的想法啊。本特·安塔宁上校并不是个想象力丰富的人，但最近一段时间，诸如此类的古怪念头总是充斥着他的脑海。

安塔宁再次将脸迎向风中，迎向这让人僵硬的寒冷，希望它冷却自己的怒火，渗入心脏，将其中蠢蠢欲动的愤怒冻结，直到麻木不仁。这份寒冷既然能将汹涌的大海变成寂静的冰，也应当可以平息本特·安塔宁胸中的澎湃吧。于是他张开嘴，长长地呼出一口气，气息从那红润的脸颊升腾而起，犹如蒸汽氤氲；他又深深地咽下一口寒冷的空气，好似咽下一口液氧。

念头转到这里,安塔宁感到一阵恐惧。又来了,又是这样。液氧是什么?它是冷的,他多少知道一些;比冰更冷,比寒风更甚。液氧颜色洁白,冰冷刺骨,蒸腾喷涌——他知道,正如他知道自己的姓名一样。但是,他为什么会知道呢?

安塔宁赶紧下了城墙,大步走开。他的手搭在剑柄上,仿佛佩剑能提供某种庇护,好让心灵免受恶魔的侵蚀。其他军官说得没错,他的确是要疯了,下午的参谋会议就是明证。

和近日来的其他会议一样,这次会议也进展得很糟糕。如同以往,安塔宁提高音调,绝望而愚蠢地反对着其他人。他很清楚自己是对的,却又无法说服别人。他说的每个字都会削弱自己的地位,甚至有损于自己的军旅生涯。

贾格赫又在老调重弹。F. A. 贾格赫上校具有一切安塔宁所不具备的优势,他黝黑英俊,优雅精明,不单具有贵族气质,还拥有贵族的手腕。他的社会关系举重若轻,他有有权有势的亲戚,辉煌的仕途,最重要的是,贾格赫得到了瑞典堡指挥官、海军中将卡尔·奥洛夫·克朗施泰特的信任。

这次会议,贾格赫提交了很多报告。

“这份情报是错误的。”安塔宁坚持,“俄军在兵力上并没有压倒性的优势,他们才不过有四十门火炮,而瑞典堡的火力是这个数字的十倍不止。”

克朗施泰特似乎被安塔宁的语调吓了一跳,很少有人如此顽固不化地坚持自己的主张,而贾格赫只是笑:“我可以问问,您是从哪里得到这些情报的吗,安塔宁上校?”

这个问题本特·安塔宁无从回答。“我就是知道。”他倔强地说。

贾格赫翻了翻手中的报告:“我的情报来自克里克中尉,他人在赫尔辛基,掌握着敌军的数量、计划和行动的第一手可靠信息。”他看着海军中将克朗施泰特,“长官,我认为我的情报比安塔宁上校神秘的自信更准确。根据克里克的报告,俄军数量远远超过我军,而且萨特兰将军很快还会得到进一步的增援,以发起大规模进攻。此外,他们有为数可观的火炮,肯定比安塔宁上校企图让我们相信的四十门要多。”

克朗施泰特点头表示同意。即便事情已经到了这步田地,安塔宁还是无法保持沉默。“长官,”他坚持,“克里克的报告不可信,我们不能信任这个人,他可能被收买了,或是被敌人欺骗了!”

克朗施泰特皱眉:“这可是非常严重的指控,上校。”

“克里克是个蠢货! 一个该死的安亚拉叛徒!”

贾格赫怒不可遏,克朗施塔特和一票下级军官也大惊失色。“上校,”指挥官说,“众所周知,贾格赫上校的亲人在安亚拉联盟中,你的言辞太过无礼。目前我军的状况已经够棘手了,不能因为狭隘的政治分歧再来雪上加霜。你必须马上道歉。”

安塔宁别无选择,只得尴尬地道歉,贾格赫傲慢地点点头表示接受。

克朗施泰特将军将话题又转回报告上。“很有说服力,”他说,“也让人警醒。正如我所担心的,我们目前处境艰难。”显而易见,他决心已定,再争执下去毫无意义。有时候,本特·安塔宁很想知道究竟是怎样的疯狂在驱使着自己。他前来参加参谋会议时,曾决心要表现得谨慎睿智,但没等坐定,就如同被一种莫名其妙的梦魇攫住了一般。他的辩论远称不上睿智,还否认那些显而易见的事实——它们白纸黑字,来源可靠;他却语无伦次,四面树敌。

“等等,长官。”他又开口说,“我恳求您,千万别理会克里克的情报。瑞典堡对于春季反攻至关重要。只要我们能撑到融冰,就再没什么可怕的。海道一通,瑞典人就会立刻派出增援。”

海军中将克朗施泰特拉长了脸,一副不耐烦的样子。这是一张疲惫的老人的面孔。“你还要重复多少次? 我已经厌倦了你这种爱争吵的毛病。瑞典堡在春季进攻中的重要性我很清楚,但事实摆在眼前,我们的防卫有漏洞，而且海面结冰使得敌人可以从任何方向靠近我们的城墙。瑞典军已经溃败——”

“长官，我们唯一的消息来源是报纸，而从报纸上，我们只能了解俄国想让我们了解的事。”安塔宁忍不住说，“法国和俄国的报纸上的消息都是靠不住的。”

克朗施泰特的耐心到了极限：“住口！”他一掌拍在桌子上，“我受够了你的固执，安塔宁上校。我尊重你的爱国热情，但不包括你的判断力。从今以后，如果需要你的意见，我会主动问你的，明白吗？”

“是，长官。”安塔宁只得说。

贾格赫微笑道：“我可以继续了吗？”

长官的斥责如严冬的寒风一样凛冽伤人，也难怪安塔宁恨不得马上回到堡垒里的冰冷居所。

回到住处时，本特·安塔宁感到既悲凉又迷惘。他看到了黑暗的降临，降临结冰的海面，降临瑞典堡，降临瑞典和芬兰，还有美国——最后想到的那个国家让他头痛不已。他重重地坐到床上，双手抱头。美国，美国，真是太疯狂了，俄国和瑞典之间的争战对那个遥远的新生国家能有什么影响呢？

安塔宁起身点上灯，仿佛光明能驱走那些恼人的思绪，又从放在简陋橱柜上的脸盆里弄了点水泼在脸上。脸盆后面是他常对着剃须的镜子，由于锈蚀已经稍显扭曲和黯淡，不过还算管用。他擦干瘦削的大手，端详着自己的脸。这张脸看上去熟悉又古怪，有种让人害怕的陌生感……一头乱糟糟的灰发，深灰的双眸，狭长坚挺的鼻梁，微陷的面颊，方正的下巴……他实在太瘦了，几乎是皮包骨头。这是一张平凡无奇的面孔，也是一张倔强的面孔，他戴了一辈子的面孔。很久以前，本特·安塔宁就已经妥协于这副长相，近年来，他对这张脸几乎漠不关心了。可如今他凝视着自己，眼睛一眨不眨，却感到有种令人心烦意乱的魔力在体内翻涌——一种满足感，一种称为怪胎和麻烦的快感。

这种病态的虚荣是不正常的,是发疯的另一个征兆。于是,安塔宁强行把视线从镜子上别开,强迫自己躺下。

很长一段时间里,他都无法入睡。幻影在他阖上的双眼前舞蹈,犹如狂风化成的幻兽。这里面充斥着他不认识的旗帜,合金铸造的墙,火焰般的风暴,男人和女人像岩浆做成的恶魔一样扭曲。突然,这些画面统统消失,犹如剥下烫伤的皮肤一样。本特·安塔宁不安地叹了口气,沉沉地睡着了……

意识清醒之前,疼痛通常来得更早,这是在感官之外寂静而空虚的世界中唯一的真实。有一刹那,我为不知身在何处而恐惧,但随后便反应过来:回来了,我回来了。回归的过程伴随着痛苦,非我所愿,但别无选择。我渴望甜美而纯净的冰雪,渴望东风让人振奋的触碰,渴望本特面部健康的线条,但一切都消失。即便我如何呐喊、咆哮、哭泣、悲叹,它们还是消失了,随风而逝。

我感觉到一阵波动,在我周围有什么在震动,似乎在排干浸泡液。我的脸首先露了出来,于是我用宽阔的鼻孔深吸一口气,清了清器官,发现口中还残留着血丝。当耳朵里的浸泡液也流走后,我听到一种潺潺的、贪婪吮吸的声音。这部吸血鬼的机器以曾孕育我的子宫汁液为原料,制造出支撑我第二生命的黑色血液。空气的冰冷触感让我疼痛,我努力抑制住尖叫,将呐喊压低成呜咽。

合金箱子顶部覆盖着一层黑色薄膜,从中可以看见我的倒影。我的形象足以吓所有人类一跳:鼻毛在没有鼻子的脸上颤动,右脸颊挂着个肿胀的绿色肿瘤。好个英俊的恶魔啊,我一边微笑,一边露出三颗腐烂的牙齿,新换的门牙扎在它们中间,犹如削尖的木桩扎在黄色的伞菌田中。我在等待着有人来解放我,这个该死的箱子太小了,简直是口活棺材,我就这么被人活埋了。恐惧以切实的重量压迫着我。他们不喜欢我。万一他们真把我丢在这里，任由我窒息而死呢？“让我出去！”我低沉地说，但没人听见。

终于，盖子缓缓打开了，勤务兵站在那儿，这回是拉斐尔和史莱姆。这些大块头在我眼中犹如朦胧的白色巨像。他们穿着制服，口袋上绣着国旗。我无法看清他们的脸，我的视力已经下降很多，此时更是变本加厉。尽管如此，我还是认出肤色较暗的那个是拉夫，他解开我的IV管和遥感设备，史莱姆给我注射。啊，很好，疼痛消失了。我强迫自己用手抓紧箱子边缘。金属的触感很怪，我动作缓慢，反应迟钝。“为什么耽搁这么久？”我问。

“紧急情况。”史莱姆说，“是罗林斯。”他是个惜字如金的急性子，而且他不喜欢我。若想知道更多消息，我得一点点问，但我现在可没这干劲，我把精力都放在给自己找个坐的地方上了。房间里笼罩着蓝白色的光。在黑暗中待得太久，我的眼睛不禁涌出泪水，也许勤务兵会以为我正因回归喜极而泣吧，反正他们都是些四肢发达头脑简单的傻瓜！空气里弥漫着止血剂、消毒剂和空调制冷剂的味道。拉夫①把我从棺材里扶起——这口棺材在六口排成一列的银色棺材中排第五，每一口都连接上了身边隐约可见的计算机组。其他棺材都空了，我猜我是最后一个夜里苏醒的吸血鬼吧。记忆逐渐清晰起来，他们中的四个早已死去，死了很久很久，只剩下罗林斯和我。现在连罗林斯也遭遇不测。

他们把我安置在轮椅上，史莱姆推着我经过空空如也的棺材，走上斜坡前往汇报室。“罗林斯呢？”我问他。

“没救了。”

我不喜欢罗林斯。他长得比我还丑，是个干瘪的侏儒，头颅畸形地大，没有四肢的躯干狰狞扭曲。他那双硕大的眼睛，因为没有眼皮，所以永远也无法闭上。

---

① 拉斐尔的简称。

即便睡觉，他看上去也总像是在盯着我。这人毫无幽默感，该死的，一丝半毫的幽默感都没有。身为怪胎，你多多少少得有点幽默感吧？但……尽管罗林斯有诸多不是，他到底是我身边剩下的最后一个同类，现在连他也不在了。然则我感觉不到难过，只有麻木。

汇报室里横七竖八地放着各种东西，没什么人情味。他们就在桌子那边等着我。史莱姆把我推到他们对面后就离开了。这张塑料贴面的桌子是我和上级长官之间的一道屏障，也许是一道封锁线。他们不许我靠得太近，毕竟我可能具有传染性。他们是正常人，而我……我？当初他们征募我的时候，将我列为 HM3——人类的突变第三型，俗称“三号人”。“一号人”是指毫无自理能力的人、死胎或活着的植物人，这种人有上百万之多；“二号人”是指有变异但变异没有用处的人，比如拥有多余的指头、蹼掌或滑稽的眼睛的人，这种人也有数千；但我们“三号人”，那可是天杀的精锐——这是我们被招募前来，在格雷厄姆计划地下室里有人亲口告诉我们的。老查理·格雷厄姆挂掉之前，把我们称为他的“时间骑士”，但在萨拉萨尔少校看来，这称呼未免太罗曼蒂克了。他更喜欢政府的官方叫法——G. C.，即“格雷厄姆时航员”的缩写。勤务兵和士官又把 G. C. 改称为“怪胎”，我们也如此回敬他们。这里的“我们”包括南、科瑞普和我，当时那些家伙还在基地，他们都有非凡的幽默感。“夺命骇客”，我们这么称呼自己，六个驾驭时间之流的夺命骇客可以为所欲为地拧掉“小鸡”们的脑袋，嘿嘿！

这群人现在只剩下我一个。

萨拉萨尔将文书往桌上重重一拍。他很憔悴，深色皮肤下一片青黑，鼻子上的血管都凸了出来。地下室里的人没一个像样的，但萨拉萨尔实在很不堪。他的体重增加了不少，看上去糟糕得很，穿的制服又紧又旧。他们已经关闭了补给库和工厂，过不了几年我们都得衣衫褴褛。我之前就告诉萨拉萨尔，最好控制一下饮食，但没人会听怪胎的话，除非是针对小鸡们的评价。“那么，”萨拉萨尔对我说，他的声音很刺耳，该死，真是个好开始。遥想三年前他刚来时，说话严肃正规，标准的军人作风，但现在，这位老大已经没空注意礼貌了。

“罗林斯出什么事了？”我问。

维罗妮卡·嘉可比医生坐在萨拉萨尔旁边。她原是这里的精神科医生，在格雷厄姆·克拉克死后，又成了头号科学权威。“致命的外伤，”她以专业口吻说，“多半是他的宿主在行动中遇害了。”

我点点头。这种事时有发生，有时小鸡也会反啄你一口。“他达成目标了吗？”

“就我们所知，没有。”萨拉萨尔颇为郁闷。

意料之中。罗林斯连接上了查理十二军中某位愚蠢的步兵。我脑海里浮现出一幅可笑的场景：罗林斯控制那步兵一步步接近愚蠢的少年国王，试图劝他远离波尔塔瓦。查理也许是当即把他吊死的——想想就知道，手法一定干净利落，否则罗林斯会有挣脱的时间。

“你的报告。”萨拉萨尔提醒我。

“哦，老大。”我懒洋洋地说。他讨厌被称为老大，虽然“莎莉”这个称呼他更厌恶，科瑞普以前就这么叫他——我们这帮夺命骇客都是些傲慢的家伙。“情况不妙。”我告诉他们，“克朗施泰特正准备会见萨特兰将军，进行投降谈判。本特说什么都无济于事。我已经做得太过了，本特觉得自己快疯了，我担心他会精神崩溃。”

“这是时间骑士必须冒的风险。”嘉可比说，“你保持协调的时间越长，对宿主的控制就越强，你的存在也会越来越明显。但宿主本身对此无能为力。”罗妮[1]有着美妙的嗓音，对我也一直很有礼貌。她干净、高挑、平和，最关键的是，对我难以置信的好。可是，如果她知道这份好意让她变成了我到这儿之后自慰时的性幻想对象，不知会不会有所改变呢？他们只派了五位女性来饼干盒，同时送来的还有三十二个男人和

① 维罗妮卡的简称。

六个异种。到目前为止，她是这里最赏心悦目的。

科瑞普的目光也常驻留在她身上，甚至还监视她的卧室，看她出出入入，这些她从未察觉。科瑞普是这方面的天才，他在工作台上制造出极小的视听接收装置，把它们安装在各个角落。他说，既然不能过正常人的生活，至少可以看看别人是怎么生活的。某个晚上，他邀我去他房里，当时罗妮正在跟哈利·伯顿上尉寻欢作乐，那个红发大块头是基地安全部门的头儿，也是她以前的同事。必须承认，我当时看得很尽兴，事后却很生气，我对科瑞普说他没权力暗中监视罗妮或是别的什么人。“别傻了，他们还让我们监视我们的宿主呢！”他说，“从那些见鬼的脑袋里面直接监视！你这个笨蛋，这么做对他们很公平。”我说两者不能相提并论，一肚子无名怒火。

这是我和科瑞普之间唯一的一次争吵。总的来说，此事无足轻重。他继续一个人偷窥，别人也从没发现这勾当。都无所谓了，某次时空跨越后他再也没有回来。强壮的大块头哈利·伯顿上尉也死了，我猜他是在安全清扫中吸收了太多辐射吧。就我所知，科瑞普安装的监视器还在老地方，我时不时也想去偷看一眼，看看罗妮和她的新情人，但我没有。我实在不想看到。就让我和我的性幻想一起徜徉在春梦中吧，它们比现实美好多了。

萨拉萨尔肥胖的手指敲击着桌面。“给我们一份你这次行动的完整报告。”他没好气地说。

我叹口气，把他们想知道的东西叙述了出来，全是些无聊乏味的细节。之后，我又补充说：“贾格赫是关键，克朗施泰特对他言听计从，安塔宁则无足轻重。”

萨拉萨尔愁眉紧锁：“除非你能和贾格赫取得协调……”他嘟囔着。多么无礼的祈求啊，他明知这是做不到的。

“人心不足蛇吞象。”我对他说，“做白日梦不如做得美一点，别满足于贾格赫，何不考虑克朗施泰特？见鬼，何不考虑那混蛋沙皇？”

“他说得没错，少校。”维罗妮卡道，“能和安塔宁建立联系我们就应该感到庆幸。他至少是个上校，比起我们在别的目标上干得要好多了。”

萨拉萨尔还是不高兴。他是个军事历史学家，当上面把他调离西点军校——或者说是调离那片废墟时——他以为这份差事会很简单。“安塔宁无足轻重，”他强调，“我们需要关键人物。你们这些时航员总是给我一些小人物或旁观者，错误的时间，错误的地点，错误的人。不可能完成任务。”

“当你接受这份工作时就知道它的危险性。”我说。哈，夺命骇客引用“超级小鸡”的话，如果让伙伴们知晓，不被丢出去才怪，“我们没有挑选余地。”

老大的脸色很难看，我打了个哈欠。“我累了，”我说，“我想要点吃的，冰激凌，来一份石板街冰激凌吧。哈哈，真有趣，不是吗，看够了那些破冰，回来还要点一份冰激凌。”这里当然没有冰激凌，在这个叫作“世界”的鬼地方，它已经销声匿迹将近半代人的时光了。不过，南向我提起过它。南是最年长的怪胎，也是唯一一个在大爆炸前出生的人。关于以往种种，她有很多故事可以说，其中我最喜欢的莫过于对冰激凌的描述。它们光滑、冰凉、甜美、纯洁，融化在舌尖，化为柔滑美味的水充满口腔。有时她会把这些描述背诵给我们听，庄重得像跟神父托德朗读《圣经》一样：香草、草莓和巧克力，混合了软糖及果仁，兰姆葡萄与洋芋泥，香蕉、香橙果子露和薄荷巧克力，燕麦、开心果、奶油糖果、咖啡、肉桂和奶油山核桃。科瑞普常编造出许多奇怪的口味来取笑她，但南并不在意。她只会把他的发明添到她的列表里，并高兴地念出鳀鱼酱杏仁、肝片和辐射药的名字，到后来，已无从分辨真假，反正也没人在意。

南是我们失去的第一个伙伴。不知 1917 年的圣彼得堡有没有冰激凌呢？我希望是有的，但愿她在死去之前吃上了那么一两碗。

我回过神，发现萨拉萨尔少校已经自言自语好一会儿了。“……这是我们最后的机会。”他边说边幻想在瑞典堡，我们的所作所为有多重要，我们多么需要作出些改变，以防苏联建立，从而阻止那场将世界化为废墟的战争。这些话我早就烂熟于心，了然于胸。老大的话痨病已经无药可救，而我并不像表面上看上去那么迟钝。

这一切都是格雷厄姆·克拉克的主意，作为最后的赢得战争的机会，也许还能把我们从瘟疫、核弹和毒气中拯救出来。老大是个历史学家，他负责找出所有目标，让电脑完成可能性分析之后，再从中挑选出六个。他收下六个怪胎，也就是有六次尝试的机会。“六个关键点。”他这么说，那都是历史上决定性的时刻，其中某几个极其偶然。罗林斯的目标是北方战争，南被分配到十月革命，科瑞普要想方设法接近伊凡雷帝，而我手上的是瑞典堡，固若金汤、坚不可摧的瑞典堡，北方的直布罗陀。

“瑞典堡没理由投降。”老大说——这是他的冰激凌祷文，历史和战术总能给他带来慰藉，就像“黄油脆”冰激凌带给南的一样。“守军有七千人，远远多于围城的俄军。堡垒里面火炮精良，弹药充足，补给充分，只要坚持到海路打开，瑞典人将马上发动反攻，困局会被轻易打破，到时候，战争的整个局势都会改变！你必须让克朗施泰特了解这些！”

“如果我能捎本历史书回去，让他读一读后世是如何评价他的，我相信他一定会言听计从。”我受够了。“我累了。”我叫起来，“我要点吃的。”突然间，毫无理由地，我有种想哭出来的冲动。“我想吃点东西，该死，我不想再说下去了，你听见我的话了吗？我想吃点东西！”

萨拉萨尔朝我怒目而视，但维罗妮卡听出了我声音中的压力，她站起身，走到桌子这边。“这不难安排，”她既是对我说，也是说给老大听，“我们已经把目前能做的都做了，现在给他点吃的吧。”萨拉萨尔嘴里嘟囔着什么，但也没反对。维罗妮卡推着我向军需库走去。

陈年咖啡，一盘不知是什么肉的肉，煮过头的蔬菜，她用这些犒劳我。她为人挺不赖，毕竟是专业人士。在过去，她也许算不上美女——美女我从旧杂志里看多了，不管怎么说，这种鬼地方还存有过去的《花花公子》，过去的录像带，过去的小说，过去的音乐专辑，过去的漫画，已经很不错了。新东西当然没有，当下不出产任何东西，只留有堆积成山的旧垃圾。对这些东西我可算行家里手。当我不在本特的头颅中徘徊时，就在显示屏前生了根，不停地播放过去的电视节目或电影，甚至还同时翻看平装书，努力想象过去的生活究竟如何，在一切被弄得一团糟以前的生活。正因如此，我对以前的标准可谓了如指掌。罗妮大概比不上波姬·小丝、玛丽莲·梦露、碧姬·巴铎或葛丽泰·嘉宝，但她仍然比这个化粪池里的任何人更出挑，剩下的人连及格线都达不到。瞧，无论科瑞普多努力，他都成不了格劳乔·马克斯，我和吉米·凯格尼有几分相似，但那大大的绿色肿瘤、多余的牙齿和缺少的鼻子多少破坏了整体效果。

我把吃了一半的饭和叉子推开："没味道，要在以前，食物是有滋有味的。"

维罗妮卡笑道："你是幸运儿，还知道有滋有味。换别人，吃什么就是什么。"

"幸运？哈哈，罗妮，我知道个中区别，而你不知道。你会怀念自己从未拥有过的东西吗？"说这种话让我恶心，一切都让我恶心，"来下盘国际象棋？"

她笑着为我找了个位置。一小时过后，她赢了第一局，旋即开始第二场较量。饼干盒里大概有十来人下象棋，格雷厄姆和科瑞普死后，几乎所有人都是我的手下败将，除了罗妮。有趣的是，如果回到1808年，我搞不好可以成为世界冠军。这两百年来，象棋有了很大发展，我凭记忆背出的开局是过去那些老家伙做梦也想不出来的。

"除了背那些书上的开局，象棋还有更丰富的内涵。"维罗妮卡说。

我这才意识到自己竟无意中把想法都说了出来。

“总之我会赢。”我固执地说,“娘的,他们都死了几世纪了,能知道啥?”

她微笑着,移动了她的骑士。“将军。”

我发现自己又输了。“总有一天我要好好研究一下这玩意儿,”我咕囔道,“和真正的世界冠军切磋。”

维罗妮卡开始把棋收回盒子里。“瑞典堡的事就像一盘棋。”她试图和我沟通,“一场穿越时间的棋局,我们和瑞典人一道对抗俄军和芬兰的民族主义者。要动摇克朗施泰特,你觉得该走哪一步?”

“我怎么就没想到话题会转回这上面。”我没好气地说,“怎么,我要知道才见鬼了,老大大概有主意。”她点点头,表情认真起来。她的脸庞柔和苍白,拢在暗色秀发当中:“绝望的时刻自然有绝处逢生的主意。”

我在想,如果我成功,那又怎样?我能改变什么呢?维罗妮卡、老大、拉夫和史莱姆,他们会变成怎样?我又会变成怎样?永远躺在那暗无天日的棺材里?当然,这些事总有理论去解释,但没人知道真的会发生什么。“好吧,我是个绝望的人,女士。”我告诉她,“对一切绝望的手段都有了心理准备,即便其成功率微乎其微。我洗耳恭听,我现在应该让本特怎么做?发明机关枪?叛投俄军?在城墙上裸奔?还有什么?”

她把老大的意思转告给我。

我心里没底。“这也许会管用,”我说,“更可能本特会被投入那鬼地方最深的大牢。这下他疯子的标签是再也摆脱不了了,贾格赫搞不好会直接毙了他。”

“不会。”她说,“从本质上说,贾格赫是个理想主义者,他有自己的原则。我承认这一招很冒险,但不冒点风险是没法赢棋的。你会去做吗?”

她的微笑是那么动人,我想她喜欢我。我耸耸肩:“不妨一试,”我说，“反正也没得选。”

“……允许我们派遣两名使者到国王处，一名从北走，一名从南走，均携带通行证，并专人护送，各方提供一切可能的便利以助其完成旅途。一八零八年四月六日，罗南岛。”

官员念协议的空洞声音戛然而止，参谋部陷入了死一样的寂静。一些瑞典官员不安地在椅子里挪动着身子，但没人开口说话。

海军中将克朗施泰特缓缓起身。“以上是协约内容，”他说，“考虑到我们目前的窘境，这已是能争取到的最好条件。我们已消耗了三分之一的弹药，由于结冰的关系，防线直接暴露在四面八方。我军兵力处于劣势，还要供养一大批流亡者，他们很快就会把我们的补给消耗殆尽。萨特兰将军本可以要求无条件投降，但上帝保佑，他没那么做。根据协议，我们仍保有瑞典堡六岛中的三个，如果五艘瑞典战列舰能在五月三日之前及时增援，我们可以收回另外几个岛；相对的，如果瑞典人不遵守承诺，我们便投降。总之，立刻休战避免了伤亡，瑞典舰队也不会遭受损失。”

克朗施泰特坐了下来。在他身边，贾格赫上校轻快地站起来，“如果瑞典战舰没按时赶到，我们则安排驻守部队有秩序地投降。”他开始宣读具体细节。

本特·安塔宁静静地坐着。他早料到会有这样的结果，冥冥之中这一天注定会到来，但没有比亲耳听到更让人垂头丧气的了。克朗施泰特和贾格赫签署了这么一份灾难性的合约，实在太愚蠢，太懦弱，堪称一场毫无道理的失败。先是立即让出西黑岛、浅滩岛和东黑岛，接着把其他地方的投降拖延了毫无意义的一个月。最终，历史将唾弃他们，学生们将咒骂他们的名字，而他陷在这里，身不由己。

会议终于结束，众人起身离开。安塔宁也和他们一同起身。他决心保持沉默，不再纠缠，就让他们为了三十个银币出卖瑞典堡吧。可就当他要转身离开时,一股难以遏制的冲动攫住了他,他像疯子一样冲到克朗施泰特和贾格赫身边。他俩看着他走过来,从他们眼中,安塔宁发现了不加掩饰的厌恶之情。

“您不能这么做!”安塔宁斩钉截铁地说。

“木已成舟。”克朗施泰特回答,“多言无益,上校,我警告你,回去干你的活。”他站起来,准备离开。

“俄国人在欺骗你。”安塔宁脱口而出。

克朗施泰特停下来,看着他。

“中将先生,请您务必听我一言。这个协议,这些条款,这些关于五月三日之前有五艘战列舰来接应我们、我们就能保住堡垒的话,统统是骗局。在五月三日之前,冰不会融化,因此不会有船来接应我们。休战协议上说明,战舰必须在五月三日中午之前驶入瑞典堡海湾。萨特兰将军将利用这段时间安置大炮,封锁近海,任何企图接近瑞典堡的船只都会受到猛烈攻击。除此之外,您派去见国王的使者,长官,他们——”

克朗施泰特脸色铁青,他举起一只手:“我听够了!贾格赫上校,逮捕这个疯子。”他抓起报告,拒绝再看安塔宁一眼,愤怒地大步离开房间。

“安塔宁上校,你被逮捕了。”贾格赫的语调异常绅士,“我警告你,不要抵抗,这只会把事情弄得更糟。”

安塔宁把脸转向这位上校,心里相当恼火。“你听不进去。没有一个人听得进去。你们知道自己在做什么吗?”

“我想我知道。”贾格赫说。

安塔宁伸手抓住对方制服的前襟:“不,你不知道。你以为我不晓得你打的什么算盘?贾格赫,你是个民族主义者,该死的,你和你的安亚拉联盟,你们这帮该死的芬兰贵族,全都是民族主义者。你们对瑞典的统治充满怨恨,而沙皇承诺在他的保护下允许你们自治,所以你就把对瑞典王室的忠诚抛诸脑后了。”

F. A. 贾格赫大惊失色。在恢复镇定前的瞬间,他脸上浮现出难以言喻的表情。“你不可能知道这个。”他说,“没人知道条约——我——”

安塔宁不停地推搡着对方。“历史将会嘲笑你,贾格赫。瑞典将会输掉这场战争,全因为你,因为瑞典堡的投降,你很快就能如愿以偿了。在沙皇的地盘上,芬兰将成为一个自治国家,但它会比现在、比在瑞典控制下更不自由。那帮北极熊、那帮屠夫将会轮番当上你们的君王,你们的国家将会像跳蚤市场里的二手椅子一样走马灯似的频繁更换主子,而你们捞不到任何好处。”

“像……像跳蚤市场?那是什么?”

安塔宁皱起眉头。“跳蚤市场,跳蚤……我不知道。”他放开贾格赫,将身体转向一旁,“哦,不,我的上帝,我的确知道。那是一个……可以卖东西,可以进行交易的地方,一个集市,和跳蚤并没有什么关系,但充满了古怪的机器和古怪的味道。”他把手指插进头发里,努力不喊出声来,“贾格赫,我脑子里有个恶魔。上帝啊,我不得不坦白。声音,无论白天黑夜,我都能听到声音,好像那个法国女孩,圣女贞德一样。我知道会发生不好的事。”他看着贾格赫的眼睛,看见了其中的恐惧,于是他举起手,恳求道:“我没有选择的余地,你得相信我。我一直为了平静、为了解脱而祈祷,但它传达到我身上一定是有缘由的,一定是真的。要不然,为什么上帝这么折磨我呢?!发发慈悲吧,贾格赫,发发慈悲听我说!”

贾格赫上校的眼光越过安塔宁,似乎要寻求帮助,但这里只有他们两人。“好吧。”他说,“声音,类似贞德听到的声音,这怎么回事,我无法理解。”

安塔宁不停摇头:“你不相信我的话。你是个爱国者,梦想当英雄,但你当不了英雄,因为芬兰老百姓不理解你的梦想。他们只记得北极熊的所作所为,他们把俄国人当作自古以来的敌人,对他们满腔仇恨。

他们也会如此地仇恨你，仇恨克朗施泰特。啊，可怜的克朗施泰特中将，他会被每个芬兰人和每个瑞典人辱骂唾弃，遗臭万年。他将领着俄国人的薪水，在新的芬兰大公国里度过余生；他死在1820年4月7日，死的时候穷困潦倒，那一天正好离他在罗南岛会见萨特兰，并把瑞典堡交给俄国人整整十二年零一天。数年以后，会有一个叫鲁内贝格的诗人写下一系列关于这场战争的诗。你想听听他如何描述克朗施泰特吗？”

“呃，”贾格赫勉强挤出一丝微笑，“那个声音告诉你了吗？”

“它在心里告诉了我。”本特·安塔宁说。

他背诵道：

称他为我们依靠的臂膀，
他却是危难时的懦夫。
称他为折磨、卑鄙、原罪、
死亡和苦难。
但请别唤出他从前的名字，
别让同名者蒙羞。

“这就是你和克朗施泰特将留下的名声，贾格赫。”安塔宁悲愤地说，“这就是你的历史地位。你喜欢吗？”

贾格赫上校小心翼翼地离开安塔宁身边，去大门的路畅通无阻，但现在他迟疑了。“你真是疯了，”他说，“然而——然而——你怎可能知晓沙皇的承诺？你几乎说服我了。声音？像法国女孩听到的声音？你是说上帝圣谕吗？”

安塔宁叹口气：“上帝？我不知道。声音，贾格赫，我听到的只是声音。也许我确实疯了。”

贾格赫脸皱成一团：“你说他们会咒骂我？他们会把我们称为叛徒，还在诗歌里痛骂我们？”

安塔宁什么也没说。疯狂的感觉已经消失，他又陷入绝望之中。

“不。”贾格赫坚持，“太晚了，协约已经签署，我们赌上了自己的荣誉。克朗施泰特中将相当犹豫。他的家人都困在这里，他担心家人的安危，萨特兰趁机将他玩弄于股掌之中，而我们在旁敲边鼓。协约不会被推翻了。总之，我不相信你的疯言疯语，即使我相信，也不可能扭转事态。现在什么也做不了了。战舰无法按时到达，到时候只得交出瑞典堡，战争将以瑞典人的失败而告终。除此之外还能怎么办？沙皇是拿破仑的同盟者，是无法抵抗的！”

“法俄同盟不会维持多久。”安塔宁说，他脸上挂着无可奈何的笑容，“法军很快会开进莫斯科，又会像查理十二一样被打得落花流水。俄罗斯的冬天就是他们的波尔塔瓦。但这一切对于芬兰和瑞典堡来说，都太晚了。”

“现在就已经晚了。”贾格赫说，“什么都无法改变。”

这是第一次，本特·安塔宁看到一丝希望。“现在还不晚。”

“你想让我们怎么做呢？克朗施泰特已经下定决心，难道我们要发动兵变吗？”

“不管我们参与与否，瑞典堡都会发生兵变，而且将以失败告终。”

“所以我们要怎么做？”

本特·安塔宁抬起头，看着贾格赫的眼睛：“协约规定我们可以派遣两名使者到国王那里去报信，告知他协约内容，好让他及时派遣瑞典战舰前来增援。”

“没错，克朗施泰特今晚将会选择使者，他们明天就会离开，带着文件和萨特兰提供的安全通行证。”

“克朗施泰特听你的话，你可以让他选我为其中一名使者。”

“你？”贾格赫表示疑惑，“这有什么好处？”他皱起眉头，“也许你听见的声音不过是自己的恐惧，也许围城太久，你的精神已经陷入崩溃，只想逃离这里，重获自由。”

“我可以证明那声音所说为实。”安塔宁说。

“如何证明?”对方也厉声问。

“明天清晨,我在艾伦怀特墓地等你,并告诉你克朗施泰特选出的使者是谁。如果我说的没错,你就说服他用我替换其中之一。他会求之不得地答应下来,他早恨不得摆脱我了。”

贾格赫上校摩挲着下巴,仔细思考。“除开克朗施泰特,没人能知道他的选择,条件很公平。”他伸出手,“一言为定。”

他们握了手,贾格赫准备离开,刚走到门口,又回头道:“安塔宁上校,我忘记了自己的职责。你被拘留了。回你的小房间去,在那里待到早上。”

“我很乐意这么做。”安塔宁说,“明天早上,你会知道我是正确的。”

“也许吧。”贾格赫说,“不过为了我们大家,我打心眼儿里希望你是错的。”

当机器把笼罩我的液态黑暗抽走时,我大叫起来,吓得史莱姆退开几步。我给了他一个大大的,属于怪胎的笑容,露出腐烂的黄板牙。“让我出去,蠢货!”我叫喊道。痛楚像一张大网,但这回感觉比平时要好,我几乎可以承受,这回的疼痛有价值。

他们给我打了一针,再扶我到轮椅上,这回,我恨不得马上汇报。于是我抓住轮椅,自己推起来。我不再依靠拉夫,而是像过去那样自行滚过通道——就像过去科瑞普还在世时,他和我比赛谁快一样。上坡有点困难,那些穿着冰激凌制服(至少南是这么称呼的)、强壮而沉默的大个子在那儿追上了我,我大叫着让他们放开,他们便按我的话做了,真是出人意料。

看到我单枪匹马地滚进屋里,老大有点吃惊。他站起身:“你是不是……”

“坐下,莎莉。”我说,“好消息。本特对贾格赫的威胁很有效。我敢说那小子都吓得尿裤子了。我想我们终于找到了缺口。我明早会去见贾格赫,敲定这笔交易。”听见自己这么说,我忍不住咧嘴一笑。明天,嘿,我说的可是1808年,但感觉像真的在明天。“现在的问题是:克朗施泰特准备派到瑞典国王那里的两名使者是谁?我需要他们的名字。情报得可靠,你明白吧?

“贾格赫答应,如果我能说中,他就会派我去。所以你来找出那两个名字吧,老大。只要我说出咒语,那乖宝宝就会俯首称臣,将瑞典堡双手奉上。”

“这方面的资料没多少,”萨拉萨尔抱怨,“使者被拘留了数星期,直到投降之日也没有抵达斯德哥尔摩。他们的姓名很可能失落在历史中了。”还在发牢骚,我心想,他这人永远无法欣赏别人。

然而罗妮站出来帮我说话:“萨拉萨尔少校,那些名字可不能失落在历史中,我们必须知道。你是我们的军事历史学家,对每个目标时期进行仔细彻底的研究是你的工作。”听她对他说话的口气,你绝想不到他才是老大,“为达成格雷厄姆计划,不惜一切代价。你拥有我们的计算机资源,拥有瑞典堡的人员档案,你还可以进入新西点军校学员的数据库,没准你甚至能在瑞典堡的废墟中找到某个人。我不管你用什么方法,但必须完成这个任务。整个计划可能就取决于这一点点情报。整个世界,我们的过去和未来,这应该不需要我再解释吧。”她向我这边看过来,我鼓起了掌,她微微一笑,“你干得很棒。”她说,“请和我们说说细节。”

“没问题。”我说,“小菜一碟。哦,加了冰激凌的小菜。以前怎么叫这东西的?”

“冰激凌甜点。”

“冰激凌瑞典堡。”我说,接着把这份点心送到他们面前。我说呀说,等我说完时,连少校看起来都有点勉强的喜悦。

我想对一个怪胎而言,这已经牛翻天了。“就这么多。”我结束报告，"接下来怎么做？首先，让本特得到使者的差事，没错吧？接下来我拿着密信，绕过萨特兰，设法不被拘押，让瑞典人派来骑兵。"

"骑兵?"莎莉茫然。

"哎呀，不过是个代名词。"我以少见的耐心语气说。

老大点点头："不，"他说，"关于使者，萨特兰确实撒了谎，他为了保险一直把使者关押着。毕竟冰有可能融化，战舰有可能按期赶到，但这其实是多此一举。那一年，赫尔辛基周围的冰直到投降都没有融化。"他郑重地瞥了我一眼。他的脸色病态到了极点，皮肤下的青色让他想努力营造的效果大打折扣。"我们必须更大胆。根据休战条款，你会成为使者，你和另一名使者将被带到萨特兰将军面前，接受俄军的安全通行证。这是你的机会——协议已经签署，在当时，战争还是件和个人荣誉相关的事，没人想到会突生变故。"

"突生变故?"我不喜欢听到这话。

老大这次的笑容是发自内心的，他终于找到了能让他开心的事。"刺杀萨特兰。"他说。

"刺杀萨特兰?"我重复。

"利用安塔宁。让他充满怒火，让他举起武器。杀死萨特兰。"

我明白了。这是我们跨时空棋局中的一着棋，名叫怪胎弃兵。

"他们会杀死本特的。"我说。

"但你可以挣脱。"萨拉萨尔说。

"也许他们会干净利落地干掉他。"我指出，"乱刀齐下，就地正法。"

"这是你必须冒的险，别忘了，我们正在打仗，太多太多人在这场战争中为国捐躯。"老大皱起眉头，"你的成功也许还会毁了他们。你改变了历史，目前的一切也许都会化为乌有，包括我们在内。但我们的国家仍然存在，我们失去的亿万同胞将重归于世，而更健康、更快乐的我们能享受到现在无法实现的富饶生活。你也将获得重生，无须再忍受畸形和病痛之苦。”

“同时也将失去天赋。”我说，“这样的话，我就不会来这里干这活儿，过去也就不会改变了。”

“这种悖论是不会出现的，我早告诉过你了！过去、现在和未来并不是同时存在。引发改变的是安塔宁，不是你，是那个时代的安塔宁。”老大一副不耐烦的样子，他用粗黑的手指敲击着桌面，“你是胆小鬼吗？”

“滚你的蛋。”我对他说，“你根本不明白，鬼才在乎我怎么样。我巴不得早点去死，但他们会杀了本特！”

他皱眉：“那又怎样呢？”

维罗妮卡一直在认真聆听我们的对话。听到这里，她身子前倾，从桌子那边温柔地握住我的手：“我明白了，你同情他，对吧？”

“他是个好人。”我说，我这是在为他辩护吗？好吧，我正在为他辩护。“把他逼疯已经够糟糕了，我不想他死。我是个怪胎，畸形儿，我一生都深陷在围城之中，我也将在围城中死去。但本特有爱他的人，有美好的生活。当他离开瑞典堡，整个世界都在等着他。”

“他已经死了差不多两个世纪。”萨拉萨尔指出。

“我今天下午还在他的脑袋里。”我厉声说。

“他是战争的牺牲品。”老大道，“战争中，军人会死，就是这样，过去现在都一样。”

让我困扰的不止于此。“没错，他是个军人，我承认这点，当他接受这份工作时就知道它的危险性。但同时，他重视荣誉，莎莉——对我们来说，这只是一个微不足道、被遗忘了的东西，但对他不一样。他将不会死在战场上，因为你想让他当一个天杀的刺客，让他亵渎神圣的休战旗帜。他是个可敬的人，却将遭到永远的唾弃。”

“我们只以成败论英雄。”萨拉萨尔直白地说，“杀死萨特兰，在休战旗帜下杀死他，必能毁掉条约。论头脑，萨特兰的副手远远逊色，他更容易发怒，也更渴望战场上的胜利。你可以告诉他是克朗施泰特命你来干掉萨特兰的,这样子,他毫无疑问会当即撕毁休战协议,对堡垒发起猛攻。可那是瑞典堡,固若金汤的瑞典堡,要击退俄国人易如反掌,届时俄军伤亡将会十分惨重。与此同时,瑞典人看见俄国人如此背信弃义,便会转变立场;而鲁津萨尔米的英雄克朗施泰特,也会成为瑞典堡的英雄。要塞会坚守到底。到了春天,瑞典舰队将在俄军背后投下一支援军,另一支瑞典军队则从背面发动突袭。整个战局都会改变。当拿破仑向莫斯科进军时,瑞典军队已经拿下了圣彼得堡。沙皇将在莫斯科被活捉、罢免、处死,拿破仑会建立一个傀儡政府,之后再向北撤退,去圣彼得堡和瑞典盟军会合。新建立的俄国政府在波拿巴失败之后将不复存在,但沙皇的复辟也将如法国君主复辟一样昙花一现。在那之后,俄国会向自由议会民主制发展,也就避免了苏维埃联盟与美利坚合众国之间的战争。"他在会议桌上重重一捶,以强调最后的话。

"这些不都是你说的。"我轻声讽刺了一句。

萨拉萨尔涨得满脸通红。"这是计算机的预测!"他申辩道,却将目光移开了。虽然只是一瞬间,却还是被我捕捉到。真搞笑,他居然不敢直视我的双眼。

维罗妮卡紧握着我的手。"预测也许会出错。"她承认,"可能会差之毫厘,也可能谬之千里。但这毕竟是我们仅有的指望,是我们唯一的机会。我能理解你对安塔宁的关心,我很理解。人类的本性都是相同的。数月以来,你作为他的一部分,过着他的生活,分享他的思想和感受,因为你有情有义,所以才感到愤慨。但你想想,现下还有千百万人凄惨度日,他们的生命就牵系在这个人身上,这个已经死去的人。这不仅是你的抉择,也许还是人类历史上最重要的一个抉择,而且只由你一个人决定。"她微笑着说,"不管怎么说,仔细考虑一下吧。"

她说出这番话时始终握着我的手,我根本无力抵抗。啊,本特啊。我将目光从他们身上移开,叹了口气。"今晚一醉方休。"我对着萨拉萨尔没精打采地说,"我要战争爆发前你珍藏的老古董,最后剩下的几瓶。”

老大大吃一惊，显得十分懊恼，他自以为藏匿的格伦利物威士忌酒、爱尔兰雾香甜酒和人头马是无人知晓的秘密。嘿嘿，在科瑞普到处埋藏那些小虫子之前，确实如此。“我觉得饮酒狂欢不合适。”莎莉企图保卫他的珍宝。他平素节俭朴实，却决非毫无私心。

“闭嘴，就这么定了。”我说，今晚谁也别想拒绝我。既然我可以放弃本特，老大也该放弃他的佳酿。“我要醉得像条狗。”我宣布，“醉个半死，该是给生活——过去和现在的生活——致敬的时候了。妈的，条例中不是写了吗？混蛋，怪胎去见小鸡前，通常可以领到一瓶酒。”

在狼岛的中心庭院里，本特·安塔宁正在黎明前刺骨的寒气中等待。他身后屹立着艾伦怀特之墓，那是瑞典堡奠基人的最终安息之地。艾伦怀特安宁地沉睡在自己毕生杰作的怀抱中，在她的枪炮和厚重的花岗岩城墙后面，在她令人心悸的强大力量守护下，他的遗体得保安全。他把她建筑得如此坚不可摧，如此固若金汤，以至于没人能打扰他的安息。可如今，他们却要把她拱手相让。

狂风呼啸，咆哮着从黑暗空虚的空中扑下，空荡荡的庭院里，光秃秃的枝条被风吹得沙沙作响。风也钻进了安塔宁温暖的外套里，除此之外，还有另一种寒冷笼罩着他：恐惧。黎明即将来临，头顶的星星越发黯淡，而他的头脑还是一片空白、茫然，充满挥之不去的懊丧。晨光很快就会刺穿地平线，贾格赫上校将踏着晨光前来，带着一副冰冷、傲慢、苛刻的面孔。

而安塔宁什么也无法告诉他。

他听见了脚步声，贾格赫的靴子踏在石板上的声音。安塔宁转过头，眼看着对方走上艾伦怀特纪念碑的最后几级台阶。他们之间隔着一步的距离，各自蜷缩在黑暗中，努力对抗着寒意。贾格赫突然对他略略点点头:“我见过克朗施泰特了。”

安塔宁张大了嘴,呼出的气息在凛冽的空气中化成白烟。当他正准备屈从于脑海中的空白,承认那个声音辜负了他时,突然听到身体深处有谁在轻声低语。他说出两个名字。

一段漫长的沉默,长到让安塔宁再次害怕起来。这是臆想吗?这不是上帝的声音吗?他一直都错了吗?但这时,贾格赫低下头,眉头紧锁,用戴着手套的双手鼓起掌来,并以确然的语气说:“上帝保佑世人。我信服。”

“我会成为使者吗?”

“我已经跟克朗施泰特中将提过了。”贾格赫说,“我提醒他你为国效力多年,立下了赫赫战功。你是一名优秀的军人,一位值得尊敬的人,只是由于爱国热情和深陷围城的压力,才一时冲昏了头脑。你不甘于无所作为,一定要建功立业。逮捕和审判并非你应得的结局——我如此向他争辩——作为使者,你有机会洗刷自己,对此我深信不疑。再说了,让你离开瑞典堡,还可以平复滋生兵变的紧张气氛和异议来源。海军中将也察觉到很多人对与萨特兰签订这个条约相当不满。他被我说服了。”贾格赫淡淡一笑,“除了说服力,我没别的优点,安塔宁。我善于耍嘴皮子,如同波拿巴能征善战。总之,胜利属于我们了,你已被任命为使者。”

“很好。”安塔宁说。为什么他感觉如此恶心?他应该充满喜悦才对啊。

“你会怎么做呢?”贾格赫问,“你有什么打算?”

“我不会让那些细节困扰你。”安塔宁说。其实他也不知道“那些细节”究竟是什么。他必须成为使者,直到昨天他才知晓这点,但他无法理解这么做的理由,未来就像艾伦怀特的坟墓一样冰冷,像贾格赫的呼吸一样迷离。他有种不祥的预感,灭亡的预感。

“很好。”贾格赫说,“希望在这件事上,我的所作所为是明智的。”

他脱下手套，伸出手，“我就指望你了，指望你的智慧和荣誉。”

“这是我的荣幸。”本特道。他非常、非常缓慢地摘下手套，和站在面前的死人握手。死人？对方不是死人，他活着，有血有肉。也许是光秃秃的树底下委实寒冷，当安塔宁握住贾格赫的手时，发觉对方的皮肤冷得骇人。

“我们之间或许存在着许多分歧。”贾格赫说，“但归根结底，我们都是芬兰人，而且都很爱国。我们都怀有荣誉感，我们可以做朋友。”

“朋友。”安塔宁又重复了一次。他的头脑里传来比往常更清晰更大声的话语，就像有人凑在他耳后对他说话一样。不知怎的，那话语有点悲伤又带着苦涩。快点，小鸡仔，那个声音说，和你的兄弟握手道个别吧。

“尽情地收集玫瑰花蕾吧，时光飞逝；今日微笑的怪胎，明日即将谢落。”嘿嘿，又喝酒，连续两夜的狂欢，干光了老大的所有珍藏。这有什么关系？老大不会再需要这些了。在下一次小小的时空旅行之后，连他自己也将不复存在，至少他们是这么说的。事实上，“他再也不会出现”这种想法很古怪。老“莎莉”萨拉萨尔少校，他粗大的手指，青绿的面孔，他讨人喜欢的抱怨和牢骚。在今天下午最后一次汇报会上，他是如此真实的一个人，但很快就要消失了。再也没有所谓的科瑞普，再也没有所谓的拉夫或史莱姆，南再也不会告诉我冰激凌的事，一连串背诵出所有口味，奶油胡桃、兰姆葡萄，还讲述古老的尼尼微和提尔遗迹……嘿嘿，这些再也不会发生了，再也不会。我又倒了一杯酒，在小小的卧室里自斟自饮。我是最后的晚餐上的救世主，但我那些该死的门徒在哪里？啊，他们都在喝酒，都在喝酒，只是不在我身边。

他们本不应该知道，谁都不应该知道，除了我、老大和罗妮。但消息还是传开了，是的，现在走廊尽头在举行一场盛大的狂欢，他们畅饮美酒，唱歌，打架，那些幸运的家伙，他们在一起鬼混，而我则是孤单一人。哎。我多想走出去，加入他们，被那些小伙子举起来庆祝啊。但不行，老大不同意，他说这样做太危险，或许有人觉得如此凄惨的人生好歹也比未曾得到的生活更美好，或许有人会趁机干掉你这怪胎，令所有人的美梦破灭。所以咯，我只能待在怪胎该待的地方，在小房间里喝闷酒，相伴的是另外五个空空如也的小房间。走廊尽头，站着一个最最粗暴的看守，他因不能出去参加最后的狂欢而恼怒不已，他的任务是把我和别人隔离开。

你知道，我有点希望罗妮来这里，和我干上最后一杯酒，再赢我最后一盘棋，也许再亲亲我的小脸？乍一看这无异于异想天开，但我不想死的时候还是童子身，尽管那算不上真的死，一旦完成这小把戏，我甚至都不会出生。如果你问我——反正周围没别的人可问——我会说我真他妈高尚啊！我又干了一杯，瓶子里的酒已所剩无几，得叫老大再拿一瓶。为什么罗妮没过来呢？我再也见不到她了，在明天以后，两百年前的明天……我可以拒绝执行这个任务，留在这里，把快乐的大家庭保留下来，但我想她是不会喜欢这样的，她的信念比我坚定得多。今天下午我问她，莎莉的规划可有什么副作用？我指的是，我们改变了战争，保住了瑞典堡，（我们希望能）让沙皇失败，（我们希望）让苏联消失，（我们真他妈希望）让世界大战也消失，所有的炸弹、核辐射和瘟疫，甚至是辐射药冰激凌——科瑞普最喜欢的口味——统统不再出现；但另一方面，我们有没有可能失去别的呢？我是说，既然俄国历史有了如此重大的改变，那么我们也会失去阿拉斯加吗？我们会失去伏特加酒吗？我们会失去乔治·奥威尔吗？我们会失去卡尔·马克思吗？不过的确，我们是希望除掉卡尔·马克思的。另一个怪胎，瞎子杰菲，被派回去搞定卡尔小甜心，但没能成功，也许恢复视觉对他来说太过刺激。卡尔活了下来，咳，谁关心卡尔·马克思的死活，我还担心失去格劳乔呢？没有格劳乔，再也没有格劳乔了。我不喜欢这个。昨晚我去了别的地方，哪个混蛋会明白我们这帮怪胎是怎么穿梭的。该死的多米诺骨牌向四面八方发散，推倒更多的多米诺骨牌。我向来不喜欢多米诺骨牌，我是个象棋选手，一名被流放到未来的世界冠军，而多米诺骨牌只是个无聊的、浪费时间的垃圾游戏。如果一切都不奏效怎么办呢？我问罗妮，假若我们做掉俄国，结果让希特勒打赢了二战，然后我们再被纳粹的导弹、生化武器和细菌武器蹂躏一番？或者凶手换成英国？换成该死的奥匈帝国？谁说得准呢？超级奥匈帝国，多棒的想法啊。也许未来的我还得去扑杀哈布斯堡家的老爷，嘿嘿！

罗妮没给我任何承诺，她所做的就是耸耸肩，跟我说了马的故事。在那个故事里，主人公要被古代的什么国王砍头了，他大声告诉国王，多给他一年时间，他便能教会国王的马说话。不知为什么，国王很喜欢这主意，也许他是个“爱德先生”迷呢，这我可不知道，总之他给了那个人一年时间。那人的朋友焦急地问他：喂，你搞什么名堂，你没法教会马说话。我们的主人公回答：至少我现在有了一年时间，一年可不短，很多事情都可能发生。也许国王会死，也许我会死，也许这匹马会死。搞不好，连马都能开口说话呢。

我喝得烂醉如泥，没错，没错，我脑子里充满了怪胎的生活和说话的马和倒下的多米诺骨牌和没回应的爱，突然之间，我发觉自己必须要见她，于是我放下瓶子——小心翼翼地，即使那是个空瓶子，我也不想在怪胎的房间里打破它。我把轮椅悄悄地滚向走廊，速度很慢，因为我现在的动作不是很协调。守卫就站在大厅尽头，看上去很苦闷。我对他略有了解，这大块头黑佬叫德克斯。“嘿，德克斯。”我喊着，“别管这破差事了，我们去狂欢吧，我想见见罗妮。”他只是看着我，摇摇头。“拜托！”我向他挥了挥浅蓝色的手。他会让我过去吗？真是多此一问，妈的，不行，老德克斯说：“我得到命令，你得留在这里。”我突然暴怒，这不公平，我不过是想见见罗妮。于是我用尽全身力气，想从他身边把轮椅滚过去。我差一点就成功了——但德克斯转身堵住我的去路，还抓住轮椅把我推开。我迅速后退，其中一个轮子卡住了，使得我转了个圈,被甩出轮椅。很痛,真他妈痛。如果我有鼻子,我想我一定流鼻血了。“妈的,你留在这里,死怪胎。”德克斯对我说。我开始哭,这混球,他眼睁睁看着我扶起轮椅,再把自己塞回去。我坐在那里瞪着他,他也站着瞪着我。“求求你。”最后我说。他还是摇头。“那就把她找来,”我说,“跟她说我想见她。”德克斯咯咯笑道。“她很忙,”他告诉我,“她和萨拉萨尔少校忙着办事儿呢,没空见你。”

我以轻蔑又带着胁迫的眼神盯了他一会儿,他并没有被镇住或害怕。这不是真的,是吧?罗妮和老大?她和老青脸莎莉?没门儿,他不是她喜欢的类型,她的品味比这好得多,我知道的。谁来告诉我这不是真的啊?我转过身,开始往回滚轮椅,德克斯不再看我。嘿嘿,骗过他了!

科瑞普的房间在我隔壁,大厅另一边的尽头。房里所有东西都和他离开时一样。我打开装置,胡乱按着那些该死的开关,想弄明白它们是怎么工作的。在这特殊时刻,我的意识并不如往常那么清晰,想弄明白工作原理很是花了一段时间,但最终还是搞定了。我一个接一个地切换着饼干盒里的画面,欣赏由聪明的科瑞普呈现的美利坚合众国实况肥皂剧。每个画面都有其独特的吸引力。军需库里有一场火并,就在我和罗妮下象棋的桌子正上方。两个大块头保安在气压舱里打得不可开交。他们打了有一会儿了,满脸是血,我认不出谁是谁,但他们还是锲而不舍、盲目地殴打着对方,一边哼哼一边笨拙地挥舞拳头,另一些人站在旁边煽风点火。史莱姆和拉夫看着连接我棺材的接头。史莱姆觉得应该拔出所有线路,毁掉装置,这样我就没法进行时间穿梭。拉夫觉得打爆我的头更省事。我想他现在一点也不爱我了,也许我应该把他从圣诞礼物的名单中删掉。幸运的是,对怪胎来说,他俩就像路边的石子,实在没能力弄砸什么事。我又看了其他一些画面,最后,带着一丝勉强,我切到罗妮的房间,看到她和萨拉萨尔正在翻云覆雨。

嘿嘿!正如科瑞普所说,你到底在期待些什么呢?

“亲爱的,倘若我不爱荣誉,又怎配得上爱你”。她走起路来曼妙生姿,事实上并没有那么美,没有。回到1808年,比她可爱的女人比比皆是,本特睡过的比比皆是,贾格赫睡过的则更多。我的维罗妮卡不过是这个腐烂、恶臭的蜂巢中的蜂后罢了,仅此而已。他们已经完事儿,正在那儿聊天。确切地说,是老大在聊天,上帝保佑,他又沉浸在他的冰激凌祷文中了。他刚刚才和罗妮做完爱,现在又躺下念叨瑞典堡,天杀的。“……只有30%的可能性会发生大屠杀。”他说,“堡垒很坚固,令人望而却步,但俄军在总体上具有数量优势。如果他们切实地加强兵力,克朗施泰特的担忧终将成为现实。即使如此,刺杀行动也会令合约告吹,俄国人会血洗城堡,不会放过一人,这将使得瑞典堡成为瑞典的阿拉莫,其后的发展殊途同归。总而言之,这样的可能性非常非常高。”罗妮没听他说话,我从未见过她脸上这种表情,如此陶醉、如此饥渴、如此让人害怕。她在他身下俯下头去,做着那些我在性幻想中都很难见到的事情。我不想再看了,不想看了,不想看了,不想看了,不想看了。

萨特兰将军的指挥所设在赫尔辛基外围,这又是精明的一着。当瑞典堡的加农炮射击他时,有三分之一的炮弹会打到要塞负责保护的城市里,最终克朗施泰特只得下令停火。萨特兰总是想方设法占尽优势。他的房间宽敞舒适,从窗户看出去,越过皑皑雪原,瑞典堡灰色的轮廓若隐若现。本特·安塔宁上校悲伤地注视着它。他在接待室里等待着,身旁有克朗施泰特的另一名使者以及护卫他们的俄国人。里屋的门终于开了,走出一个暗色皮肤的俄军上校。“将军现在接见你们。”他宣布。

萨特兰将军坐在一张宽大的实木桌后,他的副官站在他右手边,门口有一名警卫。上校带着瑞典使者走进来。光洁的桌面上放着墨水瓶、吸墨纸和两张签妥的安全通行证——它将保证他们安全穿越俄军防线,到达斯德哥尔摩去见瑞典国王,一人走南路,一人走北路。萨特兰用俄语说了什么，由他的副官翻译：马匹已备好，装备了崭新的马具以供他们漫长的旅程，相关指示也已下达完毕。安塔宁带着一丝好奇、空虚感和模糊的迷失听着这些讨论。萨特兰准备让他们出发，这有什么好吃惊的？说到底，这是协议条款，是休战条件。在翻译絮絮叨叨时，安塔宁感觉迷失感逐渐增加，他越来越心神不宁。他按照那个声音所说，费尽心机把自己弄到这里。现在他站在这里，却不知为何要来，就好像不知道要做什么一样。

他们把一份安全通行证交给他，放在他伸出的手里。也许是纸的触感，也许是什么别的感觉。突然间，一阵狂怒席卷他全身。那愤怒的感觉如此强烈、如此盲目，似乎已把整个疯狂的世界燃烧殆尽，他转瞬间来到了其他什么次元，看见赤裸的胴体彼此交缠在浅绿色砖墙围绕的房间里。等他的意识回到身体中后，体内的愤怒仍然炙热，但它在冷却，迅速地冷却。他们都在看着他，他们所有人。突然之间，安塔宁发现自己扔掉了安全通行证，那只手取而代之地摸向剑鞘，剑身已拔出了一半。阳光从萨特兰将军背后的窗户流泻进来，金属闪烁着黯淡的光。如果他们动作快点，应该可以阻止他，但这一手出乎所有人意料。萨特兰从椅子上站起身，动作像慢镜头里的人物一般。慢镜头？本特转瞬间有些疑惑，但很快明白过来。是的，他知道什么是慢镜头。剑现在完全抽了出来。他听见上校在身后嚷着什么，副官掏出手枪，但这个快枪麦克劳还没来得及出手，本特就已先发制人，抢在所有人前面——嘿嘿！——露出狡黠的笑容，将剑在空中画了道流畅的弧线，剑柄朝前递送到萨特兰将军面前。

“请接受我的佩剑，阁下，顺及呈上贾格赫上校的问候。”本特·安塔宁听见自己说出一些古怪的话，“要塞已在您手中，贾格赫上校建议您将我们的旅行延迟一个月，我对此深表赞同。把我们留下，您将稳操胜券；如果让我们出发，谁知道会发生什么意外，以至于带来瑞典的战舰呢？到5月3日还有很长时间，这段日子里，也许国王会死，也许马会死,也许你和我都会死。搞不好,连马都能开口说话呢。”

翻译收起了手枪,开始做翻译。另一个使者开口抗议,但无人理会。本特·安塔宁意外地发现自己拥有了连好友贾格赫都会嫉妒的好口才。他变得口若悬河,舌灿莲花。曾有那么一刻,他感到一股奇怪的虚弱感,胃部绞痛,脑海模糊,但他很快意识到,没什么好怕的,这只是药物的副作用,只是那个躺在金属棺材里的无尽黑夜中的怪物正在断气。那人死了就死了吧,嘿嘿!围城结束了,若干年后,会有下一次,一次难以解决的围城,但那又关本特什么事?世界犹如一只巨大、新鲜、寒冷的珍珠贝,而且这是一段美好友谊的开始。去你妈的吧,也许他该救那批蠢材一命,如果他心血来潮的话。可惜他实在没心情。

过了一会儿,萨特兰将军点点头,接过了呈上的剑。

本特·安塔宁上校于耶稣纪元 1808 年 5 月 3 日抵达斯德哥尔摩,携带着传达给瑞典国王古斯塔夫四世的文书。就在同一天,瑞典堡,难攻不破的瑞典堡,北方的直布罗陀,向居于劣势的俄军投降了。

战争结束后,安塔宁上校离开瑞典军队,成了流亡人士。他先去英国,后来辗转到了美国,居住在纽约,并在那里结婚。他膝下有九个子女,自己成了一位知名而富有影响力的记者,因对大势敏锐的判断力而备受尊敬。每当他判断失准时——那真是少之又少——安塔宁总是感到很意外。他是共和党的创立者之一,撰写的文章在 1856 年总统大选中给予了约翰·C. 弗里蒙很大帮助。

1857 年,本特去世前一年,他和保罗·墨菲在纽约进行了一场象棋比赛,并最终落败。他关于此事的唯一评价是:“我大概只能在多米诺游戏中击败他。”这句话后来常常被墨菲的传记作家引用。

LILI 译

狼皮交易

离她的公寓还有一条街远,威利就闻到了血的味道。

他犹豫了一会儿,又嗅了嗅夜间清冷的空气。时值深秋,河上吹来阵阵凉风,空气带有雨水的味道。但那股气味,那种辛辣刺激的铜味儿,是绝不会弄混的。他知道人血是什么味道。

一个慢跑的人从旁经过,他的橘黄色毛衣在满月的月光下显得十分鲜艳。威利往更暗的地方挪了挪。这蠢货三更半夜的跑什么步?白痴。他不由自主地低吼了一声。那人呆住了,四下张望。威利爬到树丛里面。过了好一会儿,那人又沿自行车道慢跑起来,不过这次加快了速度。

威利冒险跑到公园边上,躲在灌木丛里朝她住的那条街望去。两辆警车停在她的公寓门口,警灯亮着。该死,她究竟怎么了?她到哪里去了?

他听着远处的警笛声,发现更多警车正朝这边开来,红光和蓝光交替闪烁。他感到惊慌,空气中有浓厚的血腥味,让他头痛欲裂。他受不了了,转身朝公园里跑。这次他急着逃走,也不在乎被人看见。他悄无声息地朝南快跑,直到呼吸急促,舌头耷拉在嘴边。他受不了这种破事儿,急切地想要回到自己安全的公寓,躺到拉兹男孩沙发[1]里,来一口平喘喷雾。

跑到河边,他终于停下,浑身颤抖,呼哧带喘,被血气和恐惧搅得头脑不清。他在一个桥墩旁蹲下,凝视着过往车辆的灯光,让汽车行驶的

① La－Z－Boy,一个美国家具品牌。

声音抚慰紧绷的神经。

最后他觉得好点儿了，便抓了一只松鼠。嘴里溢满温热的血液，鲜肉的味道让他感觉好多了，但那该死的小东西让他肚里又添了团毛球。

“威利，”兰蒂·韦德怀疑地说，“你别想用这种疯狂的办法骗我上床，想都别想。”

小个子男人盯着挂在她沙发上面古色古香的椭圆形镜子，端详着他自己的倒影。他试了好几套表情，最后摆出一副受伤的模样，自以为比较合适，然后转身面对她。“你真这么想？你把我想成什么了？我来找你，来向你求救，结果呢？得到了低俗的性暗示。你本该更了解我的呀，韦德。老天，我说，我们认识多久了？”

“差不多和你想要骗我上床一样久。”兰蒂说，“承认吧，弗兰比克斯，你就是个色鬼。”

威利从容地岔开话题：“你这样做显得很业余，知道吗？把办公室开在公寓外面。”他在一张红色天鹅绒高背椅上坐下。“当然，这地方其实不错，别误会，我喜欢这些维多利亚式的东西，但私家侦探不是应该有个脏乱差的小破办公室吗？你知道吧，就是那种门上安了磨砂玻璃，抽屉里装瓶酒，一大堆落灰的文件柜……”

兰蒂笑了。“你知道脏乱差的小破办公室的租金吗？我这可还安了电话，在黄页上有登记……”

“AAA－韦德调查，”威利尖刻地指出，“你怎么指望顾客能找到你？‘韦德’应该列在W条目下面，如果老天希望所有人名都列在A下面的话，就不会发明那么多字母了。”他咳嗽了一声。“我生病了。”他抱怨道，好像这是她的错似的，“你究竟想不想帮我？”

“除非你告诉我究竟是什么事。”兰蒂说，不过她已经决定要答应了。她喜欢威利，而且欠他人情。他在她最需要的时候给了她工作和友谊。就连他不断想骗她上床的徒劳努力也挺可爱的,虽然她从没当面向他承认过。“想听听我的收费标准吗?”

“收费?”威利听上去像是受了伤,“我们的友谊呢?想想过去的日子!想想我请你吃过的午餐!”

“你从没请我吃过午餐。”兰蒂指控道。

“你老是拒绝我,难道这也是我的错?”

“按照我的标准,到色情旅馆打一炮外带一盒子佰百鸡[1]加辣套餐做零食算不上一次午餐邀请。”兰蒂说。

威利有一张忧郁的长脸,灵活的五官表情惊人地丰富。现在他看起来就好像心爱的小狗被人踩了一样。“不单是打一炮啊。”好像这话有损他的尊严似的,他咳嗽一声,两手一推,靠到红天鹅绒靠垫里,看上去特别孩子气。“兰蒂。”他的语调突然变得恐惧而疲惫,“我不是在开玩笑。”

她第一次见到威利·弗兰比克斯时,他是代表讨债公司来追讨她前夫甩下的账单的。当时她没有工作,身无分文,几乎走投无路。威利同情她的处境,便给她在公司里找了份工作。虽然她很讨厌为了钱去骚扰别人,但这份工作确实是雪中送炭,她一直干到挣够了足以付清欠款的钱。她没被逼疯全靠威利,多亏了他那歪扭的微笑、隔三岔五的猥亵请求和犀利的嘲讽。虽然兰蒂已经离开了地狱猎犬——威利喜欢这么称呼讨债公司——但他们一直保持着联系。

兰蒂从没见过他害怕的样子。即使是谈到自己身染多种疑难恶疾,可能因此丧命的时候,也不是现在这个样子。她在沙发上坐下。“我在听呢。”她说,“究竟是怎么回事?”

“你看过今天早上的《信使》吗?”他问,“新闻说公园路上有个女人被谋杀了。”

---

① popete's,一个美国连锁快餐店。

“扫了一眼。”兰蒂说。

“她是我的朋友。”

“哦，天哪。”兰蒂突然对自己方才的刻薄感到内疚，“威利，我很抱歉。”

“乔安妮还是个孩子，”威利说，“才二十三岁。你应该会喜欢她的，特精神特机灵的一个孩子。她从高中起就坐了轮椅。毕业舞会那天晚上，她男友喝高了，又因为她不肯上床而火大，想给她点颜色看看。开车回去的路上他一直踩着油门，结果直直地撞上了一栋房子。男友当场死亡，她活了下来，但脊椎断了，腰部以下全部瘫痪。但她没有服软。她考上了大学，带着一堆荣誉毕了业，找了一份好工作。

“你在这些事发生之前就认识她了？”

威利摇摇头。“没。去年认识的。她刷卡刷得有点没节制——你知道那是什么意思——因此某天我去敲她家的门，介绍她认识了剪刀先生。这么一来往我们就交上了朋友。和咱们认识的经过有点像。”他抬头和她四目相对，“她的尸体被损毁了。谁能干出这样的事情？杀害她已够残忍了，而……”威利开始呼哧呼哧地喘气。他有哮喘。止住喘息后，他深吸了一口气：“而且那他妈是什么意思？毁尸，老天爷啊，多恐怖的词，但是怎么损毁的？难道是像开膛手杰克一样？”

“我不知道，这很重要吗？”

“对我来说很重要。”他舔舔嘴唇，“今天我给条子打了电话，想套出点详情。我不肯告诉他们我的名字，他们也不肯透露一星半点。打个平手。我也试过去找殡仪馆，他们说追悼会不开棺，办完后尸体就直接火化。我觉得像是在隐瞒什么。”

“比如？”兰蒂问。

威利叹口气。“你可能会觉得太荒诞，不过也许……”他用手指拢拢头发，看上去紧张兮兮的，“也许乔安妮是被……嗯，野蛮地……开膛破肚，甚至是……呃，被吃掉了一部分……你知道，就像被……某种野兽咬过。”

威利还在说，但兰蒂已听不进去了。

她心头泛起一阵寒意。那是一段泛黄的、充满恐惧的记忆。突然间她仿佛又回到十二岁，站在厨房门口，听着母亲痛哭。那是尖细高亢的可怕哭声。其他人在试着给她解释，让她明白究竟发生了什么……是某种野兽，有个人这么说。她母亲没听到也没听懂，但兰蒂听明白了。她大声重复了那句话，所有人的目光都落到她身上。一个警察说，天啊，快把孩子带走。他们都呆住了，最后母亲终于回过神来，带她上床睡觉。她一进被窝，就开始止不住地哭泣……不，哭的人是她母亲，不是兰蒂。兰蒂从不流泪。那时没流泪，葬礼上没流泪，这么多年来从没流过一滴泪。

“嘿，嘿，你没事吧？”威利在问。

“我很好。”她尖声说。

“老天，别这么吓唬我。你看，我自个儿的问题就够多了。你就像是……妈的，我都不知道怎么形容。不过我可不想在黑胡同里碰上刚才的你。”

兰蒂瞪了他一眼：“报纸上说乔安·索伦森是被谋杀的。动物袭击可不算谋杀。”

“别和我讲法律，韦德。我不知道是不是真有只野兽，也许我是胡思乱想，脑子有毛病，随你怎么讲。报纸把吓人的细节全省略了，省略得太他妈多了。”威利呼吸急促，在椅子里扭来扭去，用手指敲着前臂。

“威利，我会尽一切可能帮你。但这种案子警察肯定要查个水落石出，我不知道我能否找到几样他们查不出来的东西。”

“警察。”他闷闷不乐地说，“我不信任警察。”他摇摇头。“兰蒂，如果条子去查她的底细，迟早会查到我的名字，你明白，通讯录什么的。”

“你是在担心自己会被当成嫌犯吗？”

“妈的，我不知道，也许吧。”

“你有不在场证明吗?”

威利看起来很不高兴。“没有,算是没有吧。我是说,没有能在法庭上算数的。我本打算……在那天晚上见她一面。操,我是说,她可能会把我的名字写在他妈的日历上,天晓得。我只是讨厌这帮人到处打听,你明白吗?”

“为什么?”

他扮个鬼脸。“咱们收债人也会有肮脏的小秘密。妈的,他们没准会把你的裸照全翻出来哦。”她没有笑。威利摇了摇头。“我是说,天啊,你不觉得比起四处搜查凶手,条子还有更要紧的事要办么?——我一整年没收到违章停车的罚单了。真不明白这个城市他妈的究竟怎么了。”他又开始喘气。“该死的,又来劲儿了。都是你害的,韦德,我敢打赌你在牛仔裤里面穿了性感小内裤,是不是啊?”他指控似的瞪着她,从大衣口袋里掏出一瓶普特宁,把塑料吸嘴塞到嘴里,贪婪地吸了一大口。

“感觉好点了吧。”兰蒂说。

“你刚说要尽一切可能帮我,包不包括上床啊?”威利满怀希望地问。

“不。”兰蒂斩钉截铁地回答,“不过我会接这个案子。”

滨河路算不上富人区,但威利还是挺喜欢这条街。住在峭壁上方维多利亚式建筑里的富人固然可以在顶层或露台上俯瞰“河景”,但威利家的窗户下面就有河水流过。从早到晚,他都能听到水声,听到河水拍打河堤的声音,听到起浓雾时的警号,听到在晴朗的午后划船的人们的喧闹。还可以欣赏映照在黑色河水上的月光。若夜半时分想要一人独处,也有个破败的栈桥可以坐一坐。他的房子包括十一间以前用作办公室的房间,外加男卫生间(有小便器)和女卫生间(供应卫生巾),

有实木地板和漂亮的老式天窗。如果他贷到了款,一定会再弄个厨房。要是他想自酿啤酒,一层还有个废弃的酿酒间。这栋漏风的红砖房是在一百年前建成的,差不多从那时起这里就开始被当成贫民窟。在那个年代,只有工厂不把门窗封起来。威利没有什么邻居,这正是最美妙的地方。

停车也很方便,威利有一辆巨无霸式的柠檬绿老凯迪拉克,全镀铬带尾翼,就停在离栈桥一尺远、离门口两尺远的地方。打开所有门锁要花他五分钟时间。威利信任锁,尤其是在滨河路这种地方。酿酒厂里阴暗沉寂,他锁上门,插上门闩,拖着沉重的步子朝楼上起居室走去。

他比在兰蒂面前表现出来的还要恐惧。昨晚就够他受的了,当时他闻到血腥味,以为乔安妮干了什么蠢事,但早上打开晨报,读到她的死讯,她被折磨,被杀害,尸体被损毁……被损毁,老天爷啊,究竟他妈的是什么意思,如果是另外一个……不,他不愿往那方面想,那令他作呕。

当酿酒厂还营业时,他的起居室是经理办公室。这个房间正对河流,总体来说屋内陈设还挺不错。虽有点不搭调,但都是他这些年来一点点收集到的。新东西一般是收回来的分期付款抵押物,古董则是用来抵偿长期拖欠的坏账。威利收账很有一套,连那些已经要计入损失的欠账他也有办法捞回一点。如果有他喜欢的东西,他则会自掏腰包,以一到两成的价格向客户买下家具,占到不少便宜。

他刚把水壶放到电炉上,电话就响了。

威利转身盯着电话,皱起了眉。他几乎有点怕接电话。可能是警察……但也可能是兰蒂或别的朋友。他皱着眉头走到电话前,拿起听筒。"喂。"

"晚上好,威廉。"威利觉得脊背一阵发凉。是乔纳森·哈蒙圆润深沉的嗓音,他感到毛骨悚然。"我们一直在找你。"

我就知道,威利想,但他开口说的却是:"哦,是吗,我出门了。"

“你肯定听说瘸子女孩的事了。”

“乔安。”威利厉声说，“她的名字是乔安。是啊，我听说了。我只知道报纸上登的那些。”

“报社是我开的。”乔纳森提醒他，“威廉，我们之中的一些人正准备在黑石庄园面谈。佐伊和艾米已经到了，迈克尔应该马上就到。斯蒂文开车出去接劳伦斯了。他可以捎你过来，如果你不忙的话。”

“不必。”威利脱口而出，“我赚的钱虽不多，但没有闲下来的时候。”他神经质地狂笑起来。

“威廉，你现在很危险。”

“是啊，我就说嘛，你这个婊子养的混球。这算威胁吗？告诉你，我把我知道的一切都写成了文字，所有的一切，并复印好发给了好几个朋友。”实际上，他还没有这么做，但他觉得这似乎是个不错的主意。“如果我像乔安妮一样挂掉，他们会确保把这些信转交给警方，你听到了吗？”

他以为乔纳森会平静地答道：“警察也是我的人。”但听筒里只有长长的沉默和静电噪音，最后是一声叹息，“我知道乔安的事让你很伤心……”

“妈的闭嘴，不许你再提乔安妮。”威利打断他，“你没资格骂她一个字。我知道你是怎么看她的。听好了，哈蒙，如果到头来被我发现你或者你那怪胎儿子和她的死有任何牵连，迟早有一天我会上黑石庄园亲自干掉你，等着瞧吧。她是个好孩子，她……她……”突然间，在她死后头一回，他脑海里充满了她的一切——她的面容，她的欢笑，她发情时的气味，还有她追赶他时流畅的动作，他们交合时她的呻吟。这一切一下子涌入他的脑海，他发觉泪水从自己脸上滑过。他感觉胸腔收紧，仿佛肺被铁箍束住了似的。乔纳森正说些什么，但威利没有听，他狠狠地放下话筒，然后拔掉电话线。烧好的开水在电炉上咕噜作响。他慌乱地从兜里掏出吸入器，狠吸了一大口，然后把头埋进蒸汽里，才终于喘过气来。他的眼泪已经干了,但心中的痛仍在。

之后他想起了自己刚才说过的话、发出的威胁,他吓得不轻。于是到楼下把门锁又全部检查了一遍。

信使广场早已破败不堪。大型百货商店搬到了城郊的购物广场,占地规模庞大的几家老电影院要么被分割成多厅影院,要么改放色情片子。当年入时的沿街店面现在被看手相的占卜师和成人书店占据。如果兰蒂真想租个脏乱差的小破办公室,在这里肯定能找到。这个广场里唯一尚有生气的只有那家报社了。

信使大厦是另一个时代的遗物,那时市中心仍是城市的核心,而报社是她的灵魂。老道格拉斯·哈蒙总喜欢和人说,他与赫斯特和普利策是同一个级别的人物。在他眼里,新闻业和宗教传道是差不多性质的。此君为他的报社所建筑的哥特式大厦形似克莱斯勒大楼与某栋可怖的大教堂交媾之产物。五十载的烟尘染黑了它花岗岩的立面,俯瞰咆哮的狼形水嘴的脑袋已被酸雨腐蚀大半。不过你仍能在地下室里看到巨大的老式印刷机,而哈蒙的雕像仍立在这栋铁塔顶层的总编辑办公室前,俯瞰着整座城市。它给人的感觉和这片广场很相配,和这座城市也很配。

兰蒂从雨中走进大厅,黑色大理石地板又湿又滑。她身上穿的巴宝莉雨衣尺码大了好几号,这是她和前夫闹离婚时争来的纪念品。这段婚姻已经让她付出了不少代价,因此最好还是穿着它吧。一个保安坐在巨大的半圆形前台后面,身后有一整墙的时钟,以前能够显示全世界各大城市的时间,现在大多已经坏了,只能发出嘀嗒声,指时针却停在原地。在这样一个昏暗的午后,大厅也如此阴沉,四处漏风,空气和保安的表情一样冷。兰蒂摘下帽子,甩开头发,冲他微微一笑:“我找巴里·舒马赫。”

“三楼编辑部。”保安懒懒地看她一眼，又埋首于摊在膝上的地摊杂志了。兰蒂面带愠色地走开，脚跟嗒嗒地踏着大理石地板。

电梯是开放式的黑铁栅格，又响又摇晃，费了老半天才把她带到第三层。她发现舒马赫独坐在办公桌旁，一边抽烟一边凝视着窗外雨水淅沥的街景。“你看。”兰蒂走近时，他看着一个站在城堡剧院黑乎乎的招牌下面、穿着超短皮裙的站街女。被雨水打湿的衬衫黏出她胸部的轮廓。“她和裸着没两样。”巴里说，“就在城堡剧院的正门口。你知道吗？《乱世佳人》在本州的首映就在这里举办。所有大片都在这里首映。”他皱起眉头，转过椅子，摁灭香烟。“真是糟透了。”他说。

“小鹿班比的妈妈死的时候我哭了。”兰蒂说。

“在剧院里？”

她点点头。“我爸带我去看的，但他没哭。我只见他哭过一次，那是很久之后的事情，而且和电影无关。”

“弗兰克是个好人。”舒马赫附和道。他快到退休年龄了，肥胖秃顶，但穿着依旧很讲究。兰蒂还记得当初那个打扮时髦、生活放荡的年轻记者。他是她父亲周三晚牌局上的常客，以前总是假装她的男朋友，说等她长大就娶她，总是能逗得她咯咯笑。但那时的巴里·舒马赫和现在不同；现在的他看起来就像是在肯尼迪入主白宫之后就再没笑过似的。“我能为你做些什么？”他问。

“把没有写进公园路谋杀案报道的细节全告诉我。”她和他面对面坐下。

巴里没有任何反应。父亲死后她很少见到他，每次见到他时，他都会变得更衰老疲惫，仿佛激情全部流失殆尽，欢笑、愤怒，一切情感都在离他远去。“你为什么认为有细节被忽略掉了？”

“我父亲是个警察，记得么？我知道这里的惯例，有时警方会要求你们保留一些东西。”

“他们要求。”巴里同意，“他们要求和我们做的，是两码事。我们时不时也会透出一两条关键信息，帮他们排除假口供。你知道这样的过程。”他顿了顿，又点上一支烟。

“这次呢？”

巴里耸耸肩：“糟透了。恶心。但我们还是把它登出来了，不是么？”

“你们的报道说受害人尸体损毁，具体是什么意思？”

“编辑的桌子上有本词典，你可以查查看。”

“我不打算查字典。”兰蒂的语气有点过于严厉，她没料到巴里会耍赖，“我知道那个词的意思。”

“难道你的意思是我们应该把血浆四溅的细节也登出来吗？”巴里靠在椅背上，狠狠地吸了口烟。“你知道开膛手杰克对最后一个受害人干了什么？不单开膛剖腹，还割下她的乳房，刀工整整齐齐，把切下来的肉堆在床边，就好像在片火鸡。他行事井井有条，特地把乳头放在最上面。”他吐了口烟。“这就是你想要的细节？你知道每天有多少孩子在读《信使》吗？”

“我不关心你们在《信使》上登了什么，”兰蒂说，“我只想知道真相。我可以认为乔安·索伦森的双乳被切掉了吗？”

“我没那么说。”舒马赫答道。

“是啊，你什么都没说。她是被某种猛兽杀害的吗？”

这话有了点反应。舒马赫抬起头和她对视，有那么一刻她在金丝眼镜下那对疲惫的双眼中依稀看到了一点老朋友的影子。“猛兽？”他轻声说，“你是这么猜的？不是为了乔安·索伦森，是为了你父亲，是么？”巴里站了起来，绕到桌子另一边，把手放在她肩上，看着她的眼睛。“兰蒂，亲爱的，算了吧。我也爱弗兰克，但他早就死了，已经……该死，已经快二十年了。验尸官说他是被一只疯狗咬死的，这就是全部的真相。”

“现场完全没有狗的痕迹，你和我一样清楚。我父亲把枪里的子弹都打空了。哪种狗能吃下六发警用点三八子弹还能把人扑倒，啊？”

“也许他打空了。”巴里说。

“他没打空！”兰蒂尖叫道，扭过头去，“遗体告别时都不能打开棺盖，他的尸体一大半都被……”事到如今，她还是很难说出这句话。但她早就长大了，她强迫自己说下去，“……吃掉了。”她轻声说出这个词，“没有找到什么猛兽。”

“弗兰克一定打中了几枪，那畜生在杀了他之后就爬到犄角旮旯里死掉了。”巴里和蔼地说，他拉她转过身面对她，“也许这就是真相，也许不是。这非常可怕，但是亲爱的，这已经过去了十八年，而且和乔安·索伦森没有关系。”

“那就告诉我她究竟怎么了。”兰蒂说。

“那个，我不能……”他犹豫了一下，紧张地舔舔嘴唇，“凶器是一把刀。”他轻声说，“她是被人用一把刀杀害的，警方的报告里就这么写，凶手是个手持锐器的疯子。”他在办公桌边坐下，再次打起官腔，“那厮一定看多了节假日放映的变态片子，你知道那种片，《万圣节》啦，《星期五十三号》啦，每到放假就会冒出来一部。”

“好吧。”从他的语气看，她从他那里恐怕套不出什么话了，“谢了。”

他点点头，避开了她的眼睛。“我不知道这些谣言是从哪里传出来的，人们居然相信有只野兽四处流窜杀人。”他拍拍她的肩膀，“别这么见外，好么？哪天来我家吃晚饭吧，阿黛拉老是问起你的情况。”

“代我问她好。”她在门口站了一会儿，“巴里。”他抬起头，挤出一个微笑。“当他们发现尸体的时候，有没有残缺不全？”

他犹豫了一下，“没有。”他答道。

巴里在她父亲的牌局上总是头号输家。她记得父亲曾说过，他的牌技不差，但他一想蒙人，就会被自己的眼神出卖……现在也是如此。

巴里·舒马赫在撒谎。

门铃坏了,他只能敲门。没人回应,但威利不吃这一套。“我知道你在里面,朱迪克夫人。”他冲小窗子喊道,“我隔着一条街就能听到电视的声音。你看到我往门口走才关掉的。开门行不行?”他又敲了敲门,“开门,否则我是不会走的。”

门里有个孩子说了句什么,立刻就被噤声。威利叹口气,他讨厌这一套。为什么他总会遇上这样的事情?他掏出一张信用卡,把门撬开,走进一间黑漆漆的起居室,以为会听见一声尖叫。然而屋里的人却令人惊讶的一声不吭。

那女人和她的两个孩子目瞪口呆地看着他。他们收起了阳篷,拉上了窗帘。女人穿着绒布睡袍,容貌比她在电话里的声音还显年轻。“你不能就这么闯进来。”她说。

“我已经进来了。”威利说。他把门关上,屋子里太暗了,让他有点紧张,“介意我开灯么?”她什么也没说,于是他打开灯。家具都是童子军的破烂货,除了房间另一端的那台大屏幕背投彩电。较大的孩子——一个约莫四岁的小女孩——正戒备地护在电视前。威利冲她笑了笑,但她没有回应。

他转身面对孩子的母亲。女人看上去只有二十岁,或者更年轻,她肤色黝黑,也许超重了十磅,但风姿不减,鼻梁上有一圈棕色的雀斑。“你可以在门上装个门链,并且要记得插上。”威利告诉她,“而且别跟我们这些地狱猎犬玩‘没人在家’的把戏,好不好啊?”他在一张用磁带绑着的黑色塑胶躺椅上坐下,“我想喝点饮料。可乐,果汁,牛奶,什么都行。今天真不爽啊。”没人动也没人说话。“唉,得了吧。”威利说,“干什么啊,我又不是要把你的孩子卖给医生做实验,我只想跟你谈谈你的欠款,成吗?”

“你要把电视搬走?”这位母亲说。

威利瞥了一眼这台大家伙，打了个冷战。“都用了一年了，一百磅重的家伙。我该怎么搬走这么个东西呢？靠我这孱弱的背？我还有哮喘呢。”他从口袋里掏出吸入器给她看，“要是你真想干掉我，就逼我去搬这台该死的电视好了。”

这番话似乎有点效果。“鲍比，给他拿罐汽水。”母亲说。男孩跑开了。她紧紧地攥着睡袍前襟，在沙发上坐下。威利发现她里面什么都没穿。他很好奇她乳房上是不是也有雀斑，有的女人确实有。“我在电话里已经跟你说了，我们没钱。我丈夫跑了，而自从厂子倒闭以后他也没了工作。”

“我知道。”威利说。厂子是肉联厂的简称，人人都这么称呼城南那家屠宰厂。它曾是本城最大的劳工雇主，直到两年前关门大吉。威利从兜里掏出一个记事本，翻了几页。“没错，你就是在那个时候买了电视，付了两次月供，然后就搬了家，没有留下新的地址。你一共欠了两千八百一十六元零三十一分。我们可以不算利息和滞纳金。”鲍比回来了，递给他一罐巧克力口味低热量姜汁啤酒，威利忍住了没打冷战，拉开拉环。

“到后院去玩吧。”她对两个孩子说，“大人们有话要谈。”孩子们出去了，然而她表现得一点也不像大人。威利有点担心她会哭出来。他讨厌见到她们哭。“电视是艾德买的。”她的声音在颤抖，“不是他的错，那张卡给投到我们的邮箱里了。”

威利清楚这个过程。邮箱里来了张信用卡，第二天你马上就用它买了最大件的商品。“你瞧，我知道你有一大堆麻烦。你告诉我到哪里去找艾德，我会让他把钱吐出来。”

她苦笑起来：“你不了解艾德。他一直在厂子里扛最大块的牛肉。你要是去烦他，他会把你的脸扯下来，再塞到你的屁眼里，先生。”

“好棒的比喻。”威利说，“我迫不及待想要见见他了。”

“你不会告诉他是我告诉你的吧？”她紧张地问。

“以童子军的荣誉保证。”威利说，他举起右手，敬了个自以为比较童子军的礼，不过巧克力口味低热量姜汁啤酒罐多少影响了一点效果。

“你当过童子军？”她问。

“没。”他承认，“但我小时候老被一个童子军揍。”

这话让她微笑起来：“你这是找死。他现在和一个妓女住一块儿，我不知道在哪里。但周末他会去尖叫酒吧看场子。”

“我知道那地方。”

“那不算正式工作。”她若有所思地补充，“他根本就没有上报，好继续拿失业救助金。你觉得他会给孩子们买点什么吗？想都别想！”

“你觉得他欠你多少？”威利问。

“太多了。”她说。

威利站起身。“我说，这事儿和我无关，但和你有关，明白我的意思吧？如果你愿意，我跟他谈完电视的事情后，可以帮你讨些钱回来。完全按业内行规办，我抽点零头，剩下的都归你。可能要不来多少，但总比没有好，是吧？”

她震惊地盯着他：“你真的打算这么做？”

“妈的，没错，干吗不呢？”他掏出钱包，抽出一张二十的。“给。”他说，“预付款。艾德会还给我的。”她难以置信地看着他，但没有拒绝那张票子。威利把钱包塞回外套口袋，“我来给你介绍一个人。”他说。他衣兜里总是揣着几把廉价剪刀。他掏出一把放在她手里，“来，这位是剪刀先生。从今天起，他就是你最好的朋友。”

她像看疯子似的盯着他。

“把剪刀先生介绍给下一张塞到你信箱里的信用卡。”威利告诉她，“这样你就不用和我这样的混蛋打交道了。”

他开门正要离开时，她拉住了他：“嘿，你刚才说你叫什么？”

“威利。”他告诉她。

“我叫贝茜。”她倾身在他的脸颊上亲了一下，刚好能让他瞥见白色睡袍里的春光。她乳房上同样长有雀斑。她退了回去，又拢紧睡袍。“你不是混蛋，威利。”关门的时候，她说。

威利走出门口时，几乎觉得自己是个人了。这是自乔安妮死后他感觉最好的一天。他的凯迪拉克停在路边，顶篷拉了起来。从早上开始，时落时歇的小雨一直阴魂不散。威利爬上车，打开发动机，瞟了一眼后视镜。后座有个男人坐了起来。

后视镜里那双眼睛是浅蓝色的。有时，当春潮退去、河水回落时，落潮会在河岸边留下一些水坑。这些冰冷的死水坑味道十分难闻，你不知道它们有多深，也不知道黑漆漆的死水里有没有活物。这双眼睛就像那些死水坑一样。那人眼窝深陷，双颊凹陷，一头棕色披肩直发，几缕发丝垂在眼前。

威利扭过头：“你跑我车里干什么，来打盹的么？我不想把话说得这么直，但是斯蒂文，这台车是城里少有的不属于哈蒙家的东西。你搞混了吗，啊？还是把它当成公园里的长椅了？跟我说呀，我没发火，我可以把你送到公园里，还可以给你买份报纸盖着，好让你继续打盹。”

“乔纳森想见你。”斯蒂文用平板冷漠的腔调说，他的声音和面孔一样死气沉沉。

“哦，好吧，但我却不想见乔纳森，你想到这一点了吗？”我就是刀下的肉，威利想。他克制住立即逃命的冲动。

“乔纳森想见你。”斯蒂文重复道，仿佛威利没听懂似的。他倾身向前，一只手抓住威利的肩膀。斯蒂文有一双女人的手，手指又长又纤细，皮肤苍白光滑，但手掌上却有纵横交错、像烙印一样的烧伤痕迹。手指尖上结着红色的痂，露出鲜红的肉。他的指尖以非人的蛮横力道刺入威利的肩膀。“开车。”他说，威利照做了。

“抱歉。”接待的警员说，“局长今天日程已满。我可以给你约到星期四。”

“我不想星期四见他，我现在就要见他。”兰蒂讨厌警局。警局里总是有一窝条子，按照她的经验，条子可分成三类：把她当成能泡的靓女的，把她看作惹人烦的私家侦探的，还有那些把她看作弗兰克·韦德的小女儿，并因此满怀同情的老头子们。她不喜欢第一类和第二类人，但第三类人简直让她烦死。

接待员抿紧嘴唇，反对道：“我已经说过，那是不可能的。”

“告诉他我来了。”兰蒂说，“他会见我的。”

“他正在和人谈话，我敢肯定他不想被人打扰。”

兰蒂受够了。今天都快过去一大半了，几乎什么线索都没找到。“为啥不让我自己去看一看呢？”她甜甜地说，然后迅速绕过前台，推开及腰的木门。

“你不能进来！”接待员愤怒地尖叫，但兰蒂已经推开了门。警察局长乔瑟夫·厄尔卡特正坐在一张旧的木质办公桌后边翻文件，边和验尸官谈着什么。两人都抬起头朝门边看过来。厄尔卡特高大健壮，六十出头，头发已经非常稀疏，没脱落的头发仍是红色的，不过眉毛已经全变灰了。“该死，怎么……”他正要开口。

“恕我冒昧，但你这位选美小姐根本不愿意搭理我。”接待员冲到她身后时，兰蒂说。

“女士，这里可是警察局，我要把你轰出去。”厄尔卡特生气地说道，他站起来绕过写字台，“除非你马上过来给乔叔叔来个拥抱。”

兰蒂微笑着跑过熊皮地毯，一把抱住了厄尔卡特，后者也紧紧地搂住她。她把头埋到他胸前。身后的门重重地关上了，兰蒂从他怀里挣脱出来。“我很想你。”她说。

“当然啦。”他略带责怪地说，“我不是老能见到你吗？”

乔瑟夫·厄尔卡特是她父亲的老搭档，那时他们还都是探员。他们关系很好，厄尔卡特夫妇对她来说就像叔叔和婶婶一样。他的大女儿在她小时候还带过她，作为报答兰蒂也带过他家的小女儿。她父亲死后，乔一直在照顾她们母女俩，帮她母亲办了丧事和所有法律事项，确保抚恤金一直发到兰蒂大学毕业。但他们毕竟不是亲人，而就算亲人也会有各奔东西的一天，尤其是在她母亲去世之后。这几年兰蒂每年最多拜访他一两次，她也觉得有点愧疚。“我很抱歉，”她说，“我确实也想来看你，但是——”

“一直没有时间，是不是啊。”他说。

验尸官清了清喉咙。西尔维亚·克鲁尼是本地名人，她是个粗鲁的中年妇女，身材就像水泥搅拌机，有一张光滑的方脸，灰色的头发绑成一个圆髻。在兰蒂的记忆中她一直都是验尸官。“也许我该离开了。”她说。

兰蒂拦住了她：“我需要问一问乔安·索伦森的情况，验尸报告什么时候能出来？”

克鲁尼迅速瞟了眼局长，然后向兰蒂答道：“我不能向你透露。”她说，然后离开了局长办公室，轻轻地关上了身后的门。

“报告不会公开发布。”乔瑟夫·厄尔卡特说。他坐回办公桌后面，伸手示意，“坐。”

兰蒂在椅子里坐下，环视这间办公室。有一面墙挂满了奖状、证书和裱过的相片。她看到父亲和乔的合照，两个穿着制服的大男孩微笑着站在他们的警车前，看到他们年轻的样子她不禁有点痛心。相片上挂了个麋鹿的头，玻璃眼珠向下看着她。另外三面墙上挂着更多的猎物。“你还打猎吗？”她问他。

“好几年没打过了。”厄尔卡特说。“没时间。你父亲老是开玩笑说要是我在执行任务的时候打死了人，大概也要把脑袋做成标本挂到墙上。但到我真打死人的那一天，这段子就一点也不好笑了。”他皱起眉头，“你为什么关心起乔安·索伦森了？”

“职业兴趣。”兰蒂说。

“有点越界了,不是么。”

兰蒂耸耸肩:“我从不挑拣案子。”

“你很优秀,不该把人生浪费在旅馆里蹲点上。”厄尔卡特说,这个话题他们已经争论很久了,“现在加入警察还不晚。”

“不。”兰蒂说。她不会试图解释,在以前的争论中她就知道了,他是不会理解的,“我今天早上去市政厅查过索伦森的报告,档案里找不到,没人知道她的资料在哪。我打听到了当时在现场的警察的名单,但没有一个人有时间和我谈。现在又有人告诉我验尸报告也不会公开。你可以告诉我究竟是怎么回事吗?”

乔回头望望身后的窗户,玻璃被雨水打湿了。“这是件敏感的案子。”他说,“我不想让媒体在这件事上捅翻天。”

“我不是媒体。”兰蒂说。

厄尔卡特转过身来:“你也不是个警察。这是你的选择,兰蒂。我不想让你搅进来,听明白了吗?”

“不管你愿不愿意,我已经搅进来了。”兰蒂说,她没留给他时间反驳,“索伦森是怎么死的? 是被野兽袭击了吗?”

“不。”他说,“不是。而且我不会再回答任何问题。”他叹了口气。“兰蒂,”他说,“我知道弗兰克的死对你的打击有多大。我也深受打击,你忘了么? 他给我打电话请求支援,我却没能及时赶到。你以为我会忘掉这件事吗?”他摇摇头。“看开一点吧,别再胡思乱想了。”

“我没有胡思乱想。”兰蒂厉声道,“大多时候我根本不去想他。这是不一样的。”

“随你的便。”乔说。靠兰蒂这边的桌角上有一小摞文件夹。厄尔卡特倾身拿过这沓文件夹,往记事簿上一敲,将它们理齐,“真希望能帮得上忙。”他拉开一个抽屉,把文件夹收起来。兰蒂瞟了一眼最上面的文件夹的标签:海兰德。“很抱歉。”乔说着站起身,“那么,如果你没事了的话……”

“你重读海兰德的文件是为了回忆往昔,还是因为索伦森的案子和他有关?”兰蒂问。

厄尔卡特坐了回去,“该死。”他说。

“或者,我出现幻觉了?”

乔看上去很难堪。“我们有理由认为海兰德那小子可能已回到本城了。”

“他早就不是小子了吧。”兰蒂说,“罗伊·海兰德比我大三岁。你觉得他是索伦森案的凶手?”

“考虑到他的记录,我们只能这样认为。事实上,州监狱两个月前释放了他。心理医生认为他痊愈了。”厄尔卡特皱起眉头,“也许有。也许没有。无论如何,他只是嫌犯之一。我们追查的人有上百个。”

“他在哪里?”

“就算我知道也不会告诉你。他是个恶棍,就和他家里那些人一样。我不希望你和他有什么瓜葛,兰蒂。你父亲也不希望。”

兰蒂站起身。“我父亲死了,”她说,“而我已经长大了。”

威利把车停在第十三街尽头的峭壁之下。黑石庄园坐落在能够俯瞰河流的高处,周围环绕着十尺高、顶部有尖刺的熟铁篱墙。你可以直接开车开到庄园门口,但需要先上中央街,穿过市中心,转入美景街,再开过哈蒙路,翻过整片丘陵,一路开上峭崖。这几栋老旧的蒸汽船哥特式大宅在高处越过下方的公寓与河流眺望着远方,仿佛一群贵族遗孀,在缅怀着过去的美好时光。漫长的路途十分累人。

汽车发明之前,到庄园的路更长更辛苦。由于每天都要去信使广场,道格拉斯·哈蒙为自己搞了条近路:他架设了私人缆车,一条起自第十三街沿峭壁的灰色岩石一路爬升到顶端、直达黑石庄园的双向缆索铁道。

内燃机、轿车、司机和平坦的马路让哈蒙家族迅速抛弃了道格拉斯的疯狂设计。这些年来缆车基本上被当成了庄园的后门。但它很适合威利。乔纳森·哈蒙总是让他觉得自己该从仆人入口进庄园。

威利钻出凯迪拉克,把手插到松垮垮的雨衣兜里。他抬头望了望。悬崖非常陡峭,岩壁又湿又暗。斯蒂文拉着他的手肘,拽着他往前走。缆车是木制的,看上去急需上漆。车上有六个人的座位。斯蒂文扯了扯门铃,缆车震了一下,便开始爬升。爬升到一半,另一辆车迎面朝他们降下来。缆车摇晃起来,威利发现铁轨上有锈迹。即便在黑石庄园的大门口,事物也在逐渐衰败下去。

快到顶时,他们穿过了熟铁篱墙上的一个缺口,新居近在眼前。它是一栋有尖顶、瞭望台和维多利亚式图饰的建筑。哈蒙家族已在这栋宅子里居住将近一百年了,然而它仍被称作新居,而且一直也是庄园里最新的建筑。新居后面是一片茂密的树林,一条蜿蜒曲折的小路从枝繁叶茂的老树间穿过。创建这座城市的其他几个家族早就把各自的土地卖掉或分割出租了,哈蒙家却依然紧紧地攥着土地,黑石庄园的土地依旧完整无缺,仿佛城市中间的一座原始森林。

顶着夕阳的天空,威利瞥了瞥旧居那座断塔的影子。黑石庄园正是得名于旧居的黑岩墙。这栋大宅位于密林深处,配有宽广的草坪和庭院。即使看不到它,你也能感觉到它的存在。那座塔突兀地矗立在西边灰里透红的余晖中,歪斜的塔身看上去十分危险。建立新居并封闭了旧居的人是道格拉斯·哈蒙,新闻业大亨和缆车的建造者。即使按维多利亚时期的标准,旧宅子也过于庞大而且十分阴沉。但无论是道格拉斯,还是他的儿子托马斯,抑或他的孙子乔纳森,都没有勇气将它拆除。按照本地传说,这栋老宅闹鬼。威利对此几乎没有怀疑。因为黑石庄园连同它的主人,总是让他毛骨悚然。

缆车震动一下,停了下来。他们爬出车厢,下到一个木台上,站台的油漆早已风蚀剥落。一扇宽玻璃门通往新居。乔纳森·哈蒙正等着他们,他倚着一根手杖,门外的光线映出了他瘦削的容貌,“你好,威廉。”他说。威利知道,哈蒙才刚过六十岁,但雪白的长发和饱受关节炎摧残的身躯让他看上去要老得多。“很高兴你能来。”他说。

“是呀,我不就住在隔壁嘛,顺路串个门罢了。”威利说,“不过呢,我突然想起来酿酒间的窗户忘记关了。我最好还是赶快跑回家把窗户关好,不然房子里积下的灰球儿都要被雨打湿啦。”

“不。”乔纳森·哈蒙说,“我觉得这样不好。”

威利觉得胸口又传来阵阵压迫感。他呼哧带喘地掏出吸入器,连吸了两大口。“好啊,被你说中了,我会留下来。”他告诉哈蒙。“但我最好先喝上一杯,嘴里全他妈是巧克力低热量姜汁啤酒的味儿。”

“斯蒂文,好孩子,来帮个忙,给我们的朋友威廉倒杯人头马。我也来一杯,快冷死了。”斯蒂文还是和往常一样默不作声,按吩咐进屋去了。威利也准备跟着进去,但乔纳森轻轻地碰了碰他的手臂。“等一下。”他伸手示意,“看。”

威利转身看去。他突然觉得不怎么害怕了。如果乔纳森想要他死,斯蒂文早就杀了他,搞不好现在已经死了。在斯蒂文的父亲看来,他的降生是个可怕的错误,然而那双遍布疤痕的双手有着怪胎一般的力量。不,他找威利是为了别的事情。

他们望着东边的城市和河流。太阳正在落山,下面街道上路灯已经亮了起来,像一串串发光的珍珠,朝四面八方铺开,越过三座大桥一直延伸到目力不可及的远处。积雨云已经飘到东边,天边一片深蓝。月亮开始升起来。

“当旧居刚刚奠基时,那里连一盏灯都没有。”乔纳森·哈蒙说,“一片荒凉。河流从原始森林中穿过。黄昏时若身在高处,黑暗便仿佛无边无际。水流清澈,空气清新,林子里有很多猎物……鹿、河狸、熊……但没有人,至少没有白人。约翰·哈蒙和他的儿子詹姆斯在记录里记述,在塔顶上时不时能看到印第安营地的篝火。但那些部落会回避这块地方，尤其是在约翰开始修筑旧居之后。”

“也许印第安人一点也不傻。”威利说。

乔纳森瞥了眼威利，抿紧了嘴唇：“我们白手起家，建起了这座城市。”他说，“血与铁铸造了它，血与铁滋养了它和它的人民。古老的家族知道血与铁的力量，他们知道怎样才能让这座城市变得繁盛。罗夏蒙家在锻造间、铸造间和炼钢厂里锤锻金属，安德斯家用平底船、蒸汽机和铁路把金属贩运出去，而你的先祖则从土地中勘探并开采矿石。你的家族源于铁，威廉·弗兰比克斯。而我们哈蒙家则永远属于血。我们拥有牧场和屠宰厂，但在那之前，在这个城市和这个国家诞生之前，旧居就已经是皮毛贸易的中心。陷阱捕兽人和猎人每个季节都会来到这里，将毛皮和河狸皮卖给哈蒙家。毛皮将从这里运往下游。最早用木筏，后来用平底船。采用蒸汽船都是很久之后的事情了。”

“你打算对我搞个临时测验什么的吗？”威利问。

“我们早就没落了。”他严厉地盯着威利，“我们需要回忆先祖如何建功立业。他们靠的是黑色的铁，还有鲜红、鲜红的血。你需要记住这些。你的祖父拥有弗兰比克斯的血脉，古老而纯净的血统。”

威利觉得自己被侮辱了。“而我母亲姓潘科夫斯基，”他说，“所以我是半个青蛙，半个波波①，百分百的杂种。但我他妈才不在乎。我曾祖父有全州一半的铁矿，确实很厉害，但到本世纪初他的产业就败掉了不少，剩下的也在大萧条里全丢掉了。我父亲是个酒鬼，而我欠了一屁股债，如果你没意见的话。”他正在气头上，态度变得鲁莽起来，“你有什么特别的理由需要派斯蒂文把我绑架过来，还是只是特别想讨论一下法印战争？”

乔纳森说：“来吧。屋里会更舒服点，风很冷。”他的言辞很礼貌，但语气里没有一丝暖意。他领威利进屋，脚步缓慢，全身的重量都倚在

① 原文 Polack，对波兰人的蔑称。

手杖上。“请原谅。”他说，“天气太潮湿。关节炎又犯了，战时留下的旧伤也在疼。”他回头看看威利，“你挂掉我的电话可真无礼。诚然，我们是有不同意见，但多少尊重一下我——”

“这两天我的电话老是有毛病。”威利说，“开放行业管制以后服务水平就变得像屎一样。”乔纳森带他走进一个小会客厅。壁炉里炉火正在燃烧，在冷雨中奔波一天之后能再度感觉到温暖真是不错。这里的家具都是古董，或者只是旧了。威利不太能够分清二者的区别。

斯蒂文早就到了。矮桌上放了两个盛着半满的棕色液体的酒杯。斯蒂文蹲坐在炉火旁，他又高又瘦的身躯像折刀一样折叠起来。他们进来时，他抬头望过来。他盯着威利看了好一会儿，仿佛突然忘了威利是谁，来这里干什么，然后那对冷漠的蓝眼睛再度望向火焰。他没再理会他们，也不关心他们的对话。

威利找到房间里最舒适的椅子，在上面坐下。这椅子的风格使他想起了兰蒂·韦德，这让他感到有点内疚。他端起白兰地。他知道有教养的方式是小口慢抿，但寒冷、疲倦和怒气让他不在乎了。他一口气干了杯中酒，把酒杯放在地上，放松地靠在椅背上，让暖意在胸中散开。

乔纳森小心翼翼坐到沙发边上，明显是忍着痛。他双手紧握住手杖的头。威利发觉自己正盯着杖头，乔纳森也发觉了他的目光，“狼首。”他松开手让威利看个清楚。金黄色的金属头反射着火光，一只张嘴咆哮的猛兽。

它的眼睛是红色的。“石榴石？”威利猜测。

乔纳森像哄傻孩子似的微笑起来。“红宝石。”他说，“镶在18K金里。”他那双遍布青筋、饱受关节炎摧残的大手再度攥紧了杖头，握住狼首。

“挺傻的。”威利说，“城里有些人一看到这手杖就会起杀心。”

乔纳森的微笑里没有一点笑意。“我不会因为金子而死的，威廉。”他瞟了一眼窗外，月亮已经越出地平线了，“月色适合狩猎。”他扭头看着威利，“昨晚你暗示我和那个瘸子女孩的死有牵连。”他轻柔的语气里透出危险，“为何要这么说？”

“我想不出来。”威利答道。他觉得有点头晕。白兰地一下涌到了嗓子眼，“也许是因为你记不住她的名字让我生气。也许是因为你自从听说了乔安妮之后一向恨她。可悲的混血婊子，我记得你是这么叫她的。挺有意思，这个词儿的印象怎么这么深呢？不知道，也许是我的想象，但我总有种感觉，你不希望她有好日子过。我还没提到斯蒂文呢。”

“请不要再说了。”乔纳森冷冰冰地道，“你说得已经够多了。看着我，威利。告诉我你看到了什么。”

“你。”威利说。他没心情玩这类狗屁游戏，但乔纳森·哈蒙总是按自己的步调来。

“一个老人。”乔纳森更正道，“也许单按年龄说还不算太老，但我真的老了。关节炎每年都在恶化，这些天疼痛特别厉害，我几乎都不能走路。我的亲人都去世了，只剩下斯蒂文。坦率地说，斯蒂文不是我期望中的继承人。”他的话清晰有力，但斯蒂文仍然凝视着火焰，没有抬一下头，“我累了，威廉。没错，我不喜欢你的瘸子女孩，甚至不喜欢你。我们生活在一个腐朽堕落的时代，血与铁的真理早就被遗忘。但无论我多么厌恶你的乔安·索伦森还有她所代表的一切，我并不渴望她的鲜血。我只希望能够平静地度过余生。”

威利站了起来。“行行好，别再演这出老朽不中用的戏了。是啊，我知道你的关节炎和旧伤。可我也知道你是谁，了解你的神通。好吧，你没杀乔安妮。那是谁干的？他吗？”他拇指一指斯蒂文。

“斯蒂文一直和我在一起。”

“也许在，也许不在。”威廉说。

“别把自己看得太高，弗兰比克斯。你还没重要到需要让我说谎的地步。就算你的怀疑无误，我儿子也干不成这种事。需要我提醒你，斯蒂文从某种程度上也算是个残废吗？”

威利迅速瞥了眼斯蒂文。“记得我还小的时候，我父亲来看你，把我也带来了。我以前很喜欢坐你那小缆车。我爸和你在屋里谈话，那天天气很好，你就让我在外面玩。我在林子里碰到了斯蒂文，他在玩一只钻到篱墙里面病恹恹的小杂种狗。他用脚踩住它，挨个扯断它的腿，就像普通小孩折花似的。当我走到他身后时，他刚扯下来两条，正在扯第三条。他满脸都是血。那时他肯定还不到八岁。”

乔纳森·哈蒙叹口气：“我儿子……智力有问题。我们都知道这点，我没理由否认。他也缺乏应有的自立能力，这你也很清楚。但无论他有何种蛮力，都被药物控制住了，他好多年都没有暴力举动了。是不是，斯蒂文？”

斯蒂文·哈蒙回头望着他们，他目不转睛地盯着威利，沉默了好一阵子。“是。”他最后终于说。

乔纳森满意地点点头，仿佛解决了一个问题。“那么你看，威廉，你严重地误会了我们的好意。被你视作威胁的邀请仅仅是为了向你提供保护。我准备请你搬到我这栋大宅里住一段时间。我对佐伊和艾米也提出了邀请。”

威利哈哈大笑。“我就说嘛。只有那两女孩得上斯蒂文吗，还是说我也得操他？”

乔纳森涨红了脸，但他还是压住了脾气。试图让斯蒂文迎娶安德斯姐妹之一的徒劳是他的一大痛处。“很遗憾，她们拒绝了我。我希望你不会这么不明智。黑石庄园有特别的……防护……但在院墙之外，我无法保证你的安全。”

“安全？”威利问，“危险在哪？”

“我不知道。但这次我可以感觉到……在漆黑的夜里，有狩猎猎手的东西在活动。”

“狩猎猎手的东西。”威利重复道，“真妙，好棒的句子，你还能编得更好点吗？”他受够了，于是朝门口走去。“谢了，但不必了。我还是打算躲在自己家的墙后面。”斯蒂文没有试图阻止他。

乔纳森的身子更加前倾。“我可以告诉你她是怎么死的。”他迅速地说。

威利停住了脚步，回头盯着老人的眼睛，然后又回来坐下。

那片住宅在南边，公寓区都要比那片地方更考究。它坐落在河流和厂子旁边的老运河的夹角内。运河被水藻和污泥塞住了，散发出的臭气隔着几条街都能闻到。这些房子都是单层的隔板建筑，比窝棚好不到哪里去。厂子关门之后，兰蒂就再也没来过这里。几乎每隔三栋房子就有一栋的草坪上竖满了牌子，写着待售或待租，牌子孤零零地在风中摇摆。至少有一半的标牌已经变黑。掉漆的邮箱边，杂草长到齐腰高。她一路上至少看到过两栋被烧毁的房子。

好多年过去，兰蒂已不记得门牌号，但她记得那是西边最后一间房，就在街角的辛克莱加油站旁边。出租车在周围转了好几圈才找到。加油站已经关门大吉，连油泵都拆掉了，那栋房子仍和她记忆中差不多。草坪上也有个待租的牌子，她看到屋里有光闪过。闪光灯？她还没看清楚就消失了。

出租司机愿意等她。“不必了，”她说，“我也不知道要待多久。”出租车开走后，她在荒废的草坪上站了好一阵子，盯着正门看，最后终于走上门前的小路。

她不打算敲门，但还没等她够到门把手，门就自己开了。“我能为你做些什么，小姐？”

一个大个子居高临下地看着她，他身材粗壮但肌肉发达。她没见过这个人，但他肯定不是海兰德家的人。他们家的人又瘦又小，都有一头脏兮兮的金色软发。这位的头发如熟铁般黑，比警察常见的发型要乱一些，满脸蓝黑色短胡楂。但他的手很大，手指短粗，一副标准的警察模样。

“我在找以前住在这里的人。”

“厂子关闭后这家人就搬走了。”他告诉她，“为什么不进屋呢？”他把门开大了点。兰蒂看到光秃秃的地板，弥漫的灰尘，还有他的同事：一个有啤酒肚的黑人站在厨房门边。

“我不想进去。”她说。

“恐怕你必须要进来一下。”他给她看了他那廉价灰外套里镶着的金色警徽。

“这意味着我被捕了么？”

他看上去吃了一惊。“不，当然不是。我们只想问你几个问题。”他试图表现得更友好些，“我是罗高夫。”

“重案组的。”

他的眼睛眯起来，“你怎么……”

“你负责调查索伦森案。”她说。那天早晨她从警局打听到了他的名字，“看来你手头上的线索也不多啊，只能在这里干等着罗伊·海兰德出现。”

“我们正准备离开。原本以为他可能会犯相思病，跑回老房子里躲起来，但没发现这方面迹象。”他瞪着她，皱起了眉头，“可以告诉我你的名字么？”

“为何要问？”她问道，“想逮捕我还是想泡我？”

他笑了：“还没想好。”

“我叫兰蒂·韦德。”她向他出示执照。

“私家侦探。”他刻意保持不偏不倚的语气，把执照还给她，“在干活？”

她点点头。

“有意思。我猜你不打算把客户的名字告诉我吧。”

“没错。”

“我可以把你送上法庭，让你跟法官坦白。你的执照会被吊销。知道吧？妨害警方调查，隐藏证据。”

“这算是我的职业特权。”她说。

罗高夫摇摇头：“私家侦探没有职业特权。在这个州没有。”

“在这个州有。”兰蒂说，“和律师的委托人保密特权一样。我有法学学位。”她甜甜地冲他微笑，“别管我的客户了。我知道罗伊·海兰德的几件趣事，可以和你分享。”

罗高夫想了想：“好啊。”

兰蒂摇摇头：“不能在这里说。你知道信使广场上那家自助餐厅吧？”他点点头。“八点钟。”她告诉他，“一个人来。带上一份索伦森的验尸报告。”

“大多数女孩会想要糖果或鲜花。”他说。

“验尸报告。”她坚决地说，“你们还留着旧案子的记录吗？”

“没错。”他说，“在法院的地下室。”

“很好。你可以去那里读点东西补习一下。那是十八年前的案子。有几个孩子失踪，其中一个是罗伊的小妹妹。还有别的小孩——斯坦斯基，琼斯，其他名字我不记得了。一个名叫弗兰克·韦德的警察负责调查，和你一样戴着警徽。他死了。”

“你的意思是两个案子有联系？”

“你才是警察，你自己判断。”她留他站在门口，沿着街道迅速离开了。

斯蒂文没有再送他到峭壁下面。威利独自坐小缆车下山，郁郁寡欢，若有所思。他的关节疼得要命，鼻涕淌个不停。每回他心烦意乱时身体就会犯毛病，而乔纳森·哈蒙确实让他心烦意乱。也许这比杀掉他还要狠。当发现斯蒂文在车里时，他本以为是来杀他的。但……

他沿着第十三街往家的方向开去，突然在右边看到一家酒吧的霓虹灯招牌。他不假思索地把车开到路边停好。也许哈蒙是对的，也许哈蒙把他狠狠收拾了一顿。但无论如何威利还得赚钱糊口。他锁上车，走进酒吧。

周二晚上的生意十分冷清，尖叫酒吧里一个顾客也没有。这是个工薪阶层消费的地方，有两张台球桌，还有沙壶球机，靠墙有一排小隔间。威利在吧台边坐下。酒保是个老头，外表像一根枯朽的木头。看起来很刻薄。威利本想叫一杯香蕉德贵丽[①]，看看酒保会是什么反应，但再一看那张乖戾扭曲的老脸，他就打消了这个念头，转而要了啤酒加威士忌。“艾德今天晚上来上班吗?”酒保端酒过来时他问道。

“只在周末上班。”那人答道，“但他几乎每晚都会过来玩几局台球。”

“我等他。”威利说。威士忌把他的眼泪呛了出来，他用一大口啤酒压了回去。他瞥见男厕边上有投币电话。等酒保给他找零后，他便走到电话旁，投下一枚二十五分，拨通了兰蒂的号码。她不在家，回他的是该死的答录机。威利讨厌答录机。毫无疑问，答录机给讨债人添了他妈的一大堆麻烦。他等着“哔”的一声，然后给兰蒂留了几句模棱两可的话，挂上电话。

男厕的小便池上方有一个自助取套机。威利一边尿尿一边读说明。安全套仅用于防止疾病传播，是啊，可从左边的槽里掉出来的却是加爽加大的型号。也许他该在家里也装一个。他拉上拉链，冲水，洗干净手。

当他回到酒吧时，两位新来的顾客正站在台球桌旁，捅着球杆。威利看看酒保，后者点点头。“你们哪位是艾德·朱迪克?”威利问。

---

① daiquiri，一种鸡尾酒。

艾德不是个头比较大的那个——那家伙简直就和莫比·迪克[1]一样又大又苍白——但他的个子也够大的了,而且一脸傻样。“啊?”

“我们得谈谈你欠的钱。”威利递给他一张名片。

艾德瞅瞅名片,但没伸手去接。他大笑起来。“滚。”他说,转身继续玩台球。莫比·迪克把球摆好,艾德把它们打散。

没问题,如果他愿意这么玩的话。威利坐回吧台旁边,又叫了一杯啤酒。他总有办法搞到钱。艾德迟早要离开,那时就该轮到他出手了。

威利的电话没人接。兰蒂挂上投币电话,皱起了眉头。他根本没装答录机,威利·弗兰比克斯没那么明智。她知道没必要担心。地狱猎犬从不会准点上下班,他跟她说过好多次了。他大概是出去追账了吧。等回家以后她会再打一次,如果还没人接,那她才真需要着急了。

自助餐厅差不多空了,她回到隔间里坐下,脚跟踏在老旧的油毡上,发出沉闷的脚步声。咖啡凉了,她无所事事地望着窗外。州立国家银行屋顶的电子钟显示着8:13。兰蒂打算再等他十分钟。

隔间里老旧的红色塑胶座椅开裂了,但坐上去却异常地舒适。她一边抿着冷掉的咖啡,一边凝视广场对面的铁塔。小时候,这家自助店就是她最喜爱的餐厅。每次过生日她都会要求去城堡剧院看场电影,然后在这家餐厅吃晚饭,而她父亲都会大笑着答应下来。她喜欢投下五分镍币让窗口弹开,扳动老旧的黄铜咖啡机的各种扳手和旋钮,给父亲的杯子里倒满咖啡。

有时她会看到玻璃后面冒出一双手,把三明治或一块派塞到盛食物的槽里,就像老式恐怖片。自助餐厅里从来都看不到员工,只能看见一双双的手——那都是吃了霸王餐的顾客的手,有一次父亲这样吓唬

① 小说《白鲸》中白鲸的名字。

她。她听了觉得很害怕,但这样的恐惧却使每年一次的光顾变得更有趣。不过当她知道真相之后,就一点意思也没有了。人生中的经历莫不如此。

这段时间自助餐厅基本上没什么顾客,兰蒂奇怪地板为什么还是那么脏。另外现在要往槽里投二十五分而不是五分了。但奶油香蕉派仍然是最好吃的,而那些磨损的黄铜龙头里流出的咖啡也比她自己家里煮的要好得多。

她正在想要不要再去倒一杯时,门终于开了。罗高夫从雨中走进来。他穿着一件厚毛大衣,头发湿了。他走过来的时候兰蒂看了看窗外的时钟,8:17。“你来晚了。”她说。

“我读东西很慢。”他说了声失陪,然后去盛食物。兰蒂看着他往硬币机里塞一元纸币。按条子的标准他长相还不算坏,她想。

“奶油香蕉派味道更好。”他在兰蒂对面坐下时她说。

“我喜欢苹果。”他抽出一张餐巾纸。

“你把验尸报告带来了吗?”

“在我兜里。”他切开三明治,很讲究地先把食物全切成小块再送入口中,“我为你父亲的事感到遗憾。”

“我也一样。很多年前的事了。我能看看报告吗?”

“或许可以吧。告诉我一条我不知道的罗伊·海兰德的情况。”

兰蒂靠了回去。“我们小时候就认识。他比我大,但留过几次级,最后进了我们班。他来自问题家庭,而我是警察的女儿,我们之间本没有多少共同点……直到他的小妹妹失踪。”

“当时他和她在一起。”

“是的,没错。没人能否认,尤其是罗伊。他当时十五岁,他妹妹八岁。他们沿着铁路溜达。他们是一起出门的,回来却只有罗伊一个人。他的工装裤和手上全都是他妹妹的血。”

罗高夫点点头。“文件里也是这样说的。他们在铁路上也发现了血迹。”

“那时已经有三个孩子失踪了。杰茜·海兰德是第四个。罗伊在大多数人眼里是个怪胎。他孤僻,不善言辞,老是泡在学校或者林子里的秘密藏身处。他喜欢和比他小的孩子而不是同龄的男孩玩。他是一个问题家庭养出来的恶坯,一个奸杀了自己妹妹的恋童癖,人人都这么说。他们给他做了全套测试,认为他有严重精神问题,便把他送进了青少年疯人院。毕竟他还未成年。案子结了,整个城市都松了一口气。”

“如果爆不出更多料的话,我就不必把验尸报告拿出来。”罗高夫说。

“罗伊说不是他干的。他又喊又叫,到处乱扯。虽然他的故事毫无逻辑,但他一直不肯改口。他说他走在他妹妹身后十尺左右,踩着一边铁轨听火车的声音。突然一只怪兽从下水道里冲出来,袭击了她。”

“一只怪兽。”罗高夫说。

“一只巨大多毛的狗,罗伊是这么说的。但人人都知道,他指的是狼。”

“这地方已经有一个世纪没有狼出没了。”

“他描述了那怪物把杰茜扯成碎片时她是如何尖叫的。他说他抓住了她的腿,试图把她从怪物口中救回来,这也许可以解释他为什么浑身是血。那狼扭头看他,威胁他。它的眼睛是红色的,鲜红鲜红的。罗伊说,他非常害怕,所以放开了手。当时杰茜已经没救了。那狼又冲他吼了一声,跑掉了,嘴里衔着杰茜的尸体。”兰蒂顿了顿,抿了口咖啡,“他就是这么说的。他讲了一遍又一遍,对他母亲,对警察,对心理医生,对法官,对所有人。没有一个人相信他。”

“连你也不信?”

“连我也不信。学校里我们都在私下谈论罗伊的事,谈论他对他妹妹及其他三个孩子做了什么。我们想象不出来,但敢肯定一定是非常可怕的事。问题是,我父亲一直不太相信这个判决。”

“为什么呢?”

她耸耸肩。“也许是因为直觉。他总是说警察应该相信自己的直觉。那是他负责的案子,他和罗伊交流的时间比任何人都长,听那男孩讲故事时他被什么触动到了。但他什么也证明不了。证据确凿。所以罗伊被关了起来。”她边讲边盯着他的眼睛。“一个月以后,爱琳·斯坦斯基失踪了,她六岁。”

罗高夫停止往嘴里送土豆泥,若有所思地看着她。“真是不巧。”

“我爸想让他们释放罗伊。但没人支持他。官方口径是斯坦斯基案和其他失踪案无关。罗伊犯下了四宗案子,另一个恋童癖干了第五宗。”

“也是有可能的。”

“胡扯。”兰蒂说,“我爸知道那是胡扯,他也这么说了。这让他在警局里被孤立,但他不在乎。他是个非常顽固的人。你读过他的死亡报告了吗?”

罗高夫点点头,看上去有点不自在。

“我父亲被一只野兽咬死了。法医说是一只狗。你愿意相信就信吧。”最不愿提起的部分来了。她先是把它当成结痂的旧伤一样对待,后来又试图忘掉,但一直没能成功,“他半夜里接到一个电话,那是一条关于失踪孩子的线索。在离开前他给乔瑟夫·厄尔卡特打电话请求支援。”

“厄尔卡特局长?”

兰蒂点点头,“当时他还不是局长。乔还是干警时是我爸的搭档。他说我爸当时电话里说得到了重要线索,但没说细节,甚至没提到对方的名字。”

“也许他不知道对方的名字。”

“他知道。我父亲不是会为了一条匿名线索而在半夜里独自跑出去的那种警察。他独自开车到屠宰场,而那个野兽就在那里等着他。

无论它是什么东西,它吃了六颗子弹还能扑过来。它撕开了我爸的喉咙,咬死他以后把他吃掉了。等到厄尔卡特赶到时……乔作证说当他刚发现尸体时都不敢确定那是具人尸。"

她用平静镇定的语气讲着,胃里却在翻江倒海。讲完后,罗高夫盯着她看,然后放下叉子,把盘子推到一边。"我突然一点胃口都没有了。"

兰蒂的微笑里毫无笑意:"我爱死了本地的报纸。几年前有个女人被犯罪团伙绑架了两星期,她被殴打、折磨、强奸了上百次。当新闻刊出时,报纸上说她被'袭击了'。他们说我父亲的尸体被损毁了。他们对乔安·索伦森也用了同一个词。他们告诉我她的尸体没有残缺。"她倾身向前,瞪着他深棕色的眼睛,"是在撒谎。"

"是的。"他承认。他从胸前的口袋里掏出一张折叠的纸,把它打开递给她:"但事实和你想象的不一样。"

兰蒂从他手里抓过验尸报告,迅速浏览完毕。文字在她眼中模糊了,仿佛难以辨识。这和她的猜想完全不同。

死因:失血过多。

罗高夫的声音仿佛从很远的地方传来:"那是栋有安保的楼,她的公寓在十四层。没有阳台,没有火灾通道,门房没看到任何人。门是锁着的。门锁是便宜的弹簧锁,很容易撬开,但没有被撬过的痕迹。"

凶器是一把至少十二英寸长的利刃,非常锋利,纤细柔韧,可能是一把手术用刀。

"她的衣服落得满地都是,都被扯成了碎片。按她的身体状况,你不会相信她能做出什么反抗,但看起来她确实反抗了。当然邻居们什么也没听到。凶手把她拴在床上,然后开始下手。他的动作很利索,很清楚自己该怎么做,但她仍然过了很长时间才死掉。她的床浸满了血液,床单和床垫都渗透了,血液一直渗到弹簧层里。"

兰蒂抬起头看着他,验尸报告从她指间滑落,掉到胶木桌板上。罗高夫伸出手握住她的手。

“乔安·索伦森没有被野兽吃掉,韦德小姐。她被活生生地剥了皮,流血至死。尸体失踪的部分是她的皮。”

威利回到家已是十二点过五分。他把凯迪拉克停在栈桥前面。艾德·朱迪克的钱包就在副驾驶座上。威利从钱包里取出钞票,数了起来。七十九块。不算多,但也算是个开始。这次他会把一半钱给贝茜,一半给艾德填账。威利把钱塞到兜里,空钱包放进置物箱。艾德需要用驾照。周末他上班时,威利会去尖叫酒吧还给他,然后再和他谈谈还款计划。

威利锁上车,疲惫地挪过湿滑的卵石路走到家门口。河流上方漆黑的天空看不到一颗星星。他知道月亮已经升起来了,就藏在这些黑棉花似的云层后面的某处。他笨手笨脚地翻找着外套内兜里的钥匙,钥匙埋在吸入器、药盒、几把剪刀、一块手绢和各种杂七杂八的东西里面。他摸了好半天,最后在裤兜里找到了,开始开锁。他把双向暗锁的第一把钥匙插到锁孔里。

大门无声地、缓缓地打开了。

路灯昏黄的灯光照进酿酒厂高墙上积灰的窗户,在地板上留下模糊的方形光斑和道道扭曲线条。锈迹斑斑的庞大机器像黑色的巨兽一般蹲伏在黑暗中。威利站在门前,手里攥着钥匙,心脏“怦怦怦”地跳。他把钥匙放回兜,掏出平喘药吸了一口。吸入器的“嘶嘶”声在这片寂静中显得莫名地响。

他想起了乔安妮,想起了在她身上发生的事。

我可以逃跑,他想,凯迪拉克就停在他身后没几步的地方,无论前面埋伏的是什么,都不大可能在他钻回车里之前抓到他。没错,开上公路,开一晚上,他的油足够开到芝加哥,那东西跟不了那么远。威利向后退了一步,又停住了,紧张地“咯咯”笑起来。他突然想象到一个画面:自己坐在这辆柠檬绿镀铬的大车里,拼命地打火,试图启动引擎,而潜伏在酿酒厂里的黑色怪物冲过卵石路向他扑来。这太傻了,只有烂俗恐怖片才会有这种打不着火的桥段,不是吗?

也许不过是他早上出来时忘了锁门。当时他满脑子心事,刚从噩梦中醒来,又有一整天的事要做。妈的,也许他只是关了门而忘记了上锁。

他从来不会忘记锁门。

也许会的,就是这次。

威利想到了变形,然后他想起了乔安妮,便放弃了这个念头。他单脚站立脱掉一只鞋,然后把另一只也脱掉。积水沾湿了他的袜子。他往前挪了几步,深吸一口气,走进了黑暗的酿酒厂,尽可能不发出声音。他关上身后的门。没有任何动静。威利把手伸进兜里,掏出剪刀先生。没什么用,但总比赤手空拳好。他贴着黑暗的墙壁走过房间,踩着袜子蹑手蹑脚地爬上楼梯。

街灯的光从走廊尽头的窗口照进来。威利在楼梯上停住脚步,抬头看看二层的走廊。整条走廊一览无余。所有房间的门都关着,贴着地板的门缝里和门上的磨砂玻璃都没有透出灯光。等待着他的那个东西一定也身处黑暗中。

他觉得胸口又收紧了。若不是现在这种状况,他就要用吸入器了。突然间他只想尽快了结。他爬上最后几级台阶,三步并作两步走到对面,重重地推开门,狠狠按下电灯开关。

兰蒂·韦德正坐在他的沙发椅里。他一打开灯,她便抬起头看他,眨了眨眼。“你吓到我了。”她说。

“我吓到你了?”威利走进房间,瘫在沙发里。剪刀从他汗湿的手里掉下来,摔在实木地板上,“我的老天爷啊,你快把我吓出毛病来了。你他妈怎么进来的?我忘记锁门吗?”

兰蒂微笑起来:“你锁了不知多少道锁。你真是世界级的锁门大师,弗兰比克斯。我花了二十分钟才把门打开。”

威利揉着“怦怦”直跳的太阳穴。“是啊,是啊,所有女人都想和我上床,我可得有点防护措施才行,不是吗?”他瞥见脚上的湿袜子,脱下一只,皱起了眉,“瞧瞧,”他说,“我的鞋子还在外面街上淋着雨呢,我的脚全湿了,要是得了肺炎,你要出医疗费,韦德,等着瞧吧。”

“外面在下雨呢。”她指出,“你不会想让我在雨里等你吧,威利。那样的话我肯定要发火,我现在的心情已经很糟糕了。”

她语气里的某些东西让威利停止了揉脚趾头,他抬起头看着她。被雨水打湿的淡棕色头发散落在她额前,她的眼神也很愁苦。“你看上去很糟糕。”他承认。

“我本想收拾一下,但女厕里的镜子没有了。”

“打掉了。男厕里还有一个。”

“我不是那种女孩。”兰蒂的语气平板生硬,“威利,你的朋友乔安不是被野兽杀死的。她被剥了皮。杀手取走了她的皮。”

“我知道。”威利不假思索地答道。

她眯起眼睛。她的眼珠是灰绿色的,又大又漂亮,但现在看起来像大理石一样冰冷。“你知道?”她重复道。她的语气很轻,近乎耳语,威利意识到他有麻烦了。“你塞给我一个鬼扯的故事,让我跑东跑西,到头来你居然知道?你是不是也知道我父亲的事,是吗?这又是一个吸引我注意的伎俩吗?”

威利手里拿着另一只袜子,目瞪口呆地看着她。他把袜子扔到地上。“嘿,兰蒂,让我解释一下好吗?事情和你想的不一样,我也是刚刚才知道,亲爱的。我怎么可能一开始就知道呢?我没到过现场,也不是报社的人。”他觉得困惑又委屈,“而且该死的,我怎么会知道你父亲的事?我连个屁也不知道。你跟着我干的时候提起你家人的次数不超过两次。”

她打量着他的脸，寻找撒谎的破绽。威利试图摆出最温暖最诚恳的微笑。兰蒂皱起眉头，“行了。”她疲惫地说，“你看起来就像个卖二手车的。好吧，你不知道我父亲的事。抱歉，我太激动了，而且我以为……”她若有所思地顿了顿，“谁告诉你索伦森的事情的？”

威利犹豫了。“我不能告诉你。”他说，“我真的很想跟你坦白，但是不行。而且反正你也不会相信。”兰蒂看起来很不高兴。威利继续说下去，“我有没有被当成嫌犯？警察没打来电话。”

“没准他们已经打了一天，你现在可能已经被通缉了。如果你不打算装答录机，就得时不时回家接个电话。”她皱起眉头，“我和重案组的罗高夫谈过。”威利的心脏停止了跳动，她看到他的表情，举起一只手。“没，他没提到你的名字，我也没提。他们会给所有认识她的人打电话，但只是问些一般性问题。我不认为他们会把你列为目标。”

“太好了。”威利说，“嗯，是这样，算我欠你一次。不过你已经没必要再查下去了吧。我知道我对不起你，所以……”

“所以？”兰蒂怀疑地看着他，“你一开始把我扯进来，现在又想把我甩开？”她皱起眉头，“你有什么事情瞒着我？”

“你搞反了吧。”威利轻佻地说，也许他能靠俏皮话蒙混过去。“每回我给你买了内裤你不是都要大发雷霆吗？”

“别扯淡了。”兰蒂尖声说道，她一点也不觉得有趣，他看出来了。“这个被折磨被杀害的女孩不是你的朋友吗？难道你忽然把她忘了？”

“不是的。”他脸红了。威利觉得很不舒服，便起身走到房间另一边，打开电炉。“嗯，你想喝杯茶吗？我有格雷伯爵、红色清爽、晨雷——”

“警方已经确定了一名嫌犯。”兰蒂说。

威利扭头看着她。“谁？”

“罗伊·海兰德。”兰蒂说。

“哦，天哪。”威利说。海兰德案开审时他还在汉堡服役，但他订了一份《信使》以关注家乡的近况。那些头条新闻让他恶心。“你确定是他吗?”

“不。”她说,“他们只是在找最显眼的嫌犯。罗伊上一次就做了替罪羊,为什么不能再让他做一回呢?不过他们得先抓到他。没人知道他是不是还在这个州,更不要说还在不在城里了。”

威利转过身,忙着弄起电炉和水壶。突然间他发觉自己无法和兰蒂对视。“你认为海兰德不是绑架那些孩子的人?”

“绑架自己的亲妹妹?该死,没错。他无论如何都不会伤害杰茜,她是真正喜欢他的人。更不要说在他好好地被关着的时候又发生了第五起失踪案。我了解罗伊·海兰德。他长了一口烂牙,还老不洗澡,但他没有恋童癖。他老和小孩子玩是因为大孩子取笑他。我不认为他跟谁交过朋友。他在林子里有个秘密地点,情况不妙时他会躲进去,他——”

她突然顿住,威利扭过头来看她,手指间夹着一个茶袋。“你和我想到一块了吗?”

水壶开始尖叫。

兰蒂回到家后在床上辗转反侧了一个多小时,怎么也睡不着。她只要一合上眼就会看见父亲的脸,或者想起可怜的乔安·索伦森,想起那女孩被绑在床上看着持刀的凶手步步进逼。她老是想起罗伊·海兰德,还有他的秘密藏身处。在她的想象里,罗伊依旧是记忆中那个腼腆的男孩,一头柔软的、脏兮兮的金发,眼神恐惧而又迷惑,因为他们逼他把那个故事说了一遍又一遍。他在州立精神病院被关了这么多年后,她不知道他那个秘密地点变成什么样了。她也不知道他躺在牢房里时会不会梦到那些秘密地点。也许会的。如果罗伊·海兰德确实回来了,兰蒂觉得自己知道他会藏在哪里。

但是知道和找到是两码事，她和威利猜了半天，没有任何头绪。兰蒂试图回忆，但那已经过去太久。那是在校园里的一次耳语，他说那是林子里的秘密地点，一个从没有人来过、只属于他的地方，隐秘而充满魔力。那可能是指许多地方：河边的洞窟，树屋，甚至可能是纸板搭的篷子。但树林在哪里？城外只有郊区住宅、工业园区和农场。到最近的州立森林公园要顺着沿河公路走五十英里。如果这个秘密地点在某个公园里的话，这么多年里肯定早就被人在无意中发现了。如果没有更多线索，兰蒂根本别想找到。不过她无法不去想这个问题。

等到她的电子钟显示 2:13 的时候，她终于放弃了。她从床上爬起来，打开灯，走进厨房。冰箱里几乎什么都没有，但她找到两瓶蓝带。也许一瓶啤酒可以送她安然入眠吧。她打开一瓶，回到床上。

她卧室里的家具是一堆大杂烩。地毯是件残货，金色五斗橱实用却风格乏味，四柱大床则是件仿制品。不过她有几件真正的古董——一只橡木大衣橱，带雕花边框的试衣镜，还有床底下的雪松木箱。她母亲总说箱子是用来存嫁妆的。今天的女孩还会存嫁妆并憧憬未来吗？她觉得不会，至少这里的女孩不会。也许这世上依然有希望存留①，但它不属于这个城市。

兰蒂坐在地板上，把啤酒放到地毯上，打开了这口箱子。

这种箱子本是用来储存未来的，用来寄存各种小东西，构筑你幼时培养的梦想。她从十二岁起就不再是个孩子了，自从她母亲以一声骇人的尖叫把她惊醒的那个晚上。她的箱子里存的全都是回忆。

她把它们一件件取出来：高中和大学的纪念册；几位前男友写的情书，包括她嫁过的那个混蛋的；学校的纪念戒指和她的结婚戒指；学位证书；在田径比赛和女子垒球里赢得的奖状；和她前男友在毕业舞会上的相片，装裱过的。

---

① 此为双关，装嫁妆的箱子原文为 hope cheest。

在箱子的最深处，埋在她所有人生轨迹之下的，是一把警用点三八手枪。她父亲的枪。他在死去的那天晚上打空了这把枪。兰蒂拿起它，小心地放在一边。枪下面是一个本子，蓝色布封面，用三个金属环装订着。她在膝上摊开本子。

本子的第一页用透明胶带贴着一张泛黄的《信使》剪报，是关于她父亲死亡的报道。兰蒂盯着熟悉的照片看了好一会儿，然后往后翻。本子里还有更多的剪报：她偷偷从公共图书馆里的《信使》上撕下来的关于失踪孩子的报道，关于野兽袭击、连环杀手和怪物的杂志文章。其间夹杂着一页页十二岁女孩细致的字迹。翻到后面，字变得更大更潦草了。她在这本子上记了很多年，直到上了大学，试图忘掉这件事为止。她本以为自己已经成功了，但现在翻着这本子，她明白那不过是自欺欺人。她永远都不会忘。她只瞥了一眼标题，回忆便如潮水般涌入脑海。

爱琳·斯坦斯基，杰茜·海兰德，戴安·琼斯，格里高利·托瑞，欧文·魏斯。五个孩子一个也没找到，连一块骨头或一片衣服上的布都找不到。警方说她父亲的死是场意外，和他负责的案子无关。他们都接受了这个故事，局长，市长，报纸，甚至包括她母亲。他们都只想忘掉这场悲剧，继续生活下去。巴里·舒马赫和乔瑟夫·厄尔卡特坚持到了最后，但他们终究也屈服了，只剩下兰蒂一个人。她只要一提起这事，母亲就会生气，最后只好住嘴。但她没有忘记。她仍在偷偷地寻找答案，在本子上做记录，每天晚上都把它藏到箱子的最下面。

到头来还是一无所获。

本子的最后二十多页依旧是空白，纸页上的蓝色横线已经褪色，她手中翻着的纸张也变硬了。快翻到最后一页时，她犹豫了。也许那封信根本不存在，她想，也许只是她的想象。本来就很荒谬。他认识她父亲，没错。但通信是经过审查的不是吗？他们是不可能允许他寄出这样一封信的。

兰蒂翻到最后一页,它就在这里,她知道它就在这里。

收到这封信时她正在上大三,早就淡忘了过去的事。父亲已经死了七年,她也有三年没动过那个本子了。她忙于课程、女生联谊会和与男友约会。偶尔她也会做场噩梦,但多数时间都没什么负担。她已经长大了,变得现实了,即使想起那件事,也会觉得大人们一直就是对的,凶手不过是某种野兽。

……某种野兽……

然后有一天,那封信来了。她在去上课的路上拆了它,和身边那群叽叽喳喳的朋友们一起读完了它,她们一边大笑一边开起了玩笑。然后她就把它塞到一边了。她们可都是成年人了。但到了晚上,等她的室友们睡着之后,她又把信拿了出来,打开台灯又读了一遍,感到十分恶心。她记得当时她想要丢掉它,它是垃圾,是疯子编造的产物。

但她没有扔掉它,而是把它收到了本子里。

透明胶带变得泛黄脆弱,但信封仍然是雪白的,那所机构的名字工整地印在左下角。也许是有人偷偷帮他带出来的。信写在一张廉价打印纸上,字迹潦草,全是大写。信上没有签名,但她知道写信人是谁。

兰蒂把信从信封里抽出来,犹豫了一下,然后打开信。

那是一只狼人。

她盯着这句话,看了好长好长时间,突然间觉得自己又变回了小女孩。电话突然响了,吓得她跳起来。

她的心脏“怦怦”直跳。她把信折起来,盯着电话,觉得莫名地羞愧,仿佛被抓到在做什么羞耻的事情。现在是凌晨2:53。谁他妈会在这时候打来电话?可能是罗伊·海兰德,她觉得自己快要尖叫出来,任凭电话响着。

电话响到第四声,答录机启动了。“这里是AAA–韦德调查,我是兰蒂·韦德。我现在接不了电话,但你可以在哔声后留言,我会回电话。”

哔声响过。“呃，喂。”一个低沉的男声说道，明显不是罗伊·海兰德。

兰蒂放下本子，抓起听筒。“罗高夫？是你吗？”

“是我。”他说，“抱歉打扰你睡觉了。听着，这不合规矩，我也不知道为什么要打给你，但我觉得你应该知道。”

兰蒂感到脊柱上传来阵阵凉意：“知道什么？”

“又多了一名受害者。”他说。

威利浑身冷汗地惊醒。

什么东西？

有声音，他想，从走廊传来的。

也许他只是在做梦？威利从床上坐起来，试图放松紧张的神经。晚上会有各种各样的噪音。可能是河上的拖轮，也可能是从他窗户底下驶过的汽车。对于自己之前的表现他现在还有点羞愧，当他发现房门被打开时竟吓得魂不附体。还好他没用剪刀捅伤兰蒂。他不能被自己的想象吓死。他又躺回被子里，翻身趴在床上，闭上了眼睛。

走廊里一扇门打开又关上了。

他睁圆了眼睛，一动不动地趴着，仔细倾听。所有门都锁好了，他告诉自己。他送兰蒂到门口后把每一个锁都锁上了：弹簧锁、门链、双向暗锁，甚至把安全闩都放了下来。门闩闩好后没人能从外面打开门，只能从里面打开，门是全钢的。后门则和焊上了差不多，它锈蚀得太严重，根本无法移动。如果有人打碎了窗玻璃他肯定能听到声音，没人能进来，没人能进来，不过是在做梦罢了。

他卧室的门把手缓缓地转动了，“咔嗒”一声。门发出声音，有人在推门。门锁还在。第二下推得更重了些，声音更大了。

威利已经从床上跳了下来。晚上很冷，内裤和背心根本无法御寒，但他现在有更要紧的问题。他看到门钥匙还插在锁孔里。钥匙是古董,锁有一百年历史了。办公室的钥匙孔大到足以被当成窥孔。威利一直把钥匙插在里面,只是为了挡住这个风洞,但他从来没锁过这扇门……除了今天晚上。今晚他不知怎的在上床前把门锁了,听到门被锁住的"咔嗒"声让他觉得更安心。现在挡在他和门外的未知之物的障碍只剩这个门锁了。

他背靠窗户站着,瞟了眼窗外酿酒厂后面的卵石路小巷。下面黑漆漆的。他记得窗户正下方有个绿色金属大垃圾箱,但太黑了看不到。

外面那东西正在捶门,房间震动起来。

威利无法呼吸,他的吸入器还放在房间另一头的梳妆台上,在房门旁边。他仿佛被一只巨手攫住,肺里的空气都被挤了出来。他拼命地吸气。

外面的东西又撞了一下门。门板开始开裂。门板是实木的,有一百年历史,但它就像当代那种廉价空心门一样裂开了。

威利开始感到头晕。他头晕眼花地想着,它大概会很生气吧,因为等它砸开门后将发现他已死于哮喘了。威利扒下背心,扔到地板上,伸手要脱下内裤。

门震了一下,然后碎裂,合页旁砸出了一个洞。接下来的一击把门砸成了两半。他的头因缺氧而眩晕起来。威利顾不得什么内裤了,直接开始变形。

变形让骨头和肌肉剧痛无比,但也使氧气涌入肺中,清甜凛冽的新鲜空气,他又可以呼吸了。轻松感随着一阵颤抖流遍全身,他扭头朝那东西吼去,那吼声足以让人血液冻结,但那黑暗之形却毫不犹豫地跨过碎裂的门板朝他冲来。威利也没有犹豫,他放低身子,一跃而起,撞破了玻璃跳出窗外,碎片散落进黑暗中。威利没能跳到垃圾箱上,他四脚着地,滑倒了,三只脚掌滑过卵石路面。

他抬起头,看到那东西就在他头顶上,它的身影填满了整个窗口。

它的手在动，在这短短的一瞬间，他瞥见可怕的银光一闪而过。威利站了起来，以他平生最快的速度跑过街道。

她在现场旁边的第二个房子前下了出租车。现场所在的房屋周围已拉起警戒线。那是一栋高雅的维多利亚式大宅，只是需要好好粉刷一下。美景街上围满了好奇的邻居，他们在睡衣和睡袍外面套着厚外套，一边窃窃私语，一边瞟着那栋大宅。闪烁的警灯照出了他们脸上病态的好奇。

兰蒂迅速从他们中间穿过。警戒线前，一个她不认识的巡警拦住了他。“我是兰蒂·韦德。”她说，“罗高夫叫我过来的。”

“哦。”巡警说，他用拇指指了指房子，“他在里面和死者的姐姐谈话。”

兰蒂在起居室里找到两人。罗高夫看到她，点了点头，挥手示意她先等等，然后继续询问死者的姐姐。

其他警察好奇地看着她，但没说什么。死者的姐姐有四十岁，外表很年轻，身材纤细，皮肤苍白，一头蓬乱的黑发直垂到背部，看上去十分阴沉。她坐在沙发上，身穿一件暴露的连衣裙，似乎对敞开的房门吹进来的冷风和警察们的偷窥都无动于衷。

一个警察正从房间角落一架闪亮的三角钢琴上提取指纹。他弄完之后，兰蒂慢慢走到钢琴旁。钢琴上摆满了相框，其中有一张是夏天时在河边照的。照片中，两个穿着一模一样泳衣的漂亮女孩站在一个紧张的年轻男子两边。两个女孩身上都是水珠，她们冲着镜头大笑，湿漉漉的黑色长发垂在面前。那个不知是男人还是男孩的家伙也穿着泳衣，但能看出来他根本没下水。他瘦削又憔悴，一双蓝眼睛望向镜头，目光异常空洞，让人看了很不舒服。两个女孩十八岁到二十岁。其中一个就是罗高夫正在询问的那位女子，但兰蒂不知是哪一个。她们是双胞胎。她浏览着其他相片，有点担心会在里面找到威利。相片里的大多数人她都没见过，但她还是一遍遍地找着，直到罗高夫走到她身后。

“法医正在楼上检查尸体。”他说，“如果你胆子够大的话也可以上去看看。”

兰蒂转过身，点点头。“你从姐姐那里问出什么了吗？”

“她觉得自己做了场噩梦。”他说。他爬上狭窄的楼梯，兰蒂紧跟在他身后，“她说她只记得那么多。而每当她做了噩梦，她就会跑到走廊对面房间，爬上她妹妹的床。”他们走到了二楼，罗高夫握住玻璃门把手，又停住了。“今后，她在对面房间看到的景象会成为她挥之不去的噩梦。”

他打开门，兰蒂跟着他走进去。

唯一的灯光是床头的一盏小台灯，拍照的警察正在房间里转来转去，拍着床上那具扭曲的鲜红色尸体。闪光灯下的影子不断扭曲舞动，兰蒂的胃也跟着扭动起来。血腥味非常浓。她记起了从前的夏天，酷热的七月里从南边吹来的风会把屠宰场的腥臭味吹进城市。但这里的臭味比那不知要浓重多少倍。

拍照的警察转来转去，拍了一张又一张，房间的颜色不断在鲜红和深灰之间切换。验尸官弯腰检查尸体，频闪的亮光让她的动作也显得十分古怪。天花板上有亮光闪过，兰蒂抬起头，发现上面装了面镜子。死者的嘴张得滚圆，仿佛在无声地尖叫。凶手把她的皮肤连带嘴唇一起剥了下来，现在她嘴里嘴外都是一样的红。她脸上的皮肤也没了，露出亮晶晶的红色肌肉纤维，以及部分苍白的骨头。但他没有取走她的眼睛。那是一对又大又黑、十分漂亮的眼睛，和楼下姐姐的眼睛一模一样。她眼睛瞪得滚圆，恐惧地盯着天花板上的镜子。她能够清楚地看到凶手对她所做的一切。她会在镜子里自己的眼中看到什么？痛苦，恐惧，还是绝望？她从小和双胞胎姐妹长大，也许在自己的镜影里能找到些许安慰吧，即使是在自己的面孔、皮肉和身为人的一切都已被割走的情况之下。

闪光灯又闪了一下，兰蒂发觉死者的手腕和脚腕处有金属的闪光。她闭了一会儿眼，稳住呼吸，然后挪到床跟前，罗高夫和验尸官正在床前谈话。

“某种链子？”他问道。

“说得没错。再看看这个。”验尸官克鲁尼捏住嘴上叼着的没点的雪茄，伸手一指。

链子紧紧地绑着被害人的脚腕。当闪光灯再次亮起来时，兰蒂看到脚腕上还有一圈圈焦黑的痕迹，遍布于暴露的肌肉和神经上。看一眼就让人觉得痛。

“她挣扎过。”罗高夫猜测道，“那是被链子磨出来的。”

“链子最多能把你磨得皮开肉绽。”克鲁尼说，“她这些根本不是磨出来的。那是烧伤，罗高夫。是三度烧伤。两只手腕和两只脚腕上都有，与金属有接触的部位都有烧伤。索伦森也有类似的烧伤痕迹。看起来凶手似乎把链子烧到了灼热的程度。不过现在金属已经凉了。你可以摸摸看。”

“不必了。”罗高夫说，“我相信你的判断。”

“等一下。”兰蒂说。

验尸官似乎刚刚才注意到她。“她在这里干什么？”她问。

“说来话长。”罗高夫回答，“兰蒂，这是警方公务，你最好还是离——”

兰蒂没理他。“乔安·索伦森也有同样的烧伤痕迹？”她问克鲁尼，“也都在手腕和脚腕，链子和皮肤接触的部位上？”

“没错。”克鲁尼说，“怎么？”

“你想说什么？”罗高夫问。

她看着她：“乔安·索伦森是个残废。她的腿根本不能动，腰部以下根本没有知觉。凶手为什么要把她的脚腕也绑上?"

罗高夫盯着她看了好一会儿,然后摇了摇头。他看看克鲁尼。验尸官耸耸肩,"是啊,确实。有趣的问题,但能说明什么?"

兰蒂也答不出来。她扭头向床上看去,看着那曾是个漂亮女子,现在却被剥了皮、扭曲又残缺不全的尸体。

照相的警察又换了个角度,按下快门。闪光灯闪了一下。链子也闪了一下。兰蒂的指尖轻轻地滑过那金属。她感觉到的不是热度,却是银质品的冰冷触感。

那个夜晚充斥着各种声响和气味。

威利拼命地跑,慌不择路,像灰色的影子般冲过湿滑黑暗的街道。他驱使自己拼命地跑,跑得比任何时候都快。他完全不看方向,往哪里跑都可以,只要能够远离他的公寓,远离那个潜伏其中的怪物和它手中致命的银色金属。他飞快地跑过昏暗的小巷,穿过货运码头,跳过挡路的铁栅栏。有一堵水泥墙差点把他挡住,他跳了三次都跳不过去,但第四次他用前腿钩到了墙,然后后腿又抓又蹬地翻了过去。他掉进了潮湿的草坪里,在泥土上滚了几圈,然后爬起来继续狂奔。街上几乎一辆车都没有,但当他冲过一条宽阔的大街时,一辆皮卡突然不知从什么地方加速驶了过来,头灯照到了他。突然的强光吓了他一跳,他在街中间愣了好一会儿,然后看到司机震惊而恐惧的脸。皮卡刺耳地急刹车,轮胎打滑,车子被甩到了路的另一边。

这时威利已经消失了。

他跑进一处住宅区,穿过两侧都是二层小楼的寂静街道,狭窄的马路上停满了车子,地产中介的牌子在风中摇摆,唯一的光源只有街灯,以及偶尔从云层中露一下脸的苍白月牙。他闻到一些院子里有狗的气味,偶尔还能听到一两声凶猛的吠叫,他知道它们也闻到了他。有时狗的叫声会吵醒屋主和邻居，原本一片寂静的房子里会亮起灯光，后院的门会打开，但那时威利早就跑出几条街了。

他还在狂奔。

最后他终于穿过了铁路线，他的腿在疼痛，心脏狂跳不止，舌头耷拉在嘴边。他爬上一处陡峭的路堤，费劲地翻过十英尺高、顶端有铁丝网的栅栏。另一边是宽阔的空地和一栋低矮的砖楼。那楼没有窗户，占地庞大，黑漆漆地伏在月光之下。陈旧的血腥味虽然很淡，但绝对错不了。威利突然知道他在哪了。

那是老屠宰厂。人们都管它叫厂子，它已经破产倒闭将近两年了。他已经跑出很远。他终于停下来，喘着粗气，在栅栏边卧下，开始发抖，虽然披着厚厚的皮毛，但他依然觉得冷。

威利休息了一会儿，然后发现自己还套着那条内裤。他差点笑出来，但喉咙实在太干。他想起了皮卡司机，好奇那人看到自己时会怎么想。一只瘦削的灰色幽灵，发亮的赤红双眼如同地狱的坑洞，却套着一条白内裤。

威利扭过身子，用嘴叼住弹力内裤，用力拉扯，喉咙里发出低吼。他几下把内裤扯了下来，扔到一边，然后卧在潮湿的地上，爪子还按着地面，嘴半张着，警觉地注意着周围。他在休息。他能听到远处的车流，半英里外有一只狗在狂吠。他能嗅到锈味、霉味、燃油的臭味还有冰冷的金属味。所有这些味道都和屠宰场的气味混在一起，后者虽然已经淡去，却一直没有完全消散，仍在悄声向他吟唱着鲜血和死亡。它激起了威利体内某些不该被触动的东西，他觉得腹中饥饿难忍。

他无法完全忽视这饥渴，但今晚有更重要的事，逃离那恐惧比平抑饥渴更要紧。再过几个小时太阳就要升起来了，而他无处可藏。在确保安全之前不能回家，他得先想好保护自己的办法。他没有钥匙，没有衣服，也没有钱，因此不能回公司。他必须去找某个能够信任的人。

他想到了黑石庄园，想到了坐在火炉边的乔纳森·哈蒙，想到了斯蒂文死气沉沉的蓝眼睛和布满伤痕的手，想起了像一根枯朽的黑色树干般矗立的古老塔楼。乔纳森也许可以保护他。乔纳森有坚固的围墙和铁丝网，还有关于血与铁的一整套大话。

但乔纳森的形象又在他脑海中浮现：灰白的长发，金色狼首杖，青筋暴起、关节肿大而扭曲的手。他喉咙里爆发出一声吼叫，他明白黑石庄园不是他的选择。

乔安妮死了，其他几位他又不熟，连名字都记不全，他也不想和他们套近乎。

所以到头来，无论喜不喜欢，只能去找兰蒂了。

威利爬起来，疲惫不堪，脚步不稳。风向变了，风吹过空地和畜栏，血腥气随之而至，让他抽起了鼻子。威利甩甩头，号叫起来。一声令人战栗的孤独狼嚎划破了寒冷的夜空，附近几条街上的狗又开始狂吠。之后，他又开始狂奔。

罗高夫开车送她回家。当他老旧的黑色福特停在她的六层公寓门口时，天已经蒙蒙亮了。她打开车门，他探过头来，打量着她。“我现在不强求，”他说，“但以后可能要问清你客户的名字。睡之前想一想，没准你愿意告诉我。”

“没准我不能说。”兰蒂说，“委托人保密特权，记得吗？”

罗高夫无奈地冲她笑笑。“我按你说的去法院的时候，顺便也查过你的档案。你根本没上过法学院。”

“没有吗？”她也微笑起来，“哦，我本来想上的。这样也不算数吗？”她耸耸肩，“睡之前我会想想的。我们明天再谈。”她下了汽车，关上车门走了。罗高夫坐回驾驶座。但在他开走之前兰蒂又转身说：“对了，罗高夫，你的名字是？”

“迈克。”他说。

“明天见,迈克。”

他点点头,开车走了。这时路灯也灭了。兰蒂爬上楼梯,翻找着钥匙。

“兰蒂?”

她停住了,扭头张望着:“是谁?”

“威利。”声音稍微大了一点,“在楼下垃圾桶这儿。”

兰蒂弯腰向下面看去,发现他就在那里。他缩成一团,蹲在一圈垃圾桶里,在清晨的寒气中直打哆嗦。“你没穿衣服。”她说。

“昨天晚上有人想杀我。我逃了出来,没来得及穿衣服。我在这儿等了一小时,我不是要埋怨你,但我快得上肺炎了,蛋都要冻僵了。我都快要绝后了。你他妈究竟跑哪去了?”

“又发生了一起谋杀,手法相同。”

威利抖得如此厉害,震得垃圾箱都开始“嘎嘎”作响。“老天爷啊。”他的声音越来越低,“谁?”

“她的名字是佐伊·安德斯。”

威利打个冷战。“操,操,操。”他说。他抬头看向兰蒂,她能看出他目光中的恐惧,但他还是问了,“艾米呢?”

“她姐姐吗?”兰蒂说,他点点头。“受了惊吓,但无大碍。她做了个噩梦。”她顿了一会儿,“这么说你也认识佐伊。就和索伦森一样?”

“不,和乔安妮不一样。”他疲惫地看着她,“我们能进屋吗?”

她点点头,打开房门。威利看上去是如此的感激,她觉得他都快要舔她的手了。

内衣是她前夫的,尺码太大。粉红色的浴袍是兰蒂的,尺码又太小。但是咖啡很不错,冒着热气。威利觉得自己非常疲惫非常紧张,但他还是为能活下来而高兴,特别是当兰蒂把碟子放到他面前的时候。

她用切达奶酪和洋葱炒了鸡蛋,加上单面煎的培根,闻着简直如同天上美食。他迫不及待地开动。

“我有了一点头绪。”她在他对面坐下。

“很好。”他说,“我是说,鸡蛋很好。而且你有了头绪也很好。但老天啊,鸡蛋太棒了。你肯定想象不出我现在有多饿——”他突然顿住了,盯着炒鸡蛋,意识到自己在说傻话。兰蒂没有留意。威利开始吃培根,他咬下一头。“很脆。”他说,“好吃。”

“我得把我的想法告诉你。”兰蒂忽略了他刚才的话,“我必须得跟人讲一讲,你认识我够久了,不会把我当成疯子。你可能会笑。”她瞪着他,“如果你笑了,我就要把你赶回街上,短裤和浴袍留下。”

“我不会笑的。”威利说,现在的他要笑出来也不太容易。他有点不安,便放下叉子。

兰蒂深吸一口气,直视着他的眼睛。她的眼睛十分可爱,威利心想。“我认为我的父亲是被一头狼人杀死的。”她严肃地说,眼睛一眨不眨。

“哦,天哪。”威利说。他没有笑。他的胸口仿佛被一条隐形的巨蟒缠住了,而且越勒越紧,“我,”他说,“我,我,我。”他再说不出一个字了,一推桌子,打翻了椅子,朝浴室跑去,锁上门。他把淋浴喷头开到最大,水温一直拧到头。浴室开始被蒸汽填满。这比他的吸入器差远了,但确实能防止窒息。蒸汽越来越厚,威利跪倒在地,拼命喘气,好似要用一根吸管饮下江河。最后他终于可以呼吸了。

他在地上跪了好一会儿,直到喷头里喷出的水弄湿了他的浴袍和内裤,他的脸也恢复了血色。他爬过瓷砖地板,关上淋浴喷头,摇摇晃晃地站起来。地漏上方的镜子已经结满了水雾。威利用毛巾擦过镜子,瞅着自己的脸。他看起来糟透了,湿透了,而且是被热水淋湿。他感觉更糟了。他试图擦干自己,但弥漫的水蒸气和喷头喷出的热水把整个浴室都弄得湿漉漉的,毛巾也和他身上一样湿。他听见兰蒂在外面走动，拉开抽屉然后又合上。他想出去面对她，但这副模样不行。男人总得有一分自尊。此时他只想回家躺在床上，平喘剂就放在床头，但他马上意识到自己的卧室已经不能住了。

“你到底出不出来？”兰蒂问。

“马上。”威利说，但他的声音很微弱，估计她可能没听到。他站直身子，扯了扯粉红色的褶边浴袍，里面的背心看上去是“湿背心大赛”的参赛选手穿的。他叹口气，打开门走了出去。空气中的冷意让他起鸡皮疙瘩。

兰蒂已经回到桌边坐下。威利也回到了座位上，“抱歉。”他说，“哮喘发作。”

“注意到了。”兰蒂答道，“紧张引起的，是吗？”

“有时是。”

“把鸡蛋吃完。”她催促，“要凉了。”

“好。”威利说，他本来也准备先吃完鸡蛋，这样他就有时间先想想该和她怎么解释。他拿起叉子。

有一回，他拿起一只在电炉上放了一晚的旧水壶时，才发现昨天晚上忘记关电炉了。现在他的感觉就和那时一样。威利迅速缩回手，叉子掉到桌上，弹了起来，一下、两下、三下，最后落到兰蒂面前。他吮着已经变红的手指。兰蒂镇定地看着他，拿起叉子。她举着叉子，用大拇指摸了摸，又用叉子头顶着嘴唇，若有所思地说：“你跑进浴室的时候，我把银质餐具拿了出来。货真价实的纯银，在我家里已经传了好几代。”

他的手指头疼得要命，“哦，老天，你有黄油吗？人造黄油，猪油，无所谓，什么都可以……”他顿住了。她把手伸到桌子下面，拿出了一把枪。从威利的角度看，像是一把很大的枪。

“注意了，威利。你的手指头完全无关紧要。我知道你很疼，所以我会给你两分钟时间好好想想，该他妈怎么说服我不立即把你的脑袋一枪崩掉。”她用大拇指钩住击锤。

威利只是盯着她看。他看上去很凄惨，像一条落水的小狗。一时间兰蒂甚至以为他的哮喘又要发作。此刻她异常镇定，既不愤怒也不害怕，更不紧张。但她还没有冷酷到会在一个人跑向浴室的时候从背后射他的地步，即使对方是一只狼人。

所幸威利没有让她陷入两难境地。“你不会想冲我开枪的。”对于这样的情形来说，他的表现相当镇定，“向朋友开枪可不是好习惯，而且你会把浴袍打出个洞。”

“我本来就不喜欢这件浴袍，我讨厌粉红色。”

“如果你真的想杀我，用那把叉子机会更大一点。”

“那么你承认自己是狼人了？”

“变狼症患者。”威利更正道。他又吮起烫伤的手指，斜眼瞅着她：“你能拿我怎么样？它就是一种病。我有过敏，有哮喘，有背痛，还有变狼症。难道这也是我的错？我没有杀害你父亲。没有杀过任何人。我吃过半只斗牛犬，但这能怪我吗？”他的语气开始透出不满，“如果你想打死我，那就来呗。你什么时候开始带枪了？我还以为私家侦探别枪什么的都他妈是电视里才有的剧情。”

“你是想说携枪吧，确实是电视里才有。我只在特殊情况下才带这把枪。我父亲死之前就带着它。”

“没什么大用，是不是？”威利轻声说。

兰蒂想了一会儿：“如果我对你开枪，会怎么样？”枪开始变得有点沉，但她的手依旧很稳。

“我会试图变成狼。虽然大概不会成功，但我总会试一把。要是没变成，在这个距离下脑袋中上几枪，那我可能就死了。但你最好不要打偏，更不要仅仅只是伤到我。一旦我变成狼，情况就大不一样了。”

“我父亲被害的那晚，他把枪打空了。”兰蒂若有所思地说。

威利瞅着自己的手，缩了一下。“我操。”他说，“起水泡了。”

兰蒂把枪放在桌上，到厨房给他拿了一条黄油。他感激地接过来。他给自己涂油的时候，她看了眼窗外。“太阳升起来了。”她说，“狼人不是只能在晚上，或在满月的时候变身吗？”

“变狼症患者。”威利纠正道。他动动手指，叹了口气：“满月的那套屁话都是环球的剧作家编出来的，你爱信不信，我们什么时候都能变，白天，晚上，满月，新月，没什么区别。有时在满月我会更想变成狼，那跟什么荷尔蒙有关，但更像精虫上脑，而不是来月经。你明白我的意思吧。”他端起咖啡，已经凉了，但他还是一口把它喝光，“我本不该告诉你这些，操，兰蒂，我喜欢你，你够朋友，我关心你，你应该把今天早上这档子事全忘掉。相信我没错，对你的健康有好处。”

“为什么？”她突兀地问。她不打算忘掉任何事。“如果我不打算忘掉又怎样？你打算把我的喉咙扯开吗？我是不是也该把乔安·索伦森和佐伊·安德斯也忘掉？罗伊·海兰德和那些失踪的孩子们呢？我该把我父亲的事也忘掉吗？”她顿了一会儿，放低声音，“你来寻求帮助，威利，但是对不起，你现在看起来还是他妈的需要帮助。”

威利坐在桌子对面看着她，那张长脸上一脸羞愧难当的表情。“我不知道该亲你，还是扇你一巴掌。”他终于承认，“该死，你说得对。你已经知道得够多了。”他站起来，“我得换上自己的衣服，老穿着湿内裤会得肺炎的。叫个出租，一起到我住的地方看看，然后再谈。你有外套吗？”

“穿那件巴宝莉。”兰蒂说，“在壁橱里。”这件外套穿在他身上甚至比在兰蒂身上还显大，但比粉色浴袍强多了。他从壁橱里出来时差不多又像个人了，一边还在理腰带。兰蒂翻着装银器的抽屉。她找到一把切肉用长刀，以前她祖父在感恩节家宴上用的。她把它别到牛仔裤的腰带上。威利紧张地看着刀，“好主意。”他最后说，“但把枪也带上吧。”

出租车司机属于不爱说话的那类。途中车内安静得令人尴尬。兰蒂付钱时,威利下车去查看房门。今天天空阴云密布,波涛起伏的灰色河水拍打着栈桥。

威利愤怒地踹了一脚正门,然后跑进屋后的小巷子。出租车开走了,兰蒂在栈桥旁边等着。过了几分钟,威利回来了,他看上去非常恼怒,"根本没道理。"他说,"后门都几年没打开过了,光是敲掉铁锈就要用上锤子和起子。装货间的门闩也是插好的,铁链子上还挂着大锁。至于前门……我车里有一套备用钥匙,但即使有钥匙从外面还是不能拉开安全闩。你说,那东西到底是怎么进来的?"

兰蒂打量着酿酒厂饱经风霜的砖墙。看起来相当坚固,二楼的窗户离地面有二十多英尺高。她走到侧面小巷里看了看。"有扇窗户碎了。"她说。

"我是从那里跳出来的。"威利说,"那位夜间访客可不是从那儿进去的。"

兰蒂早就看出来了,卵石路面上一地碎玻璃。"现在我更关心我们怎么进去。"她指出,"如果我们把那个垃圾箱往左边推几英尺,再往上爬,你应该可以站在我的肩膀上爬进去。"

威利想了想:"万一那东西还在里面呢?"

"什么?"兰蒂说。

"昨天追我那东西。如果我没从窗户跳出来,现在已经被它扒皮了。相信我。"他看了看窗户,又看看垃圾箱,又看了看窗户。"操。"他说,"我们不能在这儿干站着。但我有个更好的主意。帮我把垃圾箱从墙边拉开一点。"

兰蒂不明白他想干什么,但照做了。他们把垃圾箱拉到小巷正中,正对着打碎的窗户。威利点点头,开始解开她借给他的外套。"转身。"他告诉她，"我不想吓到你。我得把衣服脱了，搞不好会让你起色心的。"

兰蒂转过身。尽管好奇心让她十分想要回头瞟一眼。她听见外套落到地上，然后又听到了不一样的声音……有肉垫的脚，就像狗一样。她转过身。威利已经跑到了小巷尽头。她丈夫的内衣裤散乱地堆在巴宝莉外套上。威利开始向酿酒厂冲刺。兰蒂注意到，他不是一只特别漂亮的狼。他的毛皮是脏兮兮的灰棕色，有点长癣，屁股太肥了，腿又太细。跑起来的姿势也有点笨拙。他加速跑完最后几步，跳到垃圾箱上，在金属盖子上弹了一下，跳入碎掉的窗户中，又撞掉了几块玻璃下来。兰蒂听到卧室里传来"咚"的一声。

她走到正门前。过了几分钟，门锁一个接一个地打开了，威利推开沉重的金属门。他穿着自己的法兰绒格子浴袍，手上拿着一大串钥匙。"进来吧。"他说，"没有那东西的迹象。我烧了些热水泡茶。"

"那混账一定是从马桶里爬出来的。"威利说，"我想不出其他任何可以进来的方法。"

兰蒂站在他卧室门板的碎片前，检查着碎裂的木头，用手指轻轻摸着参差不齐的裂口，然后跪下来查看地板。"无论它是什么东西，一定非常强壮。看看木头上这些砸出来的洞，边缘非常整齐锐利。用拳头做不到。可能是爪子。或者更像是某种利器。再看看这个。"她指了指躺在一堆木头碎片中间的黄铜门把手。

威利弯下腰去捡它。

"别摸。"她抓住他的手，"看就行了。"

他单膝跪下。一开始他没发现什么不对，但当他凑近看时，发现黄铜上有刮削的痕迹。

"某种锐器。"兰蒂说，"很硬的锐器。"她站起来。"你第一次听到动静，是从什么地方传来的？”

威利想了一会儿。“不好说。”他说，“应该是从走廊里面。”

兰蒂朝里面走去。走廊里所有的门都关着，她仔细看着台阶尽头的护栏，然后继续往前走，一扇接一扇地开门查看。“过来看看。”她在第四扇门前说。

威利小跑过去，兰蒂面前的门半开着，走廊这一侧的把手完好无损，里面的把手却有和卧室里那个同样的刮擦痕迹。威利吃了一惊。“但这是男厕所。”他说，“你的意思是它真的是从马桶里爬出来的？我再也不敢拉屎了。”

“它是从这个房间里出来的。”兰蒂说，“是不是马桶我不清楚。”她走进厕所四下查看。这里没什么值得一看。两个隔间，两个小便器，两个地漏，墙上有一块长长的镜子，水龙头旁有式样古老的黄铜肥皂盒，一个纸巾盒，还有威利的毛巾和洗面奶。没有窗户。连一个磨砂玻璃的小窗户都没有，根本没有窗户。

楼下茶壶开始尖叫。兰蒂若有所思地跟着威利走到楼下起居室。

“乔安·索伦森在一间锁住的房间里被害，而凶手在闯入佐伊的房间时完全没惊动就睡在走廊对面的姐姐。”

“那东西他妈想进哪儿就能进哪儿。”威利说。这念头让他不寒而栗。他拿茶叶袋的时候紧张地四下张望，但周围除了兰蒂之外没有别人。

“它做不到。”兰蒂说，“在索伦森和安德斯的案子里，房间没有一点损伤，没有任何闯入的痕迹，只有被害者的尸体。但在你这里，凶手却被区区一扇锁着的门挡住了。”

“没被挡住，”威利说，“只是被拖延了一会儿。”他忍住战栗，把茶端到茶几上。

“他没杀错姐妹吗？”她问。

威利正要倒水，他举着茶壶呆了一会儿。“什么意思？”

“两个双胞胎住在同一栋房子。我们假设凶手以前从没造访过那栋房子。这次他闯进来了,然后把其中一位绑起来杀害,并剥掉了她的皮,但完全没吵醒另外一位。”兰蒂甜甜地冲他微笑,“她们的外表根本无法区分,凶手应该也不知道哪个房间是姐姐的,哪个是妹妹的。那么问题来了:被杀害的那一位是狼人吗?”

原来她也会犯错,威利感到很有趣。“是的。”他说,“但你的问题错了。她们是双胞胎,兰蒂,两人都有变狼症。”她看上去相当吃惊,“你是怎么知道这一切的?”他问道。

“哦,是那个链子。”她心不在焉地答道。她在想别的事情,在思考某个谜题,“银链子,她被链子勒到的地方都被烧伤了。显然,乔安·索伦森也是狼人。她有残疾,是的……但仅仅是在身为人类的时候,变成狼以后就没有了。那就是为什么她也被链子绑住的原因,那是为了防止她变成狼。”她困惑地看着威利,“这没有道理。杀掉一个,却放过另外一个。你确定艾米·安德斯也是狼人吗?”

“变狼症患者。”他说,“是,毫无疑问。她俩变成狼以后就更难区分了。身为人的时候至少穿着不同。艾米喜欢白色蕾丝加褶边的衣服,佐伊喜欢穿皮革。”茶几正中的刻花烟灰缸装着他的药:阿司匹林、扑尔敏还有抗胃酸片。他抓了一把吞进肚里。

“等等,先停一下,我需要你先跟我坦白一件事。”兰蒂说。

这次他想在了她前面。“如果我知道谁杀了你父亲,肯定会告诉你,但是我不知道。当时我在海外服役。隐约记得在《信使》里看过一条新闻,但实话说,在昨晚你跟我吼过之后,我基本上全忘光了。我能告诉你什么?”他耸耸肩。

“少废话,威利。我爸是被狼人杀掉的,你也是狼人,你肯定知道点什么。”

“嘿,把狼人换成犹太人或者糖尿病患者或者秃子,再想想你说的话有没有道理。我不否认你对谋害你父亲的凶手的判断,你的推测符合所有细节,从尸体状况到打空子弹的枪。但在确认这点之后,你还得考虑凶手究竟是哪只狼人。”

“你们现在有多少只?”兰蒂满腹狐疑地问。

“该死,我也不知道。”威利说,“你以为呢,每到满月我们就会在小屋里集会?纯血统,妈的,确实不多,那一群这几代数目锐减。但像我这样的杂种有不少,一半血统的,四分之一的,而且那几个古老的家族里也生过杂种。有些能变成狼,有些不能。我听说有些人变成狼后再也没能变回来。这些还只是有血统的,不包括乔安妮那样的。”

“你是说乔安妮不一样?”

威利不情愿地点点头:“你看过那些电影,被狼人咬过的人也会变成狼人。当然前提是你没被撕成碎片。”她点点头,于是他继续说下去,“嗯,这一部分是真的,至少部分是真的,现在被咬过的人会去找医生清洗伤口并消毒,打狂犬疫苗破伤风疫苗抗生素还有鬼知道什么玩意儿的东西,所以不会有事。这是现代医学的奇迹。”

威利犹豫了一下,然后盯着她的眼睛,那对可爱的眼睛。他不知道她能不能理解。最后他终于说下去:“乔安妮是个好孩子,她坐在轮椅里的样子让我心碎。有一天晚上她告诉我,她最难以接受的是此生再无法体会做爱。她被卡车撞到时是个处女。我们喝了点酒,她开始哭泣,然后……我忍不下去了。我告诉了她我的真实身份,还有我能怎样帮她,她一个字也不信。因此我就做给她看,我咬住了她,咬住她很长时间,因为我担心不能成功。然后我亲自给她疗伤,没叫医生,没有消毒,没有狂犬疫苗。她的感染很严重,有一两天她烧得非常厉害,我都快以为我害死了她。她的腿开始变黑,坏疽顺着血管蔓延。我承认那样子非常惨,我也不会再干这种事,但那次确实成功了。乔安妮的烧退了,她也改变了。”

“你们不仅是朋友。”兰蒂确信地说,“你们是恋人。”

“是啊。”他说,“作为一对狼的时候是。我猜披着毛皮的我可能更性感一点。我都不用主动去追她，乔安妮是只非常活跃的狼。我们每天晚上都幽会。”

“身为人的时候，她依然是个残废。”兰蒂说。

威利点点头，伸出手。“看。”他手上仍有烧伤痕迹，中指上有个水泡，“有一两次我哮喘发作快要窒息，靠变成狼才活下来。这些病症不会被带入狼形，但变回来时它们是不会消失的，这有时候甚至能把我坑了。在狼形下中弹一点事也没有，就像被蚊子叮一下似的，马上就会愈合。但变回人形时就要付出代价了，如果过早变回来还会感染，而且无论什么外形下银子都能把我烧得痛不欲生。林登·B.约翰逊是我最喜欢的总统，我爱死那些镍皮铜芯的二十五分币了。”

兰蒂站了起来。“这有点让人难以接受。你喜欢当一个狼人?”

“变狼症患者。”威利耸耸肩，“我不知道，你喜欢当女人吗? 我天生就是这样。”

兰蒂走到窗前，眺望着窗外的河流。“我很迷惑。”她说，“在我眼中你还是老朋友威利，我认识你很多年了。但你也是一只狼人。自十二岁起我就相信狼人并不存在，现在又发现城里到处都是。然而有什么人或者什么东西正在消灭他们，剥他们的皮。我该操心吗? 我为什么要操心?”她捋着自己纠结的头发，“我们都知道罗伊·海兰德没有杀害那些孩子。我父亲也知道。他一直在追查，然后某天晚上他被骗到屠宰厂，被某种猛兽撕开了喉咙。每当我想起这件事，我就想也许我该找到这位狼人杀手，助他一臂之力。然后我又看到了你。”她转身看着他，“该死，你仍然是我的朋友。”

她看上去就要哭出来了。威利从没想过她也会哭，也不想看到她哭。他讨厌看女人哭。“你记不记得那时候我给你找到一份工作，你却不愿意干，因为你觉得讨债公司的人都是混球?”

她点点头。

“变狼症患者可以易形，我们能变成狼，没错，我们是食肉动物，没错。狼群里没有多少素食主义者，但肉和肉是不一样的。和这里比起来，规模差不多大的城里老鼠多得多。我的意思是，外形可以改变，但做出决定的仍是狼皮里的人。所以别再想什么狼人和狼人杀手了，我们要抓的是凶手，刚才我们一直在谈的不就是这个吗？”

兰蒂踱回来坐下。“虽然我不愿意承认，但你说的有道理。”

“在床上我也有两手。”威利微笑着说。她的嘴角也露出一丝笑意：“操。”

“我就是那个意思。你现在穿什么内衣？”

“别操心我的内衣了。”她说，“你对凶手有什么想法？包括从前的和现在的。”

有时兰蒂就是一根筋，威利想。不幸的是，这根筋从不会拐到上床这件事上。“乔纳森告诉过我一个古老的传说。”他说。

“乔纳森？”她说。

“乔纳森·哈蒙，没错，就是那位，古老的血与铁，《信使》，黑石庄园，厂子，创始家族，他每样都是。”

“等等，他是狼——变狼症患者？”

威利点点头：“是的，狼群的头头，他——”

兰蒂抢了他的白：“变狼是能遗传的吗？”

他明白她想的是什么了：“是的，但是——”

“斯蒂文·哈蒙智力有问题，”兰蒂打断了他，“他们家把这一点从所有文字材料上都抹去了，但他们不能阻止流言。暴力事件，奇怪的大夫进出黑石庄园，电击疗法。他是个痛苦的怪胎，没错吧？”

威利叹了口气：“是啊。见过他的手没？他的手掌和手指上都是白银灼伤的疤痕。一次我见到他用手去握一只银风车，握着它直到手指缝开始冒烟，手掌正中给烧出了一个大洞。”他战栗起来，“是啊，斯蒂文绝对是个怪胎，他壮到可以把你的手臂拔下来，再用它把你抽死。但他没有杀害你父亲，他做不到。”

“胡扯。”她说。

“他也没有杀害乔安妮和佐伊，她们不仅是被杀害了，兰蒂，她们是被剥了皮。接下来就是传说的部分了，‘易形者’，记得么？倘若化身之力蕴于形中，意味着什么？如果你捉到一只狼人，剥掉他的皮，再穿上血淋淋的皮……然后你就可以变成狼。”

兰蒂盯着他，一脸作呕的表情：“真的有可能吗？”

“某人会这么认为。”

“谁？”

“某个对狼人思考过很多的人，某个神志早已陷入崩溃的人，某个自认为见过狼人的人，某个自认为被狼人坑害的人，某个痛恨狼人，想要折磨他们，想要复仇……”

“罗伊·海兰德。”她说。

“如果能找到那该死的林间藏身处，我们就能确定了。”

兰蒂站起来。“这事儿我想过好几个小时。我们可以在城里的公园找找看，但希望不大。不。我希望更多地了解这些传说，我更想亲眼看看斯蒂文。准备开车，威利，我们去拜访一下黑石庄园。”

他就担心她会这么打算。他又伸手抓了一把药丸。“哦，老天。”他吞下一大口药丸，“你要知道这可不是《亚当斯一家》，乔纳森会动真格的。”

“我也一样。”兰蒂说，威利知道他说什么也没用了。

当他们赶到信使广场时，天又开始下雨。威利等在车里，兰蒂进了枪店。二十分钟后她出来了，发现他正在车里打鼾。还好，至少他没忘记锁上这辆庞然大物般的老凯迪拉克。她敲敲车窗，他马上坐起来，盯着她迷糊了一会儿，然后才清醒过来。他探身打开靠人行道一边的车门。兰蒂坐进副驾驶座。

“怎么样?”

“他们从没接过银质子弹的订单,但能联系到北边一家可以为收藏家定制子弹的店。”兰蒂的语气里透出不满。

“你似乎不太高兴。”

“我是不高兴。你绝对想不到一盒银子弹要收多少钱,更别说要两周才能送到我手上。本来要一个月的,但我提高了定金。”她忧虑地看着雨水敲打车窗。一股股灰色的雨水涌入地漏,水里漂浮着烟头和昨日报纸的碎片。

“两周?”威利点着火,发动汽车,“该死,不出两周我们就都是死人了。而且这个银子弹的主意让我紧张。”

他们穿过广场,开过城堡剧院和信使大厦,开上中央街。雨刷器来回摆动。威利左转上第十三街,向峭壁开去,兰蒂取出她父亲的左轮枪,打开弹匣,检查子弹是否已经装好。“浪费时间。”他说,“枪打不死狼人,狼人才能杀死狼人。”

“变狼症患者。”兰蒂提醒他。

他微笑了一下,看起来几乎又像是她曾与之共事的那个男人,那是在很久之前了。

开过第十三街时,他们的表情都变得紧张起来,凯迪拉克的大轮胎下泥水飞溅。隔着一条街,她看见悬崖下停着一堆车,在黑色峭壁前犹如白色小点。过了一会儿,她看到了灯光,闪烁的红蓝色灯光。

威利也看到了。他猛踩刹车,汽车失去了控制,他拼命转着方向盘把它拉回来,差点撞到一辆停在路边的车。最后他终于把车停下,出了满头大汗。兰蒂觉得他不是因为差点撞车才紧张。“哦,天哪。”他说,“哦,天哪,可别是哈蒙,我不信。”他喘不上气了,开始在兜里翻找吸入器。

“等在这里,我去问问看。”兰蒂告诉他。她下了车,竖起大衣领子,走到第十三街尽头的峭壁前。验尸官的SUV停在三辆警车中间。

兰蒂赶到时,缆车下来了。罗高夫第一个走了出来,跟在他身后的是克鲁尼和拍照的警察,还有两个抬着装尸体的袋子的警察。下来的时候缆车上一定很挤。

"是你。"罗高夫惊讶地看着她。他额前黏着几缕湿湿的黑色发丝。

"是我。"兰蒂答道。装尸体的塑料袋也湿了,两个警察有点抬不动。其中一个在下台阶时滑倒了,兰蒂发觉袋子里有什么东西滑动了一下。"这次和之前的不一样。"她对罗高夫说,"其他谋杀都发生在晚上。"

罗高夫拽住她的手臂把她拉开,动作轻柔但是坚决。"你不会想看这一个的,兰蒂。"

他语气里的某些东西让她狠狠地瞪着他,"为什么?难道还能比佐伊·安德斯更惨吗?袋子里是谁,罗高夫?父亲还是儿子?"

"都不是。"他说。他扭头看看身后的峭壁顶端,兰蒂发觉自己也跟着他看过去。她只能看到包围黑石庄园的高高的熟铁篱墙。"这次他的运气用光了。他被狗追上了。克鲁尼说是血腥味……他身上披着的……嗯,肯定让狗发狂了。它们把他撕成了碎片,兰蒂。"他把手放到她肩上,以为能安慰她。

"不。"兰蒂说。她感到两腿麻木,一阵眩晕袭来。

"是的。"他坚持道,"已经结束了。相信我,真相不是你想的那样。"

她退后几步。两个警察正在将尸体放进SUV的车厢里,西尔维亚·克鲁尼在旁边监督,她在雨里抽着雪茄。罗高夫又一次试图拉住她,但她甩开他的手,从他身边跑开,跑到车子跟前。"嘿!"克鲁尼说。

尸体放在后挡板上,一半在车里一半在外面。兰蒂伸手去拉袋子的拉链。一个警察抓住了她的手,她把他推开,拉开了袋子。他的脸缺了一半,右脸、右耳朵和下巴的一部分被扯掉了,半个颅骨露了出来。

剩下的半张脸也是血肉模糊。

有人试图把她从车后面拉开,她回身踹中了他的下体,然后转身抓住尸体袋,两手一拉。袋子里满是黏滑的血。尸体就像香蕉滑出香蕉皮一样从袋子里滑到了地上。雨水冲刷着尸体,流入地漏的雨水被染成了淡红色,而后又变成鲜红。像是为了给这副惨状再添上一笔似的,袋子里又掉出一只残缺不全的胳膊,手肘大部分都不见了,兰蒂能看见暴露在外的森森白骨。他的大腿骨也露了出来,一大块肉被撕掉,肩膀也是,躯干也是。他赤身裸体,但两腿之间空无一物,生殖器原先所在的位置只有一块红色的伤口。

他脖子上绑着某种东西,在下巴下面打了个结。兰蒂弯腰想去摸,但一看到的脸就缩回了手,雨水冲掉了脸上的血,他只剩下一只眼睛,绿色的眼睛睁得圆圆的。雨水灌到眼眶里,滑过他的脸颊。罗伊瘦骨嶙峋,胡子有一星期没刮了,但他长长的头发颜色依然如故,和他兄弟姐妹的颜色相同,那是海兰德家脏兮兮的金发。

他下巴下面绑着什么东西,某件扭曲的长斗篷。他滑落到地上时斗篷纠结成了一团。兰蒂正要扯平它,就被人扭住双臂拽开了。“不,”她发疯似的喊道,“他披着什么?他披着什么?你们这群王八蛋,我必须看清楚!”没人理她。罗高夫抓着她手臂的手仿佛是钢铁一般,她拼命挣脱,又踢又喊,但他一直牢牢地抓着她,直到她再也喊不动了,然后让她伏在他胸前抽泣。

她不知威利什么时候赶到的,但他突然就出现了。他把她从罗高夫身边带走,领她回到车前。他们坐回车上,一言不发地看着验尸官的车和几辆警车一辆接一辆地开走。她浑身是血,威利从置物箱里给她取出一些阿司匹林。她试图吞下药片,但喉咙太干,药片全被她呕了出来。“没事了。”他一遍又一遍地跟她说,“那不是你父亲,兰蒂。听我说,那不是你的父亲!”

“是罗伊·海兰德。”兰蒂最后终于道,“他披着乔安妮的皮。”

威利开车送兰蒂回家，她这样子完全无法和乔纳森·哈蒙对质，根本对付不了任何人。她的情绪仍不稳定，只是表面上平静下来。威利可以从她的眼神里看出来，从她的语气里听出来。更不要说，她一直向他重复着同一句话：“是罗伊·海兰德。”她不断重复，仿佛怕他不知道似的，“他披着乔安妮的皮。”

威利找到了她的钥匙，扶她上楼回到公寓里。进屋后，他让她服下他从置物箱的万用药箱里翻出来的几片安眠药，然后铺好床，帮她脱下衣服。他觉得唯一能让她清醒过来的办法就是亲手去脱她的衬衫。但她只是冲他微笑，告诉他罗伊·海兰德披着乔安妮的皮。她腰带上别着的大银刀让他犹豫了一下，但最后他还是打开皮带扣，解开皮带，连皮带一起把牛仔裤拉了下来。她没穿内裤。他的怀疑终于得到了证实。

当兰蒂终于躺在床上睡着了之后，威利走到她洗手间里，呕吐起来。

之后他给自己调了杯琴酒加通宁水，好驱散口中呕吐物的味道。他独坐在起居室的红色天鹅绒椅子里。他这两天睡得比兰蒂还要少，他觉得自己随时都有可能睡过去，但不知怎的总感觉最好不要睡着。凶手是罗伊·海兰德，他披着乔安妮的皮。已经结束了，他安全了。

他还记得那天他的房门摇得有多厉害，那可是一扇实心木门，却像空心木板一样裂成了碎片。从门中进来的是某种黑暗强大的生物，它可以划破黄铜门扭，可以在密闭的房间里凭空出现。威利不知道门的另一边是什么，但他不认为那会是他在第十三街上见到的那个瘦削憔悴、被咬得不成人形的男子。如果承认那晚的不速之客是罗伊·海兰德，无论他有没有披着乔安妮的皮，都必须相信他是被狗吃掉的。狗！乔纳森觉得这套鬼话可以蒙多久？不过，这也不能责怪他太多，不能为佐伊和乔安妮的死而责怪他,何况海兰德试图披着一张人皮混进黑石庄园。

……有狩猎猎手的东西在活动。

威利抓起电话,拨通了黑石庄园。

“喂。”对方的声音平板且毫无感情,声音的主人对任何事物都漠不关心,包括他自己。

“你好,斯蒂文。”威利轻声说。他本来要找乔纳森,但在一种疯狂的冲动的驱使下,他听见自己说:“你观看了全程吗?你看到乔纳森对他做了什么吗,斯蒂文?你是不是觉得很兴奋?”

电话另一头沉默了很长时间。有时斯蒂文·哈蒙会突然忘了怎么说话。但这次不是。“乔纳森没对他做什么。是我做的。太简单了。我能在林子里闻到他的气味。他甚至没发现我。我跟在他后面,把他扑倒,咬掉了他的耳朵。他一点也不强壮。过了一会儿他变回了人,滑不滑手,但无关紧要,我——”

有人抢走话筒。“喂,是谁啊?”听筒里传来乔纳森的声音。

威利挂掉了电话。反正过一会他还能再打。就让乔纳森冒一会儿冷汗,琢磨电话另一头是谁去吧。“过了一会儿他变回了人。”威利大声地重复道。斯蒂文自己做的。斯蒂文自己做不到,不是吗?“哦,天哪。”威利说。

电话铃声仿佛从遥远的地方传来。

兰蒂在床上翻了个身。“乔安妮的皮。”她低声重复着这几个含义模糊的词。她赤身裸体,胡乱裹着一张被单。房间黑漆漆的。电话铃又响了。她坐起来,被单缠在她脖子上。屋里很冷,她的头也疼得厉害。她拽开被单,扔到一边。她怎么光着身子?到底他妈怎么回事?电话铃又响了一声,答录机切了进来。“这里是 AAA－韦德调查,我是兰蒂·韦德。我现在接不了电话,但你可以在'哔'声后留言,我会回电话。"

兰蒂伸手抓起话筒,刚好听见"哔"声响起来。她有些犹豫。"是我。"她说,"我在呢。几点了?是谁?"

"兰迪,你还好吗?我是乔叔叔。"乔瑟夫·厄尔卡特粗哑的声音让她放松了很多,"罗高夫把经过都告诉我了,我很担心你,几个小时里我已经给你打了好多次电话了。"

"几个小时?"她看了看表,时间已过半夜,"我应该是睡着了。"她记得的最后一件事是在白天,她和威利开车去第十三街,他们在去黑石庄园的路上,去……

是罗伊·海兰德。他披着乔安妮的皮。

"兰蒂,怎么回事?你真的没问题吗?你听上去很糟糕,该死的,说句话啊。"

"我在呢。"她一边说,一边拨开挡住眼睛的头发。有人把窗户打开了,裸着身子让她觉得风很冷。"我很好。"她说,"只是……我在睡觉。电话把我吵醒了,就这么简单。我很好。"

"好吧。"厄尔卡特听上去半信半疑。

她觉得一定是威利送她回家并把她安放在床上的。那么,他在哪里?她不相信他会把她撂在家里然后一个人走了。这不是他的作风。

"喂。"厄尔卡特生气地说,"你听见我说的话了吗?"

她没有。"抱歉,我只是……有点迷糊,就这么简单。真是奇怪的一天。"

"我需要见你。"厄尔卡特说。他的声音突然变得急切。"马上。我看过了罗伊·海兰德和被害人的报告。有些事情不太对劲,让人不安。我越是仔细看过这些文件和克鲁尼的验尸报告,就越会想起弗兰克和那天晚上的事。"他犹豫了,"我不知该怎么说。这些年来……我只想为你好,但是我没有……没有完全说实话。"

“怎么回事?”她突然清醒了许多。

“不能在电话里说,我需要和你面谈,有些东西要给你看。我马上过来接你。十五分钟之内你能准备好出门吗?”

“十分钟。”兰蒂说。

她挂上电话,从床上跳起来,打开卧室的门。“威利?”她喊道,没人回应,“威利!”她用更大的声音喊。没有动静。她打开灯,光脚穿过走廊,她以为能看到他在沙发上打鼾。但起居室是空的。

她的手像砂纸一样干,她低头一看,发现手上沾满了干掉的血,肚里一阵翻滚。她发现她的衣服堆在卧室地板上。衣服上也有干掉的棕色血渍。兰蒂冲了澡,在水流下站了足足五分钟。她把水开得滚烫,热水淋在皮肤上的感觉大概就和威利碰到那把叉子差不多。血渍被冲了下来,流向地漏口的水变成了浅红色。她仔细地用毛巾擦干全身,挑出一件暖和的法兰绒衬衫和一件干净的牛仔裤。她没去管头发,反正马上就会被雨淋湿。但她花了些时间找出父亲的手枪,并把银质切肉刀别到皮带上。

弯腰去拾刀时,兰蒂看到床头柜边的地板上有一张叠成方形的纸。她一定是在拿听筒的时候把纸碰到了地上。

她捡起那张纸,把它展开。纸上是威利潦草的字迹,他急匆匆地写了密密麻麻一整张。*我得走了,你的状况太糟,要开始了。别去任何地方,别和任何人说话。罗伊·海兰德没有潜入庄园去杀哈蒙。我终于想明白了,该死的哈蒙家的秘密,根本就不是秘密。我早该想明白的,斯蒂文……*

她读到这里的时候,门铃响了。

威利紧贴着峭壁,他已经爬过了三分之二的距离。雨水落在他身边,他伏在铁轨上,心脏“怦怦”直跳。峭壁的坡度很陡,远比在缆车里看时更陡峭。他回头瞥见下面遥远的第十三街,觉得头晕目眩。如果没有铁轨他根本爬不了这么高。有些地方陡峭到近乎垂直,他全靠抓着枕木才爬上来。他的手掌上扎满了木刺,但这远比去揪着蕨草爬湿滑的岩壁要安全得多。

当然,他也可以变成狼,沿着铁轨跳上去根本用不了多少时间。但不知为何他觉得那不是个好主意。我能闻到他的气味,斯蒂文说过。在一座满是人类的城市里,人的气味非常难以分辨。他希望斯蒂文和乔纳森都在新居里,晚上一直锁着门。但如果他们正在门外游荡,走这条路上来威利至少能有一丝机会。

他休息得够久了。他向后仰起头,望着上面环绕在岩壁顶端的黑铁篱墙,估算着他还要爬多远距离。然后他吸了一大口气雾剂,咬紧牙关,抓住下一条枕木。

黑色大轿车以缓慢的速度在夜色中行驶,来回刮擦的雨刷器几乎无声。车窗玻璃是近乎黑色的深灰色。厄尔卡特穿着便服:红黑相间的法兰绒格子衬衣,黑色毛织休闲裤,还有一件肥大的夹克。他戴的警帽是唯一一件属于制服的衣物。他开车时直直地盯着前方的黑暗。

“你看上去很糟糕。”她说。

“我感觉更糟。”他们驶离一条高架桥,开下一段长长的坡道,走上河滨路。“我老了,兰蒂。看看这城市。这整座该死的城市都老了、腐烂了。”

“你要去哪里?”她问他。这个点,路上一辆车都没有。左手边的河流也是一片漆黑,右边的街灯在朦胧雨点里穿行。他们开过一条条清冷空寂的街道,身后的房屋滑向远处的峭壁。

“去厂子。”厄尔卡特说,“去一切开始的地方。”

车里的空调吹出一股股平稳的热空气,但兰蒂突然感到浑身发冷。

她把手伸到外套里面,紧紧握住刀柄。银的触感让她感到宽心。“好吧。”她说着把刀从腰带上抽出来,放到两人之间。

厄尔卡特扭头看她。她仔细地打量着他。“这是什么?”他问。

“银的。”兰蒂说,“拿起来。”

他看着她:“什么?”

“你听到我说的了。”她说,“把它拿起来。”

他看了看前面的路,又看看她的脸,然后又扭头看着前面。他没去碰刀子。

“我不是在开玩笑。”兰蒂说。她挪到座位远端,背顶着车门。当厄尔卡特再次转过来看她时,她已经掏出枪,指着他两眼中间。“拿起来。”她高声说。

他的脸变得煞白,想要说些什么。但兰蒂猛地摇摇头。厄尔卡特舔了舔嘴唇,一只手松开方向盘,拿起了刀子。“这样。”他笨拙地用一只手举起刀,另一只手仍握着方向盘。“我把它拿起来了,然后我该怎么做?”

兰蒂“砰”地坐回位子里。“把它放下。”她松了一口气。

乔看着她。

他在峭壁顶端的灌木丛里休息了很长时间,听着雨水在身旁滴落,满怀惊恐地注意着其他的声音。在想象中,他总是能听到轻柔的脚步声悄悄向自己靠近,有一次还听到右边传来一声低吼。他颈毛直立——他都没意识到自己还有颈毛。但那都是想象,是他在吓唬自己。威利的胆量一向不大,而今晚又冷,又黑,又孤寂。

最后他终于拾回勇气,开始试图溜过新居。他尽量藏在灌木里,离窗口能远则远。有些窗口亮着灯,但没有人活动的迹象。也许他们都上床睡觉了,他希望如此。

他小心翼翼地向前挪动，尽可能不出声。他留意每一步的落脚点，每隔几步都要停下来观察四周。如果他听见有什么人……或者什么东西……向他靠近，他立即就能变成狼。他不知道那能顶多大用，但也许、也许能有一点机会。

他的雨衣耷拉在身上，像一张浸满了水的皮，沉重似铅。他的鞋已被水浸透，踩在地上时皮革挤着他的脚。威利小心翼翼地远离那栋房子，向树林中前进，直到小路拐到了看不到灯光的地方，威利四下张望，确认附近没有任何东西后，才敢冒险冲到路的另一边。

然后他加快脚步朝树林深处进发，这次方向并不明确。他不知罗伊·海兰德是在哪里被斯蒂文抓到的。在这附近，威利想，在这片黑暗的原始森林里。脚下是古老的腐殖质，几百年的树叶和苔藓，腐烂在地里的死物。

越是远离悬崖和城市，森林就越是茂密，最后密密麻麻的树枝遮蔽了天空。在他头顶，雨水不停敲打着树叶织成的伞盖。威利全身又黏又滑，他第一次迷失了方向，仿佛游荡到某个可怕的地下洞窟，一个远离光明的阴冷黑暗之所。

接着，他磕磕绊绊地走过两棵虬结的老橡树中间，感觉到空气和雨水再次迎面而来。他抬起头，面前就是那座塔。破碎的窗户裂着口子，好似凿刻在一面岩墙上的无数盲眼，犹如午夜一般，吸走了所有的光明与希望。塔的轮廓初现在他右边，狰狞地矗向阴云遍布的天空，塔身以不可思议的角度倾斜着。

威利停止了呼吸，他摸索出吸入器，结果吸入器掉到了地上。他捡起来，吸嘴沾满了滑溜溜的腐殖质。他用袖子擦干净，插到嘴里，吸了一口，两口，三口，他的喉咙终于又能呼吸了。

他环视四周，只能听见雨声，什么也看不见。他朝着塔走去，朝着罗伊·海兰德的秘密藏身处走去。

高高的铁围墙上,两扇大门已经锁了两年,但今天晚上却是开着的。厄尔卡特直接把车开了进去,兰蒂不知这道门当初是不是也为他父亲开过。她觉得很有可能。

乔在一处卸货间的门口停好车,他们停在屠宰厂老旧砖墙的阴影里。这栋老楼可以挡挡雨,但兰蒂下车后仍然冷得发抖。"这里?"她问道,"这就是你找到他的地方?"

厄尔卡特凝视着畜场,那是一片很大的区域,靠铁路的一侧分割成若干畜栏。在厂房和畜栏间有一片齐胸高的栅栏,围出了许多条错综复杂的过道,员工称之为"跑道"。牛群会被排成一列,一只只赶进这些过道,一个穿着沾满血的围裙的人等在里面,手里拿着大锤。"是这儿。"乔没有回头看她。

他们很长时间都没说话。兰蒂觉得她听到很远的地方传来一声微弱但狂野的吼叫,不过可能只是风雨声罢了。"你相信有鬼魂吗?"她问乔。

"鬼魂?"警察局长似乎有点心不在焉。

她颤抖了一下,"就好像……我还能感觉到他。乔。就好像他仍在这里。这么多年后仍在照顾着我。"

乔瑟夫·厄尔卡特转身面对她。他脸上沾满雨滴——或是眼泪?"我一直在照顾你。"他说,"他要我照顾好你。我答应了,我尽了最大努力。"

兰蒂听到远处传来某种声响。她扭过头,皱起了眉,仔细倾听着。那是轮胎驶过砂石路的声音,她看到栅格墙外有车灯的光。一辆车正朝这里开来。

"你和你父亲,你们太相像了。"乔疲惫地说,"顽固,不听劝。我把你照顾得很好,难道不是吗?你知道我也有小孩,但你从来不知道满足，不是吗？该死的，你为什么不听我的话？”

听到这里，兰蒂已经明白了，她一点也不惊讶，反而觉得自己好像早就知道了似的。“那天只有一个电话，”她说，“请求支援的不是我父亲，而是你。”

厄尔卡特点点头。迎面开来的汽车的头灯照得他愣了一会儿，兰蒂看到他的嘴在抽搐。他勉强挤出几个字：“看看置物箱里面。”

兰蒂打开车门，坐在车座边上，然后按他说的打开置物箱。置物箱没有上锁，里面有一瓶阿司匹林，一只胎压计，几张地图，还有一盒子弹。兰蒂打开子弹盒，倒出几粒子弹在手掌上。弹头在昏黄的车灯下闪耀着苍白冰冷的光。她把盒子放在车座上，下了车，用脚踢上车门。“我订的银子弹。”她说，“没想到这么快就做好了。”

“那些是弗兰克定做的。”乔说，“在他死后，我去找枪匠，取走了子弹。和我说的一样，你和他非常相像。”

第二辆车在他们跟前停下，耀眼的车灯直照着她。兰蒂用一只手遮住眼睛，她听到车门开关的声音。

厄尔卡特的声音十分痛苦。“我告诉过你要远离这些事情，该死。我告诉过你。你还不明白吗？他们拥有这座城市！”

“他说得没错，你本该听他的。”罗高夫说着走进灯光里。

威利用手扶墙，一步挨着一步，小心翼翼地摸索着穿过漆黑的走廊。石墙非常厚重，连雨声都传不进来。他只能听见自己脚步声的回响和心脏的“怦怦”跳动声。旧居寂静得深沉而可怖，就连墙也让他不安。墙壁冰冷，但他指尖下的砖石却有潮湿温热的触感。还好这里黑得看不见东西。

他终于到达塔楼底部，昏暗的光自楼梯之间洒下，歪斜狭窄的石阶盘旋向上，延伸到视线之外。威利开始攀爬石阶。开始他还数着级数，但数到两百就数丢了。接下来，恐怖的寂静便开始折磨他。他不止一次想变成狼，但最终克制住了冲动。

爬到顶时他的腿已十分酸痛。他在石阶上坐了一会儿，背靠光滑的石壁。他感到呼吸困难，一摸口袋却发现吸入器丢了。也许是掉在树林里了。他胸闷得厉害，但一点办法也没有。

威利站了起来。

顶层的房间有血和尿的气味，还有别的气味。那气味无法描述，但让他感到恐惧。房间没有天花板，威利发觉雨在他进入旧居之后就停了。他抬起头，发现云散了，苍白的月亮挂在空中。

他周围还有更多的月亮，在环绕房间的一圈大镜子里闪耀着微光。镜子不仅映出天空，也映出彼此的影像。无数个月亮的镜影让银光洒满了整个房间。

威利缓缓地转身，十几个威利跟着他一起转身。在月光之下，他看到镜子上沾着一道道干掉的血迹。镜子上方的石墙上有一排锋利的铁钩，一张人皮挂在其中一个铁钩上。人皮在微微颤动，但他没感觉到有风。月光之下，它仿佛在起皱变形，在女人和狼之间不断变换。

这时，他听到楼梯那边传来脚步声。

“银子弹是个糟糕的主意。”罗高夫说，“本市有一条地方法规，枪店接到任何特制子弹的订单都要立即通知警方。你父亲犯了同样的错误。狼群非常不喜欢银子弹。”

奇怪的是，兰蒂此刻觉得松了一口气。有那么一刻，她在担心威利背叛了她，或者他本来就和他们是一伙的。这念头就像她心头的一根毒刺。子弹仍紧紧地被她捏在手中。她低头看了看，近在手边，却又遥不可及。

“就算那些子弹有用，你也来不及装弹了。”罗高夫说。

“你不需要开枪。”厄尔卡特对她说，“他只是来谈谈。他们和我保证过了，亲爱的，没人会动粗。”

兰蒂松开手，子弹掉到地上。她扭头看着乔瑟夫·厄尔卡特，“你是我父亲最好的朋友。他说你比他认识的绝大多数人都更有胆识。”

“他们没给我任何选择。”厄尔卡特说，“我是有家室的人。他们说如果让罗伊·海兰德做替罪羊，就不会再有孩子失踪。他们保证一定会摆平此事，但如果我们继续施压，下一个失踪的就是我的孩子。这就是这座城市的规矩。本来一切都会没事的，但弗兰克却不肯放弃。”

“我们只会为自保而杀人。”罗高夫说，“人类的肉确实甜美，是的，甜美到无法抗拒。但不值得为此冒险。”

“那些孩子们呢？”兰蒂说，“你们杀掉那些孩子也是为自保？”

“那是很久以前的事情了。”罗高夫说。

乔低头站在那里。兰蒂看出他已经崩溃了，她意识到他早就崩溃了。兰蒂想起来了，他的墙上挂满了猎物，但在她父亲死掉的那个晚上之后，他就永远放弃了真正的狩猎。“是他的儿子。”乔喃喃地说，声音里充满羞愧，“斯蒂文的脑子一直有问题，人人都知道，是他杀了那些孩子，他吃掉了他们。那太可怕了，哈蒙亲自跟我这样讲，但他仍然不愿意把斯蒂文交给我们。他说他会……他会控制斯蒂文的……食欲……只要我们了结这个案子。他信守诺言，给斯蒂文用了药，失踪案再没发生过，再没有过那样的谋杀。”

她意识到她本该憎恨乔瑟夫·厄尔卡特，但现在她却可怜他。过了这么多年，他仍然蒙在鼓里。“乔，他撒谎。斯蒂文不是凶手。”

“就是斯蒂文。”乔坚持，“只能是他，他是个疯子。他们其他人……你可以和他们商量的，兰蒂，现在听我说，你可以和他们谈。”

“就和你一样。”她说，“和巴里·舒马赫一样。”

厄尔卡特点点头：“没错。他们和我们差不多，他们中有一些很疯狂，但不是所有的都坏。你不能苛责他们想保护自己人，我们也会做同样的事情不是吗？看看迈克，他是个好警察。”

“一个转眼间就能变成狼把我喉咙撕碎的好警察。”兰蒂说。

“兰蒂，亲爱的，听我说。”厄尔卡特说，“不要这样，你只要答应一句话就可以安全离开。我可以让你加入警局，你可以跟我们干，帮我们……维护和平。你父亲死了，你不能让他复活，海兰德那小子活该去死。他杀了他们，活剥了他们的皮。他们不过是正当防卫。斯蒂文有病，他一直都有病——”

罗高夫的双眼在一团乱发之间注视着兰蒂。“他还是没想明白。”

兰蒂转头面向乔：“斯蒂文比你想象的还要病态。他缺少某种遗传因子。也许是过度近亲繁殖导致的。想想看，安德斯和罗夏蒙，弗兰比克斯和哈蒙，四大创始家族，全都是狼人。他们代代相互通婚以保证血统纯正，有多少世纪了？最后他们生出了斯蒂文。他没杀害那些孩子。罗伊·海兰德看到一只狼叼走了他妹妹，而斯蒂文不能变成狼。他有嗜血的欲望，他有非人的力量，他会被银灼伤，仅此而已。纯血统的末裔却根本不能变成狼！”

“她说得没错。”罗高夫轻声道。

“你知道为什么怎么也找不到尸体吗。”兰蒂补充，“斯蒂文没杀害那些孩子。是他父亲把他们绑架到了黑石庄园。”

“那老头有个疯狂的念头，他觉得斯蒂文如果吃了足够多的人肉，病就会好，他就能变得完整。”罗高夫说。

“但没有用。”兰蒂从兜里掏出威利的便条，让纸条飘落到地上。便条上全写清楚了。她在下楼见乔之前就把它读完了。弗兰克·韦德的小女儿不会被任何人愚弄。

“没有用。”罗高夫重复道，“但那之后斯蒂文已经吃上了瘾。一旦上了瘾就停不住。”他盯着兰蒂看了很长时间，仿佛在衡量着什么，然后他开始……

……变成了狼。清冷而甜美的空气充满他的肺,肌肉和骨头因变形而火辣辣的疼。他甩开裤子和外套,听到其他衣物胀破的声音,他的血肉如热蜡般被重塑,仿佛得到了新生一般。

现在他的感官变得更敏锐了。塔顶房间洒满了月光,像正午时分一般明亮,夜空中充满了各种声响。周围的森林里有风声、雨声和蝙蝠振翅的声音。更远处的城市传来车流声和警笛声。他的身体充满了活力和力量,有什么东西正在爬上台阶。那东西不紧不慢地爬,空气中充满了它的气味。它浑身散发出血气,以及被剃须液所掩盖的诸多气味:皮肤上的肮脏体味、汗味、干掉的精液味,毛发上的木炭焦煳味,还有隐藏在所有气味之下的病恹恹的气息,甜腻而腐朽的尸臭。

威利退到房间另一端,盯着拱形房门,喉咙里发出低低的吼声。他露出长长的黄牙,齿间沾着唾液。

斯蒂文在房门口站住,盯着他看。他光着身子。鲜红的狼眼对上了他冰冷的蓝眼,很难说哪一对更不像人类。威利本以为斯蒂文还没明白过来,直到后者微笑起来,伸手去够挂在他身后不断扭动的人皮。

威利一跃而起。

他撞到了斯蒂文的后背,把他按倒在地,后者手里还捏着佐伊的皮。这时威利可以轻易咬到斯蒂文的喉咙,但他犹豫了一下,机会转瞬而逝。斯蒂文伤痕遍布的白手抓住了威利的前腿,像一般人折断棍子一样捏断了它。威利痛不欲生。斯蒂文把他举了起来,甩到房间另一边。威利撞到一面镜子,镜子粉碎了。尖锐的玻璃碎片像刀刃般割伤了他,一块碎片刺入了他的腹部。

威利滚到一边,腹部的玻璃片被折断了,他发出一声呜咽。房间另一头,斯蒂文扶着墙站起来。

威利爬了起来,他的断腿已经开始自我恢复,但承受身体重压时仍会疼痛。他每踏出一步都会踩到玻璃碎片,令他几乎不能移动。变成了狼也这么操蛋。

斯蒂文披上那件可怖的斗篷,拉过人皮盖住自己的脸。狼皮交易,威利头晕眼花地想,是啊,这就是了。斯蒂文马上就可以靠那张该死的皮变成狼,如果凭他自己,永远也不可能。然后威利就成了待宰的羊。

威利龇牙咧嘴地冲到他身边,但动作太慢。斯蒂文一跺脚就把他踩在地上,他几乎无法呼吸。威利试图挣脱,但斯蒂文太强壮了。他用力踩着,要把他的骨头踩碎。威利突然想起了那只狗,很多年前的那只狗。

威利将身躯几乎对折,咬到了斯蒂文的小腿肚。

他嘴里盈满了血,脑袋仿佛炸开。斯蒂文向后退了一步。威利跳起来冲上去又咬了一口。这次他的牙深深地陷入肉中。血液如轰鸣般冲击着他的大脑,他感觉全身都是力量。突然间他觉得自己可以把斯蒂文撕成碎片,啃光他甜美的血肉,欣赏他如歌咏般的嚎叫。他可以把斯蒂文叼在嘴里,像玩布娃娃般地摇晃他,让他在剧烈的眩晕中感觉生命一点一点从体内流失。他能想象到那种感觉。那股冲动席卷过他全身,威利咬了一口又一口,咬下大块大块的肉,饮下一口口鲜血。

然后他隐约听到了斯蒂文的嚎叫,他用高亢的声音尖叫着,那是一个小男孩的声音。“不要,爸爸,”他呜咽着,不停地呜咽着,“不要了,求你了,不要再咬我了,爸爸,不要再咬我了。”

威利放开了他,退后几步。

斯蒂文坐在地上哭泣。他浑身血流如注,大腿、小腿、肩膀和脚上各缺了一大块肉。他的腿浸透了鲜血,右手缺了三根手指,脸颊也血肉模糊。

威利突然害怕起来。

一时间他不明白是怎么回事。他看出斯蒂文已经被击垮了,他可以咬断对方的喉咙,也可以放对方一条生路。都无所谓,已经结束了。

可是,似乎有什么可怕的事情即将发生,而且非常严重。周围的气温仿佛突然降低了一百度,他全身的毛都竖了起来。究竟他妈的怎么回事?他喉咙里发出低低的吼声,又退后了几步,靠近房门,同时紧盯着斯蒂文。

斯蒂文"咯咯"笑起来。"你要被它抓到了,"他说,"你把它召唤了出来。你让镜子沾上了血。它又被你召唤出来了。"

房间仿佛旋转起来。月光从一个镜子转到又一个镜子,令人目眩。或者那根本就不是月光。

威利向镜子看去。

镜中的影子消失了。威利、斯蒂文、月亮,都消失了。只有血迹,镜子里充满雾气,苍白的银色雾气一边闪烁一边飘动。

有什么东西在雾气中穿行,从一个镜子到另一个镜子,一圈又一圈。有个饥渴的东西想要穿出镜面。

威利看到了它,然后它又消失了,然后又看到了它。它忽前忽后,忽左忽右。它是一只猎犬,瘦削可怖;它是一条蛇,长满了恶心的鳞片;它是一个人,双眼深邃如地狱,手指锋利如刀刃。它一直在变化,每次被他看到时外形都不同,每一个外形都比上次看到的更可怕、更扭曲、更加不可名状。它瘦削凶残,长着锋利的手指。它的手指是那么锋利,只消一看就会感到它划破了皮肤,刺痛了神经,让流血的伤口疼痛难忍。它是漆黑的,是能够吸走一切光明的至黑之物,却又闪耀着银光。它是蛰伏在一面扭曲镜子中的噩梦,它就是那狩猎猎手的东西。

他能感觉到这股邪恶在玻璃中颤动着。

"剥皮魔。"斯蒂文唤道。

镜子的表面波动起来,向外凸出,仿佛水银湖泊表面的波澜。雾气开始淡去。威利突然恐惧地意识到,他能够看清它的模样了。他还知道它也看得到他。威利·弗兰比克斯突然明白过来,当雾气散去之时,镜子便不再是镜子,它们会变成……变成一道道门,剥皮魔将会……

……向她冲来,衣服的碎片散落在身边,狭长的眼睛好似木炭的余烬,口鼻黑似煤灰。他的体形比威利要大一半,杂乱的黑毛十分浓密。他张开大嘴,牙齿像匕首般闪闪发亮。

兰蒂贴着车子慢慢地退后,手里攥着刀,刀刃在月光下闪着银光,但这把武器缺乏威慑力。黑色巨狼朝她冲来,舌头耷拉在嘴边,她用背顶着车门,摆好姿势等他扑。

乔瑟夫·厄尔卡特站到他们中间。

"不。"他说,"你们不能把她也杀了。你们承诺过。和她谈。给她一次机会。我会让她想通的。"

狼发出威胁的低吼。

厄尔卡特站着不动,突然间他掏出了左轮枪,握枪的双手在颤抖。他把枪口对准了狼:"停下,我说真的。她没时间去上那该死的银弹,但我他妈可有十八年时间装弹。我他妈是这个操蛋城市的警察局长。你被捕了。"

兰蒂把手按在把手上,轻轻打开车门。一时间狼僵住了,它用凶狠的红眼睛盯着乔。她以为这办法要奏效,但她又想起了父亲的周三牌局:他总是说乔和巴里·舒马赫不一样,比谁都更会虚张声势。

那狼甩甩头,嗥叫起来,她全身的血液都凝固了。她知道那叫声。她在睡梦里听见过无数次了。它早已融入她的血液,那声音是远古时代的回响,彼时人类还生活在原始森林里,被狩猎的狼群追得四处逃窜。那嗥叫声传遍了整个屠宰厂,传到了城市里。住在公寓里的市民们一定也听到了,他们会紧张地望着窗外,重新检查门锁,然后再次调高电视音量。

兰蒂把车门开大了点,让一只脚滑到车里。这时,狼扑了上来。

她听到厄尔卡特开了枪,然后又一枪,狼撞到他胸前,把他按在车门上。兰蒂半个身子已进了车，但此时车门被重重地关上，狠狠夹住了她的左脚。她听到骨头在冲击下碎裂的声音，突然的剧痛让她缩成一团。车外厄尔卡特又开了一枪，然后他开始号叫。接着撕扯声也混了进来，某种液体溅到她脚踝上。

她的脚被卡住了，门外的冲击让车门一次又一次撞上她的脚，剧痛一波接一波袭来，断骨摩擦着裸露的神经。乔还在号叫着，血滴像雨水般洒到灰色的车窗上。兰蒂感到一阵眩晕，她觉得自己快要疼昏过去，但还是用尽全身力气撞开车门，勉强把脚抽进来。紧接着的一次冲击让车门狠狠地关上了。兰蒂按下车锁。

她靠在方向盘上，几乎要吐了。乔已经不再号叫。但她能听见狼撕扯他身体的声音，大块大块的肉被咬掉。一旦上了瘾就停不住，她疯狂地想。她拿出点三八，用颤抖的手打开弹匣，甩出空弹壳。然后在前座上翻找子弹。她找到盒子，把它打开，抓出一把银弹。

外面安静下来。兰蒂愣住了，她抬头看去。

他正趴在车的前盖上。

威利变了回来。

他完全是凭本能行事。他不知道他为什么要变回来，但直觉让他这么做了。和他想象的一样，变回人形后，痛苦接踵而至，剧烈的疼痛迅速传遍全身，他倒在地上痛苦地呻吟起来。他能感觉到肋骨里有玻璃碎片，几乎刺到了肺。左臂向后弯成了不可能的角度。他尝试了一下，接着立刻尖叫起来，还咬到了舌头，满嘴都是血。

雾气现在只剩一片苍白的朦胧，离他最近的镜子鼓了起来，像活物似的抽动着。

斯蒂文靠墙坐着，蓝眼睛里闪烁着热切的光。他吮吸着自己残缺的手指。“变形没有用。”他用那怪异且平板的语调说，“剥皮魔不在乎外形。它知道你是什么。一旦被召唤出来,它就一定会剥下一张皮。”威利的视线被泪水模糊,但他又在镜子里看到了它,就在斯蒂文身后的镜子里。它正在推开雾气。它推啊,推啊,想要穿出镜子。

他挣扎着站起来,疼痛冲击着他的大脑。他把断臂抱在胸前,朝台阶走了一步,感觉光脚底踩到了玻璃碎片。他低头一看,到处都是镜子的碎片。

威利拼命开动脑筋,晕乎乎地、疯狂地四下张望,数着镜子。六面,七面,八面,九面……第十面破了。那就是九面。他冲了出去,用全身重量撞上最近的一面镜子。镜子在冲击之下裂成无数碎片。威利不假思索地跑着,踩着大块的镜子碎片,脚底血流如注。他用自己的身体作为武器,在房间里撞来撞去。一阵阵玻璃碎裂声仿佛乐曲般动听。他的视线被一层红色的血雾笼罩,浑身仿佛有万把刀在割,疼痛难忍。就算剥皮魔从镜子里出来抓到了他,他大概也感觉不出什么不同了。

他从一面镜子前跑开,每踏下一步,脚底都仿佛有炙热的针头在刺,火辣辣的痛感一直蔓延到小腿。他腿一软摔倒了,重重地摔在地上。碎玻璃在他脸上划出道道血痕,血流进了他的眼睛里。

威利眨眨眼,用没断的手抹干净血。他的旧外套压在身下,被玻璃和镜子的碎片覆盖,浸满了鲜血。斯蒂文站在他跟前,低头看他。他身后是一面镜子。或者,是一扇门?

“你漏掉了一面。”斯蒂文平板地说。

威利感觉有什么硬东西顶住他的肚子。便伸手在身下摸索。他把手伸进大衣口袋,握到一块冰冷的金属。

“剥皮魔要来抓你了。”斯蒂文说。

威利什么也看不见,鲜血再次模糊了他的双眼。但他仍然有触觉。于是他用手指钩紧剪刀柄,用尽全身仅剩的力气,迅速出手重重地刺下,把剪刀先生插进了斯蒂文的腹股沟。

他听见的最后的声音是一声尖叫,和玻璃破碎的声音。

镇定,兰蒂想,镇定,但她的恐惧远甚于单纯的害怕。他的下巴上沾满了血,他透过挡风玻璃盯着她,眼中闪烁着凶残可怖的红光。她立即避开他的瞪视,试图塞进一颗子弹。她的手在颤抖,子弹从指间滑落,掉到车座下面。她没去捡,又拿起一颗往枪里塞。

狼号叫一声,转身跑了。一时间她看不到他。兰蒂伸长脖子四下张望,紧张地盯着四周的黑暗。她瞥了瞥后视镜,但它被雾气蒙住,毫无用处。她颤抖起来,因为寒冷也因为恐惧。他跑哪去了？她拼命地猜想。

然后她看到他朝车子跑过来。

兰蒂低头装上一颗子弹。他跃过前盖撞到车窗玻璃上时,她手里还捏着第二颗。挡风玻璃被撞出了蛛网般的裂痕。然后他继续撞击,又一下,然后又一下。每次撞击都会把兰蒂震动。挡风玻璃上的裂痕越来越多,中间变成了不透明的白色。

她把第二颗子弹也装上了,接着装上第三颗。寒冷和恐惧令她的手颤抖不已。车里冷得快结冰了。她一边透过遍布裂痕和血迹的挡风玻璃向外看,一边装上第四颗子弹。最后她合上弹匣,这时他又撞了上来,玻璃掉落,砸到她身上。

她刚才还握着的枪也掉了。钢化玻璃压在她身上,虽然碎成了无数白色碎片,但仍是一块整体,像裹尸布似的盖着她。接着玻璃就被扒开了,浸满血的爪子和鲜红的眼睛出现在她面前。

狼张开大嘴,她感觉到他灼热的呼吸,闻到了食肉动物浓烈的口臭。

“滚你妈的!”她吼道,同时差点笑出来,这话实在不像遗言。

某种银闪闪的锐器划过他的后颈。

事情转变得如此之快,兰蒂不明白是怎么回事,他也不明白。那双暗红色眼睛里的嗜血欲望突然消失，被痛苦、震惊还有恐惧所填满。她看到更多把银刀割过他的喉咙，他嘴里满是血。接着，那满是黑毛的庞大身躯颤抖起来，拼命挣扎着。好像有什么东西正在把他拖走，他的前爪在车座下抓出一道划痕。空气里充满了皮毛烧焦的气味。狼开始尖叫，声音像极了人类。

兰蒂忍着剧痛，用肩膀去撞门，乔瑟夫·厄尔卡特残缺的遗体滑落到地上。当把半个身子探出车门时，她回头瞥了一眼。

那是一双扭曲而可怖的手，手指仿佛银质剃刀，苍白冰冷，极度锋利。好似连在一起的小刀似的五根手指深深地插入狼的后颈中，紧紧攥住，向后一拉。血从他齿间喷涌而出，他的四条腿无力地踢着。它又扯了他一下。兰蒂听到了一声恐怖沉闷的撕裂声。那东西开始以难以想象的力量，无情地把狼拽向后视镜，拽向镜子后面某个不为人知的地方。覆满黑毛的巨大身体剧烈地抽搐了一会儿，狼的脸上露出的表情近乎人类。

当他的双眼再次和她对视时，其中的红光已经消失，只剩下痛苦和哀求。

他名叫迈克，她想起来了。

兰蒂低头一看，她的枪就在车座下面。

她捡起枪，检查了子弹，然后合上弹匣，枪口瞄准他的头，开了四枪。

然后她爬出车子，全身重量压在脚踝上，剧烈的疼痛席卷全身。兰蒂跪倒在地，呕吐起来。接着她听见了警笛声。

"……某种猛兽。"她说。

探员恼怒地瞪着她看了很长时间，然后合上笔记本。"这就是你要说的？"他说，"厄尔卡特局长被某种猛兽杀了？"

兰蒂想要说些刻薄的话，但止痛药弄得她晕乎乎的。他们给她脚踝插了两根钉子，可伤口还是疼得要命。医生说她还要再静养一周。“你想让我说什么？”她虚弱地道，“那就是我看到的，某种猛兽。一只狼。”

探员摇摇头。“好吧。局长是被某种猛兽杀害的，可能是一只狼。但罗高夫呢？他的车也在现场，局长的车上到处都是他的血，那么告诉我……罗高夫他妈的究竟在哪里？”

兰蒂闭上眼睛，假装那是因为疼痛。“我不知道。”她说。

“我会再来找你的。”探员离开了。

她闭着眼睛躺着，想再睡上一会儿。然后她又听到开门关门的声音。“他不会再来找你了，”一个轻柔的声音说，“我们会料理此事。”

兰蒂睁开眼睛，一个留着银白长发的老人拄着一根金色狼首杖，站在她床前。他穿着黑色西装，那是一套丧服，长发披在肩头。“我叫乔纳森·哈蒙。”他说。

“我看过你的照片。我知道你是谁，也知道你是什么。”她声音沙哑，“变狼症患者。”

“别这么叫我。”他说，“是狼人。”

“威利……威利怎么样了？”

“斯蒂文死了。”乔纳森·哈蒙说。

“很好。”兰蒂啐了一口，“斯蒂文和罗伊，威利说他们合谋犯下凶案。斯蒂文痛恨他的同类，因为他们可以变成狼，而他不可以。但一旦你儿子有了自己的皮，他就不再需要海兰德了，不是吗？”

“我不能假装自己非常悲痛。坦白地说，斯蒂文不是我理想的继承人。”他踱到窗前，拉开窗帘，向窗外望去，“这里曾是一座伟大的城市，你知道，一座属于血与铁的城市。而现在一切都腐朽了。”

“滚你妈的城市。”兰蒂说，“威利怎么样了？”

"佐伊真是可怜,但剥皮魔一旦被召唤,就不会中止狩猎,它会从一面镜子跳到另一面,直到剥下一张狼皮。它知道我们的气味,但不喜欢远离界门。你的杂种朋友两次从它刀下逃脱,我不知道他是怎么做到的,但他确实逃脱了……佐伊因此遭遇了不幸,还有迈克。"他转过身看着她,"你就没那么幸运了。别高兴过头,孩子。狼群知道怎么保护自己。给你写处方的医生,给你拿药的药剂师,给你送药的男孩……都有可能是我们的人。我们不会忘记敌人,韦德小姐,你的家庭一直很清楚这点。"

"就是你。"她确定地说道,"在屠宰场,那晚我父亲……"

乔纳森微微颔首。"他枪法很准,我承认。六枪全部命中。我管它们叫战时旧伤。X 光片里能看出问题,但我的医生知道不能过于好奇。"

"我会杀了你。"兰蒂说。

"我看不会。"他俯身面对她,"也许某天晚上我会亲自来找你。你应该看看我的狼形,韦德小姐。我的皮毛已经全白,苍白如雪。但我的身形、威严和力量依然如故。迈克是混血,你的威利也是,比狗强不了多少。纯血统要强大得多。我们是冰原狼,是那萦绕在你们种族记忆中的噩梦,是永远徘徊在你们的火光之外的黑影。"

他低头朝她微笑,然后转身离开。他在门口停了一会儿。"好好睡吧。"他说。

兰蒂根本睡不着。在夜幕降临、护士进来关掉灯之后也睡不着。她躺在黑暗中,盯着天花板,感到无比孤独。他死了,她想,威利死了,她开始相信这个念头。她一个人躺在黑暗的单人病房里,轻声地哭泣。

她哭了很长时间。她为威利哭泣,为乔瑟夫·厄尔卡特哭泣。最后,在这么多年之后,也为弗兰克·韦德哭泣起来。眼泪已经干涸,可她还在哭,身体随着没有眼泪的啜泣而抽搐。这时,门轻轻地开了,一道细细的光线从门缝里射进房间。

“是谁?”她粗哑地说,“说话,不然我就喊了。”

门轻轻地关上。“嘘,安静,不然他们会听见的。”是女人的声音,她似乎很年轻,而且有点害怕。“护士说我不能进来,探视时间过了。但他要我直接来找你。”她走到床边。

兰蒂打开床头灯。来访者紧张地看了看门。她黝黑漂亮,不超过二十岁,鼻梁上有片雀斑。“我叫贝茜·朱迪克。”她悄声说,“威利要我给你捎条口信,挺疯狂的……”

兰蒂的心脏停止了跳动:“威利……快告诉我!不管听起来有多疯狂,告诉我就好。”

“他说他不能给你打电话,因为狼群可能在监听,他受了伤,但状况还好。他现在在北边,找了个兽医把伤治好了。我知道这听起来很好笑,但那是他的原话,兽医。”

“继续。”

贝茜点点头:“在电话里他听起来是受伤了,而且他说他不能……暂时不能变回来了,最多只能用一两分钟打电话,因为受了伤,变回来就会很疼。但他说兽医已经把大部分玻璃取了出来,还接好了他的腿,他会好起来的。然后他又说他在离开的那天晚上到我家来过一趟,给你留下了一件东西。我找到了这件东西,给你带了过来。”她打开钱包翻找起来,“它藏在邮箱旁边的灌木里,是我的小儿子找到的。”她把东西递给他。

兰蒂发现那是一片镜子的碎片,和她手指一般长一般细。她将碎片握在手里,感到困惑不解。镜子的触感十分冰冷,而且似乎越握越冷。

“小心,它很锋利。”贝茜说,“还有最后一件事。我一点也不明白是什么意思,但威利说它非常重要。他要我告诉你他待的地方没有镜子,一面都没有,但他上回在黑石庄园看到很多面镜子。”

兰蒂点了点头,还没有完全明白,暂时还没有。她若有所思地用手指滑过银色玻璃的边缘。

“唉，看看。”贝茜说，“我告诉过你了，现在你不小心把手指头割破啦。”

王密　译

局中变

他们将州际公路抛在身后，开上一条只有两车道的狭窄小路。路在群山间呈“之”字形延展开去，每一折都愈发陡峭。山峰拔地而起，从四周围拢过来。满山尽是苍松翠柏，山顶处积雪如冠。冰冷湍急的小瀑布从车旁一闪而过，倏忽即逝。天空明亮，蓝得分外耀眼。不过，景色虽怡人，彼得的心情却并不见好。他直盯着路面，机械似的一心开车，仿佛什么也没看见。

山越来越高，无线信号也越来越差。一开始，每次转弯时还能看见些时隐时现的信号塔，慢慢地，路边再没有人工建筑的痕迹。凯茜把收音机指针从一头调到另一头，找了一圈，又不甘心地拨回原处。最后，她终于放弃，狠狠地关掉收音机。“这下你总该对我说句话了吧。”她说。

不用看她，彼得也能感到这句话说得多尖刻。凯茜的声音里已经太久不见温柔，反而处处透着刀子似的挖苦。他知道，她就是想吵架。她恨收音机，也恨自己拉她上路，不过所有事情里她最恨的还数他这个丈夫。有时候，连他自己也看不起自己，更别提生她的气了。彼得知道自己的确远远算不上是个好丈夫：先是个蹩脚作家，后来成了个蹩脚记者，现在是个蹩脚商人，不光自己活得没劲，连周围的人都替他觉得没劲。不过，一旦争执起来，他却从不轻易让步——也许正是这点刺激了凯茜，让她总忍不住想惹他。等到能揭的疤都揭完了，两人要么一个看着另一个哭，要么干脆一起哭。接下来他们往往开始做爱，生活又会暂时美好上一两个钟头。两人眼下的日子也就是这么回事了。

不过，今天彼得无心应战。他脑子里正转着其他事。“你想聊些什么?”他用尽可能温和的语气说道,眼睛一刻也没离开路面。

“就说说我们要去看的这群小丑吧。”她说。

“我跟你说过,在西北大学时,他们和我都是国际象棋队的。”

“我说,国际象棋什么时候成了团体运动啦?”凯茜说,“你们怎么比赛? 每走一步都搞投票吗?”

“没那回事。象棋团体赛其实就是一系列个人赛,大学比赛中一般会有四到五场比赛同时进行。队友间不能商量。在个人赛中取胜较多的队伍获得积分。就这样——”

“好了好了,我知道了。”她尖声说,“没错,我不会下棋,可我也不是傻子。那么,你和这三个人就是西北大学队?”

“没错,但不准确。”彼得说。丰田车并不习惯爬这么陡的坡,眼下已经开足马力。他们从芝加哥动身前,根本没想过要为爬高而把车改装一下。彼得小心翼翼地把着方向盘。他们已经开到海拔较高的路段,路上不时出现冰面和积雪。

“‘没错,但不准确’?”凯茜刻薄地说,“这算哪门子答案?”

“那时候西北大学有个很大的象棋俱乐部。我们参加过很多联赛——有本地的,州内的,也有全国性的。有时候学校会派出几支队伍一起参赛。具体组队方法每次比赛都不一样,得看当时哪些人状态更好。其实还有很多其他因素,有考试的人去不了,参加过上次比赛的人也要把机会留给别人。十年前那次北美校际团体赛中,我们四个是西北大学乙组。对,十年前,就是这个礼拜。比赛在我们学校举行。我既是负责人,也是参赛选手。”

“什么叫乙组?”

彼得清了清喉咙。丰田车缓缓转过一道急弯。车轮擦过路肩时,沙砾溅在汽车底盘上,发出轻响。“参赛学校不一定只派出一支队伍。只要钱多,人手足,同时派好几组人上场也没问题。学校一般把四名王牌棋手编成甲组,稍差些的四人编成乙组,依此类推。”说到这里,他顿了顿,再接上话头时声音里带了几分不易觉察的自豪,"西北大学那次比赛盛况空前。后来有过一次规模更大的比赛,但除此之外,再没有别的学校超过我们。因为我们是主场,那年可以上场的棋手特别多。最后,学校一共派出六个小组。全国大赛历史上,其他学校顶多只有四组出赛。"说到赛事纪录时,彼得不禁露出了笑容。也许这不是什么惊天动地的大事,但怎么说也是他人生中唯一的"纪录"。这是他的历史。有些人终其一生也没能留下任何纪录,他暗自想道,也许该叫凯茜在自己墓碑上刻上这么一笔:彼得·K. 诺顿长眠于此,他曾选派六组棋手,功不可没。

彼得"扑哧"一声笑了出来。

"什么事这么有趣?"

"没什么。"

凯茜也没追问:"你刚才说,你是那次比赛的负责人?"

"我是俱乐部会长,也是当地的棋委会主席。虽然不是总管,但要不是我极力争取,全国大赛也不会在埃文斯顿举行。前期安排都是我做的,六支棋队都是我组的,棋手和各组队长也全是我选的。当然,如果光看比赛过程的话,我的确只是乙组队长而已。"

凯茜大笑起来:"你还真是个幕后英雄。这倒没错。我们不是一直过着上不了台面的日子吗?"

彼得把一句刻薄的反击咽回肚里,什么也没说。丰田车又转过一个急弯,两人眼前豁然开朗,只见科罗拉多山绵延起伏,连成一片壮美的图景。奇怪的是,这番景象全然无法打动彼得。

过了一会儿,凯茜才又开口道:"你后来为什么不下棋了?"

"我大学后就不怎么玩了。倒不是下了什么决心,不过渐渐就越下越少了。我有九年没参加过棋赛,现在已经棋艺生疏。当然,当年我可是一把好手。"

"什么叫'一把好手'?"

“那时候我是一级棋手。乙组里的其他人也是。”

“一级棋手又是什么意思?”

“那表示,在国际象棋联合会的排名制中,我的级别比国内绝大多数棋手高得多。”彼得答道,“正式棋手比酒吧咖啡店里那些随便来上两把的棋友高明不少。棋手级别分为五等,一级最高,五级最低。一级再往上,是专家与大师,只有下得最好的人才能成为特级大师。很少能有棋手达到专家级以上水准。”

“也就是说,你上面还有整整三级?”

“是啊。”

“也就是说,你下得最好时也不过是个四流角色。”

彼得忍无可忍地扭头看去,只见她正靠在椅背上,脸上挂着一抹若有若无的讪笑。“贱人。”他骂了一句,突然气不打一处来。

“小心看路!”凯茜厉声说。

又一个转弯出现在面前,彼得狠狠地一打方向盘,把油门踩到最大。他知道凯茜讨厌自己开快车。“妈的,真不明白我干吗要回你话。”

“我的好老公是个大英雄,”凯茜大笑着说,“四流棋手,五流车手。”

“闭嘴!”彼得怒道,“不知道就别瞎说。我们虽然是乙组,但是水平也很好。比赛结果出乎所有人意料,我们只比西北大学甲组落后半分,还差点爆出有史以来的最大冷门。”

“哦,说来听听。”

彼得突然犹豫起来,觉得自己说错了话。那件事对他来说非常重要,几乎和送六支队伍参赛的傻瓜纪录不相上下。他知道它意味着什么,也明白他们曾经走得多远,可是,凯茜不同,眼看宝贵的记忆又要沦为她的新笑柄。提起这件事真是大错特错。

“到底是什么?”她酸溜溜地说,“最大冷门是怎么回事?说啊。”

彼得知道,覆水难收,她不可能就此罢休,只会不停地戳他捅他,直到他忍无可忍,自己交代出来。他叹了口气,开口道:“那是十年前的事,就在这个礼拜。全国大赛一般在圣诞之后、新年之前举行。那时大家都在放假。一共有八轮小组赛,每天两轮。我们学校的队伍全都表现出色,甲组在所有小组中名列第七。”

“我说,亲爱的,你不是在乙组吗?”

彼得的脸色不大好看。“的确。可是从某种程度上说,我们比甲组更加出色,在最后阶段连连得胜,成为当年的黑马。进入最后一轮时,卫冕队芝加哥大学积6分,一马当先。很多组都败在他们手下,我们也尝过他们的苦头。还有三所学校积分5.5,紧随其后:伯克利大学、马萨诸塞大学,还有……我记不起第三所是什么学校了。反正他们之前都和芝加哥大学对过阵,因此,必须从积分为5的小组里抽一支补进最后一轮。我们学校甲乙两组那时都积了5分,可巧不巧,我们被选中了。这下所有人都认为,芝加哥大学已经胜券在握。

“我们之间的确实力悬殊。他们是卫冕队,阵容强大,包括三个大师、一个专家。我记得他们每一局都比我们高出许多分,要赢我们简直易如反掌,不过,后来的事并没那么简单。

“我上大学那几年,芝加哥大学和西北大学间一直较着劲儿。中西部地区就数我们两所学校棋队最强,可想而知,我们都视对方为劲敌。芝加哥大学队队长哈尔·温斯洛是我的好朋友,也是我的老对头。我们一起参加过芝加哥校际联赛、州内比赛、本地比赛……在全国大赛上也较量过几回。总的来说,他们学校赢得较多,不过我们也有翻身的时候。有一次,西北大学从他们手里抢走了市冠军。其他冷门也爆过不少。当年那次全国大赛里,我们只差这么一点儿——”彼得说着,伸出拇指和食指比了比,“就要爆出史上最大冷门。”说完,他沉下脸,手又落回方向盘上。

“接着说。”凯茜说,“真是惊心动魄,我都不敢喘气啦。”

彼得好像没听见:“第八轮下了一小时后,赛场里一半人都围到这边来了。所有人都明白,芝加哥这次咬上了硬骨头。我们在两盘棋里大占上风,另外两盘也下得毫不逊色。

“后来情况还算不错。我在第三桌和哈尔·温斯洛对局,彼此势均力敌,最后握手言和。不过,第四桌上,爱·柯渐渐落了下风,最后被对手将死,不得不认输。”

“爱·柯?”

“哦,就是爱德华·柯林·斯图尔特,我们都叫他爱·柯。一会儿在巴尼什那儿就能见到他。那家伙挺有个性的。”

“他输了?”

“是啊。”

“我觉得你们也算不上什么特大冷门。”凯茜干巴巴地说,“不过话说回来,也许按你的标准看来,这已经是破天荒的大胜仗了。”

“爱·柯输了,”彼得说,“不过那时戴马里奥已经把对手逼上死路。虽然对方拖了很长时间,但是最后我们还是拿到一分。这时,本轮我们已经积了1.5分,和对方打平。第一桌上棋还没下完,但巴尼什已经快赢了。简直难以置信。这个布鲁斯·巴尼什人虽不中用,棋下得倒还马马虎虎,也是个一级棋手。他记忆力好得出奇,像照相机似的,对所有开局了如指掌。当时他的对手是个叫罗宾逊·威斯利的大师,芝加哥大学的重量级人物,”彼得刻薄地笑了笑,“不光棋下得极好,人也重达四百磅。你和他下棋,他就这么坐着,胖手搭在肚子上,一动不动,用小眼睛瞟着棋盘。他是那种能用一根手指头把你下得落花流水的人物。这家伙总积分比巴尼什高出四百多,我们都以为他会赢得轻而易举,可事实并非如此。他们下的是西西里开局法中一路很复杂的变例,巴尼什靠着他天才的记忆力,居然渐渐占了上风。他的全面进攻漂亮得让人叫绝,棋路精妙,又凌厉又聪明。威斯利在后翼组织反击,遭遇了很大阻力,而王翼的情况对巴尼什更加有利。那是必胜局。我们全都心里有数。”

“这么说,你们差一点儿就当了冠军?”

“不,”彼得说,“不是那么回事。如果赢了那场比赛,我们的积分就会追上芝加哥。还有其他几个小组也是6分。冠军会落到某个总分6.5的小组头上,可能是伯克利,也可能是马萨诸塞。可我们的目标已经不是冠军,而是要爆冷门。他们是全国一流的棋队,我们连全校第一都谈不上。如果我们胜出,绝对会一鸣惊人。那时看来,我们只要伸出手,就能抓住这个目标。”

“后来是怎么回事?”

“是巴尼什坏的事。”彼得恨恨地说,“当时,他那步棋对布局相当重要。你知道弃子吧?就是放弃某个子,换取其他方面的优势。巴尼什只要弃掉两个子,就可以摧毁威斯利的王翼防御,把他的王逼出来。可那家伙胆子太小,一味盯着后翼不放,接着又走了几步毫无魄力的守着。威斯利往后翼加了一子,巴尼什继续防御。他没有利用刚才的优势,接下来几步都下得又拘谨又小心。没过一会儿,威斯利就化解了他的攻势。再后来,可想而知,巴尼什渐渐落了下风。”虽然已经过了十年,彼得还是越说越失落,“一胜两负一平,我们输了。芝加哥成功卫冕。赛后,连威斯利本人也承认,如果关键时刻巴尼什用马吃兵,他就没法翻身了。该死。”

“反正你们输了。说了这么多,最后你还是输了。”

“我们离成功很近了。”

“近有什么用,又不是比赛扔手榴弹。”凯茜说,“你输了。从那时候开始你就是个废物,亲爱的。要是我早几年看清你就好了。”

“是巴尼什输了,见鬼!”彼得说,“他就是那么个人。虽然级别高,记性好,放到队里还是个拖后腿的。不知道他在多少比赛里坏了我们的事。只要压力一大,我们就知道巴尼什又完了。那场对威斯利的比赛是最可恨的。我真想杀了他。那家伙自己倒一直自大得要死,真是个浑球。”

凯茜大笑起来:“我们现在巴巴地去看的,不正是这个自大的浑球吗?”

“那是十年前的事啦。也许他已经和以前不一样了。这家伙现在可是个百万富混球,靠电子装置赚了好大一笔。再说,我还想见见爱·柯和斯蒂夫,巴尼什说他们也会去。”

“真让人高兴,”凯茜说,“那我们就快去吧。我可不想错过你们的聚会。能和一个百万富浑球加三个废物待在一个屋檐下,真是千载难逢。”

彼得什么也没说,只把油门踩到更大。丰田车沿下坡路疾冲而下,越来越快,一路颠颠簸簸。下坡、下坡,彼得想,下坡接下坡,和我这辈子他妈的一模一样。

沿着巴尼什的私家路开出四英里后,他的豪宅终于出现在两人面前。彼得已经在廉价公寓里住了十年,做梦都想买幢房子。只一眼,他就知道矗立在路尽头的绝对是价值三百万美元的地产。三层小楼用天然木石和彩色玻璃建成,完美地与山色融为一体,乍看上去很难分辨。整个建筑中最引人注目的要数一座巨大的太阳能花房。房子正下方的山体中嵌着车库,大小足以容纳四辆车。

彼得开进最后一个空车位,停在一辆银色凯迪拉克和一辆锈迹斑斑的古董金龟之间。凯迪拉克显然是巴尼什的,金龟车则显然不是。他刚拔出钥匙,车库门就自动降下来,将日光和壮美的山景挡在屋外。门落地时的金属碰撞声在四周久久回荡。

“有人知道我们来了。”凯茜说。

“拿上箱子。”彼得没接话。

车库尽头有部电梯,电梯里只有两个按钮。彼得用力按下上边的那个。门开时,一间大客厅出现在两人面前。彼得走出电梯,只见拱形天窗下放着几盆植物,一片绿意。他看着厚实的棕色地毯,上好的木地板,豪华的火炉,书架上一排排皮革封面的卷册,还有刚从皮扶椅里站起身来的爱德华·柯林·斯图尔特——他一见电梯上来就从房间那头迎了过来。

"爱·柯。"彼得说着,放下手提箱,露出微笑。

"你好,彼得。"爱·柯一边快步走向两人一边说。彼得和他握了握手。

"见鬼,你和十年前一模一样。"彼得说。这可不是奉承。爱·柯还和当年一样,瘦高结实,一头沙色乱发,两撇漂亮的小胡子。他穿着牛仔裤,有些缩水的紫衬衫外套了件黑背心。真的,连他浑身上下那股劲儿也没变:活力充沛,整洁干净,聪明干练。"真是一模一样。"彼得忍不住又说了一遍。

"这不是什么好事,"爱·柯说,"我相信,人是该变的。"那双蓝眼睛和以前一样深不可测。他转向凯西,"我是爱·柯·斯图尔特。"

"哦,不好意思。"彼得忙说,"这是我太太,凯西。"

"很高兴见到你。"凯西握了握爱·柯的手,对他微笑道。

"斯蒂夫在哪儿?"彼得问,"我在车库里看见他那辆金龟了。让我想想,那东西他都开多久了? 十五年?"

"没有吧,他也在这屋里,也许又弄喝的去了。"爱·柯说着,嘴微微撇了撇,言下之意再清楚不过。

"巴尼什呢?"

"兔鲁斯还没出现,我觉得他在等你。也许你想先到房间里安顿一下?"

"主人都没来,怎么找房间?"凯西干巴巴地问。

"啊,看来你们还不知道兔子洞里有多妙。看。"爱·柯一指壁炉。

彼得可以对天发誓,他们刚进屋时,壁炉上方是张风景画,画风很有超现实色彩。可现在,油画已经成了一面长方形屏幕,黑屏幕上还显出清晰的红字来:欢迎,彼得。欢迎,凯茜。你们的房间在第二层第一间。请随意使用。

彼得转过身:"这到底是……?"

"毫无疑问,这是和电梯连动的。"爱·柯说,"我刚到时它也这么欢迎我来着。别忘了,兔鲁斯是个电子天才。这屋子里到处都是小玩意儿,我已经摸出不少来了。"他耸耸肩,"你们为什么不先去把包放下?我哪儿也不去。"

两人没费什么劲儿就找到了房间。铺着地砖的浴室里有只热腾腾的浴缸,外面还连着个小露台。这套房间里也有个小型客厅,墙边嵌着壁炉。凯茜关上门时,壁炉上那幅抽象画马上变成另一行信息:希望你们住得舒服。

"这位主人还挺有趣。"凯茜坐在床边说,"这些东西……管它们是电视屏幕也好,其他什么也好,可别是双向的吧?我可不想被电子狂人偷窥。"

彼得皱眉道:"如果这房子里有监视器,我才不会奇怪呢。巴尼什从来都是个怪人。"

"有多怪?"

"你很难喜欢他,"彼得说,"他太自大,老是吹嘘自己棋术高超,脑瓜灵活,诸如此类。没人听他的。我猜这家伙成绩的确不错,可平时他简直像个白痴。爱·柯有时候喜欢使坏,捉弄人,开开玩笑什么的,巴尼什自然是最佳目标。不知道我们拿他寻过多少次开心。他为人也很木讷,又矮又胖,圆脸,平头,两腮胖滚滚的,像个花栗鼠。以前他还参加过后备军官训练营。我还真没见过把军装穿得比他更滑稽的人。他连约会都没试过。"

"他喜欢男人?"

"倒不如说他不喜欢人。"彼得在房间里四下看了看,摇了摇头,"我真想不通巴尼什是怎么发家的。"他叹着气打开箱子,开始往外拿东西，“换成其他人倒还好说，比方说斯蒂夫吧，他和巴尼什都是搞技术的，可斯蒂夫明明聪明得多，那时候我们都觉得他挺神的。巴尼什不过是个只会自大的傻瓜。”

“那你就被他骗啦，”凯茜甜甜地笑着，“当然，你上的当多着呢，不是吗？你在他那儿栽的不过是第一个跟头而已。”

“别说了。”彼得把最后几件衬衫挂进壁橱里，“来吧，我们到楼下去。我想和爱·柯聊聊。”

他们刚走出房间，就听见身后传来一个声音。“彼得？”

彼得转过身去。走廊那头的房门口站着一个大块头，正对他微笑。“还认识我吗，彼得？”

“斯蒂夫？”彼得诧异地说。

“当然了，嗨，你还指望是谁？”戴马里奥从房间里走出来，关上门。他的腿脚似乎不大利索。“这一定是你老婆了，嗯？我没说错吧？”

“没错。”彼得说，“凯茜，这位是斯蒂夫·戴马里奥。斯蒂夫，这是凯茜。”

戴马里奥走到两人面前，在彼得背上拍了两下，又满怀热情地和凯茜握了握手。彼得不由自主地盯着斯蒂夫上下打量开了。如果说爱·柯还是十年前的爱·柯，那么斯蒂夫简直是另一个极端。要是在街上碰见他，彼得绝不会认出当年的老队友。

他记忆中那个斯蒂夫·戴马里奥是为象棋与电子学而生的。他是个凌厉无情的棋手，平时喜欢用各种零件拼拼凑凑。除了这两件事，此人对其他事简直兴趣寥寥到令人发指的地步。年轻时的戴马里奥高挑消瘦，鼻梁上架一副粗黑框酒瓶底眼镜，镜片后的目光热情得不可思议，一头黑发不是支棱着就是乱如鸟窝，当他决定换个“自定义”发型时，整个脑袋便看上去无比抽象。对于穿着，他也一样不上心，大部分衣服的时髦程度比起救世军制服来还要大打折扣：肥肥的翻边棕裤，只有十岁小鬼才穿的衬衫（领口一般都磨得厉害），还有一件他走到哪穿到哪的灰拉链衫。有一次爱·柯说，斯蒂夫·戴马里奥看起来就像核战后地球上最后一个幸存者。那以后整整一个学期，俱乐部的人都管戴马里奥叫"终极幸存者"，而幸存者本人对此不过一笑置之。总的来说，戴马里奥虽然有些怪癖，大家还是挺喜欢他的。

看得出来，过去十年他过得绝不轻松，不过那副黑框酒瓶底眼镜依旧如故，不修边幅的做派也完全没变：邋遢的灯心绒裤子，白色短袖衬衫口袋里插着三支钢笔，软趴趴的休闲鞋，褪色的羊毛背心上扣子一直扣到领口。然而，过去那个戴马里奥留下的痕迹也就到此为止。他比那时候重了足足五十磅，看上去又胖又虚，不规矩的黑发几乎全不见了，只在耳边惨兮兮地垂着几绺。他眼中热病般的激情也消失了，那迷迷糊糊的眼神让彼得觉得极其不安，他被老队友吐出的酒气吓了一跳。虽然爱·柯已经暗示过他，但彼得还是难以接受。在学校时，戴马里奥不过偶尔沾一点啤酒罢了。

"再见到你真好。"彼得也拿不准自己是不是真这么想，"我们下楼去吧，爱·柯在等着呢。"

戴马里奥点点头。"当然，当然，就这么着吧。"他又拍了拍彼得，"你见过巴尼什了吗？见鬼，这真是他的地方吗？看到那些屏幕了？聪明，太聪明了。真没想到巴尼什这么能折腾。他不是我们的兔八哥啦，对吧？"戴马里奥咯咯地笑出声来，"你看，我琢磨过他以前的几个专利，真是厉害，天才之作。竟然都是巴尼什干的。我猜你也没想到吧，嗯？"

三人从旋转楼梯上走下来，客厅里飘荡着一曲古典乐。彼得听不出这是谁的曲子。比起古典，他更偏爱摇滚。爱·柯倒很喜欢这调调，眼下他正坐在扶椅里，闭目欣赏着。

"来点喝的吧，"戴马里奥开口说，"我去弄。你们一定渴了吧。兔八哥还在楼梯后面安了个吧台。你们都想要什么？"

"都有什么？"凯茜问。

“你能想到什么他这儿都有。”戴马里奥说。

“一杯御林军马提尼好了，”她说，“弄干些。”

戴马里奥点了点头：“彼得，你呢？”

“哦，”彼得耸耸肩，“来杯啤酒好了。”

戴马里奥转进楼梯后，凯茜向彼得一扬眉毛：“真有品！‘来杯啤酒’！”

彼得没理她，径直走到爱·柯身边坐下。“觉得音响如何？”他问道，“我看不见音箱放在哪里。”的确，四处流溢的乐声仿佛是从墙壁中渗出来的。

爱·柯睁开眼睛，意味深长地笑起来。他抹了抹小胡子。“信息屏幕，这东西泄露了天机。控制器在那面墙后。”他边说边点点头，“整个系统都是藏起来的，声音控制，电脑操纵。刚才我告诉它，我想听这张碟。”

“真惊人，”彼得挠挠头，老实承认道，“大学时斯蒂夫是不是做过一套声控唱机？”

“你的啤酒来了。”戴马里奥说。他已经走到两人身边，手中拿着一杯冰镇喜力。彼得接过酒，戴马里奥也一屁股坐在一张装饰奢华的咖啡桌上。“我是设计过一个系统，”他说，“不过那东西太简陋了。记得吗，你们这些家伙总打趣它。”

“是啊，我记得你买了个不错的唱头，唱臂却是用衣钩改造的。”

“那东西的确能用，”戴马里奥抗议道，“声控功能也没问题。当然，简陋是简陋了点，只有开、关两种指令，说话还得扯着嗓子。我原以为毕业后能改进一下，可后来一直没动手。”他耸了耸肩，“那玩意儿和这里的东西的确不一样，巴尼什弄得太高级了。”

“我也知道。”爱·柯微扬起头，清清楚楚地说，“音乐听够啦，多谢。”

沉默突然降临，让人有些不安。彼得一时语塞。最后还是爱·柯转过身来,对他一本正经地说:"巴尼什是怎么把你弄到这儿来的?"

彼得不解道:"'弄'到这儿来?他不是邀请我们来的吗?你什么意思?"

"知道吗,他给了斯蒂夫一大笔钱才把他哄来。"爱·柯说,"至于我……一开始就没理他。你知道,我一直看不上兔鲁斯这样的人。可他耍了点小手腕。我在纽约一家广告公司上班。他给公司下了笔大单,结果上边说我要么到这儿来,要么丢饭碗。很有意思,对不对?"

凯茜一直坐在沙发上,小口啜饮着马提尼,看上去相当无聊。"听起来这次聚会对他很重要。"

她评论道。

爱·柯站起身来。"这边来,"他说,"我有东西给你们看。"

其余几人顺从地站起身来,跟着他走到房间那头。书架间一个昏暗的角落里有张棋盘,棋盘上摆出的是一副残局。六十四格由深浅两色方形木块拼成,精心嵌在一张华美的维多利亚式小桌上。两种棋子分别由象牙和缟玛瑙雕成。"看吧。"爱·柯说。

"真是副漂亮的棋。"彼得羡慕地说。他垂下手去,想把黑后拿起来仔细打量一番。让他吃惊的是,一提之下,那子竟然纹丝不动。彼得咕哝了一句。

"别白费劲儿,"爱·柯说,"没用的,我已经试过了。这些子都是固定的,每个都是。"

斯蒂夫·戴马里奥沿着棋盘转了一圈,同时眯起眼睛,透过厚厚的镜片观察着。他把酒放在桌上,在白方那边的空椅子上坐下。"这局棋……"他的声音因酒精作用显得有些模糊,"我认识这局棋。"

爱·柯·斯图尔特无力地笑笑,又摸了摸胡子。"彼得,"他冲棋盘点了点头,"好好看看。"

彼得望着那棋盘,他突然一阵恍惚,只觉面前的棋局如镜中自己的面容般眼熟。"那局棋,"他说,"全国大赛,巴尼什对威斯利,最关键那一着。”

爱·柯点了点头:“刚看见时我也觉得是,只是不太肯定。”

“哦,我百分百确定。”戴马里奥大声说,“我他妈的怎么忘得掉?兔八哥就是从这里开始掉链子的,都记得吧?他把王走到马前,而不是弃子,我们就这么给他毁了。我呢,当时就坐在他边上,这辈子我下得最好的就是那盘该死的棋!我打败了大师,可那又能有什么用!托巴尼什的福,屁用都没有!”他愤怒地瞪着桌面,“马吃兵!只一着,他就能打开威斯利的防御。将,再将,继续将,总有一步能把威斯利将死。”

“可惜,戴马里奥,你已经没机会看威斯利投降了。”他们身后突然响起布鲁斯·巴尼什的声音。

没人听见他是什么时候进来的。彼得吓了一跳,简直像个被主人撞上的小偷。

东道主正远远地站在门口。这么多年过去,巴尼什也变了。他比大学时瘦了不少,看起来精干结实,不过那张胖圆脸还和彼得记忆中一模一样。

他的平头已经长成一头健康的棕发,精心修剪过,吹得漂漂亮亮。他戴着一副宽大的茶色眼镜,气派的衣服一看就十分昂贵。不过,这个人的确是巴尼什,他那刺耳的大嗓门一点也没变。

他漫不经心地踱到棋盘边。“比赛后好几周里,你一直在研究这盘棋,戴马里奥。”他说道,“你根本不知道怎么将死他。”

戴马里奥站起身来:“我找到十多种将法。”

“是啊,”巴尼什说,“可你从来没试过。威斯利是个大师,绝不会乖乖被你们这些人牵着鼻子走。”

戴马里奥皱起眉头,又喝了口酒,仿佛还想说些什么。彼得可以看出,他正在艰难地拼凑词句。这时,爱·柯站起身来,抢先开了口。“布鲁斯,”他抬起手,“见到你真高兴,我们有多少年没见了?”

巴尼什转过身来,他的笑容傲慢而无礼。“你还是这么爱开玩笑,爱·柯。你我心里都清楚,何必多此一问?多少年了?诺顿和戴马里奥都知道答案,你在问诺顿太太不成?"他扭头看着凯茜,"你知道吗?"

凯茜笑了:"我也听说啦。"

"是了。"巴尼什说着,转向爱·柯,"看来这里都是明白人,你一定又在捉弄我。我是不会上当的。还记得吗?以前你老是半夜三点打电话来,问我现在几点了,我若老实告诉你,你就会说:'你大半夜的打电话找我干什么?'"

爱·柯皱着眉低下头去。

一片令人尴尬的沉默中,只听巴尼什开口道:"那么,我们干吗在这张蠢棋盘边傻站着?到壁炉那边说说话吧。"他做了个手势,"请。"

可是,所有人落座后,沉默再次降临。彼得啜了口酒。他有些不安。事情远没有那么简单,空气中的紧张气氛仿佛伸手就能摸到。

"你这房子真不错啊,布鲁斯。"彼得试着化解这阵过于明显的敌意。

巴尼什得意扬扬地四下看了看。"我知道,"他说,"我太棒了,知道吗,太棒了。你都不知道我有多少钱,真是想不出怎么才能花完。"

他咧开嘴,露出个自鸣得意的傻笑:"你们又怎么样呢,我的朋友?本该听你们说说这些年来的丰功伟绩,我怎么又说回自己了?"巴尼什看着彼得,"就你先来吧,诺顿。毕竟你是队长,说说你过得如何。"

"好,"彼得有些别扭地说,"还可以吧,我有家书店。"

"书店!真妙!记得你一直想干出版,可我原以为你更喜欢写书,而不是卖书。你要写的书呢,彼得?你的……创作怎么样了?"

彼得觉得嘴里干极了:"我……事情有些变化,布鲁斯。我,我没时间写书。"听上去毫无说服力,彼得想。一时间,他真心希望自己能找个地缝钻进去。

"没时间写书,"巴尼什有样学样,"遗憾,真遗憾,诺顿。你曾经信誓旦旦,一心要当作家。"

“过去如此，现在照旧。”凯茜尖刻地插嘴道，“你真该听听他是怎么说的。从我刚认识他那时起，他就一直翻来覆去地说。他从不写书，只当口头作家。”

“这位太太说话真幽默。”巴尼什大笑着对彼得说，“和当年的爱·柯一样。你们一定家庭美满，我记得那时你可喜欢爱·柯的笑话了。”他说着，转向爱·柯，“你还和以前一样风趣吗，斯图尔特？”

爱·柯有些生气。“当然，风趣着呢。”他干巴巴地说。

“好极了。”巴尼什对凯茜说，“不知道彼得有没有跟你说过老爱·柯的故事。我们的爱·柯可逗了，实在是个大活宝。有一次，我们班队拿了市冠军，他让女朋友装成美联社记者给彼得打电话，说要采访他。两人讲了一小时，彼得才反应过来。”

凯茜笑了：“彼得有时脑子的确有点慢。”

“哦，其实没什么。一般来说，爱·柯还是最喜欢和我开玩笑。你知道，我不怎么出去约会，姑娘们让我怕得要死，可爱·柯有好几百个女朋友，个个是美女。有一次，他说要介绍个有意思的姑娘给我，我自然高高兴兴地答应了。可那姑娘从约定的街角走出来时，我才发现她戴着墨镜，手里拿着拐杖，边摸索边走。你知道是怎么回事啦。”

斯蒂夫·戴马里奥爆发出一阵大笑。他想压低声音，可差点没被酒呛死。“对不起，”他喘着粗气说，“对不起。”

巴尼什满不在乎地挥了挥手。“哦，没关系，笑吧，是挺好笑的。那姑娘不是真瞎子，她是个学戏剧的，当时正在一出戏里演盲人。过了整整一个晚上我才发现，我真傻。这不过是上千个爱·柯版玩笑中微不足道的一个罢了。”

爱·柯沉着脸说：“那是很久以前了，我们还小。都已经过去了，布鲁斯。”

“布鲁斯？”巴尼什好像吃了一惊，“啊呀呀，斯图尔特，这可是你第一次叫我布鲁斯。你真是变了。以前第一个叫我兔鲁斯的人就是你。

老天,我真恨这外号!兔鲁斯这个,兔鲁斯那个,我恨这个。我跟你说过多少次,让你别这么叫?是啊,说了多少次我自己都算不过来了。可我还记得,三年后那次聚会上,你终于走过来对我说,你认真考虑了一下,觉得我是对的,对于一名一级棋手兼后备军官,兔鲁斯这叫法的确不雅。这可是你的原话,我每个字都记得,爱·柯。我听了简直受宠若惊,不知道该说些什么,只挤出来一句'好,够了'……你听了,咧咧嘴,说:'兔鲁斯出局了,我再也不叫你兔鲁斯了。从今天起,你是兔八哥。'"

凯茜大笑出声,戴马里奥差点没一口酒喷出来,彼得却只觉得浑身发冷。巴尼什的笑容无比亲切,可他讲述往事时,每个字都滴着冰冷的毒药;爱·柯看起来也高兴不到哪里去。彼得又咽了口酒,眼睛不住四下打量,想找些事把话题引开。他听见自己脱口问道:"你们还在玩吗?"

所有目光都集中在他身上。戴马里奥看上去非常困惑。"玩?"他眨眨眼,看着已经见底的酒杯问。

"再来一杯好了,"巴尼什说,"你知道吧台在哪儿。"戴马里奥刚起身向那边走去,巴尼什就对彼得说:"你是指下棋,不是吗?"

"国际象棋,"彼得说,"你们都知道。古怪的小小娱乐,用黑白子玩,还要配棋钟。"他环视众人,"大家该不是全都不玩了吧?"

爱·柯耸耸肩:"我太忙,大学后就没再参加过正式比赛。"

戴马里奥回来了,他手中那只注满波旁酒的大玻璃杯里,冰块发出轻柔的脆响。"大学后我还玩过一段时间,不过最近五年都没碰过棋了。"他说着,一屁股坐下来,盯着冰冷的壁炉。"这些年我一直在倒霉。老婆跑了,工作也丢了好几份。兔八哥老是赶在我前头。我每想出个新发明,都发现专利已经被他占了。我成了个没用的人。就是那时候,我开始喝酒。"他笑着,又抿了口酒,"是啊,从那时起,我就不玩棋了。没办法,你知道,真没办法,一醉起来怎么走全迷糊了。我一输再输,随便哪只菜鸟都能赢我。被迫降到二级后,我就受不了了。”戴马里奥又灌下口酒,转向彼得,“你得有那么股劲儿,才能把棋下好,知道吗?一股劲儿……见鬼,我说不好,总之你要傲气,要自信,这些和自尊连着的鬼东西。反正,不管那究竟是什么,都已经和我没关系了。以前我倒是劲儿挺足,可现在全完了。倒上一阵霉,再低头看自己,我发现那东西已经不见了。我完了,不能再下棋了。所以,干脆退了干净。”他将玻璃杯举到唇边,犹豫片刻,一饮而尽,对所有人露出微笑。“玩完了,不要了,退出了,放弃了,拜拜了,洗手不干了!”他重复着,咯咯发笑了一阵,随即站起身,又向吧台走去。

“我还在玩,”巴尼什一字一顿地说,“现在我已经是大师了。”

戴马里奥突然止步,望向巴尼什的目光里满是憎恶。如果眼神可以杀人,巴尼什绝对会横死当场。彼得看见斯蒂夫的双手在发抖。

“我真为你高兴,巴尼什。”爱·柯·斯图尔特说,“祝大师棋途光明,生活富足,兔子洞里其乐无穷。”他站起来,皱着眉抚平背心上的褶皱,“不过,与此同时,我可要告辞了。”

“告辞?”巴尼什说,“真的吗?爱·柯,这么快就要走?你没搞错?”

“巴尼什,”爱·柯说,“如果你喜欢,尽管跟斯蒂夫和彼得再吹上四天四夜吧,我怕是有点无聊了。你这木头脑袋真是一点儿没变。我还有其他事,不奉陪了,干什么都比坐在这儿听你翻陈年老账强。我说得够清楚了吧?”

“非常清楚。”巴尼什答道。

“很好。”爱·柯看了看其他人,“凯茜,很高兴认识你。我真遗憾,这次见面要是更愉快就好了。彼得,斯蒂夫,如果你们最近要去纽约,能抽空看看我就太好了。查黄页就能找到我的号码。”

“爱·柯,别……”彼得张了张嘴,他知道自己说什么都没用了。大学时的爱·柯已经倔得厉害,一旦拿定主意,要劝他回头比登天还难。

“再见。”果然,爱·柯打断了彼得,快步向电梯走去。木制电梯门在他身后合上。所有人都眼睁睁地看着。

“他会回来的。”电梯降下去后,巴尼什说。

“我觉得不会。”彼得答道。

巴尼什笑得无比灿烂。他站起身来,胖脸上现出两个深深的酒窝,“哦,他会的,诺顿。你看,现在轮到我给你们来点儿惊喜了,爱·柯马上就会知道。”

“什么?”戴马里奥说。

“别急,别急。你们一会儿也能看到。”巴尼什说,“不过现在我要失陪了。晚饭时间到了,你们一定饿了。我自己做饭。你们看,我把所有仆人都支走了,这样我们才能单独待几天。”他看了看手腕上那块沉甸甸的瑞士金表,“一会儿餐厅见。一小时应该够了。我们吃饭时再继续说,聊聊生活,谈谈象棋。”他笑着离开了大厅。

凯茜也在笑。“真好,”巴尼什一走,她就对彼得说,“这儿比我想象的还要有趣一万倍,我觉得自己像在哈罗德·品特的戏里一样。”

“那是谁?”戴马里奥坐回椅子里。

彼得没接茬儿。“我一点也不喜欢这套把戏,”他说,“巴尼什说他要给我们点儿惊喜……那是什么意思?”

没一会儿,答案就不言自明了。凯茜喝完了马提尼酒,正要再加一杯,电梯突然从地下升了上来。众人不约而同地望向那边,只见爱·柯满面不悦地走出来。“那家伙人呢?”他狠狠地说。

“去烧饭了,”彼得答道,“怎么回事?他说有什么惊喜……”

“车库门锁死了。”爱·柯说,“车开不出去。没有车,我们哪儿也去不了。这里离最近的城镇少说也有五十英里。”

“我下去用我的金龟把门撞开算了,”戴马里奥跃跃欲试地说,“像电影里那样。”

“别傻了,”爱·柯说,“门是不锈钢的,根本不可能撞倒。”他板着脸捻了捻胡子,“比较而言,打倒兔鲁斯还要容易些。他的鬼厨房在哪儿?”

彼得叹了口气:“爱·柯,如果我是你,绝对不会这么做。听口气,若是有机会送你去坐牢,他一定高兴得要死。你要是去揍他,就是人身攻击,知道吧?”

“如果我们叫警察呢?”凯茜建议道。

彼得环视四周:“说来,这屋里好像一部电话也没有,你们看呢?”

没有人答话。

彼得继续说道:“我记得房间里也没有电话。”

“嗨!”戴马里奥说,“的确没有。彼得,你说对了。”

爱·柯坐了下来:“看起来他是把我们将死了。”

“完全正确。”彼得说,“巴尼什在和我们玩呢。他自己也说了:惊喜。”

“哈哈哈,”爱·柯干巴巴地假笑几声,“那你说我们该怎么办?笑吗?”

彼得耸耸肩,“吃饭,谈天,像个聚会的样子,让我们看看巴尼什葫芦里卖的是什么药。”

“下赢这盘棋,伙计们,我们就这么办。”戴马里奥也说。

爱·柯盯着他:“那又是什么意思?”

戴马里奥抿了口酒,微微一笑。“彼得说兔八哥在和我们玩,不是吗?很好,不管他想玩什么,我们都奉陪。我们要赢,给这混蛋点颜色看看。”他“咯咯”地笑着,“见鬼,伙计们,我们的对手是兔八哥。他是大师又怎么样,我他妈的不在乎!最后他还是会搞砸,你们都知道他。巴尼什一见大阵势就腿软,这次他也要完蛋。”

“我不知道。”彼得说,“我不知道……”

彼得带了瓶喜力回房,在露台找了张躺椅坐下,开始喝酒。凯茜则试了试那只浴缸。

“挺好的,”她的声音从浴缸中传来,“又放松,又舒服,简直是享受。你不想来吗?”

“不,谢了。”彼得说。

“我们也该去弄一个。”

“好啊,我们买了就放公寓客厅里吧。楼下的邻居会高兴的。”彼得吞下口酒,摇摇头。

“你在想什么?”凯茜问。

彼得阴郁地笑了笑:“象棋,信不信由你。”

“哦?跟我说说看。”

“人生如棋。”

凯茜笑出声来:“真的吗?我倒不知道。”

彼得装作没听见她的讥诮:“棋和人生,都是选择罢了。每走一步,你都面临许多选择,每个选择之后都是一条不同的路,一个分岔接一个分岔。有时候,你选的那条路看上去很美,可是,不等游戏结束,你无法确定它究竟是不是死路。”

“等我洗完能麻烦你再说一遍吗?”凯茜说,“我要把你的箴言写下来,让它们流芳千古。”

“我还记得,大学里,生活充满了无数可能,就像棋盘上的变化。当然,我知道,这无数种生活中,只有一种属于我,可是,那短短几年里,我觉得它们全是我的,所有岔路,所有变化,所有让人心动的可能。今天我做着当作家的梦,明天,梦里的我又成了记者,后天……也许我也会是政治家,是老师。我可以成为任何人,我的梦充满活力。我梦想财富,梦想女人,梦想尚未完成的丰功伟业,梦想即将踏上的所有旅途。这些梦互相抵触。所有梦都没有成为现实,但所有梦都有成为现实的可能。你在棋盘边坐下,开始一局新棋。开局究竟会怎样?你不知道——也许是西西里防御,也许是法兰西防御,也许是西班牙开局。落棋之前,所有可能全部存在,所有变例都有可能。你想赢。无论选择怎样的棋路,可能性都……不是唯一。”彼得又喝了几口酒,“可是,一旦棋局开始,这些可能就少下去,少下去,一直少下去。未实现的变化不断湮灭,呈现在你面前的只有现实。而这现实半是出于自身选择,半是出于命运偶然。棋盘那头陌生的对手就是命运,那造就现实的另一半。你也许下得好,也许下得糟,可无论何时,你除已成之局外一无所有,其他可能一去不返。”

凯茜爬出浴缸,开始擦身。蒸汽弥漫,在她身边轻柔地升腾。彼得发现自己用几近温暖的目光打量着她,他已经很久、很久没体验过这样的温柔了,可是,凯茜恰在此时开口,气氛顿时全毁。“你真是入错了行,”她轻快地挥着毛巾,“知道吗,写标语才是你的特长。你太有深度了,比如,你上次说:‘我活在这世界上,不是为了实现你的理——’”

“够了,”彼得忍无可忍,“你究竟要我怎样?见鬼。”

凯茜停下手上的动作,抬眼看着他:“看来你真的不高兴了,是不是?”

彼得看着山景,懒得回答她。

她的关切果然如昙花一现:“好啊,又丧气了,嗯?喝吧,继续喝,继续可怜自己。尽管折腾到半夜。哭哭啼啼的,像条丧家狗。继续啊。”

“我一直在想那场比赛。”彼得说。

“比赛?”

“全国大赛,我们对芝加哥。很奇怪,我总有种说不出的感觉……好像一切都是从那时开始的。我们曾有机会一鸣惊人,但最终功亏一篑。那次比赛以后,所有事都开始不对劲儿,一切都在走下坡路。这是一条通向失败的岔路。凯茜,我们选错了。那以后我们再没交过好运,每个人都在倒霉。”

凯茜在浴缸边坐下:“每个人?”

彼得点点头:“看看我吧——没当成作家,也没当成记者,现在连书店也要办砸了,更别提还讨了个贱老婆。斯蒂夫成了酒鬼,连到这儿来的旅费都出不起。爱·柯是个助理会计,年纪不小,业绩平平,前途无望。都是废物,你在车里也说了。”

凯茜笑了。“啊,你怎么不说我们的主人呢?那次比赛巴尼什下得最糟,但后来他可是干什么成什么。”

“嗯……”彼得若有所思地啜着酒,“我不知道……没错,他现在是很有钱,这我承认。可是,他客厅里还放着那盘棋,棋子固定在棋盘上。每天他都能看到它,重温十年前输掉的一局,回味十年前走错的一步。在我看来,这可不像是成功人士的爱好。”

凯茜站起身来,甩了甩头,金褐色的秀发落在赤裸的肩上,显得雍容美好。彼得仿佛看见了八年前那位甜美的新娘。那时,他还是个聪明的年轻作家,正努力完成第一本书。他笑了:“你真美。”

凯茜好像吓了一跳:“你怎么这么酸?该不是发烧了吧?”

“不是发烧,不过想起以前的事,有些遗憾。”

“啊。”凯茜说着,向屋里走去,半路上还不忘向彼得甩了甩浴巾,“来吧,队长大人,你的队员要等急了。这节沉重的哲学课都把我说饿了。”

精美的食物,糟糕的晚餐。

厚实的肉片来自上好的肋条,土豆烤得恰到好处,新鲜蔬菜应有尽有。葡萄酒看上去十分昂贵,味道也相当醇美。正餐后,每人选了三道甜点,喝了现磨咖啡,又品了一点利口酒。可是,彼得想,气氛太紧张,实在让人不快。戴马里奥还没上桌,就已经醉得一塌糊涂,坐下后更是饮酒如水,声音越来越大,话说得越来越糊涂。爱·柯·斯图尔特沉默得像块冰,但那冷淡疏远的冰层下燃烧着熊熊怒火。彼得试着将话题引向火药味不那么浓的方向,可巴尼什让他的每次努力都落了空。虚伪的慷慨根本无法掩盖他的自得。大学时的旧伤疤一个个揭开,每当彼得用愉快而无害的回忆缓和气氛时，巴尼什就微笑着重提令人不快的旧事。

喝完咖啡后，爱·柯终于忍无可忍。“烂账！”他大声打断了巴尼什——这是整个晚餐过程中他说的第三句话，“除了烂账还是烂账。巴尼什，你到底想干什么？你把我们弄到这儿，和你关在一起，究竟在打什么主意？就为了证明我们以前捉弄过你？如果是这样……好吧，我们那时候是对你不好，我很惭愧。定我以罪，定我以大罪！不过，就此打住，过去的就过去吧。”

“过去？”巴尼什依旧在微笑，“是啊，也许这些都过去了。可你真的变了，爱·柯。你拿我寻开心那会儿，每个笑话都能说上好几星期。过去的不一定就过去了，对不对？我和威斯利那场比赛是怎么回事？比赛结束，我们就这么让它‘过去’了？好像不是吧。你们看，棋十二月就下完了，可五月毕业时你们还在说这事儿——没有一次聚会不说。对于我，它永远都是现在时。我每次见到戴马里奥，他都能拿出不同的将法给我看。那年里，我们亲爱的队长一直不和我下社团赛。你，爱·柯，见面必问‘兔八哥你最近是不是又输棋了’，你不光让那盘棋上了俱乐部会刊，还把它寄给了《象棋生活》。当然啦，对你们来说，这些事都已经过去，可我的记性偏偏好得出奇。我不是个容易忘记过去的人，所有事……所有事我都记得。我好像能看见威斯利坐在那儿，手搭在肚子上，一动不动，用那双小猪眼望着我。我记得他落子的样子，用食指和拇指拿棋，又小心，又讲究。我记得，每走几步我都会到大厅去喝几口水。墙上贴着几张图表，诺顿就站在边上，正和甲组的马沃拉说话。知道他们在说什么吗？那家伙手舞足蹈地对诺顿说：巴尼什一定会搞砸，见鬼，巴尼什一定会搞砸！彼得，对不对？我经过赖斯身边时，他看着我说：我们要是毁在你手上，你就等着吧，兔八哥！哦，赖斯，他也是个可爱的东西。我记得所有过来看我们比赛的人。诺顿和温斯洛两位队长大人站在角落里，激烈地说着什么，温斯洛邋邋遢遢，胡子好久没刮了。他拿着记录板,正在分析我们这场比赛对总排名的影响。我清楚地记得自己推倒王时的心情。戴马里奥开始踢墙;爱·柯耸耸肩,盯着天花板;彼得走过来,只说了句'巴尼什!'就开始摇头。你们看,我嘛,记忆力还和以前一样好,什么都忘不掉。但我记得最清楚的还是那盘棋。若是你们高兴,我现在就可以从头到尾一步不差地背出来。"

"该死,"斯蒂夫·戴马里奥说,"你只要记一步棋就够了,兔八哥!马吃兵,除了这个都是扯淡。弃子……能让你赢棋的那着,你没走的那步弃子!我已经不记得你当时走的是什么软骨头烂棋了。"

巴尼什笑了。"我为了保护车列上的兵,把王移到马前,"他说,"我的车一直在护王,威斯利想吃那个兵。"

"兵,小兵!"戴马里奥说,"你已经把他逼死了,只要弃子,那头没用的大象就要完蛋。该多有趣啊,兔宝宝胜大象!老温斯洛一定会吓得连记录板都扔了。可你砸锅了!就为了那个可怜兮兮的小破兵,大家都给你毁了。"

"你早就跟我说过了,"巴尼什说,"不止一次。"

"好了好了,"彼得说,"我不觉得再说下去有什么意义。斯蒂夫喝醉了,布鲁斯,你也看到了,他已经管不住舌头了。"

"他心里清楚得很,诺顿。"巴尼什皮笑肉不笑地晃了晃手里的酒杯。彼得被他的眼神吓了一跳。除了仿佛触手可及的仇恨,巴尼什眼中还藏着些什么——某种又老朽又刻薄的东西困在他双目之后。那双眼睛漫不经心地扫过安然端坐在满屋敌意之中的凯茜,又依次望向斯蒂夫·戴马里奥、彼得·诺顿和爱·柯·斯图尔特,充满憎恶,却又无比愉悦。

"够了……"彼得几乎是在哀求。

"没够!"戴马里奥大声吼道。酒精已点燃了他的神经。"没够!永远没够!浑蛋!拿棋来,兔八哥,我要和你下!让我们当场看看,从头下一遍！我要教你知道你究竟是怎么搞砸的！”他说着，摇摇晃晃地站起来。

“我倒有个更好的主意。”巴尼什说，“坐下，戴马里奥。”

戴马里奥迷惑地眨眨眼，又倒回椅子里。

“很好。”巴尼什说，“至于这主意是什么，一会儿再解释吧。现在我想先给大家讲个故事。阿奇·邦克说得好：以牙还牙，方得公道。可是，如果被报复的人连为什么倒霉都不知道，这仇报得也就没意思了。我要跟你们说明白，让你们知道我是怎么毁了你们的生活。”

“得了吧！”这就是爱·柯的回答。

“你从来都不喜欢听故事，爱·柯。”巴尼什说，“知道为什么吗？其他人讲故事时，他们就成了人群中心，可你觉得那只能是你自己的位置，无论在哪儿都这样。现在，你再也不能哗众取宠了，当配角的感觉怎么样？”

爱·柯厌恶地摇摇头，给自己添了点咖啡，“说吧，巴尼什，讲你的故事好了。大家都洗耳恭听。”

“当然，不是吗？”巴尼什笑着说，“好吧，一切都是从我和威斯利那盘棋开始的。我并没下砸。那本来就是局无法获胜的棋。”

戴马里奥发出相当粗鲁的嗤声。

“现在我很清楚这点，”巴尼什若无其事地继续说道，“可是那时候我也觉得你们是对的，是我害了大家。我痛苦了很久，年复一年……时间之长你们绝对无法想象。每晚临睡前，我都会在脑中重下那局棋。就这样，我一辈子都毁在一局棋上。我着了魔，中了邪，全心盼望老天能再给我一次机会。我觉得，我所有的不幸不过是缘于一步之失，如果可以重新来过，我一定能下得更好。我想回到比赛现场，换一种走法，打败威斯利。五十多年里，这一直是我的目标，也是我唯一的目标。”

彼得猛地吞下一大口冷咖啡，“什么？五十年？你刚才是说……五十年？”

“五十年。”巴尼什重复了一遍。

“你疯了。”爱·柯说。

“没有。”巴尼什答道,“天才和疯子只有一线之隔,而我并没有疯。你们有人听说过时间旅行吗?”

“那种事不可能存在,”彼得说,“很多悖论都……”

巴尼什挥挥手,示意他别插嘴,“你是对的,但是,也不全对。诺顿,时间旅行的确存在,虽然实现形式受到很大限制,但这并无大碍。若是说起数学原理来,估计你们没人能听懂,我就不多费口舌了。简单类比一下吧,人们都说时间是第四维,但它与其他三维间存在着微妙的差别。我们的意识可以在四维方向上活动,不过这种活动是单向的,我们只能从过去来到现在。时间本身并不流动,就像三维空间并不活动一样,从一个瞬间跳到下一个瞬间的是人的思想。以上类推就是我的理论基础。我认为,既然意识可以在时间中正向位移,它一定也可以反向移动。我花了五十多年才解决所有技术细节。那时我已经能回到过去了。我管这种时间旅行方式叫‘闪回’。

“那是我的第一次人生,诸位,一败涂地,荒唐可笑,一文不名。我棋迷心窍,只能勉强做些零工维生。我恨你们——那五十年里,我无时无刻不恨着你们每一个人。你们各自事业有成,我的努力却以失败告终,这一切都好似火上浇油。离校二十年后,我在售书会上见过诺顿一面。你无比自以为是,傲慢得要死。就是那时,我下定决心,一定要毁了你们!

“我说到做到。七十一岁时,我终于完善了时间机器。物体不能穿越时间,但思想不同,那发明可以把我的意识送回过去人生中的任一时间点,将我的记忆叠加到那时的记忆之上。我不能带其他东西一起回去。”巴尼什笑着,意味深长地伸手弹了弹额头,“好在我的记忆力还是那么好,这已经很够用了。只要记下适当的东西,闪回青年时代,就能重新开始。我可以在人生的棋局里尝试不同的走法,而我也这么做了。"

斯蒂夫·戴马里奥眨眨眼。"你的身体,"他口齿不清地说,"你的身体会怎么样,嗯?"

"有意思的问题。闪回会杀死当前时间点上的时间旅行者。虽然原先的时间线不会受什么影响,但旅行者本人会死。我也没亲眼见过,但理论上说应该没错。当然,与此同时,过去的种种变化会促生一条崭新的时间线。"

"平行世界。"戴马里奥说着点了点头。

"对。"

凯茜大笑起来。"难以置信,我居然乖乖坐在这里听你编故事,"她说着,指了指戴马里奥,"他居然还相信了!"

爱·柯·斯图尔特一直眼神空洞地看着天花板,脸上挂着轻蔑的微笑,仿佛在迁就一个任性的孩子。这时,他坐直身子,对凯茜说:"说得好。布鲁斯,我可没你那么头脑简单。如果你觉得靠这些鬼话就能哗众取宠,我告诉你,门儿都没有。"

巴尼什转向彼得:"队长,你说呢?"

"这个……"彼得小心地说,"有点太夸张了,布鲁斯。你说那盘棋让你着了魔,我觉得这倒没错。你该忘了我们这些人,找个专家谈谈。"

"什么专家?"巴尼什问。

彼得不安地扭着身子:"你也知道,心理医生,咨询师……"

巴尼什咯咯大笑。"看来连失败都没让你谦虚些,"他说,"现在的你和书店里那个你一样坏。在那条时间线里,你是个成功的小说家。"

彼得叹气道:"布鲁斯,你不知道这些异想天开的小故事听起来有多可怜。我说,你已经很成功了,我们都不如你,即使这样你还不满意,居然把我们拖到这里,听你讲奇怪的故事——说得还挺生动。你想证明我们的失败都是你一手造成的,可是,你的复仇并不存在,只是想象罢了。"

“这些事确实发生过，并非想象，诺顿。”巴尼什大声说，“我可以详详细细地把经过说给你们听。”

“就让他说吧，彼得，”爱·柯说，“说完了我们就能离开这可笑的兔子洞了。”

“真是要谢谢你，爱·柯。”巴尼什环视桌边的几人，一脸无与伦比的满足，仿佛长久以来的梦想即将成为现实。最后，他的视线落在戴马里奥脸上。“就从你开始吧，”他说，“事实上，你的确是我的第一个目标。你眼界太窄，要毁你太简单了。在原来的时间线中，你和现在的我一样有钱。我一直在完善闪回装置，你却在花花世界中大发横财，先是做电子产品，后来卖更实在的东西，比如家用电脑什么的。你天生就是做这行的料，聪明能干，创意十足，做起生意来没人比得上。

“闪回以后，我变成了你。离开第一次人生前，我研究过你早年间所有的小把戏，你最聪明的创意，还有让你财源滚滚的几项发明。我不光拿了你的点子，而且牢记它们的发布日期。回到过去后，要用你自己的知识打败你简直易如反掌。一次又一次……戴马里奥，以前你有没有想过，为什么每次你脑子里有灵光闪过，我都能快你一步？我过着你的生活，戴马里奥。”

戴马里奥面如死灰，他已经开始双手发抖，“愿上帝诅咒你。”

“别上他的当，斯蒂夫，”爱·柯忙说，“他说这些只是想让我们更痛苦。这太荒唐了。”

“可这是真的!”戴马里奥几乎是在哀叫。他看了看爱·柯，又看了看巴尼什，最后无助地将目光转向彼得，他的眼睛在厚镜片后闪着疯狂的光，“彼得，他说，他说——我的点子，是的，他总比我快一步——他，他，我跟你说过，他——”

“的确。”彼得肯定道，“以前我们聊天时，你也跟布鲁斯说过。他现在不过在利用你的想法罢了。”

戴马里奥张了张嘴，但什么也没说。

“再喝一杯吧。”巴尼什建议道。

戴马里奥双眼圆瞪，好像要扑上去咬他似的。彼得见情况不对，正准备随时冲上去阻止，却见斯蒂夫抓过半满的酒杯，重新斟满。他双手颤抖，酒溅得到处都是。

“你真可耻，布鲁斯。”爱·柯说。

巴尼什转过脸来。“打垮戴马里奥既轻松，又富有戏剧性。”他说，“可你是根硬骨头，斯图尔特。除了工作他一无所有，你看，我一夺走他的事业，他就溃不成军。只要抢先他几步，他就信心全无。他现在这样，大部分都是自作自受。可你，爱·柯，活得更丰富。”

“继续说你的童话吧，巴尼什。”爱·柯无可奈何地说。

“戴马里奥的点子让我发了财，”巴尼什说，“我就用这些钱来对付你。你的失败不如戴马里奥那么让人快活，也没那么彻底。他是从山顶跌入谷底，而你原来就在半山腰上，我也只能把你推到山脚去，可我毕竟得手了。我动了点手脚，让你丢了几个大客户。你还在博达大桥时，我让另一家公司挖走了一个叫艾勒德的写手——在原来那条时间线里，他本会策划一次让你身价翻番的活动。对了，还记得你跳槽那次吗？那家新成立的公司本来说要给你高薪，可它没多久就倒闭了，你成了无业游民。这也是我的功劳。算来我一共给你找过二三十次这样的小麻烦。斯图尔特，你有没有想过，为什么你事业上的每次努力都以失败告终，无一例外？只因为运气不好？”

“不，”爱·柯说，“我现在还算成功。谢了。”

巴尼什笑了：“说来我还跟你开过一个小玩笑。去年你是不是染上了疱疹？那也是我安排的。记得把疹子传染给你的那个姑娘吗？我可给了她不少钱。那是我找了多年，才发现的合适人选——她是个失业女演员，年轻漂亮，正对你胃口。那时候她非常潦倒，可以为了钱做任何事。妙的是，这姑娘正好有种治不好的传染病。你还喜欢她吧，斯图尔特？其实你也知道，错都在你自己。我把她推到你面前，其他事可都是你自己干的。想到你帮我安排的那次约会，我觉得你和她简直般配极了。”

爱·柯完全不为所动：“如果你觉得这么说能打动我，让我相信你，就大错特错了。这些话只能证明一件事：你派人调查过我。”

“哦，”巴尼什说，“你还是这么多疑，斯图尔特。如果承认我说的话，就等于承认你自己是个十足的傻瓜——你怕的其实是这个。”他说着，转向彼得，“还有你，诺顿，我勇敢的队长。你是最顽强的。”

彼得迎上他的目光，一言不发。

“知道吗，我看过你的书。”巴尼什漫不经心地说。

“我从没出版过什么书。”

“哦，我是说，在原来的时间线里。那是本很成功的书，书评家都很喜欢。它还在《时代周刊》畅销书排行榜最后几行上露了一小脸。”

彼得一点也不高兴：“说来容易，真可悲。”

“我记得，那本书是叫《笼中兽》。”巴尼什说。

彼得本来好端端地坐着，耐着性子听他说，既看不起他，又实在同情这可怜的癔症病人。可是，他听到这三个字，突然像挨了一耳光似的挺直了身子。

他听见凯茜倒吸一口冷气。“上帝。”她说。

爱·柯有些摸不着头脑，“彼得，怎么了？你好像……”

“那本书没有人知道，”彼得说，“你是怎么打听到的？对，我以前那个代理人——一定是他告诉你的，对吧？”

“不。”巴尼什沾沾自喜地笑道。

“你说谎！”

“彼得，到底怎么了？”爱·柯说，“怎么这么生气？”

彼得看着他，“我的书……《笼中兽》……那是……”

“你写过这么本书？”

“是。”彼得不安地吞了口唾沫，只觉得又迷惑，又生气，“是的，我写过……大学毕业后……那是我的第一本书。”他紧张地笑了笑，“我以为那书能出版……我对它期望很高。那是写马戏团的，一本严肃的书，但商业潜力也不错。你们知道，我一直对马戏团很着迷。马戏如人生，我觉得那像是一种生活……非常丰富，非常热闹，但总要谢幕，难以久长。我以为我能写出最伟大的马戏团小说。大学毕业后，我跟着林林家族的蓝色巡回团游历了一年，一边体验生活，一边当小贩，在观众席上卖些小玩意儿。一年过去，我又花了两年才写出这本书。主角是个孩子，驯虎师。写完以后，我把它寄给代理人。过了不到三个礼拜，回信就来了。我，我……”他说不下去了。

但爱·柯已经知道他要说什么了，他皱眉道：

“我记得有一本关于马戏团的畅销书……叫什么来着？”

“《蓝色巡回团》，”彼得的每个字都沾着苦涩，“作者叫唐纳德·黑斯廷斯·苏利文。这老家伙是个雇佣作家，以前用笔名写过五十来篇恐怖小说，十几部老掉牙的西部故事。这样的人……居然能写马戏团，简直难以置信。爱·柯，我不信那是他写的。那是我的书，不过换了个名字。当然，具体字句也不一样，我那本写得比他好多了。可是……故事、背景、情节，连几个角色名都是一样。我当时吓坏了。代理人不愿卖我的书。他说，这书和《蓝色巡回团》太像了，没有出版社会要。即使我想法子出版了它，也只能坏自己的名声。说好听点儿是借鉴，说难听些就是抄袭，是剽窃。三年……我三年的心血，就被‘剽窃’二字一笔勾销。我们大吵了一架，然后解约了。那以后，我再也没找到代理人，再也没写过书。一次足矣，我的精力已经耗尽。”彼得转向巴尼什，“我毁了手稿，把复件全烧了。除了那个代理人和凯茜，没人知道这本书。你究竟是怎么得知的？”

“我已经说了，”巴尼什说，“我看过你的书。”

“骗子！”彼得大骂道。狂怒如风暴般卷来，他抄起杯子，向桌子那头巴尼什的笑脸砸去。他想击碎那自鸣得意的笑容，想看那张脸扭曲流血，可是，巴尼什一低头，杯子砸碎在墙上。

“别冲动，彼得。”爱·柯说。戴马里奥眨着眼，醉得迷迷糊糊，一副蠢相。凯茜握着桌沿，指节都捏白了。

“鄙人以为，队长大人的确反应过激了。”巴尼什笑着说，他的酒窝更明显了，“你知道我没说谎，诺顿。那本书我从头到尾都看过。如果你还不信，我可以把情节背给你听。”他耸了耸肩，“是啊，我的确背过，不过那次是背给唐纳德·黑斯廷斯·苏利文听。本来我可以自己动笔，不过对于舞文弄墨我一点儿兴趣也没有，这才雇了他。老苏利文得到这个机会也很高兴，他拿了笔丰厚的报酬，我们平分了版税。那笔钱可真不少。”

“你这臭狗屎。”彼得骂道。但怒气已如潮水般退去，他的声音虚弱而疲倦。彼得觉得自己仿佛得了一场大病，潦倒至极，一败涂地，又哀怨，又无助。他突然意识到：他相信巴尼什的话。那天方夜谭般的故事里，每一个字都是真的。“你没撒谎，是吗？”他说，“是你，那些事，的确是你做的。你拿走了我的书，毁了我的梦。”巴尼什一言不发。

“其他事……”彼得说，“后来那些事也是因为你，是不是？书没出成，我又去当记者。可我根本抓不到大新闻，采访过的人突然改口，要么干脆失踪，大家都以为是我自己在编故事。派遣泡汤，官司接踵而来，剽窃，侵犯他人隐私，诽谤……只要我迈步，不管往哪儿走，一定会撞上官司。两年后，我在新闻界实在做不下去了。这都不是我自己倒霉？你毁了我。”

“我很佩服你，诺顿。我不得不闪回两次，都是因为你。第一次，我毁了你的作家梦，刚一转身，你就成了个大受欢迎的红记者，四处获奖，名声大噪，拥有一切。那时要再对你下手已经太晚，我只得从头再来。”

彼得只听自己说道：“我真该杀了你，巴尼什。”

爱·柯在摇头。“彼得，”他仿佛在向高分低能的学生耐心解释问题似的，“这是弥天大谎。别拿兔八哥当真。”

彼得看着自己的老队友,“不,爱·柯,他没有撒谎。忘了你的面子,好好动动脑子。他说得有理,所有事都能对上。”

爱·柯·斯图尔特哼了一声。他皱起眉,又去摸胡子。

“听队长的,斯图尔特。”巴尼什说。

彼得又转向他:“为什么?我只想知道,你究竟是为什么?因为我们拿你开过玩笑,骗过你?也许我们是很坏……可是,以前事情本没有那么糟,太多事都是你自找的。再说,无论我们做过什么,都不该受到如此对待。我们曾是队友,曾是……朋友。”

巴尼什敛起微笑,胖脸上的酒窝消失了:“我从没拿你们当过朋友。”

戴马里奥一听这话马上大点其头。“鬼才是你朋友。我跟你说,小兔八哥,你就是个软骨头——一直是个软骨头。就因为这个,从来没人喜欢你。平头小子,胆小鬼,废物。妈的,你以为大家只拿你开玩笑?我呢,我不是终极幸存者吗?爱·柯不是也打趣彼得和赖斯他们吗?”他喝了口酒,“把我们弄到这里来,更说明你是个软骨头。你还是老样子,做了点儿破事,还不忘自吹一通,吵得全世界都知道。如果出了问题,责任总在别人身上。我没说错吧?你输棋,不是因为灯太亮,就是因为别人太吵,反正你没问题。”戴马里奥站起身来,“你真让我恶心。是啊,是你毁了我们,也许吧。该说的都说了,你满意了吧?乐也乐过了,现在我们要走了。”

“附议。”爱·柯说。

“别,我才不想让你们走。”巴尼什答道,“咱们还没下过棋呢。来几盘吧,算是纪念过去的好时候。”

戴马里奥眨眨眼,扶着椅背挪了挪身子。“下棋,”他重复着,突然想起自己之前还向巴尼什叫过阵,“我们就下那盘棋。”

巴尼什小心地在桌上叠起双手。“还有更精彩的呢。”他说,“我是个讲理的人。你们以前从没给我留过后路,可现在我要给你们一个机会,大家都有份儿。我毁了你们,诺顿,这是你自己说的。很好,亲爱的朋友们,你们现在有机会把失去的东西赢回来。我们就下棋——就下那盘棋,就从那一步开始。我是威斯利,你们是我。你们三个可以商量,我和你们各下一局。你们都说那时我一定能赢,现在不妨自己来试试。如果我输了,就放你们走。你们想要什么,我就给你们什么,钱,家产,好工作……什么都行。"

"去死吧,兔崽子!"戴马里奥说,"鬼才想要你的钱!"

巴尼什拿起酒杯,挑衅地扫视众人,笑得无比灿烂:"若是你们高兴,我也可以让你们用我的闪回装置。只要回到过去,从头来过,你们就能拿回原来的生活。想想吧,多好的机会,大家都别错过。我的条件又不难。既然胜局已定,你们只要顺水推舟就好。"

"下棋时,顺水推舟最难。"彼得阴郁地说。可是,与此同时,他的大脑开始飞速运转,一波波战栗从他骨髓深处泛起来。机不可失,他想,被夺走的生活还会回来,他可以改变过去,离开荆棘丛生的失败之路,品尝甘美的成功果实。和凯茜的婚姻是出荒谬的谐剧,不妨让它永远不要开场。梦想的墓园敞开大门,熄灭的希望余烬中又生出鬼魅般的星火之光。他必然要赌这一局。他知道,别无选择,只能如此。

斯蒂夫·戴马里奥比他快了一步。"不就是那盘他妈的棋,我能下赢你。"他借着酒劲儿大声说,"闭着眼都行。你倒霉了,兔八哥,快拿棋来,混蛋!"

巴尼什笑着站起来,一双大手按在桌上,"别啊,戴马里奥。现在不行,要是你输了,一定会把责任推给酒精。等明天你清醒得像块硬石头,我再来陪你玩。就明天吧,明天我跟你下。"

戴马里奥愤怒地眯起眼睛,紧接着重复了一遍,"就明天。"

待夫妻俩回房后,凯茜终于开口:"彼得,我们今晚就走吧。现在就走。"

彼得坐在壁炉前。他从床头柜第一格里翻出副棋来,已经摆出当年的子位,正在研究。听妻子打岔,他不耐烦地说:“走?你哪根筋不对,竟然让我走?车还锁在车库里,往哪儿走?”

“房子里一定有电话。我们找出电话,叫人来救我们。要么走下山去也行。”

“现在是十二月,小姐。我们在山里,离哪儿都不近,就这么跑出去一定会冻死。我们不走。”

彼得将注意力转回棋盘上,重新集中精神。

“彼得!”凯茜发火了。

棋盘前的人又抬起头来。“怎么?”他不高兴地说,“没看见我很忙吗?”

“我们不能就这样待着,这事不对劲儿。巴尼什疯了,该有人把他关起来。”

“他没说谎。”彼得说。

凯茜神色柔和起来。她脸上掠过一抹忧伤,柔声道:“我知道。”

“你知道什么!”彼得狠狠吼道,“你知道我的感受吗?我要让那混蛋付出代价!这么多年,这么多烂事,都是他搞的鬼!我算是明白了,你嫁给我一定也是他安排的。”

凯茜动了动嘴,眼神直直的,可是,她的悲愁转瞬即逝,彼得又看见了熟悉的鄙夷与怜悯。“你还会输给他。”她冷酷地说,“他给你们放出饵来,你们一高兴,他又要把饵收走。你会输,彼得。那时你会怎么想?以后你要怎么办?”

彼得低头看着棋盘:“那倒是正中巴尼什下怀。不过他太蠢了,这盘棋能赢,只要找到正确的棋路,技巧得法就行。再说,我们有三次机会。如果戴马里奥失手,我和爱·柯也能汲取他的教训。我不会输,也不能输。也许以前我一直没成功过,但这次不同,我要赢给你看。”

“就让我看看吧,好得很。”凯茜说,“可怜虫。”

彼得没理她。他低下头,轻推一子——以马吃兵。

第二天早晨，凯茜留在房间里不出去："高兴的话尽管去下你那鬼棋好了，我要泡在浴缸里看书。别扯上我。"

"随你便。"彼得说完，用力关上门，心里再次慨叹自己不幸的婚姻。

楼下那宽敞的客厅正中摆开一张普通木桌，桌上是一副标准比赛用棋。巴尼什小心地展开绿白格软棋垫，排出标准斯汤顿棋子。这套棋由黑白两色塑料制成，底部以铅加重，已经用得很旧。这副棋与角落里那副不同，棋子不花哨，也不昂贵，更没有固定在棋盘上。毕竟那种东西只是装饰品，正式比赛中全不合用。巴尼什一眼没看凝固在昂贵棋桌上的残局，就按记忆布好子，开始调设棋钟。"没钟可不行，"他边说边笑，"钟上的时间也和在埃文斯顿那天一模一样。"

一切就绪，巴尼什满意地打量着棋盘，在黑棋后坐下。"准备好了吗？"他问。

斯蒂夫·戴马里奥手拿一大杯橘汁，在他对面落座。他面色苍白，显然还在吃宿醉的苦头。酒瓶底似的镜片后，一双眼睛紧张地转来转去。"好了，开始吧。"

巴尼什按下棋钟。戴马里奥的表开始计时。

戴马里奥飞快地伸出手，用马吃了巴尼什的兵，落子之时，发出一声轻响。他用黑兵狠狠砸向按钮，巴尼什那边的钟开始计时。

"弃子，"巴尼什说，"真是奇招。"他毫不客气地吃了马。

戴马里奥用象吃兵，又图弃子。巴尼什不得不出王。他浅笑着，胖脸上挂着酒窝，完全不为所动，茶色眼镜后的目光敏锐犀利，却又充满愉悦。

斯蒂夫·戴马里奥俯身打量棋局，那双黑眼睛左看右看，扫来扫去，仿佛在确认局势仍在掌握之中。他跷起腿，马上又放下。他身后，连彼得都能感觉到，压力如浪，一波波向戴马里奥逼来。爱·柯·斯图尔特本坐在稍远处一张大扶手椅里，这时也开始向这边张望。棋钟"嘀嗒”作响,声音轻柔。戴马里奥向白后伸出手,却突然犹豫起来。他的手悬在空中,不住颤抖。

“怎么了,斯蒂夫?”巴尼什合拢指尖,顶着下巴。见戴马里奥抬头望向自己,他微微一笑,“你在犹豫,知道吗?优柔寡断等于失败。怎么突然没辙了?不是吧,你以前不是最有主意吗?你给我看过多少种将法来着?”

戴马里奥眯眼皱眉。“那我再给你看一种好了,兔八哥。”他怒火中烧,一把攫住白后,向前一推,“将!”

“这样啊……”巴尼什说。彼得看了看局势。刚才的双弃子已经将黑王前方扫清,白后的将军更断了它的退路。巴尼什将王向棋盘中心前推一格,离白方子力密集区又近一步。他输定了。现在,黑方所有防御都集中在后翼,白方已将他团团包围。

巴尼什依旧面不改色。

戴马里奥重新观局。棋钟“嘀嗒”,他又抿了口果汁,在椅子上不安地动了动。巴尼什打了个呵欠,嘲弄地讪笑着:“比赛那天你是大赢家,戴马里奥,你超越过大师,我们这组只有你赢了。现在怎么了?你那些漂亮将法都哪儿去了?”

“方法太多,我都不知道选哪种了。”斯蒂夫答道,“兔八哥,闭嘴。见鬼,我在想呢。”

“哦,我没听清,你说什么?”巴尼什说。

戴马里奥花了整整十分钟,才将手伸向剩下的马。“将。”

黑王继续向前。

戴马里奥舔舔嘴唇,将白后前推一格。“将。”

黑王避开锋芒,退回安全的后翼。

戴马里奥的兵趁势追击。“将。”

黑方别无选择。巴尼什扬扬自得地笑着,用黑王吃掉白兵。

前路洞开,白车终于可以移出。戴马里奥没有放过机会。“将。”

黑王再次移开。

白车继续进逼,直推到黑王面前。“将!”戴马里奥大声说。

彼得无法抑制地倒吸一口冷气。那枚车没救了,巴尼什可以直接吃了它。他从戴马里奥肩后望向棋盘。没错,黑王直接吃掉白车,但移出另一枚车就可以将它逼回去,然后白后再动一格……一局之中,变化无穷,将法无穷。黑方子力雄厚,但布局不佳。如果巴尼什用马吃白车,不动黑王,那一格周围就失去了防御力量,白后再将,黑王前推,白象移出……这样更快。

戴马里奥喝干果汁,放下空杯。他的动作因自信利落了不少。

黑王斜上,巴尼什只能如此。彼得想着,和戴马里奥一样俯身看去。黑王已经被白子包围,怎样才能逼得更紧?斯蒂夫有三种将法,不,四种。彼得一言不发,默默思忖。不能用车将军。只要黑王退回,再走几步,就能化解攻势。用象?不,巴尼什可以用自己的象换子,毕竟他现在子力占优。用后将军则会出现好几种变化。

彼得还在一一分析,戴马里奥却突然抬手,将白王前的兵向前移了两格。他重重落子,又用力一拍计时器,随即双臂环胸,向后一靠:“到你了,兔八哥!”

彼得重新看去。戴马里奥没有将军,但刚才的兵断了巴尼什的退路,完善了车的攻势。黑王受到三方牵制,退无可退。当然,巴尼什还有机会,他可以利用眼下这步组织防御。黑后可以……不,白后将,黑王退,车将,吃黑后……也许象可以……不,四步连将,巴尼什就完了。彼得看得越久,越觉得黑方防御无力。巴尼什可以苟延残喘,但他已经回天乏术。

巴尼什可不像在“残喘”。他冷静地拿起马,推到后翼马前六格,波澜不惊地吐出一个字:

“将。”

戴马里奥呆住了。彼得也呆住了。爱·柯·斯图尔特站起来,向这边挪了几步。他一边看棋，一边捻着胡子。刚才的将军不过是步废着，彼得想，戴马里奥可以用兵吃马，直接进王也不错。除非……彼得皱起眉头，白方用象列上的兵吃马，黑后将，白王移到第二格，黑后吃兵连将，白王……不行，黑后到第八格，白方又被将死，而且死得更快。

戴马里奥举手进王。

巴尼什斜上一象。“将。”

斯蒂夫别无选择，只得继续进王。情况有些棘手，但白方攻势依旧，一有机会，便可反击。

巴尼什退马连将。

戴马里奥眯着眼，不停地挪腿。彼得看出，如果他将王撤回，巴尼什还能继续连将，把白方困死。不过，白车和白后都可以吃黑马……戴马里奥选择了前者。

巴尼什用后吃了白兵。白方形成连将的关键子力一去，攻势顿时瓦解。戴马里奥可以用后吃掉黑后，但巴尼什只要出动两子，就能拿下白后。如此换子之后，白方再无胜算。斯蒂夫没有动后，将王撤了回来。

巴尼什“嗤”了一声，用后吃了白马，彻底化解了戴马里奥的连将，同时诱他换子。如果双方换后，黑方再将，形成牵制，吃，再吃，连吃……最后白方只余一子，全面惨败。不，一定有更好的走法……现在局势依旧微妙。彼得盯着棋盘，努力思索着。

斯蒂夫·戴马里奥也在思索。时间在流逝。巴尼什的计时器也很高级，钟面上，数字稳稳地跳着。戴马里奥还要走七步，才能达到时间控制的要求，他的总时间也只剩下不到一刻钟。有些紧张，不过问题不大。

可戴马里奥只一味枯坐。他眯着眼，来回扫视棋盘，接着又摘下眼镜，用衣角揩了揩。很可惜，再次透过镜片看去时，局势依然如故。他狠狠地盯着黑王，仿佛想用意念推倒它。最后他站起身来。

“我要喝一杯。”他说。

“我去拿。”彼得马上说,“快坐下。你只剩八分钟了。”

“是啊……”戴马里奥说完,重新坐下。彼得到吧台边弄了杯鸡尾酒来,斯蒂夫接过杯子,一饮而尽,目光一刻也没离开棋盘。

彼得不经意地扫了爱·柯一眼。他面向天花板,摇着头,沉默不语,但彼得知道他想说什么:算了,让它去吧。

斯蒂夫·戴马里奥坐在原地,越发不安起来。还有三分钟时,他伸出手,想了想,又动了动身子,将手收回去,并拢双腿,俯向棋盘。他的鼻子离棋子只有几英寸。

钟还在走。

不等他直起身,巴尼什就微笑起来:“大势已去,戴马里奥。”

戴马里奥抬起头,眨了眨眼,大张着嘴。“时间……”他急切地说,“再给我些时间,我就能赢,一定能赢……一定有办法……这么多将法……”

巴尼什站起身来:“时间已尽,戴马里奥。无论如何,你输了。”

“不,不!我没输!见鬼,一定有办法……”

彼得将手搭在斯蒂夫肩上:“斯蒂夫,别激动。很抱歉,布鲁斯说得对,你已经输了。”

“不……”戴马里奥固执地坚持着,“能赢的,我知道,只要,只要……”他的右手悬在棋盘上,发着抖。他推倒了自己的王。

巴尼什的脸上又现出酒窝。“听队长的话,神奇小子。”说完,他转脸望向面色阴郁的爱·柯,“下一个就是你,斯图尔特。明天,老时间,老地方。”

“如果我不想下呢?”爱·柯不屑一顾地说。

巴尼什耸耸肩:“悉听尊便。我就在这儿摆好棋等你,到时就按表。要么输棋,要么弃权,横竖都是输。”

“我呢?”彼得问。

“哦,亲爱的队长,”巴尼什说,“你是我的压轴戏。”

斯蒂夫·戴马里奥十分消沉,仿佛一条触礁的船。他呆坐在棋盘边,只偶尔去满上杯酒。上午过去,直到太阳西沉,他一直坐在原处,饮酒如水,着魔似的推着子,反复重温棋局。吃午餐时彼得好心做了几个三明治,全被他狼吞虎咽地塞了下去。除了彼得,没有人对他说话,也没有人安慰他。戴马里奥喝得又多又快,十分惊人。看来,过不了一个钟头,他就会醉死过去。

彼得和爱·柯终于不再理他,一起回到彼得的房间。彼得敲了敲门,“你穿得还好吧,凯茜?爱·柯也在。”

凯茜穿着牛仔裤和T恤来开门,“我一直都挺好。来吧,你们伟大的比赛怎么样了?”

“戴马里奥输了,”彼得说,“功亏一篑,我当时还以为他快赢了。”

凯茜嗤之以鼻。

“现在怎么办?”爱·柯问。

“你明天去吗?”

爱·柯耸耸肩,“去就去呗,反正我输了也没什么。”

“很好。”彼得说,“你能赢他。斯蒂夫就差那么一点,而且我们都知道,他状态很差。我们可以商量商量,看他究竟错在哪步。”

爱·柯又摸了摸胡子。他十分冷静,若有所思。“兵,”他说,“那着没有将军,给黑方留下可乘之机,才能组织反攻。”

“可若不出兵,就将不死他,”彼得说着,转头看去,只见凯茜站在那儿,双手环胸。“能把卧室那副棋拿来吗?”他说完,见她扭头走开,便又转向爱·柯,“我觉得斯蒂夫那之前就错了,应该说,只有出兵那着才是好棋,留有余地,暗藏锋芒。他布的其他局将上几次后就没用了。对,他错在之前。”

“是将军,”爱·柯说,“也许是他将得太急了?”

“没错。斯蒂夫不但没有将死他,反而让他慢慢卸除了压力。明天你得想法子稍加变通。”

“的确。”

凯茜拿过棋，放在两人之间的矮桌上。彼得马上摆好残局，她则盘起腿，在地上坐下。不过，两人一开始看棋，她很快无聊起来，不一会儿就闷哼一声站起身来。“你们都是疯子，”她宣布，“我要去吃东西了。”

“给我们带点吃的回来好吗？”彼得说，“来点儿啤酒最好。”

可是，凯茜在二人身边放下碟子时，他已经心无旁骛。

两人一直研究到晚上，只有凯茜一人下楼和巴尼什吃晚餐。“那人真恶心。”她回来时说。这句话如此愤愤不平，连彼得也忍不住略一分神，不过时间并不长。

“这里，这么走试试。”爱·柯边说边去移马。彼得的注意力马上转回棋盘上。

“看来你决定来玩了，斯图尔特。”第二天一早，巴尼什一见他们就说。

爱·柯那头沙色短发经过悉心梳理，整个人看上去清爽干净。他手拿一杯热气腾腾的咖啡，轻快地点点头，“眼光还是那么好啊，兔鲁斯。”

巴尼什轻笑一声。

“我先说清楚，”爱·柯竖起食指说，“你那天花乱坠的科幻故事我半个字也不信。下棋归下棋，好得很，但让你的闪回见鬼去，我要钱。明白吗？”

“你们这些爱开玩笑的家伙都太多疑了。”巴尼什叹气道，“你说怎样就怎样。想要钱？没问题。”

“一百万。”

巴尼什咧嘴一笑：“条件有变，不过我接受。赢了棋，你就能揣着一百万回去。我想……开支票没问题吧？”

“信用支票，没问题。”爱·柯转向彼得，“你是证人。”彼得点点头。

厅里只有他们三人。凯茜依旧兴趣寥寥,戴马里奥喝得烂醉,还在屋里睡觉。

"准备好了?"

"开始吧。"

巴尼什按下计时器。爱・柯以马吃卒,照旧弃子。他动作幅度不大,轻松敏捷。巴尼什吃马,爱・柯毫不迟疑地继续弃象。巴尼什继续吃象。

爱・柯・斯图尔特捻捻胡子,举手出兵。他没有将军。

"啊,"巴尼什说,"有进步。看来你藏了一手,对不对？这才是你。爱・柯・斯图尔特随时有包袱可抖。让人高兴的爱・柯,出人意料的爱・柯,鬼灵精怪,点子大王。"

"专心看棋,兔鲁斯。"爱・柯严肃地说。

"当然,当然。"巴尼什看棋时,彼得也走近棋盘。昨晚两人反复研究,认为戴马里奥的问题出在双弃子后那步后将上。还有好几种其他将法,都极富诱惑力,不过,两人试了几小时,把它们全否决了。如果黑方判断失误,他们自然各有方法,引其上钩,继而将杀;可是,如果黑方滴水不漏,这些点子就没有意义——他们不能寄望于巴尼什的失误。

这步兵走得更聪明,更温和,却暗藏玄机,不仅为白方打开通路,而且横挡在黑王和安全的后翼之间。一步之间,白方四面设局,把麻烦留给了巴尼什。

彼得以为这下够巴尼什头疼了。可后者思索时间之短,完全出乎他意料。巴尼什只看了几分钟,就拿起黑后,吃了后翼车列上未设防的兵。他将那个兵扣在手里,打了个呵欠,懒洋洋地靠回椅子上,悠闲淡定,泰然自若。

爱・柯・斯图尔特扫视棋局,略一皱眉。彼得也有些不安。巴尼什不该这么镇定。白方通过刚才那步,埋下太多威胁。昨天他们把各种可能性都预演了一遍,所有变例,所有分支……最后,两人都认为己方必胜无疑。睡前,彼得心中充满喜悦。白方进兵后,巴尼什有很多种防御法,他们自然不知道他会选哪种,但让两人满意的是,无论怎样挣扎,他都输定了。

可是巴尼什耍了他们。他全然无视爱·柯的威胁,彻底放弃防御,反而像最白痴的菜鸟一样高高兴兴地吃了兵。难道他们失算了?爱·柯考虑下一着时,彼得拖过把椅子在棋盘边坐下。

没什么,他想,没什么。如果巴尼什愿意,只要把后推到第八格就能将军,但那也是废着。昨天斯蒂夫太过急躁,忽略了后翼防御,但爱·柯不同。如果巴尼什将军,他只要把王移到后前两格。然后,在白车的威胁下,黑后只能再吃一枚毫无用处的兵,与此同时,爱·柯一定能在中间地带将死他。彼得越想越觉得巴尼什绝对无法像击败戴马里奥一样再图反击。

爱·柯聚精会神,思考良久,仿佛终于得出了结论。他面不改色地一推马,完成了对黑王的包围。现在,只要用后将军,他就能在第一格上逼死巴尼什。巴尼什吃马,爱·柯可以用车反吃,无论黑方如何垂死挣扎,接下来也只能乖乖投降。

巴尼什看着棋盘另一端的对手,微笑起来,漫不经心地抬起手。黑后进一,移到最后一格。

"将。"他说。

爱·柯捻着胡子,耸耸肩。他将王移开,用夸张的手势一拍钟,冷冷地说:"你输了。"

彼得没有异议。后的将军毫无意义,反而使黑方情势更加危险。白方威胁依旧,和刚才一样,无法消解,势不可当。现在,连黑后也处于危险之中。当然,他可以把后拉回去,但防御已然来不及。巴尼什一定是无路可走,才发疯地扔出这着臭棋。

可是,令人奇怪的是,那张胖脸上挂着可怕的微笑,嘴都快咧到耳根了。"我输了?"巴尼什说,"呵,斯图尔特,这次被耍的是你自己吧。"

他像个小姑娘似的“咯咯”发笑，一推黑后，吃掉白车。“将！”

彼得·诺顿已经很久、很久没参加过正式比赛了，但他记得眼见对手突出奇着、扭转局势时的感觉：脑中突然一蒙，瞬间不知所措，渐渐意识到对手一着之中的分量，心中一片恐慌。之后，每在下坡路上前进一步，心情也随之沉郁一分。身为棋手，比赛中最可怕的噩梦莫过于此。

现在的彼得正身在噩梦之中。

他们完全没料到，巴尼什居然舍后保车。通常情况下，这样的取舍简直不可理喻，但是现在看来，却又情有可原。局势突然如此清晰，彼得心里一凉。爱·柯不能不吃后。如果他动王，黑方就会借子力配合将军。这样一来，爱·柯只得撤走中部护马的车……然后……哦，浑蛋！

爱·柯又坐了一刻钟，想换种走法，但他已经没有其他选择。白车吃后，黑车马上消灭了那枚两步之前还咄咄逼人的白马。接下来，巴尼什通过一系列冷酷的换子，逐步化解了白方的威胁。很快，双方就进入终局。爱·柯还有一后五兵，巴尼什有一车、两象、一马、四兵。这时，那枚曾经身陷险境的黑王在中间地带耀武扬威，浑身散发着讽刺气息。

两人又下了好几小时。白后仿佛打不垮的草莽英雄，不屈不挠地反复将军，一边寻找落单的子力，一边谋求和局。可巴尼什太高明，太敏锐，根本不理会对手孤注一掷的挣扎。对于他，保持优势并非难事。

最后，爱·柯推倒了白王。

“我还以为，我们没算漏任何守着。”彼得呆呆地说。

“怎么了，队长？”巴尼什高兴地说，“守着都是败笔。回防的子力不是挡了攻势，就是堵了退路。我何苦自找麻烦？要守还是让你自己守好了。”

“看我的好了，”彼得愤怒地说，“明天见。”

巴尼什搓搓手：“我非常期待。”

当晚，大家在爱·柯房里总结战术。凯茜听见他们输棋，马上轻蔑地一笑，仿佛这种结果对她毫无悬念。她说，不想看见这些人在自己眼皮底下守着棋盘熬夜，彼得完全是在耍小孩子脾气。两人吵了几句，彼得气冲冲地夺门而出。

他进门时，斯蒂夫·戴马里奥正和爱·柯一起回顾早晨的棋。戴马里奥双眼发红，十分吓人，不过他看上去相当清醒，只是有些憔悴。彼得见他在喝咖啡。“怎么样?”他边问边拖过椅子坐下。

“不怎么样。”爱·柯说。

戴马里奥点点头：“见鬼，很不怎么样。我开始觉得，这弃子怎么看都是着臭棋。想不到啊……我不信，看起来那么好的一步……我们一定想漏了什么，一定。不过我觉得我是转不出来了。”

爱·柯补充道：“除了今天这着，兔鲁斯一定还有很多花样。别忘了，我们为设局先弃两子。也就是说，他也可以舍掉一些子力来脱困。他牺牲比我们小，最后阶段占了上风。我们刚才想了几个新点子，改进今天的下法……”

“比方说，那枚马不一定要送给他吃。”戴马里奥插了一句。

“……不过，这些法子都不太理想。”爱·柯总结道。

“你有没有想过，”戴马里奥说，“也许兔八哥说得对，弃子的确不管用，这局棋怎么下都是输?”他语调阴郁，仿佛自己也不敢相信。

“不，有一件事……”彼得说。

“什么?”

“十年前，巴尼什输掉比赛、害我们完蛋的时候，罗宾逊·威斯利也说过，他本来是该输的。”

爱·柯若有所思地说：“还真是，我都忘了。”

“威斯利差不多算是个高级大师，他不会随口乱说。我们一定能赢，只要对路就行。”

戴马里奥一拍巴掌，欢呼一声：“太棒了，彼得，说得好！加油吧!”

“我亲爱的夜游神终于回来啦。”彼得一进门就听见凯茜酸溜溜的声音,“知道现在什么时候了吗?”

她坐在壁炉边的椅子里,身着一袭暗色睡袍。炉火已熄,只余灰烬,她手中的香烟在黑暗中燃成一星萤火。彼得笑着进门,现在却眉头紧锁。凯茜过去烟瘾很大,可多年前就戒了。若不是烦闷至极,她也不会点烟。每到这种时候,两人一定有场恶架要吵。

“很晚了,”彼得说,“我不知道时间。这有关系吗?”大半夜过去,他一直在和另外两人商量对策。他们的时间没有白费,要找的路已经探出。彼得身体疲惫,但心中欣喜。他以为妻子已经睡了。对于现在的他,悲苦实在是种不合时宜的情绪。“别管时间了,”他试着讲和,“我们想出来了,凯丝。”

椅中的女郎慢条斯理地摁灭烟头:“想出什么了?打败变态房东的新点子?你怎么还不明白,我对你们该死的棋一点儿兴趣也没有。我说的话,你是不是都当耳边风?彼得,我等了你大半个晚上,现在已经快三点了。我想和你谈谈。”

“什么?”彼得不高兴地说。她的语气让他背上一阵发凉。“想和我谈?如果我不想听呢?你看,明天我有场重要的比赛,必须养足精神。我没法再熬上半夜,陪你吼到天亮。明白吗?我说,你怎么突然想‘谈谈’了,你还能说点儿什么新鲜的不成,嗯?”

凯茜笑得十分刺耳:“你的老朋友巴尼什,我可以透露一点儿关于他的新闻。”

“我不信。”

“哦,是吗?好吧,你知道过去两天他一直想跟我睡吗?”

她奚落似的说着,字字落在彼得耳中。他仿佛被人一掌掴在脸上,“什么?”

“坐下,”凯茜干脆地说,“好好听我说。”

彼得浑浑噩噩地坐下来。“你答应了吗?”他盯着她模糊的侧影,黑暗将他的妻子化为一道不祥的曲线。

“我？和他睡觉？老天，彼得，你怎么问得出口？你就这么恨我？我宁愿去陪蟑螂睡！——一看见他我就想起蟑螂。”她凄楚地“咯咯”发笑，“那浑蛋勾引女人的手段并不复杂，他说要给我钱。”

“你为什么要和我说这个？”

“为了让你长点儿脑子！难道你还看不出来，巴尼什只想不择手段，毁了你们大家。他不是为了我，而是为了报复你。你和那两个蠢货还高高兴兴地往套里跳。你们已经和他一样，被那盘鬼棋迷住了。”她向前靠了靠，彼得隐约看见妻子晦暗的脸。

“彼得，”她哀求道，“别和他下，你会输的。亲爱的，他打败了其他人，也能打败你。”

“亲爱的，你错了。”彼得牙关紧咬，同样的称呼换他说出，瞬间成了句滑稽的调侃，“为什么你老这么急着断定我会失败？见鬼，你就不能支持我一次？哪怕一分钟都好！如果只能帮倒忙，倒不如滚一边去！我受够了，混账！嘲笑我这个，嘲笑我那个，半点信心也没有……要是只想添乱，拜托还是别管我吧！”

彼得一通发泄之后，四周沉默良久。他在一片漆黑中静坐，几乎能感觉到凯茜的怒火在升级——她随时可能吼回来，没关系，他可以再顶回去。她大不了站起来摔点东西，他又会冲上去拉住她，更伤人的事还在后头。彼得紧闭眼帘，浑身发抖。他想哭。我不想这样，他想，真的，不想这样。

可是，这次，他想错了。凯茜开口时，声音温柔得不可思议。“哦，彼得，”她说，“我不想伤害你。对不起，我爱你。”

彼得很诧异。“……爱我？”他难以置信地说。

“拜托，听我说。念在过去的情分上，听我说，就几分钟。求求你。”

“好吧。”

“彼得……我以前的确信任过你。你一定也记得，一开始我们过得多好。那时候我很支持你，对不对？你写小说那几年，我工作养家，好让你腾出时间写作。”

“是啊是啊。”彼得说着，又生起气来。凯茜以前也算过这笔账，一提起她过去的付出，他就不情愿地想起那化为废纸的两年心血。“你怪我，我怪谁去？书不能卖又不是我的错。你也听见巴尼什怎么说了。”

“我又不是在怪你，混账！”凯茜尖声说，“怎么我说什么你都觉得是在数落你？”她摇摇头，重新冷静下来，“求求你，彼得，别再这样。我们已经有太多伤害，太多痛苦。就听我一次吧。

“我只想说……就算你烧了书之后，我还是很信任你。可是，是你不信任你自己。我不认为你是个失败者，可你觉得自己已经到了谷底。你变了，彼得。你倒下了，却没爬起来，反而自暴自弃，放弃了写作。”

“我不够坚强，我知道。”彼得说，“我是个废物，懦夫，胆小鬼……”

“别说了！”凯茜又气又急，“我可没这么想过，都是你在恨自己。后来，你当了记者，我依然信任你。可是事情没有好转，你丢饭碗，吃官司，名声一天天坏下去。我们的朋友越来越少，你一直说那不是你的错……再后来，你连最后一点儿自信也没了，不再追求，不再梦想，只会坐在原地，没完没了地哭诉自己有多倒霉。”

“你从不帮我。”

“也许我是没什么用。”凯茜让步道，“一开始我也想帮你，可我们的境况越来越糟，我受不了。婚礼上的梦想家不在了，我已经不记得自己曾多么仰慕你，尊敬你……彼得，你太过痛恨自己。恶意是会传染的，我也不能不讨厌你。”

“那又如何？”彼得说，“你到底想说什么，凯茜？”

“我始终坚持，彼得，”她说，“你知道，我本可以离开你……我的确这么想过。可我还是留在你身边，陪你经历一切，看你失败，看你惩罚自己。这些……你都不明白吗？”

“我明白了，你是个贱种，”彼得不客气地说，“要么就是个虐待狂。我越痛苦，你越开心。”

凯茜终于听不下去了。她张张嘴,声音一软,啜泣起来。彼得一动不动,任她去哭。眼泪终于哭干时,凯茜突然幽幽地说:“烂人,我恨你。”

“你到底爱我恨我?有个准儿没有?”

“浑蛋,呆头……彼得,你真的不明白?”

“明白什么?”彼得不耐烦了,“你叫我听,我不是一直在听吗?可你除了翻旧账还会说什么?这个是我不好,那个是我的错……以前我都听过,早不新鲜了。”

“彼得,你看不出吗?这几天一过,一切都不一样了。先别和我着急,也别急着埋怨自己,好好想一想。我们还能重新来过,彼得,我们可以试试,求你了。”

“我可看不出有什么不一样的。明天那局棋对我很重要。你知道,它不光意义重大,还能让我重拾自信。可你一点儿也不在乎我的死活,只一个劲儿说我输定了。更可气的是,你还帮倒忙。现在我应该休息,你却拉着我吵架。有什么不一样的?你过去是个贱种,现在还是一样。”

“有什么不一样?让我来告诉你。”凯茜说,“彼得,几天前,我们两人都觉得你很失败,可我们都错了!过去的事不是你的错,完全不是。你一直说自己运气不好,觉得自己无能。现在真相大白,那些事都是巴尼什搞的鬼,其实你不倒霉,也不无能。现在……你还觉得一切照旧不成?以前你没有机会,可现在有条新路摆在你面前。你没有理由不自信。我们已经知道,你是有能力干大事的!连巴尼什都承认。离开这里,从头开始吧——就我们俩。你可以再写本书,写戏剧……想干什么都行。你有天赋,一直如此。让我们开始做梦,开始信任,重新相爱。知道吗?巴尼什为复仇而向你们泄露天机,可是,从此以后,过去的阴影不在了,你又是你自己了!”

一片黑暗中,彼得默然端坐。凯茜的话钻进他耳中,他握住靠椅扶手，马上又松开。那局棋魇住了他，巴尼什的执念左右了他，让他没有思索的余地。不是我的错，他不大习惯地想着，这么多年，这么多事，责任全不在我。“说得对。”他轻声说。

“彼得？”

从凯茜的声音里，彼得不仅听出了关切，还听出了爱意。许多人曾经海誓山盟，贵贱不分，贫富不移，可只要稍经考验，他们马上抽身而退。凯茜挽着他，陪他一路走来，所有失败，所有猜忌，刀锋般的恶语，毒药般的念头，三天一吵，五天一架，还有令人窘迫的困苦……她不离不弃，始终如一。

“凯茜，”他突然发现接下来的话十分生涩拗口，“我也爱你。”

彼得·诺顿迎向妻子，失声恸哭。

第二天上午，两人很晚才并肩出现在楼下。彼得难得精心打扮了一番。他觉得，既然要重新开始，就得有重新开始的样子。凯茜也和他在一起。他们手拉手走进客厅，只见巴尼什正坐在棋盘边，其余两人也到了。彼得的钟已经开始计时。爱·柯耐心地坐着，戴马里奥却不安地踱来踱去。“快过来，”他一见彼得下楼就说，“你已经浪费五分钟了。”

彼得笑了。“没关系，斯蒂夫。”他说着，走到白方棋盘后坐下，凯茜站在他身旁。今天她真美，彼得想。

“轮到你了，队长。”巴尼什笑得让人讨厌。

“我知道。”说归说，彼得没有一点儿动子的意思，只一味盯着棋盘，“布鲁斯，你为什么恨我？我一直想不明白，可以告诉我吗？你不喜欢斯蒂夫和爱·柯，这我都可以理解。你输棋那天，斯蒂夫赢了，事后他还总嘲笑你。爱·柯让你成了大家的笑柄。可我呢？我欠你什么？”

一瞬间，巴尼什看上去有些摸不着头脑，不过他很快又板起脸来。“你？你比他们还坏。”

彼得吃了一惊，“我从来没有……”

“伟大的队长，”巴尼什挖苦道，“十年前那天，你完全没有尽力，就和老朋友温斯洛轻松言和。你本可以继续下，去拼，去赢，可你放弃了。太可怕了，你不知道这种举动给其他人带来多大压力。虽然你放弃了半分，可大家输棋时，没有人去怪你，责任全落在我头上。还有更坏的……为什么我会排在第一桌，和他们最好的棋手下？大家都是乙组，排名差不多，为什么我这么荣幸？”

彼得想了一会儿，回忆着自己十年前的排阵战术。最后，他点点头：“布鲁斯，让你打头阵是有道理的。你总是怯场。我们几个里，无论谁碰上他们的王牌也赢不了。让你顶上去，其他三盘棋可以由经得起大风浪的人出面，整体赢面更大。”

“换句话说，我是枚弃子。”巴尼什说，“你们自己去和级别低的人下，本来就没想我赢。”

“的确如此，”彼得没有否认，“抱歉。”

“抱歉……”巴尼什有样学样，“是你让我输棋，后来却又来怪我。现在，你终于知道‘抱歉’了。那天你关心的不是眼前的棋，而是你和芝加哥大学队的较量。你和温斯洛已经斗了好几年，所有队员都是你的棋子。你起手弃子，让的就是我这小兵。不过，你的如意算盘落了空，温斯洛赢了，你输了。”

“没错，”彼得坦承道，“我输了。我想现在我可以理解你了。”

“今天你还是要输，”巴尼什说，“来吧，趁你还有时间。”他点点头。那局棋横在两人之间，仿佛一块阡陌纵横的废土，一片黑白两色的雨林。

彼得兴致寥寥地扫了眼棋盘：“昨天晚上我们讨论到三点，商量出一路新变着，只要弃一子。我还用马吃卒，但不弃象，改出后。看起来还不错，但是……还是行不通，对不对？”

巴尼什盯着他：“只管下好了，试试就知道。”

“不，”彼得说，“我不想下。”

“彼得！”斯蒂夫·戴马里奥错愕地大叫，“你在说什么！下啊，打败这混账东西！”

彼得转过头去：“没有用，斯蒂夫。”

一阵沉默过后，巴尼什说：“诺顿，你是个懦夫。软蛋，废物，胆小鬼。快，跟我下棋。”

“我对棋没兴趣，布鲁斯。告诉我，这种走法也是死棋，是吗？”

巴尼什无力地微笑。

“白方没有胜算。”彼得说，“这么多年，我们都错了。你没有败，因为你本不可能赢。表面看来，形势一片大好，其实完全没有意义。”

“你终于聪明了一回，”巴尼什说，“我已经用电脑演算出所有变着。耗时很长，可我多的就是时间。我不知闪回了多少次，尝试一套又一套新走法。每次闪回，都是同一时间，同一地点——我对威斯利，埃文斯顿。所有走法我都试过，无论它们多么异想天开，多么荒唐可笑。结果全是一样，威斯利总是赢家。所有变着，都是死棋。”

“可是，威斯利说他本来会输，他自己说的！”戴马里奥一脸迷惑地说。

巴尼什轻蔑地看着他。“他本以为能轻松拿下我，但我让他吃了不少苦头。威斯利是个小肚鸡肠的人，他在报复。他知道，这句话会让我败得更痛苦。”他说着，令人生厌地咧咧嘴，“当然，后来我也好心报答了他。”

爱·柯·斯图尔特站起身，拉了拉衣角，“既然游戏已结束，兔鲁斯，也许现在我们可以离开兔子洞了？”

“你可以走，”巴尼什说，“酒鬼同学也请自便。不过，彼得，你留下。”酒窝又出现在他脸上，“彼得，从某种意义上说，你已经离胜利很近了。我是很大方的。知道我要拿什么奖赏你吗，队长大人？你可以用我的闪回装置。”

“不，谢了。”彼得说。

巴尼什大惑不解地愣住了："什么，不？你难道不知道这意味着什么？所有失败都可以一笔勾销。从头再来，试试别的活法，在另一条时间线里大获成功……"

"当然，我知道。可这样一来，此时此刻的凯茜只能带着我的尸体回去，对吧？我变相自杀，你也很满意。不，我要拼未来，而不是赌过去。我要和凯茜在一起。"

巴尼什张口结舌："你到底在乎她什么？反正她恨你。你死了对她反而好些。她能拿保险金，你也能找个更关心你的好老婆。"

"谁说我不关心他？"凯茜搭着彼得的肩说。彼得碰了碰她的手，露出微笑。

"你真是个蠢货！"巴尼什大吼起来，"他一无是处，永远是个小把戏！我不会让他有好日子过！"

彼得站起身来："哦，我可不这么想。你已经无法伤害我们了——我是说，我们。"他看了看其余两名队友，"你们怎么看，伙计们？"

爱·柯若有所思地点点头，用一根手指抚弄着胡子："我看你说得对。"

戴马里奥还有些不情不愿，可不出片刻，他就面露喜色，咧嘴一笑。"巴尼什，你偷不走我还没想出的点子，对吧？起码在这条时间线里，你没戏了。"他放声大笑，走向棋盘，按停时钟，"将！将！将！"

时间匆匆过去，众人离开巴尼什家已经快两周了。这天，凯茜轻轻敲响了书房的门。"稍等！"彼得喊道。他打完一句话，一推打字机，坐在椅上转过身来，"进来吧。"

凯茜打开门，对他微微一笑，"我做了金枪鱼沙拉。休息一下，吃午饭吧。写得怎么样了？"

"非常顺利，"彼得说，"照这样看，今天就能写完第二章。"他说着，见她手中拿着张报纸，"有什么事吗？"

"你该看看这个。"她一边回答，一边递过报纸。

报纸已经折到讣告栏。彼得低头看去——电子天才、百万富翁布鲁斯·巴尼什在其位于科罗拉多州的豪宅中去世。他身上连着一台奇怪的装置,死因像是触电。彼得叹了口气。

“他还想重来,对不对?”凯茜问。

彼得放下报纸:“可怜的浑蛋,他还是不明白。”

“不明白什么?”

他握了握凯茜的手:“所有变着,都是死棋。”彼得说着,感觉有些难过。不过,吃完金枪鱼沙拉,他很快把这事抛到脑后,继续写起书来。

张秋早 译

玻璃花

我也曾是个情窦初开的少女，一位男孩曾送给我一朵玻璃花，作为爱情的见证。

他是位独特而可爱的少年，不过我承认他的名字我早已忘记。他送给我的那朵花同样十分珍奇精美。在我度过大半人生的那些属于塑料和金属的星球上，吹玻璃的古老技艺早已失传，但为我吹制玻璃花的那位不知名匠人的手艺依然精湛。那朵花茎秆细长、曲线柔美、薄而透亮，如此纤弱却撑起拳头般大小的绽放花蕾，真是不可思议。它的工艺纤毫毕现，仿佛一朵真花凝成水晶得以永世留存，大大小小的透明花瓣层层叠叠，自花蕊向外怒放，四周簇拥着一圈耷拉的叶子，叶脉清晰完整，片片不同，好似炼金术士在游园闲暇时随手炼化奇葩一朵而得此琉璃之花。

它缺少的只有生命。

这朵花我收藏了将近两百年，那时我早已离开那位少年和他的星球。在人生之路的每个桥段里，我都把这朵花时刻带在身边。我特别喜欢这朵花，我会把它插在抛光木花瓶里，放在窗边。

有时花叶和茎秆能捕捉阳光，放射出白亮光芒；有时它又能过滤光线，在地板上散射出模糊的彩虹。在日头黯淡的黄昏，它常常会从视线里彻底消失，我会坐在窗前盯着空空的花瓶。然而当黎明到来，玻璃花又会再度出现，它从没有让我失望。

这朵玻璃花极其脆弱，但它从未受过一丁点损伤。我小心保存着它，它可称是我此生最珍视之物，我爱它甚于任何一位恋人。它陪我经历了十几段恋情，从事了十几个不同的职业，分别了数不清多少位朋友,走过了多少个我记不清名字的星球。在灰烬星、艾瑞坎星和沙姆迪扎星,它陪我度过了青春时代;在丹·图利安星、莉莉丝星和格列佛星,它伴我走过了日渐老去的时光。当我终于远离人类星域,放弃了先前所有的星球、所有的恋人和所有的人生,并再度寻回青春之后,它依旧陪在我左右。

到最后,在克兰德锡姆恶臭的沼泽中央,我在峭壁上建起城堡,在这痛苦与重生的宅邸里主持心灵游戏。在这远离人类世界、只有极少数失落者才会寻访的角落,它依旧陪伴着我,直到贾西姆·查理·克莱勒诺玛斯到访的那一天。

"贾西姆·克莱勒诺玛斯。"我说。

"是。"

半机械人,遍布宇宙各处,来自各个星球,属于各相迥异的文化,持有各种不同的价值观,造就他们的技术水平各异。有些半机械人一半身体是有机的,有些血肉占得更多些,有的则更少;有些只露出一只金属手掌,机械部分巧妙地埋在皮肤下;有些披着合成皮肤,与天然皮肤分不出区别——这算不了什么,一千个世界的居民本来就有极为多样的肤色;有些会藏起金属部分,特意露出皮肤,有些则相反。这个自称克莱勒诺玛斯的人,没有可以露出或藏起来的皮肤。他自称是半机械人,在成就他声名的那些传奇故事里他也是个半机械人,但当他站在我眼前时,却更像是个机器人——连仿生机器人都比他更像有机体。

他赤裸着身体——如果金属和塑料能算裸体的话。他胸膛黑亮,可能是某种黑色合金或者光滑塑料,我分不清。手臂和腿是透明的塑钢,透过他的"皮肤",我能看到黑色的强化合金骨骼,能量棒与伸缩纤维构成的肌肉和肌腱,还有微型马达和感应计算机以及透着微光的复杂的超导神经电路系统。他的指头是钢制的,右手握拳时指关节处会露出显眼的银色长尖爪。

他盯着我，金属眼眶中是透明的镜头，裹在半透明的胶质里，不断地前后移动。在他的眼珠上看不到瞳孔，咄咄逼人的赤色虹膜仿佛在燃烧，他的瞪视投来一股不祥的红光。“我有那么迷人吗？”他问我。令我惊讶的是，他的声音相当自然，低沉而磁性，像人类的嗓音，完全听不出金属味。

“克莱勒诺玛斯。”我说，“你的名字确实令人着迷。很久以前，另一个人用过这个名字，他是半机械人，是一个传奇。当然，你应该也知道，他是克莱勒诺玛斯考察队的成员，阿瓦隆人类知识学院的创始人。你是他的后代？也许你的家族全都继承了金属的血脉。”

“不，”半机械人说，“我就是他，我就是贾西姆·克莱勒诺玛斯。”

我微笑起来：“而我是耶稣基督，你想见见我的使徒吗？”

“你怀疑我，智者？”

“克莱勒诺玛斯一千年前就在阿瓦隆去世了。”

“不对。”他说，“他就站在你面前。”

“半机械人，”我说，“这里是克兰德锡姆，若非为了追寻重生，为了在心灵游戏里赢得一具新身体，你是不会来这个星球的。因此听清楚我的警告，在心灵游戏里，你的谎言将被彻底揭开，你的血肉、金属和伪装将会荡然无存，最后只剩下你自己，更加赤裸，更加孤独，你完全无法想象。因此不要浪费我的时间了。时间是我最珍贵的财产，是所有人最宝贵的财富。你究竟是谁，半机械人？”

“克莱勒诺玛斯。”他的语气里是否有一丝嘲弄？我听不出来。他的脸也没有微笑的功能。“你有名字吗？”他问我。

“许多名字。”我说。

“你现在用哪一个？”

“玩家们称我为智者。”

“那是个头衔，不是名字。”他说。

我微笑。“看来你去过不少地方，就和真正的克莱勒诺玛斯一样。很好，我出生时名为赛芮，在所有我用过的名字里，这一个用得最久。人生的前五十年我一直在用这个名字，直到我抵达丹·图利安，学习成为智者，得到新的名字和头衔为止。”

“赛芮。”他重复道，“是全名？”

“是的。”

“那你是在哪个星球上出生的。”

“灰烬星。”

“灰烬星的赛芮。”他说，“你活了多久？”

“按标准纪年吗？”

“当然。”

我耸耸肩。“接近两百年吧，我记不清了。”

“你外表还是个孩子，至多是快到青春期的女孩。”

“我比我的身体更老。”我说。

“我也一样。”他说，“智者，半机械人所承受的诅咒，就是可更换零件的身体。”

“这么说，你是不朽的了？”我质问道。

“大体上说，是的。”

“有意思，”我说，“而又自相矛盾。你来这里找我，来找克兰德锡姆的圣器，来玩心灵游戏，又是为了什么？半机械人，这是将死之人才会来的地方，他们都抱着赢回生命的希望，不朽之人在这里可不常见。”

“我的目标不一样。”半机械人说。

“那是？”我问。

“死亡。”他说，“生命。死亡。生命”

“二者是不同的。”我说，“是相反的，敌对的。”

“不对，”半机械人说，“它们是一样的。”

六百个标准年前,一个传说中名为白者的生物乘坐飞船降落在克兰德锡姆,那是本地种族第一次见到飞船。若本地民间故事可信的话,白者所属的种族我从未见过,也从未听说过,哪怕我曾云游四方。这并不令我惊讶,人类星域及其中的一千个世界(实际数目或许有这个的两倍,或许更少,又有谁数过呢?),再加上芬迪人、达莫斯人、格亨人和诺·塔路什人支离破碎的帝国,还有其他已知或传说中的智慧种族,所有这些全加起来,所有这些行星、恒星和它们的居民,他们所有的激情、鲜血和历史,他们满怀雄心开拓的领地,哪怕算上只有沃尔克尼人才了解的无人的黑色峡湾,所有的一切,我们这个小小的宇宙……也不过是一个光点构成的小岛,被深不可测的灰色空域还有更远处逐渐褪为黑色的未知空间所笼罩。而整个这些也只是小小的银河,银河之外,我们的文明就算延续数十亿年也可望而不可即。我们最终将被宇宙无匹的深远所击败,如何竭力探求都无济于事。这点我确信。

但我不会轻易服输。这是我的骄傲,我内心仅存的锐气。这股傲气并不足以让我直面宇宙的黑暗,却并非微不足道。当末日到来时,它将见识到我的怒火。

白者在这点上和我很相似。它就像一只误入我们这个小池塘的青蛙,它来自灰色空域的某个未知之处,我们这点微弱的光芒无法照亮其间的黑暗。无论它是何种生命,承载着怎样的历史,基因经历了怎样的进化,它都是我的血亲。我们同为愤怒的蚍蜉,不知疲倦地从一颗星奔往另一颗星,因为我们和我们各自的同族不一样,我们懂得生命的短暂。我们都在克兰德锡姆的沼泽里找到了某种命运的归宿。

白者孤身飞来此星,乘小小的飞船降落(我见过遗骸,那船论大小只能算是玩具,但其造型曲线对我而言完全陌生,而且美得令人心战)在此游历,而且找到了一件东西。

一件比它自己更古老、更奇异的东西。

圣器。

无论白者受到了何种指引,掌握了何种异星知识,凭着何种本能来到这个星球,现在都无从得知,而且也不重要了。白者知道了一个秘密,一个本地科学家从来不敢想象的秘密,它知道圣器的用途,知道如何发动它的能力。一千年以来头一次——又或是一百万年?反正是若干年过后,心灵游戏再次开启。当白者从圣器中再现时,它变成了完全不同的生命,它成了第一个,第一位心灵之主,第一位生与死之主,第一位痛苦之主,第一位生命之主。一个个头衔不断涌现,被人们称颂,被人们遗弃,被人们忘却,但都不重要。无论我头衔为何,白者都是我的师祖。

如果半机械人真要见我的门徒,我不会让他失望。他走后我便召集了他们。"新来的玩家,"我告诉他们,"自称克莱勒诺玛斯。我想知道他是谁,是什么,他想得到什么。去为我找到答案。"

我能感觉到他们的贪婪和恐惧。门徒是有用的工具,却毫无忠诚可言。我身边聚集着十二个加略人犹大,个个渴望为导师献出一吻。

"我会做一次完整的扫描。"莱曼博士建议,他灰白的小眼睛打量着我,拼命挤出奉承的微笑。

"他愿意对接吗?"戴什·格林九号问。他是我手下的半机械人,晒得黑红的右手握成拳头,左手是一个金属球,球上有一道裂缝,露出一团不断蠕动的金属触须。他高耸的额头下本该是眼睛的位置嵌着一整条光滑玻璃。他的牙齿亮晶晶的,此刻笑得十分灿烂。

"我们会知道的。"我说。

塞巴斯蒂安·凯尔浮在水箱里,他是个畸形肉球,有一颗丑陋的大头,鳍微微漂动着,一对巨大的盲眼透过绿色液体盯着我,苍白裸露的皮肤周围不断冒出气泡。他是个骗子,我脑海中响起轻语声,我会为你找到真相,智者。

“很好。”我告诉他。

塔克奈拉,智力残疾的芬迪人,以接近人类听觉极限的嗓音向我尖啸起来。他就像小孩涂鸦里的棍子人,足有三米之高,正俯视着其他门徒。他的肢体躯干关节极多,个个位置诡异,角度古怪,老朽的骨头被从前的一场大火烧成灰白,但同时他眼窝里亮晶晶的双眼却充满了热情,没有嘴唇的竖状嘴巴流出黑色的芳香液体。他歌唱的是痛苦和咆哮,让人浑身火烧火燎的疼痛;他歌唱的是被揭露的真相,被扒去外壳、露出血肉、无处藏身的真相。

“不行。”我告诉他,“他是个半机械人,只有他自己愿意时才会感到疼。他可以关掉传感器,拒绝理会你,那时你的歌声于他便与寂静无异。”

灵妓沙雅拉·罗赞遗憾地笑笑,“这么说我也没什么可做的了,智者?”

“我不敢肯定。”我承认,“他没有明显的外生殖器,但只要他体内还有有机成分,快感中枢就仍可能是完好的。他自称是男性,也许他的本能还没有消失。去弄清楚。”

她点点头。她身体柔软,肌如白雪,有时体温也像冰雪,如果她想要冷的话。但如果她愿意,也可以让自己热得像火。现在她微微嘟起的红唇充满活力,身上披的织物在我眼前不断变换着外形和颜色,火花自她指尖冒出,在涂了油的长指甲之间来回跃动。

“用麻醉药如何?”芭捷问,她是生化医师、基因工程师及制毒师。她坐在那里,若有所思地嚼着自制的镇定药丸,她浮肿的躯体就和外面的沼泽一样又湿又软。“吐真剂?促痛宁?灵特隆?”

“我看不会有什么用。”我说。

“那就用疾病。”她提议,“炭疽或者坏疽。发病缓慢,只有我们有解药。”她咯咯笑。

“不行。”我厉声道。

其他门徒一个接一个地进言,他们都有各自的建议,都有一套寻求我希望得知的真相的法子,都想在我面前显示自己能干,都希望赢得我的嘉许。这就是我的门徒们。我聆听他们的建言,听他们七嘴八舌地议论,思忖每个意见,考虑得失,下达指令,最后我让他们全部离开,只留下一位。

喀哈尔·多瑞安是那个会在我的末日向我献吻的门徒,我不需要智者的智慧也能看得出来。

其他门徒有求于我,心愿满足后就会离开。喀哈尔早就满足了愿望,却仍会一次一次又一次地回来,回到我的星球,回到我的床上。促使他返回的不是我的爱,也不是我所披的这件年轻皮囊,更不是钱财这么简单的东西,他已经挣到很多钱了。他有更大的野心。

“他从莉莉丝一路和你坐同一艘船抵达。”我说,“他是谁?”

“一位玩家。”多瑞安假惺惺地冲我微笑,嘲弄着我。他的容貌十分俊美,瘦削结实,身材健壮。他态度倨傲,有着三十岁男人粗鲁而阳刚的魅力,散发着健康有力的荷尔蒙。他的金发长而凌乱,方下巴上胡子刮得很干净,鼻梁挺直完好,明亮的蓝眼睛炯炯有神。但那双眼睛后面却藏着一个老而世故的恶毒灵魂。

“多瑞安,”我警告他,“别和我玩游戏,他不仅是个玩家。他究竟是谁?”

喀哈尔·多瑞安站起来,伸个懒腰,打个哈欠,保持微笑。“就和他自称的一样。”我的这位奴隶贩子告诉我,“克莱勒诺玛斯。”

道德像一件密织的衣服,紧紧束缚着所有社会,但漫游于星辰之间的广袤虚无,再紧的束缚也会松动,散落成颜色各异的线头,而线头与线头之间也看不出关联。时髦的流浪星居民去卡萨丹就成了土老帽，尤弥尔人在维斯星上热得难受，而维斯人在尤弥尔星上会冻得发抖。菲拉诺亚人穿着彩灯而非衣物，在大多数星球这种装束肯定会引发强奸、骚乱和谋杀。道德就是这么回事。善的定义不比衣领剪裁的式样少，立志普度众生不见得比决定扯掉或戴上胸罩更加意义重大。

在有些星球我被当成怪物，我早就不在乎了。我到达克兰德锡姆时完全按自己的喜好着装，别人的审美和我无关。

喀哈尔·多瑞安自称奴隶贩子，他指出我们显然都参与了人口生意。他爱怎么称呼自己我不管，可我不是奴隶贩子，这种指控令我恼火。奴隶贩子将人卖为仆从和奴隶，囚禁他们的人身，夺走他们的自由，占有他们的生命，那都是宝贵的财富。我不做那样的事。

我只能算是个窃贼。喀哈尔和他的手下把他们从各星球找到的各色人等带来给我。这些人有的来自莉莉丝衰败城市的街巷角落，有的来自丹·图利安的穷山恶水之间，有的来自维斯运河边的破旧房屋，有的来自菲拉诺亚、萨摩蓝斯或伯劳星的空港酒吧。他将他们抓走并带来我面前，我拿走他们的财富，然后放他们自由。

但大多数人不愿离开。

他们滞留在我的城堡外，渐渐形成了一座城镇。我经过时他们会为我抛来礼物，喊我的名字，乞求我的幸临。我留给他们自由和时间，他们就这样无谓地浪费掉了，仅仅为了赢回被我窃走的唯一一件东西。

我偷走了他们的身体，他们却丢弃了自己的灵魂。

更何况我若自称窃贼未免也有点妄自菲薄。喀哈尔给我带来的这些人并非自愿加入心灵游戏，但游戏仍是公平的。其他玩家要付出一大笔钱、冒着极大风险才能换得同样的权利。虽然有些人被称作玩家，有些人被称作猎物，但到了痛苦袭来、心灵游戏开始时，所有人都是平等的，没有了财富、健康和权势的庇护，只能靠内心的坚强相互搏杀。赢或输，生或死，仅仅取决于玩家自己。

我给了他们机会，有些人甚至赢了。很少的人。但又有几个窃贼会给受害者留下翻盘机会呢？

人类星域另一头的钢铁天使教导他们的儿童说，力量是唯一的美德，软弱是唯一的罪孽。他们布道声称宇宙里到处都是他们信仰的明证。这是个很难反驳的观点。按他们的信条，我夺取躯体完全是正当的，因为我更强大，比原先占据那具皮囊的灵魂更加神圣。可惜，这具女孩身体的原主不是钢铁天使。

“加上小宝贝就是快乐的一家了。”我说，“就算小宝贝是金属加塑料，还自称是个活着的传奇。”

“呃？”兰纳茫然地看着我。他不像我去过许多星球，我刚从深埋的年少记忆里发掘出的俏皮话属于他从没造访过的一个星球，他根本没听懂。他板着一张长脸，耐着性子但一脸迷糊。

“我们有三个玩家了，”我逐字逐句地向他解释，“心灵游戏可以开局了。”

这下兰纳听懂了。“啊，是的，当然，我马上去办，智者。”

克拉默·德修是第一位。他也是个老家伙，几乎和我一样老，不过他这辈子都是在同一具矮小的身体里度过的，这副皮囊自然老朽不堪。他的毛发全部脱落，皮肤萎缩，眼睛半瞎，连喘气都困难，几乎不成人形。他体内有各种移植器官和植入金属，这些东西日夜工作不休以保住他的性命，但过不了多久它们也无能为力了。克拉默·德修还是没活够，他来到克兰德锡姆，付了更换皮囊的钱，想要重新开始。为此他等了接近半个标准年。

蕾辛·捷是个不同寻常的主顾。她还不到五十岁，身体虽称不上完美但也健全。蕾辛是对生活腻烦了，她享受过莉莉丝星上的每一种娱乐——莉莉丝星上能找的乐子可多着呢。她尝过了每一种食物，吸过了每一种毒品，和许多男人、女人、外星人还有动物做过爱，冒着生命危险在冰山上滑过雪，诱捕过穴龙，玩过各种全息空战。对她而言一具新身体等于生命中的一次小刺激。她也许能换个男人的身体，或者来一具能变色的外星皮囊。她这种人我们偶尔会见到几个。

加上贾西姆·克莱勒诺玛斯就是三个人。

心灵游戏有七个座位，三个玩家，三个猎物，还有我。

兰纳递给我一个厚厚的文件夹，里面夹着许多关于猎物的图片和报告，都是喀哈尔·多瑞安的船——浴火重生号、第二次机会号、新合约号还有肉锅号（喀哈尔一向喜欢黑色幽默）——新运来的。我翻着文件挑选猎物，热心能干的管家站在旁边。“她挺可人的。”他指着一个细瘦的维斯女孩说，那女孩一副惊恐的模样，黄色眼睛表明她的基因混有别的成分。我又考虑着一个留及腰长辫、肌肉发达的绿眼青年。“这一个，非常健壮。”他又评论。我没理他，我从来不理会他。

“这个。”我抽出一份文件，是个瘦得像尖刀的男孩，红润的皮肤上遍布刺青。

喀哈尔从伯劳星当局那里买下他，他在那个星球上被判谋杀了另一个十六岁少年。在大多数星球上，喀哈尔·多瑞安都是臭名昭著的投机商、走私犯、劫掠者和奴隶贩子、邪恶的代言人。父母用他的名字哄骗小孩睡觉。在伯劳星上，他却是服务社会的模范公民，因为他从监狱里买走了很多重刑犯。

“她。”我抽出第二张照片，是个矮胖少妇，年龄约有三十个标准年，圆睁的绿眼睛空洞无神。文件表明她来自萨摩蓝斯。喀哈尔派手下强盗洗劫了当地一家收容智障的冷冻沉睡机构，要找几个年轻健康有魅力的躯体。这具皮囊软弱肥胖，但若放入一个新的灵魂就不一样了。原主人吸食了太多梦尘。

“还有它。”我说。第三个是一只格亨幼雏，外表凶恶，额上有着猩红色的脊，还有一对巨大的皮翼，上面覆有一层五颜六色的油膜。蕾辛·乔会喜欢的,她本来就考虑过换个非人类的身体。如果她能赢到的话。

“非常好,智者。”兰纳赞许。他从来都只会说好话。刚到克兰德锡姆时他的身体还残缺不全。他和他老板的女儿被捉奸在床,他的老板是维拉多的贵族骑士。于是也得到了一套漫长的凌迟仪式作为惩罚。他没钱加入游戏,但我这里有两位玩家等了快一年了,其中一个就快要死于炭疽,因此当兰纳以十年忠诚服务向我恳求游戏机会时,我答应了。

有时我会后悔当初的决定。我能察觉到他看我身体时异样的眼神,能感觉到他在脑海里剥去我薄薄的外衣,贪婪地吮吸我小巧可人的双乳。当初和他通奸的那个女孩只比我现在这具身体年轻一点点。

我的城堡是黑曜石建造的。

在遥远的北方极地,紫色的天空下永远烟火缭绕,黑色的火山岩如普通卵石一样散落遍地。克兰德锡姆矿工花了九个年头才找到足够修筑城堡的黑曜石,并穿越广袤的荒芜之地运回沼泽,然后几百名工匠花了六年时间将之打磨切割,雕琢成我闪耀着黑光的居所。在我看来这些付出是值得的。

我的城堡矗立在四根狰狞的岩柱之上,远离下方恶臭潮湿的克兰德锡姆沼泽,黑色玻璃墙内泛着五颜六色的朦胧灯火。我闪着微光的城堡是一件完美作品,肃穆、威严而高傲,远离下方孳生的棚户镇子——那是一片漂浮草棚、破烂树屋和支在腐朽木桩上的窝棚,聚集着一群绝望的失败者、被弃者和破产者。黑曜石符合我的审美,它的象征意味与这座痛苦与重生的居所堪称绝配。生命孕育于火热的两性激情,黑曜石则诞生于炙热的火山,洁净的真理之光有时也能穿透这漆黑的玻璃,在黑暗中散发出一缕绝美的微光。和生命一样,它也极其脆弱，又有着危险锋利的棱角。

我的城堡内有许多个房间，有些铺着芳香的土产木料，壁上挂着皮毛和厚毯；有些则未经装饰，裸露着黑色，用以举行仪式，玻璃墙壁映出黑色的影子，鞋底踏上去会有清脆的声响。在城堡顶端正中央，竖立着一座洋葱形的黑曜石塔，由钢铁支撑。在顶层的尖顶之下，有一个房间。

我下令修筑这座城堡以取代原先破旧的建筑，并将圣器移到那间房内。

心灵游戏就在那里举行。

我自己的起居室则在塔的底层，象征意味也很明显。若非经过我，无人能求得重生。

当身为学者的门徒奥塔·克·纳尔前来报告时，我正在床上用早餐，奶油果、生鱼和又浓又黑的咖啡。旁边喀哈尔·多瑞安慵懒而放肆地伸了个懒腰。

她站在我床前，背脊因病痛而扭曲成一个大问号，一张长脸永远是一副嫌恶的表情，皮肤表面青筋凸起，有如蓝色蠕虫。她开始向我汇报她对历史里的克莱勒诺玛斯的调查，声音小得简直听不清。

"他全名贾西姆·查理·克莱勒诺玛斯，"她说，"生于新亚历山大，那是个距古地球不到七十光年的第一代殖民地。关于他的生日及童年和青少年时期生活的记录全都残缺不全而自相矛盾。最流行的说法称他母亲是隶属人类第十三舰队的一艘战舰上一名高级军官，受北斗星斯蒂芬·科伯特指挥，而克莱勒诺玛斯只见过她两次。他生于代孕母亲的子宫，由父亲抚养长大，后者是新亚历山大一所图书馆的一个没有名气的学者。我的观点是这种说法刚好能解释克莱勒诺玛斯为何既加入了军队又具有学者风范，因此可信度存疑。

“更可能是，他年纪轻轻就加入了军队，当时千年战争已进入尾声，他作为系统维护工兵服役于第十七舰队的一艘咆哮者级突袭舰，在剑鱼座和阿图利乌斯的深空行动和对拉格·杜恩星的袭击中脱颖而出，之后被送入军事学院接受指挥训练。与此同时十七舰队由芬里斯基地转移到一个次级星域的首府阿瓦隆星。此后克莱勒诺玛斯赢得了更多荣誉，他被提拔为运兵舰汉尼拔号的第三级军官。但在对胡恩十四的突袭中，汉尼拔号被哈兰甘人严重破坏，舰艇最终被弃。

“撤离时克莱勒诺玛斯乘坐的咆哮者舰被敌军炮火击落，在行星上坠毁，同船除他之外全员阵亡。他被另一艘咆哮者救起，但已濒临死亡，伤残极为严重，他们只能立即把他放入冷冻箱。他被送回阿瓦隆，但在物资极端匮乏的情况下他们没有唤醒他。因此他在冷冻箱里沉睡了许多年。

“与此同时，大崩溃开始了。事实上从他出生起崩溃就已经开始，但跨越旧殖民帝国的通信十分缓慢，当时还没人知道。仅仅十年之内相继发生了托尔星的叛乱和人类十五舰队的彻底解体。古地球试图解除北斗星斯蒂芬·科伯特对十三舰队的指挥权，不可避免地引发了新霍姆和大部分第一代殖民地的分离、北极星在威灵顿星的覆灭、内战和殖民地的分离、星球失去通信、第四次大扩张、地狱舰队的传说以及古地球最终封闭星际航线，导致整整一代人都看不到星舰商队。而在那之前，很久之前，很多偏远的星球早已退化成荒蛮世界或产生了古怪的文化。

“在前线上，阿瓦隆人终于亲身体验到崩溃的含义。第十七舰队指挥官拉金·图波拒绝服从于当地的民选政府，他率领舰队冲入了滕普特星尘深处，打算建立起自己的私人帝国，远离哈兰甘人和人类政府的报复。第十七舰队的离去让阿瓦隆几乎丧失了防卫能力，该星域内仅剩的战舰只有人类第五舰队古老的主力舰艇，这些船部署在阿瓦隆时它还只是个对抗哈兰甘人的遥远的进攻跳板，它们接近七百年没参加过战斗了。阿瓦隆的轨道上只有大约十二艘首领级战舰和不到三十艘属于第五舰队较小的舰只,大多已无法使用,需要彻底翻修。为了武装这些老古董,阿瓦隆只能向冷藏室求援,他们解冻了里面的每一位老兵,包括贾西姆·克莱勒诺玛斯。他的身体严重受损,但阿瓦隆需要每一个战斗力。经手术后,克莱勒诺玛斯身体里机械部分比有机的部分还多,他成了半机械人。"

我倾身向前,打断奥塔的叙述。"他当时的照片有没有保留下来?"我问她。

"有的,那之前和之后的照片都有记录。克莱勒诺玛斯身材高大,有蓝黑色皮肤、凸起的方下巴、灰色的眼睛、雪白的长发。手术之后,他的下半边脸被换成一体成型的钢件。没有了嘴巴和鼻子。他通过静脉注射补充养分。他的一只眼睛也没了,被换成能接收红外—紫外波长的透明传感器。他的右臂和整个右胸也都被换成电子件,钢板加耐腐蚀合金蒙皮,还有塑料,三分之一的内脏也都换成了电子的。当然,他们也给他装了个老二,还配有内置的微型电脑。克莱勒诺玛斯一直都反感整容,他的外表和手术之前一模一样。"

我微笑了。"这么说,当时的他仍比我们这位新顾客更像人类?"

"是的。"学者道,"接下来的历史更为人熟知。被唤醒的军人里没多少军官,于是克莱勒诺玛斯有了归他指挥的一艘船和一艘信使级小型舰艇。他服了十年役,同时私下里热爱历史和人类学的研究。他的军衔越来越高,而阿瓦隆为防备敌军建造了许多新战舰,但敌军一直没有到来。没有贸易船只,也没有敌袭。大空白期开始了。

"最后,一位比较大胆的政府领袖决定冒险派几艘舰艇去探索其他人类的命运。六艘第五舰队古老的无畏舰被改装成科学考察船,出航前去搜索。克莱勒诺玛斯是其中一艘的舰长。这些考察船有两艘失踪,三艘在两年内归来,带来邻近星系的一点点情报,促使阿瓦隆人重新开始很小范围内的星际航线。克莱勒诺玛斯也被认为失踪了。

"但他没有失踪。完成有限的调查任务之后,他决定不返回阿瓦隆,而是继续航行。他被下一个行星迷住了,之后还有下一个,再下一个。他的船越飞越远,经历过船员暴乱和逃跑,面对过许多危险,克莱勒诺玛斯一一应对。作为半机械人,他的寿命很长。据说在航行中他体内的电子元件越来越多,在艾瑞斯星上他发现了矩阵水晶,便给自己装备了第一台水晶矩阵计算机,大幅度增强了脑力。这很符合他的个性。他不光热衷于汲取知识,更痴迷于保存知识。经过这番改造,他永远不会遗忘任何事。

"当他终于返回阿瓦隆时,已过去一百多个标准年。他出航时阿瓦隆的那一代人都已故去,只剩下他一个。他手下的船员都是原班船员的后代,加上在他造访过的星球招募的一些人。但他考察了四百五十九个星球,还有更多的小行星、彗星和卫星,远超常人想象。他带回的信息成了人类知识学院的基石,而那块水晶样本被整合进现有的系统,成为保存知识的媒介,最终进化成学院强大的人工智能,那正是阿瓦隆传奇的水晶塔。之后大规模星际航行的复苏真正终结了大空白期,克莱勒诺玛斯成为第一任学院主管,直到 ai－42 年于阿瓦隆离世,也即他返航的第四十二年。"

我大笑起来。"很好。"我告诉奥塔·克·纳尔,"那他就是个假货,冒充七百年前的死人。"我扭头看着喀哈尔·多瑞安,他柔顺的长发散在枕头上,正啃着一块软面包。"你大意了,喀哈尔,他把你骗了。"

喀哈尔吞了口面包,微笑起来。"您所言甚是,智者。"语气里没有一丝悔意,"要我为您杀了他吗?"

"不。"我说,"他是个玩家。在心灵游戏里,没人能伪装身份。让他玩去,让他尽管玩去好了。"

又过了好几天,游戏开局排上日程,我召唤半机械人来见我。我在办公室里会见他,那是个挂着深红色毯子的大房间,我的玻璃花就放在大窗前,俯瞰着我的城垛和下方的沼泽镇子。

他面无表情。当然啦。“你召唤我,灰烬星的赛芮。”

“游戏日程已定。”我告诉他,“从今日起四天之后。”

“我很高兴。”他说。

“你想看看猎物吗?”我递给他那几份文件,男孩、女孩和幼雏。

他匆匆扫了一眼,毫无兴趣。

“有人说,”我对他讲,“这几天你花了很多时间四处游荡,在我的城堡以及外面的沼泽和镇子里。”

“没错。”他说,“我不需要睡眠,知识是我的消遣和嗜好。我对这片土地十分好奇。”

我微笑道:“这是一片什么样的土地呢,半机械人?”

他没有微笑,也没有皱眉。他的语调平板、礼貌。“污秽的土地,”他说,“充满绝望和堕落。”

“是永恒不灭的希望的土地。”我说。

“是挤满了病态的肉体和灵魂的土地。”

“是让病人痊愈的土地。”我反驳道。

“更多的是让健康人感染疾患的土地。”半机械人说,“死亡的土地。”

“是生命的土地。”我说,“这不就是你来此的目的吗?为求得生命?”

“以及死亡。”他说,“我说过,二者皆同。”

我倾身向前。“那么我要告诉你,它们截然不同。你的结论可真武断,半机械人。作为一台机器,思维刻板也不奇怪,想必你无法理解精细而微妙的道德判断。”

“我只有身体是机械的。”他说。

我拿起文件。“我的看法可不一样。”我说,“你如何看待说谎呢?

尤其是这么苍白无力的谎言?”我把文件摊在桌上,“我收到门徒们几份有趣的报告,你似乎非常愿意合作。”

“打算玩心灵游戏的人可不会惹恼痛苦之主。”他说。

我微笑。“我没你想象的那么易怒。”我翻着报告,“莱曼博士给你做了全身扫描,他发觉你是一架精妙的机器,完全由塑料和金属组成。你体内没有一点有机成分,半机械人。我是否该叫你机器人?我很好奇,计算机也能玩心灵游戏吗?我们马上就能弄清楚了。啊,你有三台计算机呢。颅腔内的一台用于操控马达,接受传感器信号和内部检测。更大的一台存储设备填满了你的下半躯干,你的胸腔里还有一个水晶矩阵。”我抬起头,“是你的心吗,半机械人?”

“是我的心灵。”他说,“再去问问你的莱曼博士,他会告诉你像我这样的案例不止一个。人类的心灵是什么?记忆。记忆就是数据。性格、人格、个人的欲望,这些都是程序。把一个人的心灵整体输入一台水晶矩阵计算机是可以办到的。”

“把灵魂困在一块水晶里?”我说,“你相信灵魂吗?”

“你相信吗?”他问。

“我必须相信。我是心灵游戏的女主人。恐怕这是我的职责。”我低头翻看其他门徒关于这个自称克莱勒诺玛斯的机器的报告。“戴什·格林九号和你进行了连接。他说你的系统极为复杂,电路的运算速度远超人类思维,你的数据库的存储量超过任何有机大脑承载量的全部潜力,而且锁入水晶矩阵里的记忆和人格是属于那位贾西姆·克莱勒诺玛斯的,他坚称事实如此。”

半机械人什么也没说。如果能做到的话,也许他该微笑了。

“另一方面。”我说,“我的学者奥塔·克·纳尔向我保证克莱勒诺玛斯七百年前就死了。我该相信谁呢?”

“您自有选择。”他漠不关心地说。

“我可以扣押你,然后向阿瓦隆求证。”我微笑着说,“三十年的航程，返程又要花三十年。算上一年的调查时间，你能为游戏等上六十一年吗，半机械人？”

“只要有必要，多久都可以。”他说。

“沙雅拉说你彻底没有性欲了。”

“那种机能在我体内植入机械的那一天起就没有了。”他说，“我对那方面的兴趣保留了几世纪，但最后也消失了。只要我愿意，我可以回顾身为有机体时经历过的所有情爱，它们自录入我的电脑以来没有分毫模糊。和人脑不同，记忆一旦锁入水晶便永不会消退。它们就存在里面，随时供我取用。但经过这么多个世纪，我已经没兴趣再回忆这些事了。”

我十分好奇。“你无法遗忘。”我说。

“我可以擦除。”他说，“我可以选择不回忆。”

“倘若你成了心灵游戏的赢家，性欲就会恢复。”

“我想到了。那会是很有趣的体验，或许我该提取一些古老的记忆。”

“没错。”我得意地说，“你会回忆起来，在同一时间也会开始遗忘。半机械人，你失去的东西和你得到的一样珍贵。”

“得与失，生与死。我告诉过你，赛芮，它们无法分离。”

“我不同意。”我说。他的话和我的信仰、我的存在完全对立，他一直重复这句谎言令我恼怒。“芭捷说你不受药物影响，也不会感染疾病。显然如此。但你仍可以被拆毁。我的好几个门徒都向我请命要除掉你，似乎异种人特别嗜血。”

“我体内没有血。”是讽刺，还是挑衅？

“你的润滑油就能满足他们了。”我冷淡地答道。“Trkínnŕ 会测试你承受痛苦的限度。我的格亨人飞行师捕月者阿恩·泰格请求我准许把你从高空扔下去。”

“按母巢的标准，那是不可饶恕的罪行。”

“是也不是。”我说，“一个生于巢中的格亨人会为如此恶性而震惊，另一方面，我这位门徒则会为控制生育的建议而愕然。藏在那对油亮皮翼中间的是一个来自新罗马的半疯的瘸子的灵魂。这是克兰德锡姆，我们的内在和外表没有关联。”

“似乎如此。”

“乔纳斯也向我请命要消灭你，他的手段可能没那么惊人，但同样有效。他是最高大的门徒，因内分泌失调而毁了容。他是自动武器大师，也是我的安保负责人。”

“显然你拒绝了这些请求。”半机械人说。

我向后靠到椅子上。“显而易见。”我说，“但我总会保留改变主意的权利。”

“我是个玩家。”他说，“我付钱给喀哈尔·多瑞安，向克兰德锡姆港口守卫行了贿，付钱给你的管家还有你本人。在不那么偏远的星域，莉莉丝、萨摩[illegible]及其他星球，人们都在讲着这个黑色的星球和它神秘[illegible]们说你会公平对待玩家。”

“错了。[illegible]平，半机械人。只有心血来潮时会公正一点点。”

“你会像威胁[illegible]一样威胁其他玩家吗？”他问。

“不会。”我承认，“你让我做出了一些例外的决定。”

“为什么？”他问。

“因为你很危险。”我微笑着说，我们终于说到了关键。我翻着所有门徒的报告，抽出最后一页，最重要的一页。“至少有一位门徒你是从没有见过的，但他了解你，半机械人，了解得比你能梦到的还要更深。”

半机械人一言不发。

“我的心灵感应宠物，”我说，“塞巴斯蒂安·凯尔，他是个畸形瞎子，我必须把他放在一个大水罐里，但他自有用处。他的感应可以穿透墙壁,他侵入了你水晶的心灵,朋友,从二进制突触里提取了你的 ID,他的报告有点难懂,但出奇的简练。”我把它滑到桌子另一头给半机械人看。

“一座游荡着无尽思绪的迷宫。钢铁的鬼魂。谎言包裹着真实,生中有死,死中有生。只要有机会,他会夺走您的一切。马上杀掉他。”

“你忽视了他的建言。”半机械人说。

“是的。”我告诉他。

“为什么?”

“因为你是个谜,我打算在心灵游戏里解开这个谜;因为你是个挑战,我很久都没遇到过挑战了;因为你竟敢评判我的是非,竟敢梦想摧毁我,很久很久都没人有这么大胆子了。”

黑曜石里的镜影暗淡而扭曲,却和我很相配。我们向来不假思索地以为镜中影像就是自身,到临终时想在镜里寻找熟悉的面孔,看到的却是一张陌生的脸。你永远不会理解第一次被陌生的双眼凝望的恐惧,直到你自己也在镜子里看到那张脸。你会伸出一只陌生的手去抚摸那脸颊,让冰冷无力的感觉带着恐惧自指尖弥散。

一个多世纪以前,我到达克兰德锡姆时已不再熟悉我镜中的脸。我清楚地记得自己的面孔,那张脸我戴了近九十年。那是一个坚毅强硬的女人的脸,异星的烈日在她灰色双眼的眼角留下道道斜纹,她有宽而丰满的双唇,曾经折断的鼻梁未能扶正,棕色短发永远乱蓬蓬的。那是我熟悉的脸,也是我珍视的脸,我却把它遗失了,或许是在格列佛星的那些年把它丢了,我太忙,根本没注意到。当我抵达莉莉丝星时,第一张陌生面孔开始在我镜中出没。她是个老太婆,满脸皱纹,灰色的昏花老眼总是噙满泪水,头发又白又细,无法遮住零星露出的粉色头皮。她的嘴角颤抖,鼻子里有断裂的毛细血管,下巴上有几团灰色肉瘤,就像鸡的垂肉。她的皮肤又软又松,而我紧绷的皮肤总是红润健康。还有一点镜子无法照出来——她全身散发出一股病恹恹的气息,就像老妓女搽的廉价香水,死亡的气息。

我不认识这个又老又病的东西,更厌恶她的陪伴。人们说在阿瓦隆、新霍姆和普罗米修斯这样的星球上,病痛和衰老会来得更晚,有些人甚至宣称古地球闪亮的帷幕后面是一个远离死亡的世界。但阿瓦隆、新霍姆和普罗米修斯非常遥远,古地球的封锁也无法突破,我孤身一人留在莉莉丝,只有镜中的陌生老妪相伴。因此我只身前往人类星域之外,越过最遥远的人类定居点,来到昏暗潮湿的克兰德锡姆,人们暗地里传说那里可以求得重生。我希望当我再次面对镜子时,能见到那位阔别许久的老友。

而我看到的却是更多的陌生面孔。

第一位是痛苦之主本人——又名心灵之主、生命之主、生与死之主。在我到来之前,它统治此地已有四十多年。它是克兰德锡姆的土著,一种巨大的球状生物,有鼓凸的眼睛和长满斑点的蓝绿色皮肤,细瘦的四肢各有两组关节,带异味的皮肤上生有三条竖向的长条形口器,看起来就像湿乎乎的黑色伤口。它像一只形态扭曲的癞蛤蟆,我第一眼看到它就察觉出它的软弱。它极其肥胖,浑身堆满脂肪,散发着臭鸡蛋的气味,而同为克兰德锡姆人的守卫和仆从却肌肉发达、身体强健。

要推翻心灵之主,就必须成为心灵之主。在心灵游戏里,我夺走了它的性命,在那具腐臭的躯体里醒来。

让人类的心灵寄居在异种生物的躯体里可不是件易事,我在那具可怖的皮囊里困了一天一夜。我看到的、听到的和闻到的仿佛来自噩梦,我淹没在那片虚幻里,又叫又抓,只想摆脱那疯狂。我活了下来,这是意志对肉体的胜利。当我恢复之后,又一局心灵游戏开始了,这一次我在自己选中的身体里醒了过来。

她是个人类,大概三十九岁,身体健康,容貌平庸但身材不错,她是个职业赌徒，来克兰德锡姆是为参加这场终极赌局。她有红棕色长发和蓝绿色眼睛，让我想起格列佛星的大海。她并非软弱无力，但还不够强。很久之前还没有喀哈尔·多瑞安和他的贩奴船队，只有很少的人类能找到克兰德锡姆。我没多少选择，便夺取了她的身体。

那晚我望向镜中，面前仍是一张陌生人的脸，头发太长，眼睛颜色不对，尖刀般的鼻子太直了，紧抿的双唇甚少微笑。

几年后，那具身体患上克兰德锡姆沼泽流行的恶疾，开始咳血。我修筑了黑曜石房间，屋里的镜子又迎来新的陌生面孔。再之后，日子在我不经意间一天天过去，那个房间紧锁了许多年，但我一直明白自己迟早都要再次走进那个房间。那一天终于到来，仆人们爬上高层，将一面面黑色的镜子打磨得光滑透亮。心灵游戏结束后，我独自走上楼梯，脱掉衣服，陪着陌生人的镜影起舞。

她有一张瓜子脸，颧骨高而突兀，黑色双眼深陷在眉脊下，眉毛黑而浓密。她有一对苍白的大乳房和棕色乳头，红棕色油亮皮肤下是紧绷的线条，长指甲锋利如爪。她有一个尖下巴，刚毛般的棕色硬发剪成又细又长的一道，从头顶直留到颈后。她——我？——两腿间散发着淫荡的气味。一千个星球上的人类演化出一千种风俗。

我有一张颧骨突出的大脸，接近三米身高，头发和胡须颜色如同金箔，连成一片好像狮子的鬃毛，每块骨头和肌肉都强健有力，宽阔平坦的胸脯上生有一对无用的红色乳头，又长又软的陌生器官耷拉在我两腿之间。对我而言，这具身体过于陌生，我换上它之后的一个月里那阳具一直都是软塌塌的，而那一年黑曜石镜子的房间开启了不止一次。

这张脸和我记忆里的差不多。但我的记忆有多可靠？一个世纪已化作烟云，我却还没能找到一张熟悉的脸。我的青春年华唯一留下的只有那朵玻璃花。但她有棕色短发，灰绿色眸子，嘴角挂着微笑。可能脖子过长，双乳过小。但很接近，很像了，直到她开始衰老。于是在某日，我又望见另一个陌生人伴着我走进城堡。

然后是这位失去心智的女孩。镜中的她仿佛我在梦中梦到的女儿,倘若我从前的容貌能美上许多倍,便会有这样一位女儿。喀哈尔把她送来给我,说是一件礼物,至美的礼物,用以报答我的善心。我初见他时他头发灰白,下身不举,声音嘶哑,脸上还有道疤,而我让他恢复了青春和英俊。

她十一岁到十二岁,瘦小的身体并不迷人,却如同含苞待放的花蕾,藏在她体内的美正在发育成形。她的乳房开始挺立,不到半年前来了初潮。银金色的直长发,如一条闪亮的瀑布直达脚踝。瘦削的脸庞让她的双眼显得很大,她的眸子是最深、最纯净的紫色,面孔则仿若艺术品。毫无疑问,这等美貌在她出生前就设计好了,经过基因剪裁,好满足伯劳星的贸易巨头及莉莉丝星和菲拉诺亚星的富豪,让他们享受极致的美。

喀哈尔把她送给我时,她还不到七岁。她的心智已完全崩溃,仿佛一只可怜的动物被禁闭在颅内的密室里。喀哈尔说他买下她时她就是这个样子。她是菲拉诺亚黑道大佬被遗弃的女儿,她父亲倒台后被以政治罪名处决,其家人、朋友和门客要么被一同处决,要么就是被他恶毒的敌人折磨成没有智力的性奴。这是喀哈尔的说法。大多数时候我甚至会相信他的话。

她比我记忆中最年轻的自己还要年轻貌美,甚至美过灰烬星上的那个年幼的我,那个收下无名男孩的玻璃花的少女。我希望在这具身体里能活得够久,和我身为自然人类的那些日子一样久。也许,在多年之后的某一天,我终于能在黑镜子里看到自己的面孔。

他们一个接一个登上顶层,走进我的房间,他们将通过智者求得重生,倘若事事都能如他们所愿的话。

在远离沼泽地、大门紧锁的高塔,我坐在外表平凡的王座上,在转换之间等着他们。圣器的外表并不引人注目,看起来就像一个用某种柔软的外星合金制成的粗糙大碗,颜色灰如木炭,触感略带温暖,边缘有六个等距离的凹槽。它们是座位,坐起来又硬又难受,显然不是为人类的身体设计的,但总归是座位。大碗底部竖着一条细柱,细柱顶端又是一个座位,这个蹩脚的杯状座椅就是王座,属于——随你怎么称呼,痛苦之主、心灵之主、生命之主、赐予者与收取者、操纵者、触发者、圣器之主……你愿用哪个头衔就用哪个。它们都属于我以及我的前辈,一直延伸到白者的师承,甚至可追溯到湮灭在亘古中的那不知名的圣器制造者。

这个房间里所有惊艳之处都出自我的设计。墙壁和天花板带有弧线,煞费苦心地用无数片单独打磨的黑曜石拼成。有些磨得很薄,好让克兰德锡姆恒星灰白的光能勉强照进来;有些则很厚,几乎不透光。整个房间只有一种颜色,却由千万块碎石片拼成,若观者独具慧眼,便能看出它乃是一幅融合生与死、梦想与噩梦、痛苦与欢乐、富足与贫穷,以及万有和虚无的复杂画卷,无穷无尽,往复循环,如同噬尾之蛇。每片脆弱却锋利的黑曜石都是整幅宏大壁画的一小部分,漆黑、深远而又虚幻。

我脱下衣物交给兰纳,后者将每件衣服仔细叠好。卵形的杯状座椅没有靠背。我盘腿而坐,这是以人类身体贴合圣器的最佳姿势。圣器内壁开始流血,亮晶晶的红黑色液体在灰色卵形金属面上凝成液珠,不断变大直至爆开。液体从带弧线的内壁上滴下,圣器底部开始变得潮湿。液滴烧灼着我裸露的皮肤,液流越来越密集,流速越来越快,我全身如火烧火燎一般,直到半个身子都浸在液体里。

“召他们进来。”我吩咐兰纳。这句话我说过多少次了?我数不清。

猎物首先被送进来。喀哈尔·多瑞安领着刺青男孩走进来。“那儿。”他漫不经心地指指一个凹槽,一边冲我淫笑。而那个倔强的少年、桀骜不驯的凶犯,甩开他的手,径直走到座位上坐下。我的生化医师芭捷也领着那个女人进来了，她俩倒是很配，同样苍白、肥胖、虚弱。芭捷咯咯笑着给顺服的病人绑上拘束带。怒气冲冲的大汉乔纳斯和他的手下把格亨幼雏塞进座位，后者不断挣扎，它瘦削的肌肉在痉挛，巨大的皮翼拼命扇动，声响如雷却徒劳无用。他们把它绑在凹槽上，喀哈尔还在微笑，幼雏发出一声高亢刺耳的尖啸。

克拉默·德修只能被手下和雇用的仆人抬上楼。“那儿。”我指指，他们把他别扭地放到一个凹槽上。他皱纹遍布的凹陷面孔正对着我，半瞎的眼睛扫视房间，好似一只小凶兽，他拼命咬着嘴巴，好像业已重生，正吸吮母亲的乳房似的。他看不见四周的马赛克壁画，对他而言，这只是一个有黑色玻璃墙壁的昏暗房间。

蕾辛·捷大步走进房间，一副无聊透顶的模样。她看到壁画，但只是匆匆一瞥，仿佛它不值得她注意，她也没心思细看。相反她慢条斯理地绕着圣器转了一圈，仔细查看每一个猎物，仿佛屠夫检查生肉。她在幼雏前停留的时间最长，它冲她嘶吼尖叫，亮晶晶的眼睛凶狠地瞪着她，她却似乎被它的挣扎和恐惧逗乐了，她伸手摸摸一只皮翼，又迅速跳了回来。幼雏咬向她，她却哈哈大笑。最后她找了一个座位坐下，懒散地躺在上面等待游戏开始。

克莱勒诺玛斯最后一个到来。

他一眼就看见了壁画，便驻足，抬头仔细观察。他的玻璃眼珠缓慢扫视着整个房间，不时在某些地方暂停以欣赏细节。他看了很长时间，让蕾辛·捷都不耐烦了，吼着要他快点儿坐下。半机械人仔细看了看她，金属面孔毫无表情。

“安静。”我说。

他有条不紊地看完壁画，才坐进最后一个空的凹槽里。看他入座的样子，好像所有座位都是空的，而这一个是他的选择。

“清理房间。”我命令。兰纳鞠了一躬，示意众人出去。乔纳斯、芭捷和其他人依次走了出去。喀哈尔·多瑞安是最后一个走的，离开前还冲我打了个手势。什么意思？祝我好运？可能是吧。我听见兰纳锁上门。

“然后呢?”蕾辛·捷质问。

我看了她一眼，让她闭上嘴。“你们都坐进了凶险之位。”我说。我总是以这句话开场，从没有人能听懂。这次，也许克莱勒诺玛斯听懂了。我看着他面具似的脸，发现他玻璃珠子的眼睛微微动了一下，我考虑着这意味着什么。“心灵游戏没有规则，但我有规则，游戏结束之后，你们仍将回到我的领地。

“非自愿来此地者，若你们意志足够坚强，能够守住自身躯体，它便永远属于你了。我会将它还与你，无人会两次成为猎物。请看护好你们的天赐之躯。喀哈尔·多瑞安会把你们送回原先的星球，给你们一千标准币，并放你们自由。

“于今日寻得重生、游戏终局后在陌生躯体里苏醒的玩家，请记住你赢得和失去的一切都属于你自己的选择，不要用反悔和责难来烦扰我。如果你对游戏结局不满意，大可重新加入，如果你付得起价钱。

“最后一个警告，所有人请听好：你们将会感到疼痛，远超你们想象的剧痛。”

语毕，我便令心灵的游戏再度开局。

对于疼痛，你都知道些什么？

言语所能描述的只是事物本质的剪影，钻心刺骨的肉体疼痛无法用任何语言形容。当疼痛到来，我们日夜相处的世界便开始融化褪色，消散成虚幻的影子，暗淡的记忆，无关紧要的琐屑存在。

理想、梦想、爱情、恐惧以及思维，所有这些都会变得不再重要。

唯有痛苦与我们相伴，它成了宇宙中唯一的力，唯一的实体，唯一重要的事物，并且倘若足够深、足够久，倘若它是那种无休止的折磨，我们的人性便会开始解体，我们那引以为豪的复杂的计算器官——人类的大脑——之内，将只能容下唯一一条思绪：

快停，快让它停下来！

而如果痛苦最终停止，事后经过足够长的一段时间，连经历过此等折磨的心灵也将无法再理解那种剧痛，无法回忆起它究竟有何等可怕，无法描述甚至无法道出经受过的痛苦折磨的一点点皮毛。

在心灵游戏里，阵痛之场带来的剧痛迥异于世间任何一种疼痛，我从没经历过类似的痛。

阵痛之场于身体无害，不会留下瘢痕、伤疤、瘀伤，不会留下任何痕迹。它直接触及心灵，带来我无力描述的剧痛。它会持续多久？这是相对主义者才能回答的问题。它只持续不到一微秒，又直达永恒。

丹·图利安的智者们是一群掌握了上百种心灵和肉体技艺的大师，他们会教授学徒隔离痛苦的要诀：你要与之分离，将之驱散，凌驾于其上。第一次加入心灵游戏时，我已做了半辈子智者。我使尽习得的一切本领，拿出我学习掌握和依赖的一切技巧和真理，却全然无用。

那疼痛并不触及肉体，不经由神经纤维传导，它会直击心灵，如此强烈，如此震撼，不会留给你一丝心智来思索计划与反省。痛苦就是你，你就是痛苦。二者无法割裂，你的心灵之内将不留一丝冷静供你回避退却。

阵痛之场无穷无尽，在这无边无际无可想象的痛苦之中，唯一一个确定的结局。那个古老的结局，真实的结局，它自太初以来便救赎了世间无数生灵，也不会遗忘野地里最渺小的走兽。痛苦的黑暗之主，我的敌人，我的爱人。又一次，再一次，我只想结束这痛楚，我奔向他黑暗的怀抱。

死亡带走了我，终结了痛苦。

在广袤无边、超越生命的虚幻平原上，我等待着其他人到来。

暗淡的影子在雾中成形。四个、五个,没错。有些人已经出局了?我并不奇怪。四分之三的开局里,总有玩家发现死亡是他们唯一的追求,这次也一样吗?

不一样。我看到缭绕的云雾里走出六个身影。全员到齐。我又看看四周,三、四、五、六、七,还有我,我自己,八。

八个?

不对,完全不对。我感到一阵眩晕。周围有人在尖叫,是一个容貌甜美的小女孩,天真无邪,穿着蜡染衣物,戴着漂亮珠宝。她不知为何身在此地,她不明白,她目光迷离,充满孩子气,太缺乏警惕。疼痛将她从梦尘的迷幻中惊醒,带她来到一个恐怖的陌生之地。

我抬起一只短而有力的手,盯着粗粗的棕色手指。我的拇指上有茧子,扁平的指甲剪得很干净。我握手成拳,摆出熟悉的手势,钢铁的意志和嬗变的欲望令一面镜子在我手心里出现。闪亮的镜面背后是一张女子的脸,她知道何为坚强,何为力量,她有灰色的眼睛,眼角被异星烈日晒得皱纹遍布,她的双唇宽而丰满,曾经折断的鼻梁一直没有长正,棕色短发永远乱蓬蓬的。那是一张熟悉的脸,让我宽慰。

镜子幻化成缕缕青烟。这片土地之上、天空之下的一切都变幻莫测。可爱的小女孩还在哭着要爹爹。其他一些人盯着我看,他们也迷失了。其中有一位形貌平庸的年轻人,黑色直发夹杂着一缕缕染过的颜色梳到脑后,那发型在格列佛星过时一百多年了。他看上去身体虚弱,但眼里的凶光却让我想起喀哈尔·多瑞安。蕾辛·捷看上去完全震惊了,惊恐且疑虑重重,但她的外表没变。不管其他人对她评价如何,她有强烈的自我意识。也许这足以助她胜出。格亨人的身影完全罩住了她,它的体形比先前要大得多,浑身油光铮亮,它扇动恶魔般的皮翼,把层层灰雾扫散成缕缕灰烟。在心灵游戏里,它没有任何枷锁。

蕾辛·捷愣了好一阵,然后从它身边逃开。另一个玩家也跟着她躲开,那是个浑身鲜艳刺青的瘦削身影,苍白的面孔模糊不清,教人看不透。小女孩还在不停尖叫。我扭头走开,让他们自己争斗去,然后我看到了最后一名玩家。

他是个黝黑油亮的大汉,肤色透着蓝黑,修长的四肢肌肉发达。他赤身裸体,突出的下巴方而有力,散落的长发披在肩后,韧如丝、白似雪,如同某个人际未至的星球的冰盖。我盯着他,他兴奋起来。他冲我微笑。"智者。"他说。

突然我的衣服消失了。

我皱起眉,让自己披上一件华美的盔甲,锃亮的合金板重叠数层,外表饰有可怖的符文。我腋下挟着一个样式相称的古老头盔,盔顶插着一簇鲜艳的羽毛。"贾西姆·克莱勒诺玛斯。"我说。他的阳具不断胀大,膨胀到粗木棍般大小,沉甸甸地拽着他平坦的小腹。我把它,还有他,一同罩了起来,帮他套上一件出自历史记录的银黑色制服,右肩缝着蓝绿色的古地球,领子上绣着银色星系图。

"不。"他乐了,"我从没升到那么高的军衔。"星系消失了,变成一圈为数六颗的银色星星。"而且智者,我大半军旅生涯属于阿瓦隆,而非地球。"他的制服变得不那么华丽,且更加实用:一件灰绿色紧身衣,一条黑色布腰带,一口袋沉甸甸的钢笔。只有那圈银星留了下来。"就像这样。"他说。

"错了。"我告诉他,"仍然不对。"话音刚落,他就消失了。

制服里那个人消失了,只剩下一个金属冒牌货,一个金灿灿的空洞躯体,脑袋是台烤面包机。但眨眼间那男子又出现了,他皱着眉,一脸不悦。"真残忍。"他对我说。他的裆部渗出一块精斑。

他身后是第八个人,一个不可能出现的幻影,错入游戏局中的鬼魂。他发出一声轻响,好似秋日寒风吹过干枯落叶。

闯入者纤细而暗淡,我必须睁大眼睛才能勉强看到他。他的个子比克莱勒诺玛斯小得多，似乎又老又虚弱。不过他的身影实在太稀薄太虚幻，我也说不好。也许他只是迷雾幻化的虚假人影，苍白雾气导致的幻觉罢了。但他的眼睛散发着微光，目光呆滞，充满恐惧。他朝我伸出手，手上的皮肉是透明的，紧贴着灰色的老朽骨头。

我后退一步，不知如何是好。在心灵游戏里，轻微的触碰也可能导致极为严重的后果。

游戏真正开始了。玩家开始追击猎物。克拉默·德修现在年轻而精力十足，比刚才强壮了许多。他双手各持一把火焰剑，毫不费力地朝刺青男孩劈头砍去。男孩跪倒在地发出尖叫，举起双手试图保护自己，但德修明晃晃的宝剑轻易切过灰色的幻影皮肉，砍中亮晶晶的刺青。

他像外科大夫一样，一刀接一刀地将刺青割除，脱离了皮肉束缚的刺青变成一幅幅明亮的人生剪影，飘向雾蒙蒙的空中。德修揪住飘过他身边的刺青，将之囫囵吞下。他的指尖和张开的嘴冒出烟气。男孩尖叫着退缩，很快他就将化成一片幻影。

幼雏飞到空中，在我们头顶盘旋，以高亢尖细的嗓音冲下面尖叫，扑翅声如同雷鸣。蕾辛·捷似乎改变了主意。她站在哭泣的小女孩跟前，后者逐渐变得不那么幼小了。捷正在改变她，让她越变越老，越变越胖。她的眼神依旧充满恐惧，而且愈发空洞，无论她朝哪里看，面前都会出现一面镜子，镜里一对厚唇唾液四溅地嘲笑着她。她的皮肉越胀越大，撑胀破了褴褛的衣衫。她嘴角流下道道唾液。她哭着用手擦掉，但没有用。很快她嘴里就开始冒出粉红的血沫。她又肥胖又臃肿又恶心。“那就是你。”镜子说，“别扭头，好好看看你自己。你不是小女孩。看看，看看，看看。你漂亮吗？可爱吗？看看你，看看你。”蕾辛·捷抱着双臂，满意地微笑着。

克莱勒诺玛斯冷酷地观察着我。一条黑布蒙住了我的眼睛。我眨眨眼，让它消失，继续盯着他。“我不是瞎子。”我说，“我看到了，但他们不关我的事。”

胖女子已胀得比卡车还大，皮肤苍白柔软好似巨型蛆虫。她裸露着庞大的身躯，捷每眨一次眼她就又胀大一分。苍白的巨乳埋住了她的脸、双手和大腿，肉乎乎的棕色乳头从嘴里长出。她的阴道上方出现了一根粗大的绿色阳具，那东西蠕动着插入她的身体。肿瘤如同黑色的花丛在她的皮肤上怒放。而她身边到处都是镜子，不断闪现，将她的身躯反射、扭曲、放大，不懈地展示着她躯体的丑陋，忠实地呈现捷对她的每一个恶毒构思。

那女人已完全不成人形，她那比我的头还大、不断涌血的无牙瘪嘴发出一声被诅咒者的哀号。她的躯体开始颤抖冒烟。

半机械人用手一指，镜子全部炸裂。

银色的玻璃碎片在雾中四处飞溅，仿佛一把把飞刀，直冲我飞来。我令眼前的危机消失了。但其他碎片……它们仿佛变成了导弹，像防空火炮一样画着弧线发动攻击。蕾辛·捷身中无数块碎片，她的眼睛、双乳和大张的嘴都在淌血。庞大的怪物又变回小女孩，开始哭泣。

"卫道士。"我对克莱勒诺玛斯说。

他没理我，转身看着克拉默·德修和逐渐虚化的男孩。男孩皮肤上的刺青又重新亮起来，手里也出现了一把火焰剑。德修后退一步，他害怕了。男孩摸摸皮肤，嘴里无声地咒骂一句，警惕地站了起来。

"利他主义者。"我说，"拯救世间弱者。"

克莱勒诺玛斯转过身。"我不容忍屠杀。"

我哈哈大笑。"也许你只是打算把他们留给自己，半机械人。不然，你最好赶快长对翅膀出来，否则猎物都要飞走了。"

他一脸冷酷。"我的猎物就在我面前。"他说。

"我也猜到了。"我戴上羽毛头盔。此刻我身上的盔甲金光灿灿，手中利刃如同光明之矛。

随后我的盔甲变得黑如深渊，饰有一幅幅黑上加黑的图案，蜘蛛、毒蛇、人骨还有痛苦扭曲的脸。我闪亮的银色长剑变成黑曜石剑，扭曲出可怖的倒钩和尖刺。这个混账机械人很懂得制造气氛。"不对,"我说,"我不会被归为邪恶。"我又一次变得金光灿灿,头顶红蓝羽毛。"你要是这么喜欢这身行头,不如自己穿上好了。"

它站在我面前,漆黑而凶恶,头盔是一个咧嘴而笑的头骨。克莱勒诺玛斯让它消失了。

"我无须盔甲。"他说。那个灰白的鬼魂在他身侧飞舞,一直缠着他。他是谁? 我又开始好奇。

"好啊。"我说,"那么我们就不要再玩弄比喻了。"我的盔甲也消失了。

我朝他伸出没有武器的双手,"碰碰我。"我说,"碰碰我,半机械人。"

他朝我伸出手,黑色的手指逐渐化为金属。

相比现实,在心灵游戏里幻影和象征就是一切。

甚至连这片超越时间、雾气缭绕的无尽平原,头顶的寒冷天空以及脚下变幻莫测的土地,全都是幻影,我的幻影,全都出自我的想象。虽然反常而虚幻,但它正是我设置的布景,供玩家们上演各色庸俗桥段,占有和屈服、征服和绝望、死亡与重生、强暴与虐心。若没有我的塑形,缺少我的意念,缺少了亘古以来无数代痛苦之主的意念,他们脚下将不会有土地,头顶将不会有天空,他们会无从落脚,也无脚可落。我的这片荒漠令人不安,但现实更甚之。现实中的玩家身处难以忍受的混沌之中,那里的时空与质能都不复存在,远近大小轻重冷热全都无以度量,广阔得令人恐惧,又狭小得让人窒息,时间的流逝漫长难耐又快得惊人。在现实中,玩家全都动弹不得,七个心灵被锁在同一个传导感应的实体里,常人根本无法忍受那种恐惧。因此他们全都会退入幻境之中,在那里他们可化身为神明恶鬼。他们创造的第一个幻象是留在现实里的躯体。他们会退入皮肉的盔甲之内试图克服混沌。

血液带有咸腥味,但这里没有血液,只有幻象。杯子里盛满又黑又苦的液体,但这里没有杯子,只有幻影。撕裂的伤口传来阵痛,但这里没有伤口,没有能承受伤痛的身体,只有象征、符号和人的意愿。这里没有真实,一切幻影都能伤人,都能杀人,都能让人彻底陷入疯狂。

要想生存,玩家必须具有坚韧的意志、顽强的决心和冷酷的心,必须准备好自己的想象,将抽象符号化为具象,要能洞察人心。他们必须找到对手的弱点,并完全掩盖自己的恐惧。规则很简单,相信一切,拒绝一切。保持自我意识,保持神志清醒。

即使你被别人杀死,你仍没有输,除非你相信自己死了。

我见过太多朦胧的幻影眼花缭乱地进击虚晃,见过太多无新意的招式,见过太多玩家召唤宝剑、镜子还有怪兽,像疯狂的小丑一样相互猛攻。在这片虚幻的平原上,最可怕的却是轻轻的一碰。

直截了当,含义明白无误。皮肉贴皮肉,抛弃一切象征,一切防卫,一切伪装。心灵贴心灵。只消轻轻一碰,心防便骤然倒塌。

在心灵游戏里,连时间的流逝也捉摸不定。它可快可慢,全凭我们心意。

我是赛芮,我告诉自己,生于灰烬星,游遍了宇宙。我是丹·图利安的智者,心灵游戏的主宰,黑曜石城堡的女主人,克兰德锡姆的统治者,心灵之主,痛苦之主,生命之主,我全能、不朽、无敌。进入我的世界吧。

他的手指又冷又硬。

在先前的游戏里,我也曾和那些自以为强大的人握过手。

在他们的心灵、灵魂和世界里,我看到许多东西。在昏暗的隧道,我发掘着他们陈旧的伤疤,转瞬即逝的不安也会被我踩在脚下。我能闻到臭味，来自蛰伏于不停蠕动的黑暗之中的巨兽，那是他们心底的恐惧。我会发掘道不出名字的灼热欲望，扒去罩着他们讳莫如深的秘密的遮羞布。然后我会将之全数攫取，成为他们，遍历他们的人生，痛饮他们的知识，翻遍他们的记忆。我经历过许多次降生，吸吮过许多个奶头，失掉了许多次贞操，既身为男人，也身为女人。

克莱勒诺玛斯却不同。

我站在一个灯火通明的庞大洞窟内，墙壁、地板和顶棚都是透明的水晶，四周升起一条条明亮的红色旋线、锥形和扭曲的曲线，摸上去又冷又硬，却充满生机，灵火经由红线转导至各处。这是一座洞中的水晶之城。我摸摸最近的水晶，记忆涌入脑海，那是清晰准确的知识，和蚀刻入水晶那天一样精确。我转身以全新的眼光观察四周。先前我只能察觉到混沌的美，现在却能一眼看到严密的秩序。这里洁净无瑕，令人无法呼吸。我的目光搜遍每个角落，想要找到一扇腐肉构筑的门，或者一摊血液，或者一个供人哭泣的角落。我想找到一个不洁之处，一个他心底必定存在的薄弱之处，但我什么也没找到，什么也没有。没有，只有完美，只有透明锐利的水晶，红得如此耀眼，核心的光，闪耀着，变幻着，却又永恒不变。我伸手摸了摸面前石笋般的圆锥。它里面的知识都属于我了。我开始四处走动，摸啊，摸啊，饥渴地汲取一切。四处都盛开着玻璃花，猩红而神奇的花朵，脆弱又美丽。我摘下一朵嗅了嗅，没有味道。这个地方完美得令人生畏。他的弱点在哪里？那隐藏在钻石中的、能让我一举攻破的瑕疵在哪里？

他的世界里，一切都不会衰败。

他的世界里没有死亡。

也没有生命。

却有家的感觉。

接着一个鬼魂在我面前浮现。他灰白瘦削，摇摇欲坠，他的光脚踏在闪亮的水晶地面上，冒出缕缕轻烟，我闻到烧焦皮肉的气味。我微笑了。这个鬼魂在水晶迷宫里游荡,每一次与水晶的触碰都给他带来伤痛和折磨。“来我这里。”我说。他看着我,洞窟远端的光穿透他虚幻的皮肉。他朝我走来,我张开双臂拥抱他,进入他的世界,占有了他的记忆。

我在城堡最高塔楼上的一个阳台坐下,抿着一小杯掺白兰地的香浓黑咖啡。沼泽消失了,我面前是一片山峦,严酷寒冷,雪白洁净。我四周都是蓝白色山脉,持续的寒流吹来一股股来自山脉顶峰的晶莹雪花。冷风迎面而来,我却毫不在意。我平静地独处,饮着香浓的咖啡,死亡远在天边。

他走入阳台,在栏杆上坐下,闲适而傲慢,充满自信。“我了解你。”他说。这是最可怕的威胁。

可我一点也不怕。“我也了解你。”我说,“我该叫出你的鬼魂吗?”

“他马上就会出现,他从不会离我太远。”

“不。”我抿了口咖啡,暂时没开口。“我比你更强大。”最后我终于说。“我可以在游戏里胜出,半机械人,你不该来挑战我。”

他什么也没说。

我放下空杯子,用手罩住它,微笑着看着我的玻璃花出现在杯中,伸展着透明的花瓣。桌上出现了一道蜿蜒残缺的彩虹。

他皱起眉头。颜色渗入到我的玻璃花中,它微微下垂,变得柔软,彩虹消失了。“那朵花不是真的。”他说,“玻璃花不是活物。”

我拾起他的玫瑰,指指茎秆断处。“这朵花正在死去。”我说。它在我手里又变回玻璃花。“玻璃花永远不会死。”

他又让玻璃变回活物。我得承认,他确实很顽固。“就算会死,它也活过。”

“看看这不完美的生命。”我指给他看,“这里有块虫蛀,这片花瓣没长全,这里有个黑斑,这里有点枯黄,这里被风吹弯了。现在看着我。”我用拇指和食指揪住最大最美的一片花瓣,把它扯下来,松手让它随风飘走。“美不能带来保护,生命极其脆弱,而且一切生命终究会归于此。”那朵花在我手里泛黄枯萎,开始腐烂,一会儿便生出蛆虫,接着烂成黑色浓汁,最后化为烟尘。我把它揉作一团,抛向风中,然后从他耳朵后面又抽出另一朵花。玻璃花。

“玻璃坚硬。”他说,“但也冰冷。”

“温暖是腐烂的副产品,熵的养子。”我告诉他。

也许他打算反驳,但被闯入者打断。那个鬼魂爬上栏杆,用灰白虚弱的双手把自己拉过雉堞,在我洁净的石头上留下道道血污。苍白半透明的身影无言地看着我们。克莱勒诺玛斯移开目光。

“他是谁?”我问。

半机械人没答话。

“你不记得他的名字了?”我问。他一言不发,我冲他们两个大笑。

“半机械人,你敢评判我的是非,质疑我的道德,辱骂我的行为,但无论我有何等恶行,都无法与你相比。我偷走了他们的身体,而你,取走了他的心灵。难道不是吗?不是吗?”

“我从来不愿如此。”他说。

“正如世人所言,贾西姆·克莱勒诺玛斯七百年前就死在阿瓦隆星上。在他生命的最后时刻,无论外表有多少钢铁和塑料,他内里仍有会腐烂的血肉,血肉终归会衰老,细胞终归会凋亡。心电图伸成直线,变成黑底上的一条光,只留下金属空壳。传奇终结了。他们会怎么办?取出大脑把它埋进某个硕大纪念堂的地下?这毫无疑问。”咖啡又浓又香甜,在这里它永远不会凉,因为我不允许。“但他们没把机器也埋掉,对不对?那是一台昂贵先进的仿生机械,贮存芯片里存着丰富的知识,水晶矩阵里冻结了他的记忆。这些太过珍贵,难以舍弃。于是阿瓦隆的好科学家们把它和学院的主系统连接起来,对不对?究竟又过了多少个世纪,他们中会有一位决定披上那台钢铁之躯,好逃避他自己的死亡呢?”

“不到一个世纪。”半机械人说,“不到五十个标准年。”

“他本该把你擦除。”我说,“但何苦呢?毕竟他的大脑能够驾驭机械。何必要放弃那些神奇的知识,何必要销毁那些水晶般的记忆呢?何必呢?它们全都可以归他取用啊。拥有一整段人生,享有他从未有过的睿智,占有他从未去过的星球和从未见过的人的记忆。这有多好啊。”我耸耸肩,看着鬼魂,“可怜的蠢货。要是他玩过心灵游戏,就不会这么傻了。”

心灵还能是什么呢,如果不是记忆的话?说到底,我们人类究竟是什么?不就是我们自我意识描绘的那个人,一分不多,一分不少。

把记忆刻入水晶还是存入腐肉里,这是个问题。血肉终归会死去,逐渐被钢铁和合金替代,最后只剩下刻入水晶中的记忆驱使身体运转。到最后血肉腐烂殆尽,留下的记忆便化作游荡在水晶里的幽灵。

“他忘了自己是谁。”半机械人说,“应该说,我忘了自己是谁。我开始以为……他开始以为他就是我。”他抬头看着我,双眼和我对视。那是一对鲜红的水晶珠子,我看到它们后面有两点微光。在我面前,他的皮肤变得光滑坚硬,闪着银光。这次幻化是他自己的作为。“你也有你的弱点。”他指出。

我勾着咖啡杯把手的手指开始变黑、腐烂。我闻到腐朽的味道。我的皮肉开始剥落,露出沾满血的惨白骨头。死亡无情地扫过我的手臂。我想这一幕应该要吓得我魂不附体,但我只感到恶心。

“不对。”我说,我的手臂完好而健康。“不对。”我重复道,我变成了银光闪闪的金属,不老不死,眼睛好似蛋白石,白金发丝里插着两朵玻璃花。我在他光滑黑亮的胸膛上看到了自己的倒影,我真美丽。也许他也能在我铬质的躯体上看到他自己的倒影,他扭过头去。

他看起来很强大,但在克兰德锡姆,在我的黑曜石城堡里,在举行心灵游戏的痛苦与重生之间,事物往往和看上去的样子不同。

"半机械人。"我对他说,"你输了。"

"还有其他玩家,"他说。

"不,"我指出,"你的鬼魂会挡在你和任何一个你选择的猎物中间,还有你的愧疚。他不会允许你抢夺躯体,你不会允许你自己。"

半机械人不敢看我。"没错。"金属味伴着绝望渗入他的嗓音。

"你会永远活下去。"我说。

"不,我会一直存在,但那和活着不同,智者。我可以告诉你周围环境的精确温度,但我感觉不到冷和热;我可以看到红外线和紫外线,可以放大传感信号以数清你皮肤上毛孔的个数,却看不到你外表的美——我猜你一定很美。我渴望生命,真正的生命。死亡的种子无可避免地生根发芽,而那正是活着的意义。"

"很好。"我满足地说。

他终于抬起头看我,困在闪亮的金属面具之后的是一对苍白迷失的人类的眼睛。"很好?"

"生命的意义我自有判断,半机械人,生命是死亡的敌人,不是它的母亲。恭喜你,你赢了,我也赢了。"我站起身,双手伸过桌面,插入那冰冷黑亮的胸膛,从他胸口扯走那块水晶心脏。它在我手里闪耀着光芒,越来越明亮,猩红光线在我心中漆黑冰冷的山脉间疯狂地舞动着。

我睁开双眼。

不,不对。我再次激活了我的传感器,它们的焦点落入转换之间,我从未见过此等明晰锐利的场景。我层层叠叠的黑曜石壁画变成了一百种不同的形状,彼此迥异,轮廓清楚明了。我坐在边缘的一个凹槽里,在中央的杯状座椅内,一个幼小的女子从睡梦中醒来,眨着紫色的大眼睛。

门开了,几个人朝她走去。兰纳十分热切,矜持的喀哈尔·多瑞安拼命掩饰着好奇心,芭捷咯咯笑着给她打了几针药。

“不。”我朝他们喊道,我的声音太深沉太男性化。我调整了音调。“不,到这儿来。”我说,这更像我自己的声音。

他们盯着我的目光如若鞭刑。

心灵游戏里,有胜者,就会有败者。

半机械人的干预或许起了效果,或许没有,也许就算没有干预游戏也会同样收场。克拉默·德修死了,昨晚他的尸体被丢进了沼泽。但那位矮胖的梦尘吸食者的双眼已不再呆滞,她甚至开始节食和锻炼,喀哈尔·多瑞安会把她送回格列佛星的德修公馆。

蕾辛·捷抱怨说她被耍了。我敢肯定她还会在城堡外的诅咒之城里逗留,这次她应该不会无聊了。格亨人拼命想说话,并且在翅膀上画满了复杂的符号。而刺青男孩醒来后不久便从城垛上一跃而下,被下方锐利的黑曜石尖刺刺穿了身体,直到最后一刻他还在挥舞手臂。有翅膀和凶狠的眼睛并不代表有力量。

一位新的心灵之主的统治开始了。她下令修筑一座新城堡,这次以活的树木修建,它的根基将深深插入沼泽地,外墙覆满蔓藤、花朵和各类生命。“那会招来很多昆虫。”我警告她,“寄生虫、叮人的苍蝇,还有掘木虫。你的地基将被虫蛀,你的墙壁会腐烂,你的睡床上会结出虫网。你将不得不日夜不停地消灭害虫。你的木头城堡会弥漫着死虫子的瘴气,不出几年你的厅堂里就会挤满上百万昆虫的鬼魂。”

“无所谓。”她说,“我的居所将会温暖而生机勃勃,不像你的城堡那样坚硬冰冷。”

看来,我们各有属于自己的标志。

以及恐惧。

“擦除他。”她警告我，“清空水晶，否则他迟早会将你吞噬，你会变成另一个困在机器里的鬼魂。”

“擦除他？”我本该大笑，但机器没有相应的功能。我很清楚她在想什么。她的灵魂就涂在那张柔弱的面孔上。我能数出她的毛孔，能记下那对紫色眼珠每一次怀疑的抽动。“你的意思是，擦除我。孩子，那块水晶是我们共同的居所。而且，我不害怕他。你完全不理解。前一次，克莱勒诺玛斯是水晶，那鬼魂是血肉之躯，结局不难想象。我的情况完全不同。我和他一样晶莹剔透，一样永恒。”

“智者——”她开口。

“错了。”我说。

“好吧，赛芮——”

“又错了。叫我克莱勒诺玛斯。”我在漫长而多变的一生中经历了许多事，但从没成为传奇，这名字是一种殊荣。

小女孩看着我。“我才是克莱勒诺玛斯。”她的声音高亢甜美，眼里充满困惑。

“对，”我说，“又不对。今天我们都是克莱勒诺玛斯。我们经历了同样的人生，做过了同样的事，存下了同样的记忆。但从今日起，我们会走上不同的道路。我属于钢铁和水晶，而你拥有女孩的躯体。你说你渴望生命，就请拥抱生命吧，她属于你，但也不要忘了伴随着她的一切。你的身体年轻健康，才刚刚开始发育，你的人生将漫长而充实。今天你仍认为自己是克莱勒诺玛斯，明天呢？

“明天你将会重新学会爱欲，会为喀哈尔·多瑞安张开小小的双腿，他会上你，让你叫着抖着进入高潮。明天你会流着血带着痛怀上孩子，看着他们长大成人，生育自己的儿女，然后死去。明天你会游览沼泽地，失落者们会扔给你礼物，会诅咒你，赞美你，向你祈祷。明天会有新的玩家到来，向你祈求躯体，祈求重生，祈求第二次机会。明天喀哈尔的船队会载来一批新猎物，你坚定的道德观将会经受考验，会在反复的考验之下扭曲。明天喀哈尔或乔纳斯或塞巴斯蒂安·凯尔会认为他们等得够久了,你将品尝到他们甜蜜的犹大之吻,也许你会赢,也许你会输。生命里没有定数,但有一件事我可以保证:明天之后,漫长的年月一经流逝便会退化成短暂的回忆,而死亡将在你体内生根发芽,它的种子已经种下。那对兰纳热切地想要吸吮的甜美双乳,也许某天就会开出疫病之花,也许某夜你会在睡梦中被一根细线勒住脖子,也许一次突然的恒星爆发会吞噬掉整个行星。死亡迟早会到来,而且比你想象的快。"

"我愿意接受。"她微笑着说,我想她说的是真心话。"我愿意接受这一切。生命和死亡,我远离它们太久了。智——克莱勒诺玛斯。"

"你已经开始忘记过去,"我指出,"每天你都会忘掉更多。今天我们有着同样的记忆,我们记得艾瑞斯的水晶洞,还有我们服役的第一艘船,还有我们父亲脸上的皱纹。我们记得托马斯·常听到我们决定不返回阿瓦隆时说了什么,还有他死前说过的话。我们记得第一次做爱的女人,记得她的身形和气味,她乳房的味道,记得交欢时她的叫声。她八百年前就死了,却仍活在我们的记忆里。但你记忆中的她正在死去,不是吗?今天你我都是克莱勒诺玛斯,而我同时也是灰烬星的赛芮,我的一小部分甚至属于我们的鬼魂,可怜的人。但到了明天,我仍会是现在的我,完完全全,而你,你会成为心灵之主,或者落魄成萨摩蓝斯上某个妓院里的性奴,或者到阿瓦隆做学者,无论如何你都将成为和现在不同的另一个人。"

她明白了,她愿意接受。"这么说你会把心灵游戏永远玩下去。"她说,"而我永远也不会死。"

"你会死,"我指出,"我可以肯定。只有克莱勒诺玛斯是不朽的。"

"还有灰烬星的赛芮。"

"她也不会死,是的。"

"你打算做什么?"她问我。

我走到窗前，玻璃花还摆在窗台上，插在朴素的木瓶里，花瓣折射着阳光。

我抬头朝光之源望去，克兰德锡姆明亮的恒星在晴朗的正午天空中燃烧。现在我可以直接朝它看，可以看到它的黑子和壮观的日冕。我有意调整了眼眶里的水晶镜头，让原本空白的天空布满星辰，我从没看到过这么多星星，也从来未想象过会有这么多。

“做什么？”我仍在注视那些神秘的星域，只有我一个人能看到的星域。它们让我想起了我的黑曜石壁画。“有些星球我从未造访。”我告诉我的这位双胞姐妹、父亲、女儿、敌人、镜像，怎么称呼她都可以。“有些事物我从未了解，有些恒星我连现在都看不到。我会做什么？一切，就从一切开始好了。”

话音刚落，一只带条纹的胖虫子从敞开的窗户飞入房间，六片薄翼的震动速度远超人类视力的极限，不过我只要愿意就能数出它每一次缓慢的拍击。它落在我的玻璃花上，停了一小会儿，没有找到香气和花粉，便又溜出窗外。我看着它飞走，越变越小，消失在远处。最后我把视觉传感器调到极限，那只正在死去的小虫子却还是消失在了沼泽与群星之间。

王密　译

雇佣骑士

春雨滋润大地，邓克挖坟并不费力。他挑小丘西坡作坟址，因为老人喜欢看日落。“又一天过去了呀，”老人会边看边叹，“谁知明日是怎样，呃，邓克？”

于是，一个明日带来倾盆大雨，浸透主仆俩，第二天吹来潮湿冷风，第三天老人着了凉，到得第四天，便已无力骑马。现在他要入土了，而仅仅几天前，他还边骑边唱那首到海鸥镇去看美少女的老歌呢——虽然老人把海鸥镇换成了岑树滩。*去岑树滩看美少女哟，嗨哟，嗨哟*，邓克苦涩地挖着。

坑挖得够深后，他双手抱起老人置于其中。老人矮小消瘦，脱掉锁甲、头盔和剑带，简直不比一袋树叶沉；反观邓克，却有与年纪不相称的大块头，他年仅十六或十七（天晓得实际年龄），但骨架宽阔、蓬头散发、步履沉重，身高已过六尺半，肌肉发育才刚开始。老人常称赞他的力量——老人从不吝啬溢美之词，毕竟，那是他唯一能给的财富。

尸体躺在坑底，邓克伫立默看了一会儿。空中又有雨的气息，他明白该在大雨降临前把老人埋葬，可又不忍心用泥土盖住那张皱巴巴的老脸。*该有个修士，说些祷语，可惜老人只有他*。老人把剑、盾和长枪上的造诣倾囊相授，可惜他大字不识，邓克自然也是个白丁。

“我该把剑留给您，可它只会在泥土中锈掉，”最后，他抱歉地说，“我想，诸神会送您一把新剑，爵士先生。真希望您没死。”他顿了顿，不知如何继续。事实上，他不记得任何祷语，老人平日又不常祈祷。“您是一位真正的骑士，只在我该受罚时才打我。”他挤出几句，“女泉城那回除外，那回真是旅馆小弟偷吃寡妇的馅饼，不是我干的，我跟您解释过……算了,没关系,愿诸神接纳您,爵士。”他用脚把泥土踢进坑,开始机械地填土,没再多看老爵士一眼。老人好歹度过了漫长的一生,邓克心想,将近六十?几人能活到这把岁数?至少,老人挨到又一个春天。

邓克备马时,日已西沉。现下他有了三匹马:他原本骑的凹背小马、老人骑的驯马及战马“雷霆”。雷霆只有打仗和比武时才骑,这匹棕色牡马早已褪去昔日英姿,但仍有一双炯炯有神的眼睛和昂扬斗志,它是邓克最宝贵的财产。倘若卖掉雷霆和“老栗子”,连同它们的鞍鞯装具,就能攒够银币……邓克皱起眉头。迄今为止,他唯一所知的生计就是雇佣骑士的颠沛人生,从一个城堡奔波到另一个城堡,为一个又一个领主服务效劳。雇佣骑士会为老爷们打仗,在老爷们的厅堂吃喝,直到战事结束,然后前往下一个地方碰运气。时不时,王国上下还会举办一些比武会——虽然如今不那么频繁了——而在寒冷萧索的冬天,他晓得,某些穷困潦倒的雇佣骑士会变成强盗骑士。

当然,老人没干过这种事。

兴许我可以找个别的雇佣骑士,为他服务,继续当侍从,照料马匹,清理锁甲。或者去座大城市,兰尼斯港或君临,加入那儿的守备队。再或……

他在一棵橡树底下清理老爵士的遗产:布钱包里有三枚银鹿、十九个铜分和一颗有豁口的石榴石。和绝大多数雇佣骑士一样,老人把大部分钱花在坐骑和武器上。他留给邓克一件全身锁甲——这件老爱生锈的锁甲邓克大概擦拭过上千回了——一顶有宽大护鼻、左额处被打凹的铁半盔,一条裂痕累累的褐皮剑带,一柄装在木头皮革剑鞘里的长剑。此外,邓克还继承到一把匕首、一把剃刀、一块油石、一对护胫、一面护喉、一根带有锋利铁尖头的八尺岑树长枪和一面镶边铁皮被敲得凹凸不平的橡木盾,盾面纹了铜分树村的阿兰爵士的纹章:褐底银翼杯。

邓克瞅瞅那面盾，一手抄起剑带，又瞅向那面盾。剑带是为老人瘦弱的臀部量身制作，穿不到邓克身上，锁甲也铁定不成。于是他找来一段麻绳绑住剑鞘，再把绳子绑在腰上。

做完之后，他抽出长剑。

剑身笔直沉稳，是城堡里的铁匠打造的好货，木剑柄包以柔软皮革，嵌了一颗光滑磨亮的黑石作圆头。虽然样式朴素，但挺称手的。旅行途中，多少个夜晚入睡前，他用油石和油布细细打磨它，知道它有多锋利。*它真的很称我的手，正如它很称老人的手*，邓克暗想，*而岑树滩草场正要举办一场比武会*。

“快步”比老栗子轻捷得多，但邓克看见旅馆时，仍骑得浑身疲累、酸痛不已。旅馆坐落在小溪旁，是一栋高大的泥木房子，自窗户流泻出的橙黄暖光如此诱惑，引人止步。*我有三枚银币*，他告诉自己，*足可吃顿大餐，痛饮麦酒*。

他一下马就撞见一个小男孩光溜溜湿漉漉地从溪水中钻出，用一件棕色粗布斗篷擦干身子。“马童吗？”邓克问。小家伙看上去不过八九岁，脸色苍白，骨瘦如柴，赤脚上的泥巴一直覆到脚踝，而最奇特的莫过于他一毛不生的脑袋。

“我要你刷我骑的这匹马，并喂它们三个吃燕麦。听见没？”

小家伙觍着脸。“当然可以，假如我愿意的话。”

听罢此言，邓克皱起眉头：“我可不管你愿不愿意。要知道，我是个骑士。”

“你看起来不像骑士。”

“难道骑士看起来都一个样？”

“不，但他们都不像你。你的剑带居然是绳子。”

“只要能拴牢武器，有啥关系？去照料我的马，勤快点儿，赏你一个铜板;懒散的话,瞧我不给你一耳刮子!”他没再搭理马童,径直转身用肩膀撞开旅馆门。

这时间,他以为里面拥挤不堪,没料到大厅几乎是空的。除一位披精致绸缎披风的小少爷埋首桌上一摊葡萄酒中轻声打鼾,再没客人。邓克迟疑地东张西望,直到一位面色发白的矮胖女人钻出厨房:“随便坐。要麦酒还是吃的?”

“都要。”邓克在窗边挑把椅子坐下,远离那酒鬼。

“咱家有上好羊羔,香草烤的咧,咱家小子还打下几只野鸭。你要啥?”

他足有半年多没在馆子里吃饭了。“都要。”

老板娘大笑,“啊,你这个头真不是盖的,”她倒了一大杯麦酒,放到他桌上,“还要房间过夜?”

“不了,”虽然松软的稻草席和遮风挡雨的屋顶具有莫大吸引力,但身上这点钱邓克得小心对付。还是露宿吧。“有吃有喝就行,我急着赶路去岑树滩。离这儿还有多远啊?”

“一天骑程。你往北走,直到路在烧毁的磨坊分岔。咱家小子有没帮你照料马啊,还是又溜了?”

“没有,他在干活。”邓克让她放心,“你这儿似乎很冷清。”

“没法子,镇里一半人跑去看比武了。哈,咱要松口,咱家小子也早去了。你瞧,咱要有个啥事儿,咱家小子便得接着干,可这孩子净喜欢看大兵、学步子,咱家姑娘还会傻笑着议论每个路过的骑士。天晓得咋了。骑士也都是肉长的,跟咱老百姓有啥不同?咱还没见过哪场比武会让鸡蛋好卖咧。”她好奇地打量邓克一番:他的剑和盾暗示的是一回事,麻绳剑带和粗布外衫却又不像那回事。“你也去比武?”

邓克呷了口麦酒才悠然作答——这酒呈深褐色,味道浓厚,他很喜欢。“是啊,”他道,“我去弄个冠军当当。”

“你啊?是吗?”老板娘还算有礼貌。

屋子对面的少爷自酒洼中猛然提起脑袋。他长了一头鼠窝般凌乱的沙棕头发,面如菜色,下巴下顽强地钻出一圈金色胡楂。他揉揉嘴,眨眼看着邓克,大叫:“我梦见了你!”他颤巍巍地伸出一根指头:“别靠近我,听见没?你离我远点。”

邓克疑惑地望着对方。“大人?”

老板娘倾身靠近。“别理那酒疯子,爵士先生,他只会喝酒说梦话。咱去瞧瞧肉烤好没。”她匆忙离开。

“肉?”小少爷厌恶地说。他摇晃起身,一手撑桌以防滑倒。“我要吐了,”他大声宣布,红外套前襟全是葡萄酒污渍。“我想找个婊子,可这里一个都没有。都跑去岑树滩啦。诸神在上,添酒。”他东倒西歪地走过大厅,踉跄着爬上楼梯,邓克听见他边喘气边哼小曲。

*可怜虫一个,*邓克心想,*不过,他怎么自以为认得我呢?*他边喝麦酒边寻思。

这里的羊肉超级棒,鸭子更是绝无仅有——跟柠檬和樱桃一起煮,不像别处的那么油。老板娘还送上黄油豌豆,以及刚出炉的燕麦面包。*这才是骑士的生活,*他啃完骨头上最后一点肉,心满意足地想,*大杯喝酒、大口吃肉,没人会给我耳刮子!*第二杯麦酒来下饭,第三杯把食物冲下肚,第四杯么,没人说不可以吧?酒足饭饱,他付给老板娘一枚银鹿,居然还找回一把铜板。

出门天已全黑,他带着填饱的肚皮和变轻的钱包,兴高采烈地走向马厩。前头传来马嘶声,“安静,伙计。”是那男孩。邓克顿时加快脚步,警觉起来。

他看见马童穿起老人的盔甲,骑在雷霆背上。然而锁甲太长,而且小家伙不得不把头盔歪戴在秃头上,以免挡住视线。他专心致志学着骑士的样,模样甚是滑稽。邓克踏进马厩,忍不住放声大笑。

男孩抬头一看,脸唰的一下红了,赶紧跳下马。“大人,我不是要——”

“小贼，”邓克试图让声音严厉些，“赶紧把盔甲给我脱掉！雷霆没踢破你那颗榆木脑袋，你就该谢天谢地啦。瞧好喽，它可是堂堂正正的战马，不是小孩子骑的毛驴。”

男孩摘下头盔扔进稻草堆。“哼，我骑得不比你差。”他大言不惭。

“闭嘴，少跟我来这套。锁甲也脱了，老实交代，你想干吗？”

“你不是要我闭嘴，‘少跟你来这套’吗？”男孩脱下盔甲，任其落地。

“回答问题可以张嘴。”邓克恼火地说，“嘿，把锁甲捡起来，哪有这样乱扔的？擦干净了，从哪儿拿放回哪儿去。别忘了头盔。还有，你到底按我吩咐喂马没有？给快步洗刷没有？”

“我当然做了。”男孩弯腰捡起锁甲，“您是要去岑树滩吧？带上我，爵士先生。”

幸好老板娘早有警告。“你偷跑出去，你娘会怎么说？”

“我娘？”小家伙皱起脸，“我娘早死了，还能说什么？”

邓克一愣。如此说来，老板娘不是他娘？兴许他只是来帮工的。喝多了酒，邓克有些昏昏沉沉。“你是个孤儿啊？”他狐疑地问。

“你才是个孤儿！”男孩顶回去。

“我曾是个孤儿。”邓克坦承，*直到老人带上我。*

“带上我，我可以做你的侍从。”

“我不需要侍从。”邓克声明。

“才怪，哪有没侍从的骑士？”小家伙坚持，“而你看来比别人更需要侍从。”

邓克扬起一只手吓唬他。“你看来想挨一耳刮子！给我装袋燕麦，我这就上路。”

若说小家伙怕了，至少面子上没表现出来。他在原地挑衅地站了一会儿，双臂抱胸瞪着邓克，就在邓克无奈地准备放弃时，他忽然撒腿去取燕麦了。

邓克松了口气。虽然稍有遗憾……可男孩留在旅馆帮工总比替雇佣骑士当侍从强。*带他上路于他无益。*

但男孩的失望之情溢于言表。邓克骑上快步,牵起雷霆时,决定付对方一个铜分作小费。“嗨,小子,谢谢。”他微笑着弹出铜币,可马童竟无动于衷,任其落在两只赤脚间的烂泥里,看都没看一眼。

*我走后,他就会欢天喜地地捡起来,*邓克心想。他调转马头,领着另外两匹马离开旅馆。月光照亮树林,天空万里无云,繁星密布。他一面策马沿路前进,一面感觉到小马童一声不吭死盯着他,闷闷不乐。

邓克来到宽阔的岑树滩草场边上时,夕阳已在他身后拖出长影。草场中搭起六十多个大小不一、方圆各异的帐篷,有帆布制、麻布制,更有丝绸质地。它们个个鲜亮,长长旗帜迎风招展在它们中央的旗杆上,好似野花盛开的旷野,深红与明黄,绿和蓝的条纹,以及更深的黑、灰跟紫,彼此争奇斗艳。

老人曾跟这里某些骑士为伍,邓克还在酒馆中和营火旁听来其他故事。尽管读写对他依然是深奥难解的魔法,但老人曾不厌其烦地教他辨识各路纹章,几乎把这当成骑马时的必修课。他知道夜莺属于边疆地总帅卡伦伯爵,这位大人能文能武,枪琴双绝;宝冠雄鹿是绰号“狂笑风暴”的莱昂诺·拜拉席恩爵士的纹章;健步猎人属于塔利家族;紫色闪电属于唐德利恩家族;红苹果属于佛索威家族;红底怒吼金狮属于骄傲的兰尼斯特家族;淡绿底面上爬过的深绿海龟是伊斯蒙家族的标记;至于红色牡马旗下的棕色帐篷,毫无疑问住着奥瑟·布雷肯爵士,其人有“屠夫”之称——三年前他在君临比武会中击杀了昆廷·布莱伍德伯爵,据说用的虽是钝长斧,但下手之狠,竟将对方连面甲带面孔砸个稀烂——这会儿布莱伍德家的人也来了,他们的帐篷在草场西端,那是离奥瑟爵士最远的地方。此外,马尔布兰家、梅利斯特家、卡盖尔家、维斯特林家、史文家、穆伦道尔家、海塔尔家、佛罗伦家、佛雷家、庞洛斯家、史铎克渥斯家、戴瑞家、帕伦家及威尔德家也均有代表到场。似乎西境和南境所有名门望族都派出二三位骑士，前来取悦岑树滩上爱与美的皇后，并以勇武博取荣誉。

这些帐篷很漂亮，但这里没他的位置，他只能裹一件老旧的羊毛斗篷过夜。而当领主老爷和有名望的骑士吃着烤猪阉鸡、大快朵颐时，他邓克能拿来填肚的，唯有一条硬邦邦的咸牛肉。他很清楚，若斗胆把帐篷搭进草场，会招来怎样的冷眼与嘲笑。或许少数人会可怜他，然而这种怜悯让人更难受。

雇佣骑士必须维持自尊，否则与佣兵无异。*我必须用实力去赢得草场里的位置。只要在比武会中表现优异，或许哪位老爷会收留我。届时我就可光明正大地驰骋在贵族中间，每晚在城堡大厅喝酒吃肉，每场比武会都能骄傲地升起自己的帐篷。我要用实力证明自己。*思前想后，他恋恋不舍地离开草场，朝树林而去。

在大草场外围，离城堡和镇子半里多的地方，他找到一泓清泉注成的深池，池旁生了厚厚的芦苇，一棵茂盛的榆树高悬头顶。春天的芳草郁郁葱葱，不逊于任何骑士的旗帜，而它们触感柔软，又似昂贵的丝绸。这是个没人占领的好地方。*这是我的帐篷*，邓克告诉自己，*它以树冠为顶，比提利尔和伊斯蒙的更绿*。

他先料理马匹，然后脱掉衣服，涉进水池洗去一路风尘。"真正的骑士得是清清白白的。"老人常告诫邓克，并严格要求无论身上味道重不重，每半月必须从头到脚仔细清洗一次。既然现在邓克成了骑士，便得谨遵老人的教诲。

擦干水珠，他裸身躺在榆树下，任温暖春风吹拂肌肤。一只蜻蜓懒洋洋地在芦苇丛中盘旋。*啊，蜻蜓，就是所谓"龙芙莱"。真奇特，它哪里像龙？*其实邓肯也没见过龙，只有老人见过——这故事老人唠叨不下五十回了：阿兰爵士幼时被祖父带到君临，正好赶在最后的巨龙死去前一年。那是条绿色雌龙，矮小虚弱，翅膀萎缩，产的蛋没法孵化。“有人说是伊耿国王毒死了她，”老人总会神秘兮兮地吐露，“是指伊耿三世国王陛下哦，不是当今戴伦王的爹。他外号‘龙祸’，又叫‘倒霉’伊耿，他怕龙怕得要命，因为他亲眼目睹叔叔的龙吞食了母亲。唉，自从最后的巨龙死去，夏日就越来越短，冬天却越来越长、越来越冷了。”

穿过树冠射入的阳光愈发暗淡，空气中逐渐有了寒意，邓克手上起了鸡皮疙瘩，便抄起外套马裤，就着榆树简单拍拍泥尘，穿回去。明日，他要去大会主持处报名，但想上场，今天还有准备要做。

无须对着池水照，他也知道自己不像个骑士，于是他将阿兰爵士的盾挂在背上，露出纹章。他把马儿赶到榆树下草深的地方，步行前往比武场。

草场平日是河对岸岑树滩镇镇民的公共场地，现在却成了第二座镇子。一夜之间，一座丝绸镇子拔地而起，比它的姐姐更大更美。好几十家商铺摆在草场边缘，贩卖毛毡水果、腰带靴子、兽皮猎鹰、陶器、宝石、蜡制品、香料、羽毛，无奇不有。杂耍艺人、木偶师和魔术师在人群中穿梭……当然，也少不了妓女跟小偷。邓克小心翼翼护住钱包。

烟雾缭绕的火堆上“嗞嗞”作响的烤肠让他垂涎欲滴，他用一个铜分换来一根烤肠和一角麦酒。他边吃边看骑士大战恶龙的彩绘木偶戏，更值得一看的是操纵木龙的木偶师：她个子挺高，有多恩人的橄榄色皮肤和黑发，苗条得像把枪。虽然这女人胸部平平，但邓克喜欢她的长相，也喜欢她那仅凭绳子就能让恶龙游弋扑击的灵活手指。他很想抛一枚铜币给她，只是现下囊中羞涩，每分钱都不容浪费。

商铺中果然有武器师傅。一个留分叉蓝胡子的泰洛西人正出售装饰华丽的头盔，盔顶雕金琢银，夸张地做成各种飞禽走兽的模样。一位铸剑师在打造廉价铁剑。另一位铸剑师手艺好一些，不过他缺的不是剑。

他要找的人在商铺尽头，其柜台前方展示了一件精致的链甲衫和一对上好的铁制龙虾护手。邓克凑近细看。“你的手艺很好，师傅。”他评价。

“俺的手艺是最好的。”矮胖的铁匠身高不满五尺，但胸膛宽阔膀子粗，就跟邓克一般。他留一大把黑胡子，抄起一双巨手，满脸自豪。

“我需要一套盔甲参加比武会。”邓克告诉对方，“上等锁甲，外加护喉、护胫和全盔。”老人的半盔他倒戴得上，然而仅有护鼻参加比武太危险。

铁匠从上到下瞅了他一遍。“好大个儿啊，算你走运，俺为更魁梧的人做过盔甲。”他走出柜台，“跪下去，俺来量量肩膀。嗯，还有你的粗脖子。”邓克依言跪下。铁匠拿打了结的牛皮绳量肩围，“哼”了一声，量颈围，又“哼”一声，“抬胳膊。不，右手。”铁匠“哼”了第三声。“你起来吧。”他的大腿、小腿和腰围又让铁匠连哼三声。“俺车里有些部件合适，”铁匠声明，“但丑话说在前头，俺那些玩意儿可没什么金银装饰，只是上好的铁，朴实耐用。俺这人做头盔就做头盔，啥长翅膀的猪啊，稀奇古怪的水果啊，统统没兴趣。不过被长枪击中时，你就晓得俺的好处了。”

“我要的就是这种，”邓克满意地说，“多少钱？”

“给你个实在价，八百银鹿。”

“八百？”这远超他意料。“我……我可以卖你一套老盔甲，是为比较矮小的人做的……包括一顶半盔，一副锁甲……”

“铁汉佩特只卖自己打的东西。”铁匠打断他，“不过，若这些废铁不太锈，或许能再利用一下，那就收六百银鹿。”

邓克想到哀求铁匠赊盔甲给他，但他心知肚明会得到怎样的回答。跟老人旅行这些年，他晓得商贩们多不信任雇佣骑士，也难怪，许多雇佣骑士实与强盗土匪无异。“那我先预付两枚银鹿，盔甲和剩下的钱明天结。”

铁匠仔细琢磨了一番,“两枚银鹿为你保留一天,之后东西俺可要卖给别人。”

邓克掏出钱包中最后两枚银鹿,放进铁匠满是老茧的手掌,“你会拿到钱的,我要当冠军呢。”

“你吗?”佩特咬咬银币,“你是说,这些人都是来给你捧场的喽?”

皓月当空,他走回榆树下的营地。身后的岑树滩草场被营火映得透亮,洒满歌声笑语,令他心情更为低落。他只有一个法子赚钱,如果输掉……“一场胜利,”他大声告诉自己,“我只要一场胜利。”

话虽如此,可就连老爵士本人也难奢望一场胜利。自多年前在风息堡比武会被龙石岛亲王挑下马,老人再没参加长枪比武。“想想看,谁能挑战七国最优秀的骑士,并折断七根长枪?”他每每夸口,“这是我的巅峰,所以干吗不见好就收?”

邓克怀疑阿兰爵士多半是因年龄退出,而非与龙石岛亲王比武的荣耀,但他没胆子问。老人到死都维持着自尊,总说自己强健得很,关节又灵活。*也许他确实是,我却未必,*邓克郁闷地估测。

他踏过野草丛,一路胡思乱想,猛见前方灌木丛隐有火光。什么?邓克不敢怠慢,立时长剑在手,飞快地冲过去。

他一边吼一边骂,赶到却发现是个孩子,连忙刹住脚。“又是你!”他放低武器,“你想干吗?”

“我在烤鱼啊,”秃头男孩说,“来一条?”

“我问你,你怎么找上来的?偷马了?”

“我搭大车来的,车主送羊给岑树滩的岑佛德老爷。”

“好吧,这人走没?还是你必须搭另一辆车?我可没法收留你。”

“你赶不走我,”小家伙满不在乎,“我受够那家旅馆了。”

“我说了我是个骑士，少跟我来这套！”邓克警告，“我可以把你扔到马背上，一路押回家。”

“押我回家啊？君临离这可远了，”男孩针锋相对，“你想错过比武？”

君临？一时间邓克以为对方嘲笑自己，旋即想到这野孩子根本不可能知道他出身君临。*他多半也是跳蚤窝的孽种，跟我一样不想回那鬼地方。*

邓克发觉自己还拿长剑胁迫这八岁的可怜孤儿，赶紧收起，同时眼瞪对方，免得小家伙以为自己占到上风。*我至少该揍他一顿*，邓克心想，*可这孩子看上去一副可怜相，我下不了手。*他扫视营地，发现营火在整整齐齐的一圈石头遮挡下欢快跳跃。几匹马都刷过，衣服挂在榆树枝头，快烤干了。“这些是谁做的？”

“我洗的衣服，”男孩一样一样地说，“我刷的马，我生的火，我抓的鱼。我本来还想给你搭帐篷，但我没找到帐篷。”

“这就是我的帐篷。”邓克抬手比画头顶榆树的高大树冠。

“这明明是棵树嘛。”小家伙不满地说。

“真正的骑士用这当帐篷。与其睡在乌七八黑的帐篷里头，我宁愿面对满天星斗。”

“那下雨怎么办？”

“树叶可以遮雨。”

“但树叶会漏啊。”

邓克忍俊不禁：“真有你的。实话告诉你，我没钱买帐篷。对了，你赶紧把鱼翻面，不然就一面焦一面生喽。没在厨房干过活吧？这都不会。”

“我当然会，假如我愿意的话。”男孩虽嘴硬，却依言翻了鱼。

“你怎么没头发啊？”邓克好奇地问。

“给学士剃的。”小家伙突然害羞似的拉起那件深褐色斗篷的兜帽,盖住秃头。

邓克听说学士会干这类事,以对付虱子、根虫或别的一些毛病。“你有病?”

“才没有,”男孩反驳,“你叫什么?”

“邓克。”他老老实实回答。

小捣蛋放声大笑,仿佛这是他有生以来听过最可笑的事。“邓克?”他笑道,“‘浸水’爵士? 你算哪门子骑士啊。你是不是该叫邓肯?”

是吗? 反正老人管他叫邓克,而之前他活得稀里糊涂。“我是叫邓肯,”他一本正经地说,“邓肯爵士,外号……”邓克没本名,更和任何贵族家族扯不上半点关系,他不过是阿兰爵士在跳蚤窝的街道和食堂间发现的野孩子。他不记得父母双亲,该说什么好呢? “跳蚤窝的邓肯爵士”听来不像个正派骑士……他也许可自称铜分树村的邓肯爵士,但若问及铜分树村在哪儿咋办? 邓克没去过,老人也鲜少提及。他皱眉冥思苦想好一阵,突然有了主意:“我是‘高个’邓肯爵士。”他确实身材高大,引人注目,而且“高个”听来够威风。

小家伙显然不这么想。“我没听说什么高个邓肯爵士。”

“啥,你以为自己认得七大王国里每位骑士吗?”

男孩挑衅地瞪着他,“排得上号的我都认得。”

“别吹牛了。反正等比武会以后,我会跟他们一样出名。喏,小蟊贼,你又叫什么?”

男孩犹豫半晌。“伊戈。”他说。

伊戈不就是鸡蛋的意思吗? 这孩子的脑瓜确实像个蛋。虽然如此,邓克却没出言讥笑,他不能跟小孩一般见识。“伊戈啊,”他说,“我本该狠揍你一顿,然后赶你走。但事实上,我确实没帐篷,也没侍从。如果你发誓乖乖听话,那在比武会期间,我就留着你。比武会结束后呢,呃,到时再说。如果我觉得你小子是个可塑之材,那么跟着我,我保证你不愁吃穿。当然啦，穿的也许是粗布衣，吃的不过是咸肉鱼，偶尔还得铤而走险，躲着林务官去森林打野味，但总不会饿着。而且我承诺，只在你该受罚时才打你。”

伊戈眉开眼笑，“遵命，大人。”

“是爵士，”邓克纠正，“我只是一介雇佣骑士。”不知今晚的巧遇是否是老人在天之灵保佑。放心，我会悉心传授这孩子武艺，如您教导我一样，爵士先生。这孩子骨子里并不顽劣，指不定有一天，他也能当骑士。

鱼肉稍有点生，而且男孩没把鱼骨剔净，不过比起硬邦邦的咸牛肉，这绝对算得上美味。伊戈吃完就靠着将熄的营火沉沉睡去。邓克躺在旁边，枕着一双巨手，仰望夜空。飘忽的乐声仍从半里外的比武场传来，头顶是满天星辰，不计其数。就在他注目凝视时，其中一颗坠落下来，在黑天中拖出一条亮绿丝线，渐渐消逝在远方。

流星会带给看见它的人好运，邓克满怀期冀，其他人都睡在帐篷里，被丝绸隔着，好运唯我独享。

次日拂晓，邓克被报晓的公鸡吵醒。伊戈并没趁夜逃掉，仍蜷在老人第二好的斗篷底下呼呼大睡。好吧，算是不错的开始。邓克用脚尖碰醒伊戈。“起来干活。”男孩揉揉眼睛，飞快爬起。“帮我给快步上鞍。”邓克吩咐。

“早餐在哪儿？”

“先干活，干完有咸牛肉吃。”

“我宁可宰马吃，”伊戈抱怨，“行么，爵士？”

“不听话就等着吃我拳头！快去拿刷子，都在鞍袋里。对，就那把。”

主仆俩一起替栗色驯马刷毛，再把阿兰爵士最好的鞍子装上、系牢。邓克赞赏地想:伊戈一心干活时,还是个蛮不错的孩子。

“我要出去大半天,”他上马时叮嘱小家伙,“你留下照看营地。别教其他蟊贼溜进来占便宜。”

“能给我一把剑对付他们吗?”伊戈渴望地问。他有一双好蓝好蓝的眼睛,邓克注意到,很深,近乎于紫。不知怎的,秃头让伊戈的眼睛看来更大了。

“我没有,”邓克说,“你用匕首就够。我回来前你可别跑啊,听到没?你要敢拿了我的东西就跑,我发誓追你到天涯海角。我会带狗来抓你。”

“可你没有狗。”伊戈指出。

“我会买几条!”邓克反驳,“专门来抓你。”他调转快步,朝草场小跑而去,希望刚才的威胁能让小捣蛋老实点。除开身上的衣服、袋子里的盔甲及胯下驯马,邓克的财产都留在营地。如此信任这小贼,真是大傻瓜才会干的蠢事。不过,老人不也这样信任我吗?他心想,一定是天上圣母派这小鬼过来,好让我偿还恩惠。

穿过草场时,他听到河岸边的锤打声,那是木匠们在钉栏杆,搭建高高的看台。草场里又添了些帐篷。有的骑士因昨夜的放纵在补觉,有的骑士在用早餐,炊烟里有培根味道。

舟徙河从草场以北流过,它是雄浑的曼德河的支流。浅滩对面便是镇子和城堡,邓克和老人旅行途中见过许多集市,而这座集市算是其中最漂亮的之一:它有粉刷过的白房子,房子还都有茅草屋顶,十分诱人。小时候他一直在想住房子里是什么滋味,每晚睡觉都有屋顶罩,每天醒来都被墙围绕。很快我就知道了,他心想,届时伊戈也有份。好运常在嘛。

岑树滩堡是个三角形石堡,顶点各一座三十尺高的圆碉堡,之间以厚厚雉墙保护的走道相连。城齿间飘扬的橙旗展现出岑树滩堡白V字下一颗白太阳的纹章。白橙相间服装的长戟武士把守城门,监视进出——但主要是跟漂亮的挤奶小妹调情。邓克在貌似守卫队长的长须矮个面前勒马，询问主持人所在。

“你要找普默，这里的总管。请随我来。”

进得庭院，一位马房小弟过来照料快步，邓克肩挎阿兰爵士伤痕累累的盾牌，随守卫队长从马厩后进到外墙一个设计精巧的碉楼，踏着陡峭阶梯登上城墙。“来帮主人报名参赛？”队长边爬边问。

“我自己报名参赛。”

“是么？”他挂着嘲笑？邓克不确定。“穿过前面那个门就是。我回岗位了。”

邓克推开门，发现岑树滩堡总管坐在搁板桌后，用鹅毛笔在一张卷轴上书写。他有稀疏的灰发和皱巴巴的窄脸。“嗯？”他说着抬头，“你有何贵干？”

邓克关上门。“您是普默总管吗？我来报名参加比武会，请予登记。”

普默噘起嘴，“老爷的比武会是骑士们的竞赛。敢问足下是骑士么？”

邓克点点头，不知有没有红了耳朵。

“那么先生，请教大名？”

“我叫邓克，”怎么一开场就说错话？“真名邓肯。高个邓肯爵士。”

“您来自何方，高个邓肯爵士？”

“我云游四方。我是说，我从五六岁起就担任铜分树村的阿兰爵士的侍从。这是他的盾牌。”他把老人的盾牌拿给总管看。“他本想参加比武会，不幸路上着了风寒逝世。我代他来，他临死前亲手用配剑赐封我为骑士。”邓克抽出长剑，放在自己跟总管间满是刮痕的木桌上。

主持人看都没看那剑一眼。“确实是把剑。不过我从没听过所谓‘铜分树村的阿兰爵士’。你说你是他侍从？”

"他一直要培养我当骑士。弥留之际,他特地取来剑,要我跪下,然后在我右肩左肩各拍一下,说了些话。当我站起来,他说我是骑士了。"

"噗,"这个叫普默的人揉揉鼻子,"话倒没错,任何骑士都能赐封骑士,不过按正式礼仪,你得先守夜,再由修士涂抹圣油,最后宣誓。你的赐封仪式有证人吗?"

"只有荆棘树上的一只知更鸟,老爵士说那些话时,我听见它在叫。老爵士要我做一个真正的好骑士,信奉七神,保护弱者和无辜之人,忠诚事主,全力卫国。我发誓谨遵教诲。"

"啊,毫无疑问,"然而邓克忍不住意识到,普默并未改口称他为爵士,"不过你的事我还得请示老爷。你或你不幸去世的主人认识到场任何一位好骑士吗?"

邓克思考了一下,"这里可有唐德利恩家的旗帜?就是黑底上紫色闪电。"

"唐德利恩家族的曼佛德爵士已到场。"

"阿兰爵士三年前曾在多恩为他父亲大人效劳。曼佛德爵士可能还认得我。"

"那我建议你立刻去找他。若他愿为你作保,明天同一时间你带他过来便是。"

"好吧,大人。"邓克走向门口。

"邓肯爵士。"总管叫住他。

邓克回头。

"你一定知道,"对方耐心解释,"比武会上输家的武器、盔甲和坐骑都归赢家所有,必须支付赎金才能赎回。"

"我知道。"

"那你准备好赎金没有?"

这回他确信自己双耳通红。"我无须准备赎金。"他暗暗祈祷这是真的。*我只要一场胜利,一场。赢下第一轮,得到输家的盔甲、马匹,甚*

至获得可观的赎金。

那就能应付失利了。

邓克缓步下阶梯，他必须强迫自己做该做的事。于是他在庭院拉住一位马童：“我要跟这里的马房掌管谈谈。”

“我替您找去。”

马厩内又暗又凉，有匹火暴的灰牡马还伸长脖子咬他，但快步只轻嘶几声，蹭蹭他摸她鼻子的手。“你会一如既往做个好姑娘，对吧？”他喃喃道。老人常说骑士不能跟坐骑产生感情，因为总会有坐骑死于骑士胯下，可这点老人自己也不能遵守。邓克常见他把最后一枚铜板花在为老栗子买个苹果，或为雷霆和快步买燕麦上。这匹驯马是阿兰爵士的骑乘马，毫无怨言地驮他千里迢迢，行遍七国。邓克感觉是在出卖老友。但有什么选择？栗子太老不值钱，雷霆还要载他去比武。

马房掌管久久不肯屈尊驾临。等待期间，邓克听到城头吹起喇叭，院子里随即有了人声。他好奇地牵快步来马厩门前查看。只见一大群骑士和骑射手鱼贯而入，为数至少一百，骑的都是罕见的良驹。*哪位大老爷？*他捉住跑过的马童的胳膊：“他们是什么人？”

男孩诧异地看着他：“你看不见旗帜吗？”他扭脱胳膊匆匆跑开。

旗帜……邓克抬头，一阵风刚好吹开高高旗杆上的黑丝三角旗，坦格利安家族凶悍的三头巨龙在旗上展翅翱翔，喷出深红火焰。掌旗官是个穿金缕白甲的英伟骑士，纯白披风在他肩头飞扬。另有两名骑士跟他一样从头到脚全身白衣。*他们是掌旗的御林铁卫！*岑佛德伯爵及其诸子匆忙奔出主堡迎接，还有今番岑树滩比武会的美少女岑佛德小姐。那是个黄头发、粉圆脸的小姑娘，邓克并不觉得她美，他认为木偶师更漂亮。

“小子，放开那老畜牲，过来照料我的坐骑。”

一名骑手在马厩前下马。*他在跟我说话*，邓克意识到。“我并非马夫，大人。”

“不够聪明?”对方身披红缎镶边的黑披风,披风下的衣服如红、黄和金的明亮火焰。他如匕首般又瘦又直,但只中等身高。他与邓克一般年纪,银金卷发气势汹汹地围着脸庞,他额头高,面颊尖,鼻子直,苍白光滑的皮肤毫无瑕疵,眼睛是深紫色。“马你管不着,给大爷上酒、找个漂亮妞儿总成吧。”

“我……大人,请原谅,我也不是仆人。我有幸做了骑士。”

“这年头,骑士越来越廉价了,”小少爷宣称。一个马童跑来,小少爷回头递出胯下驯马的缰绳——那是匹血色宝马——立时遗忘了邓克。邓克欣慰地溜回马厩,继续等马房掌管。他跟草场上的贵族尚且格格不入,更别提与王子说话了。

他敢肯定这俊俏少爷是个王子。坦格利安族人拥有海外早已失传的瓦雷利亚血统,银金头发和紫罗兰色眼眸使他们异于凡人。邓克知道贝勒王子年长得多,门外的少爷可能是贝勒之子:长子瓦拉尔,人称“少王子”,以和父亲区分;次子马塔瑞斯,“少少王子”,这是史文老大人的弄臣编的外号。此外,王室还有别的王子,即瓦拉尔和马塔瑞斯的堂亲。贤王戴伦有四个儿子长大成人,其中三个育有子嗣。在戴伦王父亲的时代,龙王家族差点绝嗣,世人认为正因如此,戴伦二世才生出这许多儿子,以确保铁王座江山稳固。

“你,就你。你找我。”岑佛德伯爵的马房掌管红润的脸被橙色制服衬得更红。他口气粗鲁,“干吗?我可没时间——”

“我想卖掉这匹马。”邓克抢在对方下逐客令前道,“她是匹好马,步子稳健——”

“我说了,没时间。”马房掌管看都没看快步一眼。“我家老爷不需要这畜牲。牵她去镇里,或许亨利会给点银子。”他说完欲走。

“多谢大人,”邓克赶在他走人前说,“大人,是国王驾到么?”

马房掌管笑话他:“不,感谢诸神,光这帮王子就够烦人了。我上哪给多出的畜牲找地方?上哪找草料?”他大步走开,边走边大声指挥马童们。

邓克离开马厩时,岑佛德伯爵正护送贵客们入厅,但两位白甲白袍的御林铁卫骑士留在庭院,跟守卫队长攀谈。邓克走到他们面前:“大人们,我是高个邓肯爵士。”

“幸会,邓肯爵士。”比较高大的白骑士回应,“我是罗兰克雷赫爵士,这位是我的誓言兄弟,暮谷城的唐纳尔爵士。”

御林铁卫的七位成员乃七国上下武艺最高强的骑士,也许只有王太子“破矛者”贝勒殿下能与之媲美。“你们会参加比武么?”邓克紧张地问。

“我们不与我们誓言守护的对象同场竞技。”红发红须的唐纳尔爵士回答。

“瓦拉尔王子有幸成为守护岑佛德小姐的冠军,”罗兰爵士解释,“他的两位堂弟加入了挑战者的行列。我们其他人旁观。”

邓克松了口气,谢过白骑士们的细心回答后,他赶在别的王子现身骚扰前骑出城堡大门。*三个王子*,他在岑树滩镇街上边骑边想。瓦拉尔是贝勒殿下的长子、铁王座第二顺位继承人,但不知乃父登峰造极的武艺他能继承几分。别的坦格利安王子他几乎一无所知。*若对上他们怎么办?他们允许我挑战大贵人么?*他不知道。老人常说他比城墙还笨,现在他感觉到了。

邓克出售快步前,亨利都十分欣赏她,旋即马商眼中就全是缺陷了。他提议三百银币,邓克要价三千,一番唇枪舌剑后,他们在七百五十枚银鹿的价码上达成一致。这价码更接近亨利的报价,邓克自觉亏大了,但马商坚称一个子儿也不会多出,无奈他只能妥协。紧接着他们又开始了关于这价码含不含马鞍的第二轮争论。

最终战罢,亨利去取钱时,邓克摸摸快步的鬃毛,叮嘱她要勇敢。

"赢下一场,我就来赎你,我保证。"他确信在此期间驯马的缺陷会全部消失,届时身价必将翻倍。

马商付给他三枚金币和一堆银币。邓克乐呵呵地咬了其中一枚金币,他还从没尝过金子,甚至碰都没碰过。人们一般管金币叫"金龙",缘于坦格利安王朝的统一铸币上均是一面印三头龙,另一面是国王头像。亨利给的金龙有二枚印有戴伦王,另一枚有些老旧,钱上头像并非戴伦。头像下头写了名字,可惜邓克不认识。他注意到这枚金币边沿有磨损,便大声对亨利抗议,马商抱怨几句,又拿出几枚银币和一把铜板作补偿。邓克当即退回几个铜板,朝快步点点头。"给她的,"他说,"今晚喂她吃点燕麦,嗯,再加个苹果。"

完事之后,邓克手提盾牌,肩扛装老盔甲的袋子,穿过阳光明媚的岑树滩镇。钱包沉沉的重量让他走路有些发飘,又是眩晕又是紧张。老人最多给他一两个钱,而现在兜里的金银足以过一整年好日子。*到头来又怎么办,卖雷霆?*最终不免沦为乞丐或土匪。*机会不容错过,我必须冒险。*

等他涉过渡口回到舟徙河南岸,早晨几已过去,比武场恢复了生机。葡萄酒贩子和烤肠贩子大声叫卖,一只跳舞的熊伴随歌手的唱腔和主人一起载歌载舞:"狗熊,狗熊,少女美容……"杂耍艺人开始耍杂技,木偶师刚结束一场比斗。

邓克停步观赏,不多久,木偶骑士再次砍下木偶龙的脑袋,里头的红色锯末撒在草地上。邓克"哈哈"大笑,抛给那女孩两枚铜板。"一枚是昨晚的。"他叫道。女孩在空中接住,回以邓克所见最甜美的笑容。

*她是为他笑,还是为他的钱呢?*邓克没跟女人干过那事,女人让他紧张。三年前有一回——老人刚为盲眼的佛罗伦伯爵效劳半年,钱包鼓鼓——老人告诉邓克是时候带他去妓院初解人事了。不过当时老人醉了酒,醒来不记得这番话,邓克则羞于提醒。他不确定自己想要个妓女。就算不能像正派骑士那样迎娶大家闺秀,他至少也想找个爱他人

而非爱他钱的女孩。"来一角麦酒吗?"木偶女孩把地上的红色锯末装回龙身时,邓克提出,"我的意思是,呃,跟我一起? 再来根烤肠? 昨晚我尝过,挺好吃的。我想原料确实是猪肉。"

"非常感谢,大人,可我们还有一场戏要演。"女孩起身,匆匆跑回操纵木偶骑士的多恩妇人身旁,那妇女又胖又凶。邓克呆立原地,自觉愚蠢透了,但他爱看她跑的样子,真的。*她好漂亮,个子又高,我无须下跪就能吻到她。*他知道如何亲吻,一年前在兰尼斯港过夜时,某个酒馆小妹跟他演示过,不过她太矮,得坐在桌上才够得着他的嘴。想起这个他双耳发烧。*大呆子,我该把注意力全放在比武上,想什么亲吻?*

岑佛德伯爵的木匠们忙于粉刷分割比武双方的齐腰木栏杆,邓克伫立观望了一会儿。比武场共有五条赛道,均为南北向,确保选手不会直视阳光。场地东侧搭了三层看台,橙色天篷将替老爷夫人们遮阳挡雨,他们大部分坐长凳,但看台中央为岑佛德伯爵、美少女及来访的王子备了四张高背椅。

草场东沿立起一个枪靶,十来个骑士以此练习,他们将靶子一端的盾牌戳得稀烂,让靶子另一端的横杆转个不停。邓克目睹屠夫布雷肯发起冲锋,接着是边疆地总帅卡伦伯爵。*我的骑术枪法都不如他们,*他不安地想。

附近还有人训练徒步战斗,用木剑你来我往,边上的侍从叫嚷出各种下流招数。邓克眼见一个健壮少年奋力抵挡一个身材壮硕、却如山猫般轻盈的骑士,两人盾上均有佛索威的红苹果,但少年的苹果很快被砍成碎片。"这只苹果没熟咧。"年长的骑士叫嚣着狠狠击中少年的头盔。年轻的佛索威认输时挂着瘀青,还流了血,他的对手大气却也没喘几下。骑士掀开面甲,环视周围,看见邓克便道:"那边那人,是的,就你,大个子。飞翼杯骑士,你带了剑?"

"我完全有权佩带它,"邓克防范地说,"我是高个邓肯爵士。"

"我乃史蒂芬·佛索威爵士。跟我比比如何,高个邓肯爵士? 我也该换换对手了,你看,我堂弟还没熟。”

“上,邓肯爵士。”被打败的佛索威边脱头盔边催促,“我或许是没熟,但我的好堂哥烂到了芯儿里,把他的烂籽砸出来瞧瞧。”

邓克摇头。这帮公子哥儿干吗把他扯进他们的纠纷里?他对此毫无兴趣。“承蒙邀请,爵士,但我有事在身。”身上带这么多钱他很不安生,早点付清铁人佩特的账,要到盔甲才好。史蒂芬爵士一脸轻蔑,“雇佣骑士有事在身。”他继续环视,找上附近另一位闲晃的骑士。“格兰斯爵士,幸会。跟我比比如何?我堂弟雷蒙的小伎俩我都看腻了,而邓肯爵士有事非回树篱下办不可。来吧。来吧。”

邓克面红耳赤地走开。他哪里懂得什么大把戏小伎俩,他只是不想在比武前露底。老人常说知己知彼百战百胜,像史蒂芬爵士这么厉害的角色肯定一眼就能看出他的破绽。邓克强壮敏捷,体重和臂展是其最大优势,但技巧毫无疑问逊人一筹。阿兰爵士虽已倾囊相授,但老人年轻时也算不上优秀骑士。伟大的骑士决不会甘居树篱之下,也不会死在泥泞的路旁。*我不会落得这等下场*,邓克暗暗发誓,*我会以实力证明自己不仅是个雇佣骑士。*

“邓肯爵士,”年轻的佛索威追上他,“我不该怂恿你挑战我堂哥。他的傲慢把我憋急了,而你又那么高大,所以我想……算了,都是我的错。你没穿盔甲,他会下狠手打断你的手或膝盖。他在训练场上总这么凶,伤着人才好在正式比赛时占便宜。”

“他可没打断你的。”

“是的,因为我是他亲戚,尽管他不忘提醒我他才生于苹果树的主干。我是雷蒙·佛索威。”“幸会。你和你堂哥都参加比武吗?”

“他当然会参加。至于我,我是想参加,可毕竟只是个小侍从。堂哥承诺赐封我为骑士,却总以我没熟为托词。”雷蒙方方正正的脸上生了只狮子鼻,短发松软如羊毛,但笑容颇有魅力。“我看你很有挑战者的气势。你打算敲哪位骑士的盾牌?”

"都没关系,"邓克说。正派骑士该这么说,虽然事实上敲谁的盾牌有天差地别的关系。"我打算第三天再出场。"

"是的,那时有的冠军已被挑落马下。"雷蒙道,"好,愿战士向您微笑,爵士先生。"

"也向你微笑。"他只是侍从,我却是骑士?我们间定有个傻瓜。邓克钱包里的钱一路叮当作响,他心知稍有闪失就会输个精光。连比武规则也跟他作对,让他没机会对上新手或徒有虚名的骑士。

一场比武会可能有十几项竞赛,加入什么全凭主办者喜好。有时是骑士组队的模拟战斗,有时是毫无限制、荣耀全归最后一位屹立者的团体混战。而在单人对决中,对手有时由抽签决定,有时则由主持人指定。

岑佛德伯爵为庆祝女儿十三岁命名日举办了这场比武会,按照传统,这位美少女会坐在他身边,成为爱与美的皇后,而接受她信物的五位冠军将捍卫她的荣誉。其他人都是挑战者,战胜任何一位冠军就可接替其位,直到被另一位挑战者击败。长枪比武持续三天,最终剩下的五位骑士决定是让美少女保留爱与美的后冠,还是给予别的女人。

邓克望着碧绿草场和空空如也的看台,寻思自己有几成把握。一场胜利足矣,一场胜利就能宣称做过岑树滩草场的冠军,哪怕仅一小时。但老人年近花甲也没当过一次冠军。诸神在上,这并非非分之想。他想起那些流传四方的歌谣,歌谣中的瞎子"星眼"赛米恩、高贵的"镜盾"萨文、龙骑士伊蒙王子、莱安雷德温爵士及傻子佛罗理安个个都曾战胜强敌。可他们是大英雄,大贵人——除了佛罗理安——我算啥?跳蚤窝的邓克?高个邓肯爵士?

答案将很快揭晓。他再次扛起盔甲袋,去商铺间找铁人佩特。

伊戈并没在营地闲着,邓克原本有点怕侍从脚底抹油,现下不由心中暗喜。“您的驯马卖了个好价钱?”小家伙问。

“你咋知道我要卖她?”

“您骑马出去走路回来,若是遭劫,不会这么平静。”

“我换到这个。”邓克取出新盔甲给男孩看,“将来你想当骑士,首先要学会辨别什么是好盔甲。看,这就是好家什。双环锁甲,每个环节同时连接两条链环,瞧好喽?防护性强于单环锁甲。还有这头盔,佩特的头盔是圆顶,看到弧线没?剑劈斧砍都会滑,不像平顶盔那样结结实实吃招。”邓克戴上巨盔。“咋样?”

“没面甲啊。”伊戈挑毛病。

“有气孔咧。面甲才危险。”他复述铁人佩特的话,“你知道有多少骑士为了换气拉开面甲时被射穿眼睛,就不会考虑面甲了。”铁匠郑重其事解释过。

“还没有护翼,”伊戈不服气,“这也太朴素了。”

邓克取下头盔。“我这种人就要朴素的设计。看这铁多亮堂?你今后的任务就是天天擦它。你知道怎样擦锁甲吧?”

“放进沙桶擦。”小家伙回答,“可您连桶都没有。买帐篷没,爵士?”

“没找到便宜货。”小捣蛋口无遮拦,真想教训一顿。然而邓克自知不会动手。他喜欢小家伙的直率,他自己也是口无遮拦。我的侍从比我更勇敢、更聪明。“干得不错,伊戈。”他称赞小家伙,“明天一早我们一起去吧,给马买点燕麦,给自个儿买新鲜面包,或许再加点奶酪。有家铺子的奶酪特好。”

“我不想进城堡,行吗?”

“干吗不进去呢?总有一天我也会住进城堡,通过奋斗赢得厅堂里一席之地。”

男孩不再吭声。或许是觉得拘束,邓克心想,人之常情,小家伙会适应的。邓克继续欣赏盔甲,琢磨自己能穿多久。

曼佛德爵士是个阴郁的瘦子，黑罩袍上有唐德利恩家族的紫色闪电，然而邓克单凭那头无比凌乱的红金头发便能认出他。“阿兰爵士曾助您父亲大人和卡伦大人将秃鹰王烧出赤红山脉，爵士，”他单膝跪下，“我那时还小，但已是铜分树村的阿兰爵士的侍从了。”

曼佛德爵士皱眉。“不，我不认识他，也不认识你，小子。”

邓克把老人的盾给他看。“这是他的纹章，飞翼杯。”

“家父率八百名骑士和近四千步兵进入赤红山脉，我不可能记得每个人，更何况家徽。也许你曾跟着我们，但……”曼佛德爵士耸耸肩。

邓克哑口无言。*老人为你父亲效劳时受过伤，你怎能把他忘记？*“我要得到骑士或领主的担保才能上场。”

“这与我何干？”曼佛德爵士道，“我很耐心了，爵士。”

得不到曼佛德爵士支持，他的准备将统统白费。邓克盯着对方黑羊毛罩袍上的紫色闪电说：“我还记得您父亲大人在营里对大伙儿讲述您家获得这个纹章的故事。那是个风暴肆虐的夜晚，您家第一代先祖在多恩边疆地传信，突然飞来一箭射中马，将他掀翻在地。黑暗中冲出两个环甲翼盔的多恩人，而您家先祖落马时折断了剑，只能坐以待毙。正当多恩人欲下杀手时，天空中突然劈下闪电，明亮耀眼、熊熊燃烧的分叉闪电直接打中两个全身铁甲的多恩人，令其当场毙命。您家先祖的信最终为风暴国王赢得了对多恩的胜利，为表谢意，国王提拔他为第一代唐德利恩伯爵，他选择黑底繁星上的紫色分叉闪电做纹章。”

若邓克以为故事能打动曼佛德爵士，那就大错特错了。“随便哪个曾为我父亲效劳的跑堂小弟和马夫迟早都会听到这个故事。这不能让你当骑士。请便，爵士。”

邓克心情沉重地回到岑树滩堡，不知该说什么才能打动普默，获得比武资格。总管不在小碉楼,守卫透露可能去大厅了。“我在这儿等行吗?”邓克问,“要等多久?”

“我怎么知道?随你便。”

以大厅的标准,这座厅并不大,岑树滩堡本就是个小地方。邓克从一道旁门进入,一眼便发现了总管,他和岑佛德大人及其他十来个人一起站在大厅之首。邓克迈步走去,身边墙上挂着绘有鲜花水果的羊毛织锦。

“——换成你儿子出事,你就不会无动于衷了。”有人忿忿不平地说。在昏暗的大厅中,这人的直发和修剪得方方正正的胡子显得极白,邓克走近才发觉那是间杂些许金色的银白。“戴伦不是第一次这么干了。”普默刚好挡住说话人。“你不该强迫他比武,他不比伊里斯或雷格更适合参赛。”

“所以你宁可他骑婊子而不骑马。”先前的人嚷道。这位王子——这肯定是位王子——身强体壮,一身银钉装饰的皮甲,肩披貂皮镶边的沉重黑披风。除开被银胡子遮住的地方,他脸上全是痘疤。“我儿缺点无须你提醒,哥哥。他才十八岁,还可以改。该死的,他一定得改,否则我发誓亲手宰了他。”

“那你就蠢到家了。无论戴伦如何行事,他终究是你我的血脉。我毫不怀疑罗兰爵士会寻到他,还有伊耿。”

“到时候也许比武会都结束了。”

“伊利昂还在啊。如果你只在乎比武会,那伊利昂的枪术无论如何比戴伦好。”邓克终于看见说话人。他坐在中央高椅上,一手握着一捆卷轴,岑佛德大人恭恭敬敬站在他旁边。即便坐着,从伸出的两条长腿也能看出他比这里的主人高一个头。他剪短的头发黑中间灰,强健的下巴刮得十分干净,鼻子似乎断过不止一次。虽然他衣着平凡,仅一袭绿上衣、棕斗篷和磨旧靴子,却散发出雍容华贵的王者风范。

邓克意识到自己误打误撞听见了不该听见的事。我最好赶紧退出，等他们说完再回来，但他下决定时已迟了，银须王子忽然盯住他。“汝是何人，竟敢擅闯？”他厉声喝问。

“他是我们的好总管在等的人，”高椅上的人微笑道，笑容似乎暗示早就注意到了邓克，“弟弟，擅闯的是我们。上前来，爵士。”

邓克走上前，搞不清周遭状况。他求助地看向普默，却一无所获，昨天运筹帷幄的窄脸总管如今只敢低头死盯着石地板。“大人们，”邓克说，“我请求曼佛德·唐德利恩爵士为我的比武资格作保，但他拒绝了我。他说不记得我。我发誓，阿兰爵士曾为他效劳，我拥有爵士的长剑与盾牌，我——”

“长剑与盾牌不能让人当骑士。”岑佛德伯爵宣布，他是个圆脸红润的秃顶大汉。“普默跟我提过你。即便我们承认这纹章属于所谓铜分树村的阿兰爵士，亦有可能是你从尸身上扒来遗物。除非你能提出更好的证据，如文件或——”

“我记得铜分树村的阿兰爵士。”高椅上的人静静地说，“就我所知，他从未赢得任何比武会，但也从未做出不光彩的事。十六年前在君临，他于团体混战中战胜史铎克渥斯伯爵和赫伦堡的私生子，再往前若干年，他在兰尼斯港把灰狮挑下马。请注意，灰狮当年可没现在这么灰。”

“他常跟我提此事。”邓克道。

高个子细细审视他。“那你定然知道灰狮的真名。”

邓克脑子里霎时空空如也。老人讲这故事怕有一千回了，足足一千回，狮子，狮子，名字，名字，名字……就在濒临绝望的当口，答案忽然闪现。“达蒙·兰尼斯特！”他叫喊，“灰狮！他现在当了凯岩城公爵。”

“没错，”高个子和蔼地说，“他明天会出场。”他摇晃手中那捆卷轴。

“你居然记得十六年前凑巧挑落达蒙·兰尼斯特的某个微不足道的雇佣骑士？”银须王子皱眉道。

"我研究过每个对手。"

"你怎么可能对上雇佣骑士?"

"九年前在风息堡,拜拉席恩大人为庆祝孙儿诞生举办了比武会。我第一轮抽签抽中阿兰爵士,在我挑他下马之前,我们折断了四根长枪。"

"是七根,"邓克纠正,"而且他对阵的是龙石岛亲王!"此话一出,他后悔不迭。*呆子邓克,比城墙还笨*,他仿佛听见老人的责备。

"确实如此,"破鼻子的亲王——也即王太子殿下——温和地笑道,"不过呢,故事总是越传越离奇。我没有诋毁你老主人的意思,但恐怕真相只有四根长枪。"

真该感谢大厅的昏暗,邓克心知自己红到耳根。"大人,"不,又错,"殿下。"他双膝下跪,低下头。"如您所言,四根长枪,我不是要……我的意思……老人,也即阿兰爵士,他常说我比城墙还笨,比野牛更迟钝。"

"你也壮得像野牛,瞧这体魄。"破矛者贝勒道,"你没冒犯我,起来吧,爵士。"

邓克起身,不知该继续低头,还是直面王太子。*我正跟贝勒·坦格利安,龙石岛亲王,国王之手,征服者伊耿的铁王座的继承人对话。一个雇佣骑士怎配如此殊荣?*"您——您把坐骑和盔甲还给了他,不要半分赎金,我记得。"他结结巴巴地说,"老——阿兰爵士总说您是骑士之魂,总有一天七大王国会在您手中永享太平。"

"我祈祷这天别来那么快。"贝勒王子说。

"对不起,"邓克蓦然心惊。他几乎说出口:*我不是诅咒国王*。幸好在最后一刻忍住。"对不起,大人。殿下,我是说。"

他迟迟想到那银须的健壮王子称贝勒王子为"哥哥"。*该死的呆子,他们都是真龙血脉*。他一定是梅卡王子,戴伦王四子中的幼子。伊里斯王子是书虫,雷格王子疯疯癫癫又柔弱多病,他俩都不可能旅行半个国度来参加比武会。听说梅卡是个令人生畏的勇士，可惜一直活在长兄的阴影下郁郁不得志。

“你想参加比武，对吗？”贝勒王子道，“这得由比武会主持人决定，但我看不出他有任何理由拒绝你。”

总管低头：“如您所言，殿下。”

邓克挤出几句感谢，梅卡王子打断他：“你满意了，爵士，你理应庆幸。现在出去。”

“请原谅我高贵的弟弟，爵士。”贝勒王子说，“他有两个儿子在来此的路上走丢了，他非常担心。”

“春雨让河流统统涨水，”邓克指出，“两位王子或是被耽搁了。”

“我来这不是听雇佣骑士指点的。”梅卡王子对兄长发牢骚。

“下去吧，爵士。”贝勒王子客气地遣散邓克。

“是，大人。”他鞠躬退下。

但他离开前，王子又叫住他。“爵士，还有一事：你并非阿兰爵士的亲戚吧？”

“是的，殿下。我是说，我不是。我跟他没有血缘关系。”

王子朝邓克的破盾牌上的飞翼杯点点头：“按照律法，只有血统纯正的儿子才能继承骑士家徽。你必须使用自己的纹章，爵士，属于你自己的。”

“我会的，”邓克回答，“再次感谢您，殿下。您会看到我证明自己的勇气。”*跟破矛者贝勒一样勇敢*，老人常常教诲。

葡萄酒贩子和烤肠贩子的生意依旧活络，妓女们大摇大摆混迹于商铺和帐篷间，有的长得还不错，尤其是一位红发女。她移动时胸脯在松弛裙服下晃得如此迷人，他几乎无法移开视线。他想到钱包里的银币。*如果我愿意，就可以要她。她会看上我的钱，我能带她回营地睡*

觉,占有整整一夜,想怎么做就怎么做。他没跟女人睡过,而且很可能在第一轮比武就送命。不过比武虽危险……娼妓却不见得更安全,老人警告过他。若她趁我熟睡卷走我全部身家,该怎么办?红发女回头瞟他时,邓克摇头走开。

伊戈盘腿坐地看木偶戏,兜帽完全拉起,遮住光头。小家伙害羞,不肯进城堡,邓克也不勉强。我也不想跟老爷夫人们,尤其王子亲王什么的打交道。小时候他跟伊戈一样,觉得跳蚤窝外的世界既刺激又可怕。伊戈只是需要时间适应,眼下,塞给男孩几个铜板,让他逛商铺玩,比硬拖他进城要好。

今天早上木偶师们演绎的是佛罗理安和琼琪的故事。胖胖的多恩妇人操纵用杂色衣做盔甲的佛罗理安,高个女孩操纵琼琪。"你不是骑士。"女孩牵引木偶的嘴,说道,"我认得你。你是傻瓜佛罗理安。"

"是的,小姐,"另一个木偶跪下回答,"我是有史以来最傻的傻瓜,却也是最伟大的骑士。"

"傻瓜兼骑士?"琼琪反问,"没听说过。"

"最可爱的小姐啊,"佛罗理安道,"只要爱上心爱的女人,所有男人都是傻瓜,所有男人也都是骑士。"

这场戏很棒,伤感与欢乐并存,最后以一场精彩的比剑和惟妙惟肖的彩绘巨人结尾。戏演完后,胖妇人来人群前收钱,留下女孩收拾木偶。

邓克带上伊戈去见她。

"大人?"她用眼角瞥了他一眼,似笑非笑地问。她比他矮一头,但仍比他见过的所有女孩都高。

"你演得真棒,"伊戈大加赞赏,"我喜欢你摆弄他们的方式,琼琪还有龙。我去年也看过木偶戏,但那些木偶太笨了,比不上你灵活。"

"谢谢你。"她礼貌地感谢小家伙。

邓克道:"你们的木偶雕得也很精致。尤其是龙,好一条怪兽。是你自己做的?”

她点头:“我叔叔雕,我上色。”

“你能为我绘点东西吗?我付钱的。”他取下盾牌给她看,“我要盖住杯子。”

女孩瞅瞅盾,又瞅瞅他。“您要我绘什么?”

邓克猛然发现自己没考虑过。不用老人的杯子,用什么?他脑海一片空白。呆子邓克,比城墙还笨。“我没……我没想好,”他苦着脸,感觉耳朵又红了。“你一定觉得我是个不折不扣的傻瓜。”

她笑了:“所有男人都是傻瓜,所有男人也都是骑士。”

“你能上什么颜色?”他问,希望讨论能带来灵感。

“您要什么颜色我都能调。”

邓克素来觉得老人的褐色太暗。“底色就用落日的色彩,”他忽然开口,“老人喜欢看日落。至于图案嘛……”

“一棵榆树,”伊戈建议,“大榆树,跟水池边那棵一样,有褐色树干和绿色枝叶。”

“没错,”邓克同意,“这行得通。一棵榆树……上头加一颗流星,你觉得怎样?”

女孩点头,“把盾给我,我今晚就能涂好,明天还你。”

邓克把盾给她:“我是高个邓肯爵士。”

“我是坦茜娅,”她微笑。“男孩们叫我‘高过头的’坦茜娅。”

“你没有高过头,”邓克脱口而出,“你刚好……”他意识到自己要说什么,涨红了脸。

“刚好什么?”坦茜娅好奇地歪脖子。

“刚好当个木偶师。”他狼狈地补充。

比武会第一天风和日丽,他们以昨日买回的满满一袋食物做早餐,包括鹅蛋、炸面包和培根。然而做好之后，邓克却毫无胃口，即便今天不上场，也觉腹硬如石。首轮挑战权属于出身高贵或有名望的骑士，属于领主老爷和他们的儿子，及其他比武会的冠军。

伊戈倒是边吃边说，高谈阔论诸位选手的优缺点。这小子说七大王国排得上号的骑士都认识，并不是开玩笑，邓克可怜巴巴地想。专心致志听个瘦弱孤儿点评对手有失体面，但为了比武会顾不得了。

草场被围得水泄不通，人们拼命推挤，只求抢得好位置。幸亏推挤是邓克的强项，他凭块头挤到离比武场的篱笆仅六码的一块小凸地上。伊戈兀自抱怨只能看到屁股，邓克便把小家伙举上肩。场子对面，前来观礼的老爷夫人们纷纷在看台上落座，台上还有几个富裕镇民，以及约二十位今日不想上场的骑士。他没看见梅卡王子，只见到贝勒王子坐在岑佛德伯爵身边。明媚阳光照耀在王子扣住披风的金手徽章和额头的细王冠上，除此之外，他比大多数领主更朴素。说实话，黑发的他看来不像个坦格利安，邓克悄悄告诉伊戈。

“那是他母亲的遗传，”小家伙提醒他，“她是多恩公主呢。”

五位冠军在比武场北端河岸边升帐。最小的是两顶橙色帐篷，帐外盾牌展示了白V白日纹章。他们是岑佛德伯爵之子，安德鲁和劳勃，身为兄长守护妹妹。邓克从未听哪位骑士谈及他们的勇武，这几乎注定他俩是首先落败的冠军。

橙色帐篷边有一顶大得多的深绿帐篷，高庭的金玫瑰飘扬其上，帐门外的巨大绿盾上也有玫瑰纹章。“里奥·提利尔，高庭公爵。”伊戈解说。

“我认得他，”邓克恼火地道，“你小子还没打娘胎里出世，老人和我就在高庭效劳了。”其实那时的事他已记不大清，但阿兰爵士常提起“长刺”里奥——虽已银发斑斑，枪术依旧出类拔萃。“帐篷边定是里奥大人本人，就那挺瘦的、绿金服饰的灰胡子。”

“没错，”伊戈道，“我在君临见过他一回。您可不能挑战他呀，爵士。”

“小子，我不需要你来指挥我挑战谁。”

第四顶帐篷用红白相间的菱形布料缝成，邓克不知是哪家颜色，伊戈说属于一位来自艾林谷、名叫亨佛利·哈顿的骑士。“他去年在女泉城赢得一场大型团体混战，爵士，又在长枪比武中打败暮谷城的唐纳尔爵士、艾林大人和罗伊斯大人。”

最后一顶帐篷属于瓦拉尔王子，细长的红色三角旗飘扬在黑丝帐篷顶上，宛如跳动的火焰。帐外闪亮的黑盾牌绘有坦格利安家族的三头巨龙。一名御林铁卫守在帐边，耀眼白甲和漆黑帐篷形成鲜明对比。看到白骑士，邓克不禁猜测谁有胆敲打龙盾。瓦拉尔毕竟是国王长孙，破矛者贝勒的长子。

反正，这不是他担心的事。号角奏响，召唤挑战者去挑战守护美少女的五位冠军。当他们在场子南端陆续现身时，人群兴奋的低语逐渐升高。传令官高喊出每个骑士的名讳，他们骑到看台前停下，朝岑佛德伯爵、贝勒王子和美少女垂枪致敬，然后兜转马头去场子北端选择对手。凯岩城的灰狮对上提利尔公爵，他的金发继承人泰伯特·兰尼斯特爵士挑战岑佛德伯爵的长子，奔流城的徒利公爵敲了亨佛利·哈顿爵士的菱形花纹盾，阿贝拉·海塔尔爵士敲了瓦拉尔的盾，而外号“狂笑风暴”的莱昂诺·拜拉席恩爵士的对手是岑佛德伯爵的幼子。

挑战者们回到场地南端，等待对手现身：阿贝拉爵士银烟服色，挂一面烽火石塔盾；两位兰尼斯特通体红衣，衣上绣了凯岩城的金狮；狂笑风暴身穿灿烂金装，胸前和盾上各绣一只黑色雄鹿，头盔饰以铁制鹿角；徒利公爵的蓝红条纹披风以银色鳟鱼扣扣在双肩。他们向天举起十二尺长枪，劲风吹得枪上三角旗扑哧作响。

场地北端，侍从们牵出装饰华美的坐骑，让冠军们上马。他们同样披甲戴盔，手拿长枪盾牌，威仪不输对手：岑佛德家族波浪翻卷的橙色丝衣，亨佛利爵士的红白格子，里奥公爵白马上的绿绸马饰绣满金玫瑰，然而最华丽的还数瓦拉尔·坦格利安：少王子黑甲黑枪黑盾黑马，连马饰也漆黑如夜，只头盔上有一条展翅欲飞、闪闪发光的红色三头龙，闪亮的黑盾牌上另有一条红龙与之呼应。冠军们手上各缠了一条橙丝带，那是美少女的信物。

等冠军们就位，岑树滩草场几乎鸦雀无声。但一只号角奏响，不到半个心跳，静默便转为雷鸣般的欢呼。十双金马刺催促着十匹雄伟战马，一千个嗓子同声尖叫呐喊，四十只铁蹄隆隆践踏过草地，十根放平的长枪跃跃欲试。比武场地动山摇，冠军和挑战者在木与铁的绚影中迅速逼近。一瞬之后，双方冲了过去，绕回来准备第二回合。徒利公爵晃了几下，勉强稳住身形。当观众们意识到所有十根长枪都折断了，顿时爆发出山呼海啸的喝彩。这对比武会是个莫大的好兆头，展现出选手们不俗的实力。

骑士抛开断掉的长枪，侍从递上新枪，然后双方再次狠夹马肚。邓克只觉大地也在马蹄下颤抖，肩上的伊戈兴高采烈地嚷着，挥舞细瘦胳膊。他们离少王子的赛道最近，邓克亲眼目睹王子的黑枪刺中对手盾上的塔，顺势扎向对手胸膛，而阿贝拉爵士的枪同时在瓦拉尔的胸甲上撞个粉碎。银烟马饰的灰骏马被这一击震得人立起来，将阿贝拉·海塔尔爵士掀出马鞍，狠狠甩到地上。

这回合，徒利公爵亦被亨佛利·哈顿爵士掀翻，但他立时跃起，抽出长剑，而亨佛利爵士扔掉完好无损的枪，下马步战。阿贝拉的状况就不太乐观了，他的侍从迅速跑来，解下头盔，大声呼救，随后人事不省的骑士被两名仆人架回帐篷。其余三条赛道上，仍在马上的六名骑士夹马开始第三回合。又是几根长枪折断。里奥·提利尔公爵瞄得极准，干脆利落地挑飞了灰狮的头盔。被揭开面目的凯岩城公爵举手致敬，主动下马认输。此时，亨佛利爵士也已打败徒利公爵，证明自己剑技不输枪法。

泰伯特·兰尼斯特与安德鲁·岑佛德又战了三回合，最终安德鲁爵士弃盾落马，大败亏轮。安德鲁的弟弟坚持得更久，他与狂笑风暴莱昂诺·拜拉席恩爵士折断了九根长枪。第十回合，冠军和挑战者双双落马，又用钉头锤和长剑继续较量，直至劳勃·岑佛德爵士招架不住被迫认输。看台上他们的父亲却满脸骄傲，两个儿子虽然第一轮就失去冠军位置，但毕竟与七大王国最优秀的骑士斗到了最后。

我必须比他们的表现更好，眼看胜利者和出局者相拥走出比武场，邓克心想，*对我而言，战斗得英勇还不够。我必须赢下第一轮，否则就全完了。*

泰伯特·兰尼斯特爵士和狂笑风暴取代对手成为新科冠军，橙色帐篷业已撤下。离邓克观望处仅数步之遥的地方，少王子安坐于黑色大帐外的行军折凳上休息。他脱下头盔，露出一头继承自父亲的沉暗头发，中间只夹杂了一丝耀眼的银白。他抿了抿仆人递来的银色高脚杯。*明智的话是喝水*，邓克心想，*傻瓜才喝酒*。他不禁寻思瓦拉尔是跟乃父一样武艺高强，还是单单挑到最弱的对手。

一阵喇叭宣告三位新的挑战者上场。传令官喊出名字："*边疆地总帅，卡伦家族的皮尔斯爵士*。"卡伦的盾涂了只银琴，罩袍上还是传统的夜莺纹章。"*梅利斯特家族的乔赛斯爵士，来自海疆城*。"乔赛斯爵士头戴飞翼盔，湛蓝底色的盾上有只银色飞鹰。"*史文家族的加文爵士，风怒角石盔城伯爵*。"加文伯爵盾上绘有一黑一白两只缠斗天鹅，其盔甲、披风和马饰也是黑白交缠，甚至剑鞘和长枪都有黑白条纹。

卡伦伯爵是闻名七国的琴手、歌手兼骑士，他用长枪点了提利尔的玫瑰；乔赛斯爵士点在亨佛利·哈顿爵士的菱形纹章上；至于那黑白骑士，加文·史文伯爵，则挑战白骑士护卫的黑王子。邓克搓搓下巴。加文伯爵甚至比已故阿兰爵士更老。"伊戈，这几个挑战者谁最弱？"他问肩头的小家伙，男孩似乎对这些骑士了若指掌。

"加文大人，"小家伙立刻回答，"瓦拉尔的对手最弱。"

"瓦拉尔'殿下'。"他纠正，"当侍从的不得无礼，小子。"

三名挑战者就位，三名冠军也纷纷上马。熙熙攘攘的群众赶紧下注，同时高声鼓励支持对象。邓克的注意力全放在王子身上，第一回合，王子的枪又是从侧面刺中加文伯爵的盾牌，试图将对付阿贝拉·海塔尔爵士的故伎重演，枪尖钝头一路侧滑，但这回失手刺空。加文伯爵的枪倒是结结实实击中王子的胸膛，瓦拉尔摇摇欲坠，几乎落马。

第二回合，瓦拉尔枪尖左移，直奔对手胸膛，虽只打中肩膀，却足以让老骑士长枪脱手。加文伯爵拼命挥手保持平衡，却不免于落马命运。少王子一跃而下，抽出长剑，却见伯爵连连示意，揭开面甲。“我认输，殿下，”他声明，“打得好。”看台上众诸侯齐声应和，“打得好！打得好！”于是瓦拉尔跪下搀扶灰发领主起身。

“两个都打得烂。”伊戈抱怨。

“管住舌头，否则就给我回营地待着。”

远处，不省人事的乔赛斯·梅利斯特爵士被抬出场，竖琴领主和玫瑰领主用钝制长斧你来我往，看得观众如痴如醉。然而邓克的目光仍旧落在瓦拉尔·坦格利安身上，不想分散注意力。*他外表光鲜，但仅此而已*，他发现自己在盘算，*我对上他有机会。若诸神保佑，我甚至能打他下马，到地上就能充分发挥体格与力量的优势。*

“揍他！”伊戈激动地高喊，在邓克肩上兴奋地扭来扭去，“揍他！揍他！打得好！对，就那儿，就那儿！”他支持的似是卡伦大人。琴手奏出另一种音乐，以金铁交击的伴奏不断压迫里奥公爵。观众分成对等两派，晨风中蔓延的半是助威半是咒骂。皮尔斯伯爵一斧一斧将金玫瑰花瓣挨个砍掉，木片和涂料满天飞，整面盾似要分解。就在这时，斧头嵌在盾上片刻……里奥公爵的长斧果断砍向对手的斧柄，瞬间只留给对手不满一尺的木棍。公爵抛开破盾，转守为攻，很快竖琴骑士只能单膝跪下，唱出降歌。

余下大半天如此这般地过去，节奏几乎不变：挑战者三三两两出场，偶尔能凑足五人。喇叭奏响，传令官报名，战马冲刺，群众欢呼，长枪折断,长剑砍在头盔和锁甲上。无论平民百姓还是贵族老爷都同意,今天比武格外精彩。在一场史诗般的对决中,亨佛利·哈顿爵士和亨佛利·毕斯柏里爵士——一位盾牌画着黑黄条纹上三个蜂窝的英勇的年轻骑士——一共折断十二根长枪,"亨佛利之战"誉满全场。泰伯特·兰尼斯特爵士被琼恩·庞洛斯爵士挑下马,还摔断了长剑,但他仅凭一盾笑到最后,得以保住冠军身份。独眼的罗宾·罗辛林爵士,一位须发皆白的老骑士,第一回合便被里奥公爵挑飞头盔,却拒不认输。他们又战了三回合,其间罗宾爵士无惧劲风吹起头发,断裂的长枪碎片如无数木刀在裸脸旁飞刺。邓克从伊戈口中得知不到五年前罗宾爵士正因长枪碎片失去了一只眼,不由更为称奇。纵然里奥·提利尔颇有风度地避开罗宾爵士毫无防护的头部,但罗辛林的顽强(或者说愚勇)仍让邓克哑口无言。最终高庭公爵正中罗宾爵士胸甲的心脏部位,令其翻下马去。

莱昂诺·拜拉席恩爵士也有多场精彩比斗。每当实力稍逊的对手点他的盾,他便会豪迈地大笑,上马冲锋和击落对手时亦是狂笑不断。若对手盔上有任何装饰,他都会打下来,抛给人群。那些冠饰往往雕琢精美,有木雕或革制品,有镀金或珐琅,甚至有纯银打造的,所以群众十分喜欢,被他打败的对手却脸上无光,不出几轮,只有头盔没装饰的才会挑战他了。莱昂诺爵士笑声洪亮,出尽风头,但邓克觉得今日最佳还属亨佛利·哈顿爵士。亨佛利一共打败十四名骑士,且没有一个易与之辈。

少王子大半时间安坐黑帐外,品尝银制高脚杯里的饮料,偶尔上马打败武艺平平的挑战者。他赢下九场,但在邓克眼中这九人均是菜鸟,老的老小的小,要么是技艺生疏的侍从,要么是外强中干的年迈诸侯。真正的强手都视而不见直接骑过他的盾牌。

下午晚些时候,刺耳的喇叭宣布一位新挑战者出场。他骑在高大的红色战马上,漆黑马饰有黄、红和橙色流苏。他来看台前致敬时,掀开的面甲下的面孔正是邓克在岑佛德伯爵的马厩里遇见的王子。

伊戈的腿忽然夹紧。“停下，”邓克大叫着把小捣蛋挣开，“想勒死我吗？”

“明焰王子伊利昂，”传令官宣布，“来自君临红堡。坦格利安家族的盛夏厅亲王梅卡之子，安达尔、洛伊拿人和先民的国王，七国统治者贤王戴伦二世之孙。”

伊利昂的盾上当然也绘有三头龙，但色泽比瓦拉尔的丰富得多，三个龙头分别是橙、黄和红色，它们吐出的火焰是闪闪发光的金箔。他的外套绣了火与烟的涡旋，黑头盔也以红色珐琅火焰装饰。

他将长枪朝贝勒王子一点——漫不经心，极其敷衍——然后策马奔向场地北端，风驰电掣般奔过里奥公爵和狂笑风暴的帐篷，在瓦拉尔王子的帐前慢下。少王子僵硬起身，站在盾牌边上，邓克一时认定伊利昂就要敲……但马上的王子哈哈大笑，催马过去重重敲在亨佛利·哈顿的菱形纹章上。“出来，出来，小骑士，”他高亢清澈地唱道，“出来面对真龙。”

亨佛利爵士硬邦邦地朝对手垂首致敬，然后不再多看，自顾上马，系牢头盔，拿枪持盾。两名骑士就位时，满场安静下来。邓克听见伊利昂王子阖上头盔，接着号角奏响。

亨佛利爵士缓缓起步，意在逐渐提速，但对手用两只马刺狠狠催促红色骏马，一开场便舍命狂奔。伊戈又夹紧双腿。“杀了他！”他忽然高喊，“杀了他，看准了，杀了他，杀了他，杀了他！”邓克闹不清小家伙要杀谁。

伊利昂王子的金色长枪有红、橙、黄的条纹，摇摇晃晃低垂于栏杆上。低了，太低，邓克一眼就看出问题，他会错过亨佛利爵士而击中马，他必须提枪。可是，邓克心头寒意骤生，也许伊利昂不会提枪。他总不能……

电光石火之间，亨佛利爵士的战马在杀到眼前的矛尖前退缩，人立而起，怕得双眼翻白。但是迟了，伊利昂的枪恰好高过那畜牲的护胸甲，伴着一阵鲜红血雾穿颈而出。战马哀嚎着倒向一旁，木栏杆被踏得支离破碎。亨佛利爵士意欲跳出，但一只脚卡在马镫里，他被压在碎裂的栏杆和倒下的坐骑之间，惨叫连连。

岑树滩草场沸腾了。许多人跑去解救亨佛利爵士，但垂死的战马在剧痛中胡乱蹬踢，难以靠近。伊利昂轻快地绕过现场，跑向对面，又掉转马头飞奔回来。他也在喊，但在战马几如人声的垂死嘶鸣中听不真切。伊利昂下马后，拔剑走向倒地的对手，他自己的侍从和亨佛利爵士的侍从联手才把他拉住。伊戈在邓克肩上蠕动。"放我下去，"小家伙叫道，"可怜的马，放我下去。"

邓克觉得恶心。*若雷霆遭此噩运，我会怎么做？*一个士兵用长柄斧结果了亨佛利爵士的坐骑，终结了令人心悸的嘶鸣。邓克回身强挤出人群，走到空地才放下伊戈。男孩兜帽掉了，眼睛通红。"挺可怕的，嗯，"他告诉小家伙，"但当侍从就要学会坚强。比武会上有更可怕的意外。"

"那不是意外，"伊戈说话时嘴唇颤抖，"伊利昂故意的。你也看见了。"

邓克听得皱眉。在他看来也是这样，但他很难相信一个骑士，尤其是流着真龙血脉的骑士不行正道。"我只看见一个嫩如夏日青草的骑士握不稳长枪，"他顽固声称，"此事我不想再谈。今天比武也瞧够了，回去吧，小子。"

如他预料，等场子清理干净，日已西沉，岑佛德伯爵宣布今天比武到此为止。

暮色笼罩草场，商铺沿线燃起百来只火炬。邓克给自己买了角麦酒，还给生闷气的男孩也买了半角。主仆俩游荡了一阵，听着愉悦的长笛和打鼓表演,又看了一场以万船横渡的战士女王娜梅莉亚为主角的木偶戏。木偶师只有两艘船,却营造出一场热热闹闹的海战。邓克原本想问那个叫坦茜莉的女孩涂好他的盾牌没有,但她实在忙不开。还是等今晚表演结束吧,他宽慰自己,没准她那时会口渴呢。

“邓肯爵士,”有人在身后呼唤。跟着又唤一声,“邓肯爵士。”邓克这才意识到叫的是自己。“我今天看见你挤在平民中间,肩上扛着这孩子。”雷蒙·佛索威笑着走来,“哈,你二位可是鹤立鸡群啊。”

“这孩子是我的侍从。伊戈,这位是雷蒙·佛索威。”邓克不得不推着孩子上前,饶是如此,伊戈仍低头盯着雷蒙的靴子,喃喃地打招呼。

“你好啊,小家伙。”雷蒙轻松地说,“邓肯爵士,何不上看台呢?那里欢迎所有骑士。”

邓克觉得跟百姓仆人们一起更自在,想到坐在老爷夫人和有产骑士中间就不舒服。“幸亏没在上头,最后那场可不光彩。”

雷蒙苦着脸。“同感。岑佛德大人判亨佛利爵士胜,并将伊利昂王子的战马奖给了他,但他没法参赛了,腿生生断成三截。贝勒王子派自己的学士去照顾他。”“谁接替亨佛利爵士的冠军之位呢?”

“岑佛德大人有意让卡伦大人或另一位亨佛利爵士接替——就那位与哈顿棋逢对手的好骑士——但贝勒王子认为不宜就此撤去亨佛利爵士的盾牌和帐篷。依我看,明天可能只有四位冠军出场。”

四位冠军,邓克寻思,里奥·提利尔、莱昂诺·拜拉席恩、泰伯特·兰尼斯特和瓦拉尔王子。就今日所见,他知道自己跟前三位相差太远,只能……*雇佣骑士怎能挑战王子?瓦拉尔是铁王座第二顺位继承人,作为破矛者贝勒的长子,身上流淌着征服者伊耿、少龙主和龙骑士伊蒙王子的血,而我不过是老人在跳蚤窝的食堂找到的野孩子。*

光想想就头痛。“你堂哥要挑战谁?”他问雷蒙。

“不出意外,是泰伯特爵士,他二人势均力敌。不过我堂哥密切关注着每场比赛,明日若哪位冠军受点小伤,或稍露疲态,史蒂芬会毫不犹豫敲他的盾。你大可放心,他从不以骑士风范闻名。”他大笑着,似乎被自己的毒舌逗乐了。“邓肯爵士,跟我去喝两杯?”

“我有事在身。”邓克不太想接受无法报答的好意。

“我在这等吧,等木偶戏结束取盾牌,爵士。”伊戈说,“他们接下来演星眼赛米恩,然后又是杀龙。”“看,这下方便了,你的事有这小子操办,酒还等着我们咧。”雷蒙道,“青亭岛的佳酿哟,你怎舍得拒绝?”

邓克无法推辞,只能随他去,留下伊戈继续看木偶戏。雷蒙和他堂哥住的金色帐篷顶上飘扬着佛索威家的苹果旗,旗下两名仆人在一小堆火上用蜂蜜和草药烤一只山羊。“你饿的话,也有吃的,”雷蒙替邓克拉开帐门,大咧咧地说。帐篷里被一只炭盆烤得暖洋洋的。雷蒙取出两个酒杯。“他们说岑佛德大人将马判给亨佛利爵士时,伊利昂大怒若狂,”他边倒酒边倾诉,“但我想真正做决定的是王子的大伯。”他把一杯递给邓克。

“贝勒王子是有荣誉感的人。”

“明焰王子就没有荣誉感啦?”雷蒙笑道,“别那么严肃,邓肯爵士,这里只有我俩,况且伊利昂行止不端不是什么秘密。感谢诸神,他在继承顺位上很靠后。”

“你真的相信他故意杀马?”

“毋庸置疑。我跟你说,今日要是梅卡王子在看台上,他决不敢如此嚣张。若传言不假,每当父亲在场,伊利昂就会表现得优雅得体,尽显骑士风范,但只要父亲不在……”

“我看见梅卡王子的座椅是空的。”

“他跟御林铁卫罗兰·克雷赫一道离开岑树滩堡,找两个失踪的儿子去了。强盗骑士的谣言愈传愈离谱,我想王子殿下不过是又喝多了。”

甘醇的葡萄酒带有馥郁的水果味,他头一次尝到如此佳酿,不由得把酒液在嘴里细细品尝,才肯吞下。“这又是哪个王子?”

“梅卡的继承人，跟着国王取名戴伦，大家背地里叫他‘醉鬼’戴伦。他带着梅卡的小儿子，结伴离开盛夏厅，却没抵达岑树滩。”雷蒙干了杯中酒，放开杯子。“可怜的梅卡。”

“可怜?”邓克吃惊地问，“你说国王的儿子可怜?”

“国王的第四子，”雷蒙纠正，“没有贝勒王子英勇，没有伊里斯王子聪明，也没有雷格王子温和，现在连儿子也要活在哥哥儿子的阴影下。戴伦是酒鬼，伊利昂虚荣又残忍，他的第三子如此不上道以至于被送去学城当学士，至于最小的那个——”

“爵士！邓肯爵士！”伊戈气喘吁吁冲进来，兜帽掉了，他深色的大眸子闪着炭盆的火光，“你快去，他要伤她！”

邓克茫然起身。“伤她？谁要伤谁?”

“伊利昂！”男孩声嘶力竭地吼道，“他要伤她。伤那个木偶女孩。快来。”说完他旋身冲入黑暗。

邓克必须去，雷蒙一把捉住他胳膊。“邓肯爵士，他说的可是伊利昂，流着真龙血脉的王子。当心！”

他知道对方说得在理，老人也会如此建议，但他不想听。他挣脱雷蒙，一肩膀撞出帐篷。商铺那边远远传来叫喊，伊戈几乎跑出了视线，借着长腿，邓克迅速赶上。

近了，围观人群堵得水泄不通，邓肯不顾抗议，硬生生撞进去。一位着王室服色的士兵上前阻拦，邓克伸出巨手朝他胸前一推，让他双手乱舞四仰八叉坐倒在泥地里。

木偶师的铺子被人掀翻，肥胖的多恩妇人伏地哭泣。一个兵一手抓佛罗理安的木偶，一手抓琼琪的木偶，让另一个兵用火炬点燃。另外三个兵翻箱倒柜，将木偶扔在地上践踏。木偶龙散落一地，东一片翅膀，西一只脑袋，龙尾断成三截。一片狼藉间，伊利昂王子容光焕发，他身穿拖长袖的红天鹅绒外套，双手扭住坦茜莉的胳膊。她双膝跪下，苦苦哀求，伊利昂根本不听。他强掰开她的拳头，捉住一根指头。邓克呆若木鸡,不敢相信眼前所见。只听"噼"的一声,坦茜莉惨叫起来。

伊利昂的一个手下想擒他,被他直接扇飞。邓克跨出三大步,生生扳过王子的肩。他忘了身上的长剑匕首,也忘了老人的所有教诲,他"砰"一记重拳打翻伊利昂,又照小腹猛踢。伊利昂摸向匕首,邓克一脚踏在他手腕上,然后踢他的嘴。若是没人拦,他会当场就地踢死王子。但王子的手下蜂拥而上。有两人分头捉住他两条胳膊,另一人跳上他的背,这些亲随越来越多,他根本无法摆脱。

他们终于按倒他,压住四肢,伊利昂重新站起来。王子嘴边全是血,他将手指探进嘴。"你弄松了爷一颗牙,"他怨毒地说,"我们要一颗一颗拔掉你的牙。"他拨开眼前几缕乱发。"你有点眼熟。"

"你曾把我当马夫。"

伊利昂绽出血红的微笑。"爷想起来了,当时你就不识抬举。今天又为何要白白送命咧,为这婊子?"坦茜莉蜷在地上,护住伤残的手,王子用脚尖踢了她一下。"她值么?不过是个叛徒,真龙决不会失败。"

他疯了,邓克心想,*但他毕竟是亲王之子、国王之孙,惹上他是死路一条*。若他知道如何祈祷,现在该祈求诸神保佑了,可惜他无暇多想,甚至连害怕都来不及。

"无话可说了?"伊利昂问,"真让人失望呀,爵士。"他又将手指伸进血淋淋的嘴里。"瓦特,找把锤子,敲光他的牙,"他下令,"然后开膛破肚,看看里头是何颜色。"

"住手!"一个男孩叫道,"不许动他!"

诸神在上,是小捣蛋,勇敢又愚蠢的小捣蛋,邓克心想。他拼命挣扎,却无法挣脱,只能冲男孩大喊:"闭嘴,傻孩子。还不快逃?待在这等他们抓你吗!"

"他们不敢,"伊戈走近,"谁敢造次,我父亲唯他是问。还有我大伯。我命令你们放开他。瓦特、约克尔,不认得我了?赶紧松手。"

按住他左手的胳膊松开了,接着所有胳膊都松开了。邓克不明白发生了什么，只见王子的亲随纷纷退后，有一个甚至跪了下去。紧接着全身披挂的雷蒙·佛索威冲出人群，长剑在手。他堂哥史蒂芬爵士跟在后面，同样亮出了武器。他们带来六七名胸前有红苹果纹章的佛索威武士。

伊利昂王子不在乎他们。“小鬼放肆，”他对伊戈说，一口血吐在男孩脚边，“你的头发怎么搞的?”

“我剃光了，哥哥，”伊戈回答，“我不想跟你同流合污。”

比武会第二日阴云密布，西风猎猎。*观众比昨天少吧，*邓克心想，*今天更容易抢到好位置。伊戈可以坐篱笆上，我站在他身旁。*

伊戈这会儿应是在看台包厢里，穿着丝绸毛皮，邓克却被岑佛德伯爵扔进了光秃四壁的塔楼房间。这房间有扇窗，但朝向不对，可自打太阳升起，邓克依然凑在窗边座椅上，阴郁地眺望市镇、原野和森林。他们收缴了他的麻绳剑带，连同剑带上的长剑匕首及他所有银币。他只希望伊戈或雷蒙没忘记栗子、雷霆。

“伊戈，”他用几不可闻的声音呼唤。他可怜的侍从，来自君临跳蚤窝的小家伙。有他这么傻的骑士吗？*呆子邓克，比城墙还笨，比野牛更迟钝。*

自岑佛德伯爵的士兵赶到木偶戏现场，他就没机会再跟伊戈说话——也没机会跟雷蒙、跟坦茜莉、跟任何人，甚至岑佛德伯爵本人说话。他怀疑自己还能否见到他们中任何一个，也许要被活活困死在这间小屋。*还能怎样？*他苦涩自问，*我当众殴打亲王之子、国王之孙，还用脚狠狠踢他。*

阴霾不开，高贵的老爷和驰骋赛场的冠军们的旗帜将不复昨日荣光；乌云蔽日，没有太阳为他们的钢盔添色增彩，让他们金银装饰熠熠生辉。饶是如此，邓克仍希望能在比武场边观赛。今天属于雇佣骑士，属于穿着朴素盔甲、没钱置办马饰的雇佣骑士。

唯一值得欣慰的，是他至少能听见比武场的声音。传令官的号角如此嘹亮，群众时而爆发的呐喊意味着又有人落马、或起身继续奋战、或做出其他英勇行为。他也听见微弱的马蹄声，隔了许久有金铁交击或长枪折断——邓克每听见后一种声音就禁不住畏缩，这让他想起伊利昂折断坦茜莉的手指。还有别的、更近的声音：门外大厅的脚步、下方庭院的马蹄、城墙上的人声与叫喊——有时这些声音淹没了比武场的声音，邓克觉得这样也行。

“雇佣骑士是最纯粹的骑士，邓克。”很久以前，老人告诉他，“其他骑士或为领主效忠，或为领地打算，但我们凭心而为，坚守信念……每位骑士都起誓保护弱者和无辜之人，可我想，只有我们能更好地遵守誓言。”这番话变得奇怪地清晰，邓克本以为差不多全忘了。也许到头来，老人是对的吧。

日渐西沉，远处比武场的声音低落下去，暮色潜入囚室。邓克依然坐在窗边座椅上，望着聚集的黑暗，试图忽略空空的肚皮。

他听见脚步声，然后铁钥匙叮当。待他起身，门开了，两个守卫进来，其中一个提着油灯，后面有个仆人带来一盘食物。伊戈在仆人身后。“留下灯和吃的，下去吧。”男孩吩咐。

他们不敢有违，但退出时把沉重的木门半掩。食物香味让他垂涎欲滴，盘子里有热面包和蜂蜜，一碗豌豆粥和一串上好的洋葱烤肉。他坐下来，撕开面包，狼吞虎咽。“没刀子啊，”他注意到，“他们以为我会胁持你么，小子？”

“他们才不会跟我讲。”伊戈穿一件收腰紧身的黑羊毛上衣，长长衣袖饰以红绸，坦格利安的三头龙缝在胸口。“我大伯说我必须为欺骗你的事向你诚挚道歉。”

“你大伯，”邓克道，“不就是贝勒王子。”

男孩惨兮兮地承认：“我不是有意骗你。”

"但你就是骗了我,没一件是真的,从名字开始。我从未听说什么伊戈王子。"

"那是伊耿的简称,我哥伊蒙给取的。他现下去了学城,将来要当学士,他走后戴伦和姐姐们有时也这样叫。"

邓克拿起肉串,贪婪地咬了一口。是山羊肉,涂了些他从未尝过的高级香料。油脂流下嘴巴。"伊耿,"他念道,"当然是伊耿,跟着龙王伊耿取名。有多少个伊耿做过国王啊?"

"四个,"男孩回答,"四个伊耿。"

邓克咀嚼烤肉,吞下去,又撕下一块面包。"你为何这么做? 为了愚弄愚蠢的雇佣骑士?"

"不,"男孩眼中噙满泪水,但竭力保持尊严,"我本该成为我长兄戴伦的侍从,为此学会了一切侍从该做的事。但戴伦不是个好骑士,他不想上场比武,离开盛夏厅后他趁护卫们不注意偷偷溜走。他没回家,而是带我继续前往岑树滩,为的是出其不意。是他剃光我的头,他知道我父亲会多方寻找。戴伦的发色并不突出,只是淡棕,但我的头发跟伊利昂和我父亲一样。"

"真龙血脉。"邓克说,"银金头发和紫罗兰色眼眸,大家都知道。"比城墙还笨,邓克。

"是的,所以戴伦把我剃个精光,打算要我俩藏到比武会结束。随后你误打误撞将我当作马童,我……"他垂下眼。"我不管戴伦想不想上场,我只想当个好侍从。对不起,爵士,我说的是真心话。"

邓克满腹思量地看着小家伙。他明白为实现心愿而撒下弥天大谎的感觉。"我以为你很像我,"他最后说,"也许你确实像,只是跟我以为的有点不一样。"

"我们确实都是君临人嘛。"小家伙满怀希望地说。

邓克忍俊不禁。"是的,不过你来自伊耿高丘,我却生于低贱的跳蚤窝。"

“那也不远。”

邓克咬口洋葱，“我是该叫你大人呢还是殿下还是别的什么？”

“在朝廷里得这么叫。”男孩承认，“但你愿意的话，私下可以继续叫我伊戈，爵士。”

“他们打算怎么处置我，伊戈？”

“我大伯想见你。等你吃完以后，爵士。”

邓克推开盘子起身。“我吃完了。我踢过一个王子的嘴，不能让另一个王子久等。”

贝勒王子逗留期间，岑佛德伯爵让出自己的套房，所以伊戈——不，是伊耿，他必须习惯——将他带到领主书房。贝勒正就着蜂蜡烛看东西，邓克在他面前跪下。“起来吧，”王子说，“要酒吗？”

“方便的话，殿下。”

“给邓肯爵士倒一杯多恩红葡萄甜酒，伊耿。”王子命令，“注意别洒了，你还欠着他。”

“这孩子不会洒，殿下，”邓克道，“他是个好孩子、好侍从。我知道他对我没恶意。”

“结果不因意图而改变。当伊耿目睹他哥哥对木偶师做出那种事，就该直接来见我，结果他跑去找你，这可不是好主意。你做的那些，爵士……好吧，换我可能也会那么做，但我是七国太子，不是雇佣骑士。无论出于何种原因，你一时冲动殴打王孙都太不明智。”

邓克沉重地点头。伊戈递上一只满满的银制高脚杯，他接过长饮一口。

“我恨伊利昂，”伊戈急迫地说，“而且城堡太远，我只能去找邓肯爵士，大伯。”

“伊利昂是你哥哥，”王子坚定地回答，“修士劝诫我们兄弟之间要互相友爱。伊耿,你先下去,让我跟邓肯爵士谈。"

男孩放下酒壶,僵硬地一鞠躬。"如您所愿,殿下。"他走出书房,轻轻带上门。

破矛者贝勒盯着邓克的眼睛看了很长时间。"邓肯爵士,请容我开门见山——你是不是合格的骑士?你的武艺究竟如何?"

邓克不知如何作答。"阿兰爵士教会我使剑和盾,还教我用长枪刺吊环与枪靶。"

贝勒王子听了忧心忡忡。"我弟弟梅卡数小时前回到城堡,他发现自己的继承人在此地以南仅一日骑程的旅馆里喝得烂醉。虽然梅卡不会承认,但我相信他盼望自己的儿子们在这场比武会中胜过我儿子。结果他俩都令他蒙羞。他会怎么做?他俩都是他的嫡生血脉,他一肚子怒火无处发泄,只怕要挑你作替罪羊。"

"我?"邓克可怜兮兮地重复。

"伊利昂早就在搬弄是非,戴伦的话更是火上浇油。为开脱自己的懦弱,他谎称在路上遇到个高大的强盗骑士,力不能敌,被掳走了伊耿——很不幸,他口中的强盗骑士是你,爵士。在戴伦的故事中,他为追回亲弟弟,披星戴月地追赶你。"

"但伊戈会说实话。我是说,伊耿。"

"伊戈会说实话,我毫不怀疑。"贝勒王子道,"但这孩子从小爱撒谎——你也亲身体验过——我弟弟会信哪个儿子呢?再说伊利昂将木偶师的事形容为叛国大罪。龙毕竟是王室纹章,一条龙被杀,脑袋砍掉,血流满地……没错,这只是纯粹的表演,但很不明智。伊利昂称这是对坦格利安家的大不敬,意在含沙射影煽动叛乱,梅卡多半会认同。我弟弟天性敏感,而自戴伦让他失望以来,他更把所有希望都寄托在伊利昂身上。"王子呷了口酒,放下高脚杯。"不管我弟弟信什么不信什么,有件事确定无疑:你向真龙血脉动手,单这个就必须受审,接受法官判处的惩罚。"

“惩罚?”这个词让邓克惊恐。

“伊利昂要你的脑袋,最好先拔光牙齿——当然,我向你保证,你的牙不会受任何伤害,但我无法拒绝他的审判要求。既然我们尊贵的君父远在千里之外,那么我和我弟弟将成为裁判你的法官,连同此地主人岑佛德伯爵及其封君高庭的提利尔公爵。上次有人因对王族动手获罪,惩罚是砍掉那只手。”

“砍掉我的手?”邓克惊呆了。

“还有你的脚。记得吗?你还踢过他。”

邓克哑口无言。

“当然,我会敦促法官们从轻发落。作为国王之手和王位继承人,我的话有分量。但我弟弟的话同样也有,结果如何很难说。”

“我,”邓克张口结舌,“我……殿下,我……”木偶女孩当然没有叛国,那只是一条普普通通的木龙,绝非要诅咒王子。他想解释,可所有的辩词都离他而去。他向来不善言辞。

“你还有个选择。”贝勒王子静静地说,“是好是坏,由你自己决定,我只提醒你任何受指控的骑士都有权要求比武审判。所以我再问你一遍,高个邓肯爵士——你是不是合格的骑士?说实话?”

“七子审判,”伊利昂微笑,“我确信,那是我的权利。”

贝勒王子眉头深锁地敲打桌面,岑佛德伯爵在他左边缓缓点头。“怎么?”梅卡王子倾身质问儿子,“你不敢面对这雇佣骑士,让天上诸神证明你的指控?”

“不敢?”伊利昂说,“面对这货?别傻了,父亲,我只想关照我挚爱的兄长。戴伦王兄也曾被这位邓肯爵士冒犯,他的指控在先,七子审判能让我们一起报仇雪恨。”

“我可没兴趣,弟弟,”戴伦·坦格利安、梅卡王子的长子咕哝道,他的脸色比跟邓克第一次在旅馆见面时还差。虽然这回他似乎冷静下来，红黑上衣没有葡萄酒污渍，但眼睛充血，额上全是汗。"等你杀了这个强盗，我再为你庆功。"

"你心肠太好了，亲爱的哥哥。"伊利昂王子笑容满面，"但我要是贸然剥夺你证明自己的机会，未免太无情。我坚持要求七子审判。"

邓克不明白。"诸位殿下，诸位大人，"他对高台上众人说，"我不明白，何谓'七子审判'？"

贝勒王子不安地在座椅里扭动。"它是比武审判的一种，源远流长，但很少启用。七子审判随安达尔人和他们的七神一起传到维斯特洛。在比武审判中，控辩双方把命运交给天上诸神决定，而安达尔人觉得让七对选手交手，会更荣耀诸神，让诸神更乐于干预，使比武审判的结果更公平。"

"或许诸神只想看场大戏，"里奥·提利尔公爵嘴角露出一丝冷笑，"无论如何，伊利昂爵士有这个权利，七子审判在所难免。"

"也就是说，我必须和七个人打？"邓克绝望地问。

"你不是一个人，爵士。"梅卡王子不耐烦地回答，"少装蒜，对你没好处。七子审判必须以七对七，你得再找六位骑士为你而战。"

*六位骑士，邓克心想，这跟要我去号召六千位骑士有何区别？*他一无兄弟，二无亲戚，连战友都没有，上哪儿去找六个陌生人为雇佣骑士的命挑战两位王子？"诸位殿下，诸位大人，"他问，"要是没人为我而战怎么办？"

梅卡·坦格利安冷冷地向下瞪着他："若你诉求正义，一定有人为你而战；假如找不到人，爵士，自然证明你有罪。我说得够明白了吗？"

走出岑树滩堡，身后闸门"咔咔"降下，邓克感到前所未有的无助。细雨飘飞，如露珠凝在皮肤上，却令他阵阵发抖。他过了河，前方草场中依稀可见几个彩圈，那是仍点着火的帐篷。时至半夜，黎明几小时后就会到来，届时便难逃厄运。

他们归还了长剑和银币，但涉过浅滩时，他觉得一无所有。他猜他们是不是要他骑马逃走。想逃可以逃，可那毫无疑问意味着他骑士生涯的终结，今后只能落草为寇，直到被哪位大人抓住砍头。宁可生为骑士死，也不能如此苟活，他顽固地想。

他徘徊在空旷的比武场，膝下全打湿了。绝大多数帐篷漆黑一片，主人们早已睡去，间或能瞧见几根蜡烛。有个帐篷传来愉悦的呻吟和叫床声，令他想到自己或许到死都是处男之身。

接着他听到马儿喷鼻息，不知为何，他确信是雷霆。他转身循声奔跑，果然是，他和栗子一起被拴在一顶散发出朦胧金光的圆帐篷外。帐篷中央旗杆上的旗帜湿透了，但邓克看出佛索威苹果的黑色曲线。

他又有了希望。

"比武审判，"雷蒙沉重地说，"诸神在上，邓肯，这意味着使用真正的战枪、流星锤、长斧……不再是钝剑，你想清楚没？"

"畏首畏尾的雷蒙，"他堂哥史蒂芬爵士嘲笑，爵士的黄羊毛披风扣着黄金和石榴石制的苹果搭扣，"瞎担心什么，堂弟，比武审判是骑士间的较量，只有骑士才能参加。邓肯爵士，至少有一个佛索威站你这边，那个成熟的。我亲眼看见伊利昂对木偶师们的所作所为，我挺你。"

"我也挺你，"雷蒙恼怒地声明，"我刚才的意思只是——"

他堂哥打断他："还有谁跟我们一道出战，邓肯爵士？"

邓克无奈地摊开双手："我谁也不认识。好吧，除了曼佛德·唐德利恩爵士，但他甚至不肯为我的骑士身份担保，哪会为我以身犯险？"

史蒂芬爵士似乎不以为意。"也即是说，我们还需要五条好汉。幸运的是，我的朋友不止五个。长刺里奥、狂笑风暴、卡伦爵爷、两个兰尼斯特、奥瑟·布雷肯……对,还有布莱伍德,跟我都有些交情,虽然你绝不能让布莱伍德和布雷肯站到一边。我去找他们谈。”

“他们不会喜欢被人半夜吵醒。”他堂弟反对。

“那更好,”史蒂芬爵士宣称,“生气会打得更卖力。包在我身上,邓肯爵士。堂弟,若日出时我没回来,就带上我的盔甲,替‘暴怒’备鞍,你们一起到挑战者的区域来找我。”他哈哈大笑。“我想,这将是难忘的一天。”说完他自信满满地大步离开帐篷。

雷蒙却没这么乐观。“五个骑士,”堂哥走后他忧郁地说,“邓肯,不是我想打击你,可……”

“假如你堂哥能带回他宣称的那些骑士……”

“长刺里奥？屠夫布雷肯？狂笑风暴?”雷蒙站起来,“不错,他认识这些人,关键在于他们认不认识他？史蒂芬无疑把这当成博取荣耀的机会,但赌注是你的命啊！你必须行动起来,自己去找人,我协助你,多多益善嘛。”门外的声音让雷蒙迅速转头。“谁鬼鬼祟祟?”他高叫。男孩矮身进帐,后面跟了个裹着被雨水浸透的黑斗篷的细瘦男子。

“伊戈?”邓克站起来,“你来干什么?”

“我是您的侍从,”男孩回答,“您需要有人为您穿戴盔甲,爵士。”

“你父亲大人可知你离开城堡?”

“诸神在上,千万别教他知道。”戴伦·坦格利安解开搭扣,斗篷从他的细肩膀上滑下。“是你？你疯了不成,竟敢来这里?”邓克抽出匕首,“我捅死你。”

“也许你应该,”戴伦王子承认,“不过最好先给我来杯酒。瞧我的手。”他伸出一只手,让他们看见抖得多厉害。

邓克怒不可遏地踏步上前。“我管不了你的手。是你撒谎害我落到这步田地!”

“家父质问小弟去向时,我总得说点什么。”王子淡然回答,径自坐下,毫不在乎邓克和他的匕首,“说真的,我甚至没意识到走丢了伊戈,光盯着酒杯咧。所以……”他叹口气。

“爵士，我父亲要为控方出战，”伊戈插嘴，“我恳求他别这么做，但他不听，他说只有这样才能挽回伊利昂和戴伦的荣誉。”

“我根本没什么荣誉需要挽回，”戴伦王子酸溜溜地说，“谁要就拿走，我不在乎。可惜事已至此，邓肯爵士，但你大可放心，我唯一比骑马更讨厌的就是使剑。剑那么重那么利，野兽才用嘛。我第一回合会尽可能骑得英勇，之后……好吧，或许你可以照我头盔侧面来一下，弄出点声音，但别太响，如果你懂我的意思。论及舞刀弄剑读书思考，哪怕跳舞，我样样比不过弟弟们，但躺泥巴里装死的本领绝对是冠军。”

邓克瞪圆了眼，不晓得这小少爷是不是在耍他。“那你为何前来？”

“为警告你，”戴伦回答，“家父已命御林铁卫上场。”

“御林铁卫？”邓克顿时脸色惨白。

“是的，全部三名御林铁卫。诸神保佑，贝勒大伯把其他四人留在君临保护我们的国王祖父了。”

伊戈说出名字：“罗兰·克雷赫爵士，暮谷城的唐纳尔爵士，威廉·威尔德爵士。”

“他们别无选择，”戴伦替御林铁卫解释，“他们发誓守护国王和王室，诸神在上，我和我兄弟毕竟是真龙血脉。”

邓克掰着手指。“这也才六人。第七个人是？”

戴伦王子耸肩，“伊利昂会找到的。如果必须，他甚至会花钱收买个冠军。反正金子多的是。”

“您这边有谁？”伊戈忙问。

“雷蒙的堂哥史蒂芬爵士。”

戴伦听了一缩。“就一个？”

“史蒂芬爵士去约朋友了。”

“我可以找人，”伊戈说，“我能调动一些骑士。”

“伊戈，”邓克道，“我可要对付你两个哥哥。”

“您不会伤着戴伦的，我知道，”男孩说，“他答应装死。至于伊利昂……记得很小的时候，他会在夜里溜进我卧房，拿匕首顶住我双腿之间。他说他有太多兄弟，也许哪天兴起就让我做他妹妹，然后娶我。他还把我的猫扔进井里，他说不是他干的，但他撒谎成性。”

戴伦王子疲惫地耸肩。“伊戈说的没错，伊利昂是个怪物。你知道，他总以为自己是化身人形的魔龙，所以看见那场木偶戏才失控。真遗憾他生来不是个佛索威，若他以为自己是个苹果，大家都安全多了。可惜事已至此。”他弯腰起身，抄起掉在地上的斗篷，抖抖雨滴。“我得赶在家父怀疑我为何花如此长时间磨剑之前回城堡。但离开前，我想跟你私下聊两句，邓肯爵士，行吗？”

邓克狐疑地看了王子一会儿。“如您所愿，殿下，”他收起匕首，“我也得去取盾牌。”

“伊戈和我去找骑士。”雷蒙承诺。

戴伦王子扣好斗篷，拉起兜帽，邓克随他回到细雨中。他们朝商铺行去。

“我梦见了你。”王子静静地说。

“您在旅馆就这么说。”

“我说过？好吧，那就对了。我的梦跟你的不同，邓肯爵士，我的梦会成真。它吓着我了，你吓着我了。瞧，我梦见你和死去的龙，那是一头庞然巨兽，翅膀如此宽阔，以至于遮住整片草场。它倒在你身上，你活下来，龙却死了。”

“我杀了他？”

“这我不清楚，我只知你和龙都在场。我们曾是龙的主人，我们坦格利安，现在龙绝了种，但我们还在。好吧，我不想死，诸神知道，我不想死。若你肯操这个心，请确保杀的是伊利昂。”

“我也不想死。”邓克说。

“我不会杀你，爵士。我会撤回指控，但若伊利昂不肯同时撤回，这无济于事。”他又叹口气，“也许我的谎言会害死你，倘若如此，十分抱歉。我自知不免堕入地狱。也许是没酒的那层。”他打个寒战，独自走进冰冷细雨。

商人们打烊后会把货车推到草场西沿，一片桦树和岑树林里。邓克伫立树下，沮丧地看着原先木偶师的货车所在的地方。他们逃了，正如他担心的那样。*我要不是比城墙还笨，也该逃的。*他不知上哪去找盾牌。身上银币大概够买一面新的，他估计，假如找得到卖家的话。

“邓肯爵士，”有人在黑暗中呼唤。邓克回头发现铁人佩特就站在身后，提着一只铁灯笼。武器师傅腰部以上只披了件短短的皮革披风，赤裸的宽阔胸膛和粗膀子上覆满粗糙黑毛。“来取盾的吧？她把盾留下了。”他上下打量邓克，“俺瞧你手脚无缺，所以明天确实要进行比武审判，是不？”

“七子审判。你怎么知道？”

“哈，也许他们会亲吻你，封你当领主，可惜这世道这种事实在不可能；若非如此，就得让你少点零件。好了，时间不多，请随俺来。”

铁匠的车侧面绘有剑和铁砧，老远都看得见。邓克随佩特钻进去。武器师傅把灯挂到钩上，脱掉湿斗篷，当头套上粗布外衣。他从墙上放下一块铰链木板权当桌子。“坐。”他说着推来一张矮凳。

邓克坐下。“她人呢？”

“他们去多恩了。是女孩叔叔的决定，很明智。远走高飞，隐姓埋名。倘若继续逗留，只怕龙族不会忘记。况且，她叔叔不想让她看见你死。”佩特在货车尽头的阴影中翻找了一阵，取回盾牌，“你的盾边沿都是些廉价旧铁，生了锈又易碎。”他指出，“所以俺给你打了面新的，比以前厚两倍，背后以钢筋加固。虽然沉了许多，但也结实得多。女孩为你绘了图。”

她的画工是他前所未见的。灯笼映照下，落日的色彩异常丰富，茂盛的榆树挺拔高贵，流星宛如一条掠过橡木天空的明亮彩带。但邓克拿它在手，心里却不是滋味。坠落的流星，算哪门子征兆？我会这样坠落么？况且落日意味着黑夜。“我该留着飞翼杯，”他不无凄凉地说，“至少有翅膀能飞，而阿兰爵士说那杯子里装满信仰、希望和一切美好。现在这面盾看来预示着死亡。”

“不，那棵榆树如此生机盎然，”佩特指出，“看见它的枝叶多绿了吗？这毫无疑问是夏天的叶子。俺这辈子见过无数盾牌，上头不乏骷髅、恶狼、乌鸦，甚至吊死的人或血淋淋的头。它们并未预示主人的死亡，这面盾也一样。你记得那首古老的盾牌四字歌不？橡木钢铁，护卫平安……”

“……保我周全，不堕地狱。”邓克唱完。他多年没唱儿歌了，那还是老人很久以前教他的。“这面新盾，你收多少钱？”他问佩特。

“你吗？”佩特挠挠胡子，“一个铜板。”

第一缕苍白晨光渗出东方天际时，雨全停了，但场子也全毁了。岑佛德伯爵命手下移除栏杆，比武场成为一大片灰棕泥巴和烂草的沼泽，地面升起缕缕蜿蜒白雾，犹如条条扭动的白蛇。铁人佩特陪邓克上场。

看台快坐满了，老爷夫人们在早晨的清寒中裹紧斗篷。老百姓们也蜂拥而至，成百上千。就这么想看我死啊，邓克苦涩地想，但他错怪了他们。他才走几步，就听一个女人扯着嗓子喊：“祝您好运！”一个老人挤出人群来握他的手：“愿诸神赐予您力量，爵士先生。”一个穿破烂褐袍的乞丐帮兄弟吻了他的剑，一位少女冲上来吻他的脸。他们是来支持我的。“为什么？”他问佩特，“我算什么？”

“一位谨记誓言的骑士。”铁匠回答。

雷蒙等在比武场南端尽头的挑战者区域外，牵着堂哥的战马和邓克的雷霆。雷霆被沉重的马头甲、马胸甲和锁甲毯压得焦躁不安。佩特仔细检查过这套马盔甲，虽然并非他的作品，还是大加称赞。不管是谁贡献出这套马盔甲，邓克感激不尽。

然后他看见了加入他一方的人：花白胡子的独眼骑士，盾牌和罩袍绘有黑黄条纹上三个蜂窝的年轻骑士。罗宾·罗辛林爵士和亨佛利·毕斯柏里爵士。他震惊地意识到。亨佛利·哈顿爵士也来了。他骑在伊利昂的红色战马上，只是那马已覆上红白相间的菱形纹章。

他走向三位骑士。“爵士们，我永远欠你们的情。”

“是伊利昂欠我们，”亨佛利·哈顿爵士回答，“我们要找他讨回。”

“听说您腿折了。”

“不错，”哈顿承认，“我下不了地。但只要能骑马，我就能战。”

雷蒙将邓克拉到一旁。“我盘算哈顿渴望再次面对伊利昂，果真与他不谋而合。更幸运的是，另一位亨佛利原来是他连襟。罗宾爵士是伊戈找的，他们在别的比武会上有交情。现在我方有了五人。”

“六人，”邓克难以置信地伸出手指，只见一名雄赳赳的骑士踏步而来，侍从牵着他的战马，“狂笑风暴！”莱昂诺爵士比雷蒙爵士高出一头，几乎与邓克持平，金线罩袍上绣着拜拉席恩家的宝冠雄鹿，鹿角盔夹在腋下。邓克伸出手，“莱昂诺爵士，真不知如何感谢您和邀请您的史蒂芬爵士。”

“史蒂芬爵士？”莱昂诺爵士奇道，“是你的侍从来找我。那男孩伊耿。我家小子想赶他走，他一个猛子就从我家小子双腿间钻过，朝我头上泼了一壶酒。”他哈哈大笑。“要知道，一百多年没举行七子审判了！我可不愿错过与御林铁卫较量，顺便煞煞梅卡王子威风的机会。”

“现在有了六人，”莱昂诺爵士去招呼其他骑士时，邓克满怀希望地对雷蒙·佛索威说，“我敢肯定，你堂哥至少能请来一人。”

人群爆发出一阵呐喊。草场北端，一队骑士自河岸的晨雾中奔出。

当先是三位瓷釉白甲的御林铁卫，犹如三道幽灵，长长的白袍在身后翻飞，连盾上也白白净净，空无一物，宛若新雪。铁卫之后是梅卡王子及其两个儿子，伊利昂骑一匹灰斑骏马，马饰上的橙、红流苏一路耀武扬威；他弟弟的战马小一号，通体裹着黑金鳞甲，戴伦的头盔上飘扬着绿丝羽毛。然而，真正令人望而生畏的是他们的父亲，梅卡双肩装饰着弯曲的黑色龙牙，头盔和背上也有，马鞍挂了一把硕大的钉头锤，那是邓克见过最可怖的武器。

“六人，”雷蒙忽然叫道，“他们也只有六人。”

是的，邓克发现了，对方有三名黑骑士三名白骑士，但还缺一人。难道伊利昂找不到人助拳？这意味着什么？审判将以六对六，而非以七敌七？

他正冥思苦想，伊戈悄然来到身旁。“爵士，该穿盔甲了。”

“谢谢你，侍从。搭把手？”铁人佩特和男孩合力为他穿上锁甲和护喉、护胫跟护手、头盔与股囊。一样接一样，他们把他武装到牙齿，又反复检查每个带扣搭扣。莱昂诺爵士在旁用油石磨剑，两个亨佛利低声交谈，罗宾爵士在祈祷，而雷蒙·佛索威焦急地踱来踱去，担心堂哥的去向。

待邓克披挂整齐，史蒂芬爵士才姗姗来到。“雷蒙，”他使唤堂弟，“快，把我的锁甲拿来。”他已穿好锁甲里的加垫上衣。

“史蒂芬爵士，”邓克道，“你请到朋友了吗？我们还需一位骑士才能凑足七人。”

“恐怕你还需两位。”史蒂芬爵士回答。雷蒙替他系好锁甲。

“大人，”邓克不明白，“两位？”

史蒂芬将一只精良的铁制龙虾护手套进左臂，活动手指。“我只看见五人，”雷蒙替他系上剑带，“毕斯柏里、罗辛林、哈顿、拜拉席恩和你自己。”

“还有你啊，”邓克说，“加上你就是六人。”

“我是第七人，”史蒂芬笑道，“不过是另一边的。我已加入伊利昂王子一方。”

雷蒙正欲给堂哥戴上头盔，听罢此言如五雷轰顶。“不。”

“是的，”史蒂芬爵士耸肩，“相信邓肯爵士会理解，我有义务效忠王子殿下。”

“你说找骑士的事包在你身上。”雷蒙面如土色。

“我说过？”他从堂弟手中抓过头盔，“我那时无疑是真心的。把坐骑给我牵来。”

“你自己去牵。”雷蒙愤然道，“如果你以为我还会帮你，那你不仅烂到了芯儿里，脸皮还比城墙厚。”

“烂到了芯儿里？”史蒂芬爵士咂嘴，“管住舌头，雷蒙。我们是一棵树上的苹果，而你是我的侍从。你忘记誓言了吗？”

“我从未忘记。但你呢？你发誓做一名好骑士。”

“明天我就不只是骑士啦。佛索威伯爵听来如何？我挺喜欢。”他微笑着套上另一只护手，转身去牵马，无视周遭鄙视的目光。没人出手阻止。

邓克眼睁睁看着史蒂芬爵士牵马穿过场子，情不自禁握手成拳，但干涩的嗓子说不出一句话。*说什么也无法挽回佛索威。*

“请赐封我为骑士，”雷蒙一只手放在邓克肩上，用力扳他过来，“让我顶替堂哥。邓肯爵士，请赐封我为骑士。”他单膝跪下。

邓克踌躇地握住剑柄，皱起眉头。“雷蒙，我……我不知道。”

“你必须这样做，不然你只有五个骑士。”

“这孩子说得对。”莱昂诺·拜拉席恩爵士插话，“事不宜迟，邓肯爵士，任何骑士都能赐封骑士。”

“你质疑我的勇气吗？”雷蒙问。

“当然不，”邓克说，“当然不，我只是不想……”他还在犹豫。

一阵喇叭声穿透晨雾，伊戈急急忙忙跑来。“爵士，岑佛德大人召唤你。"

狂笑风暴不耐烦地摇头。"你快去,邓肯爵士,我来赐封侍从雷蒙。"他一下子抽出长剑,用肩挤开邓克。"佛索威家族的雷蒙,"莱昂诺爵士庄重地将剑放到侍从右肩,"以战士之名我要求你勇敢。"长剑从右肩移到左肩。"以天父之名我要求你公正。"回到右肩。"以圣母之名我要求你保护弱者和无辜之人。"左肩。"以少女之名我要求你保护所有妇女。"

邓克留下他们继续仪式,自觉心中放下一块石头,却又充满罪恶感。还差一人,他翻身跳上伊戈为他牵住的雷霆,我上哪再找一人?他掉转马头,缓缓骑向岑佛德伯爵等候的看台。伊利昂王子从比武场北端骑来会他。"邓肯爵士,"他兴高采烈地说,"你方好像才五人啊。"

"六人,"邓克反驳,"莱昂诺爵士正赐封雷蒙·佛索威。我们将以六敌七。"哪怕众寡更悬殊也不是毫无机会,但岑佛德伯爵摇头,"不行,爵士,若你找不到另一位骑士,即证明你所受指控为实,你将被判有罪。"

有罪,邓克心想,打掉一颗牙齿的罪,为此我将赔上一条命。"大人,请再给我一点时间。"

"可以。"

邓克缓缓地在看台前骑行,台上挤满骑士。"大人们,"他大声疾呼,"你们肯定还有人记得铜分树村的阿兰爵士。我是他的侍从,我们曾为您效劳,曾在您桌旁用餐、在您厅堂休息。"他发现曼佛德·唐德利恩坐在最高一排。"阿兰爵士为您父亲大人效劳时受过伤。"那骑士只顾跟身边贵妇说话,压根不理他。邓克只能转向其他人。"兰尼斯特大人,阿兰爵士曾在比武会中将您打下马。"灰狮检查着手套,打定主意不抬眼。"他是个好人,他教会我骑士之道,不仅是使枪弄剑,更在于荣誉。要保护无辜之人,他这么教诲,我如此遵行。现在,我需要一位骑士和我并肩作战。我只要一位骑士。卡伦大人?史文大人?"卡伦伯爵凑在史文伯爵耳边说了什么,史文伯爵轻笑出声。

邓克在奥瑟·布雷肯爵士面前勒马,压低声音:“奥瑟爵士,众人皆知您是一位伟大的骑士。请您加入我们吧,我恳求您,以新旧诸神之名,我的诉求是正义的。”

“也许吧,”屠夫布雷肯好歹肯当面回答,“但这不关我的事。我不认识你,小子。”

邓克心如刀绞,他掉转雷霆,在一排排漠然的冷血动物面前骑来骑去。绝望中,他愤然大吼:“你们中就没有一位真正的骑士吗?”

一片沉默。

伊利昂在场子对面哈哈大笑。“真龙决不会失败。”他大叫。

却有人回应:“我来加入邓肯爵士。”

河岸晨雾中缓缓骑出一匹黑色骏马,马上有位黑骑士。邓克看见龙盾和头盔上三个咆哮的珐琅龙头。少王子。诸神在上,真的是他?

岑佛德伯爵同样错认。“瓦拉尔王子?”

“不。”黑骑士掀开面甲,“我没打算来岑树滩参赛,大人,所以没带盔甲。亏得我儿好心出借。”贝勒王子的笑容几乎有些哀伤。

邓克发现,控方骑士陷入了混乱。梅卡王子催马上前。“哥哥,你失去理智了吗?”他用一只套铁甲的指头指向邓克,“此人袭击我儿。”

“此人保护弱者,正如每位真正的骑士该做的那样。”贝勒王子回答,“让天上诸神决定他是否有罪吧。”他一拉缰绳,调转瓦拉尔的大黑马,奔向比武场南端。

邓克骑雷霆跟上,为他而战的其他骑士也围拢过来:罗宾·罗辛林和莱昂诺爵士,两位亨佛利。他们都是好人,但也都是好手吗?“雷蒙呢?”

“拜托,是雷蒙爵士,”他小跑上来,微笑点亮了羽盔下严肃的脸,“请原谅,爵士,我刚才对纹章作了点小改动,我可不想再跟我那不名誉的堂哥同流合污。”他把新涂的盾牌拿给他们看——闪亮的金底依旧,但佛索威的红苹果成了绿苹果。“恐怕我确实没熟……但青苹果总比烂苹果好,呃?”

莱昂诺爵士哈哈大笑,邓克也忍不住咧嘴笑,连贝勒王子都表示赞许。

岑佛德伯爵的修士来到看台前,举起水晶带领大家祈祷。

“现在,各位请靠近,”贝勒静静地说,“控方冲锋时会使沉重的战枪,八尺长的岑树枪,铁条加固以防断裂,锋利的铁尖加上坐骑的冲力足以戳穿全身甲。”

“我们也该同样应对。”亨佛利·毕斯柏里爵士道。修士在他身后呼唤天上七神作证,做出公正裁决,将胜利赐予正义一方。

“不,”贝勒反对,“我们用比武长枪。”

“比武长枪容易断。”雷蒙指出。

“但它们有十二尺长,只要瞄得准,他们的枪根本碰不到我们。瞄准头或胸,比武时在对手盾上撞断长枪很英勇,实战中就可能是送死。打对手下马自己坐得住,胜利十拿九稳。”他瞥了邓克一眼,“若邓肯爵士有个闪失,比武审判将以诸神判他有罪结束;若他的两位指控者被杀,或至少撤回指控,结局与之相反。以上两项均不能满足,则必须打到某方七人全部丧命或投降。”

“戴伦王子不会打。”邓克说。

“反正他也打不好”,莱昂诺爵士大笑,“我们的不利在于要对付三名白骑士。”

贝勒平静以对。“我弟弟不该命御林铁卫为他儿子出战。然而他们的誓言禁止他们伤害流着真龙血脉的王子,幸运的是,我也是个王子。”他朝大家淡淡一笑,“你们替我挡住其他人,我来对付御林铁卫。”

“殿下,这是否有失骑士的体面?”修士完成祷告,莱昂诺·拜拉席恩爵士疑惑地问。

“只有诸神知道。”破矛者贝勒说。

深沉的静默一如预期笼罩了岑树滩草场。

八十码外，伊利昂的灰战马烦躁地嘶鸣，扒拉泥泞地面；雷霆却格外安静，他毕竟是匹身经百战的老马，知道等待自己的是什么。伊戈把盾递给邓克。“愿诸神与您同在。”男孩说。

盾上的榆树和流星振作了他。他左手穿进系带，握紧握把。*橡木钢铁，护卫平安，保我周全，不堕地狱。*铁人佩特送上长枪，但伊戈执意要亲自呈给邓克。

左右两边，他的战友也纷纷拿起长枪，排成战列。贝勒王子在右，莱昂诺爵士在左，但巨盔的狭长眼缝让他只能关注正前方。看台不见了，篱笆后的群众也不见了，眼前唯有泥泞的场地，丝丝缕缕的白雾，北方的河流、市镇和城堡，以及那个骑在灰马上、盔顶有龙焰装饰、盾牌上有只趾高气扬的龙的王子。邓克目睹伊利昂的侍从送上漆黑如夜的八尺战枪。*他大概想刺穿我的心脏。*

一只号角奏响。

刹那间，邓克仿如封在琥珀中的苍蝇般僵坐不动，但所有的马同时奔跑起来。突如其来的恐惧刺透了他。*我傻了，*他狂乱地想，*我完全傻了，我会一败涂地、辜负大家。*

雷霆拯救了他，棕色大战马什么都记得，无须骑手催促，便开始小跑。邓克下意识地用上训练的成果，马刺朝战马轻轻一扎，放低长枪，举盾护住左边大半身体。他握盾的角度是要挡开可能的刺击。*橡木钢铁，护卫平安，保我周全，不堕地狱。*

人群的喧哗减弱为遥远的浪涛，雷霆迈步飞奔，邓克在疾速奔驰中咬紧牙关。他放低马刺，用尽全力夹紧大腿，让人马合一。*我是雷霆，雷霆是我，我们是同一头野兽，我们融在一起，我们是一体。*头盔里变得如此闷热，他几乎无法呼吸。

长枪比武中，对手会从左边攻来，隔着一道栏杆，而他的长枪会横过雷霆的脖子。那种角度下枪很容易折断。但今日乃是死斗，战马正面对冲，之间全无阻碍。贝勒王子的大黑马比雷霆快得多，邓克从眼缝边瞥见王子冲在前头。他没再探视其他人，他们都不重要，只有伊利昂，伊利昂才是他的焦点。

他看见腾飞的巨龙。伊利昂王子的灰马鼻孔大张，蹄下溅起无数泥点。黑色战枪依然高举。骑士若到最后一刻才放枪，有瞄低的危险，老人指导过他。他自己的枪尖对准了王子的胸膛。枪和手是一体，他告诉自己，它是手的延长，是我的木手指。我只需用长长的木手指碰他一下。

他试图忽略伊利昂黑枪上迅速扩大的锐利尖头。龙，看那条龙，他心想。巨大的三头怪兽覆盖了王子的盾牌，红色翅膀，金色火焰。不，看你要刺的地方，他猛然惊觉，但长枪已偏了方向。邓克奋力纠正，可为时已晚，枪尖砸在伊利昂盾上两个龙头之间，刺进一团彩绘火焰。随着一声闷响，雷霆受到阻力，在撞击的力道下颤抖，半个心跳后，有东西凭一股怪力击中他身侧，接着两马剧烈相撞，盔甲丁零当啷，雷霆跌跌撞撞。邓克长枪脱手，越过了对手，死命抓马鞍才没跌倒。雷霆在烂泥地里东倒西歪，邓克觉得马的后腿失去了控制，人和马不住打滑、转圈，然后雷霆一屁股坐倒。“起来！”邓克大吼，猛踢马刺，“起来，雷霆！”老战马在他的命令声中不知为何又站了起来。

肋下剧痛，左臂不听使唤。伊利昂的长枪穿透了橡木、羊毛和钢铁，三尺长的断裂岑木和铁尖插在他身上。邓克伸出右手握住断枪底部，咬紧牙关，挣命一扯将之扯出。鲜血泉涌，渗过锁甲链环，浸透罩袍。他只觉天旋地转，直欲落马，然而朦胧中，隔着雨帘隐隐听到人们在呼唤他的名字。他美丽的盾牌失去了效用，他把它们统统扔开，榆树、流星、断枪，统统扔掉后他抽出长剑。但他伤得太厉害，大概没力气使它。

他驱策雷霆转圈，试图弄清周围战况。亨佛利·哈顿爵士伏在马脖子上，显然受了伤。另一位亨佛利爵士人事不省地倒在一摊鲜血染红的泥巴里，股间插了一截断枪。贝勒王子仍在奔驰，长枪也完好无损，他把一位御林铁卫挑下马。梅卡和另一位白骑士已然落马。第三位御林铁卫在跟罗宾·罗辛林爵士缠斗。

*伊利昂，伊利昂呢？*身后的隆隆马蹄让邓克猛然回头。雷霆嘶叫人立，四脚乱踢，伊利昂的灰战马全速撞上了他。

这回他再也无法恢复平衡。长剑旋转脱手，地面迎头撞来，他结结实实摔了一跤，摔得骨头打战、透彻心肺、眼泪横流。他没力气了，嘴里满是血味。*呆子邓克，自以为是骑士。*他必须起来，否则难逃一死。于是他手脚并用呻吟着起身，无法呼吸，目不视物，头盔眼缝沾满泥巴。他只能盲目地爬起来，用铁甲手指刮眼缝中的泥巴。*是了，那是……*

透过指缝，他看见飞翔的巨龙和铁链尽头的带刺流星锤。然后脑瓜炸成碎片。

等他再度睁眼，发现又躺在地上，摔得四脚朝天。头盔上的泥巴被统统震落，但一只眼睛为血蒙住，另一只眼睛只见黑灰天空。面庞阵阵抽痛，冰冷湿润的铁贴紧脸颊和额头。*他砸破了我的头，我快死了，还要连累大家，雷蒙、贝勒王子和所有人。我终于还是辜负了他们。我不是冠军，甚至没资格当雇佣骑士。我一无是处。*他想起戴伦王子吹嘘自己躺泥巴里装死的本领是冠军。*他不知邓克更能装，对吧？*这份耻辱比疼痛更让他难受。

巨龙笼罩在他面前。

龙有三个头，翅膀亮如火焰，红、黄和橙。龙狞笑着。“死了没有，雇佣骑士？”龙问，“求饶认罪，爷或许只要你一手一脚。噢，外加所有牙齿，牙有何用？反正你这等贱货只配喝粥。”龙仰天长笑。“不投降？尝尝这个。”带刺铁球在空中旋转，势如流星砸向他的头。

邓克突然翻身。

他不知哪来的力气，一下子滚到伊利昂脚边，用铁甲包裹的胳膊抱住对方大腿，将咒骂着的王子拖进泥地，随即翻到上面。他尽管用那该死的流星锤砸好了。王子试图拿盾敲邓克的头，但被砸扁的头盔承受了冲击。伊利昂固然强壮，邓克却更壮、更大、更沉。他双手抓盾，竭力扳动，直到系带断裂，然后拿它向下砸王子的头盔，一下一下又一下，砸碎了头盔上的珐琅火焰。这面铁皮镶边的坚实橡木盾比邓克的盾更厚。一条火焰碎裂，接着又一条，邓克不几下就砸掉了王子所有的火焰。

伊利昂终于松开无用的流星锤，摸向臀间匕首。他刚把它拔出鞘，邓克就用盾砸去，匕首脱手飞进泥土中。

王子打败了高个邓肯爵士，却在跳蚤窝的邓克面前败下阵来。老人将枪剑技巧倾囊相授，但打架是他从小熟悉的，从小在都城贫民窟的暗巷角落间练就的。邓克扔掉破盾，扯开伊利昂的面甲。

面甲是弱点，他还记得铁人佩特的话。王子停止了挣扎，青肿眼睛里写满恐惧。邓克突然有股冲动，想用两根铁甲手指摘葡萄一样捏下王子的眼球，可惜这有违骑士精神。“快投降！”他大吼。

“我投降，”龙低声说，苍白的嘴唇几乎没动。邓克向下眨眼打量他，一时间不相信自己的耳朵。一切都结束了，是吗？他缓缓转头，想看清此时战况。头盔左侧挨的那记重击封闭了部分眼缝，他只见梅卡王子挥舞钉头锤冲向儿子，却被破矛者贝勒挡住。

邓克拖着伊利昂王子，摇摇晃晃起身。他胡乱摸索头盔，终于将其扯掉扔开，瞬间被声音和视觉淹没：闷哼、诅咒、人群叫喊、一匹战马的凄鸣、另一匹没了骑手的战马飞驰而过。到处是刀光剑影。雷蒙和他堂哥在看台前徒步厮杀，两面盾牌均被打碎，绿苹果和红苹果双双糜烂。一名御林铁卫的骑士扶着受伤的兄弟退出比武，两人白甲白袍，分不清谁是谁。另一名白骑士业已倒下，狂笑风暴得以协助贝勒王子对抗梅卡王子，一时间钉头锤、战斧和长剑你来我往，铿锵地砸在盔和盾上。梅卡每反击一次，就要承受三倍的攻击，看来败局已定。我必须做点什么，阻止无谓死伤。

伊利昂突然扑向流星锤。邓克冲他后背一脚，踩他个狗吃屎，然后拖起他的一条腿，拖过场子。来到看台上的岑佛德伯爵面前，明焰王子浑身已是屎一般的颜色。邓克用力拉他起来，使劲摇晃，也不管溅了老爷和美少女一脸土。"说！"

明焰伊利昂吐出一口青草泥巴，"我撤回指控。"

之后邓克记不清是靠自己还是凭别人帮助才走回场。他遍体鳞伤，有的部位痛得很厉害。我是货真价实的骑士了吗？他记得自己想过，我是冠军了吗？

伊戈、雷蒙和铁人佩特帮他除去护胫护喉，他迷迷糊糊分不清他们，只觉眼前一片手指、拇指，还有声音。抱怨的是佩特，邓克心想。"瞧瞧，俺的盔甲成啥样了，"铁匠发牢骚，"到处是擦刮不说，还凹进去变了形。哈，你们要问，这还关俺啥事？算了，俺得把锁甲割下来。"

"雷蒙。"邓克急切地抓住朋友的双手，"其他人呢，他们好吗？"他必须知道，"有人死吗？"

"毕斯柏里遭遇不幸，"雷蒙回答，"他第一轮冲锋就倒在暮谷城的唐纳尔枪下，亨佛利爵士亦伤得很重。其他人只是皮外伤，流了些血，不碍事。除了你。"

"他们呢？控方呢？"

"御林铁卫威廉·威尔德爵士昏迷不醒，被抬出场治疗。我打断了我堂哥几根肋骨，至少我如此希望。"

"戴伦王子呢？"邓克脱口而出，"他还活着吧？"

"罗宾爵士挑他下马，他就一动不动了。可能断了腿，他的坐骑乱窜踩到他一次。"

邓克虽然眩晕又迷茫，却感到一股巨大的欣慰。“他的梦没成真。没有龙死去。除非伊利昂死了。伊利昂没死，对吧？”

“没有，”伊戈道，“您饶过了他。您不记得了吗？”

“大概吧。”战斗场景已变得混乱模糊，“我像是醉了，但好痛好痛，只怕离死不远。”

他们扶他躺好，一直陪他说话，而他呆看着乌云翻卷的天空。好像还是清晨，不知比武究竟持续了多久。

“诸神在上，链环被枪尖顶了进去。”他听见雷蒙说，“会感染，除非……”

“把他灌醉，朝伤口倒沸油。”有人建议，“我见学士这么干。”

“沸酒。”一个金属般空洞的声音插进来，“不是沸油，那会害死他。用沸酒。等约尔威师傅照料好我弟弟，我就叫他过来。”

一个高大骑士笼罩在前，身上黑甲伤痕累累，处处坑洼。贝勒王子。王子盔上的红龙失去了龙头、双翼和大半尾巴。“殿下，”邓克说，“从今往后，我要为您效劳，我粉身碎骨也难报您的大恩大德，我要为您效劳。”

“为我效劳，”黑骑士一手扶在雷蒙爵士肩上，稳住自己，“我的确需要好人，邓肯爵士，王国……”他的声音古怪地听不真切，似在打斗中咬到舌头。

邓克身心俱疲，保持清醒已属不易。“为您效劳。”他呢喃着重复一遍。

王子缓缓摇头。“雷蒙爵士……我的头盔，帮下忙，面甲……面甲碎了，而我的指头……麻木……”

“让我来，殿下，”雷蒙双手抓住王子的头盔，哼了一声，“好佩特，帮个忙。”

铁人佩特拖来一张板凳。“后面给砸扁了，殿下，左边砸进了护喉里。这头盔真不赖，能承受如此重击。”

“多半拜我弟弟的钉头锤所赐,”贝勒瓮声瓮气地说,“他很强壮,”他身子一缩。“呃……有点怪,我……”

“取下来了,”佩特扔开破头盔,“诸神在上,噢诸神啊噢诸神啊噢诸神啊诸神啊……”

邓克发现有个红红湿湿的东西随头盔落地,接着有人惊恐万状地尖叫。凄冷灰天之下,高大的黑甲王子只剩半颗头颅,他看到殷红的血和森森白骨,以及果肉一样的蓝灰事物。破矛者贝勒露出奇特的苦笑,宛如那将要被乌龙遮掩的太阳。他抬起一只手,用两根指头摸摸脑后,噢,无比轻柔。

然后他砰然倒下。

邓克一把接住他。“起来!”他们说他像比武时命令雷霆一样大吼,“起来!起来!”后来的事他全不记得,只知王子终究没有起来。

坦格利安家族的贝勒,龙石岛亲王,国王之手,全境守护者,君临维斯特洛七大王国的铁王座的继承人,在舟徙河北岸岑树滩堡的庭院里被火葬了。其他各大家族或将死者埋在黑暗地底,或沉入冰冷汪洋,但坦格利安家是真龙血脉,火是他们的归宿。

他是当时最优秀的骑士,很多人认为他离世时应该全身披挂、手握长剑,但最终他君父的愿望占了上风,戴伦二世天性平和。邓克拖着脚走过贝勒的棺木,只见王子殿下穿着胸前以猩红丝线绣了三头龙的黑天鹅绒外套,喉头挂着沉重金链,入鞘宝剑置于身旁。他只戴着头盔,一顶薄薄的镀金盔,没有面甲,好让众人瞻仰遗容。

少王子瓦拉尔在棺木之尾守灵,迎接吊唁者。他是乃父更矮、更瘦、更帅气的翻版,且没有那根断掉两次、让贝勒像平民不像王族的鼻子。瓦拉尔是棕发,但间杂了一束耀眼的银白,这让邓克想起伊利昂。他知道这不公平,毕竟伊戈的头发也长回来了,跟兄长的一样闪亮,而伊戈毫无疑问是个好孩子。

他停步说出尴尬的祷语，试图表达无尽的谢意，瓦拉尔王子眨眨冰冷的蓝眼睛："家父才三十九岁啊，他本该带给七大王国一个流芳千载的太平盛世，他本该成为自龙王伊耿以降最伟大的国王。凭什么诸神带走他，留下你？"他不住摇头，"走开，邓肯爵士，我不想看见你。"

邓克无言地跛行离开城堡，回到绿池塘旁的营地。对于瓦拉尔的质问，他没有答案，他的困惑太多太多。学士和沸酒治好了他，伤口已无大碍，但左手和左边乳头将从此落下深深的褶皱伤疤。每当看到伤疤，他就会想起贝勒。*他用剑救了我一命，说出的建议又救了我一次，虽然他来我身边时其实已是个死人。*世道着实奇怪，伟大的王子死去，卑微的雇佣骑士活着。邓克坐在榆树下，忧郁地盯着脚。

某天下午，四个王家服色的卫士来到营地，他确信是来结果他的。他虚弱又疲惫，不想提剑反抗，索性靠着榆树等死。

"王子殿下邀你私下面谈。"

"哪个王子？"邓克警惕地问。

"这个王子。"一个粗鲁的声音抢在卫士队长前回答，梅卡·坦格利安走到榆树下。

邓克缓缓起身。*他还要把我怎样？*

梅卡示意，卫士们便跟出现时一样迅速地退下。王子审视他良久，转身踱到池塘边，看着自己在水中的倒影。"我让伊利昂去里斯，"他唐突地宣布，"在自由贸易城邦待几年也许对他有好处。"

邓克没去过自由贸易城邦，不知那边是怎样，但他很高兴伊利昂离开了七国，而且暗暗希望对方永远别回来。

这些话是不能对王子的父亲讲的，他只好保持沉默。

梅卡王子抬头面对他。"有人会说我是蓄意谋害我哥，诸神知道这是彻头彻尾的谎言,但我到死都会被这样的谎言包围。我不怀疑,是我的钉头锤给了他致命一击,除了我,他只跟三名御林铁卫打过,而他们的誓言只准他们自卫。一定是我。说来也怪,我不记得打碎他头颅那一锤了。这算是慈悲还是诅咒?也许两者兼有。”

王子看他的眼神,似在企求答案。“我不知道,殿下。”也许他该恨梅卡,但此刻心中只有奇特的怜悯,“兴许是您挥下那一锤,殿下,但贝勒王子是因我而死。我和您都是凶手。”

“没错,”王子承认,“你也会听到他们的流言。国王年事已高,他驾崩之后,瓦拉尔将替父登上铁王座,之后每遇战败或歉收,傻瓜们便会叽叽咕咕:‘要是贝勒在一切都不一样,都怪那个雇佣骑士害死了他。’”

邓克知道对方所言是实。“如果我不为自己而战,您就会砍掉我一手一脚。最近我坐在树下盯着脚,反复自问这只脚是不是就那么金贵,它和王子的性命孰轻孰重?还有那两位战友,两位亨佛利,也都是好人。”亨佛利·哈顿爵士昨晚终于伤重不治。

“你的树给你什么答案?”

“我没听见任何答案。但我记得老人——我是指阿兰爵士——每天傍晚都会说:‘谁知明日是怎样?’他不知道,我不知道,我们都不知道。好吧,也许有一个明日我会用上这只脚?也许王国会需要这只脚,乃至胜过王子的性命?”

他这番话让梅卡思考了一阵,王子在那让他的脸显得如此方正的银白胡须下咬紧了下巴。“这他妈实在不可能,”最后他粗声道,“王国里的雇佣骑士跟树篱一样多,他们个个都有脚。”

“若殿下有更好的答案,我洗耳恭听。”

梅卡紧锁眉头。“要么诸神喜欢残酷的玩笑,要么根本没有神,再或一切本无意义。我问过总主教,他上次告诉我凡人不能参透神意。也许他该在榆树下好好想想。”王子苦笑,“我的小儿子很欣赏你,爵士。他到了当侍从的年纪，却说除了你不想服侍任何骑士。你一定注意到，他有点不服管教。你要他吗？”

“我，”邓克张开嘴，闭上嘴，又张开嘴，“伊戈……我是说，伊耿，他是个好孩子，可是殿下，我知道您给了我莫大荣誉，可……我只是一介雇佣骑士。”

“小事一桩。”梅卡说，“伊耿将随我回盛夏厅，若你乐意，我的城堡会有你一席之地。你会成为我的亲随骑士。你现在用剑向我发誓效忠，伊耿就做你的侍从。你训练他，我的教头训练你。”王子精明地看了他一眼。“毫无疑问，你的阿兰爵士已倾囊相授，但你该学的还多着呢。”

“我知道，殿下。”邓克抬首四望，看着郁郁葱葱的芳草、厚厚的芦苇、高大的榆树和阳光照耀的水池上荡漾的波纹。又一只蜻蜓掠过水面——也许正是从前那只。*何去何从，邓克？*他扪心自问，*做龙芙莱还是龙？*仅仅几天前答案不言而喻。王子的提议实现了他所有梦想，但近在咫尺的目标吓着了他。“就在贝勒王子过世前，我已发誓为他效劳。”

“你个死脑筋。”梅卡说，“他怎么说？”

“他说王国需要好人。”

“这话没错。然后呢？”

“我会带上您儿子做我侍从，殿下，但我不去盛夏厅。至少一两年内不去。依我之见，他在城堡里待够了，肯跟我上路我才会带他。”他指指老栗子。“他可以骑我的马，穿我的斗篷，为我磨剑擦甲。我们会睡旅馆和马厩，时不时也能住进有产骑士或小领主的厅堂，但必要时，我们会再找一棵大树。”

梅卡王子难以置信地看着他：“你这家伙，比武审判让你神经错乱了吗？伊耿身份高贵，真龙血脉的王子怎可在沟里睡觉，吃硬邦邦的咸牛肉。”他注意到邓克欲言又止。“怕什么？有话直说，爵士。”

“我敢打赌,戴伦从未在沟里睡过,”邓克非常平静地说,“而伊利昂吃的都是最新鲜、最厚实、最美味的牛肉。”

梅卡·坦格利安,盛夏厅亲王,瞪了跳蚤窝的邓克许久,银须包裹的下巴无声嚅动。末了他转身离去,一个字也没多说,邓克听见他和手下上马。他们走后,只剩蜻蜓掠过水面,翅膀微弱鼓噪。

次日日出,男孩回来了,一身棕色马裤、棕羊毛外套、老旧的旅行斗篷,套了一双旧靴子。“父亲大人要我来服侍您。”

“服侍您,‘爵士’。”邓克提醒小家伙,“就从给马上鞍开始。栗子是你的了,好好待她,还有未经我允许,不准骑上雷霆。”

伊戈去给马上鞍。“我们去哪儿,爵士?”

邓克思考了一下。“我从未越过赤红山脉,你想不想去看多恩?”

伊戈咧嘴一笑:“听说那里的木偶戏棒极了。”

屈畅　赵琳　译

子女的肖像

十月的深秋，寒意浓浓。傍晚时分，理察德·卡特林如往常一般拄着拐杖，正要外出散步时，发现一个包裹孤零零地躺在门外吹冷风。他心里即刻涌起一股怒气——那个呆笨的邮递员，卡特林已经好几次扯着嗓门向他讲明，大的包裹如果放不进邮箱，便要摁响门铃，提醒他注意。看来这家伙是故意把它丢在走廊上，好让过路的人捡便宜。见鬼了！不过说真的，这种倒霉事，很难发生在这幢幽灵般的老房子上。卡特林的家隐秘异常，建于河边陡岸，屋前对着一条死巷，周围茂密的树林将房檐遮盖得严严实实，旁人稍不留意，很难发现这里还有人居住。不过，若真正遇上大风大浪，隐匿藏身也是无济于事的。

卡特林打量着这个被深棕色硬纸密实包裹的东西，心里的不满很快平复下来。显然，这是一幅画，右下方用墨绿色钢笔清晰地写着一排地址。字迹是米雪尔的，不会错。啊，她送来一幅新的自画像？肯定是悔悟了。

卡特林确实非常吃惊。尽管自己从不承认，但他秉性傲慢固执，为一点小事可以记恨几年，甚至几十年，要他道歉是绝不可能的事。他唯一的女儿——米雪尔，完完全全地继承了父亲的性格。卡特林从没奢望她会作出今天这样的姿态，虽然，怎么说呢……这让他感到暖乎乎的。

他把那根一直陪伴他、和他一般老朽的拐杖搁在一边，伸手抱住这个笨重的包裹，吃力地往屋里拖，希望赶紧告别外面见鬼的冷风。

画框大概三英尺高，意想不到的沉。卡特林咬紧牙关拖进去，一脚把门踹上，穿过长长的走廊，来到自己的房间。屋内，厚厚的棕色窗帘封锁着黑暗的空间，不让一丝光线趁机闯入；阴冷外加潮湿，浓烈的灰土味在空气中弥漫。卡特林放下包裹，摸索着去开灯。

事实上，自从米雪尔两个月前头也不回地冲出去之后，他就再没进过这个房间。她的自画像仍挂在石板壁上，和下面又烂又脏的壁炉一样，从那晚后便无人过问。书架上凌乱地排列着卡特林出版过的小说，包装精致的黑皮革封面也蒙了厚厚的一层灰。看着墙上那幅画，卡特林心头再次不可抑制地涌上一股怒气。瞧她干了什么蠢事！这幅肖像原是那样美好，在他看来，远远超过米雪尔自以为是的那些所谓抽象艺术，或者她赖以为生的陈腐封面画。这幅作品是她二十岁时创作的，并作为生日礼物赠给父亲。从那以后，它便成了他的最爱。再精确的相机也难以捕捉画像里那个米雪尔：细腻的面部线条，棱角分明的轮廓，湛蓝的双眼，飞扬柔软的金色发丝，在卡特林眼中全都惟妙惟肖。更重要的是，画里的米雪尔年轻、自信、充满朝气，嘴边那弧微笑，让他不由得想起妻子海伦。结婚那天，她笑得多么迷人……自然，他曾经不厌其烦地对米雪尔讲明，他是多么多么地喜欢这微笑。

然而……然而，这甜蜜的微笑，竟成了她吵架后的发泄物，导致两人的决裂。米雪尔从父亲收藏的小玩意里翻出一把古希腊式样的小刀，用锯齿刀锋毫不留情地几下划烂那洋溢着笑意的嘴角，又挖出两只大大的蓝眼珠，似乎是要弄瞎肖像。卡特林永远不会忘记自己闯进房间时看到的那番景象：条条被弯刀划得残破的布片，凄凉地撕扯在画框边缘。他简直想不明白她怎能对自己的画作下这种毒手，太丑陋了……他无法理解这种疯狂。想到在此之前，她也曾这般粗暴地对待自己的书时，他更是义愤填膺。不，不可理喻，无法容忍！

损毁的画像撑着破碎的身躯顽固地靠在墙面上，卡特林也顽固得不肯把它取下来。但同时他也不忍再多看一眼，于是不得不搬离这个居住已久的房间。这个决定对他来说并不容易，老宅大得像迷宫，空房间数都数不过来，而卡特林只是一个人住。整栋房子约莫有一个世纪的历史。当年的佩诺特还是兴旺的沿河市镇时，据说有许多成功的蒸汽船船长在此居住。哥特式的华丽建筑风格体现了过去汽船时代的美好日子，从三楼走廊的窗户向外远眺，密西西比河的美丽风光一览无余。那次争吵以后，卡特林便将桌椅和打字机搬到一间空卧室里，安顿下来。他决意让那间房子保持原状，直到米雪尔回来道歉为止。

米雪尔的道歉，也许是一通饱含热泪的电话，或者其他方式——但卡特林从没想过会是一幅自画像，再说来得也太快了。当然，这无疑更亲切、更贴心。画像的确是走向和解过程中非常重要的一步，因为卡特林明白，自己即使孤独终老，也绝对作不出任何让步。搬到爱荷华州的这个临河小镇后，他便与纽约的所有朋友断了联系，也不打算在当地另寻新伙伴。这不奇怪，他向来对交际方面的事没兴趣，新朋友总让他感觉不自在。他只想独处，即使在面对少数几名密友、面对自己的家人时也一样。海伦常常责怪他关心虚构的角色多过身边真实的人物，更为讽刺的是，从十多岁时开始，米雪尔便在这点上继承了母亲，不断地唠叨他。唉，海伦最终离开了他们。十年前离婚，五年前去世。这个让人生气的米雪尔如今是他唯一的亲人。然而他现在失去了她，甚至失去了那些争吵。

他一边拆着画框上的棕色包装，一边发愁。不出意外，他会给米雪尔打电话，告诉她这幅新作是多么出色，又是多么寓意深刻；告诉她他很想念她，打算邀请她一同过感恩节等等。别再烦恼了，问题只能这样解决。他不会再与她有任何争吵，甚至不会提起上次的事。因为一旦提起，父女俩多半又是互不让步，一切重来。这不过是家族秉性，卡特林骄傲地想，固执流淌在血液里，根深蒂固，如同我们的高颧骨和宽下巴。可以说，这是卡特林家族的传统。

画像的边框古旧典雅，木雕精巧，质地沉重，完全符合他的口味。比起那幅镶黄铜边的旧画，新画框和房内维多利亚风格的家具更为般配。卡特林用力扯下包装纸，急切地想知道女儿画了什么。她快三十岁了——或者已满三十了？他从来记不清她的年龄，连她的生日也不清楚。但不管怎样，她应该比二十岁时画得更好才对。这幅新作无疑会很棒。他撕落最后一片包装纸，急不可待地翻转画框。

真的太棒了！他不由得瞪大眼睛。这绝对是米雪尔的最佳作品！精致，臻于完美，可是……可是，细看之下，卡特林的火气慢慢上扬。

这不是她。画中人不是米雪尔！怒火腾上脑门，原来这根本不是表达歉意的礼物。米雪尔到底是什么意思？

他直愣愣地瞪着画中人。

一个他不认识的人，但这张脸又仿佛在哪里见过，见过千万遍之多。他脑中翻江倒海。

画像中是个年轻男子，也许不到二十岁，微鬈的棕发里却已夹杂了几根银丝。他仿佛刚刚睡醒，头发凌乱，盖住了眼睛。他的眼睛……清澈的绿眸，慵懒的神色，仿佛正在享受某些隐秘的玩笑。他同样有卡特林家族特有的高颧骨，只是下巴的线条全然不同。挂在扁平大鼻子下的笑容里透出一抹嘲讽意味。综合看来，男子的神情多少有些傲慢。他穿着褪色的粗布裤子和松垮的 WMCA[①] 圆领长袖 T 恤，一只手里还抓着一块咬掉半边的生洋葱。画像背景是一堵布满涂鸦的砖墙。

他猛然醒悟。创造这个人物的，正是他卡特林自己。

这是理察德·卡特林出版的第一部小说《混混日记》中的男生，名为爱德华·多诺万。但他身边友人、周遭同辈以及书中的其他角色

① 1963—1967 年纽约流行乐队。

都习惯于叫他德那霍。他是这本书的主角，一个油嘴滑舌的青年人，时而因为小聪明吃点苦头。只消瞧着这幅画，卡特林便宛如与其相识一生了。从某些方面而言，这样说确实没错。卡特林以自己的方式创造了这个人物，用作家独有的情怀了解并珍爱着他的孩子。

卡特林仔细打量着画像里每个细小笔触。德那霍，米雪尔简直描摹出了一个活生生的他。过去种种再次浮现脑际：所有场景他都花费了大量心血，每个人物他都用心塑造，至今还能清楚地唤出他们的名字：猴子、鱿鱼、南茜……作为故事主要舞台的瑞琪小镇比萨店（这在他脑海里仍然栩栩如生），亚瑟的摩托车买卖，高潮部分的比萨之战。这其中，德那霍最为特别：聪明过头、混迹街头、虚度光阴，全是那个年龄的青年的真实写照。他老爱高声感叹："开不起玩笑的人真他妈没意思！"——这句话也是全书的结尾。

突然，某种说不清道不明的感觉涌上理察德·卡特林心头，宛如与多年好友重逢一般。

但在同时，他又想起和米雪尔那场暴风骤雨般的争吵，那些肮脏的毫不留情的字句。他陡地明白，她是想告诉他，能陪他度过一生的只有那些虚构的人物。卡特林的脸色愈发难看了。"狗娘养的婊子！"他脱口而出，无处发泄的愤怒让他像困在笼中的野兽。他快步闪出房间，半途猛回转身，朝着黑暗大吼一声"婊子"，然后毫不客气地"砰"的一声甩上门，气冲冲地奔进新卧室里。

"婊子！"当时他也是这样骂米雪尔的。

她愣住了。听到这话，她转过身来，睁着那对哭红的眼睛，一眨不眨地盯着父亲，弯刀和画布上破碎的笑容还捏在手里。随后，她裹起画布，用力砸向卡特林。"你这杂种！这就是你喜欢的该死的画，该死的微笑！给你！全拿去吧！"

布团正中脸颊，卡特林的面孔如发怒的公鸡一般涨得通红。“你和你妈果然是一个德行。”他气急败坏地说，“不是砸就是扔，你母亲就是这样的。”

“难道不是你让她变成这样的吗？”

卡特林不予理会。“你到底发什么疯？做出这种电视剧里才有的闹剧有何意义？够了。一场蹩脚的表演。你把自己当成什么了？田纳西·威廉斯[1]笔下那些神经质演员吗？简直是下三滥的剧情。清醒点吧，米雪尔。如果我把这样的一幕写进我的小说里，所有人都会嘲笑我的。”

“别跟我提你那些该死的小说。”她尖叫起来，“这是真实生活，我的生活。一个实实在在的人的生活，不是他妈的虚构，你这变态。”她再度转身，举起刀子，又开始狠狠地划起来，一刀接一刀。

“但愿干这种蠢事能让你愉快！”卡特林双手抱胸，故作轻松地靠在墙边瞧着米雪尔。

“我他妈就喜欢这样干！”她咆哮着回答。

“好！好极了！虽然我不想提醒你，但又不得不说：你正用力戳的，是你自己的脸。真没想到你自我厌恶已经到了这种程度——”

“是吗？是谁把这幅画挂在房间里，好让自己不厌其烦地欣赏这张恶心的脸呢？”米雪尔接口道。她扔掉刀子，转身看着他，一下子忍不住又哭了，上气不接下气地哽咽着，“我要离开这里，你这疯子，希望你在这里过得快活。”

这句话让卡特林有点手足无措。“我没做错什么。”他尽量放缓口气。这不是道歉，甚至不是找个台阶下，但已是固执的他所能做出的最低声下气的表示了。道歉永远不属于卡特林。

“你做错的事数都数不清！”米雪尔厉声尖叫。她原本是一个非

---

① 美国20世纪著名作家，以生活糜烂著称。

常漂亮的女孩，可现在，愤怒扭曲了她的脸。此时此刻的米雪尔容颜尽失，变得陌生可怖。所谓怒火能使人显得更有尊严的话真是大错特错的俗套；卡特林庆幸自己从未在小说中这么写过，“你是我爸爸啊，”米雪尔哭道，“你应该爱护我的……你是我爸爸，但你却强暴了我，你真是个杂种！”她哭着嚷着跑出去，再也没有回来。

也许不回来最好，卡特林狠心地想，迷迷糊糊中进入了梦乡。

他一直有失眠症，微弱的光线或声音都会触动神经。半夜，他突然醒来，老迈的躯体裹在被子里瑟瑟发抖。什么事不对劲，他有预感。

卧室静寂异常，黑暗中瞧不清任何物事，但他敏感的神经捕捉到某些隐约的声响。是什么？噪音吗？卡特林轻轻起身，穿上拖鞋。临睡前点的炉火已经熄灭，房间有些阴冷，寒气冷不丁侵袭到背脊，让卡特林不自禁地打战，忙伸手摸索挂在古董四柱床帐柱上的呢子长袍，裹在身上，束起腰带，慢慢踱到门口。老旧的木门开关时总会吱吱作响，所以他小心翼翼、蹑手蹑脚地打开，把头伸出去，屏气凝神地倾听。

楼下有人。脚步声确切地传进耳中。

恐惧犹如蟒蛇在腹中盘蜷，令卡特林阵阵痉挛。怎么办？屋里不仅没枪，连个像样的防身之物都没有。这不是纽约，他一直相信这个叫佩诺特的古镇非常安全，所以没准备那些东西，结果居然碰到连在曼哈顿都未曾经历的事——有人潜进他的房间，意图偷窃或是别的什么。他该怎么办？

对，报警！把门锁上，立即给警察打电话。他谨慎地退回屋子，轻轻地、不发出丝毫声响，伸手朝话筒的方向摸去。

电话突然响了。

理察德·卡特林惊在原地，在黑暗中瞅着那个发出尖叫的角落。他有两条电话线，一条连到应答机上用作公事；另一个私人号码只有最亲近的朋友才知道。现在响起的正是私人电话，应答灯不断闪烁。他惊恐万分，犹疑不定，最后才迅速抄起话筒。“你好?”响亮的嗓门遮掩不住话音的战战兢兢。

“我在楼下，”话筒里一个低沉的男声说，“行了，我不是什么莫名的鬼神，我猜你正准备报警，对不对，老爹?别傻了，是我，下来你就知道了，我们可以谈谈。”

卡特林的喉咙哽住了，嗓子干得厉害。他确定自己从未听过这声音，但又非常熟悉。是的，非常熟悉。“你是谁?”他问。

“这问题真傻。”话筒里的人回答，“你怎么可能不知道?”

事实上他的确知道。“你是谁?”他仍然追问。

“不是谁——德那霍。”这是卡特林得意的句子。

“什么?德那霍?!不!你不存在?”

“评论家们的确这么说过，我还记得当时的你对此有多不屑。”

“可你并非真实的人物!你是我虚构的!”卡特林坚持。

“我他妈受够了。”德那霍叫道，“如果我不够真实，那都是你的错。所以别再谈我这点破事了，行吗?你要做的，就是挪挪老屁股，下楼来见我，我们好面对面谈谈。”他挂断电话。

电话上的指示灯熄灭，一切又恢复寂静。卡特林头眩目晕，跌坐在床边。到底怎么回事?一个荒唐的梦?不，很明显，这不是梦。该怎么办?

他拄着拐杖，迟疑地缓步下楼。

才到门边，卡特林已看见德那霍大咧咧地躺在他的大皮椅里，喝着一瓶蓝带啤酒。壁炉烧得正旺，火苗跳跃，映得房间温暖明亮。德那霍吊儿郎当地朝他笑笑。“老家伙，”他说，“瞧瞧，你都快被冻死了。先来杯酒暖暖身子吧。”

“见鬼，你到底是谁?”卡特林劈头就问。

“嘿，我们已经讨论过这个话题了，别再来烦我。去拿杯酒，再把你的屁股挪过来烤烤火。”

“哈，我知道了，你是个演员!”卡特林突然叫道，“你是个该死的演员，对吧？米雪尔差你过来的。”

德那霍咧嘴一笑。“演员？我他妈像演员吗？告诉我，你会写这么离谱的情节吗？当然不会，老爹，你根本不可能容忍这种事发生，就算是别人这么写，你看了一样会破口大骂，恨不得把封面撕掉。”

理察德·卡特林一步步挪进屋内，仔细瞧着四肢摊在皮椅上的年轻人。他的确不像在演戏，这是德那霍，这是他书中的人物，这是画像里那张脸。卡特林走到一把铺着厚垫的高背扶手椅前，缓缓坐下，依然目不转睛地盯着德那霍。“不可思议。”他说，“难道你是从狄更斯的书里面跑出来的?”

德那霍哈哈大笑：“老家伙，这个世界上根本没有什么愚蠢的《圣诞颂歌》①，而且我可以保证，在那之后也不会有鬼魂出现。”

卡特林皱紧眉头，不管他是谁，这句对白小说中可没有。“这你就错了，”他反击道，“德那霍没读过狄更斯的书。他读过蝙蝠侠和罗宾，可那不是狄更斯写的。”

“我看的是电影，爸爸。”德那霍自信满满地回答。他举起瓶子，先抿了一口，接着优哉游哉地一咕噜吞下。

“不要叫我‘爸爸’!”卡特林说，“够了，你甚至连德那霍的时代都不了解。他是个街头小子，不是‘垮掉的一代’。”

“这轮不到你来教我。你以为我不知道吗?”他又笑了，“妈的，老家伙，你说说，除此之外我还能叫你什么?”他把头发扯到眼睛边

---

①《圣诞颂歌》是查尔斯·狄更斯的经典名作，写于1843年，讲述了圣诞前夜，一群人感化了坏脾气的吝啬鬼的故事。

把玩，“不管怎么说，我他妈是你的头胎!”

自从怀孕后，海伦一直在琢磨这事。“如果是个男孩，我们就叫他‘爱德华’，怎么样?”

“别无理取闹行不行?”他回答。

“可我以为你喜欢‘爱德华’这个名字。”

他不明白她跑到他的工作室来干什么。他正在写东西，或者说正努力想写些东西。他早就声明过，请别在写作时打扰他。刚结婚时约束还有效，自她怀孕后就没用了。尽管工作被打断让他很恼火，但他还是尽量保持冷静克制。“是的，我喜欢‘爱德华’这个名字，”他一字一句地告诉她，“天知道我有多喜欢，简直爱得发狂——所以我才给书中的主角取名爱德华。爱德华是我给他的名字，爱德华·多诺万，这也是为什么我们不能给孩子取这个名字，因为我们不能抢了别人的名字。我解释过无数次了，你还需要我重复吗?”

“但你在书里并没有叫他爱德华。”海伦抗议。

卡特林皱起眉头。“你又偷看了? 见鬼! 我跟你说了成稿前别看我的东西，它还没有定型。”

她毫不理会，只是一遍又一遍地重复：“你没有叫他爱德华! 你根本就没有叫他爱德华!”

“我知道，”他说，“你说得对，我没有叫他爱德华。因为他是一个街头小子，我叫他德那霍，这才是匹配的街头名字。他不喜欢别人叫他爱德华，可爱德华仍旧是我给他的名字，清楚了吗? 换句话说，爱德华是他的真名，尽管他并不喜欢，可他妈的这是改变不了的事实。直到最后，他会告诉周围的人他的真名叫爱德华，而这是最重要的一幕，是该死的最后一幕。这就是为什么我们的孩子不能叫爱德华，因为已经有人取这个名字了。好了，这问题颠来倒去实在没意思，这样吧，如果你生的是男孩，我们可以叫他劳伦斯，继承我祖父的名字。”

“我不想叫他劳伦斯，”她嘀嘀咕咕，“太土了，别人会直接叫他劳瑞，我讨厌这个名字。你为什么不把书里的人命名为劳伦斯呢？”

“因为他的名字是爱德华！”

“我怀的可是我们的孩子。”她尖叫起来，把手放在隆起的肚子上，似乎在提醒卡特林注意这个有力的证据。

对于这种无休无止的争论和吵闹，他简直烦透了。

同样，他也无法容忍再被打扰，于是干脆往椅背上一靠，发问道：“你怀孕多久了？”

海伦有些摸不着头脑：“你应该知道的啊，七个月多一周。”

卡特林倾身向前，拍拍打字机旁那叠厚厚的手写稿：“让我们来看看，这本天杀的书已经耗费了我整整三年时间，放在这里的是第四稿了，谢天谢地，也将是最后的定稿。这个人物在第一稿时就被命名为爱德华，在第二第三稿中也叫爱德华，而当这本狗屎书完结出版时他仍然会叫爱德华。早在那个有趣的晚上，早在你气喘吁吁地把那张透析片扔到我面前之前，他已经被叫作爱德华好几年了！”

“这不公平！”她抱怨，“他不过是小说里虚构的人物，即将出生的是我们真正的孩子。”

“公平？你想要公平？没问题，这不难解决，我们俩的头胎就叫爱德华。这样算不算公平？”

海伦的表情由阴转晴，甚至有些害羞地笑了。

她还想说什么，却被卡特林挥手制止：“当然，必须说明的是，只要没你打扰，最多一个月我就能完成这本该死的狗屎，你则需要更多一点时间才能生下你的孩子。不过这是我能给你的最大程度的公平。你得努力加油，才能在我写上‘完结’二字之前得到这个名字。否则，我这边的孩子——”他又拍拍那叠稿纸，“将会是头胎。”

“不，你不能这么做！”她愤怒地跳起来。

卡特林不予理睬，转身继续打字。

“我的头胎。”理察德·卡特林喃喃自语。

“确确实实的亲生骨肉。”德那霍开怀大笑，举起瓶子向卡特林敬了个礼，“敬父子团聚！”他将整瓶酒一饮而尽，接着把空瓶子朝房间对面掷去，“砰”的一声在壁炉上方炸开。

“这是一场梦。”卡特林瞪大眼睛，摇了摇头。

德那霍咂咂舌头。“听着，老家伙，面对现实吧，我是真实的。”他跳到“爸爸”面前，“肖像复活啦，”他鞠了个躬，“冒油的牛肉和其他作呕的东西都在哪儿？哦，先生，请你先点份比萨。”

“别想吓唬我，我可以参加你的游戏。”卡特林顿了顿，“但请说明白，你想从我这里得到什么？”

德那霍咧嘴一笑：“谁？我吗？鬼才知道我要什么！我从生下来就不明白自己有什么追求。那本天杀的书里没写，谁都不明白自己在干什么。真是他妈的‘混混日记’！”

“很好，这正是我的写作意图。”卡特林得意地说。

“哦，我明白。”德那霍道，“我可一点儿不笨。理察德·卡特林的孩子怎么可能笨呢，对吧？”他慢步走向厨房，“冰箱里应该还有啤酒，来一瓶？”

“当然，”卡特林回答，“不是每天都有头胎子来探望我的。DOSEQUIS 再加片酸橙，就这样。”

“哟，享受起西班牙佬的东西来啦？妈的，居然不要 PIELS 了！从前你可是最喜欢 PIELS 的。”他边说边进了厨房，不一会儿便带着两瓶 DOSEQUIS 出来，一手捏着两个瓶口，指尖浸在酒里；另一手拿只生洋葱。随着走动，瓶子叮当作响。他递给卡特林一瓶，“给，我的指头也沾光，吸了点儿文化。”

“没有酸橙？”卡特林抱怨。

“你他妈的自己去拿。”德那霍回答，“不然还想怎样？扣我的零花钱吗？”他哈哈大笑，把洋葱往空中一抛，用嘴接住后大咬一口。“洋葱，”他说，“该死的洋葱，就像我欠你的债，爸爸。每次我不得不去咬生洋葱的时候都这么想。去你妈的，我不懂你为什么明知道我不爱这鬼东西，却偏偏要我去吃它。那本该死的书里净是些鬼话。”

“这正是我要达到的效果。”卡特林解释，“洋葱具有双重含义：一方面，你吃它是为了证明自己有多么了不起，瑞琪镇的其他闲人可干不了这事儿，这让你觉得有地位；更深层次来讲，生吃洋葱代表了你对生活的态度，代表了你的渴望，因为生活就是苦涩和甜蜜合为一体的。”

德那霍又咬了一大口洋葱。“放屁，”他说，“你他妈的真该狠狠咬上一口，看看自己有多喜欢这玩意儿。”

卡特林啜了口酒：“我那时还很年轻，这毕竟是我的第一本书。当然，还算是不错的尝试。”

“你生吃试试。”德那霍咕哝。他已经吃完整整一只了。

理察德·卡特林认为这场温馨的家庭团圆闹剧该结束了，于是换用总结的口气道：“知道吗，不管你是谁，都并非我想象中的德那霍。”

“那你想要什么样的人，老家伙？”

卡特林耸耸肩。“我用我的头脑而非精子创造了你，所以你带有太多我的特质，这不是亲生骨肉能够遗传的。换句话说，你就是我。”

“嘿，”德那霍眨眨眼睛，“别开玩笑了。妈的，我可一点不像你。”

“你没有选择。你的故事就是我的青春期，每个作家的第一本书都是这样。瑞琪镇是现实中的纽约庞佩镇，你的朋友是我当年的朋友。你，就是我。”

“是吗？”德那霍脸上挂着一丝嘲笑。

理察德·卡特林点点头。

“你他妈的还真走运！”德那霍哈哈大笑。

“什么意思？”卡特林反问。

“你生活在自己的梦想世界里，知道吗，老家伙？也许你试图让自己变得像我，但我告诉你，没门！在瑞琪镇，我是响当当的大人物；而在庞佩镇，你只是弹珠机边闲逛的四眼儿。你让我拥有了远远超乎十六岁的智商；而现实中的你，二十岁开始大学生活之前连在别人面前脱衣服都不敢。我脱口而出的每句俏皮话，你得花好几周时间才能理解。小说中我所做的疯狂事，有些发生在达克身上，有些发生在乔依身上，还有些根本就是你凭空捏造。最重要的是，它们中没有一件发生在你身上。拜托，老家伙，你是在盗用别人的经历和故事。别再逗我了。”

卡特林脸上微微泛红：“那是写小说！是的，原型的确和我青年时代有所出入，但是……”

“你根本就不起眼，”德那霍道，“别编了。”

“我不是不起眼，”卡特林隐约感到一阵刺痛，“《混混日记》是真实的，但小说里的主人公得比现实生活中的我更引人注目才行。艺术源于生活，但高于生活。我必须把生活里的各种琐事集中起来，重新安排，使之具有成熟的轮廓与结构，而不是作机械重复。那是我的工作。”

“不，你的工作是把达克、乔依和其他所有人胡编乱造一通，好让你在小说里过他们的日子，然后骗自己那都是你的经历。你他妈甚至还疯到以为我是你的原型，日子长了居然信以为真。你是个吸血鬼，老爹，你是个天杀的小偷。”

理察德·卡特林抑制不住内心的狂怒。“滚出去！”他咆哮。

德那霍站起来，伸伸懒腰。“哟，我他妈好伤心啊。要把自己的孩子扔进爱荷华冻死人的夜里吗，老头？我做错了什么？在那本该死的书里你不是那么喜欢我吗？在书里你让我说什么我就说什么，要我做什么我就做什么，一旦我是真实的你就不喜欢了？这是你的问题。你对真实生活的感情抵不上对书的一半。”

“我很喜欢真实生活，谢谢。”卡特林粗暴地打断他的话。

德那霍微笑着，站在原地，突然像被水冲走了似的，虚幻不实。“是吗?”他说，声音渐渐微弱。

“是的!”卡特林回答。

这时，德那霍已明显地褪去了颜色，所有色彩都从他身体里消逝，他看起来几乎是透明的。“证明它吧，”他道，“爸爸，到你的大厨房去咬一口该死的、真正的生洋葱。”他把头发朝脑后一捋，放声长笑，笑声在空中回荡，直到他消失不见。

理察德·卡特林愣在原地，目光呆滞地瞪着德那霍消失的地方。终于，他觉得非常疲惫，爬上楼梯回到床上。

第二天早上，他给自己做了顿丰盛的早餐：橙汁、现磨咖啡、涂着厚厚一层黄油和黑莓果酱的英式松饼、芝士煎蛋和六大条培根。烹调和享用美味本来可以转移注意力，但今天显然没奏效。德那霍在他脑海里挥之不去。是个梦，是的，一个疯狂的梦。但这不足以解释壁炉里摔坏的玻璃杯和起居室那些空啤酒瓶。最后，他终于找到个理由——一定是喝醉了，经历了一小段疯狂的梦游。从长远来看，这是和米雪尔那场大吵的后遗症，并由她送来的画像所触发。卡特林对这样的解释很满意。或许该去见见医生或者心理辅导师。

早餐过后，卡特林径直走回工作室，决定直面心中的困惑，寻求解决之道。被米雪尔破坏的画像还在壁炉上挂着。那是道流脓的伤口，他心想，是它感染了他，该到摆脱的时候了。于是卡特林点起炉火，当烈焰熊熊燃烧时，他取下损毁的画，拆掉金属框架——他生活一向勤俭节约——烧毁了那块四分五裂的帆布。油烟飘散，这是清洁的气息。

下面该处理德那霍的肖像了，卡特林仔细想想，那可是幅不错的作品，真的。

她完全抓住了人物的神韵。他当然可以烧了它，但那样一来，跟米雪尔的破坏行为又有什么区别？艺术不应该遭到毁灭。在这个世上，他依靠创造求得生存和他人的尊重，毁灭是他最鄙夷的行为。他老了，没有办法改变自己坚持的信念。德那霍的肖像纵然是个挑衅，不过卡特林打算将计就计。他偏要把它挂起来，越显眼越好。他想到一个好地方。

楼梯上面有条狭长的走廊，透过华丽复古的木栏杆，俯瞰着一楼的大厅和进门的过道。走廊大概十五英寸宽，墙上没有任何装饰。这会是个极好的画廊，卡特林暗暗决定，任何人只要一进门就会看见墙上的画，而且这也是上二楼的必经之路。他找来锤子和钉子，把德那霍挂在最显眼的位置。等米雪尔回来讲和，她第一眼就会看见它，然后沮丧地认定父亲一点也没被这小计谋唬住。到时候我可别忘记好好谢谢她的画。

想到这里，理察德·卡特林感觉好多了。昨晚的谈话已褪色为不舒服的记忆，他把这事抛到一边，开始给代理人和出版商写信。到了下午，带着甜蜜的疲惫感，他品尝了咖啡和藏在冰箱里的黄油长面包，然后照惯例在河边断崖上走了一个半小时，体味清冽的冷风亲吻脸庞的感觉。

一个方形大包裹在屋门前等着他。

他把它打开，放在扶手椅上，再坐回躺椅仔细研究。看着这幅画，他只觉惴惴不安。毫无疑问，它有一种力量，使他感到大腿间有种不可抑制的兴奋感向上冲，裤子里一阵骚动。

这幅画像非常……是的，它充满挑逗的情欲。

她躺在一张四根帐杆的古董床上，床跟他楼上那张很像。她一丝不挂，半转身子，越过右肩向后看过来；你能瞧见她脊椎平滑的曲线和右胸隆起的波浪。美丽的乳房，饱满而匀称，乳晕很大，粉粉嫩嫩，奶头俏然竖起。她抓住床单一角，直揉到下巴，但完全遮不住身体。她的头发是纯正的金色，眼睛为清澈的绿，微笑里带着挑逗意味，光滑稚嫩的肌肤充满生气，白里透红，似乎刚从云雨之欢后醒来。她右臂上部有一个代表和平的文身。显而易见，她很年轻，并且理察德·卡特林十分清楚她的确切年龄：十八岁，一个小女人。对她而言，云雨之欢还是件有趣的新玩物，她拥有最美好的年华，游走在纯真和诱惑之间。噢，是的，他知道太多关于她的事，他再了解她不过了。

席茜。

他把她的画挂在德那霍的画像旁边。

卡特林原本打算把那本书命名为《死去的花朵》，后来编辑把它改成《黑玫瑰》，因为这样更能引起联想，显得更浪漫，基调也更为积极。卡特林以捍卫艺术的名义拒绝更改，最终一败涂地。后来小说一路飘红，闯进畅销书排行榜，他欣喜地承认了自己的错误，还给布瑞送去一瓶珍藏的红酒表示感谢。

那是他的第四本小说，也是他最后的机会。《混混日记》曾受到一致好评，销售成绩也不错，但随后的两部作品不仅备受评论家非议，在读者中间也未能引起共鸣。他必须做些妥协，于是《黑玫瑰》应运而生。它一经面市就争议不断，有的评论家对它褒扬有加，有的则厌恶至极，但统统影响不了它的轰动与热卖。平装本的销售提成和电影版权费（虽然他们一直没把它搬上银幕）使他生平第一次从财务窘况中解脱出来。一家人结清了房屋贷款，把米雪尔转到私立学校念书，还给她添置了不少新衣裳。其余的钱，卡特林留着机动灵活地投资。他以《黑玫瑰》为荣，为它的成功沾沾自喜，是它助他登上了今天的地位。

海伦却对这本书厌恶至极。当它终于从排行榜上消失的时候，她掩饰不住内心的喜悦。“我知道那不会坚持多久的。”她幸灾乐祸地说。

卡特林气愤地合上报纸：“持续得够久了。你到底哪里出了问题?以前我们穷困潦倒，你很不满意。你说，孩子需要新衣服，孩子需要上好学校，孩子不该再吃那些该死的花生酱和果冻三明治。好了，现在都过去了，你却比以前更不满意。给我点信心好不好，你愿意嫁给一个失败者吗?”

“我不愿意嫁给一个写黄色小说的人。”海伦打断他。

“操!”卡特林道。

她回给他一个淫荡的笑容。“什么时候?你都几周没碰过我了。我看你最好还是去操你的席茜吧!”

卡特林怒视着妻子。“你是疯了还是怎的?她不过是我书里的角色，仅此而已。”

“噢，下地狱吧你。”海伦狂暴地宣泄道，“你当我是个该死的白痴，是不是?你以为我不会读书?你以为我不知道?我读过你那本三流小说，我不笨。玛莎，那个妻子，那个愚蠢沉闷的妻子，那头母牛、那匹老马、那个像老鼠一样叽叽喳喳吵个不停的玛莎，那……那就是我!你以为我连这个都看不出来?你错了!不仅我看得出来，我的朋友们也都很清楚，他们都同情我。你爱我就像李察森爱玛莎。席茜不过是你书中的角色，对，你说得对，千真万确，真他娘的对极了。”她的声音几乎成了哭腔，“可你爱上了她，你这该死的，她就是你那些见不得人的淫梦。只要她从这个门走进来，你就会甩掉我，跟李察森甩掉可怜的老玛莎一样快!否认呀，快，快否认呀，我打赌你不敢!”

卡特林简直不敢相信自己的耳朵。“我不敢相信，你居然嫉妒我书中的角色，嫉妒一个根本不存在的人！”

“放屁！她存在于你的脑海里，那也是你唯一关心的地方。你那本该死的书是卖得不错，你以为那是因为你写得好吗？才怪！那是因为所有的色情描写，是因为她！”

“性爱是生活中非常重要的一部分，”卡特林争辩，“完全合乎艺术精神。难道你要我在我的人物上床时都拉上门帘吗？那样不对。《黑玫瑰》的中心便是性，以此来触及其他方面，所以有的场景必须写得直接而详细。哼，如果你不那么扭捏作态地假正经，你就会明白的。”

“我不是假正经！”海伦朝他咆哮，“你也不配说我扭捏作态。”她抓起一个早餐盘子朝他扔去。卡特林蹲下来，盘子在墙上摔个粉碎。“我不喜欢你那些肮脏的小说不代表我就是假正经。”

“不关小说的事。”卡特林道。他把手臂环抱在胸前，努力保持平静，“说你假正经是因为你在床上的表现。或者我该说，是因为你在床上不干的那些事？”他冷笑道。

海伦的脸涨得通红。甜菜根的红，卡特林一边想，一边刻意回避那张脸。它太老了，太沧桑。“噢，是的，她会做那些，对不对？”她用极度刻薄的语气说，“席茜，你那可爱的小席茜，只要你开口，就会在屁股上弄个性感小文身的贱人，对吗？她会在光天化日之下做爱，会在任何陌生的地方做，当着周围所有人的面。她会穿那些奇怪的内衣，而且觉得很有趣。她永远欲望充沛，永远没有皱纹，永远都有十八岁的乳头……她永远都有十八岁的乳头，对不对？我跟她怎么比，啊？你说说——怎么比？怎么比？”

理察德·卡特林的怒火是一种冰冷的、克制的怒火，总以漠然讽刺的形式爆发。他朝她那张狂怒的脸露出亲切的微笑。“好好读书，”他提示，“勤做笔记。”

他突然醒来，黑暗中有人轻触他的脚。

席茜站在踏板上，用一张红色的绸缎包裹着自己，苗条的双腿在下面若隐若现。她玩弄着他的脚趾头，脸上挂着淘气的微笑。“你好，爸爸。”她说。

卡特林最担心的事终于发生了，整晚他都害怕她的到来，刚刚才好不容易睡着。他赶紧挪开脚，挣扎起身。

席茜噘起嘴。“你不想玩玩吗？”她问。

“我……”他尴尬地回答，“我不敢相信，这不是真的。”

“管他呢，只要好玩就行了嘛。”她说。

“天哪，米雪尔到底想干什么？这一切怎么可能发生？”

她耸耸肩，绸缎滑下来。一双只属于十八岁少女的、粉粉嫩嫩的完美乳房跳出来。

“十八岁的乳头，”卡特林愣愣地说，“你永远都有十八岁的乳头。”

席茜发出银铃般的笑声：“是的，如果你喜欢，我可以借给你。爸爸，我发誓你一定会对它们做些好玩的事情。”

“别叫我爸爸。”卡特林道。

“啊噢，但你就是我爸爸呀。”席茜用小女孩委屈的语调说。

“别叫了！”卡特林坚持。

“为什么呀？你想这样，爸爸，你想和你的小女孩玩玩，不是吗？”她咯咯笑着，“邪恶的事情是那么美好，乱伦绝对无与伦比。一起玩的家人才能永远在一起。”她朝四周看看。“我喜欢四根帐杆的床，你想把我绑起来吗，爸爸？我喜欢那样子。”

“不，”卡特林说。他把被子推开，跳下床，胡乱套上拖鞋和睡袍。双腿之间有种兴奋，渐渐向上竖起。他必须赶紧离开，必须和席茜保持距离，否则……后果不堪设想。于是他慌乱地生起炉火。

“我喜欢这样子，”点燃的炉火旁，席茜说，“火焰是那么浪漫。”

卡特林转身面对她：“为什么是你？”他努力保持镇静，“李察森才是《黑玫瑰》的主角，不是你。为什么跳到我的第四本书？为什么没有《家谱》或《雨》里面的人物？”

“那帮火鸡？”席茜不屑地说，“他们都不真实。你并不那么想见李察森，不是吗？我可好玩多了。”她站起来，任绸缎从身上滑落，盘在脚踝。火光在她优美的身姿上舞蹈，那是柔软、甜蜜而年轻的身体。她踢开绸缎，慢慢朝他走来。

“快停下，席茜。”卡特林叫道。

“我不咬人的，”席茜清脆地笑着，“除非你想要我咬你。或者我该把你绑起来，哈哈！”她用手环住他，拥抱他，抬起头，期待他的亲吻。

“让我一个人静一静。”他虚弱地反抗。她的手臂感觉很舒服，当她压在他身上时……很舒服。理察德·卡特林已经很久很久没用这双手抱过女人了，甚至无法去思考到底有多久，再说他也从来没抱过席茜这样的女人，没有，从来没有。他觉得很害怕，“我不能，”他说，“不能……我不想那么做。”

席茜的双手穿过他的睡袍，游进内裤，轻轻挤压他兴奋的源头。“骗子，”她轻声道，“你想要我，你一直想要我。我敢打赌，你在写那些性爱场面时，常常因为下面的骚动而骤然停笔。”

“没有，”卡特林说，“一次都没有。”

“一次都没有？”她的嘴轻轻噘起，双手在他周身上下游走，“不对，我发誓你想这样做，我发誓你忍得很难受，我发誓你每次一写我就忍得很难受。”

“我，”他想抗议，否认却并未随之而来，“席茜，求你了。”

“求你了，”她低语，手却没闲着，“是的，求你了。”她的手在他的内裤里不停抚摩，他俩双双倒在地板上，“求你了。”她说，然后解开他的睡袍，露出裸体，“求你了。”她的手沿着他的肋骨向上，抚弄胸部，继而用身体贴近他，胸脯互相轻触，“求你了。”她终于抬起头，舌头在唇间穿梭。

理察德·卡特林呻吟着，用颤抖的双手环住了她。

她跟他拥有过的所有女人都不一样，她的触摸犹如火焰与绸缎交融，让人触电，她那秘密谷地如蜂蜜般甘甜。

第二天早上，她不见了。

卡特林很晚才起床，累得没办法给自己做早餐。他穿上衣服，步行来到镇子，朝断崖下那个年代久远、砖石结构的精巧小咖啡厅走去。他想来杯咖啡，加上蓝莓煎饼，好整理情绪。

所有事情都是那么莫名其妙。不可能发生的状况，又确确实实地发生了；否认变得无济于事。卡特林把一大块手工制作的蓝莓煎饼送入口中，溶在嘴里的却只有恐惧。他担心自己心智是否健全。很多行为，他完全弄不明白，也不想去弄明白。当然，还有种更深层次的、基本的恐惧。

他害怕接下来可能发生的事。理察德·卡特林一共出版了九部小说。

他想念米雪尔。他该给她打个电话，请求她在他发疯之前住手。她是他的女儿，他的骨肉，她一定会听他的话。她爱着他，这点毫无疑问；他也爱她，不管她怎么想。卡特林知道自己错在哪里。在那本书的字里行间，他已经为自己解释过无数次，用过各种不同的修饰。是的，他任性、武断，固执到让人难以想象，有时倔强，有时随和，有时又会冷漠异常，但不管怎么说，他认为自己还算得上正派人。米雪尔……她遗传了他的秉性与缺点。她的确对他暴跳如雷，但爱与恨的距离并不遥远，不是吗？她绝不会蓄意伤害他。

是的，他该给米雪尔打个电话，请求她停止这一切。她会听他的话吗？如果他企求原谅，或许她会的。在那天，在那个伤心的日子，她说她绝不会原谅他，绝不，但她不是认真的。她是他唯一的孩子，唯一的骨肉，不管发生了什么。

卡特林推开空盘子，靠在椅背上，嘴角扬出一条倔强的弧线。企求原谅，举手投降？不，不行。说到底，他做错了什么？为什么他们就不能理解呢？海伦从来没有理解过，米雪尔也跟她妈妈一样不明事理。然而作家是为自己的作品而活的。他犯过什么十恶不赦的滔天大罪？凭什么非得低三下四，企求原谅？该打电话的是米雪尔。

去他的，卡特林心想，别想恐吓我。我是对的，错的是她。如果米雪尔想要和解，就该主动打过来，她不可能让我屈服。说到底，我有什么可害怕的呢？就让她继续寄她的肖像画吧，想画什么画什么，他要把它们统统挂在墙上，骄傲地展出（毕竟从另一个角度来讲，那也是向他的小说致意嘛）。如果那些该死的东西半夜活过来，在房子里晃来晃去，就晃他们的吧。他将欢迎他们的大驾光临。想到这里，卡特林脸上浮现出一丝微笑，他当然欢迎席茜的到来，而且……他还有些希望她再次光临。甚至德那霍。是的，他是个傲慢无礼的小子，但又没碍着卡特林，只是喜欢说说脏话而已。

再说……转念一想，卡特林发现所有的可能性都带着一定程度的吸引力，简直是上天眷顾。斯科特·菲茨杰拉德从未能参加盖茨比的那些豪奢宴会，柯南·道尔也未曾真正与福尔摩斯及华生医生交流，纳博科夫更无缘遇上他的洛丽塔。他们会有多羡慕他呢？

他越想越开心。米雪尔妄图斥责他，恐吓他，不料却着实带给他许多有趣的体验。他可以和塞希金·特德雷科，那个来自《顺道》的愤世嫉俗的流亡者，那个出名的江湖骗子下国际象棋；他可以和悲情小说《艰难时世》中的党魁弗兰克·科温高谈阔论时事政治；他还可以和美丽的贝丝·麦肯锡调调情，和疯老太婆安琪尔跳跳舞，再勾引双胞胎坦佐歌姐妹，补充席茜留给他的无与伦比的春梦。是的，没错，有什么可害怕的？他们都是由他一手创造，是他的人物、他的朋友与家人。

当然，那本新书就不一样了。卡特林皱起眉头，这是个令人烦恼的念头。但米雪尔是他女儿，她爱他，不会那么过分。不会，绝不会。他牢牢抓紧这个想法，然后拿起支票夹。

他期待着它，甚至急盼着它。那天傍晚，从例行的散步归来时，他的脸被风吹得红彤彤的，心跳也比平时更快。它正在那里等他，熟悉的、用朴素的棕色纸张包装的矩形包裹。理察德·卡特林小心翼翼地把它搬进屋，拆开之前，先给自己煮了一杯咖啡，故意留个悬念，以尽情享受猜测的乐趣。想到不费吹灰之力就能攻破米雪尔脑袋里那个小小的、邪恶的计划，他不禁开始沾沾自喜起来。

他呷完咖啡，重新添满，再喝了一杯。包裹只有几步远，卡特林和自己玩了个小游戏，猜猜里面是谁的肖像。席茜提过《家谱》和《雨》中没有真实的人物，卡特林在脑海回顾了自己一生的作品，试图决定谁最真实。这是一种愉快的思考，但他无法百分之百地肯定。最后，他终于推开咖啡杯，起身打开包裹。果然是他。

贝瑞·林顿。

一如往常，画像栩栩如生。林顿坐在新闻城的办公室里，手肘枕在老式手动打印机的灰色金属盖上。他穿着一件皱巴巴的褐色西装，领口敞开的白衬衫和着汗水黏住身体。他的鼻子被打破过几次，横跨在那张平凡朴实但还不失友善的宽脸上，而眼皮总是似梦似醒地半垂着。林顿体形肥胖，双下巴，正在急速脱发。他戒了烟瘾但戒不掉香烟，老在嘴边叼着一支驼牌香烟。“只要不点燃这该死的东西，你就是安全的。”这是他在卡特林的小说《告别语》中的口头禅。

那本书并非大团圆结局。那是本悲剧小说，写的是一个曾经享誉一时的传奇报社如何度过凋敝的最后一周时光。当然，它的意义不只于此。卡特林感兴趣的是人性本身，而非报纸。他用落寞的报纸来隐喻落寞的人生。编辑希望他更多着墨于一些感人至深的次要情节，再把林顿和其他人安排在一个错综复杂、却又不失希望的大框架里，探讨救赎及重生。卡特林拒绝做这样的改动。他想呈现小人物是如何被岁月无情地击垮，思索挫折与不可避免的孤独。他写了一本像早春一样灰暗的小说，并且引以为豪。

没有人读这本书。

卡特林把肖像抬上楼，挂在德那霍和席茜旁边。今夜注定会很有趣，他心想，贝瑞·林顿和其他两个不同，他不是小孩子，而是卡特林的同龄人，睿智又成熟。林顿所经历的辛酸，对生活的失望，卡特林比谁都了解，他所有的文章和各类心血之作在商人撤资逃跑之后被世人遗忘得干干净净，但这位记者始终保持着他的幽默感、辛辣的讽刺和标志性的从没点燃过的驼牌香烟，不曾改变，把一切苦难都拒之门外。卡特林钦佩他，乐意与他交谈。今夜，他觉得干脆就在这里恭候对方的到来，于是他煮了一壶浓浓的黑咖啡，放上些施格兰金。

午夜已过，卡特林正在重新翻阅一本皮革封面的《告别语》，听到厨房里传来冰块的撞击声。“请别客气，贝瑞。”他大声说。

林顿从吱吱嘎嘎的门后走出来，手里拿着一个大杯子。“我不会客气，”他边回答，边用那双眼皮低垂的眼睛看着卡特林，哼了一声，“你看起来的确可以当我父亲了，”他说，“我没料到一个人看上去会那么老态龙钟。”

卡特林合上书，放在一旁。“请坐，按照我的记忆，你的脚似乎受了伤。”

“我的脚一直有伤。”林顿回答。他重重地坐进扶手椅，喝了一大口威士忌，“啊，”他感叹，“现在好多了。”

卡特林用指尖点了点那本小说。“我的第八本书，”他说，“米雪尔跳过了三本。有点遗憾，我本想见见那些小说里的人物。”

“可能她想尽快切入主题吧。”林顿指出。

“什么主题?”

林顿耸耸肩，“该死，我要是知道就好了。你瞧，我不过是个记者，成天围绕五个‘W’和一个‘H’打转[①]。你是作家，主题应该由你来告诉我。”

“我的第九本小说，”卡特林说，“最新的一本。”

“最后的一本?”林顿道。

“当然不是，只是最新的一本罢了。我正在着手写一些新东西。”

林顿笑道：“我的消息来源可不是那么告诉我的。”

“噢?那你的消息来源告诉了你什么呢?”

“你是一个等死的老人，”林顿说，“而且你将孤独地死去。”

“我才五十二岁而已，”卡特林一字一顿地回答，“算不上老。”

“当你生日蛋糕上的蜡烛多到一口气吹不完时，你就老了。”林顿干巴巴地回答，“海伦比你年轻，她都死了五年了。这全看人的心态，卡特林。我见过年轻的耄耋老人，也见过迟暮的花季少年。而你，下体还没长毛的时候脑子里就已经有皱纹了。”

“这不公平。”卡特林抗议。

林顿喝了口他的施格兰金。“公平?”他说，“你已经过了相信公平的年龄，卡特林。年轻人享受生活，而老年人坐在后面观看。你生下来就老了，你是个观察者，不是个享受者。”他皱皱眉，“不是个享受者，浑蛋，这算什么演讲词。不过呢，观察者总比受气包好。但你也不是受气包，你没受过多少苦，从某种意义上说，你是个脓包，就是这样。”

“你说的有点道理，贝瑞。”卡特林说，“我是个作家，这是我一生的追求，我的生活。作家观察生活，并讲述生活。这份职业就是如

---

① 五个“W”是英语中的“when”“where”“who”“what”“why”，即“时间”“地点”“人物”“事件”“起因”。一个“H”是英语中的“how”，即“经过”。

此，你应该知道的。”

“我当然知道，”林顿回答，“我也是写东西的。还记得吗？我花了太多的灰色岁月去书写别人的故事，却没有时间抒发自己。你都知道的，卡特林，看看你在《告别语》里对我做了些什么，当我的搭档和我决定写回忆录时，发生了什么？”

卡特林想起了情节。“你写不出来。你只能重写自己那些老故事，二十年前的故事，三十年前的故事……你具备了不起的记忆力，能回忆出采访过的所有人，以及采访的时间、细节和话语。你可以一字不漏地背出自己发表的第一篇新闻，却记不起第一次跟你睡觉的女孩的名字，记不起前妻的电话号码，记不起……记不起……”他的声音低下去。

“我记不起我女儿的生日。”林顿回答，“你从哪里想到这些疯狂点子的，卡特林？”

卡特林沉默。

“从生活中，对吧？”林顿礼貌地问，“我是个优秀的记者，你给了我这样的评语。而你呢，是的，可能你也是个优秀的小说家——当然，这得由评论家们来判断，我这个脚上有伤、天天下苦力的记者没那资格——但即便你很优秀，甚至上升到最伟大的小说家之列，你仍旧是让人恶心的丈夫和不称职的父亲。”

“不。”卡特林说，但这个抗议十分虚弱。林顿摇摇手中的玻璃杯，冰块叮当作响。

“海伦什么时候离开你的？”他问。

“我记不……大概……十年前，大概那个时候吧，《顺道》的定稿做到一半的时候。”

“什么时候离的婚？”

“哦，一年之后。我们试过和解，但没成功。米雪尔还在上学，我记得当时在写《艰难时世》。”

“你记得她在三年级的演出吗?”

“我没去的那场?”

“你没去的那场?听起来好像尼克松说:‘我撒谎的那次?’是米雪尔主演的那场,卡特林。”

“我无能为力,”卡特林说,“我很想去,但他们颁奖给我,你不可能缺席美国作协的晚宴。你不可能。”

“当然不可能,”林顿道,“海伦是什么时候死的?”

“我写《告别语》的时候。”卡特林说。

“有趣的记录方式。你应该发明个历法。”他喝了几口威士忌。

“好吧,”卡特林说,“我不否认工作对我的重要性。可能比重有些过多,我不知道。是的,写作是我生活中最重要的一部分。但我是个正派人,林顿,我尽了最大努力,我并不像你暗示的那样。海伦和我有过美好岁月,我们彼此相爱。米雪尔……我爱米雪尔。她还是小女孩时,我给她写过五花八门的小故事,譬如有趣的动物、星际海盗、打油诗等等。我用业余时间写好,临睡时读给她听。这些事我只为米雪尔做,为了爱。”

“是的,”林顿嘲弄地说,“你甚至没想过把它们出版出来。”

卡特林露出一丝尴尬。“那……你在暗示什么……那是歪曲事实。米雪尔非常喜欢这些故事,所以我想其他孩子也可能会喜欢。不过是个想法而已,从来没有付诸实施。”

“从来没有?”

卡特林犹豫了一下。“你看,贝特是我的朋友和代理人,他也有个小女儿,我把自己写的东西给他看过一次。就一次而已!”

“我不可能怀孕,”林顿说,“我只让他上过我一次。就一次!”

“他甚至根本就不喜欢它们。”卡特林说。

“多么可惜。”林顿回答。

“别对我盖棺定论,我没有罪,没有。或许我不算个模范父亲,但绝非什么恶魔。我一直帮她换尿布，在写《黑玫瑰》之前，海伦得去上班，是我每天照顾孩子，从早上九点直到下午五点。”

“你最恨她哭，让你不得不离开打字机。”

“是的，”卡特林说，“是的，我最恨被打扰，一直讨厌被打扰，不管是海伦、米雪尔还是我母亲，或者我大学的室友。我写作时不容打扰。难道这他妈的也算死罪吗？这就让我成了没有人性的怪物了吗？她哭起来，我就会过去。我不喜欢那样，我讨厌那样，我恨那样，但我总还是向她走去了！”

“当你听见她哭的时候，”林顿说，“当你没有和席茜上床、和安琪尔夫人跳舞、和弗兰克·科温一起打击恶棍的时候，当你的脑袋没有被他们的声音填满的时候。没错，有时候你确实听见了，听见了然后也去了。祝贺你，卡特林。”

“我教她读书，”卡特林说，“我给她读过《金银岛》《柳林风声》《霍比特人》《汤姆·索亚历险记》……所有这些东西。”

“所有你自己打算重读的书。”林顿说，“真正教她东西的是海伦，和迪克及珍妮一起。”

“我讨厌迪克和珍妮。”卡特林咆哮。

“那又如何？”

“你根本不明白自己在说什么。”理察德·卡特林道，“你不在场，可米雪尔和我在。她爱我，她始终爱着我。只要受了伤，擦破膝盖或者流鼻血，无论什么，她都会跑到我身边，从不去找海伦。她会哭着找我，然后我会抱抱她，擦干她的眼泪，告诉她……我曾对她说……”他说不下去。他知道自己快哭出来了，泪水在眼角打转。

“我知道你对她说过什么。”贝瑞·林顿用悲伤的语气轻声道。

“她记得这些。”卡特林说，“这么多年来一直记得。海伦取得了监护权，她们搬走了，我并不经常见她，可米雪尔一直都记得。当她长大之后，海伦去世了，她便决心自力更生。但那次她受伤之后，我……我……”

“是的，”林顿说，“我知道。”

那通电话是警察打来的。乔伊斯·布伦南。他永远不会忘记那个侦探的名字。“卡特林先生吗？”她在电话里说。

“什么？”

“理察德·卡特林先生吗？”

“是的，”他回答，“作家理察德·卡特林。”他接过不少陌生的电话，“请问有何指教？”

她介绍了自己的身份。“您必须来医院一趟，”她告诉他，“是您女儿，米雪尔·卡特林。我很遗憾地通知您，她出事了。”

他讨厌借口，讨厌委婉的说法。卡特林的人物从来不会逝世，只会死；他们也不会释放气体，只会打屁。而理察德·卡特林的女儿……“出事？”他说，“你是说她出事了还是被强暴了？”

电话那头一阵沉默。“被强暴了，”她最终回答，“她被强暴了，卡特林先生。”

“我马上就来。”他说。

事实上，她被毫无人性地多次强暴。米雪尔像海伦那样固执，像卡特林自己那样固执，她不接受他的钱，不听他的意见，不从他的出版关系里谋求工作之便。她要完全靠自己，于是在小村庄的咖啡馆里当起了服务员，住在码头边一个空旷大仓库的阁楼上，旁边有个非常糟糕的邻居，一个危险人物。卡特林提醒过她不下一百次，可她就是不听，甚至不愿意让他为她换锁，或安装报警系统。结果不堪想象，对方在周五天亮前闯入。当时只有米雪尔一个人，他先把电话从墙上扯下来，再将她囚禁，直到周一晚上，另一名咖啡馆的服务员因为不放心过来查看，强奸犯才从救生通道逃走。

当他被允许见她时，她脸上还带着一大块紫色瘀青，浑身上下全是那家伙用点燃的烟头烫下的伤疤，她断了三根肋骨，远远没能从歇斯底里中恢复过来。一旦有人靠近或是被东西触碰，她就开始尖叫。医生、护士，统统无能为力。但她让卡特林坐在她床边，他用双手拥抱她。她哭了好几个小时，直到泪水流干，还用哭腔叫了声“爸爸”，那是她说的唯一一句话，好像已经丧失了语言能力。最终，他们让她安静下来睡着了。

米雪尔在医院待了两周，度过了深度危险期。她的歇斯底里一点一点地平复，最终变得温驯起来。人们可以帮她换枕头，带她上厕所，但她还是不愿说话或者不能说话。心理医生告诉卡特林，她有可能从此丧失语言能力。“我决不容许那样的事发生，决不。”卡特林回答。他帮米雪尔结清了账务，下定决心带她一起离开这个令人生厌的肮脏城市，远走高飞，重新开始。她一直很喜欢那些宽敞的老房子，他都记得，她还喜欢水、海洋、河流与湖泊。卡特林咨询了房产经济人，起初打算在缅因州的海岸边找所大房子，最终却在爱荷华州佩诺特镇买下了这所断崖上的哥特式汽船大厦。他亲自监督搬迁工作，每个细节都细致入微。

一点一滴，恢复开始。

她就像回到了童年，充满好奇心，一刻也不愿意停歇，浑身都是精力。她不说话，但对所有事情都要探究一番，每个地方都要走走。春天来了，她每每在寡妇走道上观望几个小时，看着密西西比河上的拖船渐行渐远。每天傍晚，他们都一起在断崖上散步，她总爱挽着他的手。有一天，她突然转身在他脸上印下深深一吻。“我爱你，爸爸。”她终于开口说话，然后从他身边跑开。在卡特林眼中，这个二十多岁的可爱女人，经历彻骨的痛苦之后，宛如获得了新生，快活得像瘦高的假小子。

那天之后，障碍逐渐消失。米雪尔重新开始说话，起初是些简捷的、孩子似的短句，小心翼翼而又天真无邪。但她迅速成熟起来，不知何时，她和他谈起了政治，谈起了图书，谈起了艺术。在傍晚的散步时间，他们彼此有许多愉快的交谈。然而她从未提及强奸的话题，一次也没有，连一个字都没有。

六个月后，她开始烹调，给纽约的朋友写信，还帮忙做做家务，在花园里搞些可爱的小发明。八个月后，她重执画笔，事实证明绘画对她很有帮助。她就像盛开的花朵，一天比一天容光焕发。其实，理察德·卡特林对女儿喜爱的抽象派艺术并不感兴趣，他更倾向于具象风格，最中意的是她在大学主攻艺术学位时送给他的自画像。但他能从画布上感受她内心的痛苦，她仿佛中了魔咒般，想从伤口的最深处挤出所有脓汁。所以他认同她的方式。曾几何时，他也经常用写作为自己疗伤，而今从某种程度上说，他嫉妒女儿。理察德·卡特林已经三年多没有写下一个字了。他的杰作《告别语》在商业上的彻底失败让他就此失去了灵感和动力。他原本以为换个地方，能让自己和米雪尔一起恢复。这样的希望显然落空了。但至少对他们中的一个有好处。

终于有一天，当卡特林上床很久之后，他的门被打开了。米雪尔轻轻走进来，坐在床边，她光着脚，穿一件法兰绒睡衣，上面有许多小小的粉红花朵。"爸爸。"她用几不可闻的声音说。

门刚打开，卡特林就醒了。他坐起来朝她微笑。"你好，"他说，"你喝了不少呀。"

米雪尔点点头。"我要回去了，"她说，"我需要些勇气，才能来告诉你。"

"回去？"卡特林惊道，"不是回纽约吧？你不会是认真的吧！"

"我必须这样。"她说，"你别担心，我已经好多了。"

"留下来，跟我一起留下来。纽约不是人待的地方，米雪尔。"

"我不想回去。我害怕那里。但我必须回去。我的朋友都在那里，我的工作也在那里，我的生活全在那里，爸爸。我的朋友吉米，你还记得吉米吗？他现在是一家平装书小出版社的美编，可以帮我接些封面画工作。他在信里亲口承诺过。我不用再等着收桌子了。”

“我简直不敢相信自己的耳朵。”理察德·卡特林回答，“在那个遭天谴的鬼地方发生了那些事，你怎么还能回去？”

“那正是我要回去的原因。”米雪尔坚持，“那个家伙，他做的……他对我做的……”她哽住了，片刻后才调匀呼吸，控制住情绪，“如果我不回去，就好像他把我撵出了那个城市，带走了我的生活，我的朋友，我的艺术，所有所有，我的全部。我不能让他得逞，不能被他吓倒。我必须回去，拿回我应有的一切，证明我并不害怕。”

理察德·卡特林无能为力地看着自己的女儿。他伸出手，轻轻抚摩她柔软的长发。米雪儿说的话有道理，实际上，如果换成他，也会这么做，对此卡特林心知肚明。“我懂了，”他说，“你走之后我会很孤单，但是我明白，我真的明白。”

“我很害怕。”米雪尔说，“我买了机票，明天的飞机。”

“这么快？”

“我想尽快行动，赶在失去勇气之前。”她回答，“我都不敢相信自己竟然如此害怕，甚至……甚至在那一切发生的时候，都没有过这种恐惧。有意思，是吗？”

“不，”卡特林回答，“这很正常。”

“爸爸，抱我。”米雪尔说。她投进他的怀抱，他抱住她颤抖的身体。

“你在发抖。”他说。

她偎得更紧。“记得吗，我小时候经常做噩梦，然后我会半夜大叫着跑进你们的卧室，爬上床，睡在你和妈妈中间。”

卡特林脸上露出一丝微笑。“我记得。”他说。

“今天，我想在这里待一晚。”米雪尔把他抱得更紧了，“明天我就要回去了，一个人回去。我不想今天晚上孤单地度过，可以吗，爸爸?”

卡特林轻轻抽开身体，看着她的眼睛：“你确定?”

她飞快地点点头；轻轻地，害羞地点了一下，像个孩子。

他掀起被单让她钻进来靠着他，米雪儿在被单下蜷成一团，头靠着他的肩膀。他们就这么躺了很长一段时间。他能感到她胸中的心跳，声音平稳，令卡特林渐渐有了睡意。

“爸爸?”她趴在他胸口上低语。

他睁开眼：“米雪尔?”

“爸爸，我必须摆脱这一切。它留在我心里太久了，已经成了毒药。我不想把它带回去。我必须摆脱它。”

卡特林摸着她的头发，轻轻地从根摸到梢，缓慢而柔和，没有说一句话。

“我小时候，你记得吗，无论摔倒了还是跟别人打架，我都会奔向你，满脸泪水地给你看我的‘包包’。以前我一受伤就会这么说，我会说我有个‘包包’。”

“我记得。”卡特林回答。

“而你呢，你每次都把我抱起来说：‘让我看看伤在哪里。’我指给你看，你会亲一下那里然后我就好了，你还记得吗?‘让我看看伤在哪里。’”

卡特林点点头。“是的。”他轻声回答。

米雪尔静静地哭了。他感到泪水浸透了睡衣领口。“我不可以把它带回去，爸爸，我想让你看看我伤在哪里。求你了，求你了。”

他吻了她的额头。“说吧。”

她从最开始说起，犹豫地低语。

当清晨的阳光渗入卧室窗户，她还在说。他们彻夜未眠。她不停地哭，尖叫了一两次，隔着厚重的毯子仍然颤抖不已；理察德·卡特林没有放开她，一会儿都没有，片刻都没有。

她让他看到她伤在哪里。

贝瑞·林顿叹了口气。“这是你一辈子做得最漂亮的事。”他评价，“你做到了这一步，如果在那个时间点上到此为止，那么所有的事情都会圆满结束。”他摇摇头，“你从来不擅于为东西画上句号，卡特林。”

“为什么?”卡特林弄不明白，“你是个好人，林顿，告诉我，为什么会发生这一切，为什么?”

记者耸耸肩，他开始变得透明。“这是事件的六要素中最大的麻烦。”他用微弱的声音回答，“找一个故事，让我去打探，我可以告诉你‘人物’‘情况’‘时间’‘地点’，甚至‘过程’，但是‘原因’……啊，卡特林，你是小说家，‘原因’是你的领域，不是我的……”

就像童话中的柴郡猫，他的笑声在身躯消失之后仍旧在屋内回荡。理察德·卡特林坐下来，看看那张空荡荡的椅子和扔在地板上的大玻璃杯。威士忌里的冰块慢慢融化。

他记不起如何睡着的，就这么在椅子里熬过了寒冷的一夜。等他僵硬地醒来，只觉遍体疼痛。梦，一片漆黑，若有似无，恐惧肆意泛滥在每个角落。卡特林看表，发觉已是下午，半天时间就这么消磨掉了。他迷迷糊糊地给自己做了一顿无味的早饭，灵魂仿佛神游太虚，每个动作都缓慢而笨拙。咖啡好了，倒一杯，拿起来，掉下去。马克杯摔得粉碎，卡特林呆滞地目送它的坠落，目送滚烫的棕色溪流在地板上乱窜，却没精力去打扫。他重新拿了个杯，倒上更多的咖啡，艰难地咽了几口。

熏肉太咸，鸡蛋太生，让人反胃。卡特林吃了一半就统统推开，再灌下不少黑色的苦咖啡。他觉得自己醉意醺醺，但是他明白，这并非喝酒的缘故。

今天，他心想，所有事情都会在今天了结，不管用何种方式。她是不会回来的了；《告别语》是他的第八本小说，倒数第二本，今天要回来的是最后的肖像，来自第九本小说，最后的一本。到那时，一切就将结束。

又或者一切即将开始。

米雪尔恨他有多深？他到底伤她有多深？卡特林的手不住抖动，咖啡溢出杯子，烫到手指，洒得满地都是。他缩回手，放声大哭。那是种无法言语的痛苦，灼热的感觉，让他想起那些点燃的烟头，那些小小的红点，犹如红色的眼睛，令他胃里一阵翻腾。卡特林蹒跚地冲进浴室，刚好来得及把早餐吐进水槽。然后，他轰然倒下，瘫死在冰冷的瓷砖上，脑袋里一团雾水，似乎有人就在身后，抓着他的头发，把他按进水里，冲呀冲呀，一边不住狂笑，诉说他的肮脏，述说他的无耻。“我要清洁你，你太脏了！”冲呀冲呀，抽水马桶开了又关，关了又开。他的头被按在水里，污水混合着呕吐的脏物，灌满嘴巴和鼻孔，直到不能呼吸，直到整个世界一片黑暗，直到一切几近结束，一切又重新开始。他浮出水面，聆听那放肆的嘲笑，然后再被按进去，再被冲洗，冲呀，冲呀，冲呀。

这一切不过是他的想象，没有人在那里，只有卡特林一个人。

他强迫自己站起来。镜中的脸灰暗苍老，头发肮脏凌乱。在他肩膀后面，有另一张面孔，一个拉长脸的男人，皮肤没有一丝血色。光溜的黑发从中间分开，整齐地贴在头上，小圆眼镜后的双眼像肮脏的冰块，眼珠不停地、狂热地转动，那样的眼神让人想起笼中发情的猛兽，为寻求发泄随时可能咬断四肢。卡特林眨眨眼睛，那张脸消失了。他打开水龙头，双手插入冰冷的水流中，捧起一把，泼到脸上。下巴上的短须提醒他该刮胡子了，但现在没有时间，那也并非重点，他必须……他必须……

他必须做些什么。离开这里，远走高飞，逃到一个安全的地方，逃到一个不被他的孩子发现的地方。

但没有什么地方是安全的。他明白。

他要找到米雪尔，跟她谈话，对她解释，向她分辩。她爱他，她会原谅他。她必须如此。她必须停止这一切，她必须告诉他如何补偿。

狂乱之中，卡特林冲回起居室，抓起电话，却记不起米雪尔的号码。他翻箱倒柜，找到通讯簿，一阵乱翻，在这，在这——他按出了号码。

电话响了四声，有人拿起电话。

“米雪尔——”他刚开口。

“你好，”她说，“我是米雪尔·卡特林，我现在不在家，请在提示音后留下姓名和电话，只要你不是推销员，我会尽快与你联系。”

“哔”一声响。“米雪尔，你在吗？”卡特林说，“我知道你不想说话时会故意打开答录机，是我，请你拿起电话，求你！”

没有任何反应。

“那……记得回我电话。”他说。他似乎有千言万语，每个字都抢着要逃出嘴巴，“我，你，你不能这样做，求你，听我解释吧，我决不是故意的，我决不是故意的，求你……”又一声“哔”，然后一阵忙音。卡特林痴痴地看着电话，缓缓放下。她会打过来，她必须如此，她是他的女儿，他们彼此爱着对方，她必须给他个解释的机会。

是的，他曾试过解释。

他的门铃是老式的黄铜钟，安放在大门上。你必须拧它，它才会大声地发出急躁刺耳的警报。

有人正在狂怒地拧它，拧呀，拧呀，拧呀。卡特林疑惑地冲到门口。他以前从不轻易交友，现在更是如此。实际上，在佩诺特他没有任何朋友，只有认识的熟人，没有人会不请自来，并用如此凶暴的心态叫门。

他解开链条，推开大门，从米雪尔手中掰开门铃。

她身着束带雨衣，戴一顶针织滑雪帽，围一条配套的围巾，围巾和几缕散落的头发随风狂舞。她脚上穿一双时尚的高跟长靴，腋下夹着个皮质大肩包，气色挺不错。卡特林快一年没见到她了，上次还是去年圣诞他去纽约拜访的时候。她搬回东部已有两年时间。

“米雪尔，”卡特林说，“我没……这真是个惊喜。你从纽约这么远赶过来怎么都不告诉我一声？”

“不。”她生气地回答，语气怪怪的，闪烁的眼神也不对劲，“我不想给你警告，你这杂种，你也没给我什么警告。”

“你在气头上，”卡特林说，“进来吧，我们谈谈。”

“我当然会进去。”她一把挤过他，狠狠给了门一脚，门在她身后重重地关上，门铃也被吓得再次尖叫。没有了烈风侵袭，她的脸却显得更加阴郁。“你知道我为什么会来吗？我来，是告诉你我对你的看法，之后就走，离开这所房子，离开你恶心的生活，就像妈妈那样。她才是聪明人，而我不是。我笨到以为你爱我，疯到以为你在乎我。”

“米雪尔，别这样，”卡特林说，“你不明白，我的确是爱你的，你是我的小女儿，你——”

“你还敢这么说！”她朝他尖叫，手伸进肩包，“你竟然将这称之为爱，你这恶心的杂种！”她把它猛地掷向他。

卡特林已经没有从前那么敏捷了。他试图闪躲，却被那东西从侧面击中脖子，痛得厉害。米雪尔下了狠手，而它又是坚硬宽阔的精装书，不是轻便的平装本。书跌落在地毯上，内页翻动，卡特林看见自己的照片印在沾满灰尘的书皮背后。“你真像你妈妈，”他边说边揉脖子，“她也经常扔东西，不过你瞄得比她准。”他无力地笑笑。

“我对你那些笑话一点兴趣都没有。”米雪尔说，“我决不会原谅你，决不，永远不。我只想知道你为什么这样对我，仅此而已。你告诉我，你现在就告诉我。”

“我，”卡特林边说，边无可奈何地摊开双手，“你看，我……你正在气头上，为什么不先来点咖啡什么的，等你冷静一点我们再谈。我不想这么大吵大闹。”

“别他妈想让我听你的话，”米雪尔怒吼，“我现在就要谈!”说罢，她一脚踢开地上的书。

理察德·卡特林内心的怒火逐渐燃起。她不该朝他大喊大叫，他不该被她攻击，毕竟他没做错什么。但他压住情绪，一言不发，害怕说错话让状况升级。他蹲下来捡起自己的书，下意识地拍干净，轻轻合上。书的名字转过身来瞪着卡特林，扭曲、赤裸、血红的字眼印在漆黑的书皮上，下面是一位年轻女子变了形的漂亮脸孔，她尖叫着张大嘴巴:《让我看看伤在哪里》。

“我想你是误会了。”卡特林道。

“误会!”米雪尔脸上掠过一丝不可思议的神情，“你觉得我会喜欢它?”

“我，我不确定，”卡特林说，“我希望……我的意思是，我不确定你会怎么反应，因此我想写作时最好别告诉你，等到，是的……”

“等到这些他妈的东西在书店橱窗里出售时再告诉我。”米雪尔替他说完。

卡特林翻过封面。“看，”他递给她，“这是献给你的。”他拿给她看:

献给米雪尔，最明白这些痛苦的人。

米雪尔狠狠地把书从卡特林手中打落。“你这杂种，”她说，“你以为这样就好点了吗?你认为那些虚伪的献词算是借口吗?没有任何借口，我决不会原谅你。”

卡特林在她的盛怒之下不由自主地后退。“我没做错什么，”他固执地说，“我不过写了一本书，一本小说，难道犯罪了吗？”

“你是我父亲，”她尖声喊道，“你知道……你知道，你这杂种，你知道我没办法谈起那件事，谈起以前发生过什么。不管是对我爱人，对我朋友，甚至对我的临床医生都没办法。我不能，就是不能，甚至连想都不敢想。只有你知道，我告诉了你，我只告诉了你，因为你是我父亲，我信任你，而我也必须摆脱那一切。我对你说，这是隐私，只属于我们两个人，你知道的，但是瞧瞧你做了些什么？你全写在你那本天杀的书里，印给成千上万的人看！你这该死的、该死的东西，是不是一直计划着这么做？狗娘养的！是不是这样，那夜在床上，你是不是把每个字都背下来了？”

“我，”卡特林吞吞吐吐地说，“不，我没背任何事情，我只是，是的，我只是记住了而已。你完全误会了，米雪尔，这本书并非描写发生在你身上的事。当然，灵感的确来源于此，并以此为基础展开，但其他所有都是虚构的，事件经过了我的加工，这不过是本小说。”

“祝贺你，爸爸，你把事件加工得真不错。这不是米雪尔·卡特林的故事，而是妮可·米琪尔的遭遇，她是个时装设计师而非画家，而且她也笨得可以，不是吗？这是你所谓的加工，还是你自己根本就那么认为，我就蠢到故意住在那里，蠢到放他进来做那些事？这些都是虚构。好个虚构！那女孩被囚禁起来，先强奸，再折磨，再恐吓，然后再被强奸，你的女儿也很巧合地被囚禁起来，先强奸，再折磨，再恐吓，然后再被强奸。好极了，这不过是他妈的巧合！”

“你不明白。”卡特林绝望地回答。

“不，是你不明白，你不明白这是种怎样的感受。这是你一辈子的最佳作品，对不对？排行榜第一名，全美最畅销小说，你从没当过第一名，在《艰难时世》还有什么《黑玫瑰》之后连畅销书排行榜都没上过。有什么理由，有什么理由不是第一名？这可不是关于即将倒闭的报社的冗长故事，这是强奸，这是性！嗨，瞧瞧，能有比这更火爆的吗？大段大段的性交、暴力、虐待、奸淫与恐吓。可你莫非不知道，这些全都真正发生过吗？你不知道吗？”她扭曲的嘴唇微微发抖，“这是在我身上发生过的最糟糕的事，是我所有噩梦的根源，直到今天我都经常尖叫着半夜醒来。可我正在恢复，一切逐渐成为过去。但现在，现在它们就躺在书店的橱窗里，我所有的朋友都知道了，每个人都知道了。在派对上，许多陌生人走过来对我说，他们为我感到难过。”她在哭泣和愤怒之间不由自主地哽咽，“我拿起你的书，你那本该死的一无是处的书，一切又都回来了，白纸黑字，全写在那里。你他妈好优秀的作家呀，爸爸，你写得如此真实，真实得让人无法释卷。是的，我放下书，但没有用，它们全在那里，而且将永远在那里，不是吗？每一天，世界上随便哪个人拿起你的书读一读，我就又被强暴了一次，这就是你干的好事，你帮他完成了他没干完的事，爸爸，你强暴了我，你未经允许就霸占了我的隐私。就跟他一样，你强暴了我。你是我爸爸，但你却强暴了我！”

“你这么说未免有失公平，”卡特林抗议，“我决不是要伤害你。这本书里面……妮可坚强又聪慧，而那个男的禽兽不如，他用了上千个名字，却藏不住自己的真面目。你瞧，他不只代表一个坏人，更是邪恶的化身，原始而野蛮的暴力正在门后等候着我们，上帝像玩弄苍蝇一样玩弄我们，他是个象征，代表了……”

“他是那个强奸我的人！不是什么象征！”她狂躁地大喊。

面对她的怒火，理察德·卡特林连连后退。“不，”他说，“他只是小说中的人物，他只是……米雪尔，我知道这很伤人，但你熬过来了。人们有权利知道发生了什么，人们需要思考发生过的事情，这是生活的一部分。讲述生活，探究生活的意义，这是文学的责任，是我的责任。必须有人把发生在你身上的事情告诉给大众知道，我试图让它更实在，我试图做到最……”

他女儿涨红的脸上全是泪水，有种无法用言语形容的残忍和凶暴，犹如难以挣脱囚笼的困兽，随后，一阵奇异的冷静蔓延开来。“在这本书里面，你只说对了一件事，”她说，“妮可没有父亲。我小时候，总是哭着跑向你，我爸爸会说‘让我看看伤在哪里’，而这是我的隐私，对我最特别的事。但书里的妮可没有父亲，这句话是他说的，你把这句话给了他。他说‘让我看看伤在哪里’，他一直这么说。太讽刺了，你太高明了。在那样的环境下，他说这句话让人感到既真实又毛骨悚然，比真正的他更真实。你这样写，而你是对的，这就是怪物说的话。让我看看伤在哪里。这就是怪物的台词。妮可没有父亲，她父亲早死了。没错，没错，我也没有父亲，没有，我没有！”

“别那么跟我说话！”理察德·卡特林内心充满恐惧，这是一种耻辱，这种耻辱转化成为愤怒，“我不吃这套，不管你怎么想，我都是你的父亲。”

“不，”米雪尔狂笑道，背过身去，“不，我没有父亲，你也没有子女，没有，除了你书中的人物，他们才是你的子女，你唯一的子女。你的书，你那些该死的书！他们才是你的子女，他们才是你的子女，他们才是你的子女！”她转身，跑过他旁边，冲出大厅，停在工作室门前。卡特林担心她接下来可能做的事，便追赶过去。

当他赶到时，米雪尔已经找到了刀，并将它高高举起。

理察德·卡特林坐在沉默的电话机旁，看着老爷钟敲碎黑暗。

他三点时拨打米雪尔的电话，四点时拨打，五点时拨打。答录机，一直是答录机，用她那嘲弄的声音回答。他的留言一次比一次绝望，窗外暮色已至，光亮渐暗。

没有脚步声，没有敲门声，没有黄铜门铃尖厉的召唤。这是个墓地般安静的下午。但当傍晚来临时，他知道它已经来了，一个棕色硬皮纸包装的矩形包裹，落款是他熟悉的笔迹。最后一幅肖像。

他不明白，什么都不明白，因此，她用这样的方式惩罚他。

时钟嘀嗒，夜色凝重，门后异物的压抑充斥整个房间。恐惧一小时一小时地增长，他端坐在扶手椅内，跷脚，张嘴，思考，回忆。残忍的笑声不断回响，烟头的红点若隐若现，移动，旋转。他想象，想象它们在皮肤上滚烫的吻，品尝尿液、血液和泪水，感悟暴力，感悟亵渎，感悟所有的淫乱。他的手，他的声音，他的脸，他的脸，他的脸，他的脸，他有上千个名字，却只有一张脸。他最小的孩子，他的宝贝，他那残忍的宝贝。

他把自己封闭得太久了。卡特林多么希望她能够了解。这是种让人脆弱无力的感觉，超出了写作可以涵盖的范围。他曾是个作家，但那已成为过去；他曾是个丈夫，但他的妻子早早去世；他曾是个父亲，但他的女儿痊愈后去了纽约，把他一个人扔在这里。可在那最后一夜，在他的双臂保护之下，他的女儿卸下所有防备，把一切都告诉了他，让他看到她伤在哪里，毫无保留地展示出自己所有的痛苦。而他，又是如何回应这一切的？

那夜以后，他念念不忘，不停思考，在脑海里重新排列所听到的故事，推敲合适的字眼，创造紧凑的场景，想出具有象征意义的符号。那的确骇人听闻，但这是生活，未经加工的、野蛮的生活，写作的绝佳素材，卡特林最需要的东西。她让他看到自己伤在哪里，他可以讲述给众人倾听。每个细节都历历在目，他抗拒过，的确如此。他写过其他短篇，写过一篇散文，还写过几个评论。但那个念头不放过他，每一夜都折磨着他，不得安宁。

于是他把它写了出来。

"我有罪。"卡特林在黑暗的房间里说出这句话，当他开口时，他觉得心安理得。这种释然驱走了所有恐惧。他的确有罪，他犯了错，应该坦然地接受惩罚，只有这样，才是唯一的出路。

理察德·卡特林起身走向门口。

包裹就在地上。

他把它拖进屋，原封不动地搬上楼。他应该接受它，应该把它挂在其他几幅肖像旁边，靠着德那霍、席茜和贝瑞·林顿，排成一排。是的，他找来铁锤仔细测量，敲入钉子。

最后，他才打开包裹，直视里面的那张脸。

这幅肖像完全抓住了她的神韵，没有哪个画家能画得更好。不仅是她脸部的线条，高高的颧骨，湛蓝的眼睛，一丝不苟的金发，更在于人物的内在特征。她看起来好年轻，精神而自信。从中，他看出一种力量，看出勇气与倔强，但他最爱的是她的微笑，那可爱的微笑照亮了她的整张脸。这样的微笑让他想起曾经认识的一个人，却记不起是谁了。

一种久违的释然在理察德·卡特林的心中转瞬即逝，随之而生的是更大的失落，彻底的失落。他明白这已经超过他所信仰的文字的力量。

然后，就连这样的感觉也消失了。

卡特林退后几步，双手交叉，仔细研究这四幅画。多么优秀的作品呀，看着这些肖像，似乎可以感觉到他们就在这所房子里生活。

德那霍，他的头胎，他理想中的自我。

席茜，他的真爱。

贝瑞·林顿，他的老师和密友。

妮可，他从未有过的女儿。

他的家人，他的人物，他的子女。

一周后，一个小得多的包裹被送了过来。里面有四本小说、一份账单和一张画家非常礼貌的留言条，询问是否有新的委托。

理察德·卡特林摇摇头，用支票付了账。

沈茜　译

乔治·R.R.马丁创作全目录

（截至2002年12月31日）

莱斯利·凯·斯威格特

于长滩加利福尼亚州立大学图书馆

这份目录收录了乔治·R.R.马丁所有得到商业发表的作品，它乃是一个更大工程的一部分，那个工程是要坚持不懈、穷根究底地收集和挖掘乔治·R.R.马丁的创作和关于他的创作。当那个未来的工程完成时，我希望自己能一丝不苟地列举出乔治·R.R.马丁创作作品的所有已知版本、改编和翻译，这包括马丁先生所有的书籍、剧本、短篇故事和非小说类作品以及所有公开的评论、采访、文章和自传类作品。

《梦歌》里的这份目录与之相比，野心要小得多。

开始这个工程时，我并没有意识到。那是在得克萨斯州达拉斯六月末的一个周末，我在参加DisCon73，这是一个以漫画和科幻小说为主导的大会。我是《哈兰·艾里森:创作目录》的作者，那个周末，大会主席乔·鲍勃·威廉姆斯出版了这份目录，以欢迎大会贵宾哈兰·艾里森。参加那次大会的有一大批年轻作者，许多人都是通过科幻小说或漫画互相认识的，其中就包括霍华德·瓦德罗普、斯蒂夫·厄特利和乔治·R.R.马丁。

记录表明，我下一次与乔治会面是1974年春美国科幻作家协会的星云奖周末，乔治照了一张非常年轻、露出震惊表情的我，我至今还保存着那张相片。到 DisCon Ⅱ[①],我们已是老熟人了(绝不夸张)。后来这些年,我们一起参加过许多会议,交换过许多邮件,吃过很多饭,偶尔还碰头交流。

随着乔治·R.R.马丁创作生涯的持续辉煌,大家开始讨论要我像为艾里森整理目录一样,为乔治也整理一份创作目录。最后,当我参加 Conjose[②] 会后的聚会时,乔治亲自询问我是否有意为他整理一份简单的创作目录,他是明年 Torcon Ⅲ[③]的贵宾,想赶在那之前将目录出版。他和他的出版人地下出版社的威廉·舍费尔取得了联系,当年九月底,他写了一封信给舍费尔,信的开头是"想做一份我的创作目录吗?"舍费尔很感兴趣。又经过几封邮件交流,事情就这么定了!

莱斯利·凯·斯威格特

加利福尼亚,洛杉矶和长滩

2003 年 1 月

---

① 1974 年在华盛顿举办的第三十二届世界幻想大会。

② 2002 年在加利福尼亚圣何塞举办的第六十届世界幻想大会。

③ 在多伦多举办的第六十一届世界幻想大会。

中文简体版《梦歌》乔治·R. R. 马丁创作目录补充说明

（截至2013年12月31日）

中文简体版的《梦歌》乔治·R. R. 马丁创作目录（以下简称目录）是在上述英文版的基础上增删补充编辑而成。主要改动有以下几点：

一、英文原版《梦歌》出版于2003年，其目录的截止日期为2002年12月31日，而我们知道，最近十年是马丁的爆发期，大批新作上市或旧作重新包装涌现。因此，目录一直扩展到了2013年12月31日，比原目录整整多出十一年的内容。

这部分增添了大量内容，但值得注意的是，马丁有一些作品虽然完成了编辑，但并未在2013年12月31日前得到出版，或有的奖项并未在之前获得，因此都不在本目录内。

二、因为英文目录作者斯威格特的时间和资料占有等原因，原目录里有不少错漏，例如漏记奖项、遗漏作品、时间错误等等，这些在中文目录里，我都根据最新掌握的资料，作了细致的修订。

三、由于本目录面对中文读者，因此删去了大批英文缩写和英文原名等，只有部分名称因与美国文化关系较深，不敢擅自拟定，而保留了英文原名（主要是"百变王牌"系列和电视剧《侠胆雄狮》）。

四、删除了各小说下关于其他语种版本的列举。由于马丁最近十年的火热，导致其作品被大量翻译，因此原目录已极不确切，而要从头弄清所有的版本又极为困难，再加上这部分信息对中文读者意义并不大,所以一并删除。

五、删除了马丁编辑的各小说集的目录,其年代久远,篇幅冗长,且并非马丁创作的作品,对本书中文读者意义也不大。

六、除保留和校订了马丁各作品的首版时间外,删除了关于首版精装平装与否、有无特别版等信息。

通过这些改动,希望能呈现给大家一个最完整、权威和直观的乔治·R.R.马丁创作目录。

屈畅

重庆

2014年1月

长篇小说和小说集

《莱安娜之歌》

小说集，首版于1976年。

内容：《晨临雾逝》《第二种孤独》《凌控》《黑暗》《黑暗的隧道》《英雄》《超光速引擎》《圣布雷塔高速出口》《幻灯片》《莱安娜之歌》

轨迹奖得主。

《星与影之歌》

小说集，首版于1977年。

内容：《介绍》《灰烬之塔》《帕特里克·亨利号、朱庇特号和红砖小飞船》《灰水望的人们》（与霍华德·瓦尔德罗普合著）、《赖伦铎尔哀歌》《吸血鬼之夜》《追逐者》《夜班》《回到过去》《杀人之前请三思》

《光逝》

单行本长篇小说，首版于1977年。

雨果奖提名。

《风港》（与丽莎·图托合著）

单行本长篇小说，首版于1981年。

《夜行者》

单行本长中篇小说(同名原小说的扩展版),首版于1981年。

《沙王》

小说集,首版于1981年。

内容:《十字架与龙》《孽海花》《虫族之屋》《密合体》《石头城》《星际女郎》《沙王》

《热夜之梦》

单行本长篇小说,首版于1982年。

世界奇幻奖提名。

《死者唱的歌》

小说集,首版于1983年。

内容:《黑暗信使乔治·R. R. 马丁》(A. J. 布德斯)、《猴子疗法》《回到过去》《虫族之屋》《针筒人》《肉院情人》《沙王》《灰烬之塔》《夜行者》(加长版)、《记住梅乐迪》

《末日狂歌:一部立体声长篇小说》

单行本长篇小说,首版于1983年。

世界奇幻奖提名。

《夜行者》

小说集,首版于1985年。

内容:《夜行者》(加长版)、《凌控》《战区周末假》《杀人之前请七思》《星环的多彩火焰》《莱安娜之歌》

《图夫航行记》

单行本长篇小说，首版于1986年。

《子女的肖像》

小说集，首版于1987年。

内容：《父亲们的笔画》（罗杰·泽拉兹尼所写的介绍）、《晨临雾逝》《第二种孤独》《最后的超级碗》《赖伦铎尔哀歌》《冰龙》《迷失大陆》《局中变》《护身符的故事》《围城》《玻璃花》《子女的肖像》

《死之手牌》（与约翰·J.米勒合著）

单行本长篇小说（百变王牌系列），同时亦为该书主编，首版于1990年。

《梨形男》

单行本长中篇小说，首版于1991年。

《十字架与龙》

小说集，只在俄罗斯发行，首版于1996年。

内容：《莱安娜之歌》《石头城》《玻璃花》《沙王》《十字架与龙》《晨临雾逝》《局中变》《护身符的故事》《子女的肖像》

《权力的游戏》

单行本长篇小说，首版于1996年。

星云奖提名，世界奇幻奖提名，轨迹奖得主。

《列王的纷争》

单行本长篇小说，首版于1998年。

星云奖提名，轨迹奖得主。

《冰雨的风暴》

单行本长篇小说,首版于 2000 年。

星云奖提名,雨果奖提名,轨迹奖得主。

《四分集:十字路口的四个故事》

小说集,首版于 2001 年。

内容:《介绍》《一片黑白红》《狼皮交易》《星港》《龙之血脉》

《梦歌:乔治 · R. R. 马丁回顾集》

小说集,首版于 2003 年。

内容即为本书。

世界奇幻奖提名。

《雇佣骑士》

改编乔治 · R. R. 马丁同名小说的漫画小说,首版于 2003 年。

《群鸦的盛宴》

单行本长篇小说,首版于 2005 年。

雨果奖提名,英伦奇幻奖提名。

《冰龙》

单行本插图小说,首版于 2006 年。

《猎人行》(与丹尼尔 · 亚伯拉罕和加德纳 · 多佐伊斯合著)

单行本长篇小说,首版于 2007 年。

《星际女郎与密合体》

小说集,首版于 2008 年。

内容:《星际女郎》《密合体》。

《誓言骑士》

改编乔治·R. R. 马丁同名小说的漫画小说,首版于 2008 年。

《魔龙的狂舞》

单行本长篇小说,首版于 2011 年。

雨果奖提名,世界奇幻奖提名,英伦奇幻奖提名,轨迹奖得主。

《门》

改编乔治·R. R. 马丁同名小说的漫画小说,首版于 2011 年。

《热夜之梦》

改编乔治·R. R. 马丁同名小说的漫画小说,首版于 2011 年。

《权力的游戏》

改编乔治·R. R. 马丁同名小说的漫画小说,仍在连载中,首版于 2012 年。

《冰与火之宴:权力的游戏官方菜谱》

根据乔治·R. R. 马丁"冰与火之歌"系列制作的菜谱,首版于 2012 年。

《冰与火的土地》(中文版名为《冰与火之歌官方地图集》)

地图集,首版于 2012 年。

《冰与火的世界》

苹果商城的应用,上线于 2012 年。

《提利昂·兰尼斯特的妙语》

语录集,首版于 2013 年。

《狼皮交易》

改编乔治·R. R. 马丁同名小说的漫画小说,连载中,首版于 2013 年。

编辑作品

《科幻文学的新声音:坎贝尔奖入围作品》

主编,小说集,首版于 1977 年。

《科幻文学的新声音第二辑:坎贝尔奖入围作品》

主编,小说集,首版于 1979 年。

《科幻文学的新声音第三辑:坎贝尔奖入围作品》

主编,小说集,首版于 1980 年。

《科幻文学的新声音第四辑:坎贝尔奖入围作品》

主编,小说集,首版于1981年。

《科幻文学减肥书》

乔治·R.R.马丁与艾萨克·阿西莫夫、马丁·H.格林伯格共同主编,小说集,首版于1983年。

《科幻文学的新声音第五辑:坎贝尔奖入围作品》

主编,小说集,首版于1984年。

《黑暗视野·第三辑》

主编,小说集,首版于1986年。

世界奇幻奖提名。

《百变王牌第一卷·百变王牌》

主编,合作小说,首版于1987年。

该系列在1988年获雨果奖提名。

《百变王牌第二卷·至高王牌》

主编,合作小说,首版于1987年。

《百变王牌第三卷·多变鬼牌》

主编,合作小说,首版于1987年。

《百变王牌第四卷·王牌周游》

主编(助理编辑玛琳达·M.桑格拉斯),合作小说,首版于1988年。

《百变王牌第五卷·肮脏卑鄙》

主编（助理编辑玛琳达·M.桑格拉斯），合作小说，首版于1990年。

《百变王牌第六卷·秘密王牌》

主编（助理编辑玛琳达·M.桑格拉斯），合作小说，首版于1990年。

《百变王牌第七卷·死之手牌》

主编（助理编辑玛琳达·M.桑格拉斯），乔治·R.R.马丁与约翰·J.米勒合著小说，首版于1990年。

《百变王牌第八卷·独眼杰克》

主编（助理编辑玛琳达·M.桑格拉斯），合作小说，首版于1991年。

《百变王牌第九卷·鬼街洗牌》

主编（助理编辑玛琳达·M.桑格拉斯），合作小说，首版于1991年。

《百变王牌第十卷·双人纸牌》

主编，玛琳达·M.桑格拉斯所著小说，首版于1992年。

《百变王牌第十一卷·愿者选牌》

主编（助理编辑玛琳达·M.桑格拉斯），合作小说，首版于1992年。

《百变王牌第十二卷·底牌亮相》

主编，维克托·米兰所著小说，首版于1993年。

《百变王牌第十三卷·吞牌巨鲨》

主编（助理编辑玛琳达·M.桑格拉斯），合作小说，首版于1993年。

《百变王牌第十四卷·死牌标记》

主编（助理编辑玛琳达·M.桑格拉斯），合作小说，首版于1994年。

《百变王牌第十五卷·灭牌黑毒》

主编（助理编辑玛琳达·M.桑格拉斯），合作小说，首版于1995年。

《百变王牌第十六卷·废牌脱手》

主编（助理编辑玛琳达·M.桑格拉斯），合作小说，首版于2002年。

《百变王牌第十七卷·Death Draws Five》

主编，约翰·J.米勒所著小说，首版于2006年。

《百变王牌第十八卷·Inside Straight》

主编，合作小说，首版于2008年。

《百变王牌第十九卷·Busted Flush》

主编，合作小说，首版于 2008 年。

《百变王牌第二十卷 · Suicide Kings》

主编，合作小说，首版于 2009 年。

《濒死地球之歌》

与加德纳 · 多佐伊斯共同主编，小说集，首版于 2009 年。

世界奇幻奖提名，英伦奇幻奖提名。

《百变王牌新版第一卷：百变王牌》（tor 出版社所出，重新编辑后的百变王牌）

主编，合作小说，首版于 2010 年。

《战士》

与加德纳 · 多佐伊斯共同主编，小说集，首版于 2010 年。

轨迹奖得主。

《爱与死之歌》

与加德纳 · 多佐伊斯共同主编，小说集，首版于 2010 年。

《百变王牌第二十一卷 · Fort Freak》

主编，合作小说，首版于 2011 年。

《百变王牌新版第二卷：王牌》（tor 出版社所出，重新编辑后的百变王牌）

主编，合作小说，首版于 2011 年。

《奇异的街道》

与加德纳·多佐伊斯共同主编,小说集,首版于2011年。

《火星集》

与加德纳·多佐伊斯共同主编,小说集,首版于2013年。

《危险的女人》

与加德纳·多佐伊斯共同主编,小说集,首版于2013年。

剧本

电视剧《阴阳魔界》:

《卡美洛的最后一个卫士》(由罗杰·泽拉兹尼同名小说改编)

编剧,上映于1986年4月11日。

美国编剧工会奖最佳电视剧提名。

《永恒之王》(由布莱斯·马里塔诺的小说改编)

编剧,剧本编审,上映于1986年9月27日。

《一碟孤独》

剧本编审,上映于1986年9月27日。

《失物招领》(由菲利斯·爱森斯坦的短篇小说改编)
编剧,上映于 1986 年 10 月 18 日。

《门后的世界》
剧本编审,上映于 1986 年 10 月 18 日。

《卡利班的玩具》(由特里·马特兹未发表的短篇小说改编)
编剧,上映于 1986 年 12 月 4 日。

《未曾涉足的路》
编剧(原创故事),剧本编审,上映于 1986 年 12 月 18 日。

《我娶的女孩》
剧本编审,上映于 1987 年 7 月 17 日。

电视剧《圣诞节》:
编剧,电视剧未能投入制作。

电视剧《侠胆雄狮》:
Terrible Saviour
编剧,上映于 1987 年 10 月 2 日。

Masques
编剧,上映于 1987 年 10 月 30 日。

Shades of Grey
编剧(与大卫·皮克因帕合作),上映于 1988 年 1 月 8 日。

Promises of Someday

编剧,上映于 1988 年 2 月 12 日。

Fever

编剧,上映于 1988 年 2 月 26 日。

Ozymandias

编剧,上映于 1988 年 4 月 1 日。

Dead of Winter

编剧,上映于 1988 年 12 月 9 日。

Brothers

编剧,上映于 1989 年 2 月 3 日。

When the Blue Bird Sings

编剧(与罗伯特·约翰·古特克合作),上映于 1989 年 3 月 31 日。

A Kingdom by the Sea

编剧,上映于 1989 年 4 月 28 日。

What Rough Beast

编剧,上映于 1989 年 5 月 12 日。

Ceremony of Innocence

编剧(根据亚历克斯·甘沙、霍华德·戈登和乔治·R. R. 马丁合著的故事),上映于1989年5月19日。

Snow

编剧,上映于1989年12月27日。

Beggar's Comet

编剧,上映于1990年1月3日。

Invictus

编剧,上映于1990年1月24日。

电影《隐没》:

剧本作者,1990年创作,电影未能投入制作。

电视剧《黑丛》:

先行集编剧,1990年创作,电视剧未能投入制作。

电视剧《门》:

先行集和其他一集的编剧,原为该电视剧的创造者、总编剧和执行制片人。先行集写于1991年,后续剧本写于1992年,最终该电视剧未能上线,只有先行集以电影形式于1993年在欧洲发行。

电视剧《生存者》:

两小时的先行集编剧,1992年创作,电视剧未能投入制作。

电影《百变王牌》:

剧本作者,与玛琳达·M.桑格拉斯共同创作于1993~1995年,电影未能投入制作。

电影《火星公主》：

剧本作者（根据埃德加·赖斯·巴勒斯的原著小说改编），与玛琳达·M.桑格拉斯共同创作于1993—1994年，电影未能投入制作。

电视剧《星港》：

二小时的先行集编剧，1994年创作，电视剧未能投入制作。

电视剧《权力的游戏》：

《剑之尖端》

编剧，上映于2011年6月5日。

《黑水之战》

编剧，上映于2012年5月27日。

《狗熊与美少女》

编剧，上映于2013年5月12日。

根据乔治·R.R.马丁原著小说改编的影视作品有：

电视剧《搭便车者》里的《记住梅乐迪》，上映于1984年。

电影《夜行者》，上映于1987年。

电视剧《新外星界限》里两小时长的电视电影《沙王》（编剧玛琳

达·M. 桑格拉斯),上映于 1995 年。

电视剧《权力的游戏》

2011—2013 年已播出三季,目前仍在进行中。

短篇小说

1971 年

《英雄》

首版于 1971 年 2 月《银河》杂志。

1972 年

《圣布雷塔高速出口》

首版于 1972 年 2 月《幻想》杂志。

《第二种孤独》

首版于 1972 年 12 月《类比》杂志。

1973 年

《黑暗、黑暗的隧道》

首版于 1973 年 12 月《天顶》杂志。

《夜班》

首版于 1973 年 1 月《惊奇》杂志。

《晨临雾逝》

首版于 1973 年 3 月《类比》杂志。

星云奖提名，雨果奖提名。

《凌控》

首版于 1973 年 9 月《类比》杂志。

《边境事务》

首版于《奇幻与科幻杂志》杂志。

《幻灯片》

首版于 1973 年的小说集《欧米茄》，由罗杰·埃尔伍德编辑。

1974 年

《超光速引擎》

首版于 1974 年 5 月《类比》杂志。

《莱安娜之歌》

首版于 1974 年 6 月《类比》杂志。

星云奖提名，雨果奖得主。

《追逐星光》

首版于 1974 年 12 月《惊奇》杂志。

1975 年

《杀人之前请三思》

首版于 1975 年 7 月《类比》杂志。

雨果奖提名。

《最后的超级碗》

短版本首版于 1975 年 2 月《银河》杂志。

长版本首版于 1975 年的小说集《奔向星光：科幻文学中的体育运动》，由马丁·H. 格林伯格、约瑟夫·D. 奥兰德和帕特丽夏·沃里克编辑。

《吸血鬼之夜》

首版于 1975 年 5 月《惊奇》杂志。

《追逐者》

首版于 1975 年 9 月《奇幻与科幻杂志》杂志。

《风港的暴风雨》（与丽莎·图托合著）

首版于 1975 年 5 月《类比》杂志。

星云奖提名，雨果奖提名，轨迹奖得主。

【结集于《风港》】

1976年

《诺恩的野兽》(后来在《图夫航行记》中予以改写)

首版于1976年的小说集《仙女座·第一辑》,由皮特·韦斯顿编辑。

【结集于《图夫航行记》】

《电脑要充电!》

首版于1976年1月《惊奇》杂志。

《密合体》

首版于1976年小说集《超光速》,由杰克·丹恩和乔治·泽布罗夫斯基编辑。

《回到过去》

首版于1976年小说集《纪元》,由罗杰·埃尔伍德和罗伯特·西尔弗伯格编辑。

《虫族之屋》

首版于1976年小说集《明天的思想》,由特里·凯尔编辑。

《赖伦铎尔哀歌》

首版于1976年5月《幻想》杂志。

《肉院情人》

首版于1976年小说集《轨道·第十八辑》。

《灰水望的人们》(与霍华德·瓦尔德罗普合著)

首版于1976年3月《惊奇》杂志。

《没人离开新匹兹堡》

首版于1976年9月《惊奇》杂志。

《星环的多彩火焰》

首版于1976年小说集《超光速》,由杰克·丹恩和乔治·泽布罗夫斯基编辑。

《帕特里克·亨利号、朱庇特号和红砖小飞船》

首版于1976年12月《惊奇》杂志。

《星际女郎》

首版于1976年小说集《科幻小说发现》,由卡萝尔·波尔和弗里德里克·波尔编辑。

《灰烬之塔》

首版于1976年小说集《类比年刊》,由本·波瓦编辑。

1977年

《节庆之后》

首版分成四部分,连载于1977年4—7月的《类比》杂志。

四部分合起来改名为《孽海花》,刊登于1977年11月《宇宙》杂志。

《石头城》

首版于1977年小说集《科幻小说的新声音：坎贝尔奖提名作者的故事》，由乔治·R. R. 马丁编辑。

星云奖提名，雨果奖提名。

《战区周末假》

首版于1977年小说集《未来休闲》，由斯科特·埃德尔斯坦编辑。

1978年

《叫他摩西》

首版于1798年2月《类比》杂志。

【结集于《图夫航行记》】

1979年

《沙王》

首版于1979年8月《欧姆尼》杂志。

星云奖得主，雨果奖得主，轨迹奖得主。

《战舰》（与乔治·弗洛兰斯－古斯里奇合著）

首版于1979年4月《奇幻与科幻杂志》杂志。

《十字架与龙》

首版于1979年6月《欧姆尼》杂志。

星云奖提名，雨果奖得主，轨迹奖得主。

1980年

《冰龙》

首版于1980年小说集《光之龙》，由奥森·斯特特·卡德编辑。

《夜行者》

首版于1980年4月《类比》杂志。

扩展版于1981年单行本《夜行者》。

雨果奖提名，轨迹奖得主。

《单翼》（与丽莎·图托合著）

首版分成两部分，连载于1980年1—2月的《类比》杂志。

雨果奖提名。

【结集于《风港》】

1981年

《陨落》（与丽莎·图托合著）

首版于1981年5月《惊奇》杂志。

【结集于《风港》】

《守护者》

首版于1981年10月《类比》杂志。

雨果奖提名，轨迹奖得主。

【结集于《图夫航行记》】

《针筒人》

首版于1981年10月《奇幻与科幻杂志》杂志。

《记住梅乐迪》

首版于1981年4月《阴阳魔界》。

1982年

《护身符的故事》

首版于1982年11月《阿西莫夫》。

《热夜之梦》节选

首版于1982年9月10月号《科幻小说文摘》。

《迷失大陆》

首版于1982年小说集《惊奇·第二辑》,由杰西卡·阿曼达·沙蒙森编辑。

《局中变》

首版于1982年1月《惊奇》杂志。

星云奖提名,雨果奖提名。

1983年

《猴子疗法》

首版于1983年7月《奇幻与科幻杂志》杂志。

星云奖提名,雨果奖提名,轨迹奖得主。

1985 年

《面包和鱼》

首版于 1985 年 10 月《类比》杂志。

【结集于《图夫航行记》】

《天赐的吗哪》

首版于 1985 年 12 月中旬号《类比》杂志。

【结集于《图夫航行记》】

《灾星》

首版分成两部分连载于 1985 年 1—2 月的《类比》杂志。

【结集于《图夫航行记》】

《第二份食物》

首版于 1985 年 11 月《类比》杂志。

【结集于《图夫航行记》】

《围城》

首版于 1985 年 10 月《欧姆尼》杂志。

1986 年

《玻璃花》

首版于 1986 年 9 月《阿西莫夫》杂志。

1987 年

序章，插曲1—5，《障眼法》（后来2003年版又增加写作了后记）。

首版于1987年合作小说《百变王牌第一卷：百变王牌》，由乔治·R. R. 马丁编辑。

《朱伯》1—7，《凛冬之寒》。

首版于1987年合作小说《百变王牌第二卷：王牌》，由乔治·R. R. 马丁编辑。

Hiram Worchester

首版于1987年合作小说《百变王牌第三卷：鬼牌》，由乔治·R. R. 马丁编辑。

《梨形男》

首版于1987年10月《欧姆尼》杂志。

世界奇幻奖提名，布莱姆·史托克奖得主。

《子女的肖像》

首版于1987年小说集《子女的肖像》，由乔治·R. R. 马丁编辑。

星云奖得主，雨果奖提名。

1988年

《泽维尔·戴斯蒙日记》

首版于1988年合作小说《百变王牌第四卷：王牌周游》。

《国王的兵士国王的马》

首版于1988年合作小说《百变王牌第五卷:Down and Dirty》。

《狼皮交易》

首版于1988年小说集《黑夜视界第五辑》,由道格拉斯·E.温特编辑。

世界奇幻奖得主,布莱姆·史托克奖提名。

1996年

《龙之血脉》(抽取《权力的游戏》中所有的丹妮莉丝章节而成)

首版于1996年7月《阿西莫夫》。

星云奖提名,世界奇幻奖提名,雨果奖得主。

1998年

《雇佣骑士》

首版于1998年小说集《传奇:当代奇幻大师短篇集》,由罗伯特·西尔弗伯格编辑。

世界奇幻奖提名。

2000年

《龙之路》(抽取《冰雨的风暴》中所有的丹妮莉丝章节而成)

首版于2000年12月《阿西莫夫》。

2001 年

《一片黑白红》(未完成的历史悬疑小说)

首版于 2001 年《四分集》。

2002 年

《海怪之臂》(抽取《群鸦的盛宴》中关于海怪家族的章节而成)

首版于 2002 年 8 月《巨龙志》。

2004 年

《影子兄弟》(与丹尼尔·亚伯拉罕和加德纳·多佐伊斯合著,后扩展为长篇《猎人行》)。

首版于 2004 年 6 月《科幻小说》杂志。

《誓言骑士》

首版于 2004 年小说集《传奇第二辑:当代奇幻大师短篇集》,由罗伯特·西尔弗伯格编辑。

2009 年

A Night at the Tarn House

首版于 2009 年小说集《濒死地球之歌》,由乔治·R. R. 马丁与加德纳·多佐伊斯共同编辑。

2011年

《神秘骑士》

首版于2011年小说集《战士》，由乔治·R. R. 马丁与加德纳·多佐伊斯共同编辑。

世界奇幻奖提名。

2013年

《公主与王后》

首版于2011年小说集《危险的女人》，由乔治·R. R. 马丁与加德纳·多佐伊斯共同编辑。

Unicorn
独角兽书系

危险的女人

GEORGE R.R. MARTIN

【美】乔治·R.R.马丁
加德纳·多佐伊斯 / 编
屈畅等 / 译

dangerous women

不管是什么物种，更致命的一方总是雌性。
男人的战斗到死为止，
而女人就算进了坟墓，也会再找条路回来。

她从洗手间出来的时候，发现年幼的女儿失踪了。
面对记者的采访，警察的取证，她闪烁其词，无法自圆其说。
紧接着，她照样化妆逛街，去酒吧喝酒，仿佛一切如常。
是拐卖？绑架？还是蓄谋已久的抛弃？
一串神秘的文身，一封奇怪的电子邮件，一个儿时的秘密，
揭开了这个女人罪恶的过往……

21篇以“危险的女人”为精神核心的原创主题小说集，
21朵于绝境中怒放的钢铁玫瑰，
她们是最柔弱的女性，也是最顽强的战士——
娇艳，馥郁，摄人心魄，

你，准备好迎接她们的到来了吗？